KB017520

드라큘라

Dracula

드라큘라

브램 스토커 지음 · 김하나 옮김

허밍버드
Hummingbird

소중한 벗

하미 베그에게

바칩니다.

DRACULA

1/6 Net. BRAM STOKER 1/6 Net.

차례

일러두기

· 이 책의 모든 주석은 옮긴이의 주입니다.
· 원서에서 사투리로 표기된 부분은 편의상 표준어로 표기했습니다.
· 외국어 표기는 국립국어원 외래어 표기법을 따랐습니다.
  다만 국내에 통용되는 표기가 있는 경우는 이를 반영했습니다.

다음의 기록들은 나름의 기준에 따라 나열했다. 그 기준은 기록을 읽어나가다 보면 확인할 수 있다. 그리고 불필요한 기록은 배제해 훗날에도 이 기록이 명징한 사실로 인정될 수 있도록 했다. 각 기록은 해당 날짜에 벌어진 일을 다루며, 당시 기록한 당사자의 상황 파악 수준과 관점을 그대로 반영했다. 그렇기에 과거 일을 서술한 기록 중 기억에 착오를 일으킬 만한 것은 포함하지 않았다.

1장

조너선 하커의 일기(속기로 작성함)

5월 3일 비스트리츠[•]. — 5월 1일 저녁 8시 35분 기차를 타고 뮌헨에서 출발해, 다음 날 오전 빈에 도착. 원래는 6시 46분 도착 예정이었으나 한 시간 연착. 부다페스트는 기차가 정차했을 때 잠깐 둘러본 것과 기차 창문을 통해 풍경을 감상한 게 전부지만, 그래도 멋진 곳 같다. 도착은 예정보다 늦었어도 출발은 가능한 한 제시간에 하려는 눈치라, 정차 시간 동안 역에서 먼 곳까지 가는 것은 부담스러웠다. 감상이라고 한다면 서양을 떠나 동양에 들어선 느낌이었달까. 서부의 상류에 비해 넓고 깊은 그 일대의 다뉴브강에는 화려하기 그지없는 다리들이 놓여 있는데, 그중 가장 서구적인 다리를 건너면 터키 지배의 흔적이 가득한 동양에 들어서기 때문이다.

• 현재 루마니아의 비스트리차.

기차는 거의 정시에 출발했고, 해가 진 후 클라우젠부르크•에 도착했다. 그날 밤은 로열 호텔에서 묵었다. 저녁 식사는 야식에 가까웠는데, 붉은 고추를 넣은 닭 요리로 맛은 좋았으나 목이 칼칼했다(미나를 위해 조리법 알아두기). 웨이터에게 물어보았더니 '파프리카 헨들'이라는 요리로 전통 음식이라 카르파티아산맥▪ 인근 지방이라면 어디에서든지 맛볼 수 있다고 했다. 내 독일어 실력은 보잘것없는데, 여기에서는 이나마도 유용했다. 솔직히 독일어를 이 정도라도 하지 못했으면 여기서 어떻게 버텼을까 싶다.

런던에서는 시간 여유가 좀 있었던 터라 대영박물관을 찾아 트란실바니아에 관련된 서적과 지도를 살펴보았다. 그곳의 귀족을 상대하려면 그 지역에 관련된 사전 지식을 어느 정도 갖고 있어야 한다는 생각이었다. 백작이 언급한 곳은 트란실바니아, 몰다비아, 부코비나, 이 세 지역의 접경지대로 트란실바니아의 극동부이며 카르파티아산맥의 한가운데였다. 유럽에서 가장 황량한, 알려진 바가 거의 없는 곳이었다. 우리 영국의 육지 측량부 지도만큼 상세한 트란실바니아 지도가 없던 탓에 온갖 지도와 서적을 뒤져봐도 드라큘라 성의 정확한 위치를 짚어낼 수 없었다. 그래도 드라

• 현재 루마니아의 클루지나포카.
▪ 동부 유럽의 산맥.

큘라 백작이 언급한 역마을 비스트리츠가 꽤 유명한 곳이라는 건 확인했다. 나중에 미나에게 이 여정에 관해 들려줄 때 기억해내기 쉽도록 조사한 자료를 여기에 좀 옮겨놓아야겠다.

트란실바니아는 네 민족으로 구성되어 있다. 남부에는 색슨족과 고대 다키아인의 후예인 왈라키아인이 섞여 살고, 서부에는 마자르족이, 동부와 북부에는 제켈리족이 살고 있다. 내가 가려는 곳은 제켈리족이 사는 지방인데, 그들은 자신들이 아틸라 왕과 훈족의 후예라고 주장한다. 마자르족이 11세기에 그 지역을 정복했을 때 훈족이 정착해 있었던 걸 보면 그 주장이 옳을 수도 있겠다. 카르파티아산맥에 둘러싸인 지역이 소용돌이의 중심이라도 되는 양 그 산맥의 편자• 속으로 전 세계의 온갖 미신이 모여든다는 글도 읽었는데, 실제로 그렇다면 그곳에서 체류하는 것이 상당히 흥미로울 듯하다(백작에게 그곳의 미신에 대해 묻기).

침대가 편했지만 나는 괴상한 꿈에 시달리느라 잠을 설쳤다. 무슨 일인지 밤새도록 내 방 창문 아래에서 짖어대던 개 때문일 수도 있고, 물 한 병을 깨끗이 비우고도 목이 타게 했던 파프리카 때문일 수도 있겠다. 나는 새벽이 되어서

• 카르파티아산맥이 편자처럼 U자 형태로 휘었기 때문에 사용한 비유로 보인다.

야 잠이 들었는데, 쉴 새 없이 방문을 두드리는 소리에 잠이 깬 걸 보면 그즈음엔 꽤 깊이 잠들었던 모양이다. 아침에도 파프리카를 먹었다. '마말리가'라는 옥수수죽과 '임플레타타'라는 아주 맛있는 가지 만두도 먹었다(임플레타타 조리법도 알아둘 것). 기차가 8시 전에 출발할 예정이어서 나는 서둘러 아침 식사를 마쳤다. 허겁지겁 역에 도착한 것이 7시 30분이었는데, 그럼 적어도 8시에는 기차가 출발해야 하는 것 아닌가. 내가 객차에 앉은 지 한 시간은 족히 넘어서야 열차가 움직이기 시작했다. 가만 보면 동쪽으로 갈수록 기차 운행 시간이 점점 더 제멋대로인 것 같다. 중국에서는 어쩌려고 이러나?

그날 내내 기차는 꾸물대듯 느릿느릿한 속도로 다채롭고 아름다운 지역을 통과했다. 가끔은 기도서의 그림처럼 가파른 언덕에 자리 잡은 작은 마을과 성을 볼 수 있었다. 기차는 강과 개울을 따라 달리기도 했는데, 돌로 된 양쪽 가장자리의 강둑이 유난히 널찍한 게 홍수에 대비하기 위해 그렇게 조성한 것 같았다. 강은 수량이 풍부하고 유속이 빨라 강가 쪽에 고이는 구간도 없이 세차게 흘렀다. 기차가 지나는 역마다 사람들로 붐볐고, 어떤 역에는 사람들이 빽빽이 들어차 있기도 했는데, 복장이 그야말로 각양각색이었다. 몇몇은 고향의 농부나 프랑스와 독일을 지날 때 본 사람들처럼 짧은 재킷에 둥근 모자, 집에서 만든 바지를 입고 있었다. 반면 그림에서 막 튀어나온 듯한 차림을 한 사람들도 있었다. 여성들은 가까이에서 보지 않으면 차림새가 괜찮았으나, 허리 부분의 옷맵시는 아무래도 시원찮았다. 여성들은 너나 할 것 없이 흰 소매 옷을 입었는데, 대부분 발레복처럼 가느다란 끈이 주렁주렁 달려서 나풀대는 커다란 허리 장식을 달고 있었다. 그래도 그들은 속치마라도 걸쳤지. 진짜 괴이한 건 슬로바키아인의 차림이었다. 커다란 목동 모자에 원래는 흰색이었을 더럽고 헐렁한 바지, 흰색 리넨 셔츠, 게다가 징이 잔뜩 박힌 데다 폭이 30센티미터에 달하는 거대한 가죽 허리띠까지…. 정말이지 무식해 보이기 이를 데 없었다. 그들은 기다란 장화를 신고 바지를 그 안에 욱여넣었으며, 검고 긴 머리와 시꺼멓고 덥수룩한 콧수염을 길렀다. 그들이야말로 그림 같은 차림새라 할 만했으나 결코 보기 좋지는 않았다. 그들을 무대에 세워두면 옛날 동양의 도적 떼로 보일 게 분명했다. 하지만 다른 이들의 말에 따르면 그들은 매우 선량하고 소박한 사람들이다.

비스트리츠에 도착했을 땐 해가 져서 주위가 어둑어둑했다. 비스트리츠는 볼거리가 많은 유서 깊은 마을이다. 보르고 고갯길이 부코비나로 이어지는 것만 보아도 알 수 있듯 비스트리츠는 실질적으로 국경 지대이다 보니, 그 지역에 얽힌 애달픈 사연도 많고 그 흔적 역시 지금까지 선명히 남아 있다. 50년 전에는 대화재가 다섯 번이나 잇달아 발생했는데 피해 규모가 어마어마했다. 17세기 초에는 적군에게 포위되면서 전투로 인한 사상자와 기근 및 질병으로 사망한 사람들까지 3주간 총 1만 3,000명의 인명 피해를 입기도 했다.

드라큘라 백작은 골든 크로네 호텔을 알려주었는데, 오래돼서 낡아빠졌지만 그 지역 고유의 모습을 모조리 감상하고 싶었던 나에게는 무척 마음에 드는 숙소였다. 호텔 입구에서 표정이 밝은 중년 여성이 나를 맞이한 것으로 보아, 호텔에서도 내가 올 줄 알고 있었던 게 분명했다. 그 여자는 여느 여염집 여인들처럼 흰 속치마 위에 긴 앞치마를 앞뒤 두 겹으로 둘렀는데, 앞치마 색이 화려한 데다 너무 꽉 조여서 정숙해 보이지는 않았다. 내가 가까이 다가가자 여자가 허리를 숙여 인사하며 물었다. "아, 혹시 영국인이시오?" "네, 조너선 하커입니다." 내 대답에 그녀가 미소를 짓더니 그녀를 따라 문가까지 나와 있던 흰 셔츠 차림의 중년 남성에게 무슨 말을 했다. 남자는 자리를 떴다가 금세 편지 한 통을 가지고 돌아왔다.

친애하는 하커 씨, 카르파티아산맥에 들어온 것을 환영

하오. 그대가 오기만을 손꼽아 기다리고 있소. 일찌감치 좀 자두시오. 내일 3시에 승합마차가 부코비나로 출발할 예정이오. 그대의 자리를 예약해두었소. 내 사륜마차를 보르고 고개에 준비해둘 터이니, 거기서 갈아타고 이곳으로 오면 되오. 런던에서 이곳까지 그대의 여정이 즐거웠으리라 믿으며, 아름다운 내 영지에서의 체류도 만족스러우리라 생각하오.

그대의 친우, 드라큘라

5월 4일. — 백작이 호텔 주인에게 서신을 보내, 나를 위해 승합마차에서 가장 좋은 자리를 잡아두라는 지시를 내렸다는 사실을 알게 됐다. 하지만 그에 대해 몇 가지 질문을 하자 호텔 주인은 묵묵부답으로 일관하며, 심지어 내 독일어 발음을 알아듣지 못하는 체했다. 내 말을 알아듣지 못할 리 없는 게, 내가 그런 질문을 하기 전까지 그는 내 말을 완벽하게 이해했고, 적어도 이해하는 것처럼 내 말에 대꾸했기 때문이다. 맨 처음 호텔 입구에서 나를 맞이한 여성은 이 호텔의 안주인이었는데, 이 주인 부부는 왠지 불안한 표정으로 서로 눈빛을 주고받았다. 호텔 주인은 백작에게 받은 편지에 돈이 동봉되어 있었을 뿐이라며, 그게 자신이 아는 전부라고 중얼거렸다. 내가 그들에게 드라큘라 백작을 아는지, 그의 성에 대해 아는 것이 없는지 묻자, 두 사람은 나란히 성호를 그으며 아는 것이 없다고 대답하고는 입을 꾹 다물었다. 드라큘라 백작과 그의 성에 대해 도무지 정보를 얻을 수 없어 마음이 불편했지만, 머지않아 승합마차가 출발할 예정이라 질문에 대답해줄 다른 사람을 찾을 여유가 없었다.

호텔 방을 나서려는데 호텔 안주인이 내 방으로 올라와 격앙된 어조로 물었다.

"가셔야겠소? 이보시오, 젊은 양반! 꼭 가셔야 하오?" 호텔 안주인은 어찌나 흥분했는지 잘하던 독일어마저 잊은 듯 내가 전혀 알아들을 수 없는 다른 나라 말로 횡설수설했다. 몇 번이나 묻고 나서야 그녀의 말을 간신히 이해할 지경이었다. 내가 중요한 업무 때문에 어쩔 수 없다며 당장 가야 한다고 말하자 그녀가 한 번 더 물었다.

"오늘이 무슨 날인지 아시오?" 나는 5월 4일이라고 답했다. 호텔 안주인은 고개를 가로저으며 말했다.

"아무렴! 나도 그건 아오! 내 말은 오늘이 어떤 날인지 아시느냐는 거요." 무슨 말인지 모르겠다는 대답에 그녀가 말을 이었다.

"성 조지 축일 전날이잖소. 오늘 밤 자정을 알리는 종이 울리면 온 세상의 사악한 마귀들이 활개 치는 걸 모르오?

댁이 가려는 데가 어떤 곳인지, 가서 무슨 일을 할지 알고 나 있소?" 호텔 안주인이 어찌나 불안해하는지 아무리 안심시키려 해봐도 소용이 없었다. 급기야 그녀는 무릎을 꿇더니 가지 말라며 애원하기까지 했다. 정 가야겠으면 적어도 하루 이틀 있다가 가라고도 했다. 말도 안 되는 일이었지만 나도 불안하긴 마찬가지였다. 하지만 나는 맡은 일이 있었고, 업무에 지장을 줄 수는 없었다. 나는 그녀를 일으켜 세우며 가능한 한 차분한 말투로 걱정해주는 것은 고맙지만 맡은 일에 책임을 져야 하니 가야 한다고 말했다. 그러자 안주인은 일어서서 눈물을 닦고는 목에 걸고 있던 십자가 묵주를 내밀었다. 나는 어찌할 바를 몰랐다. 성공회 신자인 나는 그런 물건을 지니는 행위가 우상숭배나 다름없다고 배웠는데, 그렇다고 사양하자니 그토록 불안해하는 노부인의 호의를 무시하는 것 같았기 때문이다. 그녀는 내 표정을 보고 난감해하는 것을 알아차렸는지 묵주를 목에 걸어주며 말했다. "댁 어머니를 위해서라오." 말을 마치자마자 그녀는 방에서 나갔다. 이 글은 마차를 기다리면서 쓰고 있는데, 이번에도 마차는 늦는 모양이다. 받은 묵주는 목에 잘 걸고 있다. 노부인의 염려 때문인지, 이 지역에 많다는 미신 때문인지, 아니면 이 묵주 때문인지 모르겠지만, 어쨌든 평소처럼 마음 편히 있기 힘들다. 이 일기장이 나보다 먼저 미나를 마주하게 된다면, 이 글이 내 마지막 인사가 되겠지.
마차가 왔다.

5월 5일. — 드라큘라 성에서 씀. 어스름한 새벽이 물러나고 멀리 보이는 지평선 위로 해가 솟아오른다. 지평선은 들쭉날쭉한데, 워낙 먼 곳이라 크기를 가늠할 수 없어 나무 때문인지 언덕 때문인지는 판단하기 어렵다. 지금은 졸리지도 않고, 어차피 푹 자도록 깨우지 않겠다는 얘기도 들은 터라, 졸릴 때까지는 글을 쓸 생각이다. 기록해둘 만한 이상한 것이 많은데, 일단 이 글을 읽는 누구든 내가 비스트리츠를 떠나기 전 제대로 된 식사를 했다고 생각할지 모르니 저녁 식사에 대해 먼저 정확히 적으려고 한다. 저녁으로 '스테이크 도둑'이라는 요리를 먹었는데, 베이컨 몇 조각과 양파, 붉은 고추로 양념한 소고기를 꼬챙이에 꿰어 불에 구운 음식으로 전형적인 런던식 고양이 먹이에 비견할 만했다! 포도주는 골든 메디아슈였는데, 묘하게 톡 쏘는 맛이지만 생각보다 나쁘지는 않았다. 나는 포도주만 두 잔 마시고 식사를 마쳤다.

내가 승합마차에 오른 후에도 마부는 제자리에 앉지 않고 호텔 안주인과 수다를 떨었다. 둘이서 수시로 날 쳐다보던 것이나, 남의 말을 듣고 소문을 내는 소위 '떠버리'들이 호텔 문 앞 긴 의자에 모여 앉아 두 사람의 대화를 엿들으며 날 딱하다는 듯 쳐다보던 것으로 보아, 두 사람은 내 얘기를 하고 있던 게 틀림없다. 두 사람뿐 아니라 모여 있는 사람들의 대화에서 몇 번씩 되풀이해 들리는 단어가 많았는데, 모인 사람들의 출신이 다양하다 보니 발음이 희한했다. 나는 가방에서 조심스레 다국어 사전을 꺼내 들리는 단어를 찾아보았다. 솔직히 그다지 기운 나는 단어는 아니었다. 악마라는 뜻의 '우루둑', 지옥이라는 뜻의 '포콜레', 마녀라는 뜻의 '스트리고이카', 그리고 슬로바키아어와 세르비아어로 늑대 인간이나 흡혈귀를 뜻하는 '브롤로크'와 '블코슬라크' 같은 단어가 대부분이었기 때문이다(백작에게 이런 미신들에 대해 물어볼 것).

마차가 출발할 즈음에는 숙소 앞이 사람들로 북적댔는데, 다들 성호를 그은 후 손가락 두 개로 나를 가리켰다. 마차에 함께 탔던 다른 승객에게 그 행동의 의미를 물었더니, 질문에 답하길 꺼리던 승객은 내가 영국인이라는 걸 알고는 별수 없다는 듯 입을 열었다. 가까스로 얻은 답은, 그 행동이 액운을 막는 주술이나 수호의 기도라는 것이었다. 낯선 사람을 만나러 낯선 곳으로 떠나려는 나로서는 그다지 유쾌하지 않았지만, 모두가 불안해하면서도 선한 의도로 나를 염려해주는 것처럼 보였기에 가슴이 뭉클했다. 호텔을 떠나면서 마지막으로 본 풍경은 결코 잊지 못할 것이다. 호텔 앞마당 한가운데 옹기종기 모아둔 녹색 화분들, 그 화분에서 자라던 잎이 무성한 협죽도와 오렌지나무, 호텔 입구부터 그곳까지 이어지는 널찍한 길에 둥그렇게 모여 서서 성호를 긋는 사람들. 그 그림 같은 풍경을 어찌 잊으랴. 한편 마부는 그곳 말로 '갓차'라고 하는 품이 넉넉한 면바지를 입었는데, 어찌나 통이 넓은지 마부석을 다 덮을 지경이었다. 그는 나란히 선 작은 말 네 마리를 향해 커다란 채찍을 휘둘렀고, 우리의 여행이 시작됐다.

마차를 타고 달리며 아름다운 풍경을 마주하자, 나는 좀 전에 본 사람들의 기이한 행동과 그때 느낀 이유 모를 불안감을 이내 잊었다. 물론 이런저런 외국어에 능해서 같이 타고 있던 다른 승객들의 말을 알아들을 수 있었다면 그 기억과 감정을 쉽게 떨치기는 힘들었으리라. 마차 앞으로 숲이 울창한 푸른 구릉지가 펼쳐졌다. 여기저기 가파른 언덕이 삐죽삐죽 솟아 있었고, 길 쪽을 향해 서 있는 박공지붕의 농가나 수풀이 언덕배기를 차지하고 있었다. 사방에 널린 사과나무, 자두나무, 배나무, 벚나무에는 꽃이 흐드러지게 피었는데, 마차에 탄 채로 봐서 그런지 나무 아래 풀밭에 떨어진 꽃잎들이 반짝였다. 이곳 사람들이 '중간 지대'라고 부르는 그 푸르른 구릉지에 난 길은, 풀밭을 끼고 돌 때

나 나무가 듬성듬성해지는 소나무 숲의 끝자락에서 난데없이 끊기곤 했다. 언덕의 비탈길에서는 너울대는 불길처럼 오르락내리락하기도 했다. 이렇게 길이 험한데도 마차는 쫓기기라도 하는 것처럼 미친 듯이 내달렸다. 당시에는 그렇게 서두르는 이유를 몰랐는데, 이제 와서 생각해보면 마부가 일찌감치 보르고 고개에 도착하려고 그랬던 게 분명하다. 그나저나 사람들은 여름철이라면 그 길만큼 좋은 길이 없는데, 아직은 눈이 녹은 지 얼마 되지 않아 상태가 좋지 않다고들 했다. 이는 카르파티아산맥에 있는 길임을 고려하면 특이하다고 할 만하다. 이곳에서는 길을 잘 닦아놓지 않는 게 전통이기 때문이다. 그 지역의 옛 지배자들은 터키에서 원군을 불러들일 준비를 한다는 오해를 사지 않으려고 애초에 길을 관리하지 않았다. 괜한 오해를 샀다가 일촉즉발의 대치 상태에 있는 두 나라가 불필요한 전쟁에 휘말릴 수 있다는 생각에서였다.

중간 지대의 푸른 구릉지 뒤로 카르파티아산맥의 깎아지른 산줄기가 떡하니 버티고 서 있었다. 좌우로도 카르파티아산맥의 산들이 보였는데, 오후 햇살이 비추자 오색찬란한 풍경이 더욱 아름다워졌다. 산그늘이 만드는 남색과 보라색, 풀과 바위가 섞어낸 녹색과 갈색, 뾰족한 바위와 봉우리로 이루어져 한없이 이어지는 능선, 그리고 모든 것이 흐릿해 보이는 저 멀리 장엄하게 솟아 있는 눈 덮인 산봉우리까지…. 눈 닿는 곳마다 까마득하게 깊은 계곡이 있었고, 해가 기울면서 때때로 흐르는 계곡물이 하얗게 빛나는 모습도 볼 수 있었다. 언덕 기슭의 구불구불한 길을 지나며 오른쪽으로 보이는 눈 덮인 높은 산 정상을 바라보는데, 승객 중 하나가 내 팔을 치며 말했다.

"저기! 이슈텐 세케•요! 신의 의자 말이오!" 그는 곧바로 경건하게 성호를 그었다.

마차가 끝 모르고 이어지는 굽잇길을 따라 나아가는 동안, 등 뒤에서 해가 점점 기울어 이내 저녁의 어스름이 주위로 스멀스멀 몰려들었다. 아직 석양을 머금어 바스러질 것 같은 분홍빛으로 반짝이는 눈 덮인 산봉우리 탓에 주위의 어둠은 상대적으로 더 짙어 보였다. 마차로 이동하면서 이색적인 복장을 한 체코인과 슬로바키아인도 많이 보았는데, 목 부위가 부풀어 오른 경우가 흔한 것으로 보아 갑상선종이 유행하는 듯했다. 길가에 꽂힌 십자가는 툭하면 등장했는데, 그 앞을 지날 때마다 승객들은 하나같이 성호를 그었다. 제단 앞에 무릎을 꿇고 기도를 올리는 농민도 이따금 보였다. 바깥세상을 향한 눈과 귀를 틀어막고 신에게 자

• 헝가리어로 '신의 의자'라는 뜻에 걸맞게 봉우리가 편평한 산 이름.

신을 바치기라도 하는지 우리가 지나가도 돌아보는 법이 없었다. 처음 보는 것들도 많았다. 나무 사이에 쌓아둔 건초 더미라든가, 보기 좋게 가지를 늘어뜨린 자작나무 군락, 여린 잎사귀 사이로 보이는 자작나무의 은빛 줄기 같은 것들 말이다. 소가 끄는 건초 수레를 앞지르는 일도 몇 번 있었다. 울퉁불퉁한 길에 맞춰 양쪽에 사다리를 댄 길쭉한 수레는 꼭 뱀의 등뼈처럼 생겼는데, 그게 그 일대의 일반적인 짐수레라고 했다. 수레에는 일을 마치고 집으로 돌아가는 농부들이 타고 있었다. 체코인은 흰옷을 입었고, 슬로바키아인은 색을 입힌 양가죽 옷차림에 창처럼 자루가 긴 도끼를 들고 있었다. 저녁이 되자 날이 제법 쌀쌀해졌다. 땅거미가 짙어지면서 언덕 사이 깊은 계곡을 따라 늘어선 참나무, 너도밤나무, 소나무의 흐릿한 윤곽은 모두 한 덩이의 어둠이 되었지만, 고갯길을 오르자 채 녹지 않은 눈 덕분에 곳곳에 자라는 시꺼먼 전나무는 알아볼 수 있었다. 소나무 숲에서 길이 끊길 때면 마치 어둠이라는 벽에 가로막히는 것 같았는데, 아득한 어둠 곳곳에 흩뿌려진 나무들마저 묘하게 엄숙한 분위기를 자아내서 자연스레 초저녁이면 찾아오는 상념과 음울한 상상에 사로잡혔다. 그런 와중에도 끊임없이 카르파티아산맥을 따라 골짜기를 타고 흐르는 유령 같은 구름 앞에선 묘한 안도감이 들었다. 가끔은 비탈길이 너무 가팔라서 마부의 재촉에도 말이 속력을 내지 못하고 느릿느릿 이동하기도 했다. 그럴 때면 나는 고향에서처럼 마차에서 내려 걸어 올라가고 싶었지만, 마부는 내 말을 들으려 하지 않았다. "안 됩니다요. 여기선 걸으면 안 돼요. 개들이 얼마나 사나운데요." 그러고는 마차 안을 쓱 둘러보며 한마디를 덧붙였다. "여기가 아니라도 나리는 잠자리에 들기 전에 별일 다 겪으실 거예요." 마부의 말에 승객들이 수긍하는 듯 웃음을 흘린 걸 보면 마지막 말은 나를 놀리려고 한 게 틀림없다. 마부가 마차를 멈춘 건 등불을 켤 때 딱 한 번뿐이었다.

점점 더 어두워질수록 승객들은 어쩐지 동요하는 듯했는데, 누가 시키기라도 한 듯 서로 번갈아가며 마부에게 말을 걸었고, 다들 쉴 새 없이 떠들어대면서도 틈틈이 마부에게 속력을 더 내라며 다그쳤다. 마부는 긴 채찍을 인정사정없이 휘두르며 말들에게 힘을 내라고 고래고래 소리를 질렀다. 한참을 그렇게 달리던 중 어둠 속에서 흐릿한 불빛이 보였는데, 겹겹이 이어지는 언덕 사이에서 새어 나오고 있었다. 마차 안 분위기는 점점 더 고조되었고, 마차도 거기에 호응하듯 가죽 장식이 다 떨어져나갈 것처럼 미친 듯이 달렸다. 마치 폭풍우 몰아치는 바다 위 조각배 같았다. 나는 입을 다물 수밖에 없었다. 길이 조금씩 평탄해지자 마차는 하늘을 나는 것처럼 빠르게 질주했다. 어느덧 코앞으로 다가온 산이 위압적인 모습으로 우리를 내려다보았다. 보르고 고갯길에 들어선 것이다. 승객들은 차례로 내게 선물을 건넸는데, 어찌나 수선을 떠는지 차마 사양할 수 없었다. 선물은 각양각색이면서도 선물이라기엔 이상한 것들이었다. 하지만 선물에는 그들의 고운 마음 씀씀이와 다정함, 축복을 빌어주는 기도가 듬뿍 담겨 있었다. 비스트리츠의 호텔 앞에서 나를 사악한 마귀로부터 지켜주기 위해 성호를 긋던 사람들처럼 두려움을 고스란히 드러내며 미신적인 행동을 하는 사람도 있었다. 문득 마부가 몸을 앞으로 내밀자 승객들은 저마다 창문으로 몸을 기울여 어둠 속을 뚫어지게 바라보았다. 무슨 일이 있거나, 일어날 가능성이 있는 모양이었는데, 이유를 알려달라고 아무리 사정해도 누구 하나 입을 열지 않았다. 한동안 모두 잔뜩 긴장한 채 창밖에 시선을 주고 있었다. 이윽고 마차는 동쪽으로 이어지는 보르고 고갯마루에 도착했다. 머리 위에는 먹구름이 잔뜩 끼었고, 곧 천둥이 칠 것처럼 공기가 무거웠다. 산맥을 경계로 두 가지 다른 기후가 서로 맞서는 것 같았고, 그중 우리가 있는 쪽은 악천후 같았다. 나는 갈아탈 마차를 찾느라 정신이 없었다. 다른 마차의 불빛이 있을 줄 알았건만 주위는 온통 깜깜했다. 우리가 탄 승합마차의 깜빡이는 등불이 유일한 불빛이었고, 그 빛줄기 속에서 힘겹게 달려온 말들의 하얀 콧김이 피어올랐다. 마차 앞으로 보이는 흐릿한 흙길에서는 마차나 수레의 바퀴 자국을 찾아볼 수 없었다. 다른 승객들은 내가 느끼는 실망감을 비웃기라도 하듯 안심하는 표정으로 한숨을 내쉬며 창가에서 물러났다. 앞으로 어떻게 해야 할지 고민하는데 마부가 시계를 들여다보고는 낮은 목소리로 들릴락 말락 하게 승객들에게 말했다. "한 시간 먼저 도착했습니다요." 아마도 그런 말이었던 것 같다. 그런 뒤 마부는 고개를 돌려 나를 쳐다보더니 나보다 더 서툰 독일어로 말했다.

"기다리는 마차가 없습니다요. 나리를 기다리는 사람이 없어요. 나리는 이제 부코비나로 가서 내일이나 모레 여기 다시 옵니다요. 글피면 더 좋고요." 마부가 이렇게 말하는데 말들이 히힝 울며 콧김을 내뿜더니 난데없이 길길이 날뛰는 게 아닌가. 마부는 하던 말을 멈추고 말들을 진정시켰다. 그때 승객들이 한꺼번에 비명을 지르면서 성호를 그었다. 뒤에서 말 네 필이 끄는 이륜마차가 나타나 우리 마차 옆으로 오더니 나란히 섰다. 우리 마차의 등불에 비친 이륜마차의 말들은 석탄처럼 검고 튼튼했다. 이륜마차를 몰고 온 마부는 키가 크고 긴 갈색 수염을 길렀으며, 큼직한 검정 모자를 썼는데, 얼굴을 숨기려고 그러는 것 같았다. 제대로 보이는 건 밝은색 눈동자뿐으로, 그가 우리를 향해 고개를 돌리자 등불의 불빛 때문인지 눈동자가 붉어 보였다. 그는 마차의 마부에게 말했다.

"오늘 밤은 일찍도 왔구려." 그러자 마부가 더듬거리며 대답했다.

"영국인 나리가 서두르셔서요."

"그래서 저분을 부코비나로 모시려 했나 보지? 날 속일 생각은 하지 마시오. 나는 모르는 것이 없고, 내 말은 바람처럼 날쌔다오." 낯선 마부는 이렇게 말하며 씩 웃었는데, 불빛에 비친 그의 입술은 새빨갛기 그지없었고, 상아처럼 하얀 이는 유난히 뾰족했다. 승객 중 하나가 나지막한 목소리로 뷔르거의 '레오노레'• 중 한 구절을 읊조렸다.

"망자의 걸음은 빠르나니…."

이륜마차를 몰고 온 마부가 그 말을 들었는지 순간 씩 웃으며 고개를 들었다. 시구를 읊었던 승객이 고개를 돌리며 두 손가락으로 성호를 그었다. "저 손님 짐을 이리 주시오." 이륜마차 마부가 이렇게 말하자마자 사람들이 너나 할 것 없이 재빨리 내 가방들을 이륜마차로 날랐다. 내가 승합마차에서 내려 나란히 세워둔 이륜마차에 오를 때 이륜마차

• 죽은 연인을 소재로 삶과 죽음, 에로스를 다룬 시다.

마부가 손을 내밀어 내 팔을 잡아주었는데, 악력이 어찌나 센지 무쇠 주먹에 붙들리는 줄 알았다. 마부가 말없이 고삐를 흔들자 말들이 방향을 틀었고, 우리는 곧장 보르고 고개의 깊은 어둠 속으로 달려들었다. 뒤를 돌아보니 승합마차의 등불 아래 말들이 콧김을 내뿜는 모습과 함께 이제껏 먼 길을 함께 온 사람들이 성호를 긋는 모습이 보였다. 승합마차의 마부는 채찍을 내리치며 말들에게 가자고 소리쳤고, 승합마차는 냉큼 부코비나를 향해 출발했다. 승합마차가 어둠 속으로 사라지자 나는 묘한 한기를 느꼈는데, 문득 홀로 남았다는 생각에 사로잡혔다. 마침맞게 마부가 내 어깨에 망토를 걸쳐준 뒤 무릎에 담요까지 덮어주고는 유창한 독일어로 이렇게 말했다.

"밤공기가 찹니다, 나리. 주인님인 백작님께서 제게 나리를 잘 모시라고 하셨습니다. 혹시 몰라 좌석 밑에 슬리보비츠(그 지역의 자두 브랜디) 한 병을 준비해두었습니다." 술은 입에도 대지 않았지만, 마실 술이 준비돼 있다는 사실은 꽤 위안이 됐다. 당시 나는 기분이 좀 이상했는데, 상당히 겁을 먹었달까. 이유를 알 수 없는 야행을 강행하지 않을 방법이 있었다면 두말없이 그 방법을 택했을 것이다. 쭉 뻗은 길을 질주하던 마차는 홱 꺾으면서 다른 길로 들어섰고, 이번엔 우리가 왔던 방향으로 다시 나아갔다. 아무래도 같은 곳을 빙빙 돌고 있는 것 같아서 마차 밖 풍경 중 남다른 지점 몇 군데를 눈여겨보았는데, 아니나 다를까 같은 곳을 여러 번 지나는 게 맞았다. 마부에게 이유를 묻고 싶었지만, 한편으로는 그러기가 겁이 났다. 일부러 시간을 끄는 것이라면 내가 지적해도 아무 소용 없으리라는 생각이 들었기 때문이다. 잠시 후 나는 시간이 얼마나 지났는지 확인하려고 성냥을 켜서 시계를 보았다. 자정이 되기 몇 분 전이었다. 지난 며칠간 알게 된 자정에 관한 미신이 스멀스멀 떠오르면서 가슴이 덜컥 내려앉았다. 나는 초조한 심정으로 어서 도착하기만을 바랐다.

길 아래 멀리 떨어진 어느 농가에서 개가 울부짖었다. 겁에 질린 듯 고통스러워하는 긴 울음이었다. 그 소리에 화답하듯 다른 개도 울부짖기 시작했고, 또 다른 개도, 다른 개들도 모두 그 울음에 동참했다. 보르고 고개를 지나는 산들바람이 울음소리를 실어 나르는 듯 이내 그 일대가 개 짖는 소리로 떠들썩해졌고, 이 소란은 어두운 밤이라 보이지 않는 멀고 먼 곳까지 번졌다. 처음 개 소리가 났을 때 마차를 끄는 말들은 주춤거리며 앞다리를 들고 섰다. 마부가 달래자 녀석들은 잠시 잠잠해졌지만, 얼마 지나지 않아 한참을 꽁무니 빠지게 내달린 것처럼 바들바들 떨며 땀을 흘렸다. 그때 양쪽 산에서 늑대들이 개들보다 훨씬 더 크고 사납게 울부짖었다. 이번엔 말들뿐만 아니라 나 역시 크게 동요했다. 마차에서 내려 달아나고 싶었다. 말들도 다시 앞다리를 들고 서며 미친 듯이 날뛰었다. 마부는 말들이 달아나지 않도록 온 힘을 다해 고삐를 잡았다. 몇 분 정도 지나자 늑대 소리가 귀에 익으면서 두려움이 조금 잦아들었다. 말들도 어느 정도 진정해서 마부가 마차에서 내려 말들 앞에 설 수 있게 됐다. 마부는 말들을 쓰다듬고 달래며 조련사처럼 말들의 귀에 대고 뭐라고 속삭였다. 효과가 어찌나 좋았는지 여전히 좀 떨기는 했지만 말들은 다시 순순히 마부의 명령을 기다렸다. 마부는 제자리로 돌아와 고삐를 흔들었고, 다시 출발한 마차는 엄청난 속력으로 질주했다. 우리는 보르고 고개 건너편으로 향하다가 급회전을 하면서 오른쪽으로 난 좁은 길로 들어섰다.

얼마 안 가 숲이 빽빽해졌는데, 길이 숲의 나무를 지붕 삼고 있어 마치 터널을 지나는 듯한 기분이었다. 숲을 빠져나오자 이번엔 길 양쪽으로 깎아지른 바위가 이어졌다. 꽉 막힌 동굴에 있다고 해도 무방했는데, 그래도 바위 틈새로 새어든 서글픈 바람 소리나 마차의 바퀴에 짓밟혀 나뭇가지가 으스러지는 소리 정도는 들렸다. 날이 점점 쌀쌀해지면서 싸락눈이 흩날렸고, 주변 풍경은 금세 흰옷으로 갈아입었다. 그때까지도 에일 듯한 바람에 개 짖는 소리가 실려

오긴 했으나 점점 희미해져갔다. 반면 늑대들이 으르렁대는 소리는 점점 가까워졌다. 마치 늑대들이 사방에서 우리를 향해 다가오는 것 같았다. 그럴수록 나는 두려워졌고, 말들도 마찬가지였다. 하지만 마부는 아랑곳하지 않았다. 그는 계속 좌우를 살폈는데, 주위가 온통 깜깜해서 내 눈에는 아무것도 보이지 않았다.

마차의 왼쪽으로 멀리 떨어진 곳에서 별안간 희미하게 깜빡이는 파란 불꽃이 나타났다. 이를 본 마부가 곧장 말을 멈춰 세우고는 마차에서 내려 어둠 속으로 사라졌다. 나는 어찌할 바를 몰라 당황했는데, 늑대 소리가 가까워지자 더욱 그랬다. 내가 난감해하는 사이 마부가 돌아왔다. 그는 한마디 변명도 없이 자리에 앉아 다시 마차를 몰았다. 그런 일이 한두 번이 아니었는데, 어쩌면 까무룩 잠들어 꿈을 꾼 건지도 모른다. 지금 생각해보면 같은 꿈이 무한히 반복되는 일종의 악몽이 아니었나 싶다. 한번은 그 파란 불꽃이 길 아주 가까이에 나타난 적이 있었다. 덕분에 주위가 깜깜했는데도 마부의 행동을 지켜볼 수 있었다. 불꽃 주위가 조금도 밝아지지 않았으니 아주 희미한 불꽃이었던 모양이다. 그는 재빨리 불꽃이 일렁이는 곳으로 가서 돌멩이 몇 개를 쌓아 어떤 형체를 만들었다. 아, 한번은 마술처럼 신기한 걸 보기도 했다. 마부가 불꽃과 나 사이에 서 있는데도, 불꽃이 그의 몸에 가려지지 않고 유령처럼 계속 깜빡인 것이다. 나는 매우 놀랐지만, 그 신기한 현상은 찰나에 불과했기에, 어둠을 너무 오랫동안 들여다본 탓에 헛것을 보았다고 생각하기로 했다. 그 뒤로 한동안은 푸른 불꽃이 나타나지 않았고, 우리는 어둠을 헤치며 빠르게 달려나갔다. 늑대들이 주위를 에워싼 채 우리를 쫓아오는 듯, 사방에서 울려대는 늑대 소리는 잦아들 줄 몰랐다.

마침내 마지막 불꽃이 나타났을 때 마부는 이전보다 훨씬 먼 곳까지 나갔고, 그가 자리를 비운 사이 말들은 그 어느 때보다 겁에 질려 바들바들 떨며 괴성을 질러댔다. 때마침 늑대들이 약속이라도 한 듯 동시에 울음을 그쳤기에 말들이 그러는 이유를 도통 알 수 없었는데, 시꺼먼 먹구름 뒤에서 유유히 모습을 드러낸 달이 삐죽삐죽 솟은 산마루와 소나무로 뒤덮인 절벽을 비춘 후에야 말들이 왜 두려워했는지 이해했다. 붉은 혀를 축 늘어뜨리고 흰 이빨을 드러낸 한 무리의 늑대가 우리 주위를 에워싸고 있었다. 늑대들의 긴 다리는 터질 것처럼 우람했고, 뻣뻣한 털은 텁수룩했다. 늑대들이 사납게 울부짖는 것보다 섬뜩하게 침묵하는 게 수백 배는 더 두려웠다. 나는 겁에 질려 꼼짝도 할 수 없었다. 그런 공포는 직면해본 사람만이 이해할 수 있을 것이다.

달빛에 영향을 받기라도 하는 것처럼 늑대들이 동시에

울부짖었다. 말들은 겅중거리며 몸부림을 쳐댔고, 도저히 눈 뜨고 볼 수 없다는 듯 눈알을 데굴데굴 굴렸다. 하지만 무시무시한 늑대들이 포위망을 좁혀오는 터라 말들은 달아날 수도 없었다. 나는 최악의 상황을 피할 유일한 방법이 포위망을 뚫고 나가 마부를 맞이하는 것뿐이라고 판단했기에 소리 높여 마부를 불렀다. 고함을 치면서 마차의 한쪽 면을 마구 두들기기도 했다. 그쪽에서 다가오던 늑대들이 소리에 놀라 주춤하는 틈에 마부가 접근할 수도 있지 않을까. 그 순간 고압적으로 명령을 내리는 듯한 마부의 목소리가 들렸다. 소리가 난 쪽을 돌아보자, 늑대들의 포위망을 어떻게 뚫고 돌아왔는지는 몰라도 마부가 길 위에 덩그러니 서 있었다. 그가 보이지 않는 무언가를 쓸어내듯 긴 팔을 쓱 휘두르자 늑대들이 뒤로 물러나더니 먼 곳으로 사라졌다. 곧바로 먹구름이 밀려와 달을 가렸고, 우리는 다시금 어둠에 잠겼다.

늑대들이 완전히 자취를 감추고 마부가 이륜마차에 오른 후에야 다시 그의 모습을 마주하게 되었다. 모든 것이 기이하고 불가사의해서인지 두려움이 엄습했다. 나는 차마 입을 열 수도, 움직일 수도 없었다. 구름이 달을 가려 천지가 암흑이었기에 마차를 타고 있는 사이에 시간이 멈춘 것만 같았다. 길은 계속 오르막이었다. 가끔 잠깐씩 내리막을 타기도 했지만, 대부분은 분명 오르막이었다. 멍하니 있다 정신을 차려보니 마부가 거대한 성의 안마당에서 말을 끌고 있었다. 성에 난 길쭉한 창문들은 빛 한 줄기 새어 나오지 않고 새까맸으며, 달이 뜬 하늘을 등진 흉벽은 부서진 탓인지 비뚤배뚤했다. 성은 마치 폐허 같았다.

2장

조너선 하커의 일기(이어서 계속)

5월 5일. — 마차에서 잠들었나 보다. 그게 아니라면 그토록 눈에 띄는 곳에 가까이 왔다는 걸 알아채지 못했을 리 없다. 어두워서 정확히 가늠하긴 어려웠지만, 그래도 성 안마당이 상당히 넓다는 건 알아차렸다. 안마당과 연결된 몇 개의 길이 거대한 아치형 지붕으로 장식되어 실제 크기보다 넓게 느낀 것일 수도 있다. 아직까진 밝을 때 제대로 보지 못했다.

이륜마차가 멈춰 선 뒤 마부가 마차에서 뛰어내려 내가 편히 내리도록 손을 내밀었다. 다시 한번 나는 그의 엄청난 악력을 느꼈다. 있는 그대로 말하면 그의 손은 마음만 먹으면 내 손쯤은 손쉽게 으스러뜨릴 수 있는 강철 바이스 같았다. 그는 마차에서 짐을 내리기 시작했다. 내가 큼지막한 출입구 근처에 서 있는 사이 그는 마차에서 꺼낸 짐을 내 곁에 가져다 놓았다. 출입구에 달린 문은 커다란 쇠 징이 여러 개 박힌 구시대 것이었고, 문틀은 육중한 바위였다. 어둠 속에서도 보일 만큼 커다란 무언가가 문틀 바위에 새겨져 있었는데, 그 역시 비바람과 오랜 시간은 이길 수 없었는지 꽤 많이 닳아 있었다. 마부는 나를 남겨두고 다시 마차에 올라 고삐를 흔들었다. 말들이 앞으로 나아가 어두컴컴한 길 한 곳으로 들어갔고, 마부와 마차 모두 시야에서 사라졌다.

나는 뭘 어찌해야 할지 몰라 우두커니 서 있었다. 종이나 문을 두드리는 고리는 보이지 않았고, 육중한 벽이나 시꺼먼 창문 너머까지 내 목소리가 들리도록 소리를 지를 자신도 없었다. 멍하니 서 있는 시간이 영겁처럼 느껴져 의심과 두려움이 밀려들었다. 내가 있어야 하는 곳이 어떤 장소이며, 만나야 할 이는 또 어떤 사람인가? 내가 시작한 이 모험은 대체 얼마나 더 음침해질 것인가? 외국인과 런던 부동산 매입 건으로 상담하기 위해 출장을 가는 게 변호사 보조가 맡는 일반적인 업무인가? 기껏해야 변호사 보조인데? 미나는 이 직업을 마뜩잖아 했다. 런던을 떠나기 직전, 나는 변호사 시험 합격 통보를 받았다. 이제 나는 자격을 갖춘 엄연한 변호사다! 드라큘라 성의 커다란 문 앞에 서서 나는 이 모든 게 꿈이 아닐까 하는 생각에 눈을 비비고 살을 꼬집어보았다. 모든 상황이 끔찍한 악몽 같아 한시라도 빨리 잠에서 깨고 싶었다. 야근한 다음 날 피곤한 상태로 잠이 들었다가 새벽녘에 화들짝 깨듯, 잠에서 깨면 집이길 바랐다. 하지만 꼬집은 살은 아팠고, 비빈 눈에는 여전히 같은 풍경이 들어왔다. 말 그대로 눈 떠보니 카르파티아산맥에 와 있는 셈이었다. 이제 인내심을 갖고 아침이 오기를 기다리는 일 외에 내가 할 수 있는 건 없었다.

이런 결론에 다다랐을 때 거대한 문 뒤로 둔탁한 발소리가 들렸다. 문틈으로 다가오는 불빛도 보였다. 곧 쇠사슬 소리와 함께 커다란 빗장이 철커덕거리며 열리는 소리가 났다. 오랫동안 사용하지 않은 듯 열쇠를 돌릴 땐 삐걱대는 소리가 요란하더니, 커다란 문은 의외로 가볍게 홱 열렸다.

문 안쪽에는 키 큰 노인이 서 있었다. 노인은 흰 콧수염만 빼고 말끔하게 면도한 얼굴에, 머리부터 발끝까지 작은 얼룩조차 찾아볼 수 없을 만큼 새까만 겉옷을 걸치고 있었다. 그는 한 손에 골동품 같은 은제 등잔을 들고 있었는데, 덮개나 바람막이가 없어 열린 문으로 몰아치는 찬 바람에 불꽃이 일렁였다. 그리고 그럴 때마다 주위에 드리운 긴 그림자가 파르르 떨렸다. 노인은 정중한 태도로 오른손으로 들어오라는 손짓을 했다. 그러고는 억양이 어색한 것만 빼면 완벽한 영어로 말했다.

"내 집에 방문한 그대를 환영하오! 원하는 대로, 그대의 뜻에 따라 안으로 들어오시오!" 노인은 나를 맞이하기 위해 걸음을 내딛는 대신 동상처럼 가만히 서 있었다. 마치 환영 인사를 하다 그대로 돌이 되어버린 듯했다. 하지만 내가 문지방을 넘자마자 그는 불쑥 앞으로 튀어나오며 내 손을 움켜쥐었다. 그 힘이 어찌나 센지 나는 순간 인상을 찌푸렸다. 그의 손은 얼음장처럼 차가웠는데, 도무지 산 사람의 손 같지 않고 시체를 만지는 듯한 기분이어서 몸이 움츠러들었다. 그가 다시 입을 열었다.

"내 집을 방문한 그대를 환영하오. 그대의 뜻에 따라 자유롭게 들어와 지내다가 무탈하게 귀향하길 바라오. 다만 이곳을 떠나기 전에 그대가 가져온 행복은 조금 나눠주고 갔으면 한다오!" 악수를 하면서 노인의 악력이 나를 성까지 데려온 마부와 매우 비슷하다는 사실을 알아차렸다. 마부의 얼굴은 제대로 확인하지 못했으나, 그 순간에는 나와 대화를 나누는 노인이 아까 그 마부가 아닐까 하는 의심이 잠깐 들었다. 나는 확인하기 위해 질문부터 던졌다.

"드라큘라 백작님이신지요?" 그는 예의를 갖추며 고개를 숙인 뒤 대답했다.

"그래, 내가 바로 드라큘라 백작이오. 하커 씨, 그대가 방문해주어 매우 기쁘오. 들어오시오. 날이 차오. 식사를 좀 하고 쉬셔야지." 백작은 이렇게 말하며 벽에 달린 등잔 받침대에 등잔불을 올려두었다. 그러고는 말릴 새도 없이 문밖으로 나가 짐을 챙겨서는 안으로 들고 들어왔다. 집 안에서도 짐을 나르려 하기에 열심히 만류했지만, 그의 고집을 꺾을 수 없었다.

"아니, 그대는 내 손님이잖소. 야심한 시각이라 식솔을 부르긴 그렇구려. 내 직접 그대를 대접하리다." 백작은 기어코 짐을 든 채 복도를 지나 커다란 나선 계단을 올라갔다. 그리고 다시 폭이 넓고 긴 복도를 걸어갔다. 복도 바닥이 돌로 이루어진 탓에 발소리가 묵직하게 울려 퍼졌다. 한참 걸은 끝에 그는 육중한 문을 열어젖혔다. 방 안에는 식탁이 놓여 있었고, 한쪽 벽의 벽난로에는 막 채워 넣은 장작이 활활 타고 있었다. 환한 방 풍경에 기분이 좀 나아졌다.

백작은 멈춰 서서 가방을 내려놓고는 문을 닫았다. 그리고 방을 가로질러 가서 또 다른 문을 열었다. 문 뒤에는 창문 하나 없이 등불만 놓인 조그만 팔각 형태의 방이 있었다. 그는 그 방을 지나 또 다른 문을 연 뒤 내게 들어오라고 손짓했다. 벽난로가 공기를 데우고 방을 밝히는 멋진 침실이었다. 이곳 벽난로 역시 방금 땔감을 더 넣었는지 맨 위의 장작이 새하얬고, 커다란 굴뚝으로 연기도 치솟았다. 백작은 내 짐을 침실에 들여다 놓은 뒤 방을 나가면서 말했다.

"먼 길 오느라 피곤할 텐데 씻으면서 여독을 풀면 좋을 것 같소. 필요한 건 다 준비돼 있을 거요. 한숨 돌렸다 싶을 때 아까 그 방으로 오면 되오. 저녁을 준비하겠소."

환하고 따뜻한 방에서 백작의 환대까지 받으니 치밀던 의심과 두려움이 눈 녹듯 사라졌다. 평소 모습을 되찾은 나는 그제야 한나절 동안 아무것도 먹지 못해 잔뜩 굶주렸다는 사실을 깨달았다. 나는 서둘러 씻고 단장을 한 후 아까 지나온 방으로 향했다.

이미 식사가 차려져 있었다. 큰 벽난로 옆 석벽에 기대 서 있던 백작은 우아한 몸짓으로 식탁을 향해 팔을 내밀며 말했다.

"편히 앉아서 마음껏 들구려. 나는 저녁 식사를 마친 터라 식사를 함께 즐기지 못하는 점을 양해해주기 바라오. 밤참은 먹지 않는 편이거든."

나는 호킨스 씨가 맡긴 봉인된 서신을 백작에게 건넸다. 백작은 봉투를 열어 진지한 표정으로 서신을 읽은 뒤 매력적인 미소를 지어 보이며 읽어보라는 듯 건넸다. 다른 건 몰라도 서신 중 한 구절은 꽤 마음에 들었다.

> 통풍으로 고역을 치르는 탓에 제가 직접 찾아뵙지 못하는 점 양해 부탁드립니다. 저 대신 제가 전적으로 신뢰하는 유능한 인재를 대리인으로 보낼 수 있어 그나마 다행

입니다. 조너선 하커는 맡은 일을 성실히 해내는 사람으로, 능력 있고 믿음직한 젊은이입니다. 신중하고 과묵한 편인데, 제가 키운 인재이지요. 하커가 귀댁에 머물며 백작님을 보좌하고, 요청하신 사항을 처리할 것입니다.

백작이 손수 나서서 접시 덮개를 벗겨주기에 나는 곧장 식사를 시작했다. 맛 좋은 닭구이에 치즈 몇 점과 샐러드, 오래 묵은 토카이 포도주 한 병이 내 식사였다. 내가 식사를 하는 사이 백작은 성까지의 여정에 대해 이런저런 질문을 던졌고, 나는 그간 겪은 일을 차근차근 들려주었다.

내가 식사를 마치자 백작은 난롯가에 의자를 끌어다 놓고 앉으라고 했다. 그는 여송연을 권했는데, 정작 자신은 담배를 피우지 않는다며 양해를 구했다. 드디어 차분히 그를 살펴볼 기회였다. 백작은 이목구비가 특이했다.

상당히, 아주 상당히 강한 인상이었는데, 매부리코에 콧대가 매우 날렵하고 높았지만, 그에 반해 이상하게도 콧구멍은 유난히 동글동글했다. 이마가 넓고 정수리 부분은 머리칼이 듬성듬성 났으면서도 그 외의 머리숱은 풍성한 편이었다. 눈썹은 어찌나 길고 숱이 많은지 미간을 덮을 지경이었는데, 풍성한 머리칼과 눈썹이 뒤엉켜 곱슬머리처럼 보였다. 터부룩한 콧수염 아래로 살짝 보이는 입매는 다부지다 못해 모질어 보였고, 입술 위로 삐져나온 새하얀 이는 남달리 뾰족했다. 그 나이대 사람에게 어울리지 않을 정도로 새빨간 입술 덕에 백작의 얼굴에는 생기가 돌았다. 귀는 창백하다 못해 푸르스름했고, 귀 끝이 뾰족했으며, 턱이 각지고 넓은 것과 달리 뺨은 홀쭉하게 여위어 뼈가 보일 것만 같았다. 전반적으로 봤을 때 가장 특이한 점은 심하게 창백한 피부였다.

그의 손도 희고 고왔다. 아니, 백작이 불 가에 앉아 양손을 무릎 위에 올리고 있을 때만 해도 그런 줄 알았다. 하지만 가까이에서 보니 손가락이 작달막하고 손바닥이 넓적한 게 어쩐지 잡역부의 손 같았다. 손바닥 한가운데에는 털도 나 있었다. 손톱은 길고 깨끗했으며, 끝이 뾰족하게 잘렸다. 백작이 내 쪽으로 몸을 기울이며 손으로 나를 건드렸을 때, 나는 참지 못하고 몸서리를 쳤다. 그가 내뱉는 날숨이 풍기는 악취 때문이었던 것 같은데, 이유가 뭐였든 너무 메스꺼워 욕지기가 치미는 탓에 표정을 숨길 수 없었다. 백작은 내 표정을 알아채고 뒤로 물러났다. 그러고는 다시 자세를 바로 하며 음침한 미소를 지어 보였다. 그 바람에 백작의 입술 사이로 더 많은 치아가 삐져나왔다. 우리는 한동안 아무 말 없이 앉아 있었다. 창밖을 바라보니 주위에 여명이 스미고 있었다. 온 누리에 기묘한 적막감이 감도는 가운데 바로 아래쪽 골짜기에서 늑대 수십 마리가 울부짖었다. 백작이 눈을 반짝이며 이렇게 말했다.

"들어보시오. 밤의 자식들이 만들어내는 소리를 말이오. 실로 아름다운 선율이지 않소?" 백작은 의아해하는 내 표정을 읽었는지 이렇게 덧붙였다.

"아, 그대는 도시 사람이라 사냥꾼의 기분을 이해하지 못하겠구려." 그는 자리에서 일어섰다.

"피곤하겠군. 침구를 준비해두었다오. 내일은 깨우지 않을 테니 늦게까지 푹 자도 되오. 나는 일이 있어 성을 비웠다가 오후가 되어서야 돌아올 거요. 푹 자고 좋은 꿈 꾸구려!" 백작은 정중하게 인사한 뒤 팔각형 방으로 통하는 문을 열어주었다. 나는 침실로 들어갔다.

모든 것이 의문스럽다. 의심스럽고, 두렵다. 차마 입 밖에 낼 수 없는 이상한 생각이 머릿속을 어지럽힌다. 주여, 저를 지켜주소서. 저를 아끼는 사람들을 위해서라도 이 어린양을 지켜주소서!

5월 7일•. — 이번에도 새벽에 글을 쓴다. 그래도 지난 24시간은 푹 쉬면서 편히 보냈다. 오후 늦게까지 자서 눈이

• 하루가 지나서 5월 6일이어야 한다. 작가의 오기로 추측된다.

저절로 뜨일 때쯤 일어났다. 옷을 입고 식사를 했던 방으로 가니 아침 식사와 커피가 준비돼 있었다. 커피 주전자가 난로 위에 놓여 있어 커피는 따뜻했다. 식탁 위에는 두꺼운 종이로 된 쪽지 하나가 놓여 있었는데, 거기에는 이렇게 쓰여 있었다.

잠시 성을 비우게 됐소. 기다리지 마시오. -드라큘라.

나는 식탁에 앉아 푸짐한 식사를 즐겼다. 식사를 마친 후 식탁을 치울 사람을 부르려고 했으나 하인을 부르는 종은 보이지 않았다. 확실히 이 성은 귀족의 저택치고는 부족한 점이 많다. 방 안에 온갖 사치품이 가득한 걸 고려하면 더욱 그렇다. 식기는 금세공품이었는데, 장식이 매우 수려해서 값이 어마어마하게 나갈 것 같았다. 커튼이며 의자와 소파 덮개, 내가 사용한 손님용 침구까지 모조리 값을 매길 수 없는 것들이 아닐까 싶을 만큼 고급스러운 직물이었다. 자수 문양은 수백 년 전 유행했던 무늬지만, 그래도 최상품인 것만은 분명했다. 햄프턴 코트에서도 이와 비슷한 것을 본 적이 있는데, 그것들은 좀이 슬어서 낡아빠진 채였다. 이렇게 고가품이 많은데도 정작 거울은 단 하나도 없었다. 세면대 앞에도 거울이 없어서 나는 머리를 빗고 면도를 할 때 챙겨 온 휴대용 면도경을 꺼내야 했다. 그리고 지금까지 하인 한 명 보지 못했다. 모습은커녕 인기척이 아예 없고, 들은 소리라곤 오직 늑대들의 울음소리뿐이다. 식사를 오후 5~6시에 해서 그걸 아침 식사라고 해야 할지 저녁 식사라고 해야 할지 모르겠지만, 어쨌든 식사를 마치고 얼마 있다가 읽을거리가 있을까 싶어 방을 둘러보았다. 백작의 허락 없이 성내를 배회하고 싶진 않았기 때문이다. 하지만 방 안에는 책 한 권, 신문 한 부 없었고, 심지어 필기구조차 없었다. 어쩔 수 없이 방에 있는 다른 문을 열어보았다. 그 문과 연결된 방은 일종의 서재였다. 서재 반대편 벽에 있는 문도 열어보려 했으나 잠겨 있었다.

다행스럽게도 서재 책장에는 영어로 된 서적과 잡지, 신문이 빼곡히 꽂혀 있었다. 서재 한가운데 있는 탁자 위에는 영국 잡지와 신문이 어지러이 널려 있었는데, 최근 발행된 것들은 아니었다. 서적은 분야가 다양했다. 역사, 지리, 정치, 정치경제학, 식물학, 지질학, 법학까지 온갖 분야를 망라하는 서적들의 공통점을 꼽자면 영국과 영국인의 생활, 영국의 관습과 예절을 다룬 것이라는 점이다. 심지어 《런던 생활 정보지》, 《신사 인명록》, 《의회 안건록》, 《휘터커 연감》•,

• 1868년 조지프 휘터커가 발행한 통계자료집으로, 세계 각국의 정치, 경제, 재정, 인구, 무역 등의 정보를 다루며 지금도 출간되고 있다.

《육·해군 명부》 같은 참고 서적도 있었다. 《법조인 명부》를 발견했을 땐 왠지 반가운 기분도 들었다.

책을 한창 읽고 있는데 문이 열리며 백작이 들어왔다. 그는 다정한 얼굴로 격식을 차려 인사하고는 지난밤 푹 쉬었기를 바란다고 말했다. 그러고는 금세 본론으로 들어갔다.

"그대가 서재를 찾아서 다행이오. 여기엔 그대에게도 흥미로울 만한 것이 많거든." 백작은 몇몇 책에 손을 가져다 대며 말을 이었다. "런던에 가기로 마음먹은 후 지난 몇 년간 이 책들이 나의 친우였소. 이 녀석들과 많은, 아주 많은 시간을 함께 보냈지. 이 책들을 통해 나는 그대의 나라, 위대한 영국에 대해 알아봤소. 그리고 알면 알수록 영국을 사랑하게 되었다오. 대도시 런던의 붐비는 거리를 하루빨리 걷고 싶고, 군중으로 소용돌이치는 도시의 중심에 서서 런던의 삶과 변화, 죽음, 런던을 런던답게 만드는 모든 요소를 맛보고 싶소. 하지만 걸리는 게 하나 있소! 나는 영어를 책으로만 익혔소. 영어로 대화하는 건 이번이 처음이라오."

"하지만 백작님, 백작님께서 쓰신 글이나 하시는 말씀을 제가 보고 들었지 않습니까? 백작님의 영어 실력은 훌륭합니다!" 백작은 예의를 갖추듯 자못 진지하게 고개를 끄덕였다.

"후한 평가를 해주어 고맙소만, 이제 막 걸음마를 뗀 수준이란 걸 알고 있소. 솔직히 말하자면, 문법과 어휘는 아는데 회화가 어렵소."

"아닙니다. 백작님의 영어 실력은 정말로 흠잡을 데가 없습니다."

"그럴 리가. 런던에서 내가 입을 열면, 나를 이방인으로 보지 않을 사람이 없을 터. 그 정도론 부족하오. 이곳에서 나는 귀족이오. 보야르•란 말이오. 이 지역 사람이라면 누구나 나를 알며, 나는 그들을 다스리오. 하지만 낯선 땅에서 이방인은 아무것도 아니지. 사람들은 이방인이 어떤 사람인지 모르고, 어떤 사람인지 모르니 대접해주지도 않소. 나는 런던 사람으로 보이길 원하오. 행인이 나를 보고 멈춰서지 않기를 바라고, 내 말을 듣고는 '하, 외지에서 온 어중이떠중이로군!' 하는 소리를 내뱉지 않기를 바라오. 오랫동안 나는 지배계급이었고, 앞으로도 그러고 싶소. 아니, 적어도 다른 이가 내게 이래라저래라 하도록 내버려두고 싶지는 않소. 그대는 엑서터에 사는 피터 호킨스의 대리인으로 런던 부동산 매입 상담을 위해 이곳에 왔소. 하지만 그것만이 그대의 임무는 아니오. 나는 그대가 여기 한동안 머물며 내게 영국식 억양을 가르쳐주었으면 하오. 내 억양에서 미세

• 루마니아, 러시아 등지에서 최상위 계급, 최고 특권층을 이를 때 사용하는 표현.

하게라도 어색한 부분이 있다면 지적해주는 거요. 그나저나 내가 오늘 오랫동안 성을 비웠구려. 그래도 그대라면 내게 중요한 업무가 많아 어쩔 수 없었음을 이해해주리라 믿소."

물론 나는 힘닿는 데까지 기꺼이 백작을 돕겠노라고 대답했다. 그러면서 서재에 편히 드나들어도 되는지 물어보았다. "아무렴, 얼마든지 이용해도 좋소." 백작은 이렇게 대답한 후 덧붙였다.

"문이 잠겨 있지만 않으면 성내 어디든 출입해도 괜찮소. 물론 그대라면 문이 잠긴 곳에 들어가려고도 하지 않겠지만 말이오. 이 성의 모든 것이 보이는 상태로 그 자리에 놓인 데는 다 이유가 있소. 그대가 내가 아는 것을 안다면, 그러니까 그대가 내 입장이 된다면 그 이유를 이해할 수 있을 테지." 내가 그의 말에 수긍하자, 그는 다시 말을 이었다.

"이곳은 트란실바니아이고, 트란실바니아는 영국이 아니오. 이곳에는 이곳 나름의 방식이 있지만 그대 눈에는 이상하게 보일 수 있소. 아니, 그대가 지난번 들려준 이번 여정의 경험담을 고려하자면 이미 어느 정도 이상하게 생각할 수도 있겠구려."

이 말을 시작으로 우리는 수많은 이야기를 나눴다. 백작이 대화를 나누고 싶어 하는 것 같아서 이참에 내가 겪었던 일이나 신경 쓰였던 점에 대해 여러 질문을 던졌다. 백작은 가끔 주제에서 벗어난 이야기를 하거나 내 질문을 이해하지 못하는 척하며 화제를 바꾸었지만, 그래도 질문 대부분에 솔직하게 대답해주었다. 한참 이야기를 나누자 어쩐지 용기가 생겨서 전날 밤 본 기이한 일에 대해 물었다. 마부가 푸른 불꽃을 볼 때마다 불꽃이 이는 곳으로 간 이유도 당연히 질문했다. 그는 이 지방에는 마귀가 활개 치는 특정한 날 밤, 보물이 숨겨져 있는 곳에 파란 불꽃이 나타난다는 미신이 있다고 설명했다. 그 특정한 날이 바로 내가 성으로 오던 날이었다. "그대가 간밤에 지났던 길 일대에 보물이 묻혀 있고, 그건 의심의 여지가 없소. 왈라키아인과 색슨족, 터키가 수 세기 전 그 근처에서 전투를 벌였거든. 굳이 따지자면 이 일대에 피 묻지 않은 땅은 거의 없다고 봐야 하오. 그 피가 애국자들의 피든, 침략자들의 피든 말이오. 오래전 오스트리아인과 헝가리인이 이곳을 정복하려고 우르르 몰려온 혼란스러운 시기가 있었소. 터전을 지키기 위해 이곳 사람들은 남녀노소 할 것 없이 나섰다오. 그들은 고갯길 위 바위에 숨어 침략자들이 나타나면 산을 무너뜨려서 상대를 매장하려 했지. 결국 침략자들은 승리를 거뒀으나 전리품은 거의 얻지 못했소. 이 땅의 사람들이 전쟁이 벌어지기 전에 귀중품을 모조리 각자 편한 자리에 묻어버렸기 때문이오."

"하지만 감추려고 했대도 표식은 해뒀을 텐데, 어떻게 그토록 오랜 시간 발견되지 않고 그대로 땅에 묻혀 있었을까요?" 그러자 백작이 잇몸을 드러내며 활짝 웃는 바람에 신기할 정도로 길고 날카로운 송곳니가 훤히 드러났다. 그가 대답했다.

"그래서 그 무식한 마부 녀석이 비겁한 멍청이라는 거요! 그 불꽃은 일 년 중 단 하룻밤에만 나타나오. 이 땅의 사람이라면 그날 밤엔 제아무리 힘이 좋다 해도 집 밖을 싸돌아다니지 않소. 여기저기 쏘다닌다고 해서 찾을 수 있는 게 아니란 말이오. 그대의 말에 따르면 마부 녀석이 불꽃이 일어난 곳에 표식을 남겼다고 하지만, 그래 봐야 날이 밝은 후엔 아무것도 못 찾을걸. 그대라면 그 장소를 찾을 수 있을 것 같소? 그대가 찾는다면 내 손을 지지리다."

"백작님 말씀이 옳습니다. 저는 어딜 둘러봐야 하는지도 모르는걸요." 그 후 화제는 다른 것으로 옮겨 갔다.

한참 수다를 떤 후에야 그가 일 얘기를 시작했다. "자, 이제 런던에 대해서, 그리고 그대들이 매입한 저택에 대해서 이야기해봅시다." 나는 업무에 태만했던 점을 사과한 후 가방에 있는 서류를 챙기려고 방으로 갔다. 방에서 서류를 정리하는데, 식탁이 있는 방에서 식기가 서로 부딪치는 소리가 났다. 다시 서재로 가면서 보니, 그새 식탁이 치워졌고 등불이 켜져 있었다. 조금 전에 지나올 땐 불이 켜져 있지 않아 깜깜했는데 말이다. 서재에도 등불이 켜져 있었다. 백작은 소파에 누워서 책을 읽는 중이었는데, 그 많은 책 중 고른 것이 하필이면 《영국 브래드쇼 안내서》•였다. 내가 돌아오자 그는 탁자 위에 쌓인 책과 서류를 치웠다. 나는 그와 함께 서류를 검토하며 총 예상 비용을 계산했다. 그는 어느 것 하나 허투루 다루지 않았으며, 저택의 위치와 주변 환경에 대해 질문을 쏟아냈다. 하지만 그 지역은 그가 나보다 더 잘 파악하고 있었다. 내가 오기 전에 미리 찾아본 게 분명했다. 사전 조사를 했느냐고 묻자 그가 대답했다.

"뭐, 당연한 것 아니겠소? 그곳에 가면 난 혈혈단신이오. 내 곁엔 그대, 하커 조너선…. 아, 실례했소. 우리네 방식으로 성을 먼저 말했구려. 내 곁엔 실수를 바로잡아주고 도움의 손길을 내밀 그대, 조너선 하커가 없을 테니 말이오. 그때쯤이면 그대는 수백 킬로미터 떨어진 엑서터에서 피터 호킨스와 법률 서류를 작성하고 있겠지. 그나저나 우리가 아까 무슨 얘기를 하고 있었더라?"

우리는 퍼플릿의 부동산을 매입하기 위해 모든 자료를 철두철미하게 검토했다. 내가 해당 부동산에 대한 설명을

• 철도 시간표, 철도 운행 지역과 철도가 지나는 도시의 역사와 특징 등을 다룬 조지 브래드쇼의 안내 책자.

끝내자 그는 관계 서류에 서명했다. 나는 호킨스 씨에게 서류를 부칠 때 함께 보낼 편지를 한 통 썼다. 언제라도 바로 부칠 수 있도록 우편물을 봉하니 백작은 어떻게 그토록 적당한 장소를 찾아냈느냐고 물었다. 나는 매물을 발견한 후 작성한 기록을 읽어주었다. 그 내용은 다음과 같다.

퍼플릿에서 지름길로 이동하다 적절한 장소 발견함. 매각한다는 내용의 낡은 안내판도 달려 있음. 높은 담장에 대형 석재로 지은 옛날 건물임. 수십 년간 수리하지 않은 듯함. 대문은 잠겨져 있는데, 수령이 많은 참나무를 써서 판재가 두툼하고 무거움. 문의 쇠는 녹이 슬었음.

해당 부동산은 카팍스라 불리는데, 과거 카트르 파스라는 명칭이 변형된 것이 분명함•. 저택의 네 면이 동서남북과 정확히 일치하기 때문. 총면적은 대략 8만 1,000제곱미터로, 앞서 언급했듯 토지에 높은 담을 두름. 나무가 많아 그늘지는 곳이 많음. 바닥이 보이지 않을 정도로 깊은 연못도 있는데, 작은 호수라고 해도 될 크기임. 연못에서 흘러나가는 개울이 있는 것으로 보아, 안에 샘이 있는 것 같음. 저택은 규모가 매우 크며 여러 시대의 건축

• 카팍스는 교차점, 네거리라는 뜻의 단어. '카트르 파스'는 프랑스어로 네 개의 면을 뜻한다. 한편 과거 영국에서는 사형수나 자살자의 시신을 교차로에 묻는 풍습이 있었다.

양식이 혼재함. 대형 석재를 사용한 점이나, 높은 곳에 만 나 있는 몇 개 없는 창문에 하나같이 두꺼운 쇠창살이 달린 점을 고려하자면 건축 시기는 중세일 것으로 추정됨. 아성牙城의 일부로 보이며, 부속 건물이 달려 있음. 부속 건물은 옛날식 장례식장이나 예배당으로 추정됨. 저택에서 부속 건물로 들어가는 문의 열쇠가 없어 내부를 확인하진 못했으나, 외부 사진은 코닥 카메라로 여러 방향에서 촬영함. 저택은 증축됐는데, 정형화된 방식이 아니어서 현재로선 증축 규모만 추정 가능. 대규모 증축임. 근처에는 가옥이 몇 채 없으며, 이웃한 건물은 아주 큼. 최근에 증축해 사설 정신병원으로 이용한다고 함. 하지만 해당 부동산에서는 보이지 않음.

기록을 다 읽자 백작이 말했다.

"저택이 크고 오래됐다는 게 마음에 드오. 내가 유서 깊은 가문 사람이라서인지 신식 건물에 사는 건 아무래도 고역이거든. 집은 하루아침에 뚝딱 만들어지는 게 아니오. 백 년이란 시간이 거저 주어지는 게 아니잖소. 옛날식 장례식장이 있다는 건 가족묘도 있다는 뜻인데, 그것 역시 마음에 드오. 우리 트란실바니아 귀족은 일반 백성들과 함께 묻히는 걸 좋아하지 않거든. 나는 재미나 행복을 추구하지 않소. 한가득 내리쬐는 햇살이나 반짝이는 물결도 마찬가지요. 그런 건 천진난만한 젊은이들이나 좋아하지. 나는 이제 젊지 않소. 먼저 세상을 떠난 이들을 애도하며 긴긴 세월을 보낸 이 마음은 행복의 선율과 조화를 이루지 못하오. 장점은 그뿐만이 아니오. 내 성의 벽은 부서져서 곳곳에 그림자를 드리우며, 그 부서진 흉벽과 창을 통해 찬 바람이 몰아치오. 이런 그늘과 그림자가 내 취향이지. 나는 시간이 날 때마다 홀로 상념에 잠기고자 하는데, 그러기엔 그곳이 딱 맞구려." 어쩐지 백작의 표정이 말하는 내용과 어울리지 않는 것 같았다. 말과 표정이 다른 게 아니라면 그 생김새로 짓는 미소는 사악해 보일 정도로 음침했다.

백작은 서류를 한곳에 모아두라고 부탁하고는 자리를 떠났다. 그가 한동안 돌아오지 않기에 나는 주변에 있는 책들을 뒤적거렸다. 그중 하나가 지도책이었는데, 책을 집어 들자 자연스럽게 영국 부분이 펼쳐졌다. 수도 없이 그 부분만 펼친 것 같았다. 지도 중 몇 군데에는 작은 동그라미가 그려져 있었다. 살펴보니 하나는 매입하는 부동산이 있는 런던 동부 외곽이고, 다른 두 곳은 각각 엑서터와 요크셔 해안에 있는 휘트비•였다.

• 북해를 접한 관광지.

백작은 거의 한 시간 가까이 지난 뒤 돌아왔다. "오호! 지금까지 책을 보고 있소? 대단하오! 하나 늘 일만 해서는 안 되지. 이리 오시구려. 저녁 식사가 준비됐다고 알려주러 왔소." 그는 내 팔을 붙들고 옆방으로 이끌었다. 식탁 위에는 어디 내놓아도 손색없을 훌륭한 저녁 식사가 차려져 있었다. 백작은 외출했을 때 식사를 했다며 다시 한번 양해를 구했다. 그러면서도 그는 전날 밤처럼 함께 앉아 내가 식사하는 동안 대화 상대가 되어주었다. 식사를 마친 뒤 나는 지난밤처럼 담배를 피웠고, 백작도 자리를 떠나지 않았다. 우리는 몇 시간 동안이나 온갖 주제로 토론하고 수다를 떨었다. 시간이 흐르면서 노닥거리기엔 밤이 너무 깊었다는 생각이 들었지만, 의뢰인의 모든 요구에 응해야 한다는 생각에 그런 얘기는 꺼내지 않았다. 사실 전날 충분히 자둔 덕에 졸리지도 않았다. 다만 새벽녘이 되면서 밀물처럼 밀려드는 한기는 피할 도리가 없었다. 죽어가는 사람들 대부분이 새벽녘이나 조수가 바뀔 때 죽음을 맞이한다는 속설이 있다. 그 시간에 꼼짝도 못할 정도로 녹초가 되어 공기의 흐름이 바뀌는 걸 느껴본 사람이라면 쉽게 수긍할 것이다. 느닷없는 수탉의 울음소리가 청명한 새벽 공기를 갈랐다. 그 소리가 어찌나 쩌렁쩌렁 울리는지 환청을 듣는 것 같은 느낌이었다. 드라큘라 백작이 벌떡 일어서면서 말했다.

“아니, 벌써 아침이란 말인가! 이렇게 늦은 시각까지 그대를 붙들어놓다니, 이거야 원, 내가 결례를 범했소. 앞으로 내 터전이 될 영국에 대해 이야기할 땐 좀 심심하게 설명해 주시오. 그래야 오늘처럼 시간 가는 줄 모르고 그대를 늦게까지 붙드는 일이 없을 것 아니오.” 백작은 예를 갖춰 인사한 뒤 재빨리 자리를 떴다.

나는 침실로 가서 커튼을 열어젖혔지만 특별히 눈에 띄는 것은 없었다. 안마당으로 난 창문을 통해 볼 수 있는 거라곤 조금씩 붉게 물들며 생기를 띠어가는 회색 하늘뿐이었다. 나는 다시 커튼을 내리고 일기를 썼다.

5월 8일. — 이 여정에 대한 기록이 너무 산만해지는 것 같아 염려스러웠는데, 외려 지금은 처음부터 상세히 기록해두길 잘했다는 생각이 든다. 이 성과 성안의 모든 것이 뭔가 이상해서 찜찜한 기분을 떨칠 수 없기 때문이다. 무사히 이곳에서 벗어나고 싶다. 아니, 애초에 이곳에 오지 말았어야 했나 싶다. 밤낮이 뒤바뀐 이 기묘한 생활 때문일지도 모른다. 차라리 그 이유만이라면 좋겠다! 말할 상대라도 있으면 어떻게든 견뎌보겠는데, 이곳에는 아무도 없다. 대화를 나눌 사람이라곤 오직 백작뿐인데, 그는…. 아, 이곳에 살아 있는 사람이 나뿐일까 두렵다. 괜한 망상에 빠지지 말고 있는 그대로의 사실만 받아들여야 한다. 그래야 이 모든 걸 견딜 수 있다. 쓸데없는 상상이 폭주하게 내버려두어서는 안 된다. 그랬다간 미쳐버릴 거다. 일단 지금 내 상황에 대해 쓰겠다. 어쩌면 이건 나의 현 상황에 대한 추측일 수도 있다.

나는 몇 시간 못 자고 깼는데, 다시 잠들 기미가 안 보여 그냥 일어났다. 그리고 면도경을 창틀에 올려놓고 면도를 시작했다. 바로 그때 백작이 내 어깨에 손을 올리며 인사를 건넸다. "잘 잤소?" 나는 화들짝 놀랐다. 거울이 등 뒤의 방을 전부 비추고 있었는데도 그가 다가오는 걸 전혀 보지 못했기 때문이다. 놀란 나머지 면도칼에 살짝 베이기도 했는데, 당시엔 그것조차 전혀 알아차리지 못했다. 백작의 인사에 대답한 뒤 나는 잘못 본 게 아닐까 싶어 확인차 다시 거울을 보았다. 이번에는 잘못 보려야 잘못 볼 수가 없었다. 백작이 바로 내 등 뒤로 다가와 고개를 조금만 돌려도 그가 보일 정도였으니까. 하지만 거울 속에는 백작의 모습이 없었다! 거울을 통해 방 전체가 보이는데, 사람은 오직 나뿐이었다. 기겁할 만한 일이었다. 이제껏 이상한 점이 한둘이 아니었지만, 이 일이야말로 단연코 이상했다. 이곳에 온 뒤로 늘 뭔가 찜찜했는데, 백작이 가까이 있으니 그 불편한 느낌이 배가됐다. 마침 거울을 통해 면도칼에 베인 상처가 눈에 들어왔다. 상처에서 난 피가 턱으로 흘렀다. 나는 면도칼을 내려놓고 반창고로 쓸 만한 것을 찾으려고 반쯤 돌아섰다. 순간 백작이 내 얼굴을 보고는 난데없이 내 목을 움켜쥐었다. 그의 눈은 광기 어린 분노로 이글거렸다. 내가 뒤로 물러서자, 내 목에 걸려 있던 묵주의 구슬이 그의 손에 닿았다. 그러자 삽시간에 그가 본래 모습을 되찾았다. 분노가 어찌나 재빨리 사그라드는지 그가 조금 전 분노했다는 사실을 믿기 어려울 정도였다.

"조심하시오. 실수로 베이지 않도록 주의하란 뜻이오. 이곳에선 그런 게 당신 생각보다 훨씬 위험하오." 백작은 면도경을 집어 들고 얘기를 계속했다. "이건 그런 실수나 저지르게 만드는 형편없는 물건이오. 인간의 허영심이나 채워주는 천박하기 짝이 없는 물건이지. 이건 버리겠소!" 그는 보기 흉한 손을 확 비틀어 커다란 창문을 순식간에 열고는 거울을 밖으로 던졌다. 거울은 안마당보다도 한참 아래에 있는 바위에 부딪혀 산산조각이 났다. 백작은 아무 말 없이 방을 나가버렸다. 앞으로 면도할 걸 생각하면 짜증이 난다. 회중시계 덮개나 세면기 바닥을 보고 해야 할 것 아닌가. 뭐, 그런 거라도 거울 대신 쓸 수 있으니 다행으로 여겨야 할까.

식당으로 가보니 아침 식사가 차려져 있었다. 하지만 백작의 모습은 보이지 않았다. 나는 혼자 아침을 먹었다. 이제까지 백작이 뭘 먹거나 마시는 모습을 한 번도 보지 못했다는 사실도 이상하다. 정말이지 특이한 사람이다! 아침 식사를 마친 후 나는 성내를 둘러보았다. 위층으로 올라가 남향 방도 찾아냈다. 전망이 좋아 수려한 풍경을 훤히 둘러볼 수 있었다. 성은 깎아지른 절벽 끝에 자리 잡고 있었다. 창문에서 돌을 떨어뜨리면, 어딘가에 부딪히는 일 없이 족히 300미터는 떨어질 것 같았다. 주위에 눈 닿는 곳마다 푸른 나무가 바다를 이루듯 가득 들어차 있었고, 가끔 숲이 끊어진다 싶으면 깊은 계곡이 있었다. 숲 곳곳에 깊은 계곡을 따라 구불구불 흐르는 은빛 강이 보이기도 했다.

솔직히 아름다운 풍경 따위를 묘사할 기분이 아니다. 이후로 돌아다니며 본 것이라곤 잠기고 빗장이 질러진 문, 문, 문들뿐이었기 때문이다. 창문이 아니고서는 밖으로 나갈 방도가 없다.

이 성이야말로 감옥이고, 나는 이곳에 갇혔다!

3장

조너선 하커의 일기(이어서 계속)

갇혔다는 걸 인식하니 본능적으로 일종의 거부감이 일었다. 나는 마구 뛰어서 계단을 오르내렸고, 문이 보이는 족족 열어보려 했으며, 창문이 보이면 냉큼 밖을 내다보았다. 하지만 얼마 지나지 않아 내가 할 수 있는 것이 없다는 무력감이 다른 모든 감정을 압도했다. 몇 시간이 지난 지금 돌이켜 보면 어지간히도 화가 났던 모양이다. 덫에 걸린 쥐처럼 날뛰었지 않았는가. 내가 무력하다는 확신이 들자 침착하게 자리에 앉아 어떤 대응이 최선일지 고민했다. 지금까지 살아오면서 가장 침착한 시간이었다. 지금도 고민하는 중인데, 여전히 확실한 결론은 나지 않았다. 딱 하나 확실한 생각은, 백작이 내 고민을 알게 돼도 달라질 게 없다는 것이다. 백작은 내가 갇혔다는 사실을 잘 알고 있다. 날 가둔 사람이 바로 백작이니까. 분명 그는 어떤 의도를 가지고 날 가뒀을 테니, 내가 속내를 털어놓아도 어차피 날 속일 생각만 할 거다. 현재로선 내가 알게 된 것들과 나의 두려움을 백작에게 숨기면서 두 눈 크게 뜨고 가만히 지켜보는 수밖에 없다. 지금 나는 어린아이처럼 두려움이란 감정에 속아 망상에 빠진 것일지도 모른다. 혹은 실제로 절망적인 상황에 처한 것일 수도 있다. 진실이 후자라면, 나는 가지고 있는 모든 능력을 끌어모아 뭐든 방편을 마련해야 한다. 그래야만 한다.

간신히 이런 결론에 도달했을 때 아래층 현관문이 닫히는 소리가 들렸다. 백작이 돌아온 것이다. 그가 곧장 서재로 향하지 않길래 나는 슬그머니 침실로 향했다. 하지만 백작이 더 빨랐다. 내가 침실에 도착했을 때 백작은 내 침구를 정리하고 있었다. 의아했으나 동시에 속이 후련했다. 그간 나는 이 성에 하인이 한 명도 없을 거라고 짐작했는데, 그런 내 추측이 옳다는 걸 확인한 셈이었기 때문이다. 얼마 후 문틈으로 백작이 손수 식사를 준비하는 모습까지 엿보면서 확신을 얻었다. 하인들이나 할 만한 허드렛일을 백작이 직접 한다는 건 손님 시중을 들 사람이 없다는 뜻이다. 이 생각에 문득 섬뜩해졌다. 성에 백작 말고 아무도 없다면, 나를 이곳으로 데려온 마부도 실은 위장한 백작이었던 게 아닐까? 만약 그게 사실이라면 정말 무시무시하다. 마부는 말없이 손짓만으로 늑대들을 부렸다. 그게 무슨 뜻이겠는가? 비스트리츠 사람들과 승합마차 동승자들이 내게 드러냈던 두려움은 또 어떻고? 그들이 내게 선물이랍시고 들이민 묵주, 마늘, 들장미, 마가목은 다 무엇이냐는 말이다! 아니지, 내 목에 묵주를 걸어주었던 그 선량한 부인에게 감사하고, 또 감사할 따름이다! 그 덕에 묵주의 십자가를 만지며 위안을 얻고 힘을 낸다. 우상숭배를 금하라는 가르침에 따라 지니면 안 된다고 여겨온 물건이 힘겹고 고독할 때 도움을 준다니 참으로 묘한 일이다. 이건 십자가 자체가 지닌 힘일까, 아니면 십자가는 나를 향한 염려와 응원의 기억을 되살리는 매개체일 뿐, 나를 돕는 것은 그 기억인 걸까? 이 문제는 훗날 심적으로 여유가 생기면 고민해보고 결론을 내려야겠다. 그 전까지는 상황을 파악하는 것이 먼저다. 나는 드라큘라 백작에 대해 가능한 한 모든 것을 알아내야 한다. 오늘 밤 대화할 때 분위기를 주도해 백작이 자신에 대한 이야기를 털어놓도록 해봐야겠다. 의심을 사지 않으려면 아주 신중히 접근해야 한다.

같은 날 자정. — 백작과 긴 대화를 나누었다. 나는 트란실바니아의 역사에 대해 이런저런 질문을 던졌고, 백작의 대답은 누구나 알 만한 것으로 시작해 점점 더 놀라운 이야기로 전개되었다. 그는 여러 사건과 사람에 대해 이야기할 때, 마치 자신이 그곳에 있었던 것처럼 표현했다. 특히 전투를 설명할 때는 더욱 그랬다. 그가 덧붙인 설명에 따르면 이 지역 귀족은 가문과 자신을 하나로 여기며, 가문의 영광을 곧 자신의 영광으로, 가문의 명운을 자신의 명운으로 생각한다고 했다. 그는 자기 가문 애기를 할 때마다 왕이라도 된 것처럼 '우리'라는 단어와 복수형 동사를 사용했다. 백작의 이야기는 지금까지 내가 들은 그 어떤 이야기보다 매력적이어서, 그가 한 말을 있는 그대로 기록해두고 싶다. 그 지역의 모든 역사나 다름없을 것 같다. 그는 이야기할수록 신이 나는지 텁수룩하게 자란 흰 콧수염을 잡아당기며 방 안을 서성대기도 했고, 손에 닿는 것마다 으스러뜨리기라도 하려는 듯 힘껏 움켜쥐기도 했다. 백작의 얘기 중 이것만큼은 최대한 그의 말 그대로 적어둬야겠다. 그가 속한 제켈리족에 대해 나름 자세히 알 수 있기 때문이다.

"우리 제켈리족은 자부심을 가질 만하오. 우리 혈관 속에는 이 땅의 주인을 위해 사자처럼 치열하게 싸운 용맹한 선조들의 피가 흐르기 때문이오. 유럽의 민족대이동 시기에 토르와 오딘의 힘으로 투지 가득한 우그리아족은 아이슬란드를 떠나 남쪽으로 내려왔소. 우그리아족의 용맹한 전사들은 유럽의 해안을 비롯해 아시아와 아프리카에까지 위용을 떨쳤지. 그 모습이 어찌나 무시무시했던지 사람들은 늑대 인간이 공격한 줄 알았다오. 그들은 이곳에도 발을 들였소. 그러나 이곳에 자리 잡고 있던 훈족은 호전성을 감추지 못하고 격분했으며, 그 분노는 거센 불길처럼 이 땅을 휩쓸었소. 죽어가던 우그리아족 사람들은 훈족 핏줄에 마녀의 피가 흐른다고 생각했소. 악마와 놀아났다는 이유로 스키타이에서 추방된 마녀들 말이오. 어리석지, 참으로 어리석어! 우리 훈족에게는 위대한 아틸라 왕의 피가 흐르거늘, 어디서 감히 악마나 마녀 따위와 비교한단 말인가!" 그는 양팔을 들어 올렸다. "우리가 승자의 피를 타고난 민족이라는 걸 몰랐소? 우리에게는 자랑스러운 역사요. 마자르족, 롬바르드족, 아바르인, 불가르족, 터키인까지, 각각이 이곳에 수천 병력을 쏟아부었지만, 우리는 그 모두를 물리쳤소. 그뿐인가. 아르파드는 마자르족을 이끌고 현재 헝가리라고 불리는 땅을 모조리 정복했소. 하지만 그는 여기서 우리를 맞닥뜨렸고, 헝가리 정복 전쟁은 그것으로 끝이었소. 이해가 되오? 승리를 거둔 마자르족이 헝가리인이란 이름으로 동부로 물밀듯 밀려들었고, 그들은 우리 제켈리족을 형제 민족으로 대우했소. 그리고 우리는 이후 수백 년간 터키와 접경한 국경 지대의 방비를 맡아왔지. 아니, 그 이상이었다고 해야겠소. 터키인이 '흐르는 물조차 깊은 잠에 빠지는데, 우리의 적은 잠드는 법이 없다'라고 할 만큼 우리는 최전선 수

호라는 의무를 한시도 게을리하지 않았기 때문이오. 카르파티아산맥의 네 민족 중 '피 묻은 검'을 받고도 기뻐한 건 우리뿐이었소. 전쟁을 준비하는 헝가리 왕의 부름에 가장 먼저 달려간 것도 우리였소. 왈라키아와 마자르의 깃발이 터키의 초승달에 꺾인 코소보 전투의 굴욕을, 내 사람들의 모멸감을 언제 만회했을 것 같소? 바로 터키 땅에서 터키를 패배시킨 때였소. 그때 제후로서 다뉴브강을 건너간 제켈리족이 누구였을 것 같소? 그게 바로 드라큘라 가문의 사람이오! 그러나 안타깝게도 그에게는 형편없는 형제가 있었소. 전투에서 패한 뒤 병사들을 터키에 노예로 팔아넘긴 자였소! 그래도 그자 덕에 가문의 오명을 씻겠다고 나서는 사람이 생긴 셈이오. 훗날 드라큘라 가문 사람 하나가 병력을 이끌고 다뉴브강을 건너 터키 땅으로 몇 번이고 쳐들어갔거든. 그는 패퇴했으나 다시 출격했고, 또 출격했으며, 거듭 출격했소. 피비린내 나는 전투에서 병사를 모두 잃고도 그는 홀로 살아 돌아왔소. 진정한 승리를 거둘 사람은 자신뿐임을 알고 있었기 때문이오! 사람들은 그가 이기적이라고 떠들어댔소. 말도 안 되는 소리지! 군주 없는 백성이 무슨 의미가 있겠소? 머리와 심장이 없는데 전쟁이 끝날 리 없잖소! 모하치 전투 후 우리는 헝가리의 족쇄를 벗어던졌소. 우리 드라큘라 가문도 헝가리 분열에 앞장섰던 거요. 우리 제켈리족은 속박을 용납하지 못하기 때문이었지. 이처럼 제켈리족은 우후죽순 세를 키우는 합스부르크 왕가나 로마노프 왕가 따위가 넘볼 수 없는 역사를 지니고 있소. 그리고 우리 드라큘라 가문은 이 제켈리족의 가슴에 흐르는 피이자 머리이며, 이들을 지키는 검이오. 이제 전쟁은 끝났소. 그다지 명예롭지 않은 평화지만, 어쨌든 평화로운 이 시기에 혈통은 실로 소중하오. 위대한 민족의 영광은 다 옛날이야기가 되어버렸지만 말이오."

백작이 여기까지 얘기했을 때 동이 트려 했기에 우리는 각자 침실로 갔다(이 일기가 섬뜩하게도《천일야화》의 도입부와 비슷하게 느껴진다. 수탉이 울면 이야기를 멈추지 않는가. 또 한편으로는《햄릿》의 아버지 유령 같기도 하다).

5월 12일. — 오늘 일기는 객관적인 사실을 기록하는 것으로 시작해야겠다. 비록 내용은 변변치 않아도, 서적이나 통계자료처럼 명확하면서도 의심의 여지가 없는 사실만 적어보려 한다. 이제부터는 관찰과 기억에 의존하는 경험과 객관적인 사실을 혼동하지 않아야 한다. 어제저녁 백작은 나를 찾아와 법적 사안과 해당 사안의 법적 절차를 문의했다. 나는 오늘 낮에 내내 책만 들여다보았다. 딴생각을 하지 않으려고 링컨스 인 법학원에서 변호사 시험을 치를 때 푼 문제의 답도 다시 찾아보았다. 그러고 보니 백작의 문의 사항에는 나름 체계가 있었던 것 같다. 어떤 식으로든 나중에 도움이 될 수 있으니 백작의 문의 사항을 순서대로 적어봐야겠다.

백작이 첫 번째로 한 질문은 영국에서 한 사람이 변호사를 둘 이상 둘 수 있느냐는 것이었다. 나는 백작이 원한다면 열두 명도 둘 수 있지만, 여러 명의 변호사가 한 건의 계약을 맡으면 해당 계약의 방향성이 수시로 바뀌어 의뢰인에게 불리해지므로, 한 건의 계약에 두 명 이상의 변호사를 두는 것은 현명하지 않은 일이라고 답했다. 백작은 내 말을 충분히 이해한 듯 다음 질문으로 넘어갔다. 그의 두 번째 질문은 금융 업무를 대리하는 변호사와 선박 하역 작업을 감독할 변호사를 따로 두면 하역 작업 현장에 문제가 생겨 멀리 떨어진 곳에 사는 금융 업무 변호사가 업무 지원을 나오는 데 실무상 어려움이 없느냐는 것이었다. 나는 질문을 제대로 이해하지 못했을까 봐 좀 더 구체적으로 설명해 달라고 부탁했다.

"그럼 어디, 설명해볼까. 우리 둘 다 잘 알다시피 피터 호킨스 변호사는 아름다운 대성당으로 유명한 엑서터에서 유유자적 지내오. 그리고 런던에서 그토록 멀리 떨어진 곳에 사는 그가 나를 위해 런던 인근의 부동산을 매입해주었소.

업무 처리는 아주 마음에 들었소! 그대가 의아해하지 않도록 솔직히 털어놓으리다. 나는 일부러 런던에서 멀리 떨어진 지역의 변호사를 구했소. 지역적 이해관계에 얽매이지 않고 오직 의뢰인의 요구에만 충실히 따를 사람을 원했거든. 아무래도 런던에 사는 사람이라면 본인이나 지인의 이해득실을 고려할 가능성이 있잖소. 이런 이유로 나는 현장과 동떨어진 곳에서 오직 내 이익만 고려해줄 대리인을 구하게 되었소. 자, 이런 상황에서 내가 물건을 운송해야 한다고 가정해봅시다. 뉴캐슬이나 더럼, 하리치, 도버 같은 곳에 하역할 물건이 있는 거요. 내가 처리해야 할 일이 오죽 많겠소? 그러니 이런 항구 중 한 곳에서 변호사 하나를 따로 구해두는 게 업무상 용이하지 않겠느냐는 거요." 나는 그 방법이 가장 손쉬운 것은 분명하지만, 우리 변호사들은 복대리가 가능한 체계를 갖추어서 현지 업무를 현지 변호사에게 대행시킬 수 있으며, 의뢰인은 간단히 변호사 한 명을 두는 것만으로 다른 번거로운 사정을 고려할 필요 없이 원하는 방식대로 업무를 처리할 수 있다고 대답했다.

"하지만 나는 다양한 요구 사항을 편하게 제시하고 싶소. 그런 것도 가능하오?"

"물론입니다. 사업을 하는 분들은 업무에 관련된 사항이 공개되는 걸 꺼리기 때문에 그런 경우는 흔합니다."

"좋소!" 백작은 곧바로 탁송 절차와 필요 서류, 예상되는 각종 사고와 난관, 그리고 이에 대한 예방 조치에 대해 물었다. 나는 아는 한도 내에서 성심성의껏 답했다. 하지만 내 대답에서 그가 고려하거나 예상하지 못한 요소는 없었다. 그는 이미 실력 좋은 변호사를 두고 있는 듯한 분위기였다. 영국에 가본 적이 없다는 점과 사업 경험도 별로 없어 보인다는 점을 고려하면, 그의 정보력과 업무 처리 감각은 탁월했다. 백작이 준비한 질문을 마치고, 내가 구비한 서적으로 답변 근거까지 모두 설명했을 때, 그가 벌떡 일어서며 말했다.

"피터 호킨스 씨나 그 외 다른 사람에게 서신을 보낸 적이 있소?" 그때까지 나는 누구에게든 편지를 보낼 기회가 아예 없었기에, 보낸 적이 없다고 대답하는데 어쩐지 속이 쓰렸다.

"그럼 지금 쓰구려, 젊은 친구." 백작은 큰 손을 내 어깨에 얹으며 말했다. "피터 호킨스 씨에게도 쓰고, 다른 이들에게도 쓰는 거요. 기왕이면 앞으로 한 달 정도 이곳에 머물 거라고도 쓰면 좋겠소."

"제가 그렇게나 오래 머물기를 원하십니까?" 나는 이렇게 물으면서 이 성에 오래 머물러야 한다는 생각에 등골이 서늘해졌다.

"간절히 바라는 바요. 아니지, 거절을 사양해야겠는데. 그대의 주인, 아니, 그대의 고용주가 자신을 대신할 사람으로 그대를 지목했을 때, 내 요구에 모두 응하라고 충분히 설명한 줄로 아오. 나는 그대를 대접하는 데도 인색하지 않았소. 혹시 불편한 점이 있었소?"

고개를 조아리고 수긍하는 것 말고 내가 뭘 할 수 있었겠는가? 나는 내 일이 아닌 호킨스 씨의 일을 하러 온 것이니, 내 입장이 아니라 그의 입장을 고려해야 했다. 게다가 드라큘라 백작의 요구에 순응하는 데는 그의 눈빛과 태도도 한몫했다. 그는 입으로 무언가를 말하는 동안에도 특유의 눈빛과 태도를 통해 내가 갇혀 있다는 사실과 선택의 여지가 없는 현실을 상기시켰다. 나는 예를 갖추어 몸을 숙였고, 그렇게 해서 백작은 나를 쟁취했다. 그는 내 표정에서 유약한 마음을 읽어냈는지 눈빛과 태도로 한 번 더 나를 조종하려 했다. 이번에는 아까와 달리 접근 방식이 부드러웠다. 거부하기 힘든 건 마찬가지였지만….

"부탁이 있소. 업무와 관련되지 않은 다른 이야기는 편지에 쓰지 않았으면 하오. 잘 지내고 있으며 귀가해서 다시 볼 날을 기다린다고 해야 그대의 벗들이 안심할 것 아니오. 그렇지 않소?" 백작은 이렇게 말하며 편지지 세 장과 봉투 세 장을 건넸다. 해외 우편용 봉투와 편지지였는데, 그렇게 얇은 건 처음 봤다. 나는 봉투와 편지지를 바라보다 다시 백작을 향해 시선을 돌렸다. 그는 붉은 아랫입술을 지그시 누르는 뾰족한 송곳니를 드러내며 조용히 미소 지었다. 그는 아무 말도 하지 않았으나, 나는 그의 말을 들은 듯한 기분이었다. 표정에 내포된 뜻을 정확히 알 수 있었다. 그가 원한다면 언제든 편지 내용을 확인할 수 있으니, 신중하게 쓰라는 것이었다. 그래서 나는 당장은 호킨스 씨에게 형식적으로 편지를 쓰되, 나중에 몰래 이곳 사정을 전해야겠다고 마음먹었다. 미나에게는 속기로 편지를 쓰기로 했다. 백작이 내용을 확인한대도 속기는 그에게 이상한 기호로 보일 뿐일 테니까. 나는 편지 두 통을 쓴 뒤 가만히 앉아 책을 읽었다. 그 사이 백작도 탁자에 둔 책 몇 권을 뒤적거리며 편지 몇 통을 썼다. 글을 다 쓴 뒤 그는 내가 쓴 편지를 집어다가 자신이 쓴 편지와 함께 필기구 옆에 두었다. 그가 나가서 문을 닫자마자 나는 탁자 쪽으로 몸을 기울여 백작이 엎어둔 편지를 들춰보았다. 그런 상황에서는 어떤 식으로든 나 자신을 지켜야 한다는 생각에 편지를 훔쳐보려 하면서도 조금도 죄의식이 없었다.

한 통은 수신인이 휘트비의 크레센트 주택가 7번지에 사는 새뮤얼 F. 빌링턴으로 되어 있었고, 다른 한 통은 바르나의 로이트너 씨, 세 번째는 런던의 쿠츠 상회, 네 번째는 부다페스트에 있는 은행가 클롭슈토크 씨와 빌로이트 씨로 되어 있었다. 두 번째와 네 번째 편지의 봉투는 봉하지 않았다. 봉투를 열어보려는데 문손잡이가 움직였다. 나는 문이 열리기 전에 재빨리 편지를 원래대로 정리한 뒤 읽던 책을 들고 자리에 앉았다. 백작은 또 다른 편지를 들고 방으로 들어왔다. 그는 탁자에 있던 편지를 집어 들고 조심스레 우표를 붙인 다음 나를 향해 몸을 돌리며 말했다.

"양해를 구해야겠소. 오늘 저녁엔 혼자서 해야 할 일이 많아서 말이오. 그대에게 필요한 건 여기 다 있을 거요." 그는 방을 나서다가 문가에서 나를 돌아보았다. 잠시 뜸을 들이던 그가 이윽고 입을 열었다.

"젊은 친구, 조언 하나만 하겠소. 아니, 진지하게 경고하겠소. 이 방에서 나간다고 해도 여기, 서재와 침실, 식당을 제외한 성안의 다른 곳에서 잠들면 절대 안 되오. 이곳은 오래된 성이어서 온갖 사연이 있소. 함부로 잠들었다간 악몽에 시달리게 되오. 분명히 경고했소! 졸리거나 꾸벅 졸았다 싶거나, 잠을 자야겠다 싶으면 곧장 그대의 침실이나 이곳으로 돌아와야 하오. 그래야 아무 일 없이 쉴 수 있소. 이 점을 주의하지 않으면…." 그는 손을 씻는 것처럼 양손을 비비며 섬뜩하게 말을 마쳤다. 백작의 말은 충분히 이해했다. 다만 어둠처럼 불가사의한 그물이, 비정상적이고 흉측한 이 그물이 나를 가두려 하는데, 이보다 더한 악몽이 또 있을까 하는 게 의문일 따름이었다.

얼마 후. — 요전에 마지막으로 쓴 문장은 실로 정확했다. 이제 와서 보니 의문이 아니라 진실이라는 점만 다르다고 해야겠다. 백작만 없다면 어디서든 자는 게 두렵지 않을 지경이다. 조금 전 나는 침대 머리맡에 묵주를 두었다. 이래야 악몽에 시달리지 않고 쉴 수 있을 것 같다. 묵주는 자는 동안 계속 놓아둘 것이다.

백작이 자리를 뜬 후 나는 침실로 갔다. 잠시 후, 밖에서 아무 소리도 들리지 않길래 방에서 나와 돌계단을 올랐다. 남향으로 창이 난 방에서 밖을 내다보기 위해서였다. 내 침실에서 내려다보이는 좁고 어두침침한 안마당에 비하면 남향 방에서 보이는 탁 트인 풍광은 광활했다. 닿을 수는 없어도 보는 것만으로 해방감 같은 게 느껴지는 풍경이랄까. 밤공기든 뭐든, 신선한 바깥 공기를 마시고 싶었던 것 같다. 가만히 밖을 내다보고 있자니 갇혔다는 사실을 새삼 실감했다. 야행성 생물이 된 것 같다는 느낌도 든다. 이런 생활 때문에 감각이 엉망이다. 내 그림자를 보고도 놀라고, 늘 온갖 끔찍한 생각에 시달린다. 이 저주받은 성에 나의 지독한 두려움이 깃들고 있음을 신은 아시리라! 아름다운 풍경이 노랗고 은은한 달빛에 젖어들었고, 달빛은 이내 주위를 대낮처럼 환히 밝혔다. 멀리 보이는 산봉우리가 은은한 달빛에 녹아들며 보드라운 어둠에 파묻힌 협곡과 계곡에 그림자가 드리웠다. 그 아름다운 풍경만으로도 기운이 났다. 공기를 들이마실 때마다 평화를 느끼며 위안을 얻었다. 그렇게 창에 기대어 있는데, 순간 아래층 창에서 기척이 느껴졌다. 내가 서 있는 방향에서 약간 왼쪽에 위치한 창문이었는데, 성의 구조로 보아 백작의 방인 것 같았다. 내가 있던 방의 창문은 높고 깊숙했으며, 돌로 만든 중앙 기둥도 달려 있었다. 비바람에 닳긴 했어도 틀이나 기둥이 깨지지 않은 멀쩡한 창문이었다. 하지만 아주 오래된 건 분명한 듯했다. 나는 뒤로 물러서서 돌기둥 뒤에 몸을 숨기고 조심스레 밖을 내다보았다.

창문에서 백작의 머리가 쑥 튀어나왔다. 얼굴은 보이지 않았지만, 목덜미만 봐도 알 수 있었다. 등과 팔이 움직이는 모습으로도 그게 백작임을 알아볼 수 있었다. 다른 건 몰라도, 관찰할 기회가 수도 없이 많았던 백작의 손만큼은 알아보지 못할 수가 없었다. 갇힌 사람에겐 아주 사소한 사건조차 재미있고 흥미롭듯, 나 역시 처음엔 흥미진진한 기분으로 그 상황을 즐겼다. 하지만 이런 기분은 순식간에 역겨움과 두려움으로 바뀌었다. 백작이 천천히 창문 밖으로 나오더니 무시무시한 심연을 향해 성벽을 기어 내려가기 시작한 것이다. 뒤집혀서 허공으로 치솟은 그의 망토가 거대한 날개처럼 펼쳐졌다. 나는 눈앞의 광경을 믿을 수 없었다. 달빛의 장난인가 하는 생각도 했고, 그림자로 인한 기이한 착시 효과라고 생각하기도 했다. 하지만 한참 지켜봐도 그건 착각이 아니었다. 세월의 풍파에 매끈해진 벽돌과 그 모서리를 움켜쥔 손가락, 발가락이 선명히 보였다. 백작은 튀어나온 벽돌을 이용해 이런 식으로 빠르게 성벽을 타고 아래로 내려갔다. 그 모습은 마치 벽을 타는 도마뱀 같았다.

대체 어떤 인간이 이럴 수 있단 말인가? 대체 어떤 생명체가 인간의 모습을 하고선 이럴 수 있단 말인가? 이 불쾌한 성이 자아내는 공포에 압도당하는 듯하다. 두렵다. 말도 못하게 두렵다. 달아날 구멍도 없다. 상상도 못할 무시무시한 것들이 내 주위를 에워싸고 있다.

5월 15일. — 백작이 도마뱀처럼 기어 나가는 장면을 또 목격했다. 그는 30미터쯤 왼쪽으로 비스듬히 내려갔다. 그리고 구멍인지 창문인지 모를 곳으로 들어갔다. 그가 구멍에 머리를 밀어 넣자마자 나는 위치를 확인하려고 창밖으로 몸을 빼서 내려다보았으나, 구멍의 위치는 내가 있는 곳에서 완전히 왼쪽으로 치우쳐 있어 제대로 확인하기 어려웠다. 백작이 성에서 나간 걸 내 눈으로 확인했기에 성안을 샅샅이 살필 기회라는 생각이 들었다. 나는 침실로 돌아가 등불을 챙긴 뒤 문이란 문은 모조리 열어보았다. 예상한 대로 모든 문이 잠겨 있었고, 잠금장치는 건물이나 다른 것들에 비해 상대적으로 새것이었다. 나는 돌계단을 내려가 맨 처음 들어온 현관으로 갔다. 빗장도 쉽게 뺄 수 있고 대형 사슬도 간단히 끌러낼 수 있었으나 잠긴 문을 열 열쇠가 없었다! 열쇠는 분명 백작의 방에 있을 것이다. 백작이 자기 방문을 잠그지 않는 때가 있는지 잘 살피다 보면 열쇠를 찾아 이곳을 빠져나갈 수 있으리라. 나는 성의 계단과 복도를 누비며 문이 보일 때마다 열리는지 확인했다. 현관 근처에 있는 작은 방 한두 개는 문이 잠겨 있지 않았지만, 안에는 벌레 먹고 먼지 쌓인 옛날 가구 외에는 아무것도 없었다. 한참 돌아다닌 끝에 한쪽 계단 꼭대기에서 문을 또 하나 발견했다. 처음에 문을 밀었을 땐 약간 빡빡해서 잠긴 줄 알았다. 하지만 좀 더 세게 힘을 주니 문이 뒤로 밀렸다. 문은 분명 잠겨 있지 않았다. 다만, 경첩이 떨어졌는지 육중한 문이 바닥에 닿아서 잘 열리지 않을 뿐이었다. 다시 없을 기회라는 생각에 나는 아등바등 문에 매달렸고, 몇 번 시도한 끝에 방 안으로 들어갈 수 있었다. 방이 있는 곳은 성 한쪽 면에서 돌출된 부속 건물이었는데, 내 침실에서 한참 오른쪽이었고, 그보다 한 층 아래였다. 창밖을 내다보니 성

남쪽으로 방들이 가지런히 늘어섰고, 그 줄 제일 끝 방에는 서쪽과 남쪽으로 각각 창문이 나 있었다. 그리고 그 아래로는 서쪽과 남쪽 할 것 없이 모두 깎아지른 벼랑이었다. 성은 거대한 암벽 한쪽 끝에 자리 잡고 있어, 성의 삼면은 외부에서 접근할 수 없었다. 내가 찾은 방은 투석기나 활, 컬버린포의 사정거리에도 들어가지 않을 위치여서인지 아주 커다랗게 창이 나 있었다. 그만큼 밝고 안락했으며, 보초병이 있을 자리가 없는데도 매우 안전한 느낌이었다. 서쪽으로는 긴 골짜기가 이어졌고, 멀리 삐죽삐죽 높이 솟은 산봉우리도 보였다. 우뚝 솟은 산봉우리마다 가파른 바위 절벽이 있었는데, 그 바위틈과 구멍에 마가목과 가시나무가 잔뜩 뿌리 내려서, 멀리서 보자니 산 전체가 거대한 요새 같았다. 방 안 가구들은 이제껏 내가 이 성에서 본 어떤 가구보다 안락해 보였다. 과거 여인들이 쓰던 방이었던 게 분명했다. 창문에는 커튼이 달려 있지 않아 작은 마름모꼴 창유리를 통해 방 안에 달빛이 쏟아졌다. 덕분에 가구 색깔까지 알아볼 수 있을 정도로 방이 훤했다. 달빛이 포근해서인지 사방을 뒤덮은 먼지도 고와 보였고, 긴 세월의 흔적과 벌레 먹은 자국도 눈에 잘 띄지 않았다. 달빛이 밝아서 등불은 별 쓸모가 없었지만, 그 방 역시 서늘한 고독감을 자아내서 신경이 곤두서고 간담이 서늘해지는 듯한 느낌이었기 때문에 등불이 있다는 사실만으로도 안심이 되었다. 어쨌든 그 방에 있는 게 침실이나 서재에 혼자 있는 것보다는 나았다. 백작이 언제 들이닥칠지 모르는 침실과 서재는 이제 꼴도 보기 싫다. 불안한 마음을 진정시킨 후 나는 고요함을 만끽했다. 지금 나는 그 방의 조그마한 참나무 탁자 앞에 앉아 지난번 쓰다 만 일기를 속기로 마저 쓰고 있다. 어쩌면 오래전 어여쁜 숙녀가 이 자리에 앉아 수많은 생각으로 얼굴 붉히며 어설픈 글재주로 연애편지를 썼을지 모른다. 지금은 최첨단을 달리는 19세기다. 그러나 '현대성'만으로 소멸시킬 수 없는 구시대의 힘이 여전히 존재한다. 내가 미친 게 아니라면 말이다.

몇 시간 후, 5월 16일 오전. — 주여, 일신의 안위를 바라기엔 너무 늦었사오니, 이토록 쇠약해진 제가 정신이라도 온전히 붙들도록 지켜주소서. 이제 탈출이 문제가 아니다. 지금 유일한 소망은 내가 숨이 붙어 있는 동안 미치지 않는 것이다. 벌써 미쳐버린 게 아니라면 말이다. 이 끔찍한 곳에 도사린 온갖 부정한 것 중 가장 덜 두려운 존재가 백작이라는 생각이 든다. 적어도 그는 내게 해를 입히지 않으려 하니까. 뭐, 그것도 내게 이용 가치가 있을 때까지만이겠지. 이런 생각이 드는 걸 보면, 아직 내가 제정신이라 하더라도 조금씩 미쳐가는 것만은 분명하다. 주님, 자비로운 주님! 제가 광기에 사로잡힐 길에서 벗어나도록 침착함을 되찾게 하소서•. 이런 상황이 되니 이제껏 납득하지 못했던 것들을 이해하게 된다. 이를테면 이런 것이다. 방금까지도 나는 셰익스피어가 햄릿을 통해 내뱉은 말이 어떤 기분과 상황에서 비롯된 것인지 가늠조차 하지 못했다.

수첩, 지금 당장 내 수첩이 필요해!
그래야 이걸 적어놓지.■

하지만 이제 나는 이 말을 하는 햄릿의 기분을 충분히 이해한다. 지금은 머릿속이 복잡하다. 큰 충격을 받은 듯한 기분이기도 한데, 머릿속을 비워야 이 기분을 떨쳐낼 수 있을 것 같다. 그래서 안정을 취하기 위해 일기를 쓴다. 평소처럼 꼼꼼히 기록하다 보면 이 혼란스러움도 가라앉을 것이다.

백작에게 묘한 경고를 받았을 땐 상당히 두려웠다. 지금 생각하니 더 두렵다. 내가 그 방에 갈 것을 백작은 미리 알

• 셰익스피어의 《리어왕》에 나오는 '아, 저 길에는 광기가 존재하나니! 내가 저 길만큼은 피하게 해다오'라는 구절을 변형해서 인용했다.

■ 셰익스피어의 《햄릿》 1막 5장, 햄릿과 유령의 대화에서 '수첩에 적어두어야지'라는 대사가 나온다.

고 있었다는 뜻 아닌가. 앞으로는 백작의 경고를 유념해야겠다!

아까 그 방에서 일기를 쓴 뒤 일기장과 펜을 주머니에 넣어둬서 다행이다. 그 직후 졸음이 쏟아졌기 때문이다. 백작의 경고가 떠올랐지만, 나는 기꺼이 그 경고를 무시했다. 졸음이라는 게 원래 못 이길 상대가 없는 고집쟁이 아닌가. 부드러운 달빛이 나를 쓰다듬었고, 드넓은 풍경의 자유로움이 내 기운을 북돋웠다. 나는 오늘 밤 귀신이 나올 것처럼 음침한 침실로 돌아가지 않고 그 방에서 자기로 마음먹었다. 오래전 숙녀들이 앉아 노래를 부르며 담소를 나누었을 방이라…. 그 연약한 가슴에 사랑하는 이를 냉혹한 전쟁터로 떠나보낸 서글픔을 품고 있었을지 누가 알랴. 나는 구석에 있던 큰 소파를 끌어낸 뒤 그 위에 누웠다. 누워서도 동쪽과 남쪽의 멋진 풍경이 훤히 보였다. 방 안에 가득한 먼지는 신경 쓰지도 않았다. 그렇게 나는 편히 잠을 청했다. 잠이 들었던 것 같다. 아니, 잠들어서 꿈을 꾼 것이었으면 좋겠다. 하지만 그 후 일어난 일들은 놀라울 정도로 생생하다. 어찌나 생생한지 넓은 방에서 아침 햇살을 쬐고 있는 이 순간에도 그 모든 게 꿈이었다고 여겨지지 않는다.

눈을 뜨니 방 안에 다른 사람들이 있었다. 방은 그대로였다. 들어왔을 때와 조금도 달라지지 않았다. 환한 달빛이 밝

흰 바닥에는 오랫동안 쌓인 먼지 위에 내 발자국만 찍혀 있었다. 분명히 그랬는데, 어느샌가 내 맞은편에 젊은 여인 세 명이 달빛을 받으며 서 있었다. 여인들은 옷차림이나 태도로 보아 귀한 집 숙녀 같았다. 처음엔 꿈인 줄로만 알았다. 여인들이 달을 등지고 섰기에 바닥에 그림자가 생겨야 마땅한데, 그들에겐 그림자가 없었기 때문이다. 그들은 내게 다가와 한동안 가만히 바라보더니 이내 서로 쑥덕거렸다. 두 명은 살빛이 좀 어두운 편이었으며, 백작처럼 오뚝한 매부리코였다. 그들의 새카만 눈동자는 창백한 달빛 때문에 빨갛게 보였다. 다른 한 명은 어여뻤다. 풍성한 금발 곱슬머리에 투명한 사파이어 같은 눈동자를 지닌 그 여인은 더할 나위 없이 아름다웠다. 그녀의 얼굴이 어쩐지 낯익었고, 어렴풋하게나마 무서운 기억과 관련이 있다는 느낌을 받았지만, 그 순간에는 정확한 기억을 떠올릴 수 없었다. 세 사람 모두 도톰한 입술이 루비처럼 선홍빛을 띠었고, 그에 대비돼 진주처럼 반짝이는 이는 새하얗기 그지없었다. 그들의 모습을 보고 있자니 어떤 갈망과 더불어 지독한 두려움이 느껴져 왠지 모르게 불편했다. 가슴 깊숙이 음험한 욕망이 타올랐다. 그들이 그 붉은 입술로 내게 입 맞추길 바라는 욕망. 언젠가 미나가 이 글을 보고 괴로워할지 모르니 이런 내용은 쓰지 않는 게 나을지 모른다. 하지만 나는 실제로 그런 욕망을 느꼈다. 여인들이 쑥덕이다 한꺼번에 웃음을 터뜨렸다. 은쟁반에 옥구슬이 굴러가는 것 같은, 듣기 좋은 웃음이었다. 동시에 보드라운 인간의 입술에서라면 결코 나올 수 없는 날카로운 소리이기도 했다. 숙련된 연주자가 유리잔 연주하는 소리를 들을 때처럼, 통통 튀는 소리가 듣기는 좋은데 계속 듣기는 괴로운 느낌이랄까. 어여쁜 여인이 요염하게 고개를 가로젓자, 다른 두 여인이 그녀를 재촉했다.

"얼른 하라니까! 네가 먼저 하면 우리도 할 거야. 이번엔 네가 먼저 시작할 차례야." 그러자 다른 여인이 거들었다.

"저 남자는 젊고 강인해. 우리 모두 입 맞추기에 충분하다고." 나는 가만히 누운 채 눈을 내리깔고는 달콤한 기대감에 속을 태웠다. 어여쁜 여인이 나서더니 허리를 숙여 나를 굽어보았다. 그녀의 숨결이 느껴졌다. 그 숨결은 한편으로 꿀처럼 달콤했으며, 독특한 목소리처럼 자극적이었다. 그러나 그 달콤함 아래에는 쓴맛이 감춰져 있었다. 피 냄새를 맡았을 때처럼 불쾌한 느낌이었다.

눈을 크게 뜨기 두려워 감다시피 내리깔고 있어도 주위가 다 보였다. 그녀는 무릎을 꿇고는 흡족해하며 내 위로 상체를 숙였다. 그 신중한 움직임은 관능적이기까지 했는데, 그게 황홀하면서도 어쩐지 역겨웠다. 그녀는 고개를 숙일 때 짐승처럼 혀로 제 입술을 핥았다. 붉게 젖은 혀는 날카로운 치아를 스쳤다. 달빛 속에서 촉촉이 젖은 진홍색 입술이 반짝였다. 그녀의 입술이 내 입가에 머무는가 싶더니 턱 아래로, 더 아래로 내려가, 목 근처에서 멈췄다. 그녀가 움직임을 멈췄을 때, 혀로 치아와 입술을 핥는 소리가 들렸다. 목 부근에 여인의 뜨거운 입김이 느껴졌다. 간지럼 태우려는 손이 가까이, 아주 가까이 왔을 때처럼 피부가 따끔거렸다. 극도로 예민해진 목의 피부에 파르르 떨리는 보드라운 입술이 닿았고, 곧이어 단단한 감촉과 함께 날카로운 이두 개가 닿았다. 그녀는 그 상태로 잠시 멈추었다. 나는 나른한 황홀감에 눈을 감고 기다렸다. 가슴이 두근거렸다.

그 순간, 전광석화처럼 재빠른 기척이 느껴졌다. 방에 백작이 들어와 있었다. 분노에 휩싸여 당장이라도 폭발할 기세였다. 나도 모르게 눈을 번쩍 떴다. 백작은 무지막지한 손으로 어여쁜 여인의 가녀린 목을 움켜쥐더니 괴력을 발휘해 그녀를 자신 쪽으로 끌어당겼다. 그는 화를 이기지 못해 이를 으드득 갈았다. 그의 푸른 눈동자가 분노로 이글거렸고, 새하얗던 두 뺨은 시뻘겋게 달아올랐다. 이 사람이 정말 내가 알던 드라큘라 백작인가? 그 정도로 격렬한 분노는 한 번도 상상한 적이 없다. 깊은 구덩이 속에 있는 악마를 떠올릴 때도 그런 모습은 상상하지 못했다. 그의 눈빛은 말 그대로 불꽃처럼 벌겋게 이글댔다. 지옥의 불길이 타오르는 것 같은 시뻘건 눈동자는 정말 충격적이었다. 얼굴은 시체처럼 파리했으며, 주름살은 철사처럼 짙고 단단했다. 미간을 잇는 두꺼운 눈썹은 불에 달궈 하얗게 달아오른 금속 막대가 들썩이는 것처럼 보이기도 했다. 백작은 팔을 휙 뻗어 여인을 내동댕이쳤다. 그런 다음 다른 두 여인을 향해 팔을 휘둘렀다. 언뜻 보기엔 때리려는 것 같기도 했는데, 일전에 늑대들을 상대했을 때처럼 고압적인 태도였다. 그가 입을 열자, 속삭이는 듯 낮은 목소리가 공기를 가르며 방 안에 울려 퍼졌다.

"너희가, 어찌 감히 너희가 이자에게 손을 대는가? 내가 금하였거늘, 어찌 감히 너희가 이자에게 눈독을 들이는가? 물러서라, 너희 모두 물러서라 하였다! 이자는 나의 것이니라! 이자의 털끝이라도 건드렸다간 너희를 가만두지 않으리라." 어여쁜 여인이 교태 부리듯 까르르 웃으며 그를 향해 돌아서더니 이렇게 대꾸했다.

"당신은 이제껏 그 누구도 사랑하지 않았어. 지금도 사랑을 모르지!" 이 말에 다른 두 여인도 까르르 웃음을 터뜨렸다. 감정이 없는 삭막한 웃음소리가 방 안을 맴돌았고, 그 소리를 듣고 있자니 정신이 혼미해졌다. 마귀들이 모여 이야기를 나누는 것 같았다. 백작은 내 표정을 신중히 살핀 후 다시 여인들을 향해 조금은 누그러진 목소리로 속삭이듯 말했다.

"아니, 나도 사랑을 안다. 예전과는 달라졌지. 모르겠다고? 그렇다면 약속하마. 이자와의 용무만 끝내고 나면 너희가 원하는 만큼 이자에게 입 맞추는 걸 허락하겠노라. 이제 가거라! 어서! 처리할 일이 있어 나는 이자를 깨워야 한다."

"그럼 오늘 밤엔 아예 안 된다고?" 한 여인이 킬킬대며 묻고는, 백작이 바닥에 던져두었던 자루를 가리켰다. 살아 있는 것이라도 들었는지 자루가 들썩거렸다. 백작은 허락의 표시로 고개를 끄덕였다. 한 여인이 앞으로 뛰어나와 자루를 열었다. 내가 잘못 들은 게 아니라면 자루에서 난 소리는 아이의 목소리였다. 숨이 막혀 헉헉대며 나지막이 신음하는 소리였다. 내가 겁에 질려 얼어붙어 있는 사이 여인들이 자루를 에워쌌다. 그러고는 꺼림칙한 자루와 함께 눈 깜짝할 사이에 사라졌다. 여인들은 문에서 멀리 떨어져 있었기에 내가 알아채지 못하게 문으로 나갈 수 없었다. 순간 창밖의 어둠 속에서 여인들의 형체가 보인 듯도 해서, 단순하게 말하자면 여인들이 달빛에 몸을 숨긴 채 창밖으로 빠져나갔다고 할 수도 있다.

어쨌든 그 직후 극도의 두려움이 짓눌렀고, 나는 그대로 쓰러져 정신을 잃었다.

4장

조너선 하커의 일기(이어서 계속)

깨어보니 내 침대 위였다. 꿈을 꾼 게 아니라면, 나를 이곳에 데려다 놓은 건 백작임이 분명했다. 간밤에 있었던 일을 이해해보려고 나름 갖은 애를 썼지만, 무엇 하나 확실하게 결론지을 수 없었다. 그래도 추론에 도움이 될 만한 사소한 흔적은 남아 있었다. 옷가지가 내가 접던 것과는 다른 방식으로 접혀서 평소와 다른 방식으로 쌓여 있었던 것이다. 잠자리에 들기 전 마지막으로 시계를 끄르는 일만큼은 결코 거르는 법이 없는 내가, 자고 일어났을 때도 시계를 차고 있었다는 점 역시 그 흔적 중 하나다. 이런 것들 말고도 의심스러운 점은 차고 넘친다. 하지만 이 정도의 흔적으로는 내 기억이 사실이라는 걸 증명할 수 없다. 이런 흔적은 내가 평소와 달랐으며, 무슨 이유에서든 상당한 흥분 상태였다는 증거도 될 수 있기 때문이다. 증명하려면 의심의 여지 없는 명백한 증거를 찾아야 한다. 그나저나 백작이 나를 침실로 데려왔을 때 서둘러 옷을 갈아입히려 했는지, 내 주머니에는 손을 대지 않았다는 게 그나마 다행이다. 백작은 속기로 적어서 자기가 알아볼 수 없는 일기를 가만히 놔둘 사람이 아니다. 가져가서 없애버리고 남을 사람이지. 나는 침실을 둘러보았다. 여전히 불안하고 찜찜하게 느껴지는 장소지만, 지금 내게 이곳은 일종의 안식처다. 현재로선 지난밤 내 피를 빨려고 했던 그 끔찍한 여인들이 가장 두렵다. 그들은 지금도 내 피만 고대하고 있으리라.

5월 18일. — 밝을 때 그 방을 다시 한번 살펴보려고 내려갔다. 진실을 알아야 하니까. 계단을 다 올라가고서야 문이 막힌 걸 알았다. 틀어졌는데도 문을 억지로 문틀에 욱여넣듯 닫아서 문설주 역할을 하는 나무 기둥 일부가 쪼개져 있었다. 자물쇠는 잠겨 있지 않았지만, 안쪽에 고정 장치를 달아서 문은 꿈쩍도 하지 않았다. 정말로 그 모든 게 꿈이 아니었던 것 같아 두렵다. 이제는 간밤의 일이 현실이었다는 전제하에 움직여야 한다.

5월 19일. — 나는 올가미에 걸린 게 분명하다. 어젯밤 백작은 위선적인 어조로 편지 세 통을 써달라고 말했다. 한 통에는 이곳에서 볼일이 거의 다 끝나가며 며칠 내로 출발할 것이라는 내용을, 다음 편지에는 내일 오전 출발한다는 내용을, 세 번째 편지에는 성에서 나와 비스트리츠에 도착했다는 내용을 쓰라는 게 그의 요구였다. 당연히 거절하고 싶었다. 하지만 내 안위가 절대적으로 백작에게 달렸는데 그의 요구를 대놓고 거절하는 건 미친 짓이었다. 더구나 괜스레 거절했다가 의심을 살 수도 있고, 그의 화를 돋울 수도 있었다. 그는 내가 너무 많은 것을 파악했다는 사실을 알고 있다. 그러니 내가 위험한 존재가 되기 전에 해치워야 한다고도 생각할 것이다. 내가 택할 수 있는 방법은 달아날 기회를 잡을 때까지 시간을 끄는 것뿐이다. 무슨 일이 벌어져 탈출할 방법이 생길지도 모르는 일이니까. 백작의 눈에 분노가 일기 시작했다. 그가 어여쁜 여인을 내동댕이쳤을 때 드러낸 분노와 닮았다. 그는 배달부가 자주 오지 않는데다 오는 날짜도 일정치 않아서 그렇다며, 내 벗들을 안심시키려면 이렇게라도 편지를 써두는 게 낫지 않겠느냐고 설명했다. 그러면서 일정이 지연될 경우를 대비해 두 번째 편지와 세 번째 편지는 실제 일정에 맞추어 발송되도록, 그때까지 비스트리츠에 보관하도록 일러두겠다고 힘주어 말했다. 그 약속을 반드시 지키겠다고 백작이 어찌나 강조하던지, 그의 요구를 거절했다면 엉뚱한 의심을 샀겠다는 생각마저 들었다. 나는 설득에 넘어간 척하며 편지에 어떤 날짜를 써야 하는지 물었다. 그는 잠시 셈을 한 후 대답했다.

"첫 번째 편지에는 6월 12일, 두 번째 편지에는 6월 19일, 세 번째 편지에는 6월 29일이라고 쓰면 되오."

이제 살날이 얼마 남은 줄 알게 되었다. 주님, 저를 도우소서!

5월 28일. — 달아날 가능성이 보인다. 아니, 달아나지 못한다고 해도, 어떤 식으로든 집에 소식을 전할 수는 있을 것 같다. 스거니들이 성에 우르르 몰려와 안마당에 진을 친 덕이다. 이들은 집시다. 예전에 스거니에 관한 정보를 수첩에 짤막하게 적어두었다. 스거니는 이 일대 집시의 명칭인데, 전 세계에 퍼져 있는 다른 집시들과 별다를 바 없다. 헝가리와 트란실바니아 지역의 스거니는 수천 명으로 집계되지만, 대부분 법의 테두리에서 벗어나 있다. 그들은 대개 왕족이나 귀족에게 빌붙어 살며, 스스로를 소개할 때도 빌붙은 가문의 이름을 댄다. 두려움을 모르는 그들은 종교 없이 미신에 의지하며, 그 지역에 맞게 변형된 집시어만 사용한다.

집에 보낼 편지를 몇 통 써서 그들에게 부쳐달라고 부탁할 생각이다. 지난번에 창문을 내다보며 그들과 어느 정도 소통해서 이미 친분을 쌓았다. 그들은 모자를 벗고 절을 하는 등 내게 친밀감을 표하는 신호를 많이 보낸다. 그들의 말을 알아듣지 못하는 것처럼, 그 신호도 이해가 안 가는 건 마찬가지지만.

편지를 다 썼다. 미나에게 보내는 편지는 속기로 썼다. 호킨스 씨에게 보내는 편지에는 다른 말 없이 미나에게 연락해보라는 내용만 적었다. 미나에게는 내 상황을 설명했지만, 아직 추측에 불과한 괴담은 꺼내지 않았다. 속사정을 모두 털어놓으면 미나가 충격을 받아 죽을 만큼 불안해할 테니 어쩔 수 없다. 만약 편지를 부치지 못해 백작의 손에 들어간대도, 이 정도 내용이라면 백작이 내 속내를 알 수 없고, 내가 얼마나 알고 있는지도 파악할 수 없으리라.

편지를 넘겼다. 창살 사이로 편지와 금화 하나를 던진 뒤, 편지를 부쳐달라는 뜻을 전하려 온갖 수신호를 하며 몸부림치기도 했다. 한 사내가 편지와 금화를 집어 들더니, 가슴팍에 가져다 대고 인사한 뒤 모자 안에 넣었다. 편지는 이제 내 손을 떠났다. 나는 슬며시 서재로 돌아가 책을 읽었다. 백작이 아직 오지 않아서 이렇게 일기를 쓰고 있다.

백작이 왔다. 그는 내 옆에 앉더니 편지 두 통을 내밀며 말도 안 되게 나긋나긋한 목소리로 말했다.

"스거니 놈 하나가 내게 이걸 주었소. 어디서 났는지는 모르겠으나 일단은 무엇인지부터 확인해야지. 어디 봅시다!" 백작이 아무리 능청스럽게 굴어도, 서재에 들어오기 전에 봉투를 확인한 걸 내가 모를 수 없었다. "하나는 그대가 피터 호킨스에게 보내는 것이구려. 다른 건…." 봉투를 열어 편지를 꺼낸 백작은 이상한 기호로 된 편지글을 가만히 바라보았다. 그의 눈에 사악한 불꽃이 이글댔다. "이건 도무지 용납할 수가 없소. 환대와 친교의 성의를 짓밟는 잔인한 짓이잖소! 아, 서명을 하지 않았군. 그렇다면야! 우리가 이걸로 논쟁을 벌일 필요는 없겠구려." 그는 미나에게 쓴 편지와 봉투를 등불에 가져다 대고 다 탈 때까지 가만히 기다렸다. 편지를 태운 후 그가 말을 이었다.

"호킨스에게 보내는 서신은 그대 것이니 부치는 것이 마땅하지. 그리 하겠소. 나는 그대의 글을 신성하게 여기거든. 그러고 보니 부지불식간에 봉인 밀랍을 뜯었소. 미안하오. 봉인을 다시 찍어주지 않겠소?" 백작은 내게 편지를 건넨 뒤 예를 갖춰 고개를 숙이고는 깨끗한 봉투도 챙겨주었다. 달리 어찌할 수가 없어서 나는 말없이 봉인을 찍은 뒤 그에게 주었다. 그가 서재 밖으로 나간 다음 자물쇠가 잠기는 소리가 들렸다. 잠시 후 문으로 가서 열어보니, 아니나 다를까 잠겨 있었다.

한두 시간 후 백작이 서재로 돌아와 소파에서 자고 있던 나를 깨웠다. 아주 정중하면서도 상당히 쾌활한 태도였다. 그는 이런 말로 나를 깨웠다.

"저런, 고단한가 보오. 침대로 가서 자는 게 낫겠소. 그래야 편히 잘 것 아니오. 어차피 오늘 밤엔 할 일이 많아 그대와 유쾌한 시간을 보내기 어려울 거요. 그러니 그대는 일찌감치 잠자리에 들구려." 나는 침실로 가서 침대에 누웠다. 이상하게 들리겠지만, 꿈도 꾸지 않고 푹 잤다. 절망에도 나름 평온함이 있는 모양이다.

5월 31일. — 오늘 아침 잠에서 깼을 때, 가방에 둔 종이와 봉투를 몇 장 꺼내 주머니에 챙겨두어야겠다는 생각이 들었다. 그래야 기회가 생겼을 때 곧바로 편지를 쓸 수 있겠다 싶었다. 하지만 또다시 예기치 못한 충격적인 일이 벌어졌다.

챙겨놓은 종이가 모조리 사라졌다. 그뿐만이 아니었다. 수첩도 싹 사라졌고, 기차 노선과 여행 정보를 기록해둔 쪽지와 내 이름으로 발급된 신용장까지, 간단히 말해 내가 성에서 나갔을 때 필요할 만한 모든 자료가 사라졌다. 주저앉아 머리를 굴리는데, 번뜩 옷 생각이 났다. 나는 대형 여행 가방과 성에 온 뒤로 사용하던 옷장을 뒤졌다.

여행할 때 입었던 옷과 외투, 담요도 모두 사라졌다. 다른 곳도 찾아봤지만 사라진 게 분명했다. 아무래도 백작이 새로운 전략을 세운 것 같다.

6월 17일. — 오늘 아침 침대 끝에 걸터앉아 머리를 쥐어짜고 있는데 안마당 뒤편 돌길에서 말발굽 소리가 들렸다. 말의 속력을 늦추는 듯한 가벼운 채찍 소리와 쿵쿵거리는 소리, 돌길에 무언가가 긁히는 소리도 들렸다. 나는 기쁨에 차서 곧장 창가로 달려갔다. 대형 건초 수레 두 대가 안마당으로 들어오고 있었다. 튼튼한 말 여덟 마리가 수레 한 대를 끌었고, 다른 수레도 마찬가지였다. 두 수레 모두 슬로바키아인이 끌었다. 두 마부 모두 챙이 넓은 모자에 징이 박힌 큰 허리띠, 때 묻은 양가죽 겉옷에 목이 긴 장화 차림이었다. 두 사람 다 손에는 긴 장대를 들고 있었다. 손님이 왔으니 현관문이 열렸으리란 생각에 나는 당장 나가서 내려가려고 문가로 달려갔다. 하지만 또다시 충격을 받았다. 서재나 식탁이 있는 방이 아닌, 내 침실 방문이 밖에서 잠겨 있었다.

나는 창가로 가서 그들을 향해 고래고래 소리쳤다. 마부들이 멍한 표정으로 고개를 들어 나를 바라보려는 찰나, 스거니 족장이 나와서는 내 방 창문을 가리키며 그들에게 무슨 말을 하자, 마부들이 웃음을 터뜨렸다. 그 후로는 내가 무슨 짓을 해도 아무 소용이 없었다. 내가 아무리 서러운 목소리로 소리를 질러도, 애타게 애원해도, 그들은 내게 눈길조차 주지 않고 단호하게 나를 외면했다. 건초 수레에는 커다란 상자가 실려 있었고, 그 상자에는 두꺼운 줄로 된 손잡이가 달려 있었다. 슬로바키아인 마부들은 상자를 가뿐히 들어 날랐다. 그들은 상자를 함부로 다뤘는데, 상자가 여기저기에 부딪힐 때마다 텅 하고 울리는 소리가 났다. 소리도 그렇거니와 커다란 상자를 가볍게 옮기는 걸 보면 상자는 비어 있는 게 틀림없었다. 마부들은 상자를 모두 내려 안마당 구석에 높이 쌓았다. 스거니 족장에게 돈을 받은 마부들은 액운을 쫓기 위해 침을 찍 뱉고는 각자의 수레로 느릿느릿 돌아갔다. 얼마 지나지 않아 그들의 채찍 소리가 들리더니, 마차 소리는 점점 멀어져갔다.

6월 24일 새벽. — 어젯밤 백작은 이른 시각부터 나를 홀로 남겨두고 자기 방에 틀어박혔다. 나는 용기를 내 나선형 계단을 뛰어 올라갔고, 남향 방의 창문으로 밖을 내다보았다. 무슨 일이 생길 것 같아 백작을 지켜보려는 심산이었다. 그나저나 스거니들이 성 어딘가에서 자리를 펴고 뭔가를 하는 중이다. 직접 본 건 아니어도 알 수 있다. 소리가 나지 않게 조심하는 듯 멀리서 들리는 것처럼 작은 소리지만, 틈틈이 곡괭이와 삽으로 무언가를 깨고 파는 소리가 나기 때문이다. 그게 무슨 일이든 간에, 잔인한 음모의 막바지 작업임은 분명하다.

다시 어제 얘기를 하자면, 창가에 서 있은 지 30분도 지나지 않아 백작 방의 창문에서 인기척이 느껴졌다. 나는 뒤로 물러나 조심스레 지켜보았다. 한 남자가 창문 밖으로 몸을 빼내며 모습을 드러냈다. 예상대로 백작이었다. 하지만 백작이 내 옷을, 내가 성에 올 때 입었던 옷을 걸치고 있을 줄은 예상하지 못했다. 그는 지난번 그 여인들이 사라질 때 챙긴 흉측한 자루도 어깨에 들쳐 메고 있었다. 충격적인 광경이었다. 그가 뭘 구하러 가는지, 내 옷을 훔쳐 입은 이유는 무엇인지, 고민할 필요도 없이 단번에 알 수 있었다! 이게 그의 새로운 전략인 것이다. 사람들이 나를 봤다고 착각하게 만드는 것. 내가 마을에서 돌아다니는 걸 봤다거나, 직접 편지를 부치는 걸 봤다는 목격담을 만들기 위해서겠지. 몹쓸 짓을 하고서 그 책임을 나한테 전가할 요량일 테고. 사람들은 몹쓸 짓을 한 게 나인 줄 알 테니까.

사람들이 백작의 술수에 말려들 수 있다고 생각하니 화가 치밀어 오른다. 정작 나는 죄수와 다를 바 없이 여기에 갇혀 옴짝달싹 못하고 있는데 말이다. 아니, 나는 죄수만도 못한 처지다. 범죄자는 적어도 권리에 따라 법의 보호를 받고, 그 사실로 위안이라도 얻지 않나.

나는 백작이 돌아오는 모습까지 지켜볼 생각이었기에 오랫동안 창가에 앉아 자리를 떠나지 않았다. 앉아 있다 보니 달빛 속에서 떠다니는 작은 알갱이들이 눈에 들어왔다. 티끌 같은 것이었는데, 원을 그리며 빙글빙글 돌더니 성운처럼 서로 뭉치면서 점점 덩치를 키워갔다. 그 광경이 묘하게 위로가 돼서, 가만히 보고 있자니 마음이 잔잔하게 가라앉았다. 나는 날뛰는 공기의 흐름을 만끽하려고 우묵한 창틀에 들어가 편한 자세를 잡았다.

문득 이상한 기운에 움찔했다. 계곡 저 아래쪽에서 개들이 애처롭게 울부짖는 소리가 났지만, 주위를 둘러봐도 눈에 띄는 것은 없었다. 개 짖는 소리가 점점 커지면서 귓가에 메아리쳤고, 공기 중의 티끌은 소리에 공명하듯 달빛 속에서 새로운 대형을 이루며 움직였다. 본능이 나를 일깨우려 했다. 아니, 내 혼이 나를 일깨우려 했다. 그 덕에 감각이 반쯤 되살아났다. 나는 최면에 걸리고 있었다! 티끌의 춤사위가 점점 더 빠르고 격렬해졌다. 나를 스치며 내 등 뒤 거대한 어둠 속으로 빨려 들어가는 달빛이 파르르 떨렸다. 티끌 뭉치는 점점 더 커졌고, 끝내 흐릿한 유령 같은 형체로 변했다. 그제야 나는 소스라치게 놀라며 정신을 차렸다. 감각이 원래대로 돌아왔다. 나는 비명을 지르며 방 밖으로 달려 나갔다. 달빛 속에서 점점 선명해지던 유령의 형체는 내게 악몽 같은 삶을 선사한 장본인들, 그 귀신 같은 세 여인이었다. 나는 그곳에서 달아나 침실로 돌아왔다. 달빛이 들어오지 않는 침실에는 등불이 환하게 켜져 있었다. 어쩐지 침실이 더 안전하게 느껴졌다.

두어 시간쯤 지났을까, 백작 방이 소란스러워졌다. 누군가가 날카로운 비명을 지르는데 다른 사람이 재빨리 입을 틀어막는 것 같은 소리가 났다. 그리고 곧바로 깊고 섬뜩한 침묵이 이어졌다. 나는 서늘한 한기를 느꼈다. 가슴이 두근거렸다. 침실 문손잡이를 돌려보았으나 문은 역시 잠겨 있었고, 갇혀 있는 내가 할 수 있는 건 아무것도 없었다. 나는 주저앉아 눈물을 쏟았다.

그때 안마당에서 웬 여자가 서럽게 우는 소리가 들렸다. 나는 창가로 달려가 창문을 벌컥 열고 창살 사이로 밖을 내다보았다. 안마당에 정말로 여자가 있었다. 여자는 숨차게 달려온 사람처럼 헝클어진 머리로 가슴팍에 손을 얹고 있었다. 그러다 현관 벽 모서리에 몸을 기댔고, 창가에 선 내 얼굴을 보고는 마당으로 다시 뛰어나오며 악에 받친 목소리로 소리쳤다.

"이 괴물 놈아, 내 아이를 돌려줘!"

여자는 무릎을 털썩 꿇더니 두 손을 번쩍 들고 계속 같은 말을 외쳤다. 그 소리를 듣고 있자니 가슴이 찢어질 것 같았다. 한참 절규하던 여자는 머리를 쥐어뜯고 가슴을 두들기며, 끓어오르는 감정을 감당하지 못하겠다는 듯 갖가지 자학 행위에 온몸을 내던졌다. 그러다 벌떡 일어서서 문으로 달려갔다. 벽에 가려서 보이진 않았지만, 여자가 맨손으로 현관문을 두드리는 소리를 들을 수 있었다.

백작의 목소리가 내 방 창문보다 한참 높은 곳에서 들려왔다. 아마도 탑 위였으리라. 백작이 특유의 냉혹한 목소리로 누군가를 부르듯 쇳소리를 내며 속삭였다. 백작의 부름에 답하듯 먼 곳에서 늑대들이 울부짖는 소리가 사방에 울려 퍼졌다. 몇십 분 지나지 않아 늑대들이 잔뜩 몰려와 넓은 성문을 통과하며 봇물 터지듯 안마당으로 쏟아져 들어왔다.

여자는 비명 한번 지르지 못했다. 늑대들이 아주 잠깐 울부짖었을 뿐이다. 늑대들은 곧바로 주둥이를 할짝대며 한 마리씩 줄지어 성을 떠났다.

여자의 죽음이 애통하진 않았다. 여자의 아이가 어찌 되었는지 짐작할 수 있었기에 그 여자도 차라리 죽어서 다행이라고 생각했다.

이제 나는 어떡하지? 내가 할 수 있는 일은 뭐야? 뭘 어떻게 해야 죽음과 어둠과 두려움이 뒤섞인 이 끔찍한 상황에서 벗어날 수 있느냐고!

6월 25일, 오전. — 밤의 어둠에 시달려보지 않은 사람은 아침이라는 시간이 얼마나 가슴 저미게 달콤하고 소중한지, 아침의 밝은 빛이 얼마나 어여쁜지 알지 못한다. 오늘 아침, 해가 높이 떠서 내 창 맞은편 성문 꼭대기에 걸리는 걸 보는데, 마치 노아의 방주에서 나온 비둘기가 그 자리에 내려앉는 걸 보기라도 한 듯 가슴이 벅찼다. 갑옷처럼 나를 꽁꽁 감싸고 있던 두려움이 아침의 따스함에 연기처럼 산산이 흩어졌다. 낮의 이 용기가 사라지기 전에 뭐라도 해야 한다. 지난번 백작이 시켜서 쓴 편지 중 하나가 어젯밤 발송됐다. 이 세상에서 나라는 존재의 흔적을 지우는 최종 막의 첫 번째 장이 시작되었다.

그런 생각은 그만하자. 행동을 취해야지!

희롱당했던 것도, 위협받았던 것도, 어떤 방식으로든 위험에 빠지거나 두려움에 사로잡혔던 것도 모두 밤에 일어난 일이었다. 낮에는 백작을 본 적이 없다. 백작이 사람들이 깨어 있을 때 자고, 사람들이 잘 때 깨어 있다고 생각해도 될까? 백작의 방에 들어가볼 수만 있다면 좋으련만! 그건 불가능하다. 문은 항상 잠겨 있다. 나는 못 들어간다.

아니, 방법이 있기는 하다. 무모한 방법일 뿐이지. 백작이 다니는 길이라면 다른 사람도 다닐 수 있지 않겠는가? 나는 그가 창문에서 기어 나오는 걸 두 눈으로 똑똑히 보았다. 나라고 백작처럼 못할 게 무언가? 백작의 방 창문으로 들어가지 못할 이유가 없지 않은가? 가능성은 희박하지만, 내 인내심은 더 희박하다. 절박한 상태다. 위험은 감수해야지. 최악의 상황이라고 해봐야 죽는 것 말고는 없잖아? 인간의 죽음은 송아지 같은 짐승의 죽음과 다르다. 죽는다고 해도 지엄한 주님의 나라에서 나를 반겨주리라. 주님, 목숨을 걸고 나서는 저를 가엾게 여기소서! 미나, 어쩌면 이게 마지막 인사가 될지도 모르겠다. 안녕, 미나. 호킨스 씨, 당신은 제게 아버지와 다름없는 분이었고, 언제나 믿을 수 있는 소중한 벗이었습니다. 부디 안녕히. 그리고 모두에게 작별을 고합니다. 다들 잘 지내십시오. 마지막으로 미나, 행복하게 지내!

같은 날, 몇 시간 후. — 시도해보고 방금 무사히 침실로 돌아왔다. 주님이 도우셨나 보다. 시작부터 차근차근 써 내려가겠다. 용기가 날 때 움직여야겠다는 생각에 곧장 남향 방의 창문으로 갔다. 그리고 바로 창밖으로 나가 성벽 남쪽 면에 선반처럼 빙 두른 좁은 벽돌 위에 섰다. 벽돌은 크고 표면이 거칠었으나, 벽돌 사이에 발린 회반죽은 풍파에 씻긴 지 오래였다. 나는 신발을 벗고 위험천만한 길로 과감히 걸음을 내디뎠다. 문득 혹시라도 우연히 끝도 없는 낭떠러지를 보고 얼어붙으면 어쩌나 하는 걱정이 들었다. 나는 확인차 아래를 내려다보았다가 금방 시선을 거두었다. 기회는 한 번뿐이라고 생각했다. 그만큼 신중했던 데다 백작의 방 창문이 있는 방향과 그곳까지의 거리도 잘 알기에 생각보다 쉽게 백작의 방에 도착했다. 어지럽지도 않았다. 어지간히 긴장했던 모양이다. 말이 안 된다고 느껴질 만큼 짧은 시간에 성공한 것 같았다. 나는 창턱에 서서 내리닫이창을 들어 올렸다. 하지만 몸을 숙이고 방에 발을 들이밀자 초조함이 밀려들었다. 방 안에 들어서자마자 백작이 있는지 확인하기 위해 주위를 둘러보았다. 놀랍게도, 그리고 다행스럽게도 백작은 없었다. 아니, 아무도 없었다! 방에는 이상한 가구 몇 점 말고는 별것이 없었다. 그나마 있는 것들도 사람 손을 타지 않은 것 같았다. 가구들은 남향 방의 가구와 모양이 같았고, 위에 먼지가 가득 쌓여 있었다. 방 열쇠를 찾아보았지만 자물쇠통에도, 다른 어느 곳에도 열쇠는 없었다. 방을 뒤지면서 발견한 것이라곤 구석에 잔뜩 쌓인 금붙이뿐이었다. 로마, 영국, 오스트리아, 헝가리, 그리스, 그리고 터키 금화까지, 온갖 종류의 금화가 있었다. 금화 표면에 흙이 눌어붙은 것으로 보아 오랫동안 땅속에 묻혀 있었던 게 분명했다. 내가 시대를 가늠할 수 있는 금화 중 300년 내의 것은 없었다. 목걸이와 장신구도 있었는데, 그중 몇 개에는 보석도 박혀 있었다. 하지만 하나같이 오래됐고, 녹이 슬어 얼룩덜룩했다.

다른 쪽 구석에 두꺼운 문이 있었다. 애초에 백작의 방 열쇠나 현관문 열쇠를 찾는 것이 목적이었다. 하지만 둘 다 찾지 못했기에 더 살펴보지 않으면 내 노력이 물거품이 될 판이었다. 나는 문손잡이를 돌렸다. 문은 잠겨 있지 않았다. 문을 열자 석벽으로 된 복도가 나왔고, 그 끝에 가파른 나선형 계단이 아래로 쭉 이어졌다. 계단이 있는 곳은 석벽 틈으로 새어드는 약간의 빛 외에는 조명이 없어서 어두웠다. 나는 마음을 단단히 먹고 조심스레 계단을 내려갔다. 맨 아래층에 내려가자 터널 같은 시꺼먼 복도가 떡하니 나타났다. 그 복도 안쪽에서 역겨운 냄새가, 오랫동안 땅속에 깔렸던 흙을 파낸 것 같은 죽음의 냄새가 흘러나왔다. 복도 안으로 들어가자 악취는 점점 지독해졌다. 복도 끝 육중한 문이 살짝 열려 있기에 그 문을 당겨 열고 안으로 들어갔다. 그러자 폐허가 된 옛날식 예배당이 모습을 드러냈다. 묘지로 이용하던 게 분명한, 옛날식 장례식장이었다. 천장은 부서져 있었다. 지하 납골당으로 내려가는 계단식 통로가 두 군데 있었는데, 최근에 땅을 파서 찾아낸 것 같았다. 커다란 나무 상자에는 흙이 담겨 있었다. 가만 보니 그때 슬로바키아인들이 가져온 상자였다. 주위엔 아무도 없었다. 출구를 찾으려고 샅샅이 뒤졌지만 다른 출구는 없었다. 혹시 뭔가를 놓치지 않았을까 싶어 바닥도 구석구석 뒤졌다. 지하 납골당에도 내려가보았다. 어찌나 어두운지 혼이 쏙 빠질 정도로 무서웠다. 지하 납골당 첫 번째 층과 그 아래층에는 오래전 부서진 관 조각과 먼지만 가득했다. 하지만 지하 세 번째 층에는 남다른 것이 있었다.

커다란 상자 50개가 바닥에 쭉 깔렸고, 그 속에 최근에 판 흙이 가득 들어 있었으며, 그중 한 상자에는 백작이 흙을 깔고 누워 있었다! 그는 잠든 것 같기도 했고, 죽은 것 같기도 했다. 눈을 뜨고는 있었지만, 눈동자가 전혀 움직이지 않았는데, 그렇다고 시체의 눈처럼 뿌옇지는 않았기 때문이다. 뺨은 백지장처럼 창백했으나 생의 온기를 담고는 있었고, 입술은 평소와 다름없이 붉었다. 백작은 미동도 하지 않았다. 맥박도 뛰지 않았고, 숨도 쉬지 않았으며, 심장도 멈춰 있었다. 몸을 숙여 그를 굽어보며 확인했는데도 허사였다. 새로 파낸 흙냄새가 진동하는 걸로 보아 백작이 그곳에 누운 지 오래되지 않은 듯했다. 상자 옆에 뚜껑이 세워져 있었는데, 뚜껑에는 여기저기에 구멍이 나 있었다. 문득 백작의 품에 열쇠가 있을지도 모른다는 생각이 들었다. 그런데 손을 뻗은 순간 생기를 잃은 그의 눈을 보았다. 굳어버린 그 눈에서 나는 증오를 읽었다. 내가 그곳에 있다는 걸 백작이 알 리 없는데, 그가 내 존재를 알아챘을 리 없는데도 말이다. 나는 곧장 납골당을 빠져나와 백작의 방 창문을 넘었고, 성벽을 기어올랐다. 방에 돌아오자마자 숨을 헐떡이며 침대 위에 몸을 던졌다. 그리고 생각에 잠겼다.

6월 29일. — 백작이 쓰라고 시킨 세 번째 편지에 적은 날짜가 바로 오늘이다. 백작은 편지 내용과 일치하는 목격담을 만드는 작업에 착수했다. 그가 자기 방 창문을 통해 성 밖으로 빠져나가는 걸 봤는데, 이번에도 내 옷을 걸친 차림으로 외출 목적을 짐작할 수 있었다. 그는 도마뱀처럼 성벽을 기어 내려갔다. 그 모습을 지켜보는 동안 그를 어찌나 죽이고 싶던지 총이나 다른 흉기가 절실했다. 하지만 지금 생각해보면, 인간이 만든 무기로는 백작의 털끝 하나 상하게 하지 못할 것 같다. 그가 돌아올 때까지 그 방에서 기다릴 용기는 나지 않았다. 거기 있다가 괴상한 세 여인을 만날까 봐 두려웠다. 나는 서재로 돌아와 책을 읽다가 깜빡 잠이 들었다.

백작이 나를 깨웠다. 나를 보는 그의 표정은 인간의 것이라기에는 너무나도 으스스했다.

"내일이면 작별이구려. 그대는 아름다운 영국으로 돌아가고, 나는 도통 끝날 줄 모르는 내 작업에 집중해야 하니, 우리가 앞으로 또 볼 일이 있을까 싶소. 그대의 편지는 내가 부쳤소. 내일 나는 이곳에 없을 거요. 하지만 그대가 떠나는 데 불편함이 없도록 준비시켜놓았소. 아침이 되면 스거니 놈들이 여기서 일을 좀 할 거요. 슬로바키아인도 몇 놈 올 테고 말이오. 그놈들이 다 가고 나면 내 마차가 그대를 태우러 올 거라오. 그걸 타고 보르고 고개로 가서 부코비나발 비스트리츠행 승합마차로 갈아타면 되오. 이렇게 준비해놓았으나 그대가 드라큘라 성에 더 묵었으면 하는 게 내 솔직한 바람이오." 나는 그의 말을 믿을 수 없었기에 참뜻을 확인해보기로 했다. 하, 참뜻이라니! 이 말을 그런 괴물에게 갖다 붙이는 것 자체가 그 단어에 대한 모욕처럼 느껴진다. 어쨌든 나는 그에게 단도직입적으로 물었다.

"왜 오늘 밤에 출발하면 안 되는 겁니까?"

"마부에게 시킨 일이 있어서 지금은 마차와 마부를 준비시킬 수 없소."

"전 걷는 것도 좋아합니다. 당장 떠나고 싶습니다." 백작은 내 말에 미소를 지었다. 매우 다정해 보이는, 보기 좋은 미소였다. 그 표정 뒤에 모종의 음모가 있음을 아는 내게는 악마 같은 미소이기도 했다.

"그대의 짐은 어쩌고?"

"괜찮습니다. 나중에 사람을 보내지요."

그러자 백작이 일어서더니 더없이 정중한 태도로 말했다. 이 모든 게 진짜라는 걸 믿을 수 없어 그가 말하는 사이 나는 두 눈을 비볐다.

"영국 속담 중 그 뜻이 우리 트란실바니아 귀족들의 가치관과 비슷해 실로 공감한 것이 있소. '오는 손님은 환영하되, 가는 손님은 얼른 보내주어라.' 날 따라오시오, 젊은 친구. 단 한 시간이라도 이곳에 억지로 있어서는 안 되지 않겠소. 나는 비록 서운하다고 해도, 그대가 당장 떠나길 원한다고 하니 어쩌겠소. 갑시다!" 백작은 자못 엄숙하게 등불을 들고는 앞장서서 계단을 내려가 복도를 걸었다. 그러다 갑자기 그가 멈춰 섰다.

"들으라!"

늑대들이 울부짖기 시작했는데, 그 소리가 코앞처럼 아주 가까이에서 들렸다. 마치 지휘자가 휘두르는 지휘봉에 따라 오케스트라의 연주가 점점 커지듯 백작이 손을 올리자 늑대들이 울부짖는 소리도 따라서 커졌다. 그는 잠시 뜸을 들이다가 여전히 엄숙한 태도로 문 쪽으로 걸어가 묵직한 빗장을 벗기고 무거운 사슬을 끌렀다. 그리고 문을 열기 시작했다.

문이 잠겨 있지 않다는 사실에 놀라 숨이 멎을 것 같았다. 도저히 믿을 수 없어 주위를 둘러보았지만, 분명히 그 어떤 열쇠도 보이지 않았다.

문이 열리기 시작하자 늑대들은 더 크고 사납게 울부짖었다. 그러다 발톱이 뭉툭한 뒷다리로 땅을 박차고 뛰어올라, 문틈으로 붉은 주둥이를 들이밀고는 으르렁댔다. 나는 백작에게 덤벼봐야 아무 소용이 없다는 사실을 깨달았다. 그 늑대들처럼 백작의 명령에 따르는 협력자가 있는 한 내가 할 수 있는 일은 없었다. 문은 천천히 열리는 중이었고, 늑대들과 나 사이를 가로막는 건 백작뿐이었다. 갑자기 그 순간이 내 마지막이라는 생각이 들었다. 거기서 늑대들에게 죽음을 당하는 것이 나의 최후라니, 괜한 고집을 피워서 스스로 늑대들의 먹잇감이 되다니…. 모든 게 백작의 계략이 분명했다. 그에게 어울리고도 남을 만한, 지독할 정도로 악독한 계략이었다. 나는 마지막으로 혹시 모를 희망에 기대 소리쳤다.

"문 닫으십시오! 아침까지 기다리겠습니다!" 나는 쓰라린 낭패감에 흐르는 눈물을 감추려고 두 손으로 얼굴을 감쌌다. 백작이 한쪽 팔로 가볍게 허공을 쓸었을 뿐인데 문이 닫히고 빗장이 걸렸다. 빗장이 걸리는 둔탁한 소리가 복도에 메아리쳤다.

우리는 말없이 서재로 돌아갔다. 나는 서재에서 2분도 채 머물지 않고 곧바로 침실로 향했다. 서재를 나오면서 마지막으로 본 드라큘라 백작의 모습은, 자신의 손에 입을 맞추어 그 손을 내게 뻗는 동작을 하는 모습이었다. 득의양양한 그의 눈동자에 붉은빛이 어렸고, 새빨간 입술엔 배신자 유다가 지옥에서도 흐뭇해할 만한 미소가 걸렸다.

침대에 누우려는데 문가에서 누군가가 속삭이는 소리가 들렸다. 나는 조용히 문가로 가서 귀를 기울였다. 잘못 들은 게 아니라면, 그건 백작의 목소리였다.

"어허, 너희 자리로 돌아가래도! 아직 너희 차례가 아니다. 기다리라 했다. 인내심을 가져라! 오늘 밤까진 내 것이다. 내일 밤이 되면 너희 것이 되리라!" 이 말이 끝나자 잔물결이 일듯 나지막한 웃음소리가 울려 퍼졌다. 순간 나는 울분을 이기지 못하고 문을 벌컥 열었다. 흉악한 세 여인이 각자 입술을 핥고 있었다. 그들은 나를 보고선 소름 끼치는 웃음을 터뜨리며 자리를 떴다.

나는 침실로 돌아와 털썩 무릎을 꿇었다. 내 삶이 그것밖에 남지 않았다고? 내일 죽는다고? 내일이라고? 주여, 도와주소서! 저와 저를 아끼는 이들을 살피소서!

6월 30일 오전. — 이 글이 일기장에 쓰는 마지막 글일지도 모르겠다. 오늘은 자다가 동이 트기 전에 깼다. 나는 무릎을 꿇고 결심했다. 때가 되면 당당히 죽음을 받아들이리라.

공기가 묘하게 달라져 아침이 왔다는 걸 알았다. 반가운 수탉의 울음소리에 안도감을 느꼈다. 기쁜 마음에 문을 열고 현관으로 달려 내려갔다. 전날 문이 잠겨 있지 않은 것을 보았기에 탈출이 눈앞에 있다고 믿었다. 너무도 간절해서 손이 덜덜 떨렸다. 나는 사슬을 끄르고 묵직한 빗장을 벗겼다.

하지만 문은 열릴 기미가 없었다. 절망감이 나를 휘감았다. 나는 육중한 문을 당기고, 또 당기다 마구 흔들기까지 했다. 문에 달린 여닫이창이 달그락거렸다. 틈으로 확인하니 걸쇠가 내려져 있었다. 내가 침실로 돌아간 후 백작이 잠근 모양이었다.

위험을 무릅쓰고서라도 현관문 열쇠를 찾아야겠다는 본능적인 욕망에, 나는 다시 한번 성벽을 타고 백작의 방에 침입하기로 했다. 백작이 나를 보면 죽이려 들 게 분명했지만, 악마가 내놓은 선택지 중 죽음은 차라리 나은 선택일 것 같았다. 나는 주저하지 않고 곧바로 창문으로 달려가 성벽을 기어 내려갔다. 그리고 전처럼 백작의 방으로 들어갔다. 방은 텅 비어 있었지만, 그럴 거라고 예상한 터였다. 열쇠는 역시 보이지 않았다. 그래도 금붙이 더미는 제자리에 있었다. 나는 구석에 있는 문으로 들어가 나선형 계단을 내려갔고, 어두운 복도를 지나 예배당으로 들어섰다. 이번에는 내가 찾으려는 괴물이 어디에 있는지 아주 잘 알고 있었다.

백작이 들어가 누운 상자는 지난번처럼 벽에 가까운 자리에 놓여 있었다. 이번에는 뚜껑이 얹혀 있었으나 완전히 고정된 것은 아니었고, 망치만 몇 번 두드리면 되도록 못을 뚜껑에만 살짝 박아둔 채였다. 열쇠를 찾으려면 백작의 몸을 뒤져야 했기에, 나는 뚜껑을 들어 올려 벽에 밀어 세웠다. 그러데 눈앞에 펼쳐진 광경에 모골이 송연해졌다. 상자 안에 누운 백작은 꽤 젊어진 듯했다. 하얗게 세었던 머리칼과 콧수염이 짙은 회색이 되었고, 뺨에는 살이 올랐으며, 창백한 피부에는 어슴푸레 혈색이 돌았다. 입술은 말 그대로 새빨갰는데, 막 신선한 피를 들이켜기라도 한 것처럼 입술 끝에서부터 턱을 따라 목까지 핏방울이 떨어지고 있었다. 움푹 파였던 눈도 달라 보였다. 눈꺼풀과 눈두덩도 예전보다 두툼했다. 무시무시한 괴물이 피를 쭉쭉 빨아들여 부푼 듯한 느낌이랄까. 백작은 포만감에 늘어진, 역겨운 거머리 같았다. 그의 몸을 뒤지려고 몸을 숙이자 온몸의 감각이 거부반응을 일으켰다. 하지만 그의 몸을 뒤지지 않으면 내가 죽을지도 모른다. 밤이 되면 그 섬뜩한 세 여인이 백작과 비슷한 방식으로 내 몸을 가지고 만찬을 즐길지 또 누가 알겠는가. 나는 백작의 온몸을 더듬었지만, 열쇠는 찾을 수 없었다. 그러다 나는 움직임을 멈추고 백작을 바라보았다. 살이 오른 얼굴이 조소를 짓고 있었다. 나를 미치게 만들려는 수작이었다. 내가 이런 자를 런던에 보내려고 도왔다니…. 어쩌면 앞으로 수백 년간 백작은 수많은 사람 사이에서 피에 대한 갈증을 해소하며, 반인반수의 악마 같은 인간들을 늘려, 그들이 무력한 인간들의 피를 빨아 먹고 살게 할지 모른다. 이런 생각까지 들자 정말이지 미칠 것 같았다. 괴물이 마음대로 주무르는 세상이 오지 않도록 내 손으로 끝내고 싶다는 욕망이 솟구쳤다. 당장 구할 수 있는 흉기는 없었지만, 인부들이 상자를 채울 흙을 파던 삽은 근처에 있었다. 나는 삽을 움켜쥐고 높이 들어 역겨운 백작의 면상에 내리꽂았다. 아니, 그러려고 삽을 내려치는데 백작의 고개가 획 돌아가면서 그의 눈이 나를 정면으로 바라보았다. 악명 높은 바실리스크처럼 그 눈빛에는 화염이 이글댔다. 그 눈빛에 나는 순간적으로 얼어붙었고, 삽자루가 손에서 헛돌며 내리치는 삽의 방향이 틀어졌다. 내 공격은 그의 이마에 깊은 상처를 내는 데 그쳤다. 내 손아귀에서 빠져나간 삽이 상자 위에 떨어졌다. 나는 삽을 치워버리려고 잡아당겼으나, 이번엔 삽의 날이 뚜껑에 걸려 다시 한번 상자 위로 떨어졌다. 삽이 끔찍한 백작의 모습을 가렸다. 삽을 치운 뒤 마지막으로 보았을 때, 백작의 살 오른 얼굴은 피로 얼룩져 있었다. 그리고 그 얼굴에는 지옥의 심연에나 어울릴 법한 사악한 조소가 어려 있었다.

나는 이제 어떻게 해야 할지 고민하고 또 고민했다. 하지만 머릿속에 불이라도 난 듯한 기분이어서 그 난리가 가라앉을 때까지 하염없이 기다리는 수밖에 없었다. 그 사이 절망감이 점점 몸집을 키워갔다. 멀리서 집시의 노래가 들리더니, 흥에 겨운 목소리가 점점 가까워졌다. 노랫소리 뒤로 굵은 바퀴가 구르는 소리와 채찍 소리가 함께 들렸다. 백작이 말한 대로 스거니들과 슬로바키아인들이 오는 중이었다. 나는 마지막으로 주위를 둘러보며 메스꺼운 육신이 든 상자까지 확인한 뒤, 곧바로 그곳을 빠져나와 백작의 방으로 돌아갔다. 백작의 방문이 열리는 순간 곧바로 탈출할 생각이었다. 나는 잔뜩 긴장해서 귀를 기울였다. 아래층에서 누군가 열쇠로 문을 여는가 싶더니 육중한 문이 열리는 소리가 들렸다. 성에 다른 출입구가 있거나, 그들 중 누군가가 잠겨 있던 방 어딘가의 열쇠를 가지고 있는 게 틀림없었다. 이어서 쿵쾅거리는 사람들의 발소리가 들렸지만, 그 소리는 복도처럼 소리가 울리는 통로에서 희미해졌다. 나는 지하 납골당에 미처 찾지 못한 출구가 있을지도 모른다는 생각에 아래로 내려가려고 황급히 몸을 돌렸다. 바로 그때 돌풍이 불었고, 나선 계단으로 향하는 문이 쾅 닫혔다. 문이 닫히면서 문틀 위에 앉은 먼지가 허공으로 솟구쳤다. 달려가서 문을 열어보려 했지만, 꼼짝도 하지 않았다. 그렇게 나는 또 갇힌 신세가 되었다. 나를 가둔 파멸의 그물이 점점 죄어들고 있었다.

이 글을 쓰고 있는 지금, 아래층 복도에서 사람들의 발소리가 들린다. 아주 무거운 짐을 쿵 내려놓는 소리도 난다. 흙이 담긴 상자들을 옮기는 소리겠지. 망치 소리도 들린다. 상자에 못을 박는 모양이다. 이번엔 묵직한 발소리가 복도를 따라 이동한다. 여러 사람의 느긋한 발소리가 그 뒤를 따른다.

문이 닫히고 쇠사슬이 철컥대는 소리가 난다. 열쇠 돌리는 소리도 들린다. 방금은 열쇠를 빼는 소리다. 이번엔 다른 문이 열렸다가 닫힌다. 문이 잠기는 소리다.

잘 들어야 해! 묵직한 수레바퀴가 안마당에서 돌길 쪽으로 굴러가는 소리다. 채찍 소리. 스거니들이 입을 모아 노래하는 소리가 점점 멀어진다.

이 성에는 이제 나와 그 끔찍한 여인들뿐이다. 제길! 미나 역시 여인이라는 점을 제외하면, 미나와 그 여인들에게 공통점이라곤 없다. 그 여인들은 지옥 구덩이에서 기어 나온 악마들이다!

그들만 있는 성에 남아서는 안 된다. 이제껏 시도해보지 않았던 먼 곳까지 성벽을 타야겠다. 나중에 필요할지도 모르니 금붙이도 좀 챙겨야지. 이 지긋지긋한 곳을 빠져나갈 방법이 생길지도 모른다.

나가기만 하면 집으로 가는 거다! 최단 노선을 최고 속력으로 달리는 기차를 타겠다! 그리고 이 저주받은 곳에서, 이 저주받은 땅에서, 악마와 그의 추종자들이 당당히 걸어 다니는 이 대지에서 멀어지겠다!

이 괴물들과 함께 지내느니 차라리 주님의 심판대에 서겠다. 이곳의 절벽은 높고 가파르다. 이곳에서 떨어지면 주님이 주신 인간의 몸으로 안식에 들 수 있으리라. 모두에게 안녕을 고한다! 미나, 안녕!

5장

미나 머리 양이 루시 웨스튼라 양에게 보내는 서신

5월 9일.

소중한 벗, 루시에게.

편지를 너무 오랜만에 쓰네. 미안해. 별일은 없고, 그냥 일에 치여 사느라 이렇게 됐어. 보조 교사 생활이 가끔은 너무 고되거든. 루시, 나는 요즘 널 볼 날만 기다리고 있어. 빨리 우리 둘이 바닷가에 앉아 편하게 수다를 떨며 공상을 즐기면 좋겠다. 요즘은 늦게까지 일하느라 아주 바빠. 조너선의 전문 분야에 대한 최신 동향을 꾸준히 파악하고 싶어서 말이야. 속기 연습도 성실하게 하고 있어. 결혼 뒤 조너선한테 도움을 주어야 할 테니까. 속기 실력이 그럴싸해지면 조너선이 하는 말을 속기로 받아 적은 뒤 타자를 쳐서 제대로 된 문서로 옮겨줄 수 있잖아. 같은 이유로 타자 연습도 굉장히 열심히 하고 있어. 조너선과 나는 가끔 속기로 적은 편지를 주고받아. 조너선은 해외 출장 중 쓰는 일기도 속기로 적는대. 널 만나러 갈 때 나도 속기로 일기를 쓸까 봐. 매주일요일방구석에서쥐어짜내간신히써내는두쪽짜리일기• 같은 걸 말하는 게 아니야. 내킬 때마다 편하게 쓰는 기록의 일종을 말하는 거야. 그런 글에 누가 관심이나 가지겠나 싶은데, 남한테 보일 생각은 없어. 어쩌면 나중에 조너선한테는 보여줄 수도 있겠다. 알려줄 내용이 있는 경우에만…. 하긴, 그게 다 무슨 상관이야. 그냥 속기 연습용 수첩일 뿐인걸. 여성 언론인들이 일하는 걸 봤는데, 그 사람들처럼 해봐야겠어. 대화를 나누면서 기록을 하고, 대화를 통째로 암기하는 거야. 조금만 연습하면 누구나 하루 동안 있었던 일과 들은 말을 모두 외울 수 있다는 얘기를 들었거든. 뭐, 진짜인지는 해보면 알겠지. 만나면 내가 세워둔 다른 계획도 들려줄게. 방금 조너선이 트란실바니아에서 보낸 편지를 받았어. 급히 쓴 짧은 편지네. 잘 지내고 있고 일주일쯤 후에 돌아올 거래. 다른 나라는 어땠는지, 그곳에서의 생활은 어땠는지, 조너선이 출장에서 느낀 소감을 하나도 빠짐없이 듣고 싶어. 낯선 나라에 가는 건 분명 멋진 경험이겠지. 우리가 함께 그런 경험을 나눌 수 있을까? 아, 방금 우리는 조너선과 나를 말하는 거였어. 10시 종소리가 들린다.

• 원문에는 'two-pages-to-the-week-with-Sunday-squeezed-in-a-corner diaries'로 표기되어 있으며, 장난기를 드러내는 원문의 뉘앙스를 살리기 위해 띄어쓰기 없이 표기했다.

이만 줄일게.

사랑하는 벗,

미나가.

추신. 답장 쓸 때 네 소식 꼼꼼히 알려줘. 나한테 편지 보낸 지 한참 됐잖아. 나, 그 소문 들었어. 큰 키에 훤칠한 곱슬머리 남자 얘기가 특히 궁금해. 누구야?"

루시 웨스튼라가 미나 머리에게 보내는 서신

5월 17일, 수요일, 채텀가.

소중한 벗, 미나에게.

이 말은 해야겠다. 너는 내가 편지를 쓰지 않는다고 나무랐는데, 솔직히 너무 억울해. 저번에 만난 뒤로 나는 너한테 편지를 두 번이나 썼지만, 넌 지난번에 보낸 편지가 두 번째였거든. 게다가 너한테 들려줄 소식도 없어. 네가 관심 가질 만한 일이 정말로 없다고. 내가 사는 마을은 요즘이 한창 때야. 덕분에 툭하면 외출해서 미술관에 가고, 공원에서 산책하거나 승마를 즐기기도 한단다. 키 큰 곱슬머리 남자라면, 지난번 이튼 칼리지의 사교 토론 클럽에 갔을 때 만났던 사람인가 보다. 누가 이상한 얘기를 지어내나 봐. 그 사람은 홈우드 씨야. 가끔 집에 찾아오기도 하는데, 그 사람이랑 엄마가 죽이 잘 맞아. 둘이 대화가 아주 잘 통하는 모양이더라니까. 그러고 보니 얼마 전에 만난 남자가 너한테 안성맞춤이었는데…. 네가 조너선이랑 약혼만 하지 않았다면 말이지. 최고의 신랑감이랄까. 잘생겼지, 부유하지, 가문도 좋았거든. 직업은 의사이고, 아주 똑똑해. 그냥 상상만이라도 해봐! 스물아홉 살밖에 안 됐는데 벌써 대형 정신 병원 원장이야. 홈우드 씨가 소개해준 사람인데, 우리 집에 한 번 초대받은 후론 자주 찾아와. 지금까지 본 그 어떤 사람보다도 자기주장이 뚜렷한데, 그러면서도 무척 차분해. 동요라곤 모르는 침착한 사람 같아. 환자들에게 얼마나 믿음직한 의사일지 훤히 보여. 사람을 볼 땐 상대방의 생각을 읽으려는 듯 상대의 얼굴을 뚫어지게 바라보는 묘한 버릇도 있지. 나한테도 툭하면 그러는데, 내 생각은 쉽게 파악하기 어려울걸. 거울로 내 표정을 확인했거든. 너는 네 표정을 읽으려고 한 적이 있니? 난 해봤어. 쓸데없는 실험은 아니라고 장담하지. 생각보다 꽤 힘들어. 직접 해보지 않으면 모를 거야. 그는 내가 심리학적 연구 대상이라고 말하는데, 솔직히 내 생각도 같아. 너도 알다시피 나는 옷에 별 관심이 없어서 최신 유행에 대해 입도 못 떼잖아. 옷 같은 건 정말 따분해. 아, 또 속된 말을 써버렸네. 그래도 걱정할 필요는 없어. 아서가 매일 지적하거든. 아차, 결국은 이름을 말해버렸네. 미나, 우린 어릴 때부터 서로한테 모든 비밀을 털어놨잖아. 같이 자고, 먹고, 웃고, 울었으니까. 이번에도 그래야겠어. 이미 말하긴 했지만, 더 자세히 말하고 싶어. 아, 미나! 짐작이 안 되니? 난 그를 사랑해. 글을 쓰면서도 얼굴이 달아오른다. 아직 그에게 고백을 받지는 않았지만, 그 역시 날 사랑하는 것 같아. 아무래도 좋아! 난 그를 사랑해. 그를 사랑해. 그를 사랑한다고! 아, 속이 후련하다. 미나, 네가 지금 내 옆에 있으면 얼마나 좋을까. 예전처럼 거추장스러운 드레스는 벗어 던지고 함께 벽난로 앞에 앉아 지금 이 느낌을 다 털어놓고 싶어. 이 글을 어떻게 쓰고 있는지도 모르겠다. 펜을 놓았다간 이 편지를 찢을 것만 같아서 겁이 나. 너한테는 모든 걸 얘기하고 싶어서 펜을 놓고 싶지 않아. 이 편지 읽자마자 답장 써줘. 그리고 네 생각은 하나도 빼놓지 말고 알려줘. 미나, 이만 줄일게. 안녕. 날 위해 기도해줘. 그리고 내 행복을 빌어줘.

루시가.

추신. 이거 비밀이라고 굳이 말 안 해도 알지? 안녕!

L.

루시 웨스트라가 미나 머리에게 보내는 서신

5월 24일.

소중한 벗, 미나에게.

다정한 마음을 듬뿍 담은 답장 보내줘서 고맙고, 고맙고, 또 고마워. 너한테 털어놓길 정말 잘했어. 네가 내 마음을 알아주니 정말 좋다.

엎친 데 덮친 격이라는 말이 있잖니. 속담은 어쩜 그리 정확할까. 9월이면 스무 살이 되는데, 어제까지 구혼이라곤 단 한 번도 받아본 적이 없단 말이야. 제대로 된 구혼자가 한 명도 없었다고. 그런데 오늘 단 하루 만에 세 명이 내게 구혼했어. 상상해봐! 하루에 구혼을 세 번이나 받다니! 정말 너무하잖아! 가엾은 다른 두 사람에겐 정말로, 진심으로 미안할 따름이야. 어쩜 좋니, 미나! 솔직히 기분이 정말 좋아서 감당이 안 돼. 구혼이 세 건이라니! 하지만 다른 애들한테 말하진 마. 안 그러면 애들은 온갖 허황한 상상을 하면서, 처음으로 구혼자가 생기는 날 구혼자가 적어도 여섯이 되지 않으면 숙녀로서 부끄러운 일이라고 생각할지 몰라. 허영심 가득한 애들이 있잖아! 미나, 너랑 나처럼 정혼자가 있어서 조만간 정숙한 부인이 될 사람은 허영심을 경멸할 만하지. 어쨌든 그 구혼자 세 명에 대해 얘기해줄게.

이건 정말로 비밀이다! 누구한테도 말하면 안 돼! 물론 조너선은 예외야. 조너선한테는 말해야지. 내가 네 입장이었어도 아서에게 말할 테니까. 남편한테는 뭐든 숨기는 게 없어야 하잖아. 미나, 너도 그렇게 생각하지? 그러니까 네가 조너선한테 말하는 건 허락할게. 남자들은 자기들처럼 온당하게 행동하는 여성을 좋아해. 아내라면 말할 것도 없지. 안타깝게도 여자들이 항상 온당하지만은 않지만. 자, 본론으로 들어갈까? 첫 번째 구혼자는 점심 식사 전에 찾아왔어. 저번에 말했던 사람이야. 정신 병원 원장, 존 수어드 박사. 턱이 다부지고 이마가 미끈한 남자란다. 겉으론 아주 침착해 보이지만, 늘 뭔가를 불안해해. 온갖 사소한 행동을 일일이 익히고 기억하려는 것처럼 보이거든. 하지만 자기 실크해트를 깔고 앉는 건 못 고치나 봐. 침착한 남자는 보통 그런 실수를 하지 않잖아. 한번은 덤덤한 척하느라 의료용 칼인 세모날을 들고 장난도 치더라니까. 그걸 봤을 때 나는 소리까지 지를 뻔했어. 수어드 박사는 단도직입적으로 말하더구나. 나를 안 지는 얼마 되지 않았지만, 내가 자기에게 무척이나 소중한 존재라면서, 나와 함께하면 자기 삶이 지금보다 훨씬 나아지고 활기찰 거라고 말이야. 내가 자기에게 마음이 없다면 얼마나 괴로울지 박사가 얘기하려는 찰나 내가 울음을 터뜨렸어. 박사는 우는 나를 보고선 자기가 무례했다며, 나를 더 곤란하게 만들고 싶지 않다고 했지. 잠시 입을 꾹 닫고 있던 박사가 내게 물었어. 자기를 사랑할 수 있을 것 같으냐고. 내가 고개를 가로젓자 박사의 손이 떨리더라. 박사는 잠시 머뭇거리다가 혹시 맘에 둔 사람이 있느냐고 물었어. 아주 정중한 질문이었단다. 내게서 애정을 쥐어짜낼 의도가 아니었지. 그저 알고 싶은 거라고, 여인의 마음이 아직 상대를 정하지 않았다면 사내는 희망을 품을 수 있기 때문이라고 말했거든. 그 말을 들으니까 솔직히 털어놓아야 할 것 같았어. 나는 마음에 둔 사람이 있다고만 말했고, 그 말을 들은 박사는 자리에서 일어섰어. 그러고는 내 양손을 잡더니 내가 행복하길 바란다고 했어. 만약 내게 친구가 필요하다면 자신이 믿음직한 친구가 되어주겠노라고 덧붙였지. 그 말을 할 때 그는 정말로 다부지고 용감해 보였어. 미나, 눈물이 그치질 않아. 편지에 남은 눈물 자국을 이해해줘. 청혼을 받는다는 건 정말 멋진 일이야. 그렇지만 날 진정으로 사랑하는 사람이 상실감에 젖어 떠나는 모습을 지켜보는 게 행복할 리 없잖니. 그가 뭐라고 했든, 이제 나는 그의 삶에서 완벽한 타인이 되는 거잖아. 미나, 지금은 더는 못 쓰겠어. 행복하면서도 너무나 서글퍼.

저녁에 이어서 쓴다.

아서가 방금 갔어. 아까 펜을 놓을 때보다는 기분이 나아져서 이제 오늘 일에 대해 계속 쓸 수 있을 것 같아. 어디 보자, 두 번째 구혼자는 점심때가 지나서 찾아왔지. 텍사스에서 온 미국인인데, 꽤 괜찮은 사람이야. 겉보기에 너무 어리고 말쑥해서 믿기지는 않지만, 수많은 곳을 여행하며 온갖 모험을 했다더구나. 가련한 데스데모나•의 심정이 이해가 돼. 데스데모나는 한 사내 때문에, 그것도 흑인 사내 때문에 심한 소리를 들어야 했잖니. 내 생각에 우리 여성들은 이토록 겁이 많아서 남자에게 의지하려 하고, 우리가 두려움을 떨치게 도와줄 남자와 결혼하나 봐. 내가 남자라면 숙녀가 나를 사랑하게 만들기 위해 어떻게 해야 할지 이제 좀 알 것 같아. 아니다. 여전히 모르겠어. 모리스 씨는 자기 얘기를 들려줬지만, 아서는 아직 그런 적이 없거든. 비록…. 어머, 이걸 어째. 나도 모르게 앞서갔네. 퀸시 P. 모리스 씨는 혼자 있는 날 찾아냈어. 남자는 혼자 있는 숙녀를 어쩜 그렇게 잘 찾아내나 몰라. 아니지, 모든 남자가 그렇지는 않아. 아서는 나와 단둘이 있을 기회를 만들려고 두 번이나 시도했고, 나도 그 시도에 기꺼이 동참했거든. 어차피 아서는 이제 내 남편이 될 사람이니 이런 얘기를 해도 부끄럽

• 셰익스피어의 희곡 《오셀로》의 주인공.

지 않아. 이야기를 이어나가기에 앞서서, 모리스 씨가 항상 저속한 표현을 쓰는 건 아니라는 점을 강조해야겠어. 모리스 씨는 제대로 된 교육을 받아서 아주 예의 바른 사람이기 때문에 처음 보는 사람 앞에서는 그런 표현을 절대 쓰지 않는단다. 하지만 내가 자신의 미국식 비속어를 재미있어하는 걸 알고선, 그런 표현을 듣고 놀랄 사람이 없을 때 내 앞에서 웃기는 표현을 사용하곤 하지. 이런 의심을 해도 될지 모르겠지만, 그가 그런 웃기는 표현을 지어내는 게 아닌가 싶기도 해. 그가 말하는 내용에 완전히 들어맞는 적절한 표현이거든. 뭐, 비속어가 다 그런 걸 수도 있겠지. 내가 그렇게 저속한 말을 입에 담는 날이 올지는 모르겠어. 아서가 그런 걸 좋아하는지 모르겠더라고. 지금까지는 아서가 비속어 쓰는 걸 한 번도 못 봤어. 어쨌든 날 찾은 모리스 씨는 내 옆에 앉았어. 신이 난 것처럼 쾌활한 표정이었지만, 속으론 매우 초조해하고 있다는 게 느껴졌지. 그는 내 손을 잡고 더없이 다정하게 말했어.

"루시 양, 내가 당신의 앙증맞은 신발을 두고 이래라저래라 할 만큼 잘난 놈이 아닌 건 알아요. 하지만 적당한 사내를 찾을 때까지 기다리기만 하다간, 당신도 등불 들고 남편감만 하염없이 기다리던 노처녀 일곱과 함께 이 바닥에서 물러나게 될지도 몰라요. 그냥 내 옆자리에 올라타서 긴 길을 함께 가는 게 어때요? 말에다 그냥 2인용 마구를 채워버리자고요."

모리스 씨가 유쾌한 분위기로 장난치듯 말해서 수어드 박사의 구혼을 거절할 때의 절반만큼도 힘들지 않을 것 같더라. 나는 최대한 가벼운 말투로, 옆자리에 올라타는 방법 같은 건 전혀 모르고, 마구도 채워본 적 없다고 말했어. 그러자 그는 자기가 경박하게 굴었다고 하면서, 결혼 문제는 자기에게도 무척 심각하고 중대한 문제이니 실수를 용서해 달라고 했어. 그 말을 할 때 모리스 씨의 표정이 정말로 진지해서, 그 모습을 보고 있자니 나도 진지하게 임해야겠다는 생각이 들었어. 그가 하루에 맞이하는 두 번째 구혼자라는 사실에 어쩐지 어깨가 으쓱해지기도 했지만 말이야. 나도 알아, 미나. 날 지독한 바람둥이라고 생각하지? 다시 본론으로 돌아갈게. 내가 입을 떼기도 전에 모리스 씨는 완벽한 청혼이라 할 만큼 뜨겁고 달콤한 사랑의 단어를 쏟아내며 내 발치에 그 열렬한 마음을 고스란히 바쳤어. 정말로 진정성 있는 모습이어서, 앞으로 남자가 이따금 장난스럽다고 그를 진중하지 않은 가벼운 사람으로 여기면 안 되겠다는 생각이 들더라니까. 내가 자기를 찬찬히 살펴보는 걸 모리스 씨도 알아챘던 모양이야. 갑자기 고백을 멈추더니 남자의 기개를 보여주기라도 할 것처럼 의기양양하게 말하더라고. 내가 누군가에게 마음을 준 게 아니라면 자기를 사랑했을 거라나.

“루시, 당신이 솔직하고 심성이 바른 사람이란 걸 압니다. 당신이 영혼 밑바닥까지 훤히 보일 정도로 심성이 맑은 사람이라고 생각하지 않았다면, 내가 지금 이 자리에서 이런 얘길 할 이유도 없었겠지요. 인간 대 인간으로 묻겠습니다. 솔직히 말해줘요. 마음을 준 사람이 있습니까? 만약 그렇다면 더는 당신을 곤란하게 만들지 않겠습니다. 털끝만큼도 괴롭히지 않겠어요. 당신이 허락한다면 나는 당신의 신실한 친구로 남을 것이고요.”

미나, 남자들은 어쩜 이렇게 고결할까? 우리 여자들에게는 부족한 점이 너무 많은 것 같아. 내가 이토록 마음이 넓은 신사를, 진정한 의미의 신사를 욕보일 뻔했지 뭐야. 아, 또 눈물이 쏟아진다. 이 편지가 여러모로 엉망이 되어버렸네. 이런 편지를 보내게 돼서 정말 미안해. 왜 여자는 세 명의 남편을 둘 수 없는 거야? 다들 원하는 대로 하게 두면 이런 불상사는 피할 수 있잖아! 말도 안 되는 소리인 거 알아. 이런 말은 하면 안 되겠지. 나는 울먹이면서도 모리스 씨의 용감한 눈빛을 똑바로 마주하고 솔직히 말했어. 정말 다행이지.

“네, 사랑하는 사람이 있어요. 아직 그 사람에게서는 구혼을 받지도, 사랑한다는 말도 듣지 못했지만 말이에요." 솔직하게 털어놓는 게 정답이었어. 모리스 씨의 표정이 밝아졌거든. 그는 두 손을 뻗어 내 손을 잡았어. 내가 그의 손을 잡았던 것 같기도 해. 그가 진심 어린 말투로 말하더라.

"역시 당신은 용감하군요. 비록 한발 늦어 당신의 마음을 얻지는 못했지만, 때를 맞춰 다른 누군가의 마음을 얻는 것보다 이게 더 값진 것 같습니다. 울지 마세요. 저 때문에 우는 거라면 그럴 필요 없어요. 제가 얼마나 강인한 남자인데요. 저는 의연히 당신의 뜻을 받아들이겠습니다. 자기가 얼마나 행복한 사내인지 모르는 그 사람은 하루빨리 정신을 차려야 할 거예요. 안 그러면 제가 가만히 놔두지 않을 테니까요. 어여쁜 소녀여, 당신은 솔직함과 용기로 나라는 벗을 얻었습니다. 벗은 정인보다 찾기 힘들답니다. 우정은 남녀 간의 사랑보다 이타적인 법이잖아요. 그나저나 저는 죽을 때까지 혼자 살까 해요. 그러니 제게 단 한 번의 입맞춤을 허락해주겠어요? 생에 이따금 짙은 어둠이 드리울 때, 그 기억을 방패 삼아 살아가고 싶거든요. 봐요, 나와 입을 맞추기 싫은 게 아니라면 괜찮아요. 그 남자 때문에 그러는 거죠? 그는 분명히 좋은 사람이겠죠. 멋진 남자일 거예요. 그렇지 않으면 당신이 사랑할 리 없잖아요. 하지만 그 사람은 아직 당신에게 고백하지 않았어요." 미나, 모리스 씨의 이 말에 난 감동했어. 얼마나 용감하고 다정하니? 연적을 폄하하지 않는 고결함은 또 어떻고? 너도 그렇게 생각하지 않니? 게다가 그는 너무도 슬퍼 보였어. 결국 나는 모리스 씨에게 몸을 기대고 그에게 입을 맞췄어. 그는 내 두 손을 감싸 쥐고는 내려다보며 말했어. 그때 얼굴이 얼마나 화끈거렸는지 몰라.

"어여쁜 소녀여, 제가 당신의 손을 잡았군요. 방금 당신은 제게 입 맞춰주었죠. 아, 그렇다고 해서 우리 우정이 달라지는 건 아닙니다. 솔직한 마음을 보여줘서 정말 고마워요. 이만 갈게요." 그는 내 손을 꼭 쥐었다가 모자를 들고선 곧장 방에서 나갔어. 한 번도 돌아보지도 않았고, 눈물을 보이거나 떨지도 않았으며, 멈칫하지도 않았지. 그런데 난 지금 아이처럼 펑펑 울고 있어. 그가 딛고 선 땅까지 흠모할 여성들이 수없이 많단 말이야. 내가 뭐라고 그런 남자를 불행하게 만들었을까! 마음에 품은 이가 없었다면 난 분명 그의 구혼을 받아들였을 거야. 하지만 이 감정을 속일 수는 없는걸. 미나, 모리스 씨를 보낸 후 마음이 너무 안 좋아. 그 일에 대해 쓴 후 곧바로 행복한 얘기를 이어가긴 어려울 것 같아. 세 번째 구혼자에 대해 쓸 땐 행복한 기분만 느끼고 싶거든.

너의 영원한 친구, 루시가.

추신. 아, 세 번째 구혼자에 대한 얘기는 결국 안 썼네. 굳이 말 안 해도 알지? 아니라고? 아서한테 청혼받던 순간은 말로 설명할 수가 없는데 어떡하지. 아, 순식간에 벌어진 일이었어. 아서가 방 안에 들어오자마자 나를 꽉 끌어안고 입을 맞췄거든. 지금 난 행복하다 못해 황홀해. 이렇게 행복해도 되나 싶어. 앞으로 주님의 은혜에 늘 감사하며 살 거야. 이렇게나 멋진 남자를 내 남편으로, 벗으로 점찍어주셨으니까.

이만 줄일게.

수어드 박사의 일기(축음기로 녹음한 기록)

4월 25일. — 오늘은 영 입맛이 없다. 뭘 먹지도 못하겠고, 여유를 즐길 수도 없어서 일기나 남기려 한다. 어제 청혼을 거절당한 후 마음이 허하다. 만사가 시시해 보인달까. 이런 심리 상태를 치료할 유일한 방법은 일에 몰두하는 것이다. 이를 잘 알기에 나는 환자들을 살펴보러 내려갔다. 그리고 상당히 흥미로운 연구 대상인 환자를 하나 골랐다. 아주 희귀한 사례라서 어떻게든 그 심리를 파악하고 싶은 상대다. 오늘은 내가 불가사의한 진실에 한발 더 다가간 것 같다.

그 환자가 보는 환각의 실체를 확실히 파악하기 위해 나는 평소보다 강도 높은 질문을 던졌다. 지금 생각해보면 환자에게 너무 가혹했던 것 같기도 하다. 환자가 면담 중 내내 광증의 절정을 보이길 바랐던 걸까? 평소라면 나는 환자들을 그런 상태로 방치하지 않는다. 지옥문을 달가워할 리 없지 않은가. (기억해둘 것 : 내가 지옥문도 달가워할 상황이 뭐지?) 로마에서는 사고팔지 못하는 게 없나니. 지옥에도 값어치가 있는 거야! 현명한 자에겐 말 한마디로 충분하나니. 내가 직감에 따라 행동한 것에는 이유가 있을 터. 그 이유는 추론해볼 가치가 있을 것이다. 그러려면 일단은 기록을 시작해야겠지. 어디 보자….

R. M. 렌필드, 연령은 59세. 다혈질에 체력이 아주 좋다. 과잉 흥분 증상을 보이며, 울증 주기 종료 시점에는 늘 특정한 생각에 사로잡힌다. 일종의 고착관념인데, 아직은 파악하지 못했다. 현재로서는 다혈질이라는 기질에 불안정한 환경이 더해져 병증이 발현되었다고 추정한다. 위험 요소가 많은 환자다. 이기심이 없다면 특히 요주의다. 인간의 이기심은 적과 싸우는 병사들의 갑옷처럼 방어기제로 작용하기 때문이다. 이 부분에 대한 내 의견은 다음과 같다. 자아가 기준점이 되면 인간 심리의 구

심력과 원심력은 균형을 이룬다. 하지만 의무라든가 특정한 사건 같은 자아 이외의 대상이 기준점이 되면 인간 심리의 원심력이 크게 작용하기에, 다른 사건 혹은 다른 일련의 사건에 집중하지 않는 이상 심리 작용이 균형을 이룰 수 없다.

퀸시 P. 모리스가 작위 상속 예정자 아서 홈우드에게 보내는 서신

5월 25일.

친애하는 아트•에게.

우리가 대초원에서 모닥불을 피워놓고 긴 얘기를 나눴던 것 기억해? 마르키즈제도에 상륙한 후 서로의 상처를 치료해줬던 건? 티티카카 호숫가에서 축배를 들기도 했잖아. 우리에겐 아직 나눠야 할 이야기가 남았어. 치료해야 할 상처도, 축배를 들어야 할 일도 남았지. 내일 밤 내 거처에서 모닥불을 피워놓고 함께 시간을 보내는 게 어때? 그분이 저녁에 약속이 있어서 네가 한가하다는 걸 알기에, 이렇게 주저하지 않고 청하는 거야. 다른 사람도 한 명 불렀어. 수어드

• 아서의 애칭으로, 격의 없는 관계에서 부를 수 있는 호칭이다.

말이야. 조선•에서부터 어울렸으니, 우리 셋의 인연도 깊구나. 수어드는 오기로 했어. 나랑 눈물 섞인 술잔을 기울이자고 했거든. 그리고 지금 이 순간 세상에서 가장 행복할 너를 위해 축배를 들자고도 했어. 너는 그 누구보다 훌륭한 여인의 마음을 얻었으니까. 무엇보다 너는 그럴 만한 자격이 있는 사내니까. 우리 둘 다 네가 꼭 와주었으면 해. 네 오른팔과 다름없는 벗으로서 진심 어린 축배를 들어줄게. 네가 그분께 부끄러울 정도로 과음한다면 우리가 직접 널 집까지 데려다주기로 맹세하지. 꼭 와야 한다!

영원한 벗,

퀸시 P. 모리스 씀.

아서 홈우드가 퀸시 P. 모리스에게 보내는 전보

5월 26일.

내가 빠질 리 있나. 가서 자네들이 귀를 쫑긋 세울 만한 소식을 들려줌세. -아트

• 원문에는 'in Korea'가 아니라 'at the Korea'로 표기돼 있어, 국가를 지칭하는지, 사교 클럽이나 배 이름을 의미하는지 불분명하다. 19세기 작품이라 'Korea'를 조선으로 표기했다.

6장

미나 머리의 일기

7월 24일, 휘트비. — 역에 날 마중 나온 루시는 예전보다 훨씬 예쁘고 사랑스러워 보였다. 우리는 마차를 타고 루시 가족이 머무는 크레센트 주택가로 향했다. 크레센트 주택가는 멋진 곳이다. 에스크강이라는 작은 강줄기가 깊은 골짜기를 빠져나와 바다로 이어지며 항구 근처에서는 꽤 폭이 넓은 큰 강이 된다. 교각이 높은 커다란 구름다리가 그 강을 가로지르고, 그 다리 사이로 보이는 풍경은 왠지 실제보다 멀게 느껴진다. 계곡도 녹음이 우거져 아름답다. 계곡은 양쪽 비탈면이 상당히 가파른데 어느 정도인가 하면, 한쪽 봉우리에 올라서서 아래쪽을 내려다볼 수 있을 정도로 가장자리까지 가지 않는 한, 건너편 봉우리까지 한걸음에 뛸 수 있을 것 같다. 루시네 숙소가 있는 마을에서 멀리 떨어져 있는 구시가지의 주택들은 전부 지붕이 붉은색이다. 그곳은 독일 뉘른베르크를 담은 풍경화처럼 서로 겹겹이 쌓인 것처럼 보이기도 한다. 구시가지 뒷산에는 폐허가 된 휘트비 수도원 터가 있다. 휘트비 수도원은 데인인의 침략을 받은 곳이자 '마미온'[●]에 등장하는 장소다. 소녀를 벽 안에 가두고 완성했다지. 휘트비 수도원은 엄청난 규모와 아름답고 낭만적인 흔적들 덕에 그 어떤 폐허보다 장엄하다. 폐허가 된 수도원의 창문 중 하나에서 허연 묘령의 여인이 목격된다는 전설도 있다. 구시가지와 수도원 사이에는 현재 운영 중인 성당이 있고, 성당 주변을 둘러싼 넓은 묘지에는 비석이 빽빽이 들어서 있다. 나는 휘트비에서 이곳이 가장 마음에 든다. 마을 바로 위에 있는 데다, 항구 옆의 만부터 바다를 향해 뻗은 케틀네스[■]라는 곳까지 이어지는 해안과 항구의 전경을 한눈에 감상할 수 있기 때문이다. 항구에 맞닿은 묘지 구역은 경사가 가파르고 일부 축대는 무너진 데다, 봉분이 엉망이 된 묘도 몇 기 있다. 어떤 무덤의 석조 장식은 저 아래쪽 해변의 모래사장까지 이어져 있다. 묘지에 난 길에는 벤치가 군데군데 놓여 있어 사람들이 종일 앉아 산들바람을 맞으며 아름다운 풍경을 감상하곤 한다. 나도 이곳을 자주 찾아올 것 같다. 아닌 게 아니라, 지금도 이

● 19세기 초 영국의 시인이자 역사소설가 월터 스콧의 작품. 그에게 명성을 안겨준 3대 서사시 중 하나다.

■ 'ness'가 곶이라는 뜻이기에 케틀곶이라고 하는 것이 옳으나, 고유명사라 '케틀네스'로 표기한다. 케틀네스는 휘트비 북부 해안에 있다.

곳에서 일기장을 무릎에 얹어놓고 글을 쓰는 중이다. 옆에 앉은 세 어르신의 대화에도 귀를 기울이고 있는데, 평소에도 온종일 여기에 앉아 이야기하며 시간을 보내는 분들인 것 같다.

내가 있는 쪽 바로 아래에 항구가 있다. 건너편 해안선을 따라 긴 화강암 벽이 서 있다. 중앙에 등대가 하나 있는 그 벽은 바다와 만나는 끝부분에서 바깥쪽으로 휜다. 긴 벽의 바깥 면에는 방파제가 두껍게 둘려 있다. 성당 쪽 해안에는 반대로 꺾은 팔 모양으로 방파제가 세워져 있으며, 그 끝에도 건너편과 마찬가지로 등대가 놓여 있다. 이 두 방파제가 항구로 들어가는 좁은 입구를 만들고, 이 입구를 지나면 넓은 항구가 나타난다.

항구는 만조여서 수위가 높을 때라면 보기 좋으나, 간조 땐 물이 빠져 에스크강의 얕은 물줄기만이 여기저기 몸을 드러낸 바위 사이로 모랫바닥을 훑으며 지나가는 터라 볼품없다. 성당 쪽 방파제 밖으로는 길이가 800미터쯤 되는 커다란 구조물이 수면 위로 툭 튀어나왔는데, 위로 갈수록 뾰족해지는 그 구조물이 남쪽 등대 뒤로 쭉 뻗어 있다. 구조물 끝에는 종이 달린 부표가 매달려 있어 날씨가 궂으면 바람을 따라 구슬픈 소리가 난다. 그래서인지 이 지방에는 선박이 좌초되면 바다에 종소리가 울려 퍼진다는 전설도 있다. 저 어르신에게 이 전설에 대해 여쭤봐야겠다. 어르신이 이쪽으로 오시는데….

괴짜 같은 어르신이다. 나무껍질처럼 주름이 자글자글하고 얼굴이 쪼그라든 것으로 보아 연세가 상당한 것 같다. 어르신은 백 세가 코앞이라며, 워털루 전투가 벌어졌을 때 그린란드 어선단에서 선원으로 일하셨다고 한다. 나로선 안타깝게도 어르신은 상당히 냉소적이다. 내가 바다에서 들리는 종소리나 수도원의 흰색 여인에 대해 여쭙자, 어르신은 퉁명스러운 말투로 이렇게 대답하셨다.

"전설 같은 건 관심 없어. 그런 건 다 옛날 말이야. 뭐, 아주 허무맹랑한 말은 아닐 수도 있겠지. 어쨌든 난 그런 일을 겪어본 적도 없고, 겪었다는 사람을 만난 적도 없다네. 떠돌이나 여기저기 놀러 다니는 한량이라면 모를까, 색시 같은 요조숙녀한테 어울릴 얘기도 아니고…. 요크나 리즈에서 온 도붓장수들이라면 그런 헛소리를 믿을 수도 있지만, 그네들은 절인 청어나 씹어대고 차나 홀짝대면서 싸구려 패갈탄이나 찾아다니는 놈들이잖나. 그나저나 대체 어떤 인간이 도붓장수들한테 그런 말도 안 되는 거짓말을 해댄다지? 신문도 쓸데없는 소리만 지껄이질 않나…." 어르신에게 재미있는 얘깃거리가 많은 것 같다는 생각에 예전에 어르신이 하셨다던 고래잡이에 관한 얘기를 청했다. 어르신이 이야기를 시작하려는데 여섯 시를 알리는 종이 쳤고, 종소리를 듣자 어르신이 끙끙대며 몸을 일으키셨다.

"색시, 난 그만 집에 가려네. 내 손녀딸은 자기가 준비해 둔 차가 식으면 잔소리를 해대거든. 나는 저기 계단 내려가는 데도 한참 걸리는데, 저 계단 수를 좀 보게. 얼른 안 가면 식사 시간을 놓친다니까."

어르신은 절뚝거리며 자리에서 일어나더니 애써 걸음을 재촉하며 계단을 내려가셨다. 계단은 그곳의 상징이다. 구시가지에서 성당까지 이어지는데, 정확한 수는 모르겠지만 아마 수백 개는 될 것이다. 멀리서 보면 살짝 구부러진 형태이며, 말도 쉽게 오르내릴 수 있을 만큼 경사가 완만하다. 그 옛날 수도원에 필요해서 설치했던 모양이다. 나도 돌아가야겠다. 루시는 어머니와 함께 누군가의 집을 방문한다고 했는데, 의례적인 방문이라고 해서 나는 동행하지 않았다. 지금쯤이면 두 사람도 돌아왔겠지.

8월 1일. — 한 시간 전에 루시와 함께 이곳에 올라왔다. 그때 그 어르신과는 이제 꽤 친해졌다. 그 어르신은 다른 두 어르신과 늘 함께 계시는데, 우리는 그분들과 이야기를 나누었다. 이렇게 재미있는 대화는 처음이다. 그때 그 어르신이 대장인 게 분명하다. 가만 보면 그 어르신은 젊은 시절에 독불장군이었을 것 같다. 다른 사람 말은 듣지도 않고 무조건 억지만 부리신다. 말로 못 이기겠다 싶으면 다른 어르신들을 들들 볶는데, 그래서 다른 두 분이 입을 다물면 그걸 동의로 받아들이신다. 흰색 아마천 드레스를 입은 루시는 정말 어여뻤다. 여기에 오니 루시의 얼굴에 생기가 돈다. 어르신들도 오늘따라 일찌감치 올라와 우리 곁에 자리를 잡으셨다. 루시는 어르신들께도 정말 싹싹하다. 다들 루시를 보시자마자 한눈에 반하신 것 같다. 대장 어르신조차 고집이 한풀 꺾여서는 루시의 말에 단 한 번도 토를 달지 않으셨다. 대신 내게는 배로 잔소리를 하셨지만…. 내가 그 지역 전설을 화제로 삼자 어르신은 대번에 훈계를 늘어놓으셨다. 최대한 기억을 끄집어내서 적어두어야겠다.

"다 헛소리야. 말도 안 되는 소리라니까. 뭔 소리를 들었는지 모르겠지만, 그런 터무니없는 얘기는 들을 필요도 없어. 뭘 하면 큰일 난다는 둥, 시허연 귀신이나 흉사를 알리는 개가 있다는 둥, 그런 건 다 애들이랑 어리숙한 아낙네가 밖으로 못 나돌게 하려고 지어낸 얘기라고. 순 거짓말이라고 몇 번을 말해. 뭔가를 하지 말라고 하는 얘기잖아. 그런 우중충한 얘기는 속이 시커먼 책벌레나 기차역에서 암표 파는 놈들이 어리숙한 사람을 놀리려고 지어냈거나, 사람들을 맘대로 부려먹으려고 만든 거야. 그런 놈들을 생각하면 속이 갑갑하지. 거짓말을 종이에 찍어내고, 연단에 서서 거짓말을 떠들어대는 걸로도 모자란지, 이제는 묘비에도 온갖 장난질을 하려고 드는데 속이 갑갑하지 않고 배겨? 주위를 한번 둘러봐. 꼿꼿하게 선 저 묘비들을 보면 아주 가관이야. 사방천지에 거짓말투성이야. '여기에 누가 잠들다'나 '누구를 모신 묘', 이런 글들이 쓰여 있지? 그런데 이 중 절반은 시신도 없는 무덤이야. 모시기는 개뿔, 웃기지도 않는 소리지. 몽땅 거짓말이라니까. 진짜가 하나도 없다고! 하, 심판의 날이 되면 얼마나 기괴할지 상상도 하지 못하겠어. 낡아빠진 수의를 걸친 이들이 비석을 질질 끌고 나타나서는 거기 적힌 게 자기 이름이라고 우기면서 생전에 착하게 살았다고 난리를 피울 텐데, 그 꼬락서니를 어찌 보겠나? 바다에 빠져 죽은 이들은 얼이 나간 것처럼 그대로 굳어서 그 난리 통에 끼지도 못할 테고."

대장 어르신은 자신의 일장 연설에 만족해하시는 분위기였다. 어르신은 '으스댈' 수 있게 자신의 말에 동의해달라는 듯 주위를 둘러보셨다. 나는 어르신이 이야기를 이어가시도록 살짝 끼어들었다.

"설마요, 스웨일즈 어르신. 농담이죠? 이곳에 있는 비석들이 모조리 틀릴 리 없잖아요."

"틀릴 리 없긴! 물론 주인 찾은 비석도 몇 개 정도 있기야 하겠지만, 그마저도 거짓말로 좋은 말만 써놨다니까. 아주 바다가 자기 땅인 것처럼 으스대는데, 누가 보면 바다에 신줏단지라도 모신 줄 알 기세야. 색시도 한번 봐. 색시는 여기 사람이 아니잖아. 지금 색시는 여기 성당 묘지를 둘러보고 있어. 그렇지?" 사투리 때문에 어르신의 말씀을 정확히 이해하진 못했지만, 일단은 수긍하는 게 좋을 것 같아서 고개를 끄덕였다. 적어도 성당에 대해 말씀하시고 있다는 건 이해했다. 어르신이 말씀을 이어가셨다. "색시가 보기에도 저 비석들이 여기 묻힌 사람들을 기리는 것 같지? 그 사람들이 죽기 전에 무슨 일을 했는지 저기에 적혀 있을 것 같지?" 나는 다시 고개를 끄덕였다. "이러니까 거짓말이 사라지질 않는 거야. 말했다시피 저 무덤들은 금요일 밤이 되면 텅 비는 늙다리 던 영감의 빵 상자처럼 텅텅 비어 있다니까." 대장 어르신이 옆에 있던 다른 어르신을 쿡 찌르자 다들 웃음을 터뜨렸다. "거참, 정말이래도 그러네. 가서 직접 봐. 저기 관 쌓는 널빤지 쌓아둔 거 보여? 그 뒤에 가서 읽어보래도!" 나는 그쪽으로 가서 묘비에 적힌 글을 읽었다.

"에드워드 스펜설라. 상선의 선장, 1854년 4월, 30세의 나이로 사망. 안드레스 근해에서 해적들과 싸우다 전사." 내가 일행에게 돌아오자 스웨일즈 어르신이 말씀을 이어가셨다.

“그 시체를 여기에 묻으려고 바다에서 건져 왔을까? 안드레스 앞바다에서 죽었다는데 그게 말이 돼? 이래도 색시는 그 시체가 저기 묻혔다고 생각해? 저기 북쪽 그린란드 앞바다에 수장된 사람들 열댓 명 정도는 이 자리에서 이름을 댈 수 있어.” 어르신은 북쪽을 가리키셨다. “지금은 백골이 됐을 그 시신이 어디까지 흘러갔는지 누가 알겠어. 그런데 이 주위에는 그 사람들 비석도 있어. 색시는 아직 젊으니 여기서도 저기 조그만 글씨 보이지? 제일 앞에 브레이드웨이트 로리란 사람은 1820년에 그린란드로 간 리벨리 포경선•에서 추락했어. 내가 그놈 아버지를 알지. 저기 앤드루 우드하우스는 1777년 같은 해역에서 익사했고, 존 팩스턴은 일 년 후에 페어웰곶에서 물에 빠져 죽었다네. 존 롤링스는 1850년에 핀란드만에서 익사했는데, 내가 그 녀석 조부랑 같이 배를 타서 잘 알지. 자, 내 말 들어봐. 심판의 날이 되어 나팔 소리가 울려 퍼지면 이 사람들이 몽땅 휘트비로 달려온다는 뜻이잖아. 안 봐도 훤하구먼. 엎치락뒤치락하면서 얼마나 난리를 피울까. 그 꼬락서니는 저 옛날 우리가 배 탈 적에, 극야라서 주위가 시꺼먼데 어렴풋한 북극광에 의

• 영국의 북극 탐험가 윌리엄 스코어스비가 1826년에 출간한 책이 《소리 없이 죽어간 65명의 그린란드 포경선 에스크호와 리벨리호 선원들에 관한 기록》이다.

지해 제 몫 챙기겠다고 빙판 위에서 멱살 잡고 뒹굴던 거랑 다를 바 하나 없을 테지." 어르신의 마지막 말씀은 현지에서 흔히 쓰는 농담인 모양이었다. 어르신이 킬킬대며 웃으시는 건 물론이고, 다른 두 분도 숨넘어가게 웃으셨기 때문이다.

"하지만 어르신 말씀에 전적으로 수긍은 못하겠어요. 어르신께서는 심판의 날이 되면 저 가엾은 이들에게, 그 영혼들에게 비석이 필요하다는 걸 전제로 삼고 계시잖아요. 심판의 날에 정말로 그런 게 필요할까요?" 내 말에 어르신이 곧바로 말씀하셨다.

"그것 말고 비석을 세울 이유가 뭐야? 어디 색시가 한번 말해봐!"

"남겨진 가족들에게 위안을 주려고 세울 수도 있죠."

"남겨진 가족에게 위안을 주려고 그럴 수도 있다고?" 어르신은 같잖다는 듯 언성을 높이셨다. "그게 다 헛소리인 걸 자기들도 알고 이 지역 사람들도 다 아는데, 어떻게 그게 위안이 돼?" 어르신은 우리 자리 밑에 있던 비석을 가리키셨다. 급경사면 근처에 놓인 발판 같은 평판 비석이었는데, 발을 뻗으면 닿을 것도 같았다. "그 평판 비석 한번 읽어봐." 내가 앉은 자리에선 글자가 거꾸로 보여서, 맞은편에 앉아 있던 루시가 나 대신 몸을 숙여 묘비에 적힌 글을 읽었다.

"1873년 7월 29일 케틀네스 절벽에서 떨어져 사망한 조지 카논을 기리며. 언젠가 영예롭게 부활하기를. 사랑하는 아들을 잃은 어머니가 애달픈 마음으로 세운 비석이네요. 여기에 '남편을 잃은 여인의 독자'라고 쓰여 있으니까요. 스웨일즈 어르신, 저는 여기 적힌 글에서 이상한 점을 전혀 못 찾겠는걸요!" 루시는 자신의 감상을 진지하게 덧붙였다. 약간 무례해 보일 수 있을 정도로 직설적이기도 했다.

"이상한 점을 못 찾는 게 당연하지! 허허! 그 모친이 얼마나 악독한 여편네였는지 모르니 별수 있나. 그 여자는 아들내미 몸뚱이가 성치 못하다고 허구한 날 아들을 들들 볶았다네. 조지가 툭 하면 입에 거품 물고 쓰러지는 병이 있었거든. 그 녀석도 제 어머니를 어지간히도 싫어했지. 그래서 어머니가 자기 앞으로 들어둔 보험금을 못 타게 하려고 자살까지 한 거야. 그 집에 까마귀 쫓을 때 쓰는 구식 소총이 있었는데, 조지는 그걸로 자기 정수리에 구멍을 내 자살했어. 까마귀들이 총소리에 놀라 내빼니 파리랑 벌레들도 엄청나게 몰려들었다지. 어미라는 여자는 보험금 때문에 그렇게 엉망이 된 아들 시체를 절벽에서 떨궜어. 영예로운 부활 좋아하네. 조지는 늘 지옥에 가고 싶다고 떠들고 다녔어. 모친이 독실해서 천당 갈 거라며, 거기에서 만나지 않으려면 자기가 지옥에 가야 한다나. 자, 이래도…." 어르신은 지팡이로 바닥을 툭툭 두드리셨다. "저 비석에 적힌 게 헛소리가 아닌 것 같아? 어때? 저 정도면 천당 입구는 구경도 하지 못할 조지가 낑낑대며 비석을 지고 와서 증거랍시고 내놓을 때, 가브리엘 천사도 옳다구나 하고 받아줄 것 같은 글귀 아냐?"

나는 무슨 말을 해야 할지 몰라 가만히 있었다. 하지만 루시는 나와 달리 자리에서 일어서며 화제를 돌렸다.

"어르신, 이런 얘기를 하시면 어떡해요! 저는 이 자리가 제일 마음에 들어서 딴 자리로 가고 싶지 않단 말이에요. 앞으론 자살한 사람의 무덤 위에 앉아야 하게 생겼네요."

"색시, 그런 걱정은 안 해도 돼. 조지도 색시처럼 늘씬한 아가씨가 자기 무릎에 앉아주면 좋아서 어깨춤을 출걸. 거, 앉아도 부정 탈 일 없다니까. 내가 이 자리에 20년 가까이 앉아 왔는데, 지금까지 부정 탄 일은 없어. 그 밑에 있는 무덤에 시체가 있든 없든, 그런 문제로 심란해할 필요 없어! 여기 보이는 비석들이 싹 사라져서 이 묘지가 텅 빈 벌판이 되어버리면 모를까. 그러면 심판의 날이 왔다는 뜻이니까 그건 그때 가서 걱정하면 돼. 이런, 벌써 종이 울리네. 슬슬 가야겠구먼. 색시, 오늘은 여기까지 하자고." 어르신은 절뚝거리며 자리를 뜨셨다.

루시와 나는 그 뒤로도 한동안 그 자리에 앉아 있었다. 앞에 펼쳐진 풍경이 눈부시게 아름다워서 우리는 서로 손을 꼭 잡았다. 루시는 아서에 대한 얘기와 다가오는 결혼식 얘기를 하고 또 했다. 루시의 얘기를 듣고 있자니 어쩐지 가슴이 욱신거렸다. 나는 한 달 동안이나 조너선의 소식을 듣지 못했다.

같은 날. — 울적한 기분에 홀로 이곳에 다시 왔다. 내 앞으로 온 편지는 없었다. 조너선에게 아무 일도 없길 바랄 뿐이다. 9시를 알리는 종이 울린다. 구시가지에 흩뿌려진 불빛을 바라본다. 도로의 불빛은 일렬로 죽 늘어서 있고, 몇 개는 동떨어진 곳에서 홀로 빛나기도 한다. 불빛은 에스크강을 따라 쭉 이어지다가 계곡으로 들어가는 굽잇길에서 자취를 감춘다. 내 왼쪽으로는 수도원 인근의 고택 지붕이 시야를 막아 지붕의 검은 윤곽선밖에 안 보인다. 등 뒤로 멀리 떨어진 초원에서 양들이 '매에' 하고 운다. 아래쪽에서는 달가닥달가닥하며 포장도로를 지나는 당나귀의 발굽 소리가 들린다. 아까부터 부두 사람들이 왈츠를 연주하고 있는데 그다지 듣기 좋은 소리는 아니다. 멀리 떨어진 뒷골목에서 시작된 구세군 집회 소리가 선창을 따라 울려 퍼진다. 구세군 사람들도, 부두 사람들도, 서로의 소리를 들을 수 없겠지만, 높은 곳에 있는 나는 그들 각각의 소리와 모습을 듣고 볼 수 있다. 조너선이 지금 어디쯤 있는지, 내 생각은 하고 있는지 궁금하다! 조너선이 지금 곁에 있으면 좋겠다.

수어드 박사의 일기

6월 5일. — 렌필드는 알아갈수록 흥미로운 환자다. 이 환자는 이기적이고 속내를 드러내지 않으며 명확한 목적을 가지고 행동하는 특성이 있는데, 이 특성이 상당히 발달했다. 나는 이 환자의 목적과 그 대상을 확인하고자 한다. 이 환자는 목적을 달성하기 위해 나름의 계획을 세워둔 것으로 보이는데, 그 계획의 구체적인 내용은 아직 확인하지 못했다. 긍정적인 특성으로는 동물을 좋아한다는 점을 들 수 있다. 하지만 동시에 비상식적인 면모를 보이는 것도 사실이라서, 가끔 나는 이 환자가 그냥 비정상적으로 잔인한 것이라고도 생각하게 된다. 이 환자는 특이한 동물을 기른다. 지금은 파리를 모으고 있다. 방금 보니 모아둔 파리의 수가 어마어마해서 어쩔 수 없이 잔소리를 하고 말았다. 나는 렌필드가 화를 낼 것이라고 예상했으나, 놀랍게도 그는 진지하게 내 조언을 받아들였다. 그는 잠시 생각에 잠겼다가 입을 열었다. “사흘만 말미를 주시겠습니까? 사흘 후엔 싹 없애버리겠습니다." 당연히 나는 그러겠다고 했다. 계속 지켜봐야겠다.

6월 18일. — 렌필드는 이제 대상을 바꿔 거미에 관심을 보인다. 벌써 상자에 큰 거미 몇 마리를 잡아두었다. 그는 모아둔 파리를 거미에게 먹이로 준다. 그가 여전히 식사 절반을 남겨 파리를 본인 병실로 유인하는 데 쓰는데도 모아둔 파리의 수는 눈에 띄게 줄고 있다.

7월 1일. — 이제 렌필드가 모으는 거미의 수가 엄청나게 늘어나서 파리는 문제도 아니다. 오늘 하는 수 없이 그에게 거미를 다 없애라고 말했다. 내 말에 너무 의기소침해하기에 몇 마리만이라도 반드시 없애라고 했다. 그제야 그는 흔쾌히 수락했고, 나는 지난번과 같이 사흘의 말미를 주었다. 한편 요즘 렌필드의 행동이 상당히 거북하게 느껴진 적이 있다. 음식 썩는 냄새에 이끌려 렌필드의 병실로 날아든 검정파리가 있었는데, 병실 안을 윙윙 날아다니는 걸 그가 낚아채더니 엄지와 검지로 잡고선 한동안 의기양양한 모습을 보이는 게 아닌가. 그는 미처 제지할 겨를도 없이 그걸 입에 집어넣고 삼켜버렸다. 내가 나무라자 그는 자신의 행동이 아주 유익하며 건전한 것이라고 차분하게 반박했다. 파리는 아주 강인한 생명력을 지닌 생물이며 자신은 그 생명력을 받았을 뿐이라나. 그 말을 들으니 어떤 생각, 아니 어떤 가설의 토대가 마련되는 듯한 기분이었다. 이 환자가 거미를 없애는 과정도 지켜봐야겠다. 환자에게 심각한 정신 질환이 있는 게 분명하다. 그는 작은 수첩을 들고 다니며 수시로 뭔가를 휘갈긴다. 수첩의 모든 면에는 숫자가 빼곡히 적혀 있는데, 대부분 어떤 숫자들을 쭉 적은 뒤 합계를 내고, 그 합계들의 합계를 또 내는 식이다. 그가 회계 감사원처럼 특정 수식에 '집중'하고 있다는 점이 주목할 만하다.

7월 8일. — 렌필드가 보이는 광증에 일정한 체계가 보이면서 내 어설픈 가설도 조금씩 발전하고 있다. 조만간 가설이 완성되기만 하면…. 아, 그렇게만 되면 인간의 심리에서 의식이 무의식보다 우위를 점하게 할 수 있으리라! 증상의 경과에서 달라지는 점을 확인하기 위해 며칠간은 렌필드와 면담을 하지 않았다. 그가 기존에 모으던 개체의 수를 줄이고 다른 개체로 관심을 돌렸다는 점을 제외하면 달라진 점은 없었다. 그는 참새를 잡아 어느 정도 길들여놓았다. 거미의 수가 줄어든 걸 보면 참새를 어떻게 길들였는지 충분히 짐작할 수 있다. 그래도 그는 남은 거미에게 여전히 먹이를 주며 공을 들인다. 아직도 본인 식사를 남겨 파리를 유인하고 있기 때문이다.

7월 19일. — 진전이 있다. 이 친구가 기르는 참새의 수가 한 군집이라 할 만큼 늘었으며, 파리와 거미는 거의 씨가 말랐다. 면담하기 위해 병실에 들어서자 렌필드가 달려와 부탁이 있다며, 부탁을 들어주면 정말로 고마울 거라고 했다. 개가 꼬리를 흔들며 아양을 피우는 듯 싹싹한 태도였다. 무슨 부탁이냐고 묻자, 그는 상상만 해도 황홀하다는 듯 넋이 나간 채 대답했다.

"고양이, 예쁜 새끼 고양이를 갖고 싶습니다. 털에 윤기가 자르르 흐르고 장난기가 많은 녀석으로요. 제가 놀아주고, 훈련시키고, 먹이를 주고 싶어요. 먹이, 그래요, 먹이!" 나는 그가 선택하는 개체가 점점 큰 것으로, 점점 운동량이 많은 것으로 바뀌고 있다는 걸 주목했기에, 언젠가 이런 요구도 하리라고 예상했다. 하지만 그가 어여쁜 참새까지 파리나 거미처럼 손쉽게 죽일 수 있다고는 생각하지 못했다. 나는 일단 고민해보겠다고 말한 뒤, 새끼 고양이보다 다 자란 고양이가 낫지 않느냐고 물었다. 그가 갑자기 어깨를 축 늘어뜨리며 대답했다.

"아, 그렇죠. 저도 다 자란 녀석이면 좋겠습니다! 다 자란 고양이를 부탁하면 거절하실까 봐 새끼 고양이라고 말한 거죠. 새끼 고양이 키우는 걸 문제 삼을 사람은 없잖아요, 안 그래요?" 나는 고개를 흔들면서 그에게 동의하고는, 가능할 것 같지는 않지만 일단 고려해보겠다고 말했다. 렌필드는 고개를 푹 숙였는데, 순간 나는 환자의 위험성을 감지했다. 그 순간 나를 사납게 흘겨보는 눈빛이 살기등등해서였다. 이 환자는 살인 행위를 즐기는 범죄자가 될 가능성이 있다. 환자가 현재 느끼는 욕망으로 시험해볼 필요가 있다. 그 결과를 확인해야 좀 더 많은 것을 파악할 수 있으리라.

오후 10시. — 방금 렌필드의 병실에 한 번 더 다녀왔다. 그는 어두운 병실 구석에 쪼그리고 앉아 있었다. 내가 병실에 들어서자 그는 내 앞에 무릎을 꿇으며 고양이를 키우게 해달라고, 그래야 자기가 살 수 있다고 애원했다. 하지만 나는 기존 태도를 고수했다. 그는 고양이는 키우기 어려울 것이라는 내 말을 듣고선 아무 말 없이 원래 앉아 있던 구석으로 돌아가 손가락을 잘근잘근 씹었다. 내일 아침 일찍 환자를 다시 확인해야겠다.

7월 20일. — 이른 아침 렌필드의 병실을 찾았다. 간병인이 순회 업무를 시작하기도 전이었다. 환자는 서서 콧노래를 흥얼거리고 있었다. 창가에 그간 모아두었던 설탕을 뿌리는 걸 보니 파리를 다시 잡으려는 모양이었다. 다시 같은 일을 반복하는 것에 불만이 없는 듯 들뜬 모습이었다. 병실에 새가 보이지 않아서 나는 참새가 다 어디 갔느냐고 물었다. 그는 나를 등진 채 새들이 다 날아가버렸다고 대답했다. 병실에 깃털이 굴러다녔고, 베갯잇엔 핏자국이 남아 있었다. 나는 별다른 말을 하지 않고 병실에서 나왔다. 대신 렌필드를 담당하는 간호사에게 오늘 환자를 지켜보다가 특이사항이 있으면 곧바로 보고하라고 지시했다.

오전 11시. — 방금 간병인이 와서 렌필드가 깃털을 한 가득 토했다며, 환자 상태가 매우 좋지 않다고 알렸다. 간병인의 말은 이랬다. "원장님, 제가 보기엔 환자가 키우던 새를 몽땅 잡아먹은 것 같습니다. 그냥 잡아서 산 채로 삼킨 것 같아요!"

오후 11시. — 렌필드가 완전히 의식을 잃도록 오늘 밤엔 강한 아편을 처방했다. 꼼꼼히 살펴보려고 환자의 수첩도 챙겼다. 최근 들어 계속 고심하던 단편적인 생각이 드디어 서로 끼워 맞춰졌다. 가설이 입증된 것이다. 내 생각에 렌필드의 문제는 특이한 종류의 쾌락적 살해 욕구다. 새로운 분류법이 필요하다. 이 환자의 질환에 육식 강박증(생명력 섭취욕)이라는 이름을 붙여야겠다. 이 환자는 가능한 한 많은 생명력을 흡수하고자 한다. 이를 위해 환자는 먹이사슬을 만들어 생명력이 누적되는 체계를 세우고, 자기 자신을 먹이사슬의 최상위에 배치했다. 거미 한 마리에게 수많은 파리를 먹이고, 새 한 마리에게 수많은 거미를 먹인 것처럼, 그는 고양이에게도 그 많은 새를 먹이려 했다. 그다음 단계에서는 어떤 행동을 취하려 했을까? 이 실험은 끝까지 진행할 가치가 있었을지 모른다. 근거만 충분히 확보되면 정당화되는 실험도 있을 수 있지 않나. 사람들은 생체 해부를 멸시했으나, 그 덕에 이루어낸 성과를 보라! 인간의 뇌는 그 무엇보다 복잡한 대상이며 인체에서 가장 중요한 장기다. 그런데도 어찌해서 이 분야는 발전이 없는가? 내가 인간의 두뇌 작용에 관한 비밀을 알고 있다면, 버든-샌더슨•의 생리학이나 페리어■의 뇌과학과는 비교도 안 될 나만의 전문 분야를 확립해 가지를 뻗어나갈 수 있으리라. 실제로 지금 나는 한 가지 정신 질환의 비밀을 풀 열쇠를 쥐었다. 문제는 충분한 근거를 확보하지 못했다는 점이다! 자칫하다 유혹에 빠질 수도 있으니 이런 생각에 지나치게 몰입하진 말아

• 존 버든-샌더슨은 영국의 생리학자로, 동물 실험의 유용성과 필요성을 지지한다는 이유로 부당한 대우를 받기도 했으나, 결국 생리학과 병리학의 발전에 이바지한 공로를 인정받았다.

■ 데이비드 페리어는 스코틀랜드 출신의 신경학자 및 심리학자로, 개와 원숭이 등의 동물 뇌 실험으로 신경학에 큰 발전을 가져온 인물이다.

야 한다. 내가 대단히 특별한 능력을 타고난 게 아닐 수도 있는데, 괜한 생각을 하다가 그럴싸한 근거가 하나 생겼다고 냉큼 확대해석하면 어떡하나?

렌필드가 구축한 논리는 튼튼하다. 본디 정신 질환자는 각자의 사고 체계에 따라 행동하기 마련이다. 렌필드가 인간의 목숨을 어느 정도로 가늠하는지, 혹시 인간의 목숨조차 하위 사슬 중 하나로 여기는 건 아닌지 궁금하다. 그는 어제 자 계산을 정확하게 완료하고 오늘 자 계산을 새로 시작했다. 매일 새로운 기록을 적듯 살아가는 사람이 얼마나 될까?

나로 말할 것 같으면, 희망을 접으면서 이전까지의 나 자신과 작별한 뒤 삶의 새로운 장을 시작한 게 바로 엊그제처럼 느껴진다. 내 삶을 기록하는 천사가 손익 균형에 맞춰 결산을 낸 후 장부를 폐쇄할 때까지 이번 장은 계속될 테지. 아, 루시! 루시, 나는 그대를 원망할 수도, 그대가 선택한 나의 벗을 원망할 수도 없소. 내가 할 수 있는 거라곤 가망 없는 희망을 품은 채 일에 몰두하는 것뿐이오. 그래, 일하자! 일이나 하자!

렌필드처럼 내게도 일에 몰두할 강력한 동기가 있으면 좋으련만. 이롭고 이타적인 동기만 있다면 행복할 것 같다.

미나 머리의 일기

7월 26일. — 초조하다. 여기에 생각을 적으면 그나마 불안한 마음이 좀 진정된다. 비밀을 털어놓는 동시에 상대방의 비밀을 듣는 기분이랄까. 속기로 쓴다는 점도 도움이 되는 것 같다. 평범한 글쓰기와는 다르니까. 기분이 좋지 않은 것은 루시와 조너선 때문이다. 조너선의 편지를 못 받은 지 한참 됐다. 너무 불안하다. 그래도 어제는 호킨스 씨의 편지를 받았다. 항상 친절한 호킨스 씨는 이번에도 친절하게 자신이 받은 조너선의 편지를 보내주셨다. 일전에 조너선의 소식을 들었느냐고 편지로 여쭤보았는데, 마침 조너선의 편지를 받아 동봉한다고 답신을 주신 거다. 조너선의 편지는 발신지가 드라큘라 성으로 되어 있었고, 적힌 글은 단 한 줄이었다. 이제 고향으로 출발한다는 내용이었다. 조너선답지 않다. 이해가 안 돼서 자꾸 불안해진다. 이런 와중에 루시도 불안감을 더한다. 건강에 아무 이상이 없는데 얼마 전부터 갑자기 몽유병 증상을 보인다. 루시 어머님 말씀에 따르면 잠잠하다 싶었는데 재발한 것이란다. 어머님과 대화를 나눈 끝에 내가 매일 밤 우리 방문을 잠그기로 했다. 루시 어머님, 그러니까 웨스튼라 부인은 사람이 한번 몽유병 증상을 보이면 지붕 위로 올라가 가장자리를 걷다가 추락한다고 생각하신다. 지붕 위를 걷다가 갑자기 정신을 차리고는 놀라서 고래고래 비명을 지르며 떨어지는 게 몽유병 환자의 운명이라나. 원래 루시 걱정만 하는 분인데 그런 생각까지 한다니 안타깝다. 웨스튼라 부인은 루시의 아버지도 몽유병을 앓았다고 말씀하셨다. 자다가 일어나서 옷을 갈아입고 외출을 하는 증상이었는데, 누가 말리지 않으면 정말로 집 밖으로 나가셨단다. 결혼식이 올가을로 예정돼 있어 루시는 요즘 드레스를 고르고 신혼집을 꾸밀 생각에 정신이 없다. 나도 비슷한 입장이라 루시가 얼마나 힘들지 이해할 수 있다. 내가 루시와 다른 점이라곤, 조너선과 나는 결혼 생활을 소박하게 시작할 것이며, 먹고살려면 둘이 함께 벌어야 한다는 것 정도다. 홈우드 씨는 귀족이다. 고달밍 경의 독자, 아서 홈우드라고 불린다. 홈우드 씨는 부친의 병세가 좋지 않다는 소식에 도시로 나갔는데, 머지않아 돌아올 것이다. 지금 생각해보니 루시가 홈우드 씨 올 날을 기다리느라 그러는 모양이다. 늘 아서를 성당 묘지에 데려가 우리가 늘 앉는 자리에서 휘트비의 아름다운 풍경을 보여주고 싶다고 말하기 때문이다. 기다림이 루시에게 고역인 게 분명하다. 홈우드 씨가 돌아오면 루시의 상태도 괜찮아지겠지.

7월 27일. — 조너선에게서는 여전히 소식이 없다. 정확히 뭐가 불안한 건지는 모르겠지만, 조너선 생각만 하면 불안해서 미칠 것 같다. 단 한 줄짜리 편지라도 좋으니 무슨 소식이든 좀 전해주면 좋겠다. 루시의 몽유병 증상은 나날이 심해진다. 루시가 방 안을 서성대는 통에 나는 밤마다 잠을 설친다. 날씨가 무더워서 루시가 감기에 걸릴 걱정은 안 해도 된다는 게 다행이라면 다행이다. 하지만 조너선 걱정에 잠까지 설치다 보니 나도 점점 예민해진다. 주님의 가호 덕에 루시가 아직 건강을 유지하는 게 아닐까 싶다. 홈우드 씨는 부친이 위독하다는 연락을 받고 링•으로 갔다. 루시는 연인과의 재회가 미뤄졌다고 초조해한다. 그래도 그 미모는 여전하다. 살도 약간 올랐고, 뺨에는 생기가 돈다. 예전의 창백함은 온데간데없다. 이런 루시의 모습이 앞으로도 변함없으면 좋겠다.

8월 3일. — 또 한 주가 갔는데도 조너선에게서는 아무 연락이 없다. 이번엔 호킨스 씨도 답을 주시지 않는다. 아, 조너선이 아파서 쓰러진 건 아니어야 할 텐데…. 아픈 게 아니라면 조너선은 벌써 편지를 쓰고도 남았을 사람이다. 나는 조너선의 마지막 편지를 살펴보았다. 뭔가 석연찮다. 조

• 허구의 지역으로, 홈우드가의 영지다.

너선의 글 같지가 않은데, 필체는 분명 그의 것이다. 내가 필체를 잘못 본 건 절대 아니다. 지난주 루시의 몽유병 증세는 한결 나아졌다. 하지만 그 대신 이제 루시의 행동에서 묘한 목적의식 같은 게 느껴진다. 잠든 게 분명한데도 그 와중에 내 동태를 살피는 듯한 느낌이랄까. 솔직히 이해가 안 된다. 루시는 문을 열려고 하다가 잠긴 걸 알아채고선 열쇠를 찾으려고 방을 뒤지기까지 한다.

8월 6일. — 또 사흘이 지났고, 조너선은 여전히 감감무소식이다. 팽팽한 긴장감이 점점 더해간다. 어디로 편지를 보내야 할지, 어딜 찾아봐야 할지라도 알면 마음이 좀 편해질 텐데…. 하지만 마지막 편지 이후 조너선의 소식을 들은 사람은 아무도 없다. 주님께 인내심을 달라고 기도해야겠다. 내가 할 수 있는 건 그것뿐이다. 루시는 전에 본 적 없이 자주 흥분하지만, 그것 말고 다른 문제는 없다. 어젯밤엔 금방이라도 폭우가 쏟아질 것처럼 날이 궂었다. 어부들은 곧 폭풍우가 몰아친다고 말한다. 나도 하늘을 살피며 날씨 읽는 법을 배워야겠다. 오늘은 날이 흐리다. 글을 쓰고 있는 지금, 태양은 케틀네스 위에 높이 뜬 먹구름 뒤에 숨어 있다. 회색 풍경이다. 바위도, 구름도, 바다도 잿빛이다. 저 멀리 잿빛 바다와 맞닿은 잿빛 구름 끄트머리가 그 뒤에 숨은 햇빛에 살짝 물들기는 했으나, 그 외에 다른 색은 눈에 띄지 않는다. 바다를 향해 내뻗는 손가락 모양의 모래사장조차 잿빛이다. 이 회색 풍경 속에 오직 풀만이 에메랄드처럼 푸르다. 앞바다에서 몰아친 파도가 육지로 떠밀려 오는 물안개와 뒤섞여 모래사장을 쓸어내리며 포효한다. 잿빛 안개에 가려 수평선은 보이지 않는다. 모든 것이 압도적이다. 구름은 거대한 바위산처럼 층층이 쌓였다. 바다에서 나는 '웅' 하는 소리는 비운의 전조 같다. 해변 곳곳에서 검은 형체가 어른거린다. 가끔은 그 형체가 안개에 반쯤 가리기도 하는데, 사람인 건 알겠으나 워낙 희미해서 얼핏 '걸어 다니는 나무'• 같다. 어선들도 서둘러 귀항하고 있다. 파도 따라 오르락내리락하며 간신히 미끄러져 항구로 들어온 어선들은 갑판 배수구로 빨려 들어가듯 방향을 튼다. 아, 스웨일즈 어르신이다. 어르신이 나를 향해 걸어오신다. 날 보고 모자를 들어 올리는데, 말 상대가 필요하신 것 같기도 하다.

어르신이 평소와는 딴판이어서 왠지 감동적이다. 어르신은 내 곁에 앉더니 아주 다정한 말투로 말씀하셨다.

"색시한테 해줄 말이 있어." 어르신이 불안해하시는 것처럼 보여서, 나는 주름진 어르신의 손을 잡고 편히 말씀하

• 성경 〈마가복음〉 8장 24절에 '사람들이 보입니다. 나무 같은 것들이 걸어다니는 것 같습니다'라는 표현이 나온다.

시라고 했다. 그제야 어르신이 입을 떼셨다. 내가 잡고 있는 손을 빼지는 않으셨다.

"내가 지난 몇 주간 죽은 사람들이나 여기 무덤 가지고 얄궂은 소리를 해서 색시가 지레 겁을 먹은 건 아닌지 모르겠구먼. 겁주려고 한 건 아니야. 나중에 내가 죽어도 이건 기억해줬으면 해서 말이지. 우리처럼 무덤에 한 발 담그고 있는 어리숙한 노인들은 죽음에 대해서라면 입도 떼기 싫어하거든. 지레 불안해하는 게 싫기도 하고…. 그래서 내 불안 덜자고 괜한 소리를 한 것 같아. 아이고, 색시. 나는 괜찮아. 나는 죽는 거 겁 안 나. 가능하면 안 죽고 싶을 뿐이야. 내가 이리 아둔해진 거 보면 나도 갈 때가 다 되긴 했나 보네. 그래, 백 살이면 많이 살았지. 아마 날 데리러 올 사신은 벌써 낫부터 갈고 있을걸. 나도 알아. 이렇게 투덜대는 버릇은 영 고치기 힘들더라고. 이 혓바닥은 내 맘대로 안 돼. 하, 머지않아 죽음의 사자가 날 부르려고 나팔을 불겠지. 색시, 왜 울어! 그만 울어, 뚝!" 어르신이 내 눈에 고인 눈물을 보고 말았다. "오늘 사신이 와도 난 기꺼이 따라갈 수 있어. 우리가 뭘 하든 간에, 산다는 건 결국 뭔가를 기다리는 거야. 죽음이야말로 기다릴 만한 가치가 있는 안식처지. 어찌 됐든 나는 죽음이 날 기다린다는 사실에 만족해. 색시, 죽음이 성큼성큼 달려와도 나는 괜찮아. 우리가 이렇게 두리번

거리면서, 언제쯤 올까, 지레짐작하는 사이에도 죽음이 코앞에 와 있는지 모르는 일이잖아. 저기 바다 건너서 불어오는 바람 속에 몸을 숨기고 있을지 또 누가 알겠어? 저 바다 때문에 얼마나 많은 사람이 죽고 다쳤어? 저 바다 때문에 조난당한 사람은 또 얼마나 많아? 상심한 사람은 또 얼마나 많고. 봐, 저기 봐!" 어르신이 난데없이 고함을 치셨다. "색시, 저 바람 속에, 저 안개 속에 뭔가가 있어. 죽음의 소리를, 죽음의 형체를, 죽음의 맛과 냄새를 모르겠어? 허공에 있어. 저기 오고 있잖아. 맙소사, 주님! 제가 주님의 부름에 기꺼이 답하게 해주소서!" 어르신은 경건하게 두 팔을 올리며 모자를 높이 드셨다. 기도하시는 듯 입을 벙긋벙긋하기도 했다. 어르신은 한동안 말없이 계시다가 자리에서 일어섰다. 그러고는 악수를 청하며 축복을 빌어주고 짧은 인사 후 자리를 떠나셨다. 나는 어르신의 일거수일투족에 감동했다. 동시에 가슴이 너무 아팠다.

해안경비대원이 겨드랑이에 작은 망원경을 낀 채 걸어왔다. 그 모습을 보니 반가웠다. 그는 평소처럼 내게 말을 걸기 위해 멈춰 섰다. 그런 와중에도 그는 바다에 떠 있는 낯선 배에서 시선을 거두지 않았다.

"저 배가 왜 저러는지 모르겠습니다. 생긴 걸 보아하니 러시아 선박인 것 같은데, 이상하게 저기서 헤매고 있어요.

어찌할 줄을 모르겠나 봅니다. 폭풍이 다가오는 걸 보고 계속 북진할지, 여기에 정박할지 고민하는 것 같아요. 저것 좀 보세요! 조종을 이상하게 하잖아요. 키에서 손을 뗀 모양이에요. 바람이 불 때마다 선수 방향이 계속 바뀌어요. 뭐, 그래도 내일 이맘때가 되기 전엔 뭐가 됐든 결론을 내지 않겠어요?"

7장

8월 8일 자 〈데일리그래프〉 지면 일부

(미나 머리의 일기에 스크랩돼 있었음)

현지 기자 취재, 휘트비 특보

금일 기록적인 초대형 폭풍우가 휘트비 지역을 강타해 유례없는 결과를 낳았다. 폭풍우가 몰아치기 전 이 지역 날씨는 무더운 편이었으나 8월의 평년 기온과 크게 다를 바 없었다. 토요일 오후는 휴양지답게 화창했고, 하계 휴일이 시작된 어제는 휴일을 즐기려고 휘트비로 몰려든 관광객들이 멀그레이브 우즈, 로빈 후드만, 릭 밀, 런스위크, 스테이스를 비롯한 다양한 관광지를 찾았다. 증기선 에마호와 스카버러호는 관광객의 편의를 위해 해안선을 따라 정기 왕복 운행을 하는데, 이를 통해 휘트비에 출입하는 증기선 이용객 수가 평년 수준을 훨씬 웃돌았다. 어제 오후까지는 유달리 날씨가 맑았으나, 이후 성당 묘지가 있는 이스트 클리프를 자주 찾는 지역 주민들이 높은 하늘에 북서쪽을 향해 길게 뻗는 형태의 '말 꼬리구름'이 형성되는 것을 목격했다. 이스트 클리프는 전망이 좋아 북쪽과 동쪽 하늘을 관측할 수 있기에 신뢰할 만한 정보였다. 당시 바람은 기상학 용어로 '풍력 계급 2의 남실바람' 수준의 잔잔한 남서풍이 불고 있었다. 근무 중이던 해안경비대원은 이 사실을 즉시 보고했다. 50년 넘게 이스트 클리프에서 날씨를 확인해온 고령의 어부는 확신에 찬 말투로 곧 폭풍우가 몰아칠 것이라고 예견했다. 노을이 지면서 거대한 뭉게구름 가장자리가 조금씩 물들었고, 이 장관을 감상하기 위해 유서 깊은 성당 묘지 산책로에 엄청난 인파가 몰려들었다. 서쪽 하늘을 가로지르던 태양은 시커먼 케틀네스 아래로 떨어지기 전에 하늘을 가득 메운 구름을 색색으로 물들였다. 불꽃처럼 새빨갛게 물든 구름도 있었으며 보라색, 분홍색, 초록색, 자주색 구름과 황금빛 구름도 있었다. 이따금 곳곳에서 먹구름도 눈에 띄었는데, 크지는 않았지만 형태가 다양했고, 윤곽이 거상巨像처럼 보이는 것도 있었다. 화가들은 때를 놓치지 않고 이 풍경을 화폭에 담았다. '대형 폭풍우의 전조'를 담아낸 이 그림 중 몇 점이 이듬해 5월 왕립 미술원과 왕립 수채화가 협회 전시회에 걸리게 되리라는 데 의심의 여지가 없다. 이 지역에서 '코블'이나 '노새'라고 불리는 스코틀랜드식 어선의 선장 중 다수는 폭풍우가 지나갈 때까지 항구에 정박하기로 했다. 저녁이 되자 바람이 완전히 잦아들었고 자정쯤엔 지역 전체에 적막이 감돌았다. 열대야가 찾아왔으며 예민한 사람들은 천둥이 칠 조짐을 느꼈다. 바다에 뜬 불빛은 거의 없었다. 평소 해안을 훑듯이 운행하는 증기선들도 내륙과 멀찌감치 떨어져 있었으며, 바다에 나간 일반 어선도 거의 없었기 때문이다. 움직이는 배라곤 돛을 활짝 펼친 이국선 한 척뿐이었는데, 스쿠너라 불리는 범선으로 서쪽을 향해 운항하는 듯 보였다. 그 선박이 시야에 보이는 동안 항구에서는 해당 선박 책임자들의 자질에 대한 숙덕공론이 끊이지 않았다. 무모하다, 무지하다는 것이 여론이었다. 그러는 와중에도 구경꾼들은 위험하니 돛을 접으라는 신호를 보내기 위해 갖은 애를 썼다. 깜깜한 밤이 찾아오기 직전까지도 스쿠너는 돛을 펄럭이며 출렁이는 파도를 타고 있었다.

> 채색된 바다에 뜬 채색된 배처럼 한가로웠네.•

10시가 되기 직전부터 적막한 공기가 일대를 짓눌렀다.

• 영국 시인 새뮤얼 테일러 콜리지의 시 '노수부의 노래' 중 일부다.

어찌나 고요한지 산지의 양 떼 울음소리와 시가지의 개 짖는 소리가 생생하게 들릴 정도였다. 부두에서 연주되는 프랑스 노래는 자연이 빚어낸 고요함을 깨뜨리는 불협화음처럼 들렸다. 자정이 막 지났을 때 먼바다에서 이상한 소리가 들려왔다. 희미하게 울리는 기이한 굉음이었는데, 그 소리가 바람에 실려 와 휘트비 상공에 맴돌았다.

바로 그때 예고도 없이 거센 폭풍우가 몰아치기 시작했다. 눈 깜빡할 새에 믿기 힘들 정도로 기상이 급변했다. 높은 파도가 쉴 새 없이 몰아쳤다. 불과 몇 분 전까지 유리처럼 잔잔하던 바다가 세상을 집어삼키려는 괴수처럼 포효했다. 하얀 파도는 모래사장을 난타하고 완만한 해변 비탈까지 질주했다. 부둣가로 밀려든 파도에는 포말이 일었고, 잘게 부서진 물거품이 휘트비항 양쪽 끝에 솟은 등대의 등불 위로 쏟아져 내렸다. 우레 같은 소리를 내며 휘몰아치는 바람이 어찌나 거친지 건강한 성인 남성조차 제대로 서 있지 못하고 쇠기둥을 단단히 붙들어야 할 정도였다. 부두 측은 내부 통행을 금하고 구경꾼들을 내보냈다. 이런 조치를 하지 않았다면 그날 밤 훨씬 많은 사람이 사망했을 것이다. 해무가 내륙으로 밀려들면서 상황은 더욱 악화됐다. 물기를 머금은 희뿌연 안개는 소리 없이 퍼져나갔다. 금방이라도 물이 뚝뚝 떨어질 것처럼 축축하고 차가운 감촉 때문인지,

몽글몽글한 해무가 스쳐 지나갈 때마다 수많은 사람이 망자를 떠올리며 몸을 떨었다. 실제로 가만히 있으면 바다에서 죽은 이들의 혼이 축축한 손으로 산 자를 쓰다듬는 듯하다는 생각이 절로 들었다. 때때로 안개가 걷히면서 번갯불이 밝힌 먼바다의 풍경이 보이기도 했다. 번개는 점점 더 잦아졌고, 번개의 불꽃도 점점 커졌다. 번개가 치고 나면 뒤이어 하늘이 떨릴 정도로 큰 천둥소리가 났다. 마치 폭풍우의 발소리에 놀라 하늘이 몸을 떠는 것 같았다.

산봉우리에 이를 정도로 높이 솟는 파도와 파도가 칠 때마다 한가득 일어 하늘로 떠오르는 물거품, 그리고 그 물거품을 잡아채 우주로 날려 보내려는 듯 소용돌이치는 폭풍까지. 눈앞에 펼쳐진 이런 광경은 보는 사람의 넋을 빼놓을 정도로 한없이 장엄했다. 너덜너덜해진 돛을 달고 또 다른 돌풍을 맞기 전에 한시라도 빨리 항구로 돌아오려는 어선도 이따금 보였다. 폭풍에 휘말려 숨을 거둔 바닷새의 하얀 날개가 파도에 쓸려 오기도 했다. 한편 이스트 클리프 정상에는 시험용 신식 탐조등이 설치되어 있었으나, 이는 한번도 점등된 적이 없었다. 관리자들은 곧장 탐조등을 켰고 밀려들던 해무가 잠시 멈춘 틈을 타 수면 위를 비추었다. 한두 번은 효과가 매우 좋았다. 뱃전이 물에 잠긴 채 항구로 들어오던 어선이 탐조등 불빛 덕에 선착장과 충돌하지 않고 안전하게 정박할 수 있었다. 어선이 무사히 정박할 때마다 바닷가에 나와 있던 사람들은 환호성을 질렀다. 하지만 돌풍도 가를 것처럼 우렁차던 환호성은 이내 강풍에 빨려 들어 잦아들고 말았다.

얼마 지나지 않아 탐조등이 비추는 먼바다에 돛을 활짝 펼친 스쿠너 한 척이 모습을 드러냈다. 해 질 무렵 사람들의 관심을 끌던 선박이었다. 언젠가부터 풍향이 바뀌어 그때쯤엔 바람이 동쪽으로 불고 있었다. 이스트 클리프에서 바다를 지켜보던 사람들은 스쿠너가 위험에 처했음을 깨닫고 몸을 떨었다. 양쪽의 길쭉한 방파제 때문에 항구로 들어오는 길목이 좁아 평소에도 많은 배가 항구로 들어올 때 어려움을 겪는데, 심지어 바람이 동쪽으로 불고 있으니 스쿠너가 항구 길목을 통과하기란 사실상 불가능했다. 만조이긴 했으나 파도가 높아 해안가 쪽은 바닥이 거의 드러나다시피 했고, 스쿠너는 돛을 모두 펼친 채 전속력으로 운항 중이었다. 이를 보고 휘트비 토박이라는 한 노인은 이렇게 말했다. "어찌 됐든 도착이야 하겠구먼. 도착지가 지옥이라는 게 문제일 뿐." 다시금 해무가 내륙으로 밀려들었다. 이전보다 훨씬 더 짙었다. 축축한 해무는 먹구름처럼 보이는 모든 것을 가렸다. 이제 인간이 동원할 수 있는 감각은 청각뿐이었다. 폭풍우가 휘몰아치는 소리, 천둥소리, 철썩대는 파도 소리가 희뿌연 해무를 뚫고도 전보다 더 크고 선명하게 들렸다. 탐조등은 계속 동쪽 부두 뒤로 보이는 항구 길목을 비추었다. 충격적인 사고가 날 만한 상황이었기에 사람들은 숨을 죽인 채 탐조등이 비추는 곳만 하염없이 바라보았다. 그런데 갑자기 바람이 북동쪽으로 불기 시작하더니 해무가 산산이 흩어졌다. 그때 놀랍게도 스쿠너가 돛을 활짝 펼친 채 바람을 등에 업고 쏜살같이 파도를 넘더니, 양쪽 방파제 사이로 질주해 항구로 무사히 들어왔다. 탐조등이 스쿠너를 비추었다. 방금 항구로 들어온 배를 바라보던 사람들이 하나같이 몸서리를 쳤다. 타륜에 시체가 매달려 있었기 때문이다. 시체는 타륜에 묶인 채 고개를 축 늘어뜨리고 있었는데, 배가 파도에 출렁댈 때마다 고개가 앞뒤로 흔들거렸다. 갑판에는 그 시체를 제외하고 아무도, 아무것도 없었다. 시체가 배를 조종한 게 아닌 이상, 그 배는 우연히 항구를 찾아 기적처럼 입항한 것이다! 이 사실을 깨달은 사람들은 두려움에 그대로 얼어붙었다. 글로는 그 상황을 길게 묘사했으나, 실제로는 이 모든 게 한순간에 일어난 일이었다. 스쿠너는 멈추지 않고 항구를 가로질러 이스트 클리프 아래쪽에 튀어나온 부두 남동쪽 모서리의 자갈밭에 올라섰다. 그곳은 오랜 기간 파도와 폭풍우에 씻기고 마모된 모래밭이자 자갈밭으로, 이 지역에서는 테이트 힐 부두라고 불렸다.

선박이 모래밭에 올라서는 것이니만큼 당연히 배에는 엄청난 충격이 가해졌다. 판자와 밧줄, 당김줄이 모조리 곧 부서지고 끊어질 것처럼 팽팽해졌고 상부 돛대 일부는 부러지기까지 했다. 하지만 정말로 이상한 점은 선박이 뭍에 닿자마자 거대한 개 한 마리가 충격에 튕겨 나온 것처럼 갑판 위로 뛰어오르더니 뱃머리를 훌쩍 넘어 모래밭에 착지했다는 것이다. 개는 곧바로 가파른 절벽을 향해 내달렸다. 그 절벽은 동쪽 부두로 향하는 좁은 길 뒤로 솟아오른 것으로, 절벽 위쪽은 성당 묘지의 가장자리 구역이었다. 가파른 탓에 그곳에는 봉분 없는 평판 비석 묘지만 있는데, 이런 묘지는 휘트비 방언으로 '평장 비석 묘' 또는 '평비석 묘'라고 한다. 실제로 평판 비석 중 일부는 절벽 밖으로 튀어나와 있기도 하고, 일부는 깨져서 아래쪽 길이나 해안에 떨어져 있기도 했다. 절벽 쪽으로 달려간 개는 어둠 속으로 사라졌다. 탐조등 불빛이 딱 끊기는 구간이어서 절벽은 유독 짙은 어둠에 잠겨 있었다.

배가 뭍에 닿은 순간 테이트 힐 부두에는 아무도 없었다. 인근에 거주하는 사람들은 잠자리에 들었거나 절벽 위에서 상황을 지켜보고 있었기 때문이다. 마침 부두 동쪽에서 근무 중이던 해안경비대원이 곧장 자갈밭으로 달려가 가장 먼저 스쿠너의 갑판에 올랐다. 탐조등 방향 조절 담당자들은 항구 입구를 샅샅이 훑은 후 아무것도 없는 것을 확인하고 등이 스쿠너 쪽을 비추도록 고정해두었다. 해안경비대원은 갑판에 오르자마자 고물 쪽으로 달려갔다. 그는 타륜 옆에 서서 몸을 숙여 시신을 확인하다가 움찔하며 뒤로 물러섰다. 그 광경을 지켜보던 사람들 다수가 호기심을 느끼고 스쿠너가 있는 곳을 향해 달려갔다. 웨스트 클리프에서 테이트 힐 부두로 가기 위해서는 도개교를 통해 빙 둘러가야 했지만, 필자는 달리기 실력이 나쁘지 않아 이스트 클리프와 웨스트 클리프에서 출발한 사람 중에서는 가장 선두로 테이트 힐 부두에 도착했다. 그러나 부두에는 이미 더 가까운 곳에서 출발한 사람들이 모여 있었고, 해안경비대와 경찰은 대중의 접근을 막고 있었다. 현지 도사공이 추천해준 덕에 필자는 기자 자격으로 승선했다. 타륜에 묶인 사망자를 가까이에서 목격한 인원은 몇 명뿐이었는데, 필자도 그중 하나였다.

처음 승선한 해안경비대원이 놀라서였든 두려워서였든 움찔한 데는 그럴 만한 이유가 있었다. 흔히 볼 수 있는 광경이 아니었다. 사망자의 양손은 단단히 묶여 있었고, 손을 묶은 끈은 타륜의 바큇살에 연결돼 있었다. 사망자가 묵주의 십자가를 손에 쥔 채 타륜을 붙들었고, 묵주의 구슬 끈이 손목과 타륜을 단단히 조였으며, 그 위로 다시 한번 밧줄이 감긴 모양이었다. 사망자가 줄에 묶이자마자 사망했는지는 알 수 없다. 어쨌든 돛이 펄럭이거나 타륜이 움직일 때마다 배가 흔들리면서 시신이 이리저리 기운 탓에 밧줄이 살 안쪽까지 파고들어 뼈가 겉으로 드러났으니 그런 상태로 어느 정도 시간이 흐른 건 분명했다. 현장 조사는 꼼꼼하게 진행되었다. 필자 다음으로 부두에 도착한 사람은 의사였는데, 그도 현장 조사에 동원되었다. 이스트 엘리엇 주택가에 거주하는 외과의 J. M. 카핀(33세)은 검시 후 사망일이 이틀 전이라고 밝혔다. 사망자의 주머니에서는 마개가 꽂힌 유리병이 발견되었다. 병 안에는 돌돌 말린 종이가 들어 있었다. 확인한 결과 이는 항해일지 일부였다. 해안경비대원은 사망자가 생전에 직접 양손을 묶고 이로 매듭을 지었을 것으로 추측했다. 해안경비대원이 최초 발견자이기에 해사海事 재판소의 사안 처리 과정에서 분란이 생길 여지가 줄었다. 난파선을 최초로 발견한 자는 발견물에 대한 권리를 주장할 수 있지만, 해안경비대원은 최초 발견자 권리를 주장할 수 없는 예외 규정 대상이기 때문이다. 하지만 이미 군중은 법적 권리를 놓고 설왕설래하고 있었다. 젊은 법학도 한 사람은 선주의 소유권이 말소되었다며 목소리를 높였다. 타륜 손잡이를 양도하는 것은 소유권을 양도하는 상징적인 행위이기에 다른 증거가 나오지 않는 한 타륜 손잡이를 쥐고 있던 자가 소유권을 양도받은 것으로 추정되는데, 현재 정당한 소유자가 사망했으므로 해당 선박 소유권을 다투는 것은 양도 불능 소유권에 대한 법규 위반이라는 게 요지였다. 시신은 사인을 규명하기 위해 영안실로 이송되었다. 숨을 거두는 순간까지 선박을 지키는 자리에서 본연의 책임을 다한 망인의 직업 정신은 카사비앙카•의 아들만큼이나 고결했다.

현재 휘트비는 폭풍우의 집중 영향권에서 벗어났다. 바람과 빗줄기도 조금씩 잦아들고 있으며, 사람들이 귀가하면서 인파도 줄어드는 중이다. 요크셔 고원 쪽 하늘이 아침해에 붉게 물들기 시작했다. 자료가 수집되는 대로 폭풍우를 뚫고 기적적으로 입항한 난파선에 대해 좀 더 자세히 다룰 예정이니, 다음 호를 기대하길 바란다.

휘트비 소식

8월 9일. — 전날 밤 폭풍우를 뚫고 입항한 난파선의 후속 정보는 본사건보다 훨씬 충격적이다. 문제의 스쿠너는 불가리아의 바르나항에서 출항한 러시아 선박 데메테르호

• 영국 시인 펠리시아 헤먼스의 '카사비앙카'에 나오는 나일 전투의 영웅 카사비앙카와 그의 아들을 말한다.

임이 밝혀졌다. 짐칸에는 선박 중량 기준에 맞추기 위해 바닥짐 역할을 하는 은모래만 가득했을 뿐 화물은 소량이었다. 그나마 흙이 가득 실린 대형 나무 상자였다. 해당 화물의 인수자는 크레센트 주택가 7번지에 사는 휘트비의 변호사 S. F. 빌링턴이었으며, 빌링턴 씨는 금일 오전 승선해 공식 절차에 따라 화물을 인수했다. 러시아 영사도 용선 계약 당사자를 대리해 해당 선박을 정식으로 인수하고 항만 사용료 등을 전액 지불했다. 기이했던 간밤의 사건은 금일 내내 지역 주민 사이에서 화제가 되었다. 상무부 관계자들은 절차에 법적인 하자가 없는지 꼼꼼하게 살피고 있다. '9일간의 관심'•이라는 말처럼 이 사건에 대한 대중의 흥미도 곧 수그러들 것이기에 관계자들은 추후 분쟁의 소지가 없으리라 확신하고 있다. 한편 선박이 육지에 충돌할 당시 하선한 개에 대한 대중의 관심이 뜨거웠다. 휘트비에서 인지도가 높은 동물 학대 방지 협회 회원 중 일부가 개를 구조하려 했다. 그러나 안타깝게도 개는 발견되지 않았다. 시가지에서 완전히 벗어난 듯하다. 놀라서 인가가 없는 곳으로 달아났다가 겁을 먹고 지금까지 숨어 있는 것일 수도 있다. 길들지 않은 개는 사납기 때문에 추후 인명 사고가 발생할

• 중세 영국 시인 제프리 초서의 《트로일루스와 크리세이드》와 셰익스피어의 《헨리 4세》에서 사용한 표현으로, 단기간 화젯거리가 되는 소식을 뜻한다.

것을 우려하는 의견도 나왔다. 금일 오전에는 대형견 한 마리가 죽은 채로 발견되었다. 마스티프 혼종으로 테이트 힐 부두 인근에서 영업하는 석탄 상인이 키우는 개인데, 영업장 맞은편 길에서 발견되었다고 전해졌다. 목덜미가 물어뜯겼고 발톱에 긁혀 뱃가죽이 찢어져 있어, 짐승 간에 난투극이 벌어졌으며 싸움 상대가 상당히 난폭했으리라 예상한다.

일정 시간이 지난 후. — 상무부 측은 호의를 베풀어 데메테르호 항해일지 열람을 허가했다. 항해일지는 사고 발생 사흘 전 기록까지 일자별로 정리돼 있었는데, 실종자에 대한 정보를 제외하면 특별히 흥미로운 내용이 없었다. 아무래도 가장 흥미로운 것은 유리병에 들어 있던 종이였다. 금일 나온 분석 결과는 데메테르호 난파 사건과 관계된 일 중 가장 불가사의한 내용이다. 이런 건 필자도 이제까지 접해본 적이 없다. 비공개 처리할 사유가 없는 사안이었기에 필자는 기사화하는 것을 허가받았다. 화물 관리와 운항의 고유 업무 세부 사항은 생략하고 필사했으며, 해당 필사본의 내용을 본지에 싣고자 한다. 선장은 바다에 나가기 전부터 망상에 사로잡혔고, 항해 중 그 증상이 점차 악화된 것으로 보인다. 주어진 시간이 많지 않아 러시아 영사관 직원이 번역해서 읽어주는 내용을 받아썼기에 상당 부분 축약되었으며 실제 기록과는 차이가 있음을 참고하길 바란다.

데메테르호 항해일지

바르나-휘트비 노선

의문스러운 일이 잇달아 발생하고 있기에, 7월 18일 이전까지의 경과를 18일에 몰아서 기록한다. 앞으로도 하선할 때까지는 꼼꼼히 일지를 작성해야겠다.

7월 6일. — 화물칸 선적물은 은모래와 흙이 담긴 상자. 화물 선적 완료. 정오에 출항. 동풍, 날씨는 쌀쌀했음. 승선 인원은 선원 5명, 항해사 2명, 요리사, 본인(선장).

7월 11일. — 새벽에 보스포루스해협 진입. 터키 세관원들 승선. 관례에 따라 뒷돈 건넴. 문제없이 통행 승인. 오후 4시 운항 재개.

7월 12일. — 다르다넬스해협 통과. 더 많은 인원의 세관원들 승선. 경비정의 기함도 접근. 이번에도 뒷돈 건넴. 세관원들의 업무 처리는 깐깐하면서도 신속했음. 속히 운항을 재개하라는 요청. 해가 진 후 에게해의 군도 해역 통과.

7월 13일. — 마타판곶 통과. 선원들 표정이 좋지 않았음. 불안해하는 것 같았지만, 그에 대해 말할 생각은 없어 보였음.

7월 14일. — 선원들 상태가 걱정스러웠음. 선원 모두가 지난번 항해에도 참여한 이들인데, 이번에는 분위기가 달랐음. 항해사도 뭐가 문제인지 모르겠다고 했음. 항해사가 들은 얘기라곤 뭔가가 있다는 것뿐임. 선원들은 그 얘기를 하면서 성호를 그었다고 함. 항해사가 결국 이성을 잃고 선원 중 한 명을 폭행했음. 싸움이 커질 분위기였으나, 다행히 금세 잠잠해짐.

7월 16일. — 오전에 항해사가 선원 페트로프스키가 실종되었다는 사실을 보고했음. 경위가 파악되지 않음. 어젯밤 3교대 경계 근무를 마치고 아브라모프와 교대한 후 본인 침상으로 돌아가지 않은 모양. 선원들 모두 사기 저하. 선원들은 예상했던 일이라고 한목소리로 말하면서도 더는 입을 열려고 하지 않음. 항해사는 문제가 커질 것을 염려하면서도, 이런 선원들의 태도를 못 견디겠다는 듯 짜증을 냄.

7월 17일. — 기록을 남기는 18일 기준으로 어제 일어났던 일이다. 선원 올가렌이 선장실로 찾아와 우리 배에 정체를 알 수 없는 사람이 탑승한 것 같다고 말했다. 올가렌은 상당히 충격을 받은 것 같았다. 그는 경계 근무를 설 때 폭우가 쏟아져 갑판실 뒤쪽으로 가서 비를 피했다고 했다. 그때 키가 크고 호리호리한 남자가 계단을 올라와 뱃머리 쪽으로 가더니 모습을 감추었다. 선원 중 누구와도 닮지 않은, 처음 보는 남자였다. 올가렌은 조심스럽게 뒤따라갔으나, 뱃머리에는 아무도 없었다. 갑판 아래로 내려가는 입구도 모두 잠겨 있었다. 올가렌은 이 얘기를 하면서, 불길한 징조를 확인하기라도 한 듯 벌벌 떨었다. 올가렌이 느끼는 두려움이 다른 선원들에게까지 퍼지면 곤란하다. 오늘은 선원들이 안심할 수 있도록 이물부터 고물까지 배를 샅샅이 수색해야겠다.

같은 날 몇 시간 지나서. — 승선한 모든 인원을 불러 모았다. 나는 우리 배에 정체를 모르는 사람이 있다는 게 모두의 의견이라면 배를 샅샅이 수색해보자고 말했다. 일등항해사는 말도 안 된다며 화를 냈다. 선원들의 어리석은 생각에 장단을 맞춰주었다간 괜히 선원들 사기만 꺾인다는 게 이유였다. 그는 쓸데없는 생각이 싹 달아나게 하는 데는 몽둥이질만 한 게 없다며 자신이 처리하게 해달라고 말했다. 나는 그에게 키를 맡긴 뒤, 나머지 사람들에게 못 보고 지나치는 곳이 없도록 등불을 들고 나란히 서서 전진하는 식으로 수색시켰다. 커다란 나무 상자들 외에는 화물이 없었기에, 수색하는 동안 누군가가 몸을 숨길 만한 곳은 없었다. 수색이 끝나자 선원들은 안심하고는 밝은 표정으로 각자 자리로 돌아갔다. 일등항해사는 가자미눈을 했지만, 달리 잔소리를 하지는 않았다.

7월 22일. — 지난 사흘간 날씨가 궂었다. 다들 돛을 펴고 접느라 바빠서 겁먹을 틈도 없었다. 모두 그간의 불안감을 잊은 것 같다. 항해사도 활기를 되찾았고, 서로 사이도 좋다. 궂은 날씨에 고생한 선원들에게 수고했다고 말했다. 지브롤터를 지나 지브롤터해협까지 빠져나왔다. 항해는 순조롭다.

7월 24일. — 이 배에 비운의 그림자가 드리운 것 같다. 이미 일손 하나를 잃은 채 악천후를 뚫고 비스케이만•에 들어왔는데, 간밤에 또 한 명이 사망, 아니 실종됐다. 이전과

• 스페인 북서부에서 프랑스 서쪽 끝까지 이어지는 삼각형 모양의 만으로, 항해가 어려운 지역으로 알려져 있다.

마찬가지로 이번 실종자도 경계 근무를 마친 뒤 자취를 감췄다. 선원들은 모두 겁에 질려, 혼자서는 무서우니 두 명이 함께 경계 근무를 서게 해달라는 탄원서를 냈다. 항해사는 화를 냈다. 항해사나 선원 중 누구 하나는 사고를 칠 것 같아 불안하다.

7월 28일. — 지난 나흘은 지옥에 있는 듯한 기분이었다. 폭풍이 몰아치는 가운데 소용돌이에 휘말려 나흘 내내 배가 요동쳤다. 모두가 나흘간 잠도 못 이루고 꼬박 새웠다. 다들 탈진한 상태다. 누구 하나 멀쩡한 사람이 없어 경계 근무 조를 어떻게 짜야 할지 난감하다. 다행히 이등항해사가 키잡이를 하면서 불침번을 서겠다고 나섰다. 덕분에 나머지 사람들이 몇 시간이나마 눈을 붙일 수 있게 됐다. 바람은 잔잔해졌지만, 여전히 파도가 거칠다. 그래도 이제는 배가 덜 흔들려서 참을 만하다.

7월 29일. — 비극적인 사건이 또 일어났다. 두 명씩 한 조로 경계 근무를 세우기엔 다들 너무 지쳐 있어, 밤새 이등항해사 혼자 불침번을 서게 했다. 아침이 되어 교대 근무자가 올라갔을 때 갑판에는 키잡이만 있고 간밤에 불침번을 선 이등항해사는 보이지 않았다. 교대 근무자가 소리를 고래고래 지르며 사람들을 불렀고, 배에 탄 사람 모두가 갑판에 모였다. 배를 꼼꼼히 뒤졌지만 이등항해사는 찾을 수 없었다. 이제 이등항해사까지 사라졌다. 선원들은 충격에서 헤어나오지 못하고 있다. 일등항해사와 나는 이제부터 항상 무장하기로 합의했다. 그리고 실종 원인을 밝힐 증거를 찾기로 했다.

7월 30일. — 영국에 거의 다 왔다. 지난밤에는 어깨춤이 절로 났다. 날이 좋아 돛을 모두 펼쳤다. 업무를 마치고 지쳐 잠들었다. 아침에 일등항해사가 보고할 것이 있다며 나를 깨웠다. 경계 근무를 서던 선원과 키잡이가 모두 실종되었다고 했다. 이제 이 배에는 나와 일등항해사, 선원 둘만 남았다.

8월 1일. — 이틀간 안개가 짙어 다른 배는 한 척도 보지 못했다. 영국해협에만 들어오면 구조 신호를 보내거나 아무 정박지에든 배를 댈 수 있으리라 생각했건만…. 인력이 부족해 돛을 조절할 수 없다 보니 바람을 등진 채 나아가기만 한다. 돛을 한번 내리면 다시 올릴 수 없어서 돛을 접을 엄두도 내지 못하고 있다. 마치 파멸을 향해 내달리는 듯한 기분이다. 일등항해사는 다른 두 선원보다 풀이 죽었다. 성품이 강직한 사내여서 자책하느라 그러는 것 같다. 선원들은 두려움을 이겨내고 덤덤히 일에 몰두한다. 최악의 상황까지 내다보고 마음을 정한 것이다. 선원들은 러시아인이고, 일등항해사는 루마니아인이다.

8월 2일 자정. — 깜빡 잠이 들었다가 누군가의 비명을 듣고 일어났다. 좌현에서 소리가 들렸는데, 안개 때문에 눈으로는 상황을 파악할 수 없었다. 곧장 갑판으로 달려나갔다가 일등항해사와 마주쳤다. 일등항해사도 비명을 듣고 나왔다고 했다. 주위를 살펴보니 불침번을 서던 선원이 보이지 않았다. 또 한 명이 사라졌다. 주님, 저희는 어찌해야 합니까! 일등항해사는 우리가 도버해협을 지났다고 말했다. 방금 비명이 울려 퍼졌을 때 안개가 살짝 걷힌 틈을 타 노스 포어랜드를 봤다고 한다. 그 말이 사실이라면 우리가 북해에 진입했다는 게 된다. 짙은 안개 속에서 길잡이가 되어주실 분은 주님뿐이다. 하지만 안개가 계속 쫓아오는 걸 보면 주님도 우리를 버리신 모양이다.

8월 3일. — 자정 무렵 배를 조종하던 선원과 교대하러 나갔다가 키를 잡고 있어야 할 사람이 자리에 없는 것을 확인했다. 바람이 한 방향으로 불고 있어 키잡이가 없어도 배는 기울지 않고 순항했다. 타륜을 내버려둘 수 없기에 나는 고함을 지르며 일등항해사를 불렀다. 곧바로 일등항해사가 속옷 바람으로 달려 나왔다. 초췌한 얼굴로 눈이 뒤집혀 허둥지둥하는 그의 모습이 꼭 정신을 놓은 사람 같아 두려움이 엄습했다. 그가 다가와 내 귓가에 대고 쉰 목소리로 속삭였다. 그 작은 소리조차 새어 나갈까 봐 두려워하는 듯했다. "그게 여기 있습니다. 이제 알겠어요. 지난밤에 불침번을 서면서 봤거든요. 사람처럼 생긴 놈입니다. 키가 크고 말랐으며, 귀신처럼 창백해요. 뱃머리에서 바다 쪽을 바라보고 있더군요. 제가 그놈 등 뒤로 살금살금 기어가 칼을 그놈 몸에 찔러 넣었습니다. 하지만 허공을 가르는 것처럼 칼이 쑥 빠져나가더라고요." 그는 재연하듯 칼을 꺼내 들고는 허공에 마구 휘둘렀다. 그가 얘기를 계속했다. "지금도 이 배에 있습니다. 제가 찾아낼 거예요. 짐칸에 있거든요. 아마 그 상자 중 하나에 숨어 있나 봅니다. 하나씩 열어서 다 확인해봐야겠습니다. 선장님은 키를 맡으세요." 그는 조용히 하라는 듯 손가락을 입술에 대 보이고는 갑판 아래로 내려갔다. 그때 하필 바람이 이리저리 휘몰아쳐 타륜을 내버려두고 그를 쫓아갈 수 없었다. 잠시 후 그가 공구함과 등불을 들고 갑판 위로 올라오더니, 화물칸으로 이어지는 다른 계단으로 내려갔다. 미친 게 분명하다. 제정신이 아니다. 미쳐서 발악하는 수준이다. 말려봐야 아무 소용이 없을 것이다. 어차피 그가 뭘 하든 화물이 손상될 리 없다. 운송장에는 내용물이 '점토'라고 되어 있다. 상자를 이리저리 끌고 다니는 것 말고 그가 뭘 할 수 있겠는가. 그런 생각으로 타륜 앞에서 키를 관리하며 이렇게 일지를 쓴다. 현재로선 주님을 믿고 안개가 걷히길 기다리는 수밖에…. 이렇게 바람을 따라 이동해도 항구를 찾지 못하겠다 싶으면 돛을 찢어 구조 신호 깃발을 만들어야겠다.

이제 확인을 마친 모양이다. 한참 동안 화물칸에서 툭탁거리는 소리가 났는데, 그게 방금 멎었다. 몸을 좀 쓰는 것도 정신을 차리는 데 도움이 되는 법. 슬슬 올라올 때가 되지 않았나 싶던 차에 계단에서 외마디 비명이 울려 퍼졌다. 가슴이 철렁했다. 곧이어 일등항해사가 갑판 위로 불쑥 튀어나와서는 총알 같은 속도로 나를 향해 달려왔다. 겁에 질려 얼굴이 파르르 떨렸고, 주위를 살피는 듯 눈알을 데굴데굴 굴렸다. 영락없는 미치광이였다. "살려주십시오! 살려주세요!" 그는 고함을 지르다가 멈추고는 주위를 가득 메운 안개를 둘러보았다. 그의 표정에서 두려움이 사라지고 절망이 떠올랐다. 그는 다시 차분한 목소리로 말했다. "늦기 전에 선장님도 절 따라오십시오. 그놈이 저기 있습니다. 이제 진실을 알았습니다. 그자를 피할 곳은 바다뿐이에요. 우리한테는 바다뿐이라고요!" 내가 입을 떼기도 전에, 내가 붙들 새도 없이, 그는 곧장 갑판 난간 위로 뛰어오르더니 바다에 몸을 던졌다. 이제 나도 진실을 알 것 같다. 일등항해사 이 인간이 미쳐서는 사람들을 하나씩 바다에 빠뜨려놓고, 이제 와서 자기도 그 뒤를 따른 거다. 맙소사! 입항한 후 이 일을 어떻게 설명해야 한단 말인가? 입항이라! 그게 가능하기나 할까?

8월 4일. — 여전히 안개가 짙다. 주위를 둘러싼 안개층이 두꺼워서 배에는 햇빛조차 새어들지 않는다. 해가 떴다는 건 알 수 있다. 뱃사람의 감이랄까. 갑판 아래로 내려갈 생각은 없었다. 키에서 손을 놓을 생각도 없었다. 나는 밤새 타륜 앞을 지켰고, 깊은 밤 어둠 속에서 기어이 그것을 보고야 말았다. 사람들이 말하던 게 그자였다! 주여, 그들의 말에 귀 기울이지 않은 저의 어리석음을 용서하소서. 바다에 몸을 던진 일등항해사의 판단이 옳았다. 그게 뱃사람에게 어울리는 죽음이다. 시퍼런 바닷물 속에서 인생을 마감하는 것이야말로 진정한 뱃사람의 죽음이라는 말에 이의를 제기할 사람은 없으리라. 하지만 나는 선장이다. 선장이 배를 버리는 법은 없다. 그렇다고 그 악마인지 괴물인지 모를 놈에게 순순히 당해줄 순 없다. 더는 버틸 수 없겠다 싶으면 타륜에 양손을 묶을 생각이다. 그리고 그자가…, 아니 그것이! 그것이 감히 내 몸에 손대지 못하도록 묵주로 타륜과 팔을 한 번 더 묶을 것이다. 그러면 결과가 어찌 되든, 바람이 어느 방향으로 불든, 배가 어디로 나아가든, 적어도 나는 내 영혼과 선장으로서 명예를 지킬 수 있을 것이다. 기력이 점점 빠지는 게 느껴진다. 밤이 다가오고 있다. 다시 그자와 마주하게 되면 계획한 바를 실행에 옮길 틈이 없겠지. 배가 부서질 때를 대비해 이 글을 유리병에 넣어둘 생각이다. 내 시체를 발견한 자가 이 글을 읽으면 사정을 이해하리라. 배가 부서지지 않아서 누군가가 내 시체와 이 배를 동시에 발견한다면…. 뭐, 어쩌겠나. 나는 진실만을 기록했으니 사람들이 그걸 알아주리라 믿어야지. 주님, 은혜로운 성모님, 우리를 수호하시는 성인님, 무지하기 이를 데 없는 이 가련한 영혼이 마지막까지 책임을 다할 수 있게 도와주소서.

* * *

이 일지에 대한 판단은 독자들의 몫이다. 일지 내용을 뒷받침할 증거는 발견되지 않았다. 증언할 수 있는 목격자도 없다. 선장이 몇 건의 살인을 저질렀는지 아닌지 누가 알겠는가. 이 지역 사람들 대부분은 선장을 의인으로 생각한다. 그래서 선장의 장례식도 사회장으로 치를 예정이다. 장례 준비는 끝났다. 선장의 시신은 배에 실릴 것이며, 시신을 운구하는 배를 비롯해 여러 대의 배가 일렬로 행렬을 만들 것이다. 그 행렬은 에스크강을 따라 테이트 힐 부두까지 내려와 거기에서 다시 수도원 계단을 통해 운구 행렬을 이어나갈 것이다. 선장의 시신은 이스트 클리프의 성당 묘지에 안치될 예정이다. 에스크강의 운구 행렬에 참여 신청을 한 선박 소유주가 벌써 백 명이 넘는다.

한편 그 커다란 개의 행방은 묘연하다. 이런 상황에 안타까워하는 사람들이 많다. 현 상황만 보자면 관청 측이 보호자로 나서야 한다는 게 여론이며, 관청 측도 당연히 그럴 용의가 있는 듯하다. 장례식은 내일이다. 이렇게 이 '신비로운 바다 이야기'는 막을 내린다.

미나 머리의 일기

8월 8일. — 루시는 밤새 몇 번이나 일어나서 움직였고, 그 탓에 나 역시 잠을 이루지 못했다. 폭풍우의 위력이 어마어마해서인지 굴뚝에서 쿵 하는 소리가 났을 땐 몸이 덜덜 떨렸다. 돌풍이 휙 부는 소리에 멀리서 누가 총을 쏘는 줄 알고 깜짝 놀라기도 했다. 이상하게도 루시는 이런 소리에는 깨지 않았다. 하지만 아무 소리도 나지 않을 때는 두 번이나 일어나 옷을 갈아입었다. 그때마다 다행히 내가 깨어 있었기에 루시를 깨우지 않고도 옷을 갈아입힌 후 침대에 다시 눕혔다. 몽유병이라는 건 정말 이상하다. 몽유병 증상으로 하려는 행동을 물리적으로 제지하면 실제로 의지가 있든 없든 간에 결과적으로 그 행동을 하려던 의지는 사라진다. 자연스럽게 평소 모습으로 돌아가는 것이다.

우리는 아침 일찍 일어나 간밤에 사고가 일어나진 않았는지 확인하려고 항구로 내려갔다. 항구에 나와 있는 사람은 거의 없었다. 해가 밝게 빛났고, 하늘은 맑았으며, 아침 공기는 상쾌했다. 이런 하늘 풍경과 달리 높이 이는 파도는 음산한 분위기를 자아냈다. 흰 눈처럼 하얗게 일어난 거품 때문에 파도 색이 더 짙어 보이기도 했다. 항구의 비좁은 입구로 몰아치는 파도는 인파를 헤치며 난동을 피우는 무뢰한 같았다. 문득 간밤에 조너선이 바다 위가 아닌 육지에 있었다는 생각에 안도감이 들었다. 하지만 정말로 육지에 있을까? 실은 바다에 있는 게 아닐까? 조너선은 지금 어디에 있을까? 어떻게 지내고 있을까? 시간이 지날수록 조너선의 안위가 걱정돼 미칠 것 같다. 내가 뭘 해야 할지만 알면, 그게 무슨 일이든 기꺼이 할 텐데!

8월 10일. — 오늘 치른 그 가엾은 선장의 장례식은 무척 감동적이었다. 항구의 모든 배가 동원된 것 같았다. 테이트 힐 부두에서 묘지까지 이어진 운구는 각 배의 선장들이 맡았다. 장례 행렬용 선박들이 구름다리까지 강을 거슬러 올라갔다가 다시 내려오는 사이 루시와 나는 일찌감치 우리가 평소 앉던 자리로 갔다. 그곳에서 우리는 아름다운 풍경을 감상하며 장례 과정 대부분을 지켜보았다. 장지가 우리가 앉아 있던 곳 바로 옆이어서 운구 행렬이 가까이에 왔을 때부터는 일어서서 장례식을 참관했다. 루시는 상태가 매우 안 좋아 보였다. 내내 불안해했고, 초조해했다. 아무래도 지난밤 꾼 꿈 때문인 것 같다. 루시는 초조해하는 이유가 있으리라는 내 생각을 인정하려 하지 않는다. 애초에 그 이유를 모르는 걸 수도 있다. 아무튼 앞으로도 이 부분에 대해서는 고집을 피울 기세인데, 평소와는 너무 달라서 이상하다. 오늘 다른 일도 있어서 이러나 싶다. 스웨일즈 어르신이 돌아가셨으니…. 오늘 아침 어르신의 시신이 목이 부러진 채 발견되었다. 시신이 발견된 곳은 우리가 앉던 자리였다. 의사는 어르신이 뭔가에 놀라는 바람에 앉아 있던 자리에서 뒤로 넘어지신 게 분명하다고 했다. 굳어버린 어르신이 완전히 겁에 질린 표정을 하고 있다는 점을 감안한 소견이었다. 실제로 시신의 얼굴을 본 사람들은 하나같이 소름이 끼쳤다고 했다. 스웨일즈 어르신이 못 볼 것을 보신 걸까! 어쩌면 사신을 보셨던 걸지도 모르겠다! 루시는 정이 많고 타인의 감정에 예민해서 어떤 사건을 접하면 다른 사람과는 달리 엄청난 영향을 받는다. 조금 전에도 아주 사소한 문제 때문에 굉장히 속상해했다. 나도 동물을 무척 좋아하지만, 그게 솔직히 그만큼 속상해할 일인가 싶다. 사정은 이랬다. 종종 배를 보러 이곳에 올라오는 사람이 있는데, 그도 오늘 이곳에 왔다. 그는 늘 개를 데리고 다닌다. 나는 그 개가 주인과 떨어져 있는 모습을 본 적이 없다. 주인도 그렇지만 그의 개도 주인처럼 순하고 조용하다. 이제껏 그 사람은 얼굴을 붉힌 적이 없고, 그 개는 짖은 적이 없다. 장례식이 진행되는 동안 그는 우리 옆에 앉아 있었다. 하지만 그의 개는 평소와 달리 내내 주인 옆에 얼씬도 하지 않고 몇 미터 떨어져서 짖거나 으르렁대기만 했다. 주인은 개를 달래도 보고 으름장도 놓았으며, 심지어 고함도 쳤다. 그래도 개는 다가오기는커녕 짖는 것도 멈추지 않았다. 뭔가에 잔뜩 성이 난 모양이었다. 적을 경계하는 고양이가 꼬리털을 부풀리는 것처럼 그 개는 눈을 부릅뜬 채 온몸의 털을 빳빳이 세우기까지 했다. 결국 주인도 화가 나서는 뛰어내려가 개를 걷어찼다. 그러고는 목덜미를 잡고 질질 끌다시피 개를 데려와서는 우리 자리 아래쪽 비석 위에 집어 던졌다. 비석에 부딪히자 개는 입을 다물고 바들바들 떨었다. 개는 달아나려고 하는 대신 겁에 질려 납작 엎드린 채 몸을 떨었다. 겁먹은 모습이 가엾어서 좀 나아졌으면 하는 마음에 내가 쓰다듬어주었지만, 별 효과는 없었다. 루시도 개가 가엾어서 어쩔 줄 몰라 하는 눈치였다. 하지만 개에게 손을 내밀지는 않고 안쓰러워하는 표정으로 바라만 보았다. 이렇게나 마음 여린 루시가 이 험한 세상을 어떻게 살지 걱정이다. 밤이 되면 루시가 오늘 본 것에 관련된 꿈을 꿀 거라고 단언할 수 있다. 시체가 몰고 온 배, 묵주로 타륜에 묶여 있던 시체, 감동적인 장례식, 사납게 짖다가 겁에 질린 개. 이 모든 것이 한 덩어리로 뭉쳐 루시의 꿈에 나타나겠지.

몸을 혹사해 녹초가 된 채 잠자리에 드는 게 최선이라는 생각이 든다. 돌아가기 전에 루시를 데리고 묘지에서 로빈 후드만까지 긴 산책을 해야겠다. 그러면 루시의 몽유병 증상도 좀 나아지지 않을까.

8장

미나 머리의 일기

같은 날 오후 11시. — 후유, 정말 피곤하다! 꾸준히 일기를 쓰겠다는 결심만 아니었으면 오늘 밤엔 일기장을 펴지 않았을 것이다. 우리는 멋진 산책을 즐겼다. 루시는 한동안 쾌활한 모습이었다. 등대 근처 초원에서 우리 쪽을 향해 울던 소들 덕분인 것 같다. 소가 달려들까 봐 무서워서 다른 생각은 전혀 하지 않았다. 개인적인 근심까지는 아니지만, 그 외의 모든 근심은 잊을 수 있었다. 지난 일을 모두 잊고 새 출발하는 듯한 기분이랄까. 로빈 후드만에는 내닫이창으로 해초로 뒤덮인 바위가 내려다보이는 아담한 옛날식 여관이 있는데, 우리는 거기서 엄청난 양의 차와 음식을 먹었다. 우리의 식욕이 '신여성'을 충격에 빠뜨렸어야 했는데. 남자들은 훨씬 더 잘 참으니 말이다. 남자들이여, 노고가 많겠구려! 우리는 그 뒤로도 몇 번, 아니 꽤 여러 번 쉬다가 걷기를 반복하면서 숙소로 돌아왔다. 돌아올 때도 야생 황소들이 무서워 조마조마했다. 루시가 너무 피곤해해서 되는 대로 빨리 잠자리에 들 생각이었다. 하지만 젊은 사제가 찾아왔고, 웨스트라 부인이 사제를 저녁 식사에 초대해버렸다. 루시와 나는 잠 귀신과 사투를 벌여야 했다. 대화에 참여할 일이 별로 없는 나는 특히 더 힘든 시간이었지만, 그래도 잘 버텨냈다. 나는 언젠가 주교들이 모여 사제 양성 과정을 다시 검토해야 한다고 생각한다. 상대방이 아무리 강권한다고 해도 식사를 거절할 줄 알며 숙녀들이 피곤한 상태라는 걸 알아볼 수 있는 새로운 사제가 필요하다. 루시는 새근새근 자고 있다. 평소보다 얼굴에 홍조가 돈다. 루시가 자는 모습이, 아, 정말로 예쁘다. 응접실에서만 루시를 만나고도 사랑에 빠진 홈우드 씨가 지금 이 모습을 본다면 뭐라고 할지 궁금하다. 앞으로 '신여성' 작가 중 구혼 과정 전 남녀가 서로의 잠든 모습을 봐야 한다는 주장을 펼칠 이들이 나올지도 모르겠다. 어쨌든 미래의 신여성이라면 거들먹거리듯 남성의 구혼을 수락하지는 않을 것 같다. 여성이 직접 구혼을 할 수도 있겠지. 심지어 멋지게 해낼걸! 이런 생각이 왠지 위로가 된다. 루시의 상태가 좀 나아진 것 같아 오늘 밤은 아주 기쁘다. 루시가 이제 고비를 넘겼으며, 루시 문제로 고민하던 웨스트라 부인과 나도 고비를 넘겼다고 믿는다. 조너선 소식만 알 수 있으면 더없이 행복할 텐데…. 주님의 가호 아래 그가 무사하기를.

8월 11일 새벽 3시. — 다시 일기장을 펼쳤다. 잠을 이룰 수 없어 글이라도 쓰는 게 나을 듯하다. 심란해서 잠을 잘 수가 없다. 방금 우리가 겪은 그 끔찍한 경험은 한 편의 모험담이라고 해도 과언이 아니다. 몇 시간 전 나는 일기장을 덮자마자 잠이 들었다. 그러다 갑자기 엄습하는 불안감과 뭔가 허전한 느낌에 화들짝 놀라 잠에서 깼고, 몸을 일으켰다. 방이 어두워서 루시가 침대에 있는지 확인할 수 없었다. 나는 살며시 루시의 침대로 가서 이불을 더듬었다. 침대는 비어 있었다. 양초에 불을 붙여 확인했더니 루시는 방을 나가고 없었다. 문은 닫혀 있었으나 잠겨 있지는 않았다. 분명히 내가 아까 잠갔는데…. 웨스튼라 부인이 최근 들어 몸 상태가 좋지 않아서 깨우기가 망설여졌다. 하는 수 없이 직접 루시를 찾아 나서기 위해 옷을 갈아입었다. 방을 나서려던 참에 루시가 입었을 옷을 알아두면 걔가 간 곳을 짐작하기 쉬울 것 같다는 생각이 스쳤다. 가운을 걸쳤다면 건물 안에 있을 테고, 드레스를 입었다면 밖에 나갔을 터였다. 그런데 가운과 드레스 모두 옷장에 있었다. "다행이다. 잠옷만 입고 있을 테니 멀리 가진 않았겠다." 나는 이렇게 혼잣말을 하고는 아래층으로 내려가 거실을 살펴보았다. 루시는 그곳에 없었다! 다음으로 나는 집 안에서 트인 공간을 모조리 살폈다. 두려움이 점점 커지면서 간담이 서늘해졌다. 이윽고 현관 앞에 이르렀다. 현관문이 열려 있었다. 문이 활짝 열린 것은 아니었지만, 빗장이 풀려 있는 게 한눈에 들어왔다. 웨스튼라 가문의 식솔들은 매일 밤 문단속을 철저히 하기에 루시가 나간 게 틀림없다고 생각했다. 구체적인 정황을 일일이 따지고 들 여유가 없었다. 막연한 두려움이 덮쳐왔다. 큼지막하고 두툼한 숄을 두르고 건물 밖으로 달려 나갔다. 크레센트 주택가를 달리는 사이 새벽 1시를 알리는 종이 울렸다. 거리에는 인적이 느껴지지 않았다. 북부 해안 주택가를 달리는 동안에도 내가 찾고자 하는 흰색 형체는 보이지 않았다. 나는 부두 위 웨스트 클리프 끝자락에 서서 항구 건너편의 이스트 클리프를 바라보았다. 우리가 제일 좋아하는 자리에 루시가 있는지 확인하기 위해서였다. 루시의 모습이 보이길 바랐는지, 루시의 모습이 보일까 봐 두려웠는지는 모르겠다. 환한 보름달 위로 두꺼운 먹구름이 흘러가면서 빛과 그림자가 움직이듯 풍경을 훑고 지나갔다. 구름의 그림자 때문에 세인트 메리 성당 주변이 어두컴컴해서 잠깐은 아무것도 확인할 수 없었다. 곧 구름이 지나가면서 수도원 옛터의 풍경이 시야에 들어왔다. 구름 사이로 새어 나온, 칼자국처럼 얇고도 예리한 빛줄기가 구름의 움직임에 따라 이동하면서, 점차 성당과 성당 묘지의 풍경이 보이기 시작했다. 내가 원하던 바였건, 두려워하던 바였건, 어쨌든 확인한 보람은 있었다. 루시와 내가 좋아하던 그 자리에 달빛을 받아 새하얀 눈처럼 빛나는 형체가 비스듬히 기대어 있는 모습이 보였기 때문이다. 구름이 너무 빠르게 움직인 탓에 일순간 환해졌던 그곳에는 순식간에 어둠이 덮쳤다. 제대로 확인하긴 어려웠지만, 한순간 검은 그림자가 흰색 형체 뒤에서 그 형체를 향해 구부러지는 것을 보았다. 그 그림자의 정체가 사람이었는지 짐승이었는지는 알 수 없었다. 다시 그곳이 환해질 때까지 기다릴 수 없어, 나는 곧장 부두로 향하는 가파른 계단을 뛰어 내려갔다. 그러고는 어시장을 지나 다리를 건넜다. 그게 웨스트 클리프에서 이스트 클리프로 향하는 유일한 길이었다. 도시는 마치 죽은 자들의 마을 같았다. 이스트 클리프에 도착할 때까지 사람이라곤 한 명도 보지 못했다. 차라리 다행이라는 생각이 들었다. 루시의 상태를 다른 사람에게 보이기 싫었다. 목적지는 결코 닿을 수 없을 것 같았고, 달리는 그 시간은 영원할 것만 같았다. 끝도 없이 이어지는 수도원 계단을 오를 땐 숨이 턱까지 차고 무릎이 부들부들 떨렸다. 분명히 빠르게 달리고 있었는데도 몸이 원하는 대로 움직이지 않는 듯한 기분이었다. 당시 나는 납덩이를 매단 것처럼 다리가 무겁다고 느꼈고, 사지의 관절이 녹슨 것처럼 삐걱댄다고 느꼈다. 계단을 다 오르자마자 우리 자리에 있던 흰색 형체를 살폈다. 여전히 구름 그림자가 드리워져 있었지만 식별이 가능할 정도로 거리가 가까웠다. 길쭉하고 시꺼먼 무언가가 분명히 있었다. 그 무언가가 등받이에 기대 눕다시피 한 흰색 형체 위로 몸을 숙이고 있었다. 나는 너무 놀란 나머지 소리를 질렀다. "루시! 루시!" 그 시꺼먼 그림자가 고개를 들었다. 창백한 얼굴과 붉게 번득이는 눈이 보였다. 루시는 대답하지 않았다. 나는 묘지 입구를 향해 내달렸다. 입구를 통과하는 사이 1분 정도 성당 건물에 시야가 가려 루시의 모습이 보이지 않았다. 다시 그 자리가 시야에 들어왔을 땐 구름이 달을 벗어난 후였다. 달빛이 쏟아져 주위가 눈이 부시도록 환했다. 루시는 등받이에 몸을 기댄 채 목을 뒤로 젖히고 있었다. 루시 주위에는 아무도 없었다. 루시 외에 생명체의 기척이라곤 느껴지지 않았다.

나는 몸을 숙여 루시를 살폈다. 루시는 잠들어 있었다. 입술을 살짝 벌리고 있었는데, 숨결이 느껴졌다. 평소처럼 가볍지는 않았다. 숨을 들이마시고 내쉴 때마다 폐를 가득 부풀렸다가 쥐어짜는 것처럼 길고 무거운 숨이었다. 내가 다가가자 루시는 잠든 채로 잠옷의 목깃을 끌어올렸다. 그러면서 한기를 느끼는지 몸을 살짝 떨었다. 나는 내 온기로 따뜻해진 숄을 루시의 어깨에 두르고 목 부분을 단단히 여몄다. 얇은 잠옷 차림이라 헐벗은 것과 다를 바 없었기에 오한이 들지는 않을까 걱정이었다. 루시를 당장 깨우기엔 불안해서 일단은 부축해보려 했다. 그러려면 숄을 고정해야 해서 목깃 부분에 옷핀을 채웠다. 초조해서였을까. 그 과정에서 옷핀으로 루시의 살갗을 찔렀던 것 같다. 루시의 숨결이 조금씩 잦아드는가 싶었을 때 루시가 목에 손을 가져다 대며 신음했다. 나는 조심스럽게 내 신발을 루시에게 신긴 후 부드럽게 루시를 깨웠다. 처음에는 아무 반응도 없었다. 하지만 조금씩 불편함을 느끼는 것처럼 신음을 하거나 한숨을 내쉬었다. 시간이 너무 지체됐다 싶기도 했고, 그 외에도 귀가를 서둘러야 할 이유가 한둘이 아니어서, 어떻게든 루시를 빨리 데리고 돌아가기로 했다. 좀 더 거칠게 몸을 흔들자 마침내 루시가 눈을 떴다. 루시는 나를 보고서도 놀라는 기색이 없었다. 자기가 어디에 있는지 곧바로 알아차리지도 못했으니 그건 당연한 일이었다. 루시가 잠에서 깨는 모습은 언제 봐도 어여쁘다. 추위에 얼어붙고, 밤중에 헐벗은 채 묘지에서 깼다는 사실에 충격을 받은 상태에서도 루시는 본연의 우아함을 잃지 않았다. 루시는 살짝 몸을 떨고선 내게 안겼다. 당장 숙소로 돌아가자고 하자 루시는 말없이 일어서서 아이처럼 내 말에 따랐다. 걸어가는 사이 루시는 내가 자갈을 밟고 인상을 찌푸리는 걸 알아차렸다. 루시는 멈춰 서서 내게 신발을 다시 신기려고 고집을 피웠지만, 루시 말에 따를 생각은 없었다. 성당 묘지 바깥의 골목을 지날 때 폭풍우로 생긴 웅덩이가 보였다. 나는 돌아오는 사이 누굴 만나더라도 상대방이 내가 맨발인 것을 알아차리지 못하도록 양발을 번갈아가며 웅덩이에 담가 진흙을 묻혔다.

운이 따랐는지, 돌아오는 중에도 다른 이와 마주치지 않았다. 술에 취해 제정신이 아닌 사람을 보기는 했다. 우리 앞에서 걸어가는 사람이었는데, 우리는 그가 시야에서 사라질 때까지 어떤 집 대문 옆에 숨어 있었다. 그는 가파른 오솔길, 아니, 스코틀랜드 말로 '와인드'라고 하는 골목길로 접어들면서 시야에서 사라졌다. 숨어 있는 내내 하도 가슴이 두근거려서 졸도하는 줄 알았다. 내 머릿속엔 루시에 대한 걱정뿐이었다. 루시의 건강도 염려됐지만, 루시가 이러고 다니는 걸 사람들에게 들켜서 괴로워할 게 더 걱정이었다. 사람들에게 이런 모습을 들키기라도 했다간 온갖 입소문의 주인공이 되어 평판이 나빠질 게 분명했다. 우리는 숙소에 돌아와 발을 씻은 후 감사 기도를 드렸다. 기도를 끝내자마자 나는 루시를 침대에 눕히고 이불을 덮어주었다. 잠들기 전에 루시는 몽유병으로 간밤에 외출한 일에 대해 누구한테도, 자신의 어머니한테도 얘기하지 말아달라고 부탁했다. 아니, 그건 애원에 가까웠다. 처음에는 그 약속을 지켜야 하나 망설여졌다. 하지만 곰곰이 생각해보니 루시 어머님이 그 일에 대해 알면 건강에 도움이 되지도 않을뿐더러 불안감만 키우는 결과를 낳을 게 뻔했다. 게다가 이 얘기가 새어 나가기라도 하면 또 어쩐단 말인가. 어쩌면, 아니 틀림없이 온갖 말도 안 되는 헛소문만 끝없이 늘어날 게 분명했다. 이런 점을 고려할 때 간밤의 일에 대해서는 함구하는 게 현명했다. 내 판단이 틀리지 않았으면 좋겠다. 문은 잠갔고, 열쇠는 내 손목에 묶어두었다. 이제 또 깨는 일은 없겠지. 루시는 깊이 잠들었다. 하늘 높이, 그리고 바다 저 멀리, 조금씩 날이 밝아온다.

같은 날 정오. — 지금까지 아무 문제도 없다. 루시는 자세 한번 바꾸지 않고 푹 자다가 내가 깨워서야 일어났다. 간밤의 소동으로 상태가 나빠진 것 같지는 않다. 아니, 오히려 상태가 더 좋아졌다. 오늘 아침 루시의 모습은 지난 몇 주간보다 훨씬 좋았다. 그나저나 루시의 몸에서 내가 옷핀을 꽂다가 실수로 찌른 상처를 발견했다. 목 부근 살갗에 구멍이 나다시피 했는데, 예상보다 상처가 깊었다. 뾰족한 것에 찔린 것 같은 작은 상처가 두 군데인 걸 보면, 내가 바늘로 옷을 깁듯 살갗을 옷핀으로 꿰었던 모양이다. 루시의 잠옷 목깃 띠에도 핏자국이 남아 있었다. 내가 사과하면서 미안해 어쩔 줄 몰라 하자 루시는 깔깔 웃으며 나를 쓰다듬었다. 그러면서 아무 느낌도 없었다고 말했다. 다행히 표면 상처는 아주 작아서 흉터는 남지 않을 것 같다.

같은 날 밤. — 행복한 하루였다. 공기는 맑았고 햇살은 눈부셨으며 선선한 바람까지 불었다. 우리는 음식을 준비해 멀그레이브 우즈로 갔다. 웨스튼라 부인은 마차를 타고 대로로 가셨고, 루시와 나는 걸어서 오솔길로 갔다. 그리고 입구에서 다시 만나 그곳에서 점심을 먹었다. 조너선이 함께 있었다면 더할 나위 없이 행복했으리란 생각 때문에 조금은 서글프기도 했다. 하지만 괜찮다! 별일 없을 거다. 인내심을 더 기르면 된다. 저녁에는 카지노 테라스에서 산책하다가 슈포어와 매켄지의 멋진 음악을 몇 곡 감상한 뒤 일찍 잠자리에 들었다. 지금 루시는 최근 내가 본 모습 중 가장 편안해 보인다. 루시는 눕자마자 잠이 들었다. 오늘 밤엔 아무 일도 일어나지 않을 것 같지만, 그래도 평소 하던 대로 문을 잠그고 열쇠를 손목에 묶어둘 생각이다.

8월 12일. — 내 예상이 틀렸다. 루시가 밤중에 나가려고 하는 바람에 두 번이나 깼다. 루시는 의식이 없는데도 문이 잠긴 걸 확인하고선 약간 짜증을 부렸다. 침대로 돌아갈 때도 뭐랄까, 불만이 가득한 듯했다. 날이 어렴풋이 밝아올 때 나는 잠에서 깼다. 창밖에서 새들이 지저귀는 소리가 들렸다. 루시도 깨어 있었다. 전날 아침보다 상태가 더 좋아 보여서 마음이 놓였다. 루시는 예전처럼 쾌활한 모습으로 내 곁에 바짝 붙어 앉아 아서에 대한 얘기를 늘어놓았다. 내가 조너선의 안부를 몰라 걱정이라고 했더니 나를 위로하려고 애쓰기도 했다. 솔직히 루시의 위로가 어느 정도 도움이 되었다. 누군가가 공감해준다고 해서 상황이 달라지는 건 아니지만, 그래도 타인의 공감을 얻으면 그 사실을 좀 더 쉽게 견뎌낼 수 있는 법이니까.

8월 13일. — 오늘도 아무 일 없이 보냈다. 잠자리에 들 땐 평소처럼 손목에 열쇠를 묶었다. 자다가 깼는데 루시가 침대에 앉아 있는 게 보였다. 루시는 여전히 잠들어 있었는데, 손가락으로 창문을 가리키고 있었다. 나는 조용히 일어나 블라인드를 한쪽으로 당기고 바깥을 내다보았다. 달빛이 눈이 부실 만큼 밝았다. 달빛을 머금은 하늘과 바다가 고요하고 장엄한 밤의 신비로움 속에 어우러진 풍경은 이루 말할 수 없을 정도로 아름다웠다. 쏟아지는 달빛 속에서 커다란 박쥐 한 마리가 창문 쪽으로 다가왔다가 멀어지길 반복하며 원을 그리듯 날고 있었다. 한두 번은 유리창에 닿기 직전까지 가까이 날아들었는데, 그때 날 보고 놀랐는지 항구를 가로질러 수도원 쪽으로 날아가버렸다. 창가에서 물러나 침대로 돌아와보니 루시는 다시 누워 새근새근 자고 있었다. 루시는 그 이후로 몽유병 증상을 보이지 않고 푹 잤다.

8월 14일. — 종일 이스트 클리프에서 책을 읽고 글을 썼다. 루시도 이제는 나만큼 이 자리를 좋아하는 것 같다. 점심을 먹거나 차를 마시거나 저녁을 먹으려고 숙소로 돌아가려면 제발 자리를 뜨자고 루시를 설득해야 할 정도다. 그런데 오늘 오후 루시가 묘한 이야기를 했다. 저녁 식사를 하러 숙소로 돌아오던 중이었다. 우리는 평소처럼 서쪽 부두 계단 꼭대기에서 풍경을 감상하기 위해 잠시 멈춰 섰다. 느릿느릿 떨어지던 해가 막 케틀네스 뒤로 모습을 감추자 이스트 클리프와 옛 수도원 터에 붉은 노을이 드리웠고, 이내 온 세상이 아름다운 장밋빛에 젖어들었다. 우리 둘 다 한동안 말이 없었다. 그러다 갑자기 루시가 혼잣말하듯 중얼거렸다.

"또 저렇게 눈이 빨개. 저번이랑 똑같아." 루시가 뜬금없이 내뱉은 이상한 말에 깜짝 놀랐다. 시선을 들키지 않으면서 루시의 상태를 살피기 위해 나는 살짝 몸을 틀었다. 루시는 넋이 나가 있었다. 표정도 묘했는데, 나로서는 그 의미를 이해할 수 없었다. 달리 방도가 없었기에 나는 아무 말 없이 루시의 시선을 좇았다. 루시의 시선은 이스트 클리프의 우리 자리를 향하고 있는 듯했다. 그 자리에 시꺼먼 형체가 홀로 앉아 있었다. 짧은 순간이었지만, 그 정체 모를 사람의 두 눈이 타오르는 불덩이처럼 보여서 살짝 흠칫했다. 하지만 다시 보니 그건 내 착각이었다. 우리 자리 뒤에 있는 세인트 메리 성당의 창문에 붉은 노을이 비치고 있었는데, 떨어지는 해의 각도에 따라 노을빛도 시시각각 변해서 창문에 반사된 빛이 이리저리 움직였다. 나는 루시에게 그 특이한 현상을 좀 보라고 말했다. 루시가 움찔하며 정신을 차렸다. 루시의 표정이 어쩐지 슬퍼 보였다. 지난번 그 자리에서 끔찍한 밤을 보낸 걸 떠올렸던 걸까. 그 일을 입에 올리지 않기로 했으니 이번에도 입을 다물었다. 우리는 숙소로 돌아와 저녁 식사를 했다. 루시는 두통이 있다며 일찍 잠자리에 들었다. 나는 루시가 잠든 걸 확인하고서 밖에 나가 잠시 산책을 했다. 절벽 가장자리에 조성된 산책로를 따라 서쪽으로 걸었는데, 조너선 생각에 내내 가슴이 아팠다. 숙소로 돌아올 땐 달빛이 밝았다. 어찌나 밝은지 숙소 정면은 달빛을 등지고 있어 그늘이 졌는데도 주위가 훤히 보일 정도였다. 우리 방 창문을 올려다보았더니 루시가 창턱에 기대 머리를 바깥으로 내미는 게 보였다. 나는 루시가 날 찾으러 밖을 내다보는 줄 알고 손수건을 꺼내 흔들었다. 루시는 나를 알아보지 못했고, 손수건이 흔들리는 것도 알아차리지 못했다. 마침 절묘하게도 달이 기울면서 달빛 방향이 바뀌어 우리 방 창문에 달빛이 쏟아졌다. 그 바람에 루시의 모습이 선명히 드러났다. 루시는 창턱에 기대 머리를 뒤로 젖힌 채 두 눈을 감았다. 그러고는 곧바로 잠이 들었다. 잠든 루시의 머리맡에 뭔가가 있었다. 내가 있는 곳에서는 커다란 새가 창턱에 앉은 것처럼 보였다. 루시가 감기라도 걸리면 어쩌나 하는 생각에 재빨리 위층으로 올라갔다. 하지만 내가 방 안에 들어섰을 때 루시는 알아서 침대로 돌아가는 중이었다. 루시는 눕자마자 다시 잠들며 깊은숨을 몰아쉬었다. 한기가 드는 듯 목덜미를 어루만지기도 했다.

나는 루시를 깨우는 대신 따뜻하게 잘 수 있도록 이불을 목 끝까지 덮어주었다. 문과 창문이 제대로 잠겼는지도 확인했다.

루시가 자는 모습은 정말로 예쁘다. 하지만 오늘은 유난히 낯빛이 창백했다. 눈 밑이 거무스름한 것도 염려스럽다. 뭔가를 걱정하고 있는 것 같다. 그게 뭔지 알면 좋겠다.

8월 15일. — 평소보다 늦게 일어났다. 루시는 기운이 없다며 피곤해했고, 웨스트라 집안 식솔이 우리를 깨우고 간 뒤에도 한동안 잤다. 아침 식사 때 반가운 소식을 들었다. 아서 부친께서 어느 정도 회복하고는 빨리 아들의 결혼식 날을 잡자고 하셨다지 뭔가. 루시는 별다른 말을 하지 않았으나 내심 기뻐했고, 루시의 어머니는 기뻐하면서도 안타까워하셨다. 어머님이 나중에 그 이유를 설명해주셨는데, 딸을 지켜줄 사람이 생겨서 기쁜 동시에 딸을 잃게 되어 애석하셨단다. 웨스트라 부인이 안쓰럽기도 하고, 대단해 보이기도 한다! 어머님은 의사에게 시한부 선고를 받았다는 사실도 털어놓으셨다. 심장 기능이 떨어지고 있어 길어야 몇 달밖에 살지 못한다는 얘기를 들으셨다는 것이다. 어머님은 그 사실을 루시에게 알리지 않았다며 비밀을 지켜달라고 하셨다. 웨스트라 부인은 큰 충격을 받으면 언제든, 지금 당장이라도 숨을 거두실지 모른다. 아, 루시가 몽유병 때문에 바깥에 나갔던 일을 함구한 건 정말로 잘한 일이었다.

8월 17일. — 이틀 동안 일기를 쓰지 않았다. 글을 쓸 심정이 아니었다. 시꺼먼 먹구름이 우리의 행복을 가리는 듯하다. 조너선에게서는 소식이 없고, 루시는 점점 쇠약해져 가며, 루시 어머님에게 남은 시간은 시시각각 줄어들고 있다. 루시가 쇠약해지는 이유를 도무지 모르겠다. 루시는 잘 먹고 잘 자며, 나와 함께 외출도 꼬박꼬박 한다. 그런데도 혈색은 나날이 나빠지고, 점점 약해지는 데다 날이 갈수록 생기가 줄어든다. 밤에는 숨이 가쁜 듯 헐떡이기 일쑤다. 나는 밤마다 방문 열쇠를 손목에 묶어두고 잔다. 하지만 루시가 밤중에 방 안을 서성대거나 창문을 열고 그 앞에 앉는 건 막을 수 없다. 어젯밤엔 창밖으로 몸을 내밀기까지 했다. 내가 뭘 어떻게 해도 루시는 정신을 차리지 못했다. 아예 넋이 나갔던 모양이다. 어찌어찌해서 간신히 루시가 의식을 찾게는 했지만, 피폐해진 몸 상태는 어쩔 도리가 없었다. 루시는 한참 동안 숨쉬기 힘겨운 듯 괴로워하며 간간이 숨죽여 눈물을 흘렸다. 창가에는 왜 갔느냐고 물었더니 루시는 고개를 가로저으며 내게 등을 보였다. 옷핀으로 찌른 내 실수 때문에 그러는 건 아닐 것이다. 방금 혹시나 해서 잠든 루시의 목덜미를 살폈는데, 상처가 여전히 아물지 않았다. 아직도 살이 오르지 않아 구멍이 나 있고, 구멍 크기가 전보다 커졌다. 상처 부위는 유난히 하얗다. 마치 하얀 동그라미 한가운데 빨간 점이 찍혀 있는 것 같다. 하루 이틀 더 지나도 낫지 않으면 의사에게 데려가야겠다.

휘트비의 새뮤얼 F. 빌링턴 앤드 선 법률사무소가 런던 카터-패터슨 상회에 보내는 서신

8월 17일 작성.

카터-패터슨 상회 귀중.

그레이트 노던 철도를 통해 화물을 운송할 예정입니다. 송장을 첨부하오니 확인 부탁드립니다. 킹스 크로스 화물역에서 수령하는 즉시 퍼플릿 인근의 카팍스로 배송하시면 됩니다. 카팍스 저택은 현재 비어 있지만, 동봉한 열쇠로 출입 가능합니다. 각 열쇠에 꼬리표를 달아두었습니다.

화물은 모두 상자로, 총 50개입니다. 이를 보수가 필요한 부속 건물에 하치해주십시오. 첨부한 약도에 A 표시를 해 두었으니 확인 바랍니다. 저택 별관 옛날식 예배당이니 귀사 직원들도 쉽게 알아볼 수 있을 것입니다. 화물은 금일 야간 9시 30분에 출발하는 기차 편으로 운송할 것이며, 해당 기차는 익일 오후 4시 30분에 킹스 크로스 화물역에 도착할 예정입니다. 본 탁송 업무를 위탁한 고객분께서 조속한 업무 처리를 원하시는 관계로, 귀사 직원분들이 킹스 크로스 화물역에 대기했다가 화물이 도착하는 즉시 목적지에 배송해주시기를 부탁드리는 바입니다. 화물 수령 과정에서 통상적인 추가 지불 요청으로 발생 가능한 업무 지연을 미연에 방지하기 위해 10파운드짜리 수표를 동봉합니다. 수령액을 확인하십시오. 실제 비용이 해당 금액보다 적으면 잔액을 환급하시면 됩니다. 실제 비용이 해당 금액을 초과할 때는, 사정 청취 후 추가금을 지불하기 위해 곧바로 직원을 파견하겠습니다. 사용한 열쇠는 저택 중앙 현관에 두십시오. 저택 소유주에게 열쇠 사본이 있으므로, 직접 열쇠를 회수하실 것입니다.

최대한 신속하고 정확하게 업무를 처리하기 위해 다양한 요구 사항을 나열하는 점, 양해 부탁드립니다. 부디 본 서신을 업무상 결례로 여기지 않으시길 바랍니다.

신뢰로 보답하겠습니다.

새뮤얼 F. 빌링턴 앤드 선 드림.

런던의 카터-패터슨 상회가 휘트비의 새뮤얼 F. 빌링턴 앤드 선 법률사무소에 보내는 서신

8월 21일 작성.

법률사무소 귀중.

보내주신 10파운드를 수령했으며, 이에 잔액 1파운드 17실링 9펜스를 환급하는 바입니다. 명세서는 첨부한 영수증으로 대신합니다. 화물은 지침에 따라 정확히 배송했으며, 열쇠 역시 말씀하신 대로 중앙 현관에 두었습니다.

본 상회를 이용해주셔서 감사합니다.

카터-패터슨 상회 드림.

미나 머리의 일기

8월 18일. — 오늘은 기분이 좋다. 오늘도 묘지의 그 자리에 앉아 일기를 쓴다. 루시의 상태가 아주 많이 좋아졌다. 어젯밤에는 내내 잘 잤고, 덕분에 나도 한 번도 깨지 않고 푹 잤다. 루시의 뺨에도 혈색이 돌아오는 것 같다. 그렇다고는 해도 창백하고 기운 없어 보이는 건 여전하다. 어쨌든 루시는 적어도 무기력하지는 않다. 루시가 어떤 식으로든 무기력한 상태를 드러냈다면 내가 알아챘을 것이다. 지금 루시는 쾌활하고 명랑하다. 이제껏 외면하려고만 했던 몽유병에 대해서도 자발적으로 얘기하려 한다. 조금 전에도 루시는 내가 자신을 이 자리에서 발견한 그날 밤 얘기를 은근슬쩍 꺼냈다. 루시는 장화 뒷굽으로 평판 비석을 장난스럽게 툭툭 치면서 말했다.

"그날은 이렇게 발을 굴러서 소리를 낼 생각조차 못했어! 스웨일즈 어르신이 살아 계셨으면 내가 여기 묻힌 조지를 깨우고 싶지 않아서 그랬다고 말씀하셨겠지." 루시는 시답잖은 농담까지 할 정도로 그날 얘기를 하고 싶어 했다. 나는 장단을 맞춰주려고 그날 꿈을 꾼 건 아니냐고 물었다. 루시는 대답하기 전에 귀엽게 미간을 찌푸렸다. 아서는 그 표정이 너무 좋다고 했는데, 솔직히 그럴 만하다. 그러고 보니 루시와 얘기를 하도 많이 해서 나도 홈우드 씨를 아서라고 부르게 된다. 어쨌든 루시는 그날 일을 상기하려는 듯 멍하니 생각에 잠긴 표정으로 이야기를 시작했다.

"다 꿈인 건 아니야. 솔직히 모든 게 실제로 일어난 일 같아. 그냥 이 자리에 있고 싶었어. 이유는 모르겠어. 뭔가를 두려워하고 있었는데, 그게 뭔지는 기억이 안 나. 의식은 없었지만 거리를 지나 다리를 건넌 건 생각나. 다리를 건널 때 물고기 한 마리가 물 위로 펄쩍 뛰어오르는 바람에 난간에 기대서 그걸 내려다봤거든. 계단을 오를 땐 개들이 한꺼번에 울부짖는 소리가 들렸지. 이 마을에 있는 개들이 동시에 짖어대는 것 같았다니까. 그 이후로는 기억이 흐릿해. 붉은 눈을 한 길쭉하고 시꺼먼 무언가가 어렴풋이 기억나. 우리가 해 질 무렵에 본 거랑 정말 비슷해. 그러고는 이내 매우 달콤하고도 쌉싸름한 무언가가 내 주위를 둘러쌌어. 그다음엔 깊고 푸른 물속에 가라앉는 듯한 기분이 들더라. 물에 빠지면 귀가 웅웅 울린다고 하잖아. 나도 귀가 웅웅 울렸어. 그러다 내 모든 게 하나씩 없어지는 듯한 기분이 들었지.

내 혼이 육신에서 빠져나와 허공을 떠도는 것 같았어. 서쪽 등대를 위에서 내려다본 풍경도 기억하는걸. 그때 지진이라도 난 것처럼 왠지 불편한 느낌이 들었어. 이 자리로 돌아와 보니 네가 내 몸을 흔들고 있더라. 네가 흔드는 걸 알아차리기 전에 그 모습을 멀리서 먼저 본 거야."

루시가 갑자기 웃음을 터뜨렸다. 나는 숨죽인 채 루시의 말에 귀를 기울이고 있었기에 난데없는 웃음이 조금은 괴이하게 느껴졌다. 루시의 이야기는 어쩐지 찜찜했다. 아무래도 루시가 그날 기억을 떠올리지 않도록 하는 게 나을 것 같았다. 우리는 화제를 바꾸었고, 루시는 원래 모습으로 돌아갔다. 숙소로 돌아오면서 상쾌한 바람을 쐬었더니 루시가 더욱 명랑해졌다. 두 뺨에도 장밋빛이 돌았다. 웨스튼라 부인은 이런 딸의 모습을 보고 크게 기뻐하셨다. 웨스튼라 가족과 함께 보낸 저녁은 매우 즐거웠다.

8월 19일. — 좋다, 기쁘다, 행복하다! 아, 행복한 것까지는 아니다. 드디어 조너선의 소식을 알게 됐다. 여태껏 아파서 편지를 쓰지 못했던 거다. 이제 사실을 알았으니 조너선이 아프다는 생각도, 아프다는 말도 불안감 없이 편하게 쓸 수 있다. 호킨스 씨가 편지를 받아 내게 보내주셨다. 감사하게도 직접 쓴 편지도 동봉하셨다. 나는 오전 중 조너선이 있는 곳으로 출발할 예정이다. 가서 간병에 힘을 보태고 조너선을 회복시켜서 데려올 것이다. 호킨스 씨는 우리가 그곳에서 결혼식을 올리는 것도 나쁘지 않은 생각이라고 하셨다. 배려심 많은 수녀님의 편지를 읽은 뒤 나는 편지를 끌어안고 편지가 축축이 젖어들 때까지 한참 울었다. 조너선의 소식을 담은 편지이기에, 조너선은 내 가슴속에 있기에, 가슴에 가져다 댄 편지가 젖어드는데도 그걸 도저히 내려놓을 수 없었다. 이제 그곳까지 갈 경로도 확인했고 짐도 모두 챙겼다. 갈아입을 옷은 한 벌만 챙겼다. 나머지 짐은 루시가 챙겨서 런던으로 가져가주기로 했다. 내가 연락할 때까지 가지고 있다가…. 여기까지만 써야겠다. 나머지는 남편이 될 조너선에게 직접 말해줘야지. 우리가 다시 만날 때까지 조너선이 보고 만졌을 수녀님의 편지가 내게 위안이 되어주리라.

부다페스트 성 요셉·성모마리아 병원의 애거사 수녀가 윌헬미나 머리 양에게 보내는 서신

8월 12일 작성.

하커 씨의 약혼녀 윌헬미나 양께 전합니다.

조너선 하커 씨의 부탁으로 펜을 들었습니다. 하커 씨는 아직 직접 편지를 쓸 정도로 건강을 회복하진 못했습니다. 그러나 주님과 성인 요셉, 성모마리아님의 가호 아래 다행히 차도를 보이고 있으니 안심하십시오. 하커 씨는 중증 뇌염으로, 6주 가까이 입원 치료 중입니다. 약혼녀 윌헬미나 양에게 사랑한다고 전해달라 하셨습니다. 더불어 엑서터의 피터 호킨스 씨에게도 속히 복귀하지 못한 점을 사과하며, 맡은 업무는 무사히 마무리했다고 하셨습니다. 앞으로도 몇 주간은 산에 있는 우리 병원 부설 요양원에서 하커 씨의 경과를 지켜봐야 합니다. 퇴원은 그 이후에 가능할 것 같습니다. 하커 씨는 다른 분께 폐가 되지 않도록 체류비를 지급하고자 하십니다. 다만 소지하신 금전이 충분치 않으므로, 이 점을 편지에 기재해달라 하셨습니다.

있는 그대로의 사실과 전달받은 사항만 기재했음을 밝힙니다.

주님의 은총과 축복을 빕니다.

애거사 수녀 드림.

추신. 환자가 잠들었기에 몇 가지 더 알려드리려고 펜을 다시 잡았습니다. 하커 씨에게서 윌헬미나 양에 대한 얘기를 많이 들었습니다. 조만간 결혼식을 올리실 예정이라지요. 두 분께 주님의 축복이 깃들길 바랍니다! 하커 씨는 입원 전에 뭔가 큰 충격을 받으셨습니다. 의사의 말에 따르면 그렇더군요. 그래서인지 섬망 증세를 보일 때 끔찍한 말을 내뱉곤 하십니다. 늑대니, 독이니, 피니 하는 것부터 유령과 악마, 그리고 차마 입에 올리기 저어되는 것까지 온갖 괴이한 말씀을 늘어놓으십니다. 그러니 환자를 자극하지 않으려면 앞으로도 이런 이야기는 하지 않으셔야 합니다. 이 증상은 쉽게 사라지지 않으니 반드시 주의하시기 바랍니다. 진작 편지를 드렸어야 하나, 지인의 소재를 확인할 수 없는데다 환자의 소지품에서도 정보를 얻을 수 없어 이제야 연락드립니다. 하커 씨는 클라우젠부르크에서 기차에 탑승하셨다고 합니다. 그곳 역장이 승무원에게 전하길, 하커 씨가 기차역으로 달려 들어오며 집으로 가는 기차표를 달라고 소리치셨다더군요. 흥분한 모습을 보고 있자니 영국인 같아서 서부로 향하는 노선 중 가장 끝에 있는 역으로 표를 끊어주었다고 합니다.

하커 씨는 저희가 잘 보살피고 있으니 염려 놓으십시오. 워낙 성품이 선하고 예의 바른 분이라 병원 사람들 모두가 하커 씨를 좋아합니다. 병세는 차도를 보이고 있습니다. 몇 주 내로 쾌차하실 거라고 확신합니다. 하지만 상황이 어찌 될 줄 모르니, 하커 씨를 대할 땐 늘 주의하셔야 합니다. 주님과 성인 요셉, 성모마리아께 기도하건대, 두 분이 아주아주 오래도록 행복하게 사시길 바랍니다.

수어드 박사의 일기

8월 19일. — 밤에 렌필드가 갑작스레 이상 증세를 보였다. 8시쯤 환자가 흥분하기 시작하더니 사냥감을 찾는 개처럼 킁킁거렸다는 것이다. 내가 렌필드를 유심히 살피고 있음을 알고 있던 간병인은 환자의 이런 모습을 보고 용기를 내 말을 걸었다고 했다. 평소 렌필드는 간병인에게 싹싹하게 굴었으며 가끔은 굽실대기까지 했다. 하지만 이번엔 굉장히 거만했다고 한다. 아예 간병인과 말도 섞지 않으려고 했다나. 한 말이라곤 이게 다였다고 한다.

"너 따위와 얘기하고 싶지 않아. 지금 네가 중요한 게 아니야. 주인님께서 오셨어."

간병인은 렌필드가 갑작스레 종교적 광기에 사로잡혔다고 생각한다. 그게 사실이라면 위험에 대비해야 한다. 체력 좋은 남성에게 살인 욕구와 종교적 광기까지 있다면 어떤 위험한 일이 벌어질지 모른다. 끔찍한 조합이다. 나는 9시에 렌필드의 병실을 찾았다. 환자는 나도 간병인과 똑같이 취급했다. 그는 극단적인 감정을 느끼는 상태에서 나와 간병인을 구별할 필요를 느끼지 못하는 듯했다. 확실히 종교적 광기로 보이기는 한다. 머지않아 그가 자신을 신이라고 생각할 것 같기도 하다. 전지전능한 존재에게 한낱 인간들의 차이는 보잘것없을 정도로 미미하게 느껴질 테니까. 아, 광인들은 어쩌다 이성의 끈을 놓아버리게 되는 걸까! 진짜 신은 참새가 추락하지 않도록 주의를 기울인다. 하지만 인간의 허영심이 빚어낸 가짜 신은 참새와 독수리의 차이조차 알지 못한다. 아, 이 사실만 좀 이해하면 좋으련만!

30분 넘게 렌필드를 지켜보았다. 그는 시간이 갈수록 점점 더 흥분했다. 나는 지켜보지 않는 척하면서도 그의 일거수일투족을 꼼꼼히 관찰했다. 갑자기 그의 눈빛이 달라졌다. 특정 생각에 사로잡힌 정신병 환자들에게서 흔히 볼 수 있는, 전형적으로 계략을 꾸미는 눈빛이었다. 머리와 등의 기괴한 자세도 마찬가지였다. 그 정도는 정신 병원 관계자라면 쉽게 알아볼 수 있다. 그는 아주 차분해져서는 체념했다는 듯 침대로 돌아가 가장자리에 걸터앉았다. 그리고 멍한 표정으로 허공을 바라보았다. 나는 이런 덤덤한 태도가 실제 감정에서 기인한 것인지, 아니면 그런 척 연기하는 것인지 확인해야 했다. 그는 자신이 키우는 동물 얘기에 늘 관심을 보였다. 그래서 이번에도 나는 그의 동물을 화제로 삼았다. 처음에는 아무 대답도 하지 않던 그가 끝내 입을 열었다. 그 태도에는 짜증이 가득했다.

"다 집어치워! 그딴 건 눈곱만치도 관심 없어."

"뭐라고 하셨습니까? 거미에 관심이 없으시다고요?"(현재 그의 최대 관심사는 거미이며, 수첩에도 낮은 숫자가 빼곡히 적혀 있다.) 내 질문에 환자는 수수께끼 같은 대답을 했다.

"신부의 들러리들은 신부 입장을 기다리는 이들의 눈을 즐겁게 하는 법. 하나 정작 신부가 가까이 오면 그 눈에는 신부의 모습이 가득하기에 들러리는 빛을 발하지 못하나니."

그는 이 말의 뜻을 설명하려 들지 않았다. 그리고 내가 병실에서 나갈 때까지 꼼짝도 하지 않고 침대에 앉아 있기만 했다.

오늘 밤은 피곤하고 기분도 별로다. 루시 생각이 절로 난다. 루시가 내 사랑을 받아주었다면 모든 게 달라졌을 텐데. 바로 잠들지 않으면 클로랄을 써야겠다. 그거야말로 이 시대의 모르페우스•가 아닌가! C_2HCl_3O와 H_2O! 습관적으로 이용하지 않도록 주의를 기울일 필요는 있다. 아니, 오늘은 그런 것에 의존하지 않겠다! 루시를 생각하며 약물에 기대겠다는 나약한 의지로 그녀를 욕보일 순 없다. 수면제가 필요해진다 해도 차라리 밤을 새울 것이다.

• 그리스 신화에 나오는 꿈의 신.

몇 시간 후. — 오늘 밤엔 클로랄을 쓰지 않겠다고 생각해서 다행이다. 그 생각대로 실제로도 쓰지 않아서 더 다행이다. 한참 뒤척이고 있는데 시계 종이 두 번 울렸다. 그때 병동의 야간 경비원이 와서 렌필드가 탈출했다고 보고했다. 나는 옷만 걸치고 곧장 내려갔다. 그 환자는 위험인물이라 결코 밖으로 내보내서는 안 된다. 그가 행인에게 어떤 위험한 짓을 할지 모른다. 간병인이 나를 기다리고 있었다. 간병인은 문에 달린 시찰구를 통해 환자가 침대에서 자는 걸 본 게 10분도 안 된 일이라고 했다. 창문이 비틀리면서 열리는 소리에 다시 병실로 달려갔다가 환자의 발이 창밖으로 빠져나가는 걸 보고 곧장 내게 사람을 보낸 거란다. 환자는 잠옷 차림이니 멀리 가지 못할 게 분명했다. 간병인은 출입구로 나가 뒤를 쫓았다가 환자를 시야에서 놓치지 않을까 걱정했다. 그래서 곧장 환자를 쫓지 않고 창문에서 동선만 확인하고 있었다고 했다. 실제로 간병인은 덩치가 큰 남자라 창문을 통해 밖으로 나갈 수 없었다. 반면 나는 호리호리한 편이었으므로 창문으로 환자를 쫓는 일은 내가 맡기로 했다. 나는 간병인의 도움을 받아 일단 발을 앞으로 뺐다. 다행히 창문은 지면에서 불과 1 내지 2미터 높이였기에 나는 부상을 입지 않고 창문을 빠져나와 착지할 수 있었다. 간병인은 환자가 왼쪽으로 직진했다고 말했고, 나는 간병인이 말한 방향으로 힘껏 내달렸다. 담을 따라 기다랗게 심은 정원수를 가로지르자 높은 담을 기어오르는 흰색 형체가 보였다. 그 담 너머는 버려진 저택 부지였다.

나는 병원 쪽으로 달려가 경비원을 불렀다. 그리고 우리 환자가 위험할 수 있으니 즉시 사람을 서너 명 모아 카팍스 저택 부지로 넘어와서 나를 찾으라고 말했다. 나는 직접 사다리를 챙겨 가서 담을 넘었다. 렌필드가 저택 뒤편으로 사라지는 게 보여 나도 그쪽으로 달렸다. 모퉁이를 돌자 저택 반대편 끝에 있는 그의 모습이 보였다. 그는 예배당으로 들어가는 쇠테 씌운 참나무 문에 찰싹 들러붙어 있었다. 그가 누군가에게 말하듯 웅얼거렸다. 그 말이 잘 들리는 곳까지 거리를 좁히긴 불안했다. 내 기척을 알아채면 달아날 게 분명했다. 아, 길 잃고 헤매는 벌 떼를 잡는 일은 달아날 생각으로 발가벗고 뛰어다니는 광인을 쫓는 일에 비하면 아무것도 아니다! 몇 분 정도 지났을까, 나는 그가 주위에는 전혀 신경 쓰지 않는다는 것을 알아채고 좀 더 가까이 다가가기로 했다. 마침 병원 사람들도 담을 넘은 터라 우리가 그를 포위하는 형국이었다. 거리를 좁히니 그의 말이 뚜렷이 들렸다.

"소인, 주인님의 시중을 들기 위해 이렇게 왔사옵니다. 소인은 주인님의 충실한 종이오니, 포상을 내려주옵소서. 오랫동안 멀리 떨어진 곳에서도 오직 주인님만을 받들었사옵니다. 이제 주인님께서 이곳에 임하셨으니, 이 종은 명을 내리시기만 기다리옵니다. 소인을 외면하진 않으시리라 믿사옵니다. 소인에게도 귀한 것을 나누어주실 테지요? 그렇지요, 주인님?"

그는 어느 모로 보나 자기밖에 모르는 늙은 거지꼴이었다. 영성체를 앞에 두고서도 빵과 생선 생각만 할 사람이랄까. 렌필드가 보이는 다양한 광증은 실로 놀라운 조합이라 할 만하다. 우리가 접근하는 걸 알아챈 환자는 호랑이처럼 사납게 굴었다. 어찌나 힘이 센지 인간이 아니라 포악한 짐승 같았다. 이렇게 격분해서 발작하듯 날뛰는 광인은 처음 봤다. 앞으로 또 볼 일이 없으면 좋겠다. 그가 힘이 세다는 사실과 위험인물이란 사실을 우리가 일찍이 알아보았으니 망정이지, 그렇지 않았다면 그가 수용돼 격리되기 전에 엄청난 완력과 그릇된 목적의식으로 무슨 짓을 저질렀을지 모른다. 어쨌든 이제 렌필드는 안전하다. 탈옥을 밥 먹듯 했다는 잭 셰퍼드•조차 구속복은 어쩌지 못했다지 않나. 렌필드에게 바로 그 구속복을 입혔다. 완충재를 덧댄 격리실 벽에 사슬로 묶어두기까지 했다. 그는 이따금 비명을 지른다.

• 18세기 초에 영국에서 악명 높았던 도둑으로, 탈옥에 네 번 성공하면서 유명해졌다. 다섯 번째 투옥되었을 때 교수형에 처해졌다.

그 소리를 들으면 소름이 끼치지만, 비명이 잦아들자마자 이어지는 침묵이 더 섬뜩하다. 매 순간, 몸을 뒤척일 때마다 그는 살인 계획을 곱씹고 있을 테니까.

조금 전에 렌필드가 처음으로 이해할 수 있는 말을 했다.

"주인님, 소인은 기다리겠사옵니다. 이제 곧, 이제 곧 때가 온다. 곧 때가 온다!"

환자의 말에서 어떤 실마리를 얻었다. 곧, 곧…. 나도 곧장 내 방으로 돌아왔다. 아무래도 나 역시 약간은 흥분한 상태라 바로 잠자리에 들긴 힘들었다. 그래도 일기를 녹음하다 보니 마음이 가라앉는다. 이제 좀 잘 수 있을 것 같다.

9장

미나 하커가 루시 웨스트라에게 보내는 서신

8월 24일 부다페스트에서 씀.

내 소중한 벗, 루시에게.

우리가 휘트비역에서 헤어진 후부터 내 소식을 기다렸을 줄로 알아. 일이 어떻게 됐는지 궁금하겠지. 일단 나는 헐[•]에 무사히 도착했어. 거기에서 함부르크로 가는 배를 탔고, 그다음엔 기차를 타서 여기 도착했지. 여기까지 오면서 느낀 감상은 거의 없어. 조너선을 만나러 오는 거였잖아. 조너선을 만나면 그때부턴 내가 그를 보살펴야 할 테니까 그 전에 미리 푹 자두자는 생각으로 내리 잠만 잤거든. 어쨌든 조너선을 만났는데, 어찌나 피폐해 보이던지…. 너무 야윈데다 얼굴이 말도 안 되게 파리하더라. 당당한 눈빛은 온데간데없었고, 너한테 말했던 그 진중한 표정도 찾아볼 수 없

• 현재는 킹스턴 어폰 헐이라고 불리는 지역으로, 휘트비 남쪽 험버강에 면하고 있다.

었어. 이름만 조너선일 뿐 완전히 다른 사람 같아. 긴 시간 자신이 무슨 일을 겪었는지도 전혀 기억하지 못해. 정말인지는 모르겠지만, 적어도 내가 그렇게 믿기를 바라는 건 분명해. 그래서 나도 더는 물어보지 않기로 했어. 뭔가 큰 충격을 받았다는데 괜히 기억을 들쑤시다가 상태가 더 나빠지면 큰일이잖아. 애거사 수녀님은 정말 좋은 분이고, 타고난 간호사셔. 수녀님 말씀에 따르면 조너선이 이성을 잃은 사이에 끔찍한 얘기를 늘어놓았다고 해. 조너선이 무슨 얘길 했는지 알려주시면 좋으련만, 내가 물을 때마다 수녀님은 성호를 그으면서 입을 꾹 다무시지. 다만 이런 말씀은 하셨어. 환자가 환각 상태에서 내뱉는 말은 주님만이 아셔야 하므로 간호하면서 듣는 말이 있어도 함부로 발설하지 않는 것이 소명 의식을 갖고 일하는 자의 의무라고 말이야. 수녀님은 참 멋진 분이야. 마음도 넓어. 다음 날 내가 심란해하고 있으니까 다시 그 얘기를 꺼내시더라고. 수녀님은 조너선이 무슨 말을 했는지는 결코 발설할 수 없다고 강조하면서도 이런 얘기를 덧붙이셨어. "그래도 이 정도는 괜찮지 않을까 싶습니다. 하커 씨 본인이 이상한 짓을 저질렀다거나 하는 것은 결코 아니었습니다. 그러니까 아내 될 분이 염려하실 건 없습니다. 하커 씨는 윌헬미나 양을 잊은 적이 없고, 남편이 될 자의 의무도 저버린 적이 없습니다. 하커 씨가 두려워하는 대상은 거대하고 추악한 무언가입니다. 인간이라면 상대할 수 없는 것이지요." 애거사 수녀님은 내가 조너선의 불륜을 의심한다고 생각하셨나 봐. 내가 질투한다고 생각하신 거야! 루시, 너한테만 말할게. 솔직히 조너선이 여자 문제로 이러는 게 아니라는 걸 알게 되니 정말로 마음이 놓였어. 지금 나는 조너선 침대 옆에 앉아 있어. 난 조너선이 자는 사이에도 얼굴을 보고 싶거든. 아, 조너선이 깼다!

조너선이 깨서 외투를 찾았어. 주머니에 넣어둔 걸 꺼내고 싶다더라. 애거사 수녀님께 부탁했더니 조너선의 소지품을 모두 가져다주셨어. 물건들을 살펴보던 중에 수첩이 보이길래 조너선한테 읽어도 되느냐고 물으려 했지. 수첩에 조너선이 겪은 일에 대한 단서가 있을지 모르잖아. 그런데 조너선이 내 속내를 읽기라도 한 것처럼 잠시 혼자 있고 싶으니 창가로 가주겠느냐는 거야. 내가 창가로 가자마자 조너선이 다시 가까이 오라고 했어. 내가 곁으로 다가가니까, 조너선이 수첩에 손을 얹고 아주 심각한 분위기로 말했어.

"윌헬미나." 이 말을 듣자마자 조너선이 얼마나 진지한 얘기를 하려는지 짐작할 수 있었어. 청혼한 후로 나를 이렇게 부른 건 이번이 처음이었거든. "당신도 알겠지만, 나는 남편과 아내 사이에 비밀이 없어야 한다고 생각해. 부부는 서로 숨기는 게 없어야 하지. 나는 엄청난 일을 겪었어. 그런데 그 일을 떠올리려고만 하면 머리가 빙빙 도는 것 같은 느낌이야. 내가 기억하는 게 실제로 일어난 일인지, 광기 때문에 보는 환시인지도 모르겠어. 내가 뇌염을 앓았잖아. 그래서 이런 이상 증세를 보이는 걸지도 몰라. 비밀은 이 수첩에 담겨 있어. 다만 나는 그 진실을 알고 싶지 않아. 그냥 삶을 다시 시작하고 싶어. 그리고 그 시작점은 우리의 결혼이었으면 해." 루시 너한테도 말했니? 우리는 예전에 기본적인 격식만 차릴 수 있게 되면 곧바로 결혼하자고 결정했거든. 지금이 바로 그때야. "윌헬미나, 과거를 덮어두고자 하는 내 결정을 따라줄 수 있겠어? 바로 이 수첩이야. 받아서 챙겨둬. 원한다면 읽어도 좋아. 나한테 그 내용을 알려주지만 않으면 돼. 물론 반드시 과거를 알아야 하는 순간이 온다면 어쩔 수 없지. 그러면 여기에 적힌 그 끔찍한 순간으로, 꿈인지 생시인지 모르고 제정신인지 미친 건지 몰랐던 그 순간으로 기꺼이 돌아갈게." 조너선은 기진맥진해서 누웠어. 나는 조너선의 베개 밑에 수첩을 넣어두고 그에게 입을 맞췄어. 방금 애거사 수녀님께 부탁드리고 왔어. 오늘 오후에 결혼식을 올리고 싶으니 원장님께 허락을 받아달라고 말씀드렸지. 지금은 원장님의 결정을 기다리는 중이야.

애거사 수녀님이 오셔서 말씀하시길, 성공회 신부님을 모시기로 했대. 한 시간 내에, 아니, 조너선이 깨어나는 대로 우리는 결혼식을 올릴 거야.

루시, 결혼식이 끝났어. 지금 난 막중한 책임감을 느끼면서도, 정말로, 아주 많이 행복해. 기진맥진해서 잠들었던 조너선은 한 시간 후에 깼어. 다른 건 다 준비가 돼 있어서 조너선은 베개를 등에 끼우고 몸을 일으켜 앉기만 하면 됐단다. 조너선은 힘차고 단호하게 "네, 약속합니다"라고 대답했어. 나는 중얼거리다시피 대답했어. 가슴이 너무 벅차서 목이 메더라고. 수녀님들은 또 얼마나 친절하셨는지 몰라. 주님께 맹세컨대 그분들을 절대로 잊지 않을 거야. 엄숙하고도 달콤한 아내의 책임도 당연히 잊지 말아야지. 조너선을 위해 준비한 내 결혼 선물이 뭐였는지 말해줘야겠구나. 신부님과 수녀님들이 나가신 뒤 나와 남편만 남았을 때였어. 어머나, '남편'이란 말을 글로 쓰는 건 이번이 처음이야. 나와 남편만 남자 나는 베개 밑에 넣어둔 수첩을 꺼내 하얀 종이로 쌌어. 그리고 목에 두르고 있던 푸른색 끈으로 묶었어. 그 위에 밀랍을 붓고, 결혼반지를 봉인 삼아 찍었지. 나는 거기에 입을 맞춘 뒤 남편에게 보여줬어. 그러면서 앞으로 이렇게 간직하겠노라고, 이것은 서로에 대한 우리의 믿음을 보여주는 증표라고 말했어. 조너선에게 무슨 일이 생기거나, 그 어떤 명분이 생기지 않는 한 절대 열어보지 않을 거라고 맹세도 했어. 그랬더니 조너선이 내 손을 잡더라. 아, 루시! 그게 조너선이 처음으로 아내의 손을 잡은 순간이었어! 조너선은 내 손을 잡은 채로 이 세상에서 가장 소중한 선물을 받았다며, 이 순간을 위해서라면 지나간 모든 세월을 다시 살 수도 있다고 말했어. 아마도 조너선은 지나간 몇 개월이라고 말하고 싶었을 거야. 하지만 조너선은 아직 시간의 흐름을 제대로 인식하지 못해. 당분간은 조너선이 몇 달간의 기억뿐 아니라 몇 년간의 기억을 떠올리는 데 어려움을 겪는대도 놀라지 않으려고 해.

남편이 그렇게 진지하게 말하는데 내가 달리 무슨 말을 하겠니? 나는 간신히 입을 열어서 세상 그 누구보다 행복하다고 말했어. 그리고 내 모든 걸 주겠노라고, 내 삶과 믿음을 다 바치겠노라고, 평생토록 책임을 다하며 조너선을 사랑하겠노라고 말했어. 조너선은 내게 입을 맞추면서 힘없는 손으로 나를 끌어안았어. 그것이야말로 우리 두 사람의 엄숙한 서약이었지.

루시, 왜 이런 얘기까지 하는 줄 아니? 생각하는 것만으로도 가슴 벅찬 이야기라서? 그것도 맞지만, 그 이유가 전부는 아니야. 루시, 너는 나한테 아주 소중한 사람이기 때문이야. 학교에 다닐 때부터 사회로 나갈 준비를 할 때까지 네 벗이 되어 함께 인생 얘기를 나눈 건 나한테 축복과도 같았어. 네가 지금의 나를 봐주면 좋겠어. 행복한 아내의 눈빛을, 아내 된 자의 도리에 따라 나아가는 내 모습을 말이야. 그러면 너도 나처럼 행복한 신혼 생활을 시작할 수 있을 거야. 루시, 네 삶이 예정대로 평탄하기를 기도할게. 네 삶이 거친 풍파 없이, 무책임과 불신 같은 건 평생 모른 채, 오래도록 행복하기를…. 괴로움이 아예 없다는 건 불가능하니까 그런 걸 바라지는 않을래. 대신 네가 언제나 지금 나만큼 행복하기를 바라. 얼른 가서 이 편지를 부쳐야겠다. 조만간 또 편지 쓸게. 조너선이 깼어. 정말 이만 줄여야겠다. 어서 남편을 보살펴야지!

한결같이 널 아끼는 벗,

미나 하커 씀.

루시 웨스트라가 미나 하커에게 보내는 서신

8월 30일, 휘트비에서.

소중한 나의 벗, 미나에게.

하늘만큼 바다만큼 사랑하는 내 친구, 미나야! 정말로 축하해! 얼른 네 남편이랑 집으로 돌아오길 바라. 휘트비에서 보내는 이 휴가가 끝나기 전에 너희 부부가 돌아오면 남은 휴가도 함께 보낼 수 있을 텐데. 꼭 그렇게 되면 좋겠다. 이곳 공기가 참 좋잖니. 내 상태가 많이 좋아진 걸 보면, 조너선도 여기서 빨리 회복할 수 있을 거야. 나는 요즘 가마우지처럼 먹성이 좋고 활기도 넘치는 데다 잠도 잘 자. 네가 특히 반길 소식도 있어. 몽유병 증상이 완전히 사라졌어. 지난 일주일 동안 밤중에 일어나서 돌아다닌 적이 한 번도 없는 것 같아. 아서는 내가 통통해졌다고 해. 참, 깜빡하고 말을 안 했구나. 아서가 여기에 와 있어. 우리는 함께 산책하러 다니기도 하고, 마차를 타고 돌아다니기도 해. 승마와 뱃놀이, 테니스와 낚시를 즐기기도 하지. 아서를 향한 사랑은 점점 커져만 가. 아서도 나를 전보다 더 사랑한다고 하는데, 말도 안 되는 소리야. 아서가 처음 사랑을 고백했을 때 이보다 더 사랑할 수 없을 만큼 사랑한다고 했거든. 뭐, 이런 건 다 말장난일 뿐이지. 아, 아서가 날 부르네. 당장은 더 할 말이 없다. 줄일게, 사랑하는 친구.

루시가.

추신. 어머니가 안부 전해달라고 하셔. 어머니 상태도 좀 나아진 것 같아.

추추신. 우리는 9월 28일로 결혼식 날을 잡았어.

수어드 박사의 일기

8월 20일. — 렌필드의 증세는 점점 더 흥미로워진다. 오늘은 아직까지 잠잠하다. 이 환자의 발작에는 휴지기가 있는 모양이다. 탈출 시도 후 일주일 내내 환자는 공격성을 드러냈다.• 그러다 어느 날 밤, 달이 뜬 직후 그가 나지막이 중얼거렸다. "이제 기다릴 수 있다. 이제 기다릴 수 있사옵니다." 간병인의 보고를 받자마자 나는 곧장 환자를 보러 갔다. 환자는 여전히 구속복 차림으로 완충재를 덧댄 격리실에 수감되어 있었다. 하지만 격분에 찬 표정은 사라졌고, 뭔가를 부탁할 때 보이던 익숙한 눈빛만 남았다. 아니, 그 눈빛은 '굽실댈' 때 보이는 비굴함에 더 가까웠다. 나는 환자의 상태를 확인한 뒤 구속복을 벗기도록 했다. 간병인들은 주저했지만, 결국 두말없이 내 지시에 따랐다. 환자는 예상외로 여유가 넘쳤다. 간병인들이 주저하는 걸 보더니 내게 다가와 슬그머니 이렇게 속삭였던 것이다.

"제가 선생을 해칠지 모른다고 생각하나 봅니다! 제가 선생을 공격하는 상상이라도 하는 모양이지요! 멍청이들 같으니라고!"

• 날짜상으로는 렌필드가 탈출하려 한 지 하루밖에 지나지 않았으므로, 이 문장은 작가의 오기로 보인다.

렌필드가 나를 간병인들과 달리 취급한다는 걸 깨닫고 나니 어쩐지 마음이 놓였다. 하지만 여전히 나는 그의 의중을 파악하지 못하고 있다. 환자와…, 그러니까 환자와 공감대를 형성할 수 있는, 그와 나의 공통점이라도 있는 걸까? 아니면 내게 얻어낼 만한 대단한 것이 있어서 그가 나라는 존재를 중요하게 여기는 건가? 후에 이 부분을 확인해봐야겠다. 오늘은 환자가 입을 열지 않을 것이다. 새끼 고양이나 다 큰 고양이를 준다고 해도 혹하지 않을 게 분명하다. 뭐라고 말할지도 알겠다. "고양이 따위엔 관심 없습니다. 지금은 생각할 게 많습니다. 나는 기다릴 수 있습니다. 기다릴 수 있어요."

나는 환자와 조금 더 있다가 격리실을 떠났다. 간병인의 말에 따르면, 환자는 새벽까지 잠잠하다가 조금씩 소란을 피우기 시작하더니 끝내 발작을 일으켰다고 한다. 마지막에 환자는 탈진해서 의식을 잃고 쓰러졌다.

…낮에는 난동을 피우다가 달이 떴을 때부터 일출까지 잠잠해지는 것이 사흘간 반복되었다. 원인을 짐작할 작은 실마리라도 얻을 수 있으면 좋겠다. 특정 증상이 나타났다가 사라지는 현상에 영향을 미치는 무언가가 있는 것 같기 때문이다. 좋은 생각이 났다! 오늘 밤에는 환자를 상대로 실험에 돌입하겠다. 렌필드는 지난번 우리 눈을 피해 탈출

을 감행했다. 오늘은 우리가 지켜보는 상태에서 탈출하게 할 생각이다. 기회를 줘보는 것이다. 만약을 대비해 환자를 쫓을 인력도 준비해둬야 한다.

8월 23일. — "예상하지 못했던 일은 수시로 벌어진다." 디즈레일리의 말이다. 삶의 이치를 알았던 사람의 말답다. 렌필드라는 작은 새는 새장 문이 열렸음을 알고도 날아갈 생각을 하지 않았다. 우리의 교묘한 계획도 모조리 수포로 돌아갔다. 어쨌든 한 가지 사실은 확인했다. 밤에는 확실히 이상 행동을 보이지 않는다. 앞으로는 매일 몇 시간씩 구속복을 벗겨놓아야겠다. 야간 간병인에게 발작이 끝난 뒤부터 일출 한 시간 전까지 렌필드를 구속복 없이 격리실에 가둬두기만 하라고 지시했다. 환자 상태가 좋지 않아 그 정도로 만족하지 못한다 하더라도 최소한 몸은 좀 편해질 테니까. 아, 무슨 소리가 들린다! 또 예상치 못한 상황이다! 이번에도 그가 탈출했다는 보고다.

몇 시간 뒤. — 또다시 한밤중에 소동을 벌였다. 렌필드는 교활하게도 간병인이 점검하기 위해 격리실로 들어설 때만 기다리고 있었다. 간병인이 문을 열자마자 환자는 격리실을 빠져나가 복도를 내달렸다. 나는 간병인들에게 그를 쫓으라고 지시했다. 이번에도 그는 버려진 저택 부지로 들어갔다. 간신히 따라잡고 보니 또 같은 자리였다. 그는 지난번처럼 옛 예배당 문에 몸을 찰싹 붙이고 있었다. 그는 나를 보더니 격분했다. 간병인들이 제때 환자를 붙들지 못했다면 그는 나를 죽이려 들었을 것이다. 그나저나 간병인들이 그를 붙잡았을 때 이상한 일이 있었다. 괴력을 발휘해 발버둥 치던 그가 별안간 움직임을 멈추고 우뚝 서는 게 아닌가. 나는 본능적으로 주위를 둘러보았지만, 특별한 것은 보이지 않았다. 그래서 환자의 시선을 좇았다. 평범한 밤하늘이었다. 큰 박쥐 한 마리가 서쪽을 향해 소리 없이 날고 있었을 뿐이다. 다만, 박쥐의 움직임이 좀 묘했다. 박쥐는 대개 곡선을 그리며 나는데, 그 박쥐는 훈련을 받은 것처럼, 아니면 명확한 목적지가 있기라도 한 것처럼 직선으로 날았다. 그는 차츰 안정을 되찾고 이렇게 말했다.

"포박은 필요 없습니다. 내 발로 순순히 가겠습니다!" 우리는 별다른 문제 없이 병원으로 돌아왔다. 렌필드의 차분한 태도가 어쩐지 불길하게 느껴진다. 오늘 밤 소동을 기억해두어야겠다.

루시 웨스트라의 일기

8월 24일 런던 집 힐링엄에서•. — 나도 미나처럼 일기를 써야겠다. 그래야 다음에 만났을 때 시시콜콜한 것까지 모두 이야기할 수 있을 테니. 언제쯤 미나를 다시 보게 될까? 마음이 너무 불편하다. 미나와 함께 있으면 좀 나을 텐데. 어젯밤에도 휘트비에 있을 때처럼 자다 깨서 돌아다닌 것 같다. 공기가 달라서 그런 건지, 집에 돌아와서 그런 건지는 모르겠다. 아무 기억도 나지 않아 막막하고 불안할 따름이다. 막연한 두려움이 나를 감싼다. 나 자신이 나약하고 무기력하게 느껴진다. 아서가 점심을 먹으러 왔다가 이런 나를 보고선 침울해했다. 하지만 애써 밝은 척할 기력도 없었다. 오늘 밤엔 어머니와 자면 좋을 텐데…. 변명 거리를 만들어서라도 그렇게 해야겠다.

8월 25일. — 간밤에도 푹 자지 못했다. 어머니는 같이 자고 싶다는 내 청을 들어주지 않으셨다. 어머니 건강이 영 좋지 않은데 같이 자면서 내가 그걸 알아채고 걱정할까 봐 그러시는 듯하다. 어쨌든 나는 차라리 밤을 새우기로 했고,

• 8월 30일에 미나에게 쓴 편지에서 휘트비에 있다고 한 말과 모순된다. 설정상 오류로 보인다. 힐링엄은 웨스트라가의 저택과 그 부지를 일컫는 가상의 명칭이다.

한동안은 잘 버텼다. 하지만 자정을 알리는 시계 종이 울릴 때 화들짝 놀라서 깬 걸 보면 깜빡 잠이 들었던 모양이다. 뭔가가 창문을 긁는 듯한 소리와 창가에서 뭔가가 펄럭거리는 소리가 들렸다. 그러거나 말거나 신경 쓰지 않았다. 그 뒤로는 바로 잠들었는지 기억이 없다. 꿈자리가 사나웠다. 꿈 내용을 기억할 수 있으면 좋겠다. 오늘 아침 몸 상태는 최악이다. 얼굴은 섬뜩할 정도로 창백하고, 목도 따끔하다. 숨이 제대로 쉬어지질 않는다. 폐에 문제가 있는 게 분명하다. 그래도 이따 아서가 오면 기운을 내야 한다. 그러지 않으면 아서가 날 보고 또 침통해할 거다.

아서 홈우드가 수어드 박사에게 보내는 서신

8월 31일, 앨버말 호텔.

친애하는 벗, 잭•에게.

잭, 부탁이 있네. 루시의 상태가 좋지 않아. 특별한 병은 없네만, 몰골이 눈 뜨고 볼 수 없을 정도야. 상태는 나날이 나빠지고 있어. 무슨 일이 있느냐고 루시에게 직접 물어보기도 했네. 하지만 루시의 어머님께는 차마 이유를 여쭐 수

• 존 수어드의 애칭.

없었어. 어머님 건강도 영 좋지 않아서 딸의 걱정까지 떠안게 되면 병세가 악화될까 염려스러웠거든. 웨스튼라 부인은 심장병을 앓고 계시다며, 살날이 얼마 남지 않았는데 루시는 그 사실을 아직 모른다고 털어놓으셨다네. 어쨌든 내가 사랑하는 여인에게 뭔가 걱정거리가 있는 게 분명해. 나는 루시의 초췌한 모습을 떠올리는 것만으로도 속이 타서 이 상황을 해결할 방안을 도무지 찾을 수가 없어. 자네에게 진찰을 부탁해야겠다고 말했더니 루시가 그러지 말라더군. 루시의 마음을 모르는 건 아니야. 여하간 긴 설득 끝에 루시도 내 의견을 따르기로 했어. 잭, 자네에게 곤욕스러운 일일 줄 아네. 하지만 루시를 위한 일이야. 자네에게 이런 부탁을 하게 될 줄 몰랐지만, 주저할 순 없었어. 내일 2시에 힐링엄에 와주게. 점심 약속이라면 웨스튼라 부인의 의심을 사지 않고도 루시를 만날 수 있겠지. 점심 식사를 마친 후에 루시와 단둘이 얘기를 나누면 되네. 내가 차를 마시러 왔다는 핑계로 들를 테니 그때 나와 함께 나오자고. 아, 머릿속이 루시 걱정으로 가득해. 얼른 자네와 단둘이서 얘기하고 싶어. 의사로서 자네의 소견이 궁금하네. 잘 좀 부탁하네!

아서로부터.

아서 홈우드가 수어드 박사에게 보내는 전보

9월 1일.

아버지 병세 악화로 본가에 감. 본 전보는 직접 작성. 금일 내로 서신을 통해 소견을 알려주기 바람. 수신지는 링으로. 상황이 긴급하면 전보 부탁함.

수어드 박사가 아서 홈우드에게 보내는 서신

9월 2일.

친애하는 벗, 아서에게.

웨스튼라 양을 만나보았네. 결론부터 얘기하자면, 기능 장애나 질환이 의심되지는 않았어. 내가 아는 한에서는 말이야. 하지만 나 역시 웨스튼라 양의 외양에 큰 충격을 받았네. 마지막으로 봤을 때와 너무 다르더군. 일단 내가 정밀하게 검사할 수는 없었음을 고려해주게. 우리 우정이 걸림돌이었달까. 학문적으로도 접근해보고 직업적으로도 접근했지만 쉽지는 않았어. 자네가 직접 판단할 수 있도록 전말을 소상히 알려주는 게 좋겠어. 그런 뒤에 내가 어떤 처방을 내렸는지 설명하고, 자네가 할 일을 제안하겠네.

내가 찾아갔을 때 웨스튼라 양은 기분이 좋아 보였어. 웨스튼라 부인도 함께 계셨지. 얼마 지나지 않아 나는 웨스튼라 양이 어머님께 걱정을 끼치지 않으려고 애쓰며 밝은 척 행동한다는 걸 알게 됐네. 웨스튼라 양이 어머님의 병세에 대해 정확히는 모른다고 해도 주의가 필요하다는 정도는 눈치챈 게 분명해. 점심 식사 자리에는 우리 셋만 있었다네. 다들 각자의 근심을 숨기려 애쓴 덕인지 분위기는 꽤 유쾌했어. 식사를 마친 뒤 웨스튼라 부인은 쉬어야겠다며 자리를 뜨셨고 웨스튼라 양은 나를 다른 곳으로 안내했어. 우리는 내실로 들어갔네. 하인들이 드나들어서인지 그때까진 그녀의 표정이 나쁘지 않았어. 하지만 문이 닫히자마자 루시가 쓰고 있던 가면이 벗어졌지. 그녀는 긴 한숨을 내쉬며 의자에 주저앉더니, 손으로 두 눈을 가렸어. 거짓된 표정이 사라지자마자 나는 이때다 싶어 진단을 시작했네. 그녀는 아주 차분하게 말했어.

"자신에 대해 얘기하는 게 저한테 얼마나 끔찍한 일인지 박사님은 모를 거예요." 나는 의사라면 누구나 환자의 비밀을 엄수할 의무가 있다고 말했네. 다만, 자네가 그녀의 안위를 심히 걱정하고 있는 게 염려스럽다고 덧붙였지. 그녀는 단번에 내 진의를 알아채고 단 한마디로 그 문제를 해결했어. "아서에게는 뭐든 말해도 돼요. 박사님의 판단에 맡길게요. 아서의 걱정을 덜 수만 있다면, 저는 아무래도 좋아요!"

그 말 덕에 내 입장도 편해졌지.

루시의 얼굴이 핏기 없이 창백하다는 건 단번에 알아챘어. 하지만 빈혈이라면 통상적으로 보이는 증상이 없더라고. 그때 우연히 피 검사를 해볼 기회가 생겼어. 마침맞게 그녀가 깨진 유리에 손을 살짝 베였거든. 창문 끈 때문에 바깥 창이 빽빽했는데, 루시가 그걸 열던 중 유리가 깨진 거야. 상처는 대단치 않았어. 그 덕에 시료를 통해 진단할 기회를 얻은 셈이고 말이야. 피를 몇 방울 받아두었고, 분석을 끝냈어. 성분 분석 결과는 정상이었어. 이 결과만 놓고 보자면 루시는 아주 건강해. 외양의 변화도 염려할 정도는 아니라고 단언할 수 있어. 하지만 그녀가 이렇게 된 이유가 분명히 있을 테지. 결국 심리적인 문제라는 결론을 내렸네. 루시는 가끔 숨을 쉬기 힘들다고 하더군. 그리고 잠이 들면 혼수상태가 된다고도 했지. 그때마다 악몽을 꾸는데, 꿈 내용은 전혀 기억할 수가 없대. 어릴 때 몽유병 증세를 보였는데, 휘트비에서 그 증세가 재발했다고도 했어. 한번은 밤중에 자다 깨어 이스트 클리프까지 간 걸 머리 양이 데리고 돌아왔다나. 하지만 최근에는 그런 증상을 보인 적이 없다고 덧붙였어. 이 정도 정보로는 정확한 진단을 내릴 수 없었어. 그래서 내 선에서 할 수 있는 최선의 행동을 취했지. 암스테르담의 반 헬싱 교수님이라고, 희소 질병에 대해서는 누구에게도 뒤지지 않는 권위자가 계시거든. 내 오랜 벗이자 스승이야. 나는 그분께 편지를 썼다네. 오셔서 웨스튼라 양의 상태를 확인해달라고 말이야. 루시의 문제는 자네가 전적으로 책임지겠다고 했으니, 나는 자네에 대해서, 그리고 자네와 웨스튼라 양의 관계에 대해서도 교수님께 설명했어. 자네의 바람에 따라 내가 내린 처방은 바로 이거야. 루시에게 이렇게나마 도움을 줄 수 있어서 뿌듯하고 기쁘군. 반 헬싱 교수님은 내 부탁이라면 뭐든 들어주실 분이야. 우리 나름의 사연이 있거든. 그러니 의도를 염려할 필요 없이, 교수님의 판단에 따르면 된다네. 교수님은 겉으로 보기에 독단적인 사람 같지만, 사실 그만큼 많이 알기에 그러시는 걸 거야. 교수님은 철학자이자 형이상학자이며, 당대에 가장 진보된 과학자라 할 만해. 게다가 모든 면에서 개방적이셔. 정신력은 무쇠 같고 꽁꽁 언 시냇물처럼 냉철하신데, 결단력과 자제력은 또 어찌나 뛰어난지…. 타인의 평범한 덕목조차 미덕으로 여기실 정도로 아량이 넓고, 그 누구보다 이타적이며 진실하기까지 해. 이런 성품이 바탕이 되었기에 교수님의 연구도 인류 공영에 이바지하게 된 것이겠지. 교수님의 연구 덕에 이론과 실무에서 실질적인 발전이 이뤄지고 있거든. 인류를 포용하고자 하는 너그러움만큼이나 넓은 식견 아닌가? 설명이 길었군. 내가 무슨 연유로 반 헬싱 교수님을 그토록 신뢰하는지 알려주고 싶었어. 교수님께는 즉시 방문해달라고 요청했네. 내일 웨스튼라 양을 만날 예정이야. 이번에는 고급 상점가에서 보자고 했지. 그래야 웨스튼라 부인의 염려를 덜 것 아닌가. 내가 이틀 연달아 찾아가면 이상하게 여기실 테니까.

변함없는 벗,

존 수어드 씀.

의학 박사, 철학 박사, 문학 박사 등의 직함을 가진 아브라함 반 헬싱이 수어드 박사에게 보내는 서신

9월 2일.

친애하는 존에게.

자네 편지를 받자마자 외출 준비를 마쳤네. 운이 따랐군. 현재 맡은 일이 없어 누군가에게 폐 끼칠 일 없이 곧바로 출발할 수 있거든. 나의 벗이 소중한 사람을 돕기 위해 부른다면 열 일 제쳐두고 달려갈 거란 말일세. 그러니 맡은 일이 있었다면 큰 폐를 끼칠 뻔했지 뭔가. 예전에 신경이 곤두서서 실수로 칼을 놓친 친구 있잖은가. 그 친구 때문에 내가 독이 묻은 칼에 찔렸을 때 자네는 주저 없이 내 상처에 입을 대고 독을 빨아냈지. 그 얘기를 아서라는 사람에게 해주게. 자네는 내 생명의 은인으로 더 큰 대가를 원할 수 있었는데도 도움이 필요한 친구를 위해 기꺼이 대가를 포기하려 했노라고 말이야. 그래야 그도 자네가 자신을 얼마나 아끼는지 깨달을 것 아닌가. 물론 나도 그를 돕게 되어 기쁘네. 자네의 벗은 곧 나의 벗이지. 어쨌든 내가 그곳에 가는 것은 자네 때문이라는 걸 알아주게. 가까운 곳에 묵을 수 있도록 그레이트 이스턴 호텔에 방을 잡아주게나. 그리고 내일 늦지 않은 시간에 그 숙녀를 만날 수 있도록 약속 시간을 조정해주게. 밤에는 이곳으로 돌아와야 하거든. 그래도 필요하다면 사흘 내에 다시 방문할 수 있네. 그땐 좀 더 오래 머물 수 있어. 그럼 내일 보세나, 존.

반 헬싱.

수어드 박사가 아서 홈우드 경에게 보내는 서신

9월 3일.

친애하는 아트에게.

반 헬싱 교수님이 다녀가셨네. 나는 교수님을 모시고 힐링엄으로 갔어. 루시가 어머님께 외식을 권해서 웨스튼라 부인이 외출하신 덕에 힐링엄에서도 셋이서만 면담을 할 수 있었거든. 반 헬싱 교수님은 환자를 매우 세심하게 진찰하셨어. 내가 자네에게 조언할 수 있도록 이제 곧 결과를 알려주실 거라네. 당연한 얘기지만, 진찰하는 내내 내가 동석한 건 아니라서 말이야. 꽤 고심하시는 것 같아서 좀 불안하긴 해. 교수님께선 좀 더 검토해봐야겠다고 하셨어. 내가 우리의 깊은 우정에 대해 얘기하며 자네가 이 문제에서 나를 얼마나 신뢰하는지 설명해드리자 교수님은 이렇게 말씀하시더군. "그 친구에게 자네가 생각하는 바를 가감 없이 얘기하게. 자네가 내 의견을 짐작할 수 있겠다 싶으면, 그것까지 말해도 좋네. 아니, 시답잖은 농담을 하는 게 아닐세. 암, 이건 농담이 아니야. 생사가 달린 문제지. 어쩌면 그보다 더한 걸 수도 있어." 교수님께서 이 문제를 매우 심각하게 받아들이고 계셔서 나는 무슨 뜻으로 하신 말씀이냐고 물었네. 이건 힐링엄을 나와 교수님이 암스테르담으로 돌아가시기 전에 함께 차를 마시며 나눈 얘기야. 하지만 교수님은 그 이상의 실마리를 주지 않으려 하셨지. 아트, 부디 섭섭해하지 않기를 바라네. 교수님이 말수를 줄이는 건 환자를 위해 그만큼 골몰하신다는 뜻이거든. 때가 되면 모든 걸 소상히 설명해주실 걸세. 내 장담하지. 나는 〈데일리 텔레그래프〉의 특집 기사처럼 이번 면담의 객관적인 사실만 기록해 자네에게 전달하겠다고 말했네. 교수님은 내 말을 듣지 못하셨는지, 런던이 학창 시절 공부할 때보다 깨끗해졌다며 딴

소리를 하셨어. 내일이면 교수님이 내게 소견서를 보내주실 거야. 여유가 있다면 그렇게 하시겠지. 소견서를 다 쓰지 못했더라도 편지는 보내주실 테고 말이야.

자, 그럼 루시와 나눈 면담에 대해 설명하지. 루시는 어제보다 표정이 훨씬 밝았고, 몸 상태도 괜찮아 보였어. 자네가 염려했던 초췌한 모습은 온데간데없었어. 호흡도 정상이었다네. 루시는 누구에게나 그렇듯 교수님께 싹싹하게 굴면서 접대를 했어. 하지만 안쓰러울 정도로 애쓰는 티가 나더군. 교수님도 알아채셨을 거야. 교수님의 덥수룩한 눈썹 아래로 익숙한 표정이 스치는 걸 봤거든. 교수님은 우리가 모인 이유나 병에 대해 얘기하는 대신, 세상일을 화제 삼아 대화를 시작하셨어. 분위기는 화기애애했어. 루시도 가식적이 아니라 진심으로 즐거워했지. 교수님은 물 흐르듯 자연스럽게 화제를 면담의 목적에 맞도록 바꾸셨어. 말투도 무척 점잖았다네.

"웨스트라 양이 이렇게 멋지고 유쾌한 숙녀인 줄 몰랐구려. 이런 분과 대화를 나눌 기회를 얻다니 나로서는 행운이로군. 내가 아직 찾아내지 못한 웨스트라 양의 매력도 헤아릴 수 없을 정도인 것 같소. 저 신사 일당은 이렇게 멋진 분을 두고 울적한 상태라느니, 피폐한 모습이라느니 하는 소리를 늘어놓았단 말이지. 이렇게 보니 확실히 알겠소. 내가 숙녀분 대신 저 신사에게 말하리다. 헛소리 그만하시오!" 교수님은 내 쪽을 보고선 손가락을 튕기며 딱 소리를 낸 뒤 다시 말을 이으셨네. "웨스튼라 양과 내가 저 신사들이 틀렸다는 걸 증명합시다. 솔직히 수어드 박사가…." 교수님은 예전에 강의할 때와 똑같은 표정과 몸짓으로 날 가리키셨어. 아니, 내가 졸업한 후에도 뭔가를 상기시키려 할 때마다 그런 행동을 취하셨지. 어쨌든 그러면서 말씀하셨다네. "수어드 박사가 젊은 숙녀에 대해 뭘 알겠소? 허구한 날 광인들과 어울리는 사람이잖소. 그는 환자들이 다시 행복한 삶을 영위할 수 있도록 도우며 그들을 사랑하는 가족의 품으로 돌려보내느라 바쁘오. 물론 그건 여간 힘든 일이 아니오. 환자가 행복을 되찾는 모습에서 보람이라도 느끼니 망정이지…. 여하간 그리 힘든 일을 하는 사람이 젊은 숙녀에 대해 알 리가 있나! 수어드 박사에게는 아내도, 딸도 없소. 게다가 젊은 숙녀가 젊은 신사에게 자기 얘기를 할 리 만무하잖소. 슬픔에 대해 알고, 슬픔의 원인에 대해서도 알 만한 나 같은 늙은이한테라면 모를까. 그래서 말인데, 수어드 박사는 담배나 피우라고 정원으로 내보내는 게 어떻소? 그 사이에 우리 둘이서만 얘기를 나누는 거요." 나는 교수님이 무슨 생각을 하시는지 눈치챘네. 그래서 정원에 나가 서성댔지. 얼마나 지났을까, 교수님이 창가에서 나를 부르셨어. 아주 심각한 표정이더군. 하지만 정작 하신 얘기는 그다지 심각하지 않았어. "세심하게 살펴보았네만, 신체적 이상이 원인으로 보이지는 않아. 과다 출혈이 있었던 것 같다는 자네 의견에 동의하네. 하지만 과거에 그랬을 뿐, 지금은 이상이 없어. 현재 상태로 보아 빈혈일 리는 없네. 웨스튼라 양에게 하녀와 얘기하게 해달라고 말해두었어. 한두 가지 물어볼 게 있거든. 혹시 놓치는 게 있어서는 안 되잖나. 하녀가 뭐라고 대답할지는 불 보듯 뻔하네. 그 대답으로도 이 사태의 원인을 알 수 없어. 하지만 모든 사태에는 원인이 있지. 돌아가서 생각을 좀 해봐야겠네. 매일 내게 전보를 보내주게. 무슨 일이 있다면 곧바로 오겠네. 이 질환, 그래, 아무 문제 없이 건강한 건 아니니까 일단은 질환이라는 게 옳겠지. 이 질환은 흥미로워. 웨스튼라 양도 흥미롭고 말이야. 아주 매력적인 아가씨야. 자네의 부탁이 아니라도, 이런 질환이 아니었다 하더라도, 저 숙녀에게 문제가 있다면 기꺼이 도우러 올 마음이 드는군."

지난번에도 말했다시피, 이후로도 교수님은 나밖에 없는데도 입을 꾹 닫으셨어. 아트, 이제 내가 아는 건 다 얘기했어. 앞으로도 추이를 지켜보겠네. 아, 자네 아버님께서 병석을 털고 일어나시리라 믿네. 자네에게 소중한 두 사람이 모두 염려스러운 상태라니…. 자네도 참, 고생이 이만저만이 아니군. 아버님 곁을 지키고자 하는 자네 마음을 알아. 루시 상태는 내가 살필 테니 염려하지 말고 병석을 지키게. 문제가 생기면 당장 루시에게 가라고 편지하겠네. 그러니까 내가 오라고 하지 않는 한 괜히 불안해하지 말게.

수어드 박사의 일기

9월 4일. — 육식 강박증 환자는 여전히 요주의 대상이다. 어제는 딱 한 번 발작을 일으켰는데, 그 시기가 평소와 달랐다. 정오를 알리는 종이 울리기 직전부터 환자는 조금씩 소란을 피우기 시작했다. 그 증상이 발작의 전조임을 알고 있던 간병인은 곧바로 도움을 요청했다. 환자는 12시를 알리는 종이 울리자 극도로 흥분했다. 다행히 직원들이 제때에 달려와 제지했지만, 다들 온 힘을 쏟아 매달려야 할 정도로 환자는 광포했다. 그러나 5분 정도 지나자 환자는 잠잠해지기 시작했고, 이내 우울증 환자처럼 축 늘어졌다. 지금까지 환자는 그 상태다. 간병인의 말에 따르면, 오늘 발작했을 때 환자가 유독 심하게 비명을 질렀다고 한다. 내가 병동에 내려갔을 때도 그 비명에 놀란 다른 환자들을 진정시키느라 다른 일을 할 수 없을 정도였다. 사실 그럴 만도 했다. 격리실과는 거리가 좀 있는 내 방에서도 그 소리가 신경 쓰일 정도였으니. 병동 저녁 식사 시간이 막 끝났다. 렌필드는 아직도 격리실 구석에 앉아 비탄에 젖은 표정으로 말없이 허공을 응시하고 있다. 그 모습이 간접적인 의사 표현이 아닌, 직접적인 의사 표현으로 느껴진다. 정확히 이해하진 못하겠다.

잠시 후. — 렌필드의 상태가 또다시 급변했다. 5시 정각에 환자를 살펴보러 갔더니 그는 예전처럼 행복한 표정으로 만족스러워하고 있었다. 그는 파리를 잡아서 먹기도 했고, 잡은 파리 수를 기록하기 위해 완충재가 얇은 문 가장자리를 손톱으로 긁어 표식을 남기기도 했다. 그는 나를 보고 다가와 그간의 문제 행동을 사과했다. 그러고는 굽실대는 느낌마저 들 정도로 초라하게 애원했다. 원래 병실로 돌아가게 해주고, 수첩을 돌려달라나. 좋은 기분을 유지하게 해주는 게 나을 것 같았다. 지금 렌필드는 원래 병실로 돌아갔다. 해당 병실 창문은 열려 있다. 그는 차를 마실 때 넣으라고 준 설탕을 창틀에 뿌려두었고, 그걸 미끼로 파리를 수확하듯 긁어모으고 있다. 그 파리들은 당장 먹지는 않으려는지 예전처럼 상자에 따로 모아두기만 하고, 틈틈이 거미를 찾기 위해 병실 구석을 살핀다. 나는 지난 며칠간 벌어진 일에 대해 환자와 대화해보려고 했다. 환자의 심리를 이해할 작은 단서라도 얻는다면 내 연구에 큰 도움이 될 게 분명하기 때문이다. 하지만 환자는 등을 돌리고 병실 구석에 쭈그려 앉아 일어날 생각을 하지 않았다. 잠깐이지만 아주 슬픈 표정을 짓고서 혼잣말하듯 작은 목소리로 이렇게 말했을 뿐이다.

"다 끝났어! 다 끝났다고! 주인님은 나를 버리셨어. 내 손으로 직접 하지 않으면 이제 희망은 없는 거야!" 환자는 이렇게 말한 뒤 몸을 홱 돌려 나를 바라보며 단호하게 말했다. "선생님, 자비를 베푸는 김에 설탕을 더 주실 순 없습니까? 저한테는 설탕이 자비와 같거든요."

"파리한테도 설탕이 자비일 테고요?"

"네! 파리들도 설탕을 좋아하지요. 저는 파리를 좋아하고요. 제가 설탕을 좋아하는 이유가 그겁니다." 정신병 환자들에 대해 잘 모르는 사람들은 환자들이 논리적인 주장을 하지 못한다고 생각한다. 이런 말을 못 들어봐서 그러는 거겠지. 나는 렌필드에게 평소 분량의 두 배가 되는 설탕을 주었다. 아마도 그는 지금 세상 그 누구보다 행복할 것이다. 아, 렌필드의 생각을 읽을 수 있으면 좋겠다.

자정. — 환자의 상태가 또 달라졌다. 루시의 상태가 훨씬 나아진 걸 확인하고 오는 길이었다. 병원 입구에 서서 석양을 감상하고 있는데 렌필드의 비명이 들렸다. 렌필드의 병실이 병원 정면 쪽에 있어 그의 비명이 낮에 들었던 것보다 훨씬 선명했다. 런던 상공의 자욱한 연기와 그 연기를 물들이는 노을의 아름다움에 취해 있던 나는 비명 소리를 듣고 병원을 돌아보다 충격을 받았다. 현란한 조명으로 수놓인 병원에 칠흑 같은 그림자가 드리워져 있었다. 아름다운 노을빛은 먹구름과 칙칙한 병원 연못을 물들였지만, 병원 건물에 이르지는 못했다. 주변 풍경이 그러하니, 차가운 벽돌로 쌓아 올린 병원 건물이 유독 음침하게 느껴졌다. 절망의 숨결이 가득한 그곳에서 고독한 나는 그 모든 절망과 음울함을 끌어안아야 했다. 태양이 하늘에서 조금씩 사라져 가는 동안 나는 렌필드에게 달려갔다. 병실에 도착했을 때 창문 밖으로 붉은 해가 하늘에서 완전히 사라지는 게 보였다. 해가 지는 사이 환자의 상태가 조금씩 진정되었는데, 해가 완전히 떨어지자 환자는 아예 의식을 잃었다. 그는 제지하던 간병인의 손에서 미끄러지듯 빠져나와 바닥에 쓰러졌다. 하지만 놀랍게도 몇 분 지나지 않아 완전히 정신을 차리고 일어서서 차분히 주위를 둘러보았다. 광인들의 뇌는 어떻게 기능하기에 이런 식으로 회복되는 걸까? 나는 렌필드가 다음에는 어떤 행동을 할지 지켜보고 싶었다. 그래서 간병인들에게 신호를 주어 그를 건드리지 못하게 했다. 그는 창가로 가서 설탕을 쓸어냈다. 그러고는 파리 상자를 가져다 창밖에 탈탈 턴 후 바깥으로 내던졌다. 이렇게 한 다음 창문을 닫고 곧장 침대로 가서 앉았다. 예상하지 못한 행동이었다. 나는 그에게 물었다. "이제 파리는 키우지 않을 겁니까?"

"안 키웁니다. 이런 엉터리 놀음에 질렸어요!" 렌필드는 정말이지 흥미로운 연구 대상이다. 그 속내를 조금이라도 들여다볼 수 있다면, 아니 돌발 행동의 원인을 조금이라도 알아낼 수 있다면 좋겠다. 잠깐, 단서가 있을지 모른다. 오늘 정오와 일몰 시각에 발작을 일으킨 이유를 알아내면 된다. 태양이 특정 위치에 있을 때 악영향을 받는 걸까? 달의 기울기나 형태에 영향을 받는 환자들이 있지 않은가? 한번 확인해봐야겠다.

수어드가 런던에서
암스테르담의 반 헬싱에게 보내는 전보

9월 4일, 금일 환자 상태 호전.

수어드가 런던에서
암스테르담의 반 헬싱에게 보내는 전보

9월 5일, 환자 상태 크게 호전. 식욕 양호, 수면 상태 양호, 기분 양호, 혈색 돌아옴.

수어드가 런던에서
암스테르담의 반 헬싱에게 보내는 전보

9월 6일, 환자 상태 급격히 악화. 왕진 요청. 시급함. 방문 전까지 홈우드에게 전보를 보내는 걸 중단하겠음.

10장

수어드 박사가 아서 홈우드 경에게 보내는 서신

9월 6일.

친애하는 벗, 아트에게.

오늘은 그다지 좋지 않은 소식을 전하게 됐군. 오전에 루시 상태가 조금 악화됐네. 하지만 모든 일에는 득실이 있다고, 얻은 점도 있어. 웨스튼라 부인은 숨 쉬듯 자식 걱정을 하는 분이잖나. 루시 때문에 내게 의사 소견을 물으러 오셨더라고. 나는 그 기회를 이용하기로 했네. 웨스튼라 부인께 반 헬싱 교수님에 대해 말씀드렸어. 반 헬싱 교수님은 내 스승님으로 이 분야에서 손꼽히는 권위자인데, 제자인 나를 만나러 오시기로 했으니 그분과 함께 루시의 상태를 살펴보겠다고 말이야. 이제 교수님과 내가 웨스튼라 부인을 불안하게 만들지 않고도 루시의 상태를 확인하러 힐링엄에 드나들 수 있게 됐어. 웨스튼라 부인은 작은 충격으로도 사망에 이를 수 있는 병을 앓고 계시지 않은가. 쇠약해진 루시가 어머님의 죽음을 맞닥뜨리는 날엔 최악의 사태가 벌어질지 몰라. 그러니 웨스트라 부인의 의심을 살 확률을 줄였다는 것만으로 다행이라 할 만하지. 이보게, 아트. 지금 우리는 모두 난관에 봉착했다네. 하지만 우리는 이 난관을 무사히 헤쳐나갈 수 있어. 난 그러리라 믿어. 필요하면 또 연락하겠네. 그러니 내가 연락할 때까지는 무소식이 희소식이라 생각하게나. 일이 많아 이만 줄이네.

변함없는 벗,

존 수어드 씀.

수어드 박사의 일기

9월 7일. — 리버풀가에서 만나자마자 반 헬싱 교수님은 이렇게 말씀하셨다.

"웨스튼라 양의 정혼자라는 친구에게 뭐라고 했나?"

"별말 안 했습니다. 전보를 통해 말씀드렸듯 교수님을 뵐 때까지 기다릴 생각이었지요. 웨스튼라 양의 상태가 좋지 않아서 교수님이 오실 거라는 사실만 편지로 간단히 전했을 뿐입니다. 필요하면 다시 연락하겠다고 덧붙였고요."

"그래, 잘했군! 그 친구는 아직 모르는 게 나아. 앞으로도 계속 모르는 게 나을지도 몰라. 차라리 계속 몰랐으면 좋겠군. 하지만 어쩔 수 없는 상황이 되면 그에게도 모든 걸 알려주도록 하지. 어디 보자, 존. 먼저 유의 사항을 알려주겠네. 자네는 정신병 환자를 상대하는 사람이야. 사실 인간이라면 누구나 어떤 식으로든 광기를 지니고 있어. 그러니 자네는 다른 사람들을 대할 때도 환자를 대할 때처럼 신중해야 해. 신의 기준에선 보통 사람이나 광인이나 마찬가지거든. 환자와 면담할 때 자네의 행동과 그 행동을 하는 이유를 일일이 설명하는 건 아니잖나. 자네의 속내를 환자에게 모두 드러내 보이지도 않겠지. 그렇게 자네의 생각을 드러내지 않고 숨기기에, 그 생각이 꼬리에 꼬리를 물고 이어지며 발전할 수 있는 거라네. 이런 연유로 자네와 나는 우리가 알게 된 사실을 여기와 여기에 간직해야 해." 교수님은 내 가슴팍과 이마를 툭툭 건드린 후 본인의 가슴과 이마도 두드리셨다. "나 역시 나름의 이론을 세워두었다네. 언젠가 자네에게 알려주지."

"왜 지금은 안 됩니까?" 나는 이렇게 물었다. "그 편이 더 나을 것 같거든. 뭐가 됐든 곧 결론이 나올 걸세." 교수님은 잠시 말을 멈추고 나를 바라보셨다.

"이보게, 존. 곡식이 자라는 풍경을 상상해보게. 아직 수확 철이 한참 남은 시기야. 뿌리는 아직도 어머니인 대지의 젖을 빨고 있고, 잎사귀는 아직 태양의 황금빛에 물들지 않았어. 그때 농부가 이삭 한 톨을 따 가지고는 거칠거칠한 두 손으로 그걸 비비는 거야. 그렇게 푸른 겉껍질을 벗겨 훅 불어내고는 이렇게 말하지. '보십시오! 때깔부터 다르지요. 때가 되면 아주 잘 여물 겁니다.'" 나는 교수님의 비유를 이해할 수 없어서 솔직하게 말했다. 그랬더니 교수님은 내게 몸을 기울이더니 장난스럽게 내 귀를 잡아당기셨다. 오래전 강의할 때도 내게 수시로 그러셨는데, 그때와 다를 게 없었다. "좋은 농부가 그리 말하는 건, 아직 곡식이 익지 않았음에도 결과물을 예상할 수 있기 때문이라네. 그렇다고 수확량을 예상하고자 키우는 곡식을 뿌리까지 뽑는 농부는 없지. 농사로 먹고사는 사람들이 할 짓이 아니잖나. 농가에 사는 어린애들이 장난으로 그런다면 또 모를까. 이제 내 말 뜻을 알겠나? 나는 씨를 뿌렸어. 싹을 틔우는 건 대자연의 몫이야. 싹이 나서 자라기만 한다면 결실이 분명 있을 테지. 그러니 나는 이삭이 여물 때까지 기다려야 한다네." 교수님은 내가 제대로 이해했는지 확인하려고 말을 멈추셨다. 그리고 이번에는 아주 진지한 어조로 말씀하셨다.

"자네는 무척 성실한 학생이었지. 자네의 사례 연구 자료는 그 어떤 학생보다도 많았어. 그때 한낱 학생이던 자네가 이렇게 번듯한 의사가 되었네. 많은 것이 달라졌대도, 성실함만큼은 여전하리라 믿어. 존, 지식은 기억보다 강력하다는 걸 잊지 말게나. 의사는 기억에 의존해서는 안 돼. 혹여 자네가 예전보다 나태해졌다 하더라도 지금은 다시 성실해져야 할 때야. 내 말 잘 듣게. 웨스튼라 양의 질환은 아주 특수한 사례일 수 있어. 명심하게. 그럴 수 있다고 가능성을 말한 거라네. 어쨌든 이게 정말로 특수한 사례라면 다른 것들이, 그러니까 웨스튼라 양에게 나타나는 증상 외의 것들이 하나도 눈에 들어오지 않을지 몰라. 무거운 걸 저울에 올리면 그 순간 저울이 휙 하고 기울면서 먼저 놓아둔 가벼운 물건이 그릇에서 튕겨 나가잖아. 딱 그런 꼴이 날지 모른다니까. 그래서 말인데, 지금부터는 모든 걸 꼼꼼히 기록하게. 사소한 요소도 놓쳐서는 안 돼. 의아한 점도, 가벼운 추측도 모조리 적어둬. 훗날 자네의 추측이 얼마나 옳았는지 확인하는 것도 재미있을 거야. 인간은 성공이 아니라 실패에서 깨달음을 얻는 법이라네!"

내가 루시의 예후에 대해 증상은 이전과 같지만, 상태가 훨씬 악화됐다고 말하자 교수님은 심각한 표정을 지으면서도 별다른 말씀은 하지 않으셨다. 교수님은 온갖 진료 장비와 약품이 담긴 가방을 들고 오셨다. 한번은 교수님이 강의 중 그런 치료 도구를 두고 '인류에게 이로운 우리 업계의 고질적 문제 용품'이라고 말씀하신 적이 있다. 역시 이번에도 그걸 들고 오신 거다. 힐링엄에 도착했을 때 웨스튼라 부인이 우리를 맞이했다. 부인은 불안해하고 있었으나 내 예상만큼은 아니었다. 자연의 섭리가 지닌 자비로운 면이랄까. 당면한 위협이 있으면 죽음마저 위협에 맞설 원동력으로 변모시키는 게 인간의 본능이라니. 웨스튼라 부인은 타인의 문제를 제대로 인식하지 못하는 듯했다. 그것이 어떤 문제이건 상관없이, 본인의 문제와 타인의 문제를 명확히 구분 짓는 듯한 느낌이었다. 그게 아니라면 아주 작은 충격에도 생사가 위태로워질 수 있는 사람이, 그토록 아끼던 딸의 몰골이 눈 뜨고 볼 수 없을 정도가 되었는데도 멀쩡할 리 없다. 생리적 현상과 마찬가지다. 체내에 이물질이 유입되면 이물질과의 접촉으로 생길 수 있는 위해를 방지하고자 둔감한 세포조직이 이물질 주위를 감싼다. 이처럼 본인의 생존을 우선시하는 이기심도 자연의 섭리라면 타인의 이기적 행태를 비난해서는 안 된다. 그런 행태에도 지식을 넘어서는 보다 근원적인 원인이 존재할지 모르기 때문이다.

나는 정신과 의사로서 웨스튼라 부인의 상태를 점검한 뒤 내 제안에 따라달라고 했다. 내 요구는 루시와 함께 있지 말 것, 루시의 상태를 염려하지 말 것이었다. 웨스튼라 부인은 내 제안에 순순히 응했다. 어찌나 순순하게 따르던지 나는 다시 한번 생존본능이란 자연의 섭리를 마주하는 듯한 기분이었다. 이후 반 헬싱 교수님과 나는 루시 방으로 갔다. 어제 내가 루시의 상태를 확인하고 충격을 받았다면 오늘은 겁이 날 지경이었다. 루시는 소름 끼칠 정도로 창백했다. 입술과 잇몸조차 핏기를 잃은 것 같았다. 얼굴뼈는 선명하게 불거졌다. 숨 쉬는 모습과 소리는 보고 듣기 괴로울 정도였다. 반 헬싱 교수님의 표정이 대리석처럼 딱딱하게 굳어갔다. 교수님은 끝내 양 눈썹이 서로 닿을 듯 미간을 찌푸리셨다. 루시는 미동도 없이 가만히 누워 있었다. 말할 힘도 없는 것 같았다. 우리 셋은 그렇게 한동안 침묵을 지켰다. 갑자기 반 헬싱 교수님이 손짓하셨고, 우리는 조용히 방을 빠져나갔다. 문을 닫자마자 교수님은 성큼성큼 복도를 걸어가 문이 열린 옆방으로 가셨다. 그러고는 나를 그 방으로 밀어 넣더니 곧바로 따라 들어온 후 문을 닫으셨다.
"맙소사! 끔찍하군. 한시가 급해. 혈액 손실로 죽을 판이야. 심장이 제 기능을 하게 하려면 당장 수혈이 필요해. 자네가 할 텐가, 아니면 내가 하는 게 낫겠나?"

"제가 교수님보다 젊고 건강합니다. 제가 하겠습니다."

"그럼 당장 준비하게. 가방을 가져오겠네. 도구는 챙겨 왔어."

나는 교수님과 함께 아래층으로 내려갔다. 계단을 내려가는데 현관문 두드리는 소리가 들렸다. 현관 앞을 지날 때 하녀가 현관문을 열었다. 아서였다. 그는 재빨리 안으로 들어서더니 내게 달려와 나지막이 속삭였다.

"잭, 너무도 불안한 나머지 한걸음에 달려왔네. 서신의 행간에 담긴 뜻을 알고 나니 괴로워 견딜 수가 있어야지. 아버지의 병세가 호전되었기에, 불안감이라도 덜고자 이렇게 오게 됐어. 저분이 반 헬싱 교수님이신가? 이렇게 와주셔서 진심으로 감사드립니다, 교수님." 맨 처음 아서를 향한 교수님의 눈길은 그다지 곱지 않았다. 하필 한시가 급할 때 찾아와 훼방을 놓는다고 화가 난 눈치였다. 하지만 교수님은 이내 아서의 강건한 육체와 그 육체가 발산하는 젊음을 인식하고 눈을 반짝이셨다. 교수님은 망설임 없이 아서에게 손을 내밀며 진지하게 말씀하셨다.

"홈우드 씨, 마침 잘 오셨소. 웨스트라 양의 약혼자라 들었소. 웨스트라 양의 상태가 아주, 몹시 나쁘오. 아니, 그런 반응은 곤란하오." 낯빛이 순식간에 하얗게 질리면서 실신하듯 의자에 주저앉는 아서를 보고 교수님이 황급히 덧붙이셨다. "당신이 그녀를 도와야 하오. 당신만 한 적임자가 없소. 지금은 용기를 내야 할 때요."

"제가 뭘 하면 됩니까?" 아서가 갈라진 목소리로 물었다. "알려주십시오. 따르겠습니다. 루시를 위해서라면 제 목숨도 내줄 수 있습니다. 루시를 위해서라면 제 몸에 남은 마지막 피 한 방울까지 내줄 수 있습니다." 교수님은 사실 농담을 즐기신다. 그런 성향을 익히 알고 있어서인지 아서의 말에 대꾸하시는 교수님에게서 묘한 장난기가 느껴졌다.

"저런, 오해가 있었나 보오. 마지막 한 방울까지 달라는 건 아니오."

"그럼 뭘 원하십니까?" 아서의 눈이 이글거렸다. 그는 어찌나 흥분했는지 콧구멍까지 벌름거렸다. 반 헬싱 교수님이 아서의 어깨를 툭 치셨다. "이보시오! 당신은 다 큰 어른이오. 우리에게 필요한 사람은 건장한 성인 남성이란 말이오. 당신은 나보다도, 여기 존보다도 이 일에 적임자요." 아서가 교수님의 말을 이해하지 못해 당혹스러워하자, 교수님이 친절히 설명하셨다.

"웨스튼라 양이 매우 위독하오. 혈액이 부족하거든. 계속 저런 상태면 웨스튼라 양은 끝내 숨을 거둘 거요. 존과 나는 상의 끝에 수혈을 하기로 했소. 수혈이란 건강한 사람의 정맥에서 혈액을 추출해 혈액이 부족한 사람의 정맥에 주입하는 거요. 지금 막 그 시술을 하려는 참이었소. 나보다 더 젊고 건강한 존이 피를 내놓기로 했지." 교수님이 이렇게 말씀하실 때 아서가 말없이 내 손을 붙들고는 힘껏 움켜쥐었다. "그런데 이렇게 홈우드 씨가 나타나셨구려. 나이가 많고 적음을 떠나서, 우리는 아무래도 여러모로 머리를 굴려야 하는 처지라 우리보다는 당신이 낫소. 신경을 쓰는 우리보다 당신이 차분할 수 있을 것이며, 그래서 당신의 피가 우리의 것보다 맑을 터!" 아서가 교수님을 향해 돌아서며 말했다.

"저는 루시를 위해서라면 기꺼이 이 목숨까지 바칠 겁니다. 그 심정을 아신다면 교수님께서도 충분히…."

아서가 목이 메는지 말을 멈췄다.

"좋소! 사랑하는 여인을 돕기 위해 제 몫을 다한 기쁨을 머지않아 느끼게 될 거요. 이제 웨스튼라 양에게 갑시다. 대신 조용히 해야 하오. 사랑하는 여인에게 입 맞출 시간을 드리려는 것뿐이오. 그 후엔 곧바로 나오시오. 내 신호를 보고 밖으로 나오면 되오. 웨스튼라 부인에게는 아무 말 마시오. 당신도 부인의 상태는 알겠지! 충격을 받는 상황만큼은 없어야 하오. 우리가 주의해야 할 일은 그거 하나라고 해도 무방하오. 자, 갑시다!"

우리는 루시의 방으로 올라갔다. 아서는 교수님의 지시에 따라 밖에서 기다렸다. 루시는 우리를 향해 고개를 돌렸으나 말을 하지는 않았다. 잠든 건 아니었고, 그저 입을 열 기력조차 없을 뿐이었다. 루시의 눈빛이 모든 걸 말해주었다. 그게 그녀가 할 수 있는 전부였다. 반 헬싱 교수님은 가방에서 몇 가지 도구와 약품을 꺼내 루시가 볼 수 없는 곳에 있는 작은 탁자 위에 올려놓으셨다. 그러고는 진정제를 조제해 침대로 가지고 오셨다. 교수님은 애써 밝은 목소리로 말씀하셨다.

"자, 꼬마 아가씨. 약 먹을 시간이오. 착한 아이처럼 쭉 들이켜시오. 어디 보자, 삼키기 쉽게 좀 일으켜드리리다. 옳지." 루시는 아등바등 애를 쓴 끝에 간신히 그릇을 비웠다.

약효가 너무 늦게 나타나서 황당할 지경이었다. 이는 루시가 얼마나 쇠약한지 보여주는 지표였다. 약효가 돌면 졸음이 쏟아지며 눈을 끔뻑거리는 증상이 나타나야 하는데, 그럴 기미가 오랫동안 보이지 않았다. 마치 시간이 멈추기라도 한 것 같았다. 그래도 결국 진정제의 효과가 나타났고, 루시는 깊은 잠에 빠졌다. 교수님은 루시의 상태를 확인한 후 아서를 안으로 부르셨다. 그리고 아서에게 외투를 벗으라고 하며 덧붙이셨다. "내가 탁자를 가져오는 사이에 그녀에게 입을 맞추든가 하시오. 존, 도와주게!" 우리는 이런 핑계로 시선을 피했고, 아서는 루시를 향해 몸을 숙였다.

교수님이 나를 바라보며 말씀하셨다.

"저 친구는 젊고 건강해서 피가 깨끗할 걸세. 그러니 응고성 단백질 제거 절차•는 필요 없을 것 같아."

교수님은 빠르고 정확하게 시술하셨다. 수혈이 진행되면

• 당시에는 수혈을 위해 피를 뽑을 때, 혈액 저장 과정에서 응고를 막기 위해 응고성 단백질(피브린)을 제거하는 과정을 거쳤다.

서 루시의 얼굴에 생기가 돌았다. 아서는 점점 창백해졌지만 표정은 더할 나위 없이 밝았다. 행복감에 반짝반짝 빛이 나는 것 같았다. 그것도 잠시, 나는 이내 불안해졌다. 건강한 성인 남성인 아서에게도 혈액 손실 증상이 나타나기 시작했기 때문이다. 아서가 이토록 쇠약해질 정도로 피를 건넸는데도 루시가 회복되는 속도가 매우 느리다는 건, 그만큼 그녀의 육체가 망가져 있었다는 뜻이다. 그러나 교수님의 표정은 한결같았다. 손에 시계를 든 채 가만히 서서 환자와 아서만 번갈아 바라보실 뿐이었다. 가슴이 두근거렸다. 이윽고 교수님이 차분하게 말씀하셨다. "잠깐만 움직이지 마시오. 이제 됐소. 존, 자네가 홈우드 씨를 돌보게. 나는 웨스튼라 양을 살펴보지." 시술이 끝나고 살펴보니 아서의 상태가 말이 아니었다. 나는 아서의 상처에 붕대를 감은 후 그를 밖으로 데리고 나가려 했다. 그때 교수님이 뒤도 돌아보지 않고 말씀하셨다. 꼭 뒤통수에도 눈이 달린 사람 같았다.

"실로 용감한 사내로군. 그 정도면 한 번 더 연인에게 입맞출 자격이 있지. 아니, 응당 그래야 할 터." 교수님은 붕대를 마저 감고는 루시가 베고 있는 베개의 위치를 바로잡아 주셨다. 그 바람에 루시의 목에 둘린 검은 띠가 살짝 말려 올라갔다. 폭이 좁은 검은색 벨벳 양 끝에 구식 다이아몬드 버클이 달린 장신구였는데, 아서에게 선물 받은 이후 늘 하고 다니던 것이었다. 그 띠가 말려 올라가면서 목에 난 빨간 상처가 살짝 드러났다. 아서는 알아차리지 못했지만, 나는 그 순간 교수님이 숨을 들이마시다가 멈칫하며 내는 쉭 소리를 들었다. 그건 교수님이 감정을 숨기려 할 때의 버릇이었다. 교수님은 곧바로 핑계를 대지는 않고 대신 나를 돌아보며 말씀하셨다. "존, 이 용감한 분을 아래층으로 안내하게. 포트와인을 주고 한동안 누워 있게 해. 안정을 좀 찾았다 싶으면 귀가해서 쉬게 하고. 사랑하는 여인을 위해 몸에서 흘려보낸 피를 다시 채우려면 잘 자고 잘 먹어야 한다는 점을 알려주도록. 어쨌든 여기서 반드시 내보내게. 아, 잠깐! 시술 결과가 궁금할 텐데, 그건 내가 직접 설명하겠소. 그러니 설명을 듣고 나면 내 말을 믿고 돌아가시오. 시술은 여러모로 성공적이었소. 당신은 이번에 웨스튼라 양의 목숨을 구했소. 이제 순리에 따른다는 생각으로 마음 편히 가지고 돌아가서 쉬면 되오. 웨스튼라 양의 상태가 호전되면 자초지종을 설명하겠소. 당신을 향한 웨스튼라 양의 애정이야 지금도 차고 넘치겠지만, 당신의 희생을 알게 된 후엔 그 애정이 한없이 커질 거요. 그럼, 조심히 가시오."

아서를 보낸 후 나는 다시 루시의 방으로 갔다. 루시는 잠들어 있었다. 큰 변화가 있는 것은 아니었지만, 그래도 숨을 쉴 때 침대보가 오르내리는 걸 보니 호흡은 꽤 좋아진 듯했다. 교수님은 침대 가에 앉아 루시를 유심히 지켜보셨다. 상처는 다시금 벨벳 띠에 가려져 있었다. 나는 교수님께 나지막이 여쭈었다.

"목에 난 상처를 어떻게 생각하십니까?"

"자네는 어떻게 생각하나?"

"저는 아직 제대로 살펴보지 못했습니다." 나는 이렇게 대답하고는 띠를 풀었다. 외경정맥 위에 구멍이 두 개 나 있었다. 구멍은 크지 않았지만, 별것 아닌 상처로 치부할 정도는 아니었다. 병변은 아닌 것 같았으나, 상처 가장자리가 어떤 것과 마찰해 살갗이 까진 것처럼 하얗게 일어나서 병변이 아니라고 단언하긴 어려웠다. 상처인지 병변인지 모르지만, 어쨌든 그걸 보는 순간 첫 번째로 든 생각은 그 구멍이 과다 출혈의 원인일지 모른다는 것이었다. 하지만 말도 안 되는 추측이어서 그 생각은 곧바로 접었다. 루시가 수혈받기 전처럼 창백해질 때까지 그 구멍으로 피를 흘렸다면, 침대가 진홍색 핏물에 흠뻑 젖었을 테니까 말이다.

"살펴보니 어떤가?"

"그게…. 잘 모르겠습니다." 교수님이 일어서셨다. "오늘 밤 암스테르담으로 돌아가야겠네. 확인하고 싶은 자료와 책이 거기 있거든. 자네는 밤새 이곳을 지키게. 루시 양에게서 눈을 떼면 안 되네."

"간호사를 부를까요?"

"자네와 나보다 나은 간호사는 없어. 자네가 밤새워 지켜보게. 환자가 식사는 잘하는지, 다른 문제는 없는지 확인하란 말이야. 눈 붙이는 일 없이 꼬박 밤을 새워야 하네. 자네도, 나도 나중에 자면 돼. 최대한 빨리 돌아오겠네. 그때 시작하든가 하세."

"시작하다니요? 무슨 말씀입니까?"

"곧 알게 될 걸세!" 교수님은 서둘러 방 밖으로 나가셨다. 그리고 곧바로 다시 방문을 열더니 머리만 빼꼼히 내밀고는 경고하듯 검지를 치켜세우며 말씀하셨다.

"명심하게! 루시 양의 목숨이 자네 손에 달렸어. 잠시라도 자리를 비웠다간 큰일 나네. 자네의 실책으로 루시 양에게 무슨 문제라도 생기면 앞으로 발 뻗고 잠자지 못할 거야!"

수어드 박사의 일기(이어서 계속)

9월 8일. — 밤새 루시 곁을 지켰다. 진정제의 약효가 사그라들면서 루시가 의식을 되찾았다. 루시는 수혈 전과 아주 딴판이었다. 기분이 좋은 편이었고 표정에도 생기가 가득했다. 그래도 생사의 고비를 넘긴 티는 났다. 웨스튼라 부인에게 반 헬싱 교수님의 지시에 따라 내가 직접 루시 곁을 지켜야 한다고 말했더니 부인은 콧방귀를 뀌며 딸이 기력을 되찾았고 기분도 좋아졌는데 무슨 소리냐며 의아해했다. 부인의 태도에도 내 입장은 확고했다. 나는 밤새워 간호할 준비를 했다. 하녀가 루시의 시중을 들며 잠자리를 준비하는 사이 나는 간단하게 요기를 하고 침대 옆자리로 돌아왔다. 루시는 내가 밤새 곁에서 간호한다는 사실에 조금도 불평하지 않았다. 오히려 시선이 서로 마주칠 때마다 고맙다는 듯 눈인사를 했다. 한참 동안 루시는 잠들락 말락 하는 상태로 누워 있었다. 잠들지 못하는 것이 아니라 억지로 졸음을 떨치려는 것에 가까웠다. 이런 일은 몇 번이나 반복되었다. 살짝 잠드는 것 같다가 깨는 주기가 점점 더 짧아졌고, 그때마다 루시는 더 힘겹게 잠에서 깼다. 루시가 자고 싶지 않아 하는 게 분명하기에 단도직입적으로 물었다.

"자고 싶지 않아요?"

"네. 잠들기가 무서워요."

"잠들기 무섭다니요! 이유가 뭐죠? 잠이야말로 누구나 갈망하는 요긴한 것인데요."

"아, 박사님은 몰라요. 저에게 잠이란 끔찍한 일이 벌어지기 전에 들려오는 전주곡 같아요."

"끔찍한 일이라니요! 그게 무슨 뜻이에요?"

"몰라요. 정말로 모르겠어요. 그래서 더 끔찍한 거예요. 이렇게 쇠약해진 것도 제가 잠들었을 때 있었던 일 때문이에요. 이제는 이런 생각을 하는 것만으로도 두려워요."

"그래도 오늘 밤엔 자려고 해봐요. 내가 여기서 지켜볼게요. 아무 일도 없을 거라고 장담할 수 있어요."

"아, 박사님이 그리 말하니 마음이 놓이네요!" 나는 기회를 놓치지 않고 덧붙였다. "만약 당신이 악몽을 꾼다 싶으면 곧바로 깨울게요. 약속하죠."

"그래 줄래요? 정말이죠? 이렇게 챙겨줘서 고마워요. 그럼 한번 자볼게요!" 루시는 마지막 말을 하면서 긴 안도의 한숨을 내쉬었고, 바로 누워서 금세 잠들었다.

밤새 나는 루시 곁에서 그녀를 지켜보았다. 루시는 몸 한 번 뒤척이는 일 없이 숙면을 취했다. 그 깊고 평온한 잠 덕분에 그녀가 건강과 원기를 회복했으리라. 루시의 입술이 살짝 벌어졌고 가슴도 시계추처럼 고르게 오르락내리락했다. 게다가 그 얼굴에는 미소가 걸려 있었다. 평정을 잃을 만한 악몽을 꾸는 게 아님은 분명했다.

이른 아침 루시의 하녀가 시중을 들러 왔다. 이런저런 일로 마음이 분주했던 터라 나는 하녀에게 루시 간호를 맡기고 병원으로 돌아갔다. 돌아가는 길에 반 헬싱 교수님과 아서에게 예후가 매우 좋다는 내용의 짧은 전보도 보냈다. 돌아와서는 밀린 일이 많아 온종일 업무를 처리해야 했다. 어두워지고서야 렌필드에 대한 보고를 들을 여유가 생겼다. 간병인의 보고에 따르면 렌필드의 상태는 양호했다. 환자는 전날 낮과 밤 모두 소란 한번 피우지 않고 조용했다고 한다. 저녁 식사 중 반 헬싱 교수님이 암스테르담에서 보내신 전보를 받았다. 나더러 오늘 밤에도 힐링엄에 가서 루시를 간호하라는 내용이었다. 교수님은 야간 우편열차를 탈 예정이며, 아침 일찍 합류하겠다고도 하셨다.

9월 9일. — 힐링엄에 도착했을 땐 너무 지쳐서 혼이 나갈 지경이었다. 이틀간 눈 한번 붙이지 못한 터라 머리가 멍했다. 뇌의 피로도가 높아졌다는 증거였다. 루시는 깨어 있었고, 기분도 좋아 보였다. 루시는 나와 악수하면서 예리한 눈빛으로 내 얼굴을 살피더니 이렇게 말했다.

"오늘은 밤샘 금지예요. 박사님은 지금 탈진 상태라고요. 저는 꽤 많이 회복했어요. 정말이에요. 간호가 필요한 사람은 박사님이죠. 당장 제가 박사님을 간호해야 할 지경인데요." 나는 아무런 반박도 하지 않고 곧바로 밤참을 먹으러 갔다. 루시가 따라와 말 상대가 되어주었다. 루시처럼 매력적인 여인이 동석하니 식사도 더없이 훌륭하게 느껴졌다.

포트와인을 두어 잔 곁들였는데, 그 맛도 역시 일품이었다. 식사를 마친 뒤 루시가 나를 데리고 위층으로 올라가 자기 방 옆방을 보여주었다. 벽난로에 불이 지펴진 아늑한 방이었다. "박사님은 여기서 쉬세요. 이 방문과 제 방문을 열어 둘게요. 돌봐야 할 환자가 있는 의사에게 좀 자라고 설득할 수 없는 거 알아요. 하지만 소파에서 쉬는 것 정도는 괜찮잖아요. 무슨 일이 있으면 제가 소리를 지를게요. 그럼 박사님이 바로 와서 확인할 수 있을 거예요." 실제로 나는 너무 지쳐서 '숨이 꼴딱 넘어갈' 지경이었기 때문에, 못 이기는 척 루시의 제안을 받아들일 수밖에 없었다. 고집을 피워봐야 밤을 새우는 건 불가능했다. 루시는 내가 필요하면 언제든 부르겠다고 다시 한번 다짐했다. 결국 나는 소파에 누웠다. 곧장 잠들었는지 이후로는 기억이 없다.

루시 웨스트라의 일기

9월 9일. — 오늘 밤은 아주 행복하다. 그간 비참할 정도로 몸 상태가 나빴는데, 이제는 이렇게 사색도 즐길 수 있고 몸을 편히 움직일 수도 있다. 길고 길었던 동풍•이 그쳐

• 동풍은 유럽 문화권에서 부정적인 상징으로 사용된다.

서 맑은 하늘과 햇살을 만끽하는 것 같은 기분이랄까. 이유는 모르겠지만, 아서가 예전보다 훨씬 더 가깝게 느껴진다. 아서가 곁에서 온기를 전해주는 듯한 느낌이다. 병과 허약함은 이기적이어서 사람으로 하여금 자기 자신만 보게 하고 자기 자신만 가엾게 여기게 만드는 반면, 건강과 강인함은 사랑이란 감정에 통제권을 줘서 사람이 본인의 의지에 따라 느끼고 사고하게 만드는 게 아닐까? 어쨌든 지금 나는 내 의지에 따라 사고하고, 내 머릿속을 가득 채운 건 단 하나다. 아서가 이런 내 마음을 알아주면 좋을 텐데! 사랑하는 그대여, 내 사랑 그대여, 나는 자나 깨나 당신 생각뿐이거늘, 이런 나 때문에 귀가 간지럽진 않나요? 아, 어젯밤엔 정말 푹 잤다. 그런 단잠은 실로 오랜만이었다! 수어드 박사님이 지켜봐주었기 때문인 걸 잘 안다. 오늘도 박사님이 부르면 달려올 수 있는 가까운 곳에 있으니 겁내지 않고 잠자리에 들겠다. 고마운 사람이 정말로 많구나! 주님, 감사합니다! 아서, 당신도 잘 자요.

수어드 박사의 일기

9월 10일. — 교수님의 손이 내 이마를 짚는 느낌에 화들짝 잠에서 깼다. 정신 병원에서 근무하다 보면 자연히 익히는 감각 중 하나다.

"그래, 우리 환자는 어떤가?"

"많이 회복했습니다. 제가 나올 때까지만 해도, 아니, 루시가 방을 나갈 때까지만 해도 그랬지요."

"어디 한번 보세나." 우리는 루시의 방으로 들어갔다.

나는 블라인드를 걷으러 창문 쪽으로 걸어갔다. 반 헬싱 교수님은 고양이처럼 살금살금 걸어 침대로 가셨다.

블라인드를 걷자 아침 햇살이 방 안으로 쏟아졌다. 그 순간 교수님이 나지막이 탄식하시는 소리가 들렸다. 교수님이 탄식하시는 일은 흔치 않았다. 섬뜩한 두려움이 가슴으로 파고들었다. 나는 교수님에게 다가갔다. 교수님이 뒷걸음질 치며 외치셨다. "맙소사!" 그 목소리에는 두려움이 가득 실려 있었다. 잔뜩 찌푸린 교수님의 얼굴은 말할 것도 없었다. 교수님은 손을 들어 올려 침대를 가리키셨다. 교수님의 안색은 납빛으로 굳다 못해 창백해 보였다. 내 무릎이 바들바들 떨리기 시작했다.

침대에 누워 있는 루시는 의식을 잃은 것처럼 보였는데, 이제껏 본 모습 중 최악이라 할 만큼 창백하고 수척했다. 입술마저 새하얀 지경이었고, 잇몸은 쪼그라든 것처럼 납작했다. 그 모습은 마치 긴 투병 끝에 사망한 송장 같았다. 교수님은 화를 이기지 못한 나머지 발을 구르려 다리를 드셨다. 하지만 의사로서 본분과 오랜 습관이 그 발을 붙들었는지 교수님은 조용히 다리를 내리셨다. “지금 당장! 당장 가서 브랜디를 가져오게.” 나는 정신없이 식당으로 달려가 술병을 들고 돌아왔다. 교수님은 브랜디로 새하얀 루시의 입술을 적셨다. 그리고 우리는 루시의 손바닥과 손목, 가슴을 문질렀다. 그때 교수님이 루시의 심장박동을 느끼셨다. 초조한 가운데 진찰을 마친 교수님이 입을 여셨다.

“아직 늦지 않았군. 약하게나마 심장이 뛰고 있어. 우리가 지금까지 기울인 노력이 모두 물거품이 됐어. 다시 시작해야 해. 아서는 여기 없으니, 이번엔 자네에게 부탁함세.” 교수님은 가방에서 수혈 장비를 하나씩 꺼내셨다. 나는 외투를 벗고 소매를 걷어 올렸다. 루시가 의식이 없는 상태여서 이번에는 진정제를 쓸 수도 없었고, 그럴 필요도 없었다. 덕분에 우리는 지체 없이 수혈을 시작했다. 잠시 후 교수님이 경고하듯 손가락을 세우셨다. 잠시 후라고는 해도 피가 빠져나가는 불쾌한 느낌을 견뎌야 했던 나에게는 결코 짧은 시간이 아니었다. 자발적으로 나섰다고 해도 그 불쾌함을 이기기는 어렵다. 교수님이 손가락을 세우며 말씀하셨다. “움직이지 말게. 루시 양이 수혈 중에 기운을 차리고 깨어날까 염려스러워. 깨어나서 움직이면 위험할 수 있단 말이지. 암, 아주 위험하지. 예방 조처를 해야겠군. 피하주사로 모르핀을 주입해야겠어." 교수님은 말씀한 사항을 신속하고 능숙하게 처리하셨다. 루시의 상태가 점점 혼수상태보다 마취 상태에 가까워졌다. 그럭저럭 약효가 있는 셈이었다. 창백했던 루시의 뺨과 입술에 조금씩 혈색이 돌기 시작했다. 가슴이 벅찼다. 사랑하는 여인에게 생명과도 같은 피를 나눠주는 느낌은 직접 경험해보지 않으면 그 누구도 알 수 없을 것이다.

교수님은 신중히 내 상태를 살피셨다. "이제 됐네." 교수님의 말씀에 의아해하며 여쭈었다. "벌써요? 아트에게서는 더 많은 양을 채혈하셨잖습니까." 교수님은 어쩐지 서글픈 표정으로 미소를 지으며 말씀하셨다.

"홈우드 씨는 루시 양의 연인 아닌가. 그는 웨스튼라 양의 약혼자란 말이네. 자네는 루시 양과 다른 이들을 위해 해야 할 일이 많은 사람이야. 지금은 그 정도로 충분해."

수혈을 마친 뒤 교수님이 루시를 살피시는 동안 나는 절개 부위를 직접 손으로 압박해 지혈했다. 그러고 보니 약간 메스껍고 어지러워서 교수님이 상태를 확인해주실 때까지 의자에 몸을 뉘었다. 얼마 후 교수님이 와서 붕대를 감아주고는 아래층에 가서 포도주를 한 잔 마시라고 하셨다. 방에서 나가려는데 교수님이 쫓아와서는 속삭이듯 말씀하셨다.

"이 일은 입 밖에 내지 말게. 저번처럼 홈우드 씨가 불쑥 찾아온대도 절대 말해서는 안 되네. 홈우드 씨가 이 일을 알았다간 괜히 불안해할 뿐 아니라 질투심까지 느낄지 몰라. 그러니 아무한테도 말하지 말라고!"

아래층에 갔다가 다시 방으로 돌아갔더니, 교수님이 내 상태를 면밀히 살피셨다.

"그다지 나쁘지 않군. 옆방으로 가게. 거기서 소파에 누워 좀 쉬어. 이따 아침 식사를 하고 나서 이리로 오면 돼."

교수님의 생각이 옳다는 걸, 그렇게 하는 게 현명한 처사라는 걸 알았기에 나는 교수님의 말씀에 따랐다. 당장 내가 할 수 있는 일은 다 했다. 남은 과제는 다시 기력을 되찾는 것뿐이었다. 채혈 후 힘이 쭉 빠져 눈앞에 있는 루시의 모습에 가슴 졸일 기력마저 없었다. 그래도 소파에 누워 잠을 청하는 동안 그 일에 대해 몇 번이나 곱씹었다. 어째서 루시의 상태가 그토록 악화됐는지, 그렇게 심각하게 혈액이 손실되었는데도 어째서 루시의 몸에는 눈에 띄는 상처 하나 없는지. 이런 의문은 아무리 곱씹어도 도저히 풀리지 않았다. 설핏 잠들었다가 깰 때마다 루시의 목에 난 구멍을 생각한 걸 보면 나는 꿈에서도 그 의문에 대한 답을 구했던 모양이다. 두 개의 구멍과 살이 까진 상처 가장자리가 눈에 선했다. 아주 작았지만, 결코 무시할 수 없는 상처였다.

루시는 깨지 않고 푹 자다가 해가 중천에 뜨고서야 일어났다. 전날보다는 덜해도 상태가 꽤 좋았다. 반 헬싱 교수님은 루시의 상태를 확인한 후 산책하러 가셨다. 나가기 전에 교수님은 내게 루시를 맡긴다며, 단 한순간도 곁을 떠나지 말라고 당부하셨다. 교수님은 현관에서 웨스튼라 집안의 식솔 중 누군가에게 가장 가까운 전신국이 어디냐고 묻고는 밖으로 나가셨다.

루시는 거리낌 없이 내게 말을 걸었다. 편하게 이야기하는 걸 보니 전날 무슨 일이 있었는지 전혀 모르는 것 같았다. 나는 루시가 계속 웃게 하려고 애썼다. 웨스튼라 부인 역시 아무것도 모르는 눈치였다. 부인은 걱정은커녕 고마워하기만 하며 이렇게 말했다.

"수어드 박사, 여러모로 고마워요. 우리가 신세를 졌군요. 하지만 더는 무리하면 안 돼요. 박사 안색을 보니 염려스럽네요. 당신을 돌봐줄 아내가 필요하겠어요. 그래, 신붓감을 찾아야겠네요." 모친의 말에 루시의 얼굴이 붉게 달아올랐다. 하지만 그것도 잠깐이었다. 머리에 피가 쏠리면서 사지의 피가 부족해졌기 때문이다. 신체 반응은 즉각적으로 나타났다. 루시는 순식간에 하얗게 질린 얼굴로 나를 간절하게 바라보았다. 나는 미소 지으며 고개를 끄덕이고는 입술에 손가락을 가져다 댔다. 루시는 한숨을 내쉬며 베개 더미에 몸을 파묻었다.

교수님은 두어 시간이 지나서 돌아오셨다. "자네는 이제 돌아가게. 가서 잘 먹고 마셔야 해. 건강부터 챙겨야지. 오늘 밤엔 내가 루시 양을 간호하겠네. 환자의 상태를 주시하는 게 중요해. 이 상황을 발설하지 않는 것도 당연히 중요하고 말이야. 내가 이렇게 말하는 데는 그럴 만한 이유가 있다네. 아니, 그게 뭐냐고 묻지는 말게. 앞으로 뭘 어떻게 할지나 생각해. 가능성이 희박한 상황도 모두 고려하게. 그런 상황을 가정하는 걸 주저해서는 안 돼. 그럼, 가서 푹 쉬게나."

현관을 나서려는데 하녀 두 명이 다가와 말을 걸었다. 밤샘 간호를 돕고 싶다는 것이었다. 두 명이 함께 있기 곤란하다면 한 명이라도 간호를 돕게 해달라고 했다. 그들이 허락해달라고 간청하기에, 나는 나와 교수님 중 한 사람이 간호해야 한다는 게 반 헬싱 교수님의 뜻이라고 대답했다. 그들은 내 말을 듣고선 그럼 그 '외국인 신사분'을 설득해달라고 매달렸다. 나는 두 사람의 마음 씀씀이에 크게 감동했다. 사실 여성들이 이런 친절을 베푸는 건 수도 없이 보아왔기에 감동까지 할 일은 아니었다. 어쩌면 내가 기운이 없어서일 수도 있고, 루시에 대한 일이라 그런 마음 씀씀이가 유독 돋보인 걸 수도 있다. 나는 저녁 늦게 병원으로 돌아와 회진을 했다. 별다른 일은 없었다. 지금 잠을 청하며 이 글을 쓰고 있다. 이제 졸리다.

9월 11일. — 오후가 되어 힐링엄으로 갔다. 반 헬싱 교수님은 잔뜩 들떠 있었고, 루시도 전날보다 나아 보였다. 내가 도착하고서 얼마 지나지 않아 해외에서 교수님 앞으로 발송된 커다란 소포가 도착했다. 교수님은 힘겹게 소포를 뜯으셨다. 아, 물론 힘겨워 보였다는 뜻이다. 안에 든 것은 커다란 흰색 꽃다발이었다.

"루시 양, 그대에게 드리는 선물이오."

"저한테요? 어머, 교수님!"

"그렇소. 하지만 단순한 감상용은 아니오. 이건 약이라오." 약이라는 말에 루시가 인상을 찌푸렸다. "아니, 달여 먹거나 짓이겨 먹는 건 아니니 예쁜 코에 주름을 만들 것까지는 없소. 계속 그러면 홈우드 경에게 이를 거요. 사랑하는 여인의 아름다운 모습을 보려면 그 우스꽝스러운 표정까지 감내해야 할 거라고 말이오. 흠, 이제야 예쁜 코가 제 모습을 찾았구려. 약재인 이 꽃을 내가 어떤 식으로 쓸 것이냐…. 자, 나는 이걸 루시 양 방의 창틀에 둘 생각이오. 이걸로 화환을 만들어 루시 양의 목에 걸어주기도 할 거요. 아마 이 꽃냄새 덕에 푹 잘 수 있을 테지. 이렇게 말하면 되겠군! 이 꽃은 연꽃•처럼 근심을 지워줄 거요. 그래, 냄새도 레

• 호메로스의 《오디세이아》는 연꽃을 섭취 시 망각을 일으키는 식물로 표현했다. 이 때문에 유럽권 문학작품에서는 연꽃을 망각의 상징으로 사용하는 경우가 흔하다.

테강•의 내음과 흡사하다오. 그 스페인 정복자들이 플로리다를 샅샅이 뒤지며 찾으려 했으나 끝내 찾지 못한 젊음의 샘에서도 똑같은 냄새가 나고 말이오."

교수님이 말씀하시는 사이 루시는 꽃을 이리저리 살펴보고 향기를 맡아보았다. 그러다 꽃다발을 손에서 내려놓고는 장난스럽게, 조금은 어이없다는 듯이 말했다.

"교수님이 저를 놀리시려는 거 다 알아요. 이건 그냥 평범한 마늘꽃이잖아요."

루시의 말에 보인 교수님의 반응은 예상치 못한 것이었다. 교수님은 미간을 찌푸린 채 입을 앙다물고 벌떡 일어서셨다.

"날 실없는 사람으로 여기지 마시오! 난 농담 따위 하지 않소! 내가 하는 일엔 다 이유가 있소. 그러니 내 뜻을 거스를 생각은 하지 않는 게 좋을 거요. 당신 자신을 위해서가 아니어도 좋소. 다른 사람들을 위해서라도 부주의하게 행동하지 마시오." 루시는 겁을 먹고 잔뜩 움츠러들었다. 교수님은 이런 루시의 모습을 보곤 한결 부드러운 목소리로 말을 이으셨다. "루시 양, 나를 겁낼 필요는 없소. 당신을 도우려고 이러는 거요. 이 평범한 꽃에는 당신을 도울 수 있는

• 저승에 있다는 망각의 강으로, 그 강물에는 과거를 잊게 하는 힘이 있다.

놀라운 힘이 숨어 있소. 자, 직접 당신의 방에 꽃을 놓아야겠소. 목에 걸 수 있도록 화환도 손수 만들어드리지. 하지만 이 모든 건 비밀이오! 다른 이들의 궁금증을 자아낼 말은 애초에 하지 말아야 하오. 우리 모두 정해진 규칙에 따라야 하는 거요. 비밀 엄수도 규칙 중 하나요. 규칙에 따라야만 당신이 건강한 모습으로 당신을 기다리는 연인의 품으로 돌아갈 수 있소. 자, 당신은 잠깐 여기에 가만히 앉아 있으시오. 존, 날 따라오게. 방 안 곳곳에 마늘꽃을 놔둬야 해서 도움이 필요해. 이 마늘꽃은 네덜란드 하를럼에 있는 내 친구 반더풀이 보내준 걸세. 그 친구는 온실에서 사시사철 약초를 키우거든. 어제 전보를 띄웠더니 이렇게 바로 보내줬군."

우리는 꽃다발을 들고 루시의 방으로 갔다. 교수님의 행동은 확실히 기이했다. 이런 처방은 그 어떤 약전에서도 찾아볼 수 없는 것이었다. 교수님은 먼저 창문을 단단히 걸어 잠그셨다. 그러고는 마늘꽃을 한 움큼 쥐더니 그걸 창틀과 창문 걸쇠에 꼼꼼히 문지르셨다. 창문 틈으로 새어드는 공기에도 마늘꽃 향이 배도록 하려는 것 같았다. 교수님의 다음 작업 대상은 문이었다. 이번에는 꽃자루로 문틀 위, 아래, 양옆을 빈틈없이 문지르셨다. 벽난로 주위도 잊지 않으셨다. 나는 이 모든 게 기괴하게만 느껴졌다.

"교수님, 저기…. 교수님이 이러시는 데는 이유가 있을 줄로 압니다. 하지만 저는 당혹스럽습니다. 이 자리에 회의론자가 없어서 다행이네요. 만약 회의론자가 있었다면 지금 교수님이 악령을 물리치는 의식이라도 행하는 거라고 비꼬았을 테니까요."

"완전히 틀린 말은 아니로군!" 교수님은 차분히 이렇게 대꾸하고는 루시의 목에 걸어줄 화환을 만드셨다.

작업을 끝낸 뒤 루시가 씻고 잠자리에 들기를 기다렸다. 루시가 침대에 앉자 교수님은 마늘꽃 화환을 루시의 목에 걸어주셨다. 교수님은 루시에게 마지막 당부를 하셨다.

"잠결에 화환을 벗지 않도록 조심하시오. 그리고 오늘 밤엔 갑갑한 느낌이 들어도 절대 창문이나 문을 열지 마시오."

"말씀대로 하겠습니다. 저를 위해 여러모로 신경 써주셔서 정말로 감사드려요! 이렇게 훌륭한 분들의 보살핌을 받다니, 제가 헛살지는 않았나 봐요."

우리는 저택에서 나와 미리 준비시킨 내 이륜마차에 올랐다. 교수님이 입을 여셨다.

"오늘 밤엔 편히 잘 수 있겠군. 안 그래도 잠이 절실하던 차였거든. 야간에 이동하느라 제대로 못 쉰 게 이틀이고, 하루는 자료를 찾느라, 다음 날은 초조하게 마음 졸이느라 바빴던 데다, 어젯밤엔 뜬눈으로 밤을 지새우기까지 했으니 당연하지. 내일 아침 일찍 날 데리러 오게. 함께 가서 어여쁜 루시 양이 '내가 행한 의식'으로 얼마나 나아졌는지 확인하자고. 허허!"

교수님은 낙관적인 결과를 확신하시는 것 같았다. 이틀 전 낙관적인 태도로 임했다가 큰코다친 경험이 있는 나로서는 막연한 두려움을 떨칠 수 없었다. 그렇다고 교수님께 이런 심정을 털어놓기는 꺼려졌다. 아마 내가 아직 기력을 회복하지 못했기 때문이리라. 눈물은 흘릴 때보다 차오르고 억누를 때의 느낌이 더 강렬하듯, 이 두려움도 속 시원히 털어놓지 못하니 점점 더 커지는 듯한 기분이었다.

11장

루시 웨스트라의 일기

9월 12일. — 다들 내게 너무 잘해준다. 반 헬싱 교수님도 마찬가지인데, 난 그분이 아주 마음에 든다. 그런데 이 꽃을 가지고 왜 그렇게 흥분하셨는지는 모르겠다. 교수님이 너무 심하게 화를 내셔서 정말이지 깜짝 놀랐다. 하지만 교수님 말씀이 옳은 건 분명하다. 방 안에 들어온 지 얼마 안 됐는데도 벌써 마음이 놓인다. 이유는 잘 모르겠지만 오늘 밤엔 혼자 있는 게 두렵지 않다. 불안해하지 않고 잘 수 있을 것 같다. 창밖에서 펄럭이는 소리가 나든 말든 신경 쓰지 않을 거다. 요즘에는 수시로 잠과 사투를 벌였다. 수면 부족으로 인한 고통이나 잠들면 벌어질 일에 대한 두려움, 거기다 이 모든 상황을 이해할 수 없다는 공포까지 더해져 그간 이루 말할 수 없이 괴로웠다! 두려움과 불안감을 모르고 살아가는 사람들은 축복받은 거다. 잠을 매일 밤 받는 선물로 여기며 악몽 따위는 모른 채 달콤한 꿈나라로 가는 사람들이 부러울 따름이다. 어쨌든 오늘 나는 편히 잠을 청해 본다. 연극에서 본 오필리아처럼 '처녀의 상여에 어울리는 화환'•을 걸고 누워야지. 이전에는 마늘꽃을 좋아하지 않았는데, 오늘은 마음에 쏙 든다. 감미로운 이 향기가 마음을 안정시켜준다. 벌써 졸린다. 모두 잘 자요!

수어드 박사의 일기

9월 13일.— 늘 그렇듯 약속 시각에 맞춰 버클리 호텔에 도착했다. 반 헬싱 교수님이 기다리고 계셨다. 호텔에서 준비한 마차도 대기 중이었다. 이번에도 늘 교수님이 챙기시는 가방이 손에 들려 있었다.

모든 사항을 정확히 기록해야겠다. 교수님과 나는 8시 정각에 힐링엄에 도착했다. 아침 풍경은 아름다웠다. 눈부신 아침 햇살과 선선한 초가을 공기가 한데 어우러져 이상적인 가을 아침이라 할 만했다. 색색으로 물든 나뭇잎도 매우 보기 좋았다. 아직 낙엽이 질 시기가 아니어서 더욱 그러했다. 저택으로 들어서던 우리는 오전용 거실에서 나오는 웨스트라 부인과 마주쳤다. 웨스트라 부인은 원래 아침잠

• 《햄릿》 5막 1장에 등장하는 표현으로, 햄릿이 오필리아의 장례식을 엿볼 때 신부가 하는 말이다.

이 없는 분이다. 부인은 우리를 반기며 말했다.

"마음 놓으십시오. 루시의 상태는 많이 호전됐습니다. 루시는 아직 자고 있습니다. 혹시라도 깨울까 봐 방 밖에서 살짝 들여다봤지요." 교수님이 미소를 지으셨다. 꽤 득의양양한 표정이었다. 교수님은 양손을 비비며 말씀하셨다.

"역시! 제가 제대로 진단한 모양입니다. 이 치료 방식이 먹혀드는군요." 그러자 웨스튼라 부인이 대꾸했다.

"다 선생 덕택이라고만 할 수는 없지요. 오늘 루시 상태가 호전된 건, 어느 정도 제 덕이기도 합니다."

"그게 무슨 말씀입니까?"

"흠, 간밤에 애가 걱정돼서 방에 가봤습니다. 곤히 자고 있더군요. 어찌나 곤히 잠들었는지 제가 온 줄도 모르더라고요. 그런데 방 공기가 숨 막힐 정도로 답답했습니다. 가만 보니 온 방 안에 향이 독한 꽃이 널려 있지 뭡니까. 심지어 애 목에도 꽃이 한가득 둘려 있었지요. 몸도 약한 애가 독한 향에 질식할까 염려되어, 제가 싹 거둬서 밖으로 치웠습니다. 신선한 공기가 들어오도록 창문도 살짝 열어두었고 말입니다. 그 덕에 오늘 루시 상태가 좋을 테니, 보면 선생도 흡족하실 겁니다. 제가 장담합니다."

웨스튼라 부인은 이렇게 말한 뒤 평소 이른 아침 식사를 하는 내실로 들어가버렸다. 부인의 말을 듣는 사이 교수님의 표정이 잿빛으로 변했다. 그래도 교수님 역시 웨스트라 부인이 충격을 받으면 얼마나 위험할지 아셨기에, 부인이 눈앞에서 사라질 때까지는 엄청난 자제력으로 애써 표정을 숨기셨다. 부인이 내실로 들어가도록 문을 잡아줄 때는 미소까지 지으셨다. 하지만 부인이 시야에서 사라지자마자 교수님은 내 등을 힘껏 떠미셨다. 교수님은 나를 데리고 식당으로 들어갔고, 안에 들어섬과 동시에 문을 닫으셨다.

교수님이 그런 모습을 보인 것은 처음이었다. 그 순간 반 헬싱이라는 남자는 모든 걸 내려놓은 사람 같았다. 교수님은 말없이 양손으로 머리를 감싸 쥐며 절망감을 표하셨다. 그러다 도저히 감당할 수 없다는 듯 손바닥을 맞대고 양손을 힘껏 움켜쥐셨다. 그리고 끝내 의자에 주저앉더니 양손에 얼굴을 파묻고 흐느끼셨다. 그 흐느낌은 눈물 없는 통곡에 가까웠다. 그 절규만으로도 교수님의 괴로운 심경을 짐작할 수 있었다. 얼마나 지났을까, 교수님은 온 세상을 향해 소리치듯 두 팔을 높이 드셨다. "주님! 주님! 주님! 우리가 대체 뭘 잘못했기에, 그 가엾은 처녀가 대체 뭘 잘못했기에 우리를 이토록 괴롭히시나이까? 이교도가 판을 치던 고대의 믿음처럼, 우리에게 정해진 운명이라도 있사옵니까? 어리석은 어미가 딸의 육신과 영혼을 위태롭게 했습니다. 아무것도 몰라서, 그저 딸을 위한다는 생각으로 그런 짓을 저

질렀습니다. 미리 말해줄 수는 없었습니다. 언질조차 비칠 수 없었단 말입니다. 그랬다간 모녀가 모두 죽게 될 테니까요. 아, 어찌하여 우리에게 이런 시련이! 우리를 노리는 그 악마들의 압도적인 힘을 좀 보십시오!" 교수님이 갑자기 벌떡 일어나셨다. "가세나. 가서 상태를 확인하고 조처해야지. 악마든, 악마가 아니든, 악마 떼거리가 덤비든 상관없어. 우리는 늘 하던 대로 대처하면 돼." 교수님은 현관으로 가서 가방을 챙기셨다. 우리는 함께 루시의 방으로 향했다.

이번에도 교수님은 침대로 다가가고, 그 사이 나는 블라인드를 걷어 올렸다. 루시는 저번과 마찬가지로 끔찍하리만큼 창백했다. 그러나 그때와는 달리 교수님은 놀라지 않으셨다. 만면에 슬픔과 애석함만 가득했다.

"예상대로군." 교수님은 이렇게 중얼거리며 나지막이 혀를 차셨다. 여러 의미가 담긴 행동이었다. 교수님은 말없이 문을 잠그고는 수혈 장비를 꺼내 작은 탁자 위에 올려놓으셨다. 또다시 수혈을 하실 생각이었다. 나 역시 한참 전부터 수혈이 필요하리라 짐작하고 있었던 터라 주섬주섬 외투를 벗었다. 그때 교수님이 손바닥을 내보이며 말리셨다. "아니! 오늘은 자네가 시술을 맡게. 내가 채혈 대상이 되겠네. 자네는 이미 몸이 상했어." 교수님은 외투를 벗고 소매를 걷어 올리셨다.

수혈이 시작됐다. 마취 주사도 놓았다. 루시의 잿빛 뺨에 혈색이 돌았다. 숨소리가 정상 수면 상태로 회복됐다. 그렇게 이전과 똑같은 일련의 과정이 반복됐다. 교수님이 쉬시고 내가 루시를 돌보았다는 것만 달랐다.

웨스튼라 부인과 다시 얘기할 기회가 생겼을 때 교수님은 앞으로 상의 없이 루시 방에 있는 것을 건드리지 말라고 당부하셨다. 꽃은 약재로 쓰는 것이며 그 꽃의 독한 향에 치료 효과가 있다는 설명도 덧붙이셨다. 그런 다음 교수님은 몸조리를 위해 숙소로 돌아가셨다. 교수님은 가면서 하루 이틀 몸 상태를 지켜본 후 데리러 와달라는 연락을 주겠다고 하셨다.

루시는 한 시간쯤 더 지나서 깼다. 힘겨운 일을 겪은 것을 고려하면 그다지 나빠 보이지 않았다. 오히려 밝고 생기가 넘쳤다.

어떤 상황인지 모르겠다. 제정신이 아닌 사람들과 너무 오래 어울린 탓에 내 머리마저 이상해진 것 같다는 생각이 든다.

루시 웨스튼라의 일기

9월 17일. — 나흘 밤낮을 무사히 보냈다. 얼마 전까지 병약했던 게 맞나 싶을 정도로 건강이 회복됐다. 마치 긴 악몽에서 깨어난 듯한 기분이다. 눈을 뜨니 아름다운 아침 햇살과 상쾌한 공기가 나를 맞이하는 느낌이랄까. 긴 시간 기다림과 두려움에 지쳐가던 기억이 어렴풋하게 난다. 희망이라는 고통조차 없어서 괴로움이 배가되던 어둠과 기나긴 망각의 시간, 그리고 엄청난 수압을 견디며 상승하는 잠수부처럼 삶으로 회귀하기 위해 절박하게 몸부림치며 어둠을 헤치고 올라온 순간까지 흐릿하게 기억할 수 있다. 이제는 반 헬싱 교수님이 곁에 계시니 그것도 다 지난 일이다. 이제 악몽은 꾸지 않는다. 심장이 내려앉을 것처럼 무서웠던 소음도 지금은 모두 그쳤다. 펄럭이며 창문을 두드리는 소리, 멀리서 들리는 듯하면서도 귓가에 울리던 누군가의 목소리, 어디서 들려오는지 알 수 없지만 내게 무언가를 명하던 거친 음성. 이런 건 다 옛날이야기다. 이제는 안심하고 잠들 수 있다. 잠들지 않으려고 애쓰지도 않는다. 마늘꽃도 아주 좋아하게 됐다. 하를럼에서 마늘꽃이 매일 한 상자씩 배달된다. 반 헬싱 교수님은 오늘 자리를 비우셨다. 암스테르담에 볼일이 있어 하루 정도 있다가 오신다고 했다. 그래도 괜찮다. 나는 간호가 필요 없다. 혼자서도 잘 지낼 수 있을 만큼 건강하다. 어머니와 아서, 그리고 내게 친절을 베풀어 준 고마운 이들을 생각하면 천만다행이다! 게다가 교수님이 계시지 않아도 달라질 건 별로 없을 것 같다. 어제도 교수님은 한참 동안 의자에 앉아 주무셨다. 자다 깼을 때 주무시고 계신 걸 두 번이나 봤다. 그래도 다시 잠드는 게 두렵지 않았다. 나뭇가지인지 박쥐인지 모를 무언가가 성내는 것처럼 창유리를 마구 두들기긴 했지만.

9월 18일 자 〈팰맬 가제트〉 지면 일부

늑대, 탈출을 감행하다
본지 기자가 발로 뛴, 위험천만한 취재 현장
런던 동물원 사육사 인터뷰 수록

늑대 우리가 속한 구역의 담당 사육사를 만나기 위해 숱하게 문의했으나 매번 거절당했다. 그때마다 부적을 내밀듯 〈팰맬 가제트〉 기자라는 필자의 신분을 밝혔으나 소용없었다. 그래도 결국 담당자를 찾아냈다. 사육사들의 사택은 코끼리 우리 뒤편 울타리 내부에 마련되어 있었다. 필자가 방문했을 때 사육사 토머스 빌더 씨는 사택 부지 내 본인 오두막에서 차를 마시고 있었다. 토머스와 그의 아내는 손님을 환대할 줄 아는 친절한 사람들이었다. 둘 다 나이가 지긋했고 자식은 없었다. 나를 특별히 대접한 게 아니라면 그들의 삶은 상당히 윤택해 보였다. 토머스는 식사를 마칠 때까지 소위 '업무' 얘기를 입에 담지 않으려 했고, 우리 모두 그의 뜻에 따랐다. 식탁을 정리한 후 토머스는 파이프 담배에 불을 붙이며 입을 열었다.

"이제 편하게 물어봐도 됩니다. 식사를 마칠 때까지 일에 대한 답변을 거절한 점 양해 바랍니다. 우리 구역에 있는 늑대나 자칼, 하이에나한테 뭘 부탁할 때도 먹이를 먼저 주는 게 제 방식입니다."

"뭘 부탁하다니, 그게 무슨 말인가요?" 나는 그가 편하게 이야기할 분위기를 조성하기 위해 사소한 질문부터 던졌다.

"남자들이 여자를 데려와 구경거리를 요구할 때가 그렇습니다. 구경꾼들에게 뭔가를 보여주고 싶다면 녀석들에게 신호를 보내야 합니다. 막대기로 머리를 툭툭 쳐도 되지만, 귀를 긁어주는 것도 방법이지요. 먹이를 주기 전이라면 막대기로 머리를 치는 것도 그다지 꺼리지 않습니다. 하지만 녀석들이 만찬을 즐기는 중이라면 무조건 기다립니다. 녀석들은 내가 귀 긁어주는 걸 좋아하지만, 먹이를 다 먹기 전까지 나는 녀석들의 털끝 하나 안 건드립니다. 먹는 중에 귀를 긁어줄 생각은 하지도 않습니다. 그러니까 내 말은 이겁니다." 토머스는 철학적인 설명을 덧붙였다. "사람도 본바

탕은 동물과 하등 다를 게 없습니다. 당신은 제 업무에 대해 질문하기 위해 저를 찾아왔습니다. 그런데 대답을 할 생각도 없는 사람에게 대뜸 같잖은 돈이나 내미니 기분 상하지 않고 배기겠습니까? 심지어 당신은 빈정대는 말투로 내가 담당 사육사냐고 물으면서도, 취재 양해는 구하지 않았습니다. 그래서 제가 한 말이… 지옥에나 가라는 거였던가요?"

"그렇습니다."

"당신이 제가 비속어를 쓴 사실까지 보도하겠다고 한 건, 이를테면 제 머리를 툭툭 친 것과 같습니다. 하지만 곧바로 2크라운을 받았으니 참기로 했습니다. 저는 싸울 생각은 없었습니다. 그래서 늑대, 사자, 호랑이 같은 맹수들처럼 으르렁대면서 먹을 것만 기다린 것입니다. 때마침 아내가 쿠키를 한가득 가져다주고, 낡은 주전자로 차를 따라줬습니다. 배도 채웠겠다, 담배도 입에 물었겠다, 이제 저는 불만이 없습니다. 당신이 원하는 걸 얻기 위해 제 귀를 긁어대도 괜찮습니다. 험한 말도 하지 않을 거고, 으르렁대지도 않을 것입니다. 궁금한 걸 물어보세요. 무엇 때문에 왔는지는 압니다. 탈출한 늑대 때문이지요."

"그렇습니다. 이 사고에 대한 당신의 생각을 알고 싶습니다. 먼저 전후 사정을 설명해주십시오. 사실관계를 파악한 후 사고의 원인과 결과, 이 사고가 불러올 파장에 대해 당신이 의견을 밝힐 기회를 드리겠습니다."

"좋습니다. 자초지종은 이렇습니다. 도망친 늑대는 우리가 버시커라고 부르던 녀석입니다. 잠라흐•는 노르웨이에서 회색 늑대 세 마리를 들였고, 우리는 4년 전 그중 하나를 잠라흐에게 매입했습니다. 그게 버시커입니다. 버시커는 상당히 순한 늑대였습니다. 지금까지 문제라곤 단 한 번도 일으킨 적이 없지요. 다른 놈들은 몰라도 버시커가 탈출할 거라곤 생각도 하지 못했습니다. 이런 걸 보면 늑대도 여자만큼이나 믿지 못할 종자입니다."

"남편 말은 신경 쓰지 않아도 됩니다." 토머스의 부인이 웃음을 터뜨리며 끼어들었다. "이 사람은 짐승들이랑 너무 오래 어울려서, 자기가 늑대들의 우두머리라도 되는 줄 알아요. 악의 없이 하는 말이니 괘념치 마세요."

"뭔가 이상한 기척을 느낀 건 어제 먹이를 주고 두 시간쯤 지났을 때였습니다. 당시 저는 새끼 퓨마가 병들어서 따로 공간을 만들어주려고 원숭이 우리에 짚을 깔고 있었습니다. 그런데 난데없이 악을 쓰는 소리와 함께 울부짖는 소리가 들렸습니다. 저는 곧바로 소리가 난 쪽으로 달려갔습

• 귀족들과 서커스단에 희귀 동물을 판매하며 유명해진 19세기 런던의 야생동물 상인.

니다. 버시커가 우리에서 나가고 싶다는 듯 창살 바로 앞에서 미친놈처럼 울어젖히고 있었습니다. 어제는 관람객이 별로 없어서인지, 늑대 우리 앞에 있는 사람은 한 명뿐이었습니다. 키가 크고 호리호리한 남자였지요. 매부리코에 턱수염을 길렀더군요. 턱수염은 끝을 뾰족하게 다듬었고, 하얗게 센 수염도 몇 가닥 있었습니다. 눈동자 색깔은 불그스름했는데 전반적으로 인정머리 없고 매서운 사람처럼 보였습니다. 다른 늑대들은 그렇다 치고, 버시커까지 그 난리를 치는 게 아무래도 그 사람 때문인 것 같아서 그가 영 마음에 들지 않았습니다. 그는 새끼 염소 가죽으로 만든 흰 장갑을 끼고 있었습니다. 그가 늑대들을 가리키며 물었습니다. '이보게, 사육사. 이유는 모르겠지만 늑대들이 잔뜩 골을 내는군.'

'나리 때문일 겁니다요.' 그자의 생김새, 손짓, 말투, 어느 것도 마음에 들지 않았던 터라 저는 예의를 차리지 않고 대꾸했습니다. 그가 화를 내며 자리를 뜨길 바라는 마음도 있었습니다. 하지만 그는 화내기는커녕 묘하게 건방진 미소를 지었습니다. 하얀 이를 다 드러내며 웃었는데, 치아가 참 뾰족하더군요. '설마. 이 녀석들이 나한테 관심을 보일 리가 없지.'

'설마요. 관심을 안 보일 리가 없지요.' 저는 빈정거리듯 그의 말을 따라 했습니다. '녀석들은 뼈다귀를 질겅대며 이빨 닦는 걸 후식쯤으로 여기지요. 저놈들한테는 나리가 뼈다귀 자루로 보일 겁니다요.'

희한하게도 잔뜩 흥분했던 늑대들이 우리가 대화하는 걸 보고는 바닥에 배를 대고 엎드렸습니다. 버시커도 차분해져서 제가 평소처럼 귀를 쓰다듬어도 가만히 있었습니다. 그때 그자가 가까이 와서는 손을 쑥 내밀더니 버시커의 귀를 만지는 게 아니겠습니까!

'조심하십시오. 버시커는 날쌘 놈입니다요.'

'걱정하지 말게. 늑대는 자주 만져봤네!'

'아, 혹시 이쪽 업계에 계십니까?' 저는 얼른 모자를 벗고 예를 차렸습니다. 그가 늑대나 그 비슷한 짐승을 취급하는 수입업자라면 사육사가 잘 보여야 하는 사람일 테니까요.

'아니, 이쪽 업계에 있는 건 아닐세. 하지만 늑대를 여러 마리 키워봤거든.' 그는 귀족처럼 고상하게 모자를 살짝 들어 인사하고는 자리를 떠났습니다. 버시커는 그가 시야에서 사라질 때까지 그의 뒷모습을 바라보았습니다. 그러다 우리 구석으로 가서 몸을 웅크리더니 저녁 내내 그 상태로 꼼짝도 하지 않았습니다. 밤이 돼서 달이 뜨자 이곳의 늑대들이 입을 모아 울부짖기 시작했습니다. 평소와 다를 게 없었기에, 녀석들이 그러는 이유를 도통 알 수가 없었습니다.

근처에는 사람도 없었습니다. 동물원 밖 공원 경비 초소 뒤편에서 개를 부르는 사람이 있었으나 그 한 명이 전부였습니다. 나는 한두 번 나와서 문제가 없는지 확인했습니다. 문제가 될 만한 것은 없었습니다. 이후로는 울부짖는 소리가 멎었습니다. 자정 직전에 한 번 더 둘러보려고 밖으로 나갔습니다. 한 방 먹은 기분이었습니다. 맞은편에 있는 버시커 우리의 창살이 비틀려서 부러졌고 우리는 비어 있었습니다. 제가 아는 건 이게 전부입니다."

"뭔가를 목격한 사람은 없나요?"

"그 시각에 음악회에 다녀오던 정원사 하나가 있긴 합니다. 커다란 회색 개가 동물원 담을 넘는 걸 봤다고 하더군요. 거짓말이라고 생각하지는 않습니다. 하지만 이런저런 사정을 아는 저로서는 솔직히 그의 말을 믿기 힘듭니다. 가장 이상한 건 그가 집에 돌아가서 아내에게 아무 얘기도 하지 않았다는 겁니다. 게다가 그 얘기를 처음 한 것도 늑대가 탈출했다는 걸 알고 나서입니다. 버시커 때문에 우리가 밤새 공원을 샅샅이 뒤졌다는 걸 듣고 나서야 그는 뭘 본 것 같다며 얘기를 꺼냈습니다. 내 생각에는 그가 음률에 취해서 착각한 걸 가지고 헛소리를 하는 것 같습니다."

"전후 사정은 이 정도로 충분합니다. 이제 동물원을 탈출한 늑대에 대한 당신의 의견을 들려주시겠습니까?"

“어디 보자….” 토머스는 짐짓 겸손한 척하며 대답했다. “들려줄 순 있지만, 제 의견 따위가 중요할까 싶네요.”

“당신의 의견은 당연히 중요합니다. 당신은 경험을 통해 늑대의 특성을 잘 알고 있는 전문가입니다. 당신이 입을 열지 않는데, 누가 감히 나설 수 있겠습니까?”

“좋습니다. 제 의견은 이렇습니다. 늑대가 탈출한 이유는 바로…. 그 이유는 바로…, 그냥 밖에 나가고 싶어서입니다.”

토머스와 그의 아내는 이런 실없는 소리를 해놓고 화통하게 웃어댔다. 표정을 보아하니 이런 일이 한두 번이 아닌 게 분명했다. 치밀하게 구성된 이야기의 순서는 대화의 주도권을 잡기 위함이었다. 사육사와의 인터뷰가 중요했기 때문에 그와 입씨름할 여유가 없었다. 그를 설득할 확실한 방법은 따로 있었다.

“사례금 2크라운의 효력이 다 떨어진 것 같습니다. 사례금으로 2크라운이 더 준비되어 있는데, 이건 당신이 제 질문에 모두 답해야만 지급될 겁니다. 앞으로 이 일이 어떻게 마무리될 것 같은지, 의견을 말씀해주십시오.”

“물론입니다.” 토머스가 기운찬 목소리로 대답했다. “장난쳐서 미안합니다. 그럴 생각은 아니었는데, 아내가 신호를 주듯 눈을 찡긋거려서 저도 모르게 실수했습니다.”

“내가 언제 그랬어요!” 남편의 말에 토머스의 아내가 핀

잔을 주었다.

"진짜 제 생각을 말하겠습니다. 그 늑대는 지금 어딘가에 몸을 숨기고 있을 것입니다. 정원사는 그 개가 말보다 빠르게 북쪽으로 달려갔다고 했습니다. 정작 본인은 자기가 그런 말을 했는지조차 기억하지 못했지만 말입니다. 어쨌든 저는 그 말을 믿지 않습니다. 당신도 알겠지만 늑대는 개와 비슷한 속도로 달립니다. 늑대가 말보다 빨리 달릴 수 없는 겁니다. 그런 식으로 생겨먹질 않았습니다. 동화책에서는 늑대가 대단한 동물로 묘사됩니다. 지축이 흔들릴 정도로 울어젖히며 사냥감을 잘근잘근 씹어 먹는 모습도 그렇거니와, 떼로 몰려다니면서 사냥감을 에워싸는 모습은 말 그대로 무시무시합니다. 하지만 솔직히 말하자면 실제 늑대는 그저 열등한 짐승에 불과합니다. 개의 절반도 못 따라갑니다. 영리하지도 않고 겁도 많지요. 싸우고자 하는 의지는 거의 없는 셈이라고 봐야 합니다. 버시커는 싸워본 적도 없고, 먹이를 사냥해본 적도 없는 녀석입니다. 아마 벌벌 떨면서 공원 주위에 숨어 있을 겁니다. 녀석이 머리를 좀 굴린다고 해봐야, 어딜 가야 먹이를 받아먹을 수 있을까 하는 정도겠지요. 아니면 조금 멀리까지 나가서 석탄 창고 같은 데 납작 엎드려 있을 수도 있습니다. 여염집 아낙네가 럼주를 찾으러 창고에 들어갔다가 어둠 속에서 버시커의 푸른 눈동자가 빛나는 걸 보고 기겁할 게 눈에 선합니다! 버시커 녀석이 지금 어디에 있든 간에 먹이를 구하지 못하면 결국 기어나올 겁니다. 어쩌면 운 좋게 푸줏간을 발견할지도 모르지요. 아니면 푸줏간을 찾지 못하고 서성대다가 다른 걸 발견할 수도 있습니다. 마침 아이 보던 처자가 군인이랑 시시덕대는 사이에 유모차에 홀로 남겨진 아이를 발견할 수도 있겠지요. 뭐, 조만간 아이 하나가 사라졌다는 기사가 나온대도 놀랍지 않을 것 같습니다. 할 말은 이게 다입니다."

내가 토머스 빌더에게 2크라운을 건네려던 순간, 창문 바깥 아래쪽에서 뭔가가 쑥 올라왔다가 내려갔다. 그가 놀라서 입을 쩍 벌렸다.

"맙소사! 버시커가 제 발로 돌아온 것 같습니다!"

토머스는 문가로 가서 문을 열었다. 내 입장에서는 그가 엄청난 실수를 저지르는 것처럼 보였다. 근처에 맹수가 있을 땐, 맹수의 시야를 가릴 튼튼한 장애물 뒤에 몸을 숨기고 있어야 한다는 게 필자의 지론이었기 때문이다. 실제 경험도 그 지론에 부합했기에 필자의 믿음은 확고했다.

그러나 선입관은 깨지기 마련이다. 토머스 빌더와 그의 아내는 버시커라는 늑대를 개처럼 다루었다. 버시커는 순했고, 사육사가 시키는 대로 고분고분하게 행동했다. 빨간 망토 동화책에는 소녀가 불안한 심경을 숨긴 채 늑대와 친구처럼 어울리는 장면을 그린 삽화가 담겨 있는데, 버시커는 그 그림 속 늑대의 선조인 것 같았다.

버시커의 귀환은 그 자체로 희극적인 요소와 비극적인 요소를 한데 버무린 한 편의 작품이었다. 한나절 동안 런던을 마비시키고, 인근 지역 아이들을 두려움에 떨게 한 무시무시한 늑대가 아무 일 없었다는 듯 돌아왔다. 그리고 잘못을 뉘우치기라도 하는 듯 유순하게 굴었다. 사육사 부부는 돌아온 탕아를 반기는 것처럼 늑대를 쓰다듬었다. 토머스 빌더는 겁먹지 않게 다정한 손길로 늑대의 상태를 꼼꼼히 살핀 후 말했다.

"이 가엾은 녀석이 이런 꼴로 돌아올 줄 진작부터 알고 있었습니다. 제가 그렇게 말하지 않았던가요? 버시커의 상태가 엉망입니다. 머리에 깨진 유리가 잔뜩 박혔습니다. 긁힌 상처도 한두 군데가 아닙니다. 담 같은 걸 넘다가 다친 것 같습니다. 담벼락에 깨진 유리를 박아두는 사람들은 부끄러운 줄 알아야 합니다. 여기 다친 것 좀 보십시오. 가자, 버시커."

토머스는 늑대를 우리에 들인 후 큼직한 고깃덩이를 던져주었다. 질이 좋은 고기는 아니었지만, 그래도 양은 충분해 보였다. 그는 우리를 잠근 뒤 보고하러 자리를 떴다.

필자 역시 동물원에서 벌어진 묘한 탈출 소동에 관련된

독점 기사를 쓰기 위해 그쯤에서 취재를 마쳤다.

수어드 박사의 일기

9월 17일. — 저녁 식사를 마친 후 서재에서 집필 작업에 몰두했다. 최근 루시를 돌보느라 시간도 많이 뺏겼고, 병원 업무도 부담스러울 정도로 많았다. 그런 핑계로 미루기만 했던 집필 작업을 마주하니 어쩐지 마음이 편치 않았다. 글을 쓰고 있는데 문이 벌컥 열리더니 렌필드가 안으로 뛰어들었다. 그는 발작할 때처럼 인상을 잔뜩 찌푸리고 있었다. 환자가 자진해서 원장실을 찾아오는 경우는 거의 없기에 나는 까무러칠 정도로 놀랐다. 렌필드는 곧장 내게 달려왔다. 그의 손에는 식사용 나이프가 들려 있었다. 나는 환자가 위험한 상태임을 알아채고, 책상을 장애물 삼아 어떻게든 그와 거리를 벌리려고 했다. 하지만 그는 나보다 훨씬 날쌔고, 힘이 좋았다. 내가 잠깐 비틀거리는 사이에 그가 내게 달려들었고, 나이프로 내 왼쪽 손목을 꽤 깊게 베었다. 그가 다시 공격하기 전에, 이번에는 내가 먼저 오른손 주먹을 휘둘렀다. 내 주먹에 맞은 그는 그대로 바닥에 뻗었다. 내 손목에 난 상처에서 피가 줄줄 흐르는 바람에 양탄자에 피가 흥건히 고였다. 환자는 이제 공격할 생각이 없는 것 같았다. 나는 급히 손목을 동여맸다. 그 사이에도 바닥에 뒹구는 환자에게서 시선을 떼지 않았다. 간병인들이 달려 들어오는 걸 보고 그제야 나는 환자를 유심히 살폈다. 순간 욕지기가 났다. 렌필드는 엎드린 채 바닥에 고인 피를 개처럼 핥고 있었다. 간병인들이 그를 일으켰다. 예상과 달리 그는 저항하지 않고 순순히 끌려 나갔다. 그저 이 말만 되풀이할 뿐이었다. "피가 생명이나니! 피가 생명이나니!"

나는 이상 피를 흘려서는 안 된다. 최근 혈액이 너무 많이 손실되었다. 건강에 이상이 생길 수도 있을 정도다. 게다가 루시가 생사의 고비를 넘나드는 걸 몇 번이나 보면서 너무 오랫동안 긴장 상태를 유지했다. 지금 나는 과도하게 흥분했다. 게다가 너무 피곤하다. 쉬어야만 한다. 쉬어야 한다. 쉬어야…. 다행히 반 헬싱 교수님에게서 연락이 없다. 좀 잔다고 문제될 건 없는 거다. 오늘은 약을 먹고라도 푹 자야겠다.

반 헬싱이 앤트워프에서
카팍스의 수어드에게 보내는 전보
(서식스의 카팍스에는 수령인이 없어 우편배달이 22시간 지연됨)

9월 17일. — 오늘 밤 힐링엄에 있을 것. 밤새 그곳에 있기 곤란하다면 꽃이 제자리에 있는지라도 확인할 것. 매우 중요함. 반드시 지킬 것. 도착하는 대로 곧장 합류하겠음.

수어드 박사의 일기

9월 18일. — 런던행 기차를 타러 갈 참이다. 반 헬싱 교수님의 전보를 보고 심장이 덜컥 내려앉았다. 하루를 통째로 날렸다. 전례가 있어 간밤에 루시가 어땠을지 짐작이 가고도 남는다. 물론 아무 일도 없었을 가능성도 있다. 하지만 정말 무슨 일이 있었으면 어쩌나? 액운이 낀 게 분명하다. 그렇지 않고서야 어쩌면 이렇게 뭘 하려고 할 때마다 문제가 생길 수 있단 말인가. 이 축음기 납관蠟管도 챙겨 가야겠다. 그러면 루시의 축음기로 이 일기를 마저 기록할 수 있겠지.

루시 웨스트라가 남긴 쪽지

9월 17일 밤. — 나 때문에 곤경에 처하는 이가 없도록 이 글을 써서 잘 보이는 곳에 놓아둘 예정이다. 이제 오늘 밤 이곳에서 일어난 일에 대해 정확히 기술하겠다. 지금 나는 기력이 너무 떨어진 상태라 펜을 쥘 힘조차 없다. 그러나 내가 죽는 한이 있더라도 이 글은 끝까지 써야 한다.

나는 반 헬싱 교수님이 시키신 대로 꽃이 각각 제자리에 놓였는지 확인하고 평소처럼 잠자리에 들었다. 그리고 금세 잠들었다.

뭔가가 창가에서 펄럭대는 소리에 잠에서 깼다. 내가 휘트비에서 잠결에 성당 묘지까지 갔을 때 미나가 날 찾으러 온 적이 있다. 그날 이후부터 그 소리가 들려왔다. 이제는 아주 익숙하다. 두렵지는 않았지만, 수어드 박사가 옆방에 있었으면 좋았겠다는 생각은 했다. 반 헬싱 교수님은 수어드 박사가 올 거라고 했는데, 오늘 밤 박사는 오지 않았다. 수어드 박사가 왔다면 그 소리를 들었을 때 박사를 불렀으리라. 억지로 잠을 청했지만 잠이 오지 않았다. 문득 또 다시 잠들면 안 된다는 불안감이 덮쳤다. 나는 밤을 새우기로 마음먹었다. 희한하게도 자지 않으려고 하니 졸음이 쏟아졌다. 혼자 있기 두려워 문을 열고 소리쳤다. "거기 누구 없어?" 내 말에 대답하는 이는 없었다. 나는 혹시 어머니를 깨울까 봐 염려되어 그냥 문을 닫았다. 그때 바깥의 관목 숲에서 개 짖는 소리가 났다. 아니, 개 짖는 소리보다는 좀 더 사납고 굵은 소리였다. 나는 창가로 가서 밖을 내다보았지만, 커다란 박쥐 한 마리 외에는 아무것도 보이지 않았다. 박쥐는 내 방 창문 앞에서 날개를 퍼덕이고 있었다. 나는 다시 침대에 누웠지만, 여전히 잘 생각은 없었다. 곧이어 문이 열리더니 어머니가 내 방을 들여다보셨다. 내가 어머니를 보고 몸을 뒤척이자 어머니도 내가 깨어 있는 걸 알았는지 안으로 들어와 옆에 앉으셨다. 어머니는 평소보다 다정다감한 말투로 말씀하셨다.

"아가, 네가 걱정돼서 잠이 와야지. 괜찮은지 보러 들렀다."

나는 어머니가 그렇게 앉아 계시다가 감기라도 걸릴까 염려되어 오늘 같이 자자고 말씀드렸다. 어머니는 이불 안으로 들어와 옆에 누우셨다. 하지만 잠시 있다가 갈 거라며 가운은 벗지 않으셨다. 어머니와 내가 서로 끌어안고 있는데 창밖에서 또 펄럭대는 소리가 났다. 어머니는 깜짝 놀라며 소리치셨다. "저게 뭐니?" 나는 간신히 어머니를 진정시켰다. 하지만 어머니의 심장은 여전히 격렬하게 두근대고 있었다. 잠시 후 관목 숲에서 또다시 나지막한 짐승 소리가 났다. 그리고 얼마 지나지 않아 창문으로 무언가가 날아들었다. 그 바람에 창문 유리가 깨졌고, 깨진 유리 파편이 바닥에 쏟아졌다. 바람이 밀려들면서 창문 블라인드가 공중으로 휙 떠올랐다. 깨진 유리 틈으로 비쩍 마른 회색 늑대의 커다란 얼굴이 쑥 들어왔다. 어머니는 놀라서 비명을 지르며 앉은 자세로 뭐라도 잡히는 걸 붙들려고 팔을 내저으셨다. 다른 것들도 많은데, 하필 어머니가 붙든 건 반 헬싱 교수님이 내 목에 걸어주신 마늘꽃 화환이었다. 어머니가 잡아당기는 바람에 교수님이 항상 걸고 있으라고 신신당부하셨던 화환이 끊어지면서 마늘꽃이 목덜미에서 떨어져나갔다. 어머니가 늑대를 가리키시는 찰나, 어머니 목에서 가래가 끓는 것 같은 이상한 소리가 났다. 어머니는 곧바로 쓰러지셨다. 벼락에 맞은 것처럼 휙 하고 쓰러졌는데, 그때 어머니 머리가 내 머리에 부딪치면서 나는 한순간 어지럼증을 느꼈다. 사방이 빙빙 도는 것 같았다. 나는 창문을 쳐다보았다. 늑대는 어느샌가 디밀었던 머리를 빼고 뒤로 물러나 있었다. 대신 그 틈으로 아주 미세한 입자들이 물밀 듯이 밀려들었다. 사막에 다녀온 여행자들이 모래 폭풍을 빙글빙글 도는 모래 기둥으로 묘사하는 것처럼, 방 안에 들어온 무수한 입자들도 기둥 형태로 빙글빙글 돌았다. 나는 열을 지은 입자들을 흩뜨리고 싶었다. 하지만 주문에라도 걸린 것처럼 몸이 움직이지 않았다. 게다가 차갑게 식어가는 어머니의 몸이 내 몸 위에 엎어져 있어 몸을 움직이기가 더 힘들었다. 어머니의 몸 아래에 깔렸기에, 어머니의 심장이 더는 뛰지 않는다는 게 피부로 와 닿았다. 그렇게 나는 한동안 의식을 잃었다.

의식을 되찾을 때까지 긴 시간이 흐른 것 같지는 않다.

하지만 실로 끔찍한 경험이었다. 이웃 중 누군가가 죽었는지 멀지 않은 곳에서 죽음을 알리는 조종弔鐘 소리가 들렸다. 인근의 개들은 약속이라도 한 듯 입을 모아 울부짖었다. 집 바로 앞 관목 숲에서는 밤꾀꼬리•가 지저귀었다. 기력이 쇠한 데다 통증과 두려움으로 머리가 잘 돌아가지 않았지만, 나는 밤꾀꼬리의 노랫소리에 기운을 좀 차렸다. 꼭 세상을 떠난 어머니가 나를 위로하러 돌아오신 듯했다. 하녀들도 밤꾀꼬리 소리에 잠에서 깬 모양이었다. 그들이 내 방문밖에서 맨발로 총총 뛰어다니는 소리가 들렸다. 나는 하녀들을 불렀다. 호출을 듣고 달려온 그들은 내 위에 쓰러져 있는 어머니의 시신을 보고 비명을 질러댔다. 깨진 창문으로 갑자기 바람이 들이쳐 방문이 쾅 하고 닫혔다. 하녀들은 어머니의 시신을 옆으로 옮기고 나를 일으켰다. 그리고 어머니의 시신을 다시 침대에 눕힌 뒤 침대보로 덮었다. 다들 너무 놀라 진정하지 못하기에 나는 포도주 한 잔씩 하라며 그들을 식당으로 보냈다. 내 말이 끝나자마자 방문이 활짝 열렸다가 닫혔다. 하녀들은 또다시 꽥 비명을 지르고는 우르르 한데 모여 식당으로 내려갔다. 나는 끊어진 화환을 어머니의 가슴팍에 올려두었다. 그러고 보니 반 헬싱 교

• 7월부터 9월 사이에는 영국을 떠나는 철새이므로 특이한 현상으로 볼 수 있다.

수님이 신신당부하신 게 생각났다. 하지만 어머니에게 바친 꽃을 뺏고 싶지 않았고, 어차피 이제는 하인들이 곁을 지킬 테니 괜찮으리라 생각하기도 했다. 꽤 시간이 지났는데도 하녀들은 방으로 돌아오지 않았다. 아무리 불러도 대답이 들리지 않아서 하녀들을 찾으러 식당으로 내려갔다.

식당에 들어서자마자 가슴이 철렁 내려앉았다. 하녀 네 명 모두가 바닥에 쓰러져서 가쁜 숨을 몰아쉬고 있었다. 탁자 위에 놓인 셰리 병에는 아직 포도주가 절반 가까이 남아 있었다. 병에 얼굴을 가져다 대니 뭔가 꺼림칙한, 묘한 냄새가 났다. 의심이 치밀어올라 병을 코에 대고 다시 냄새를 맡았다. 아편 냄새였다. 식탁 옆에 있는 보조 탁자를 보니, 어머니 주치의가 처방한 아편 팅크 병이 텅 비었다. 누군가 그걸 셰리 병에 부은 게 틀림없다! 어떻게 해야 하나? 내가 뭘 해야 하지? 지금은 방으로 돌아와 어머니 시신을 지키고 있다. 어머니 시신을 내버려둘 수 없다. 하지만 하녀들은 약에 취해 쓰러져서 지금 난 혼자다. 홀로 시신을 지키고 있다! 깨진 창으로 늑대가 낮게 으르렁거리는 소리가 들린다. 절대 밖으로 나가진 않을 거다.

방을 가득 메운 미세한 입자는 창문으로 스미는 바람결에 따라 부유하며 빙글빙글 돈다. 등불의 불꽃도 파란색이어서 방이 어두컴컴하다. 내가 뭘 어떻게 해야 좋을까? 주님, 오늘 밤 저를 악에서 구하시옵소서! 나중에 교수님과 박사가 왔을 때 내가 쓰러져 있을지 모르니 그들이 이 쪽지를 발견할 수 있도록 가슴팍에 숨겨둬야겠다. 어머니가 돌아가시다니! 나도 여기까지인가 보다. 사랑하는 아서, 내가 이 밤을 버텨낼지 모르겠어요. 혹시 모르니 미리 작별 인사를 할게요. 잘 지내요. 주님이 당신을 지켜주시길, 그리고 주님이 날 지켜주시길!

12장

수어드 박사의 일기

9월 18일. — 기차역에 내리자마자 곧장 마차를 잡아탄 덕에 힐링엄에 일찍 도착했다. 나는 마차를 대문 앞에 대기시키고 저택까지 걸어 들어갔다. 루시나 루시의 모친을 불러내고 싶지는 않았다. 나는 방문객이 왔다는 걸 하인만 알아채길 바라며 조심스럽게 문을 두드리고 살며시 종을 울렸다. 기다려도 아무런 응답이 없어서 한 번 더 문을 두드리고 종을 울렸다. 나오는 사람은 여전히 없었다. 나는 하인들이 게으름을 피우며 침대에 드러누워 있다고 생각하고 분개했다. 벌써 10시가 다 되었는데 돈 받고 일하는 사람들이 그 시각까지 게으름을 피운다는 건 용납할 수 없는 일이었다. 나는 평정을 잃고 문을 두드리며 종을 다시 울렸다. 안에서는 아무런 대답이 없었다. 그때까지 나는 하인들 탓만 했다. 그런데 그제야 불현듯 불안한 예감이 들었다. 이 적막도 우리를 단단히 옥죈 액운의 사슬과 연관된 것인가?

내가 늦은 바람에 이 집이 말 그대로 죽음의 집이 되어버린 건가? 루시가 지난번과 같은 상태라면 한시가 급했다. 내가 조금만 지체했다간 루시의 상태가 돌이킬 수 없게 되어버릴 수 있었다. 일분일초가 시급했다. 나는 어떻게든 저택 안으로 들어갈 방도를 찾기 위해 건물을 따라 돌며 주위를 살폈다.

한참을 뒤져도 저택으로 들어갈 방법이 없었다. 창문과 문은 다 잠겨 있었다. 나는 어찌할 바를 몰라 현관으로 돌아왔다. 그때 말발굽 소리가 들렸다. 누군가가 이쪽으로 빠르게 다가오고 있었다. 말발굽 소리는 대문 앞에서 멈췄다. 얼마 지나지 않아 대문에서부터 달려오는 반 헬싱 교수님의 모습이 보였다. 교수님은 나를 발견하고는 숨을 헐떡이며 말씀하셨다.

"대문에 서 있던 마차가 자네가 타고 온 거였군. 막 도착했나 보네. 루시 양은 어떤가? 너무 늦은 건가? 내 전보 못 받았나?"

나는 교수님의 전보를 오늘 새벽에서야 받았으며, 전보를 확인하자마자 왔는데 집안사람들이 아무도 나와보지 않는다는 사정을 최대한 간략하고 정확하게 설명했다. 교수님은 잠시 생각에 잠겼다가 모자를 들어 올리며 진지하게 말씀하셨다.

"아무래도 너무 늦은 것 같군. 이젠 주님의 뜻에 따르는 수밖에!" 교수님은 평소처럼 상대방의 기운을 북돋는 말투로 덧붙이셨다. "따라오게. 들어갈 길이 없으면, 하나 만들면 되지. 지금 우리에겐 시간이 생명이야."

우리는 주방 창문이 있는 저택 뒤편으로 갔다. 교수님은 가방에서 작은 수술용 톱을 꺼내더니 그걸 내게 건네며 쇠창살을 가리키셨다. 나는 곧바로 창살을 자르기 시작했고, 금세 창살 세 개를 잘라냈다. 그다음에는 창살 안쪽으로 얇고 길쭉한 칼을 밀어 넣고 빗장용 갈고리를 젖혀서 창문을 열었다. 나는 교수님이 먼저 들어가시게 도운 뒤 곧바로 뒤를 따랐다. 주방에는 아무도 없었다. 주방과 연결된 하인들 방에도 사람은 없었다. 우리는 걸어가면서 보이는 방을 모조리 확인했다. 그러다 식당에 들어섰다. 그곳은 겉창 틈으로 새어든 햇빛으로 어스름했다. 희미한 빛 속에서 바닥에 쓰러져 있는 하녀 네 명을 발견했다. 생존을 확인할 필요는 없었다. 다들 거친 숨을 몰아쉬고 있던 데다 방 안에 아편 냄새가 가득해서 단번에 상태를 파악할 수 있었다. 반 헬싱 교수님과 나는 눈빛을 주고받고 다시 걸음을 뗐다. 식당을 나오며 교수님이 말씀하셨다. "저들은 위독하지 않으니 이따가 봐줘도 돼." 우리는 루시 방이 있는 위층으로 올라갔다. 방문 앞에서 기척을 살피려고 귀를 기울였지만, 안에서는 아무런 소리도 들리지 않았다. 우리는 하얗게 질려 손을 부들부들 떨며 조심스레 문을 열고 안으로 들어갔다.

그 방의 풍경을 어떻게 설명해야 할까? 침대 위에 두 명의 여인이 누워 있었다. 루시와 웨스튼라 부인이었다. 웨스튼라 부인은 흰 침대보에 덮인 채 침대 안쪽에 눕혀 있었다. 마침 깨진 창문으로 새어 들어온 바람에 침대보 한쪽 끝이 들리면서, 겁에 질린 표정으로 굳어버린 시신의 창백한 얼굴이 드러났다. 그 옆에 누워 있는 루시는 어머니보다 더 해쓱하고 수척했다. 그녀가 목에 걸기로 했던 화관은 웨스튼라 부인의 가슴팍에 놓여 있었다. 덕분에 루시의 목이 훤히 드러나서 지난번에 본 목의 상처를 제대로 살펴볼 수 있었다. 상처는 아물기는커녕 훨씬 악화돼 있었다. 구멍 주위는 뭔가에 짓이겨진 것 같았으며, 환부가 새하얗게 변해 있었다. 교수님은 아무 말 없이 몸을 숙여 루시의 가슴에 귀를 가져다 대셨다. 그러다 벌떡 몸을 일으키며 소리치셨다.

"아직 늦지 않았어! 서둘러! 어서! 당장 브랜디를 가져와!"

나는 황급히 아래층으로 내려가 브랜디를 챙겼다. 그러면서 혹시 탁자 위에 있는 셰리처럼 아편 팅크가 섞여 있을까 봐 냄새도 맡고 살짝 맛도 보았다. 하녀들은 아까보다 좀 더 거친 숨을 내쉬고 있었다. 아마도 마취가 풀리는 중인 것 같았다. 나는 그들의 상태를 더 확인하지 않고 그냥 교수님께 돌아갔다. 교수님은 지난번처럼 루시의 입술과 잇몸, 손목과 손바닥에 브랜디를 묻히고 살을 문지르셨다. 그러고는 입을 여셨다.

"루시 양은 내가 맡겠네. 일에는 순서라는 게 있는데 당장은 체온을 올리는 게 급선무야. 자네는 하녀들의 상태를 살피게. 얼굴 위에 젖은 수건을 살짝 털어보고, 점점 수건을 세게 터는 식으로 깨워봐. 그리고 정신을 차리면 불을 지피고 목욕물을 준비하라고 해. 루시 양의 몸이 모친의 시신만큼이나 차가워. 무슨 처치를 하려면 그 전에 먼저 떨어진 체온부터 올려야 해."

나는 바로 식당으로 내려갔다. 세 명을 깨우는 건 어렵지 않았다. 하지만 나머지 한 명은 아직 어려서 약효가 잘 듣는지 아무래도 정신을 차릴 기미가 없었다. 하는 수 없이 소파에 눕혀두었다. 다른 셋은 한동안 얼떨떨한 표정으로 멍하니 있다가 기억이 돌아오는지 발작하듯 울음을 터뜨렸다. 그들은 사정을 설명하려 했으나 나는 단호히 그들의 입을 막았다. 그러면서 아직 루시가 생사의 갈림길에 있으며, 그들이 어영부영하다간 결국 죽고 말 것이라고 말했다. 내 말에 하녀들은 흐느끼면서 자리를 박차고 일어섰다. 그들은 잠옷 바람으로 불을 지피고 목욕물을 받았다. 다행히 주방과 온수통 아궁이의 불이 꺼지지 않아서 뜨거운 물은 충분했다. 우리는 루시를 데려와 온수를 담은 욕조에 앉히고, 욕조 양옆에서 루시의 팔다리를 주물렀다. 한참을 그러고 있는데 누군가가 현관문을 두드렸다. 하녀 한 명이 다급히 옷가지를 걸치고 달려가 현관문을 열었다. 잠시 후 하녀가 돌아와서는 웬 신사분이 홈우드 씨의 부탁을 받고 오셨다며 속닥거렸다. 나는 하녀를 시켜 손님에게 당장은 곤란하니 기다리셔야 한다고 전하게 했다. 이후 나는 루시의 체온을 올리는 데만 몰두하느라 그 손님은 까맣게 잊었다.

교수님과 많은 일을 겪었지만, 교수님이 그토록 필사적으로 임하는 모습은 처음 봤다. 나는 우리가 죽음과 맞서서 치열한 싸움을 벌이고 있다고 생각했다. 교수님도 그렇게 생각하신다고 믿었다. 그래서 잠시 짬이 났을 때 교수님께 이 말씀을 드렸다. 그랬더니 교수님은 심각한 표정으로 영문 모를 말씀을 하셨다.

"그게 전부라면, 나는 이쯤에서 손을 놓고 그녀를 편히 보내주겠지. 그녀의 수명은 벌써 다한 것 같으니까." 교수님은 다시 하던 일에 집중하셨다. 놀랍게도 아까보다 더 간절한 모습이었다.

드디어 체온을 올린 효과가 조금씩 나타나기 시작했다. 청진기로 확인한 결과 심장박동 소리가 좀 더 커졌다. 폐의 기능도 좋아졌는지 가슴이 약간씩 움직였다. 반 헬싱 교수님의 얼굴이 어찌나 밝아졌는지 반짝이는 것 같았다. 우리는 루시를 욕조에서 꺼내 따뜻한 이불로 물기를 닦아주었다. 교수님이 말씀하셨다.

"우리가 먼저 승기를 잡았군! 어디, 왕을 잡아볼까? 장군이요!"

우리는 루시를 미리 준비해둔 다른 방으로 데려갔다. 루시를 침대에 눕힌 뒤 브랜디를 입에 살짝 흘려 넣었다. 반 헬싱 교수님은 부드러운 실크 손수건을 루시의 목에 둘러주셨다. 루시는 여전히 의식이 없었다. 지난번보다 상태가 심각한 건 아니었지만, 그때와 우월을 가리기 힘들 정도로 상태가 나빴다.

교수님은 하녀를 불러 우리가 돌아올 때까지 환자에게서 절대 눈을 떼지 말라고 당부하셨다. 그러고는 내게 밖으로 나오라며 손짓하셨다.

"향후 시술에 대해 상의를 좀 해야겠군." 교수님은 계단을 내려가면서 이렇게 말씀하셨다. 현관에 다다르자 교수님은 식당 문을 열고 들어간 후 조심스럽게 문을 닫으셨다. 겉창이 열려 있긴 했지만 블라인드는 내려져 있었다. 계급 낮은 영국 여인들은 집안사람이 사망하면 창을 가리는 걸 반드시 지켜야 할 도리라 배운다고 한다. 아마도 하녀들이 그

도리를 지키려 한 모양이었다. 그 때문에 식당은 어둑했다. 그래도 이야기를 나누지 못할 정도는 아니었다. 평소 보이던 자신감은 어디 갔는지, 교수님은 어쩐지 난감해하는 표정이었다. 마음에 걸리는 게 있어 고민하시는 모습이 역력했기에 나는 가만히 기다렸다. 이윽고 교수님이 입을 여셨다.

"이제 어찌한단 말인가. 이제 누구한테 도움을 청한단 말이야? 당장 수혈이 필요한데…. 수혈을 하지 못하면 저 가엾은 처자는 한 시간 내로 죽을지도 몰라. 자네 몸은 헌혈할 만한 상태가 아니야. 나도 다를 바 없지. 하녀들한테 부탁하는 건 좀 그래. 그들이 용감하게 피를 내놓는다고 해도 말이야. 루시 양을 위해 피를 내놓을 만한 다른 사람이 없을까?"

"뭐가 뭔지는 잘 모르겠지만, 제가 나서도 되나요?"

식당 한쪽 끝 소파에 있던 누군가가 대화에 끼어들었다. 그 목소리를 들으니 반갑고 마음이 놓였다. 퀸시 모리스였다. 반 헬싱 교수님은 대화를 엿들었다고 생각했는지 처음에는 화를 내려고 하셨다. 하지만 그것도 잠시, 교수님은 이내 화를 누그러뜨리고 다행이란 표정을 지으셨다. 내가 "퀸시 모리스!"라고 소리를 지르며 그를 향해 달려가 악수를 청하는 걸 보셨기 때문이다.

"자네가 여기에는 어쩐 일인가?" 나는 그의 손을 잡은 채 말했다.

"어쩐 일은 무슨 어쩐 일이야. 아트가 부탁해서 왔지."

그는 내게 전보를 건넸다.

수어드에게서 사흘간 아무 소식이 없어 매우 불안함. 본가에서 자리를 비울 수 없는 상태. 아버지 병환 때문. 루시 상태를 알려주기 바람. 한시가 급함. -홈우드

"내가 아슬아슬하게 제때 도착한 것 같네. 말만 해. 뭐든 할게."

그러자 반 헬싱 교수님이 성큼성큼 걸어 나와 퀸시 모리스의 손을 잡으셨다. 그리고 그의 눈을 똑바로 바라보며 말씀하셨다.

"여인이 위험에 처했을 땐 용감한 사내의 피만큼 좋은 특효약이 없소. 그대는 사내이고, 용감한 건 말할 필요도 없을 것 같구려. 악마가 우리를 괴롭히겠다며 제아무리 설쳐도 주님은 이렇게 우리에게 필요한 사람을 마침맞게 보내주시지."

우리는 다시 한번 그 지독한 수혈을 시작했다. 그 과정을 다시 떠올리고 싶지 않다. 루시 몸에 매우 큰 충격이 가해졌는지 그녀는 저번보다 회복이 더뎠다. 꽤 많은 피를 수

혈했는데도 전혀 좋아지지 않았다. 그녀의 육신이 살아남기 위해 아등바등하는 모습을 지켜보는 건 고역이었다. 어쨌든 심장박동과 호흡 기능이 어느 정도 회복됐기에 반 헬싱 교수님은 저번처럼 피하주사로 모르핀을 주입하셨다. 효과는 꽤 좋았다. 루시는 혼수상태에서 벗어나 깊은 잠에 빠졌다. 교수님이 루시를 돌보시기에 나는 퀸시 모리스를 데리고 아래층으로 내려갔다. 그리고 하녀에게 대문에서 대기하는 마부에게 돈을 치르게 했다. 퀸시에게는 포도주 한 잔을 먹인 후 좀 누워 있으라고 했고, 요리사에게는 신경 써서 아침 식사를 준비해달라고 말했다. 그러다 문득 어떤 생각이 들어서 루시가 있는 방으로 돌아갔다. 방 안에 조용히 들어서자 반 헬싱 교수님이 종이 한두 장을 손에 들고 계시는 게 보였다. 다른 손은 이마에 얹은 채 뭔가를 고심하며 글을 읽으시는 것 같았다. 심각한 표정이긴 했으나, 한편으로 의문이 풀렸다는 듯 흡족해하시는 것처럼 보이기도 했다. 교수님은 들고 있던 종이를 내게 건네셨다. "루시 양을 욕조로 옮길 때 가슴팍에서 떨어진 걸세."

글을 다 읽은 후 나는 한동안 아무 말 없이 교수님을 바라보며 서 있다가 간신히 입을 뗐다. "맙소사, 이게 다 무슨 소립니까? 루시가 미쳤었다는, 아니, 미쳐 있다는 뜻인가요? 그게 아니면 정말로 물리적인 위협이 있다는 뜻입니까?" 나는 너무 당혹스러워서 무슨 말을 더 해야 할지 몰랐다. 반 헬싱 교수님이 손을 뻗어 내가 들고 있던 종이를 채 가며 말씀하셨다.

"당장은 이 문제로 걱정하지 말게. 일단은 잊어. 때가 되면 모든 걸 파악하고 이해하게 될 걸세. 아직은 때가 아니야. 그나저나 내게 무슨 용건이 있어서 왔는가?" 교수님의 마지막 말씀에 나는 그 방에 간 목적을 떠올리고 정신을 차렸다.

"사망진단서에 대한 말씀을 드리려고 왔습니다. 우리가 적절하고 현명하게 대처하지 않으면 웨스튼라 부인의 사인을 규명하기 위한 조사를 할 수 있습니다. 그러면 루시가 쓴 글도 제출해야겠죠. 사인 규명 조사는 피해야 한다고 생각합니다. 자칫 루시가 용의자로 몰려서 진짜 죽게 될지도 모르는 일이니까요. 그 외에 또 어떤 불미스러운 일이 발생할지도 모르고요. 교수님도 아시다시피 웨스튼라 부인의 주치의는 부인에게 심장병이 있다는 걸 잘 알고 있습니다. 이렇게 증인도 있으니 우리가 직접 사망진단서를 작성하는 게 어떨까 합니다. 지금 사망진단서를 작성하면 제가 가서 그걸 구청에 제출하고, 장의사한테도 들르겠습니다."

"그렇군, 존! 아주 좋은 생각이야! 루시 양이 비록 사악한 놈들 때문에 괴로워하는 처지라고는 해도, 자기를 사랑하는 사람이 이렇게나 많다는 사실에 조금이라도 행복해할 수 있을 걸세. 이 늙은이 말고도 하나, 둘, 셋, 그래, 셋이나 그녀에게 기꺼이 피를 내줬지 않은가. 아, 그럼. 그녀를 향한 자네 마음은 알고 있었네. 뻔히 다 보이는걸! 그래서 자네가 더 마음에 들어! 자, 얼른 가게."

나가는 길에 현관에서 퀸시 모리스와 마주쳤다. 그는 아서에게 전보로 보내려는 쪽지를 들고 있었다. 쪽지에는 웨스트라 부인이 사망했으며, 루시는 여전히 병석에 있지만 나아지는 중이라는 내용, 반 헬싱 교수님과 내가 루시를 돌보고 있다는 내용이 적혀 있었다. 내가 외출 목적을 알리자 퀸시는 빨리 다녀오라며 내 등을 떠밀었다. 밖으로 나서는데 그가 덧붙였다.

"잭, 돌아오면 나랑 얘기 좀 할 수 있어?" 나는 고개를 끄덕이고 곧바로 출발했다. 사망진단서 작성은 수월했다. 구청에서 나온 뒤 나는 그 지역의 장의사를 찾아갔다. 장의사는 저녁에 힐링엄을 방문해 관 치수를 재고 장례식을 준비해주기로 했다.

돌아오니 퀸시가 나를 기다리고 있었다. 나는 루시 상태만 확인하고 돌아오겠다고 말한 뒤 위층으로 올라갔다. 루시는 여전히 잠을 자고 있었다. 교수님은 그 옆에 앉아 계셨는데, 내가 나간 뒤로 한 번도 일어나지 않은 것 같았다. 교수님이 조용히 하라는 듯 손가락을 입에 대는 걸 보고, 루시가 이제 곧 깰 때가 되었으며 교수님은 그 전에 루시를 깨우지 않으려 하신다는 걸 알아차렸다. 나는 다시 아래층으로 내려가 퀸시를 거실로 데려갔다. 거실에는 블라인드가 내려져 있지 않아서 다른 방보다 분위기가 좀 더 나았다. 아니, 덜 우중충했다는 게 옳겠다. 우리 둘만 남자 퀸시가 입을 열었다.

"잭 수어드, 나는 자격도 없으면서 참견하는 걸 싫어해. 하지만 이건 평범한 상황이 아니야. 너도 알다시피 나는 루시를 사랑했고, 청혼까지 했어. 물론 그건 다 지난 일이야. 그래도 여전히 루시가 염려되는 건 어쩔 수 없어. 대체 루시한테 무슨 문제가 생긴 거야? 그 네덜란드 사람 있잖아. 아, 좋은 분이라는 건 나도 알겠어. 내가 말하는 건 아까 너랑 그분이 식당에 들어왔을 때 나눈 대화야. 그분이 수혈이 필요한데, 너와 그분 모두 채혈할 몸 상태가 아니라고 했잖아. 의사들이 환자에 대한 얘기는 비밀로 하는 거 나도 알아. 의사들의 밀담을 엿듣거나 상의한 내용을 캐내려 해서는 안 된다는 것도 안다고. 하지만 이건 특수한 상황이야. 게다가 나 역시 치료에 한몫했어. 그렇지 않아?"

"아무렴." 내가 수긍하자 그가 말을 이었다.

"너랑 반 헬싱 교수도 아까 내가 했던 것처럼 채혈했구나.

나한테는 네 대답이 그렇게 들리는데…. 내 말이 틀려?"

"자네 말이 맞아."

"짐작건대 아트도 채혈한 적이 있겠지. 나흘 전에 아트를 찾아갔는데, 모습이 괴상하더라고. 단기간에 그렇게 초췌해진 사람을 본 적이 없어. 아, 사람 말고 말은 본 적이 있어. 팜파스에 있을 때 아끼던 암말을 타고 밤새 돌아다닌 적이 있거든. 그때 그 지역에서 흡혈귀라 불리는 커다란 박쥐가 말에게 달려들었지. 박쥐가 배를 채우고 날아가자 암말 핏줄에 구멍이 뻥 뚫린 게 보이더군. 피가 부족해서인지 말이 제대로 서지도 못하더라고. 몸을 가누지 못하고 축 늘어진 모습이 너무 가엾어서 편히 쉬라는 마음으로 결국 총을 쏘고야 말았다니까. 잭, 곤란한 게 아니라면 대답해줘. 루시를 위해 제일 먼저 피를 내놓은 사람은 아서였지?" 퀸시는 초조해서 어쩔 줄 모르는 얼굴이었다. 사랑했던 여인에 대한 걱정으로 몸이 달았을 것이다. 그녀에게 벌어지는 끔찍한 일에 대해 아는 것이 없어 더 괴로웠을 것이다. 가슴이 미어지는 것 같았을 테지만, 그는 남자답게 눈물을 억눌렀다. 아서에게 예의를 지키고 싶은 마음도 있었으리라. 나는 대답하기 전에 잠시 머뭇거렸다. 거짓말은 하고 싶지 않지만, 교수님은 그 일을 비밀에 부치라고 하셨지 않은가. 그러나 퀸시는 이미 많은 것을 알고 있었다. 많은 것을 짐작하고 있을 터였다. 대답을 피할 핑계 같은 건 없었다. 그래서 나는 아까와 똑같이 대답했다. "자네 말이 맞아."

"이런 지 얼마나 됐어?"

"열흘 정도."

"열흘밖에 안 됐다니! 잠깐, 그럼 우리가 사랑하는 루시가 열흘 사이에 장정 네 명의 피를 수혈받았단 말이네. 이거야 원, 루시의 육신이 그걸 견뎌낼 수 있을지나 모르겠군." 퀸시는 내게 가까이 다가오더니 추궁하듯 속삭였다. "원래 루시 몸에 있던 피는 어디 갔어?"

나는 고개를 가로저었다. "바로 그게 문제라네. 반 헬싱 교수님은 그걸 알아내시느라 지금 제정신이 아니야. 아무것도 모르는 내가 나설 문제 같지도 않아. 나로서는 짐작조차 못하겠거든. 교수님과 나는 루시를 지키려고 이런저런 계획을 세웠는데, 잇따른 사소한 일들로 그 모든 계획이 엉망이 되어버렸어. 하지만 다시는 이런 일 없을 거야. 모든 게 괜찮아질 때까지 우리는 앓아눕는 한이 있어도 여기에 머물 테니까." 퀸시가 손을 내밀었다. "나도 끼워줘. 나한테 뭘 어떻게 하라고 말하기만 하면 돼. 나는 두 사람이 시키는 대로 할게."

루시는 오후 늦게 잠에서 깼다. 그녀는 놀랍게도 일어나자마자 가슴팍을 더듬어 쪽지를 꺼냈다. 반 헬싱 교수님이 읽어보라며 내게 건네셨던 바로 그 쪽지였다. 루시가 깨서 놀랄까 봐 교수님이 쪽지를 원래 자리로 되돌려두신 모양이었다. 루시가 반 헬싱 교수님과 나를 발견했을 때, 그녀의 얼굴에 반가움이 스쳤다. 하지만 그것도 잠시, 루시는 주위를 둘러보고 자신이 있는 곳을 확인한 후 몸을 파르르 떨었다. 그녀는 비명을 지르면서 가녀린 두 손으로 창백한 얼굴을 감쌌다. 교수님과 나는 루시의 행동을 이해할 수 있었다. 어머니가 죽었다는 사실이 현실로 다가왔기 때문이리라. 우리는 루시를 위로하려 애썼다. 위로의 말이 도움이 되었는지 루시는 어느 정도 진정했지만, 침통한 마음은 차마 이겨내지 못하고 한동안 소리 죽여 흐느꼈다. 우리가 앞으로 항상 곁을 지키겠다고 말하자 루시는 그제야 조금 안심하는 눈치였다. 해 질 무렵 루시는 다시 잠들었다. 그때 이상한 일이 벌어졌다. 루시가 잠든 상태로 가슴팍에 뒀던 쪽지를 꺼내더니 찢어버리는 게 아닌가. 반 헬싱 교수님이 나서서 루시가 들고 있던 쪽지를 빼앗았다. 그랬는데도 루시는 여전히 손에 쪽지가 있기라도 한 것처럼 찢는 행동을 계속했다. 마지막에는 양팔을 들고 종잇조각을 뿌리는 몸짓까지 했다. 교수님도 놀라신 것 같았다. 교수님은 뭔가를 고심하는 듯 미간을 찌푸렸지만, 말씀을 하시지는 않았다.

9월 19일. — 루시는 밤새 자다 깨기를 반복했다. 잠들기를 두려워한 탓이다. 깰 때마다 루시의 기력이 떨어지는 게 보였다. 교수님과 나는 한순간도 루시를 혼자 두지 않고 번갈아가며 그녀의 곁을 지켰다. 퀸시 모리스는 힐링엄에서 자기가 할 일에 대해 말하지 않았으나, 나는 그가 밤새 저택 주위를 돌며 힐링엄을 지켰다는 걸 알고 있었다.

날이 밝자 병마가 루시의 몸에 남긴 흔적이 여실히 드러났다. 루시는 고개를 돌리는 것조차 힘들어했다. 음식은 거의 먹지 못했고, 그래서인지 상태도 별로 좋아지지 않았다. 루시가 다시 잠들었을 때 교수님과 나는 미묘한 변화를 알아챘다. 그녀가 잠들었을 때와 깨어 있을 때의 모습이 달랐다. 루시는 잠들었을 때 훨씬 더 건강해 보였다. 얼굴은 예전과 달랐지만, 어쨌든 전반적인 느낌이 그랬다. 호흡도 잠들었을 때가 더 원만했다. 벌어진 입 사이로 색이 옅어진 잇몸이 보였다. 잇몸이 쪼그라들어서인지, 이가 예전보다 좀 더 길고 날카로워 보였다. 반면 잠에서 깨면 루시는 눈빛이 부드러운, 내가 알던 루시로 되돌아왔다. 비록 죽어가는 병자의 모습이었지만, 잠들었을 때와는 인상이 완전히 달랐다. 오후에 루시가 아서를 불러달라고 하기에 아서에게 전보를 보냈다. 퀸시가 역으로 마중을 나갔다.

아서는 6시가 다 되어서 도착했다. 온 누리에 따스한 석양이 가득했다. 창 너머로 쏟아진 붉은 햇빛 덕에 창백한 루시의 뺨이 그나마 약간은 발그레해 보였다. 아서는 루시의 모습을 보고 목이 메어 아무 말도 하지 못했다. 우리도 마찬가지였다. 시간이 지나면서 루시가 수면 혹은 혼수상태에 빠지는 일이 빈번해졌다. 그만큼 대화를 나눌 시간도 점점 짧아졌다. 그래도 아서가 곁에 있다는 사실에 기운을 얻었는지 루시는 가벼운 수다도 떨었다. 루시는 아서와 대화할 때 가장 활기찼다. 우리가 도착한 이후로 가장 활기찬 모습이었을 것이다. 아서 역시 자신을 극한으로 몰아붙여서라도 가능한 한 밝게 이야기하려 애썼다. 덕분에 우리는 연인이 서로를 위해 애쓰는, 그 무엇보다 아름다운 모습을 지켜볼 수 있었다.

벌써 새벽 1시가 다 됐다. 지금은 아서와 반 헬싱 교수님이 루시 곁을 지키고 있다. 나는 루시의 축음기로 이 일기를 기록하고 있다. 이제 15분 내로 교대하러 가야 한다. 나와 교대한 후 그들은 6시까지 쉴 예정이다. 이번에 루시가 받은 충격이 너무 커서 그녀가 더 버티지 못하고 내일 생을 마감할까 봐 걱정이다. 주님, 부디 우리를 도우소서.

미나 하커가 루시 웨스튼라에게 보내는 서신 (미개봉 상태)

9월 17일.

보고 싶은 루시에게.

네 소식을 들은 지 한참 된 것 같아. 아니, 내가 편지를 쓴 지도 꽤 오래됐구나. 미안해. 그래도 그동안 전하지 못했던 소식을 들으면 마음이 좀 풀릴걸. 어디 보자, 난 남편을 데리고 무사히 돌아왔어. 엑서터에 도착했더니 마차가 기다리고 있더라. 통풍 때문에 고생하는데도 호킨스 씨가 아픈 몸을 이끌고 마중을 나오셨더라고. 호킨스 씨는 우리를 자택으로 데려가셨어. 우리가 묵을 방도 준비해주셨는데, 정말 멋지고 안락한 거 있지. 저녁 식사 후에 호킨스 씨가 말씀하셨어.

"두 사람의 건강과 번영을 위해 축배를 들겠네. 자네들의 앞날에 축복이 가득하기를. 나는 자네들을 어릴 때부터 알았지 않나. 그때도 두 사람은 사랑스럽고 기특했지만, 이렇게 다 큰 걸 보니 더욱 사랑스럽고 뿌듯하구먼. 나는 자네들이 내 집에 거하며 가정을 꾸리길 바라네. 자네들도 알다시피 내게는 자식이 없어. 다들 이른 나이에 먼저 세상을 떠났지. 그래서 내 재산을 자네들에게 물려줄 생각이야." 루시, 조너선이 호킨스 씨와 손을 맞잡는 사이에 나는 울음을 터뜨렸어. 그날 저녁은 정말로, 정말로 행복했단다.

이렇게 해서 우리는 이 멋진 저택에 신혼살림을 차렸어. 침실이랑 응접실에서는 근처에 있는 대성당의 커다란 느릅나무들이 보여. 뒤에 있는 대성당의 벽돌이 노란색이어서 새까만 느릅나무 가지가 훨씬 선명해 보이지. 집에 있으면 하늘에서 떼까마귀가 깍깍하며 종일 지저귀는 소리도 들을 수 있어. 떼까마귀들이 울고 나면 곧이어 사람들 말소리도 들린단다. 요즘은 짐을 정리하고 집안일을 하느라 바빠. 이런 얘기까지 할 필요는 없나? 조너선과 호킨스 씨도 종일 바쁘지. 조너선이 이제 파트너 변호사가 돼서 호킨스 씨가 기존 고객 정보를 모두 알려주려고 하시거든.

어머님은 좀 어떠시니? 당장이라도 널 보러 달려가고 싶은데, 아직은 해야 할 일이 많아서 좀 힘들어. 조너선도 아직 완쾌한 건 아니라서 말이야. 살은 조금씩 다시 붙기 시작했지만, 긴 병으로 너무 쇠약해졌거든. 심지어 아직도 가끔은 자다가 깨서 바들바들 떨어. 내가 한참 달래줘야 좀 진정한다니까. 다행히 이런 일은 갈수록 조금씩 뜸해져. 언젠가는 아예 없어지는 날이 오겠지. 난 그러리라고 믿어. 자, 내 소식을 모두 들려줬으니 이제는 네 소식도 좀 묻자. 결혼식은 언제, 어디서 해? 주례는 누가 서고, 드레스는 어떤 걸 입을 거야? 사교계 사람들을 다 초대하는 공개 결혼식이야,

아니면 친지만 부르는 비공개 결혼식이야? 결혼식 얘기 좀 해줘. 다 궁금해. 너와 관계된 일이라면 나한테 중요하지 않은 일이 없단 말이야. 조너선이 '경하드린다'라고 전해달라더라. 호킨스 앤드 하커 변호사 사무실이 규모가 작지 않은 곳이라고는 해도, 그래 봐야 조너선은 이제 초임 변호사인데, 그런 표현은 과한 것 같아. 그러니까 그냥 조너선이 '사랑한다'라고 전해달랬다고 할게. 네가 날 사랑하듯, 조너선이 날 사랑하듯, 그리고 내가 널 사랑하듯, 그런 사랑의 감정을 담았다고 생각해줘. 이만 줄일게. 사랑하는 루시, 너한테 좋은 일만 있기를 바라.

너의 벗,

미나 하커 씀.

의학 박사, 왕립 의과대학 졸업생, 아일랜드 왕립 화학자 협회 공인 자격증 보유자 등의 직함이 있는 패트릭 헤네시가 의학 박사 존 수어드에게 보내는 보고서

9월 20일.

존 수어드 원장님께.

말씀하신 대로 원장 대리로 처리한 업무 보고서를 동봉합니다. 환자인 렌필드에 대해서는 서신을 통해 좀 더 말씀드리고자 합니다. 렌필드가 또다시 이상 증세를 보였습니다. 끔찍한 상황이 벌어질 수도 있었습니다만, 다행히 큰 문제는 발생하지 않았습니다. 오늘 오후 남자 두 명이 짐마차를 끌고 병원 옆 빈집을 방문했습니다. 그 집은 원장님도 기억하실 겁니다. 렌필드가 두 번 탈출을 시도했을 때 갔던 곳 말입니다. 그 남자들은 초행길인지 병원 입구에 마차를 대고 우리 경비원에게 빈집 진입로를 묻더군요. 마침 저는 저녁 식사를 마치고 서재에서 담배를 태우던 터라, 창밖을 내다보다 그 광경을 목격했습니다. 잠시 후 그들 중 한 사람이 병원 쪽으로 접근했습니다. 그 남자가 렌필드의 병실 창문 앞을 지날 때, 렌필드가 병실에서 욕설을 내뱉었습니다. 렌필드는 그 남자를 보며 차마 듣기 힘든 온갖 욕설을 마구 해댔습니다. 그 남자는 꽤 점잖아 보였는데, 렌필드에게 한마디 하고 말더군요. "입이 걸군. 좀 닥치쇼." 그러자 렌필드는 그 남자가 자기 것을 빼앗아 갔다느니, 자기를 죽이려 한다느니 하는 소릴 해대면서 자기가 교수대에 서는 일이 있더라도 그자를 끝장내겠다고 했습니다. 저는 창문을 열고 그 남자에게 신경 쓰지 말라는 신호를 보냈습니다. 그랬더니 그 남자가 병원 건물을 쓱 올려다보고는 그제야 자기가 온 곳이 어디인지 알겠다는 듯 대꾸했습니다. "하이고, 저는 괜찮습니다. 미친놈이 득시글한 곳에서 무슨 소리를 든든 상관하지 않습니다. 저렇게 짐승 같은 놈들이랑 한곳에서 사셔야 하는 나리들이 안쓰러울 따름이지요." 남자는 예의 바르게 길을 물었고, 저는 빈집 대문 위치를 알려주었습니다. 렌필드는 나가는 남자의 등 뒤에 대고 온갖 욕설을 퍼부었습니다. 저는 혹시 환자로 하여금 분노하게 한 원인을 알 수 있을까 싶어서 병실로 내려갔습니다. 그는 원래 행동 양태가 꽤 좋은 편이었으니까요. 발작할 때를 제외하고는 딱히 위험 행동을 하지도 않았고요. 제가 병실을 찾아갔을 때, 환자는 놀랍게도 그렇게 유순할 수가 없었습니다. 제가 조금 전 상황에 대해 이런저런 질문을 했더니, 그는 영문을 모르겠다는 듯 행동하더군요. 방금 사건을 완전히 잊은 사람 같아서 그런 그의 태도에 설득됐습니다. 하지만 유감스럽게도 그건 그의 계략이었습니다. 그는 30분도 채 지나지 않아 같은 행동을 반복했습니다. 이번에는 창문 밖으로 빠져나가 입구 쪽으로 달려가기까지 했지요. 저는 간병인들에게 따라오라고 하고 곧바로 환자 뒤를 쫓았습니다. 무슨 일이라도 벌일까 봐 불안해서 미칠 것 같았습니다. 괜히 불안했던 게 아니었습니다. 빈집 대문에서 병원 쪽으로 아까 그 짐마차가 내려오고 있었습니다. 이번에는 커다란 나무 상자가 마차에 실려 있더군요. 남자들은 한참 힘을 쓰고 온 듯 상기된 얼굴로 이마의 땀을 훔쳤습니다. 제가 따라잡기 전에 렌필드가 그들에게 달려들었습니다. 그리고 한 남자를 마차에서 끌어내리더니, 남자의 머리를 붙들고 바닥에 내리쳤습니다. 제가 제때 붙들지 않았다면 그 남자는 그 자리에서 죽었을 겁니다. 다른 남자는 마차에서 내려서 딱딱한 채찍 손잡이를 렌필드의 머리에 내리쳤습니다. 무시무시한 공격이었습니다. 하지만 렌필드는 아무렇지도 않은 듯했습니다. 그는 자기를 공격한 남자를 붙들었습니다. 저와 간병인 둘이 들러붙어 환자를 말렸는데, 그가 움직일 때마다 저희는 새끼 고양이처럼 그에게 대롱대롱 매달렸습니다. 원장님도 아시다시피 저는 한 덩치 하는 사람입니다. 다른 두 간병인도 건장한 사내들이었고요. 그런데도 저희가 렌필드에게 꼼짝도 하지 못했던 겁니다. 그는 처음에 별말 없이 남자들을 공격하기만 했습니다. 그러다 저희의 제지가 어느 정도 먹혀들고, 간병인이 구속복까지 입히자 그가 고래고래 소리를 질렀습니다. "저놈들이 하는 짓을 막아야 한다! 저놈들은 내 것을 빼앗지 못한다! 저놈들이 아무리 날 죽이려 들어도, 내 털끝 하나 손대지 못해! 나는 내 주군을 위해, 내 주인님을 위해 이 몸 바쳐 싸우리라!" 뭐, 이런 식으로 앞뒤가 맞지 않는 말을 쏟아냈고요. 그를 병원으로 데리고 돌아가 완충재를 댄 격리실에 집어넣는 과정은 꽤 고역이었습니다. 간병인 하디는 손가락이 골절되었습니다. 제가 하디의 상처를 직접 봐주었으니 그 부분은 걱정하지 않으셔도 됩니다.

짐을 나르던 두 남자는 처음에 손해배상 얘기를 꺼내면서 언성을 높였습니다. 법적으로 대응해 병원 측이 온갖 제재를 당하게 하겠다더군요. 그러나 그런 협박 이면에는 장정 둘이서 갇혀만 있던 환자 하나를 제압하지 못한 것에 대한 변명이 담겨 있었습니다. 무거운 상자를 들고 나르느라 힘을 빼지 않았다면 쉽게 제압했을 거라고 중얼거렸거든요. 그들은 다른 변명거리도 늘어놓았습니다. 짐을 싣는 작업장에 먼지가 너무 많았는데, 숨을 돌리며 목을 축일 술집이 너무 멀어서 갈증이 났다나요. 그들의 의도는 뻔했습니다. 저는 그들에게 그로그주를 한 잔씩 건넨 후 1파운드짜리 금화를 하나씩 손에 쥐여주었습니다. 그로그주는 럼주에 물을 탄 것이지만, 사실 물은 거의 안 탔기 때문에 럼주나 마찬가지였습니다. 그제야 그들은 별것 아니었다는 듯, 저처럼 '괜찮은 나리'를 만날 수만 있다면 더 정신 나간 인간을 만나도 괜찮다고 큰소리치더군요. 혹시 몰라 그들의 이름과 주소를 받아두었습니다. 그들의 이름과 주소는 다음과 같습니다. 잭 스몰릿, 그레이트 월워스 킹 조지 거리의 더딩 하숙집에 거주. 토머스 스넬링, 베스널 그린 가이드 코트 피터 팔리로路에 거주. 두 사람 모두 해리스 앤드 선즈에 고용돼 있습니다. 해리스 앤드 선즈는 소호 오렌지 마스터스 야드에 있는 운송 회사로, 해운업까지 겸하는 곳입니다.

병원에서 일어나는 일은 빠짐없이 보고드리겠습니다. 또 사안이 중하다 싶으면 즉시 전보를 보내겠습니다.

너무 염려하지 마십시오.

패트릭 헤네시 올림.

미나 하커가 루시 웨스튼라에게 보내는 서신 (미개봉 상태)

9월 18일.

사랑하는 루시에게.

비극적인 일이 벌어졌어. 호킨스 씨가 갑자기 돌아가셨어. 그 일로 우리가 뭐 그리 슬프겠냐고 생각하는 사람들도 있을 거야. 하지만 우린 아버지를 잃은 듯한 기분이야. 호킨스 씨를 정말로 사랑했거든. 게다가 난 아버지, 어머니 얼굴도 모르잖아. 오랫동안 알고 지낸 분이 돌아가신 건 이번이 처음이라 상실감이 말도 못하게 커. 조너선도 몹시 괴로워하고 있어. 지인의 부고를 접하고 느끼는 슬픔과는 비교도 할 수 없어. 호킨스 씨는 조너선을 어릴 때부터 돌봐준 분이야. 늘그막엔 조너선을 친아들로 여기며 재산까지 물려주셨지. 우리처럼 어려운 가정에서 자란 사람들은 꿈도 못 꿀 막대한 재산을. 조너선이 괴로워하는 이유는 또 있어. 갑자기 떠안게 된 책임의 중압감이 버거운가 봐. 자기 능력까지 의심하더라니까. 온 힘을 다해 조너선을 격려했더니 그 부분은 조금씩 나아지고 있어. 사실 가장 큰 문제는 조너선이 아직도 출장 가서 겪은 일 때문에 힘들어한다는 거야. 조너선처럼 선하고 소박하며 고결하고도 강인한 사람이, 그런 훌륭한 성품의 본질마저 잃을 정도로 큰 상처를 받다니…. 이건 너무 가혹한 일이야. 원래 그렇게 훌륭했으니 말단 직원에 불과했던 사람이 몇 년 만에 또 다른 훌륭한 분의 믿음을 사서 사무실 대표 자리에 오를 수 있었던 건데…. 아, 미안해. 내가 괜히 우는소리를 해서 한창 행복을 만끽하고 있을 너한테 짐을 지운 것 같네. 그래도 누군가한테는 이런 심정을 털어놓아야 했어. 조너선 앞에서 늘 씩씩하고 힘찬 모습만 보이느라 힘든데, 여기엔 내가 내밀한 사정까지 얘기할 만한 친구가 없거든. 루시, 네가 이해해줘. 호킨스 씨의 시신은 그의 유언에 따라 부친의 묘소에 안장될 예정이야. 그래서 우리는 모레 런던에 가야 해. 솔직히 말하자면 런던에 가는 게 두려워. 런던에는 호킨스 씨의 친척이 아무도 없어서 조너선이 상주 노릇을 해야 하거든. 잠시라도 시간을 내서 널 만나러 갈게. 괜히 마음 쓰게 해서 미안해. 내 친구 루시, 늘 행복하게 지내렴.

널 사랑하는 친구,
미나 하커 씀.

수어드 박사의 일기

9월 20일. — 규칙적으로 기록을 남기겠다는 다짐 때문에 오늘도 일기를 녹음한다. 지금 나는 너무도 절망스럽고 괴롭다. 만사가 지긋지긋하고, 이 세상 모든 것이 역겹다. 삶이라고 다를 게 없다. 지금 이 순간 사신이 날개를 펄럭이며 날아오는 소리가 들린대도 나는 눈 하나 깜빡하지 않을 것 같다. 사실 사신은 이미 근래에 그 음침한 날개의 그림자를 몇몇 사람들에게 드리웠다. 루시의 모친, 아서의 부친, 그리고 심지어…. 아니, 일이 일어난 순서대로 기록해야지.

나는 제시간에 루시가 있는 방으로 가 반 헬싱 교수님과 교대했다. 아서는 쉬어야 하는데도 루시 곁을 지키겠다며 고집을 피웠다. 나는 낮에 그의 도움이 필요할 텐데, 우리가 쉬지 못해 기력이 떨어지면 루시만 더 괴로워질 뿐이라고 말했다. 아서는 그제야 마지못해 자리에서 일어섰다. 반 헬싱 교수님은 친근한 말투로 아서를 토닥이셨다. "이리 오시구려. 나와 함께 갑시다. 당신은 지금 쇠약해져 있소. 슬프기도 하겠거니와 여러모로 몸과 마음이 엉망이라고. 당신이 간신히 버텨내고 있는 걸 우리도 잘 아오. 이럴 때일수록 혼자 있어서는 안 되오. 두려움과 불안감은 혼자 있을 때 더욱 커지는 법이니까. 응접실에는 큰 벽난로도 있고 소파도 두 개니 그곳으로 가는 게 좋겠소. 당신이 한쪽 소파에 눕고 내가 다른 쪽에 누우면 되겠군. 아무 말 안 해도, 그냥 잠만 자더라도, 마음을 알아주는 상대와 함께 있다는 사실만으로 마음이 놓일 거요." 아서는 돌아서서 베갯잇보다 새하얀 루시의 얼굴을 한참 동안 바라본 후 교수님과 함께 방을 나섰다. 루시가 미동도 없이 잠들어 있기에, 나는 있어야 할 것들이 모두 제자리에 있는지 확인하려고 방 안을 둘러보았다. 교수님은 예전의 루시 방처럼 이 방에도 마늘꽃을 곳곳에 놓아두셨다. 창틀에도 마늘꽃 냄새가 배어 있었고, 루시의 목에도 교수님이 매어주신 실크 손수건 위로 조금은 조잡한 마늘꽃 화관이 걸려 있었다. 루시는 다소 거친 숨을 몰아쉬고 있었다. 벌어진 입술 사이로 창백한 잇몸이 보여서인지 루시의 얼굴은 지금까지 본 모습 중 가장 끔찍했다. 등불이 흐릿해서 그랬겠지만, 그녀의 이도 아침보다 더 길어지고 날카로워진 것 같았다. 특히 송곳니는 다른 치아보다 유독 길고 날카로워 보였다. 등불의 불꽃이 너울거려서 잘못 본 것일 수도 있다. 나는 루시 곁에 자리를 잡고 앉았다. 잠시 후 루시가 몸을 뒤척였다. 그와 동시에 무언가가 창에 부딪히는 소리, 아니, 뭔가가 창문 앞에서 커다란 날개를 퍼덕이는 것 같은 둔탁한 소리가 들렸다. 나는 조심스레 창가로 가서 블라인드 틈으로 밖을 엿보았다. 달빛이 가득한 하늘에 커다란 박쥐 한 마리가 원을 그리며 날고 있었다. 몇 번이나 창으로 날아들며 유리창에 날개를 부딪치는 걸 보면 이 방에서 새어 나가는 어슴푸레한 불빛에 이끌린 모양이었다. 다시 자리로 돌아왔더니 루시의 자세가 아까와 달라져 있었다. 목에 걸려 있던 화관의 마늘꽃도 다 뜯긴 채였다. 나는 할 수 있는 한 마늘꽃을 원래 있던 자리에 다시 고정했다. 그리고 자리에 앉아 루시를 지켜보았다.

루시가 자다가 깼길래 반 헬싱 교수님이 미리 정해두신 식단에 따라 식사를 가져다주었다. 루시는 없는 기운을 쥐어짜 몇 숟갈 떴지만, 얼마 먹지 못했다. 이전까지는 그래도 살겠다는 강한 의지라도 있었지만, 이제는 그런 것도 보이지 않았다. 그나저나 루시가 의식을 되찾자마자 마늘꽃을 가까이 끌어당긴 게 의아했다. 잠들어서 거친 숨을 몰아쉬고 있을 땐 그 꽃을 몸에서 떼려고 했기 때문이다. 그런데 깨고 나니 마늘꽃을 움켜쥐는 게 이상했다. 내가 착각했을 리는 없다. 긴 시간 지켜보는 동안 루시는 몇 번이나 잠들었다 깨기를 반복했는데, 마늘꽃에 대한 그녀의 반응은 매번 똑같았다.

6시가 되자 반 헬싱 교수님이 와서 교대해주셨다. 교수님은 아서가 깊이 잠들어 있어서 좀 더 자도록 놔두셨다고 했다. 루시의 얼굴을 확인한 직후 교수님은 숨을 들이마시며 '습' 하고 소리를 내셨다. 그리고 나지막한 목소리로 쏘아대듯 말씀하셨다. "블라인드를 걷게. 당장 빛이 필요해!" 교수님은 루시의 얼굴에 얼굴이 닿을락 말락 할 정도로 몸을 숙이고는 상태를 확인하셨다. 그리고 루시의 목에 걸린 화관을 벗기고 실크 손수건도 푸셨다. 손수건을 풀자마자 교수님은 깜짝 놀라며 뒷걸음질 치셨다. "세상에…!" 교수님이 내뱉은 탄식의 말이 목에 걸린 듯 나오다가 말았다. 나도 몸을 숙여 루시의 목을 살폈다. 순간 등골이 서늘해졌다.

목에 있던 상처가 흔적도 없이 사라졌다.

교수님은 5분가량 심각한 표정으로 루시를 바라보셨다. 그러다 나를 돌아보며 차분히 말씀하셨다.

"루시 양은 죽어가고 있네. 그녀에게는 시간이 얼마 남지 않았어. 내가 하는 말을 잘 듣게. 루시 양이 의식이 있는 상태에서 숨을 거두는 것과 잠들어 있다가 숨을 거두는 것은 큰 차이가 있어. 가서 아서를 깨우게. 그를 데려와 작별 인사를 하게 해야겠어. 아서는 우리를 믿고 있지 않은가. 그에게 약속도 했고 말이야."

나는 응접실로 가서 아서를 깨웠다. 아서는 잠시 멍하니 있다가 겉창 틈으로 새어 들어온 햇빛을 보고 화들짝 놀랐다. 그는 자신이 늦잠을 잔 모양인데, 혹시 무슨 일이 있느냐고 물었다. 나는 일단 루시가 아직 자고 있다고 그를 안심시켰다. 그런 뒤 반 헬싱 교수님과 내가 보기에는 루시에게 남은 시간이 별로 없는 듯하다고 조심스럽게 말했다. 아서는 양손에 얼굴을 파묻더니 소파에서 미끄러져 내려와 바닥에 무릎을 꿇었다. 그는 바닥에 웅크린 채 간절히 기도를 올렸다. 슬픔에 휩싸인 그의 어깨가 들썩였다. 나는 그가 슬퍼하도록 잠깐 내버려뒀다가 손을 내밀어 그를 일으켜 세웠다. "가자고, 친구. 용기를 내봐. 그래야 루시도 마음 편히 눈을 감지."

루시가 있는 방으로 돌아왔더니, 역시 교수님은 뭔가 생각이 있는지 방을 정돈해놓고 애써 밝은 분위기를 연출하셨다. 심지어 루시의 머리도 빗겨놓으셨다. 덕분에 루시의 머리칼은 베개 위에 가지런히 펼쳐져 있었다. 그녀의 머리칼은 예나 지금이나 햇살처럼 눈부시게 물결쳤다. 우리가 안으로 들어가자 루시가 눈을 뜨고 아서를 쳐다보았다. 그리고 속삭이듯 나지막한 목소리로 말했다.

"아서! 사랑하는 아서! 당신이 와줘서 기뻐요!" 아서는 그녀에게 입 맞추기 위해 몸을 숙였다. 그때 반 헬싱 교수님이 아서에게 뒤로 물러나라는 듯 손짓하며 속삭이셨다. "아니, 아직은 안 되오! 그녀의 손이나 잡아주시구려. 웨스튼라 양에겐 그게 더 힘이 될 거요."

교수님의 말씀에 아서는 루시의 손을 잡고 그 옆에 무릎을 꿇었다. 그때의 루시는 이제껏 본 모습 중 가장 아름다웠다. 그녀의 고운 얼굴과 천사같이 아름다운 눈망울은 아름다움을 더해주었다. 루시의 눈이 천천히 감기면서 그녀는 이내 깊은 잠에 빠졌다. 얼마 지나지 않아 루시의 가슴이 부드럽게 들썩였고, 그녀는 신나게 뛰어놀다 잠든 아이처럼 새근거렸다.

곧이어 내가 간밤에 알아챈 묘한 변화가 이번에도 서서히 일어났다. 호흡이 거칠어지면서 입이 벌어졌고, 창백한 잇몸이 쪼그라들었으며, 이가 더 길고 날카로워 보였다. 루시가 몽유병처럼 온전한 의식이 없는 채 눈을 떴다. 그녀의 눈빛은 생기 없고 칙칙했다. 그녀는 부드러우면서도 관능적인 목소리로 말했다. 루시가 그런 목소리를 내는 건 들어본 적이 없었다.

"아서! 사랑하는 아서! 당신이 와줘서 기뻐요! 어서 내게 입 맞춰줘요!" 아서는 루시의 말을 듣자마자 기다렸다는 듯 그녀에게 입 맞추기 위해 몸을 숙였다. 바로 그 찰나, 루시의 목소리에 나만큼이나 놀란 반 헬싱 교수님이 아서의 등 뒤로 달려들며 양손으로 그의 목을 감싼 채 뒤로 끌어내셨다.

그 바람에 아서는 방 건너편으로 던져지다시피 했다. 어디서 그런 힘이 나왔나 싶을 정도로 우악스러운 행동이었다.

"목숨을 내놓아서야 쓰겠소! 이건 당신과 웨스트라 양의 영혼까지 걸린 문제라고!" 아서와 루시 사이에 선 교수님은 궁지에 몰린 사자 같았다.

아서는 너무 깜짝 놀라 일순간 어떤 행동도 하지 못하고 아무 말도 하지 못했다. 그래도 그는 지금 펼쳐진 상황이 예사롭지 않다는 걸 깨닫고, 울컥하지 않고 가만히 선 채 기다렸다.

나는 루시를 주시했다. 반 헬싱 교수님도 루시에게서 시선을 거두지 않으셨다. 루시의 얼굴에 분노가 드리웠다. 그녀의 뺨이 파르르 떨렸고, 앙다문 입에서는 이가 갈리는 소리가 났다. 얼마 후 루시는 눈을 스르르 감고 숨을 거칠게 몰아쉬었다.

곧바로 루시가 다시 눈을 떴다. 다시금 상냥한 눈빛이었다. 그녀는 수척하고 창백한 손을 내밀어 짙게 그을린 반 헬싱 교수님의 큼지막한 손을 붙들었다. 그녀는 붙든 손을 잡아당기며 그 손에 입 맞췄다. 루시가 가느다란 목소리로 말했다. "교수님은 진정한 제 편이셨어요. 제 편이니까 아서의 편이기도 한 거죠. 부디 아서를 지켜주세요. 그리고 제가 안식에 들게 해주세요!" 잦아드는 목소리는 말로 설명할 수 없을 정도로 애처로웠다.

"맹세하리다!" 교수님은 법정에서 선서하는 사람처럼 루시 옆에 무릎을 꿇고 한 손을 든 채 엄숙하게 말씀하셨다. 그리고 아서를 돌아보며 그를 부르셨다. "이리 오시오. 사랑하는 여인의 손을 잡아보시오. 입맞춤은 이마에 딱 한 번만 하시구려."

두 사람은 입맞춤 대신 서로를 지그시 바라보았다. 그것이 그들의 작별이었다.

루시의 두 눈이 감겼다. 가까이에서 그녀를 지켜보고 있던 교수님은 아서의 팔을 붙들고 그를 침대에서 떨어진 곳으로 데려가셨다.

루시는 다시 거친 숨을 몰아쉬다가 갑자기 숨을 멈췄다.

"다 끝났네. 웨스튼라 양은 사망했어!"

나는 아서를 부축해 응접실로 데려가 앉혔다. 그는 양손에 얼굴을 파묻고 서럽게 울었다. 그 모습을 보고 있자니 절로 눈물이 차올랐다.

다시 방으로 돌아가자 반 헬싱 교수님이 그 어느 때보다 침통한 얼굴로 루시를 바라보고 계셨다. 루시의 시신에는 약간의 변화가 있었다. 죽음이 그녀의 미모를 어느 정도 돌려주었는지, 이마와 뺨의 윤곽이 예전과 비슷하게 매끈해졌다. 입술도 죽기 직전보다 덜 창백했다. 마치 이제는 피가 심장으로 갈 필요가 없어져 죽음의 가혹함이라도 덜고자 얼굴 쪽으로 돌아간 듯했다.

그녀는 잠들었을 때 죽은 것 같았고,
죽었을 땐 잠든 것 같았노라.•

나는 교수님 옆에 서서 말했다.

"아, 가엾은 루시! 이제야 안식에 들었네요. 다 끝났습니다!"

이 말에 교수님이 나를 돌아보며 근엄하게 말씀하셨다.

"그렇지 않네. 안타깝게도 자네 생각은 틀렸어. 이건 단지 시작일 뿐이야!"

내가 무슨 뜻으로 하시는 말씀이냐고 묻자, 교수님은 고개를 가로저으며 이렇게만 대답하셨다.

"아직 우리가 할 수 있는 일은 없어. 기다리면서 지켜보세나."

• 영국의 시인 토머스 후드의 '임종의 자리'에서 인용한 구절이다.

13장

수어드 박사의 일기(이어서 계속)

루시와 웨스튼라 부인을 함께 안장하기 위해 장례식은 모레로 정했다. 장례식의 세부 사항은 내가 결정했다. 장례식을 상상하는 것만으로도 끔찍했지만, 어쩔 수 없었다. 장의사는 예의 바른 사람이었는데, 아부하는 것처럼 과하다 싶을 정도로 싹싹하게 굴면서 자기 직원들이 여러모로 애쓰고 있다는 점을 강조했다. 가끔은 영광이라고 말하기도 했다. 심지어 루시의 시신을 염습한 여자도 장의사인 제 오라비와 다를 바 없었다. 그녀는 시신이 있는 방에서 나온 후 내게 속삭였다.

"시신이 이루 말할 수 없이 아름답습니다, 나리. 제가 살면서 이런 시신을 염습하게 될 줄은 꿈에도 몰랐습니다. 저희 사업이 흥하면, 그게 다 이분 덕이라고 해도 과언이 아닐 정도입니다."

반 헬싱 교수님은 늘 가까운 곳에 계셨다. 분위기가 너무 어수선해서 일손을 보태고자 그러셨을 것이다. 루시의 친척들은 인근에 살지 않는 데다 아서도 부친의 장례식 때문에 내일이 돼서야 돌아올 예정이었다. 우리는 누구에게 부고를 보내야 할지 알 수 없었다. 상황이 이렇다 보니 교수님과 내가 직접 집 안 서류를 살펴보아야 했다. 교수님은 루시 자료를 본인이 검토하겠다며 고집을 부리셨다. 나는 교수님이 외국인이기에 영국 법률상 의무 사항을 제대로 파악하지 못하실 수도 있고, 그 때문에 불필요한 문제를 야기할 수도 있다고 생각했다. 그래서 교수님께 고집을 부리시는 이유를 여쭈었다.

"자네가 염려하는 바는 아네. 안다니까. 내가 의사이기만 한 게 아니라 법률가이기도 하다는 걸 자네가 잊었나 보군. 하지만 법적인 문제만 처리하려고 이 일을 하는 건 아냐. 자네도 사인 규명 조사를 피하려고 했으니 이해할 테지. 피해야 할 건 그뿐만이 아니라네. 잘 뒤져보면 이런 서류가 더 있을지 몰라."

교수님은 이렇게 말씀하시면서 수첩에서 쪽지를 꺼냈다. 루시가 가슴팍에 넣어두었다가 잠결에 찢었던 그 쪽지였다.

"웨스튼라 부인이 마지막으로 수임한 변호사 정보를 찾으면 곧바로 부인의 서류를 봉해놓고 그 변호사에게 연통을 넣게. 나는 밤을 새워서라도 이 방이랑 루시 양의 원래 방을 샅샅이 뒤질 생각이네. 뭐가 나오든 내가 직접 뒤져야 안심이 되거든. 그녀의 솔직한 생각이 담긴 글이 다른 사람들 손에 넘어가면 곤란하지."

나는 맡은 일을 계속했다. 30분쯤 지나서 웨스튼라 부인이 수임한 변호사의 이름과 주소를 찾아냈고, 곧바로 그에게 보낼 편지를 썼다. 웨스튼라 부인의 서류는 잘 정리되어 있었다. 살펴보니 부인은 장지도 미리 정해두었다. 다 쓴 편지를 봉하려는데, 교수님이 내가 있던 방으로 들어오셨다. 예상하지 못한 일이었다.

"존, 내가 뭘 도와주면 좋겠나? 내 일은 끝나서 자네를 좀 도울까 하고 와봤네."

"찾으시던 게 나왔습니까?"

"특정한 서류를 찾으려던 건 아니었네. 그냥 편지나 쪽지, 일기장 같은 게 있나 싶었지. 그런 건 다 찾았어. 일기는 막 쓰기 시작한 참이더군. 찾은 걸 가지고 오긴 했는데, 당장은 그걸 가지고 논의하지 않는 게 좋겠어. 내일 저녁에 아서가 오니 그 친구 허락을 먼저 받을 생각이야. 이것들은 내가 좀 쓸 데가 있어."

눈앞의 일을 끝낸 뒤 교수님이 다시 입을 여셨다.

"존, 이만하면 됐으니 자러 가세나. 우리가 제대로 못 잔 지 한참 됐어. 자네나 나나 기력을 회복하려면 좀 쉬어야 해. 내일은 할 일이 많아. 하지만 오늘 밤엔 딱히 할 일이 없지. 다행이라고 해야 할까!"

우리는 자러 가기 전에 루시의 시신을 살펴보러 갔다. 그 장의사가 다른 건 몰라도 일솜씨는 확실히 꼼꼼했다. 시신이 있는 방이 훌륭한 빈소로 변해 있었다. 하얀 꽃들이 가득해서 아름다운 들판을 옮겨놓은 것 같았다. 그 덕에 죽음이 주는 거북스러운 느낌도 별로 들지 않았다. 교수님은 허리를 숙여 루시의 머리끝까지 덮여 있던 침대보를 살짝 젖히셨다. 우리는 루시의 아름다운 모습에 깜짝 놀랐다. 방안 곳곳에 기다란 양초가 놓여 있어서 내부는 충분히 밝았다. 루시의 시신은 건강했을 때 모습 그대로였다. 루시가 숨을 거둔 지 꽤 지났는데도 '부패의 손길'이 닿은 흔적은커녕 외려 살아 있던 때의 아름다움이 되돌아온 것 같은 느낌이었다. 그녀의 모습은 매우 사랑스러웠다. 나는 도무지 믿을 수가 없어서 두 눈을 마구 비볐다.

교수님은 심각한 표정을 짓고 계셨다. 뭐, 교수님은 루시에게 나 같은 감정을 품은 게 아니니 눈물이 나진 않았으리라. "내가 돌아올 때까지 여기 가만히 있게." 교수님은 이렇게 말하시고 방을 나가셨다. 그러고는 개봉하지 않고 현관에 둔 마늘꽃 상자에서 마늘꽃을 한 움큼 꺼내 오셨다. 교수님은 가져온 마늘꽃을 다른 꽃 사이에 하나씩 꽂아두고,

침대 주위에도 늘어놓으셨다. 그런 다음 옷깃 안쪽에 걸고 있던 작은 금 십자가 목걸이를 끄르셨다. 교수님은 그 목걸이를 루시의 입술 위에 얹으셨다. 우리는 다시 침대보를 덮어둔 후 방을 나왔다.

방에서 옷을 갈아입고 있는데 문 두드리는 소리가 나더니 잠시 후 교수님이 들어와 다짜고짜 말씀하셨다.

"내일 부검용 칼 한 세트를 구해주게. 밤이 되기 전에 가져다주면 좋겠네."

"부검을 해야 합니까?"

"그렇다고도 할 수 있고, 아니라고도 할 수 있겠군. 어쨌든 자네 생각과는 달라. 귀띔해줄 테니 다른 이들에겐 발설하지 말게. 나는 시신의 머리를 자르고 심장을 꺼내려고 하네. 저런! 자네는 수술 경험이 있는 의사인데 뭘 그리 놀라는가! 시체 해부와 실제 수술 당시 다른 학생들은 겁먹고 덜덜 떨어도 자네는 손 하나 떨지 않았어. 불안해하지도 않았다고. 아, 잊을 뻔했군. 그녀는 자네가 사랑했던 여인이지. 암, 알고 있네. 그래서 작업은 내가 직접 할 걸세. 자네는 옆에서 조금만 거들어주게. 원래는 오늘 끝내버리고 싶었지만, 그건 아서한테 못할 짓이지. 아서가 내일 부친의 장례식을 마치고 나면 이리로 올 텐데, 여기 오면 당연히 그녀를, 아니 그녀의 시신을 보려고 할 것 아닌가. 모레가 장례식이니 내일은 입관하겠지. 입관이 끝나고 모두 잠들었다 싶으면 관이 있는 곳으로 가는 거야. 거기서 관 뚜껑을 열고 작업한 후 관을 원래대로 봉해놓으면 돼. 그럼 다른 사람들은 시신 상태를 짐작하지도 못할걸."

"왜 그런 짓을 해야 합니까? 루시는 이미 죽었어요. 합당한 이유가 없다면 그건 사체 훼손일 뿐입니다. 그런다고 루시를 살릴 수도 없고, 우리가 위안을 얻을 수도 없습니다. 의학의 발달에, 인류의 지식에 보탬이 되는 것도 아니에요. 부검을 통해 얻을 수 있는 게 없는데 왜 부검이 필요하죠? 사체에 난도질을 하다니, 그건 너무 잔인합니다. 왜 부검이 필요한지 말씀해주십시오."

교수님은 내 어깨에 손을 올리고 한없이 다정한 목소리로 말씀하셨다.

"가슴이 미어지는 것 같을 테지. 존, 자네 마음 아네. 그렇게 괴로워하는 걸 보니 자네를 향한 내 신뢰가 더 깊어지는군. 할 수만 있다면 자네가 괴로워하는 그 마음의 짐을 내가 짊어지고 싶어. 하나 자네는 아직 모르는 게 있어. 들어서 유쾌할 건 없겠지만, 그래도 자네가 알게 되면 내게 고마워할 만한 내용이지. 존, 자네와 내가 알고 지낸 지가 몇 년인가? 그동안 내가 합당한 이유 없이 행동하는 걸 본 적이 있나? 물론 나도 인간인지라 실수는 할 수 있어. 그래도 나는 지금껏 해온 모든 일에 떳떳해. 큰일이 생겼다는 생각이 들자 자네가 나를 부른 것도 그런 이유 때문 아닌가? 당연히 그렇겠지! 아서가 죽어가는 연인에게 입 맞추려 할 때 내가 온 힘을 다해 그를 떼어놓는 걸 보고도 자네는 충격을 받지도, 내게 실망하지도 않았지? 당연히 안 그랬겠지! 루시 양이 죽어가면서 아름다운 눈동자로 나를 바라보고, 곧 끊어질 것 같은 가녀린 목소리로 내게 고마움을 표하는 걸 자네도 봤지? 늙어서 투박한 이 손에 그녀가 입 맞추는 것도 모두 봤지? 암, 분명히 봤겠지! 그럼 내가 그녀와 한 약속을 지키리라 맹세하는 건 들었나? 그 맹세를 듣고 그녀가 안심하며 눈을 감는 건? 당연히 보고 들었겠지!

이처럼 앞으로 내가 하려는 일에도 합당한 이유가 있네. 자네는 오랜 세월 나를 믿어줬네. 괴이한 일이 자꾸만 벌어져서 의심이 샘솟았을 지난 몇 주 동안에도 자네는 나를 믿어줬어. 존, 나를 조금만 더 믿어주게. 자네가 끝내 날 못 믿겠다면 모든 계획을 털어놓겠네. 다만, 그건 그다지 좋은 방법이 아니야. 자네가 날 믿든 믿지 않든, 나는 내 일을 할 걸세. 그리 되면 난 마음이 무겁겠지. 도움이 필요해도, 응원이 필요해도…. 하, 나는 지독히도 고독한 싸움을 계속해나가야겠지!" 교수님은 잠시 말을 멈추었다가 진지하게 말을 이으셨다. "존, 우리한테는 아직 해결해야 할 괴이하고도 끔찍한 일이 남아 있다네. 각자 행동하지 말고 한마음으로 끝을 보는 게 어떻겠나? 어때, 나를 믿어주겠나?"

나는 교수님의 손을 잡고 그러겠노라고 다짐했다. 나는 문가에서 교수님을 배웅했고, 교수님이 방으로 돌아가 문을 닫으시는 것까지 지켜보았다. 그렇게 가만히 서 있는데 복도에서 하녀 하나가 까치발을 들고 움직이는 게 보였다. 그녀는 등을 돌리고 있어 나를 보지 못했다. 그 하녀는 루시의 시신이 있는 방으로 들어갔다. 그 모습을 보니 가슴이 뭉클해졌다. 헌신적인 사랑이 워낙 흔치 않다 보니 누가 시키지도 않았는데 사랑하는 사람을 위해 헌신하는 모습을 보면 그렇게 고마울 수 없다. 그 하녀도 사랑했던 아씨의 곁을 지키려 한 것이겠지. 땅에 묻히기 전에 아씨가 쓸쓸하지 않도록, 인간이라면 누구나 가질 죽음에 대한 공포마저 이겨내고 시신이 있는 방으로 간 것이겠지.

한참을 깊이 잠들었던 모양이다. 반 헬싱 교수님이 나를 깨우러 오셨을 땐 벌써 밖이 훤했다. 교수님은 침대 가로 와서 말씀하셨다.

"부검용 칼은 필요 없게 됐네. 내가 말했던 작업은 못하게 됐어."

"어째서죠?" 지난밤 교수님의 진지한 말씀에 꽤 감명받았던 터라 의아한 마음에 여쭈었다.

"너무 늦었기 때문이지. 아니, 너무 이르다고 해야 할까. 이걸 보게!" 교수님은 작은 금 십자가 목걸이를 들어 보이셨다. "어젯밤 이걸 도둑맞았네."

나는 어리둥절했다. "아니, 어떻게 도둑맞은 걸 가지고 계시죠?"

"방금 도둑에게서 돌려받았지. 죽은 자에게 있던 산 자의 물건을 훔쳤으니, 그 여자는 두 사람의 물건을 훔친 셈이로군. 그 여자는 반드시 벌을 받을 테지만, 그 벌을 내가 주진 않을 걸세. 이 목걸이에 무슨 의미가 있는지, 그걸 훔치면 어떻게 되는지 전혀 모른 채, 아무 생각 없이 값나가 보이는 걸 훔쳤을 뿐이니까. 이제 우리는 기다려야 하네."

교수님은 알쏭달쏭한 말만 남기고 자리를 뜨셨다. 덕분에 나한테는 끙끙대며 풀어야 할 수수께끼가 생겼다.

오전에는 별일이 없어 따분했지만, 정오에 변호사가 방문하면서 조금 분주해졌다. 웨스튼라 부인의 변호사는 홀맨 선즈 마퀀드 앤드 리더데일 법률사무소의 마퀀드 씨였다. 그는 아주 상냥한 사람이었다. 그는 우리가 연락을 주고 자료를 정리해둔 것에 매우 고마워했다. 그가 온 덕에 우리도 사소한 문제까지 시시콜콜 검토할 필요가 없었다. 점심 식사를 하는 자리에서 그는 웨스튼라 부인이 심장병으로 갑작스럽게 사망할 경우에 대비해 유산상속분을 일일이 정해두었다고 했다. 그의 말에 따르면, 현재는 루시 부친의 재산으로 되어 있으나 실소유주가 방계혈족이어서 당장은 아니더라도 언젠가 그쪽으로 귀속될 재산을 제외한 모든 부동산과 동산, 금전은 아서 홈우드에게 상속될 예정이었다. 그는 이미 충분히 얘기했다 싶은데도 말을 아낄 줄 몰랐다.

"있는 그대로를 말씀드리죠. 저희도 그런 식의 상속은 막으려고 무척 애썼습니다. 만에 하나라도 결혼이 깨지면 이 집안 따님이 무일푼 신세가 될 수도 있고, 그게 아니라도 다른 문제로 결혼을 재고해야 할 상황에서 그 따님에게 선택의 여지가 없어질 테니까요. 솔직히 이런 주장을 밀어붙이다 부인과 틀어질 뻔했습니다. 웨스튼라 부인이 저희에게 법률 대리를 할 의향이 있기는 한 거냐고 물으시기도 했다니까요. 당시에는 다른 대안이 없었기 때문에 저희로서는 부인의 뜻에 따를 수밖에 없었습니다. 원칙적으로는 저희 주장이 옳습니다. 비슷한 사례를 살펴보면 십중팔구는 저희 판단이 옳다는 것이 입증됩니다. 하지만 이번만큼은 저희 주장을 고수했다면 부인이 뜻하시던 바를 달성하지 못했으리란 걸 인정해야겠습니다. 어쨌든 부인은 따님보다 먼저 사망하셨기에 미리 유언장을 마련해놓지 않으셨다면 재산은 따님에게 상속됐겠지요. 따님이 5분 더 사셨을 뿐이라 해도 일단 유산의 법적 소유권이 따님에게 귀속되는 건

달라지지 않거든요. 웨스트라 양은 유언을 남기지 않았고, 실제로도 유언을 남기긴 불가능한 상태였지요. 그런 상태에서 웨스트라 양이 사망하는 순간, 그 유산은 유언도, 선순위 상속자도 없는 채 남겨지게 됩니다. 그러면 고달밍 경의 가문과 웨스트라 가문이 결속을 약속한 상태라고 해도 그쪽에서는 아무런 권리도 주장할 수 없게 됩니다. 그 대신 웨스트라 가문의 유산은 먼 친척들에게 돌아가겠지요. 피 한 방울 섞이지 않은 사람에게 재산을 넘겨줄 순 없다느니 하는 감상적인 이유를 내세우면서 자기들 권리를 포기하려 들지 않을 테니까요. 그러니까 제가 드리는 말씀은 이겁니다. 저는 결과에 아주 만족합니다. 웨스트라 부인의 판단은 완벽했어요."

마퀀드 씨는 좋은 사람이긴 했다. 하지만 하나를 보면 열을 알 수 있다고, 한 집안의 거대한 비극 앞에서 본인 직무에 관련된 사소한 일로 만족스럽다는 얘기를 꺼내는 걸 보면 상대방의 심정을 헤아릴 줄도, 배려할 줄도 모르는 사람인 건 분명했다.

그는 얼마 안 있어 그만 가보겠다며 일어섰다. 대신 오후에 고달밍 경을 만나러 다시 방문하겠다고 했다. 아무튼 마퀀드 씨 덕에 우리가 마음을 놓은 건 사실이다. 그 덕분에 얼굴 붉혀가며 상속 문제를 처리할 필요가 없었기 때문이다. 아서가 오기로 한 5시가 되기 조금 전에 우리는 빈소로 들어갔다. 그곳은 어제와 달리 말 그대로 빈소처럼 우중충했다. 빈소에는 루시뿐 아니라 웨스트라 부인의 시신도 나란히 놓여 있었다. 게다가 장의사가 제 딴엔 뭘 더 해보겠다고 고가의 장식품을 여기저기 늘어놓는 바람에 장례식장 분위기만 물씬 났다. 반 헬싱 교수님은 장의사에게 방을 이전 상태로 되돌려놓으라고 지시하셨다. 고달밍 경이 곧 올 텐데 죽은 약혼녀를 보러 온 사람에게 다른 시신까지 보게 하는 건 너무 가혹하지 않으냐며, 그가 사랑했던 연인과 마지막으로 오붓한 시간을 보내게 해주는 게 낫다는 설명도 덧붙이셨다. 장의사는 당황하면서도, 자기 생각이 짧았다며 방을 전날 상태로 돌려놓으려고 바삐 움직였다. 장의사가 교수님의 지시대로 일을 재빨리 처리해서 다행히 아서가 온 후 우리가 염려한 일은 벌어지지 않았다.

아서를 보는 순간 탄식이 터져 나왔다! 그는 처참한 몰골로 비탄에 잠겨 있었다. 다부지던 어깨마저 감정을 과도하게 소모한 탓에 어쩐지 쪼그라든 것처럼 보였다. 그가 얼마나 아버지를 사랑했는지, 그분께 얼마나 헌신했는지, 나도 잘 안다. 그러니 아버지를 잃은 그의 속이 얼마나 쓰릴지 모르지 않는다. 심지어 시기도 하필 이럴 때라니…. 나를 대하는 아서의 태도는 평소와 다름없이 다정했다. 그는 반 헬싱 교수님께도 예의를 지키는 한도 내에서 친근하게 행동했다. 하지만 내게는 그가 무너지지 않으려고 아등바등하는 게 훤히 보였다. 교수님도 이를 눈치챘는지 내게 그를 데리고 위층으로 올라가라고 손짓하셨다. 나는 빈소 문 앞까지 아서를 데려다주었다. 빈소에서는 그가 루시와 단둘이 있고 싶으리란 생각에 나는 곧장 돌아섰다. 그때 그가 내 팔을 붙들고 방 안으로 잡아당겼다. 그리고 쉰 목소리로 말했다.

"잭, 자네도 루시를 사랑했던 걸 아네. 루시에게 다 들었어. 그녀는 자네를 가장 든든한 친구라고 생각했지. 자네가 루시를 위해 해준 그 모든 일들, 그 은혜를 내가 어찌 갚을까. 아직은 아무 생각도…."

아서가 북받치는 감정을 주체하지 못하고 나를 끌어안았다. 그는 내 어깨에 팔을 두르고 내 가슴에 얼굴을 묻은 채 통곡했다.

"아, 잭! 잭, 말해줘! 이제 난 어떻게 하지? 내가 이제껏 살아온 내 모든 삶을 송두리째 잃어버린 것 같은 기분이야. 이 넓은 세상에 삶의 목적으로 삼을 게 단 하나도 없어."

나는 능력이 닿는 데까지 아서를 위로했다. 이런 상황을 맞은 남자에게는 위로의 말이 별 도움이 되지 않는다. 오히려 손을 꽉 잡고 어깨를 힘껏 감싸 안아주며, 함께 울어주는 게 더 좋은 위로가 되는 법이다. 나는 아무 말 없이 가만히 서서 그가 울음을 멈출 때까지 기다렸다. 그의 흐느낌이 잦아들자 내가 조심스레 입을 열었다.

"가까이 가서 루시를 좀 봐."

우리는 침대로 다가가 침대보를 들췄다. 맙소사! 그녀는 이루 말할 수 없이 아름다웠다. 시간이 지나면 지날수록 그녀는 점점 더 아름다워지고 있었다. 놀라우면서도 어쩐지 소름이 끼쳤다. 내가 이 정도니 아서는 당연히 더 큰 충격을 받았으리라. 그는 마치 말라리아에 걸린 것처럼 몸을 파르르 떨다가 의심이 치솟는 듯 고개를 가로저었다. 한참 동안 말이 없던 그가 간신히 입을 떼서 희미하게 속삭였다.

"잭, 루시가 정말 죽은 게 맞아?"

나는 안타깝게도 사실이라고 분명히 말했다. 헛된 상상은 한시라도 빨리 그만두는 게 아서에게 좋았다. 나는 가끔 루시처럼 죽은 후 미모를 되찾고 아름다워지는 시신이 있으며, 급성 혹은 만성 질병으로 사망한 경우 특히 그런 일이 많다고 덧붙였다. 그제야 그는 의심을 버리고 시신 옆에 무릎을 꿇었다. 아서는 한참 동안 그런 자세로 루시를 애틋하게 바라보다가 옆으로 돌아앉았다. 나는 곧 입관해야 하므로 이번이 루시의 얼굴을 마지막으로 볼 기회라고 말해주었다. 아서는 내 말에 다시 그녀에게 다가가, 그녀의 손을 붙들고 입을 맞췄다. 그리고 몸을 숙여 그녀의 이마에도 입을 맞추었다. 그는 방을 나오면서도 뒤돌아서서 애정이 가득한 눈빛으로 루시를 바라보았다.

나는 아서를 응접실에 데려다 놓고 반 헬싱 교수님께 아서가 작별 인사를 마쳤다고 알려드렸다. 내 말에 교수님이 주방에 있던 장의사 직원들에게 가서 입관 절차를 마치라고 지시하셨다. 교수님이 주방에서 나오시자 나는 아서가 루시의 죽음에 의구심을 품었다고 말씀드렸다.

"놀랍진 않군. 나도 잠깐이나마 정말 죽은 건가 의심했거든!"

우리 세 사람은 함께 저녁 식사를 했다. 아서는 의연한 모습을 보이려고 안간힘을 썼다. 반 헬싱 교수님은 식사 내내 아무 말씀도 하지 않으셨다. 그러다 식사를 마치고 담배에 불을 붙일 때 교수님이 입을 여셨다.

"이제 고달밍 경이라고 불러야…." 아서가 냉큼 교수님의 말을 가로챘다.

"아뇨, 그러지 마십시오. 아버지의 작위는 쓰지 마세요. 부탁입니다! 아직은 아버지의 작위를 제 것처럼 여기고 싶지 않습니다. 말씀하시는데 무례하게 끼어든 점 사과드립니다. 아버지께서 작고하신 지 얼마 지나지 않아서 아직은 이런 대화가 좀 힘겹습니다."

아서의 말에 교수님은 아주 친근하게 말씀하셨다.

"아니, 호칭이 헷갈려서 물어본 거요. 홈우드 씨라고 부르기도 그렇잖소.• 이제 꽤 친분이 두터워졌다 싶긴 하구려. 우정도 쌓였겠다, 나이 차이도 있으니, 편히 아서라고 부르겠네."

아서가 손을 내밀어 교수님의 손을 다정하게 잡았다.

"편한 대로 부르셔도 됩니다. 저를 좋은 벗으로 여겨주시는 것에 만족합니다. 그나저나 이제야 감사 인사를 드립니다. 제가 사랑하는 여인을 보살펴주신 교수님의 하해와 같은 은혜를 어찌 다 갚을까 싶습니다." 아서는 잠시 말을 멈추었다가 이어나갔다. "교수님이 얼마나 좋은 분인지 루시가 저보다 더 잘 알았던 것 같습니다. 지난번에는 제가 교수님의 말씀을 따르지 않아서, 혹은 뭔가 결례를 범해서 그렇게 행동하신 줄로 압니다. 교수님도 기억하시지요?" 교수님이 고개를 끄덕이셨다. "저의 어리석음과 결례를 부디 용서해주십시오."

교수님은 나긋나긋하게 대답하셨다.

"당시 자네 입장에서는 나를 전적으로 신뢰하기 힘들었을 줄 아네. 난데없이 사람을 내동댕이치는데, 그런 행동의 이유를 납득하지 못한 채 어찌 그 행동을 신뢰할 수 있겠

• 영국에서는 작위가 있는 귀족에게 '씨'라는 호칭을 쓰는 것이 부적절하다. 귀족의 자제라 하더라도 작위를 상속받기 전까지는 이 격식과 무관하다.

나. 지금 이 순간 자네가 나를 못 믿는다고 해도 나는 그 마음을 이해하네. 암, 아직 당연히 못 믿겠지. 아직도 자네는 이유를 모르니까. 앞으로도 이런 일이 몇 번은 더 있을 걸세. 이유를 모르고, 이유를 알아서도 안 되는 상황에서, 내가 자네에게 나를 믿으라고 요구하는 일 말이야. 그래도 자네 역시 때가 되면 나를 전적으로 신뢰하게 될 거야. 그때쯤이면 햇살 아래 선 듯 모든 걸 깨달을 테니까. 진상을 깨닫고 나면 내가 한 모든 일이 자네와 다른 이들을 위해서라는 것을, 자네를 지키겠노라고 맹세하게 한 웨스트라 양을 위해서라는 것을 알게 될 걸세. 그래서 내게 또 은혜를 입었다고 생각하게 될걸."

"일단 무슨 말씀인지 알겠습니다. 그런 상황이 되더라도 교수님을 믿고 따르겠습니다. 교수님의 인품이 고매하다는 걸 잘 알고 있습니다. 더구나 교수님은 잭의 벗이자 루시의 벗이었습니다. 교수님은 생각하는 바에 따라 편히 행동하시면 됩니다."

교수님은 몇 번이나 목을 가다듬으며 뜸을 들이다가 말씀하셨다.

"그럼 부탁 좀 해도 될까?"

"물론입니다."

"웨스트라 부인이 자네 앞으로 전 재산을 남겼어. 알고 있나?"

"아뇨, 부인께서 그런 선택을…. 저는 전혀 몰랐습니다."

"그 모든 재산이 자네 것이니 그 재산에 대한 권리도 자네에게 있지. 그래서 자네에게 이렇게 부탁하네. 내가 웨스튼라 양의 문서 자료와 서신을 살펴보는 걸 허락해주게. 한낱 호기심 때문에 이러는 건 아니야. 나름의 이유가 있어. 루시 양도 살아 있었다면 허락했을 만한 이유지. 그 문서들은 모두 여기에 모아두었네. 유산상속인이 자네라는 걸 알기 전에 챙겨둔 걸세. 누가 손이라도 댈까 봐 마음이 쓰이더라고. 다른 사람이 루시 양의 내밀한 속내를 들여다보는 건 마뜩잖아서 말이지. 어쨌든 가능하다면 이 문서를 당분간 내가 보관하고 싶어. 자네도 여기에 어떤 내용이 담겨 있는지 모를 테지만, 지금은 내가 보관하는 게 나을 것 같아. 때가 되면 자네에게 돌려주겠네. 그때까지 그녀가 쓴 단어 하나도 없어지지 않게 조심하지. 어려운 부탁이네만, 자네가 들어주리라 믿네. 루시 양을 위한 일이야. 내 부탁을 들어주겠나?"

아서는 대답하면서 단어 하나하나에 진심을 눌러 담는 본래 습관을 고스란히 드러냈다.

"반 헬싱 교수님, 원하는 대로 하십시오. 루시가 살아 있었다면 그걸 원했겠지요. 때를 기다리겠습니다. 그때까진 일일이 답을 구하는 식으로 교수님의 발목을 잡지 않을 겁니다."

교수님이 자리에서 일어서며 근엄하게 말씀하셨다.

"현명한 결정일세. 앞으로 우리는 모두 고통을 감내해야 할 거야. 그러나 그 고통이 다가 아니고, 그 고통만 견디면 끝나는 것도 아니라네. 우리는 달콤한 목적지에 도달하기 위해 쓰디쓴 고통의 강을 건너야 해. 특히 아서, 자네는 더 고통스럽겠지. 그래도 우리는 마음을 단단히 먹고, 다른 이들을 위하는 마음으로 주어진 책무를 다해야 하네. 그렇게만 하면 다 잘될 걸세!"

나는 아서 방에 있는 소파에서 잠을 청했다. 반 헬싱 교수님은 잠자리에 들지 않으셨다. 대신 주위를 순찰하듯 서성대셨다. 하지만 결코 루시의 시신이 있는 방에서 눈을 떼지 않았다. 그 방에는 야생 마늘꽃이 흩뿌려져 있어, 그 방에서 흘러나온 백합과 장미 향기 아래로 묵직한 마늘꽃 냄새가 진동했다. 다른 모든 향을 압도하는 마늘꽃 냄새가 밤공기를 타고 퍼져나갔다.

미나 하커의 일기

9월 22일. — 엑서터로 돌아가는 기차에서 씀. 조너선은 잠들었음.

휘트비에서 마지막으로 일기를 쓴 게 바로 엊그제 같은데, 생각해보니 그간 너무 많은 일이 있었다. 조너선이 출장을 떠난 후 나는 휘트비에서든 다른 곳에서든 그의 소식만 기다렸다. 그런데 이제는 조너선과 결혼해 그와 함께 있다. 조너선은 변호사 시험에 합격했고, 파트너 변호사가 되었으며, 부를 얻었다. 호킨스 씨의 장례식은 끝났다. 그러고 보니 조너선이 또 한 번 발작을 일으켰다. 이러다간 큰일이 날지도 모른다. 조너선이 나중에 전후 사정을 물을지 모르니 여기에 기록해두어야겠다. 속기 실력이 많이 녹슬었다. 예상치 못하게 호의호식하게 됐다고 나태해진 거다. 이렇게 연습 삼아 쓰다 보면 다시 기억이 돌아오겠지.

장례식은 매우 간소하지만 엄숙하게 치러졌다. 우리 두 사람과 장의사 직원들을 제외하면 장례식을 위해 엑서터에서 런던까지 온 호킨스 씨의 친구 한두 분, 호킨스 씨의 런던 업무를 처리하는 대리인, 그리고 법률가 협회 회장 존 팩스턴 씨를 대신해서 찾아온 신사분이 참석자 전부였다. 조너선과 나는 손을 잡고 서서 호킨스 씨를 기렸다. 고맙고도 소중한 벗이 우리에게서 영영 떠났다는 게 실감 났다.

우리는 시내로 돌아가려고 하이드 파크 코너로 향하는 버스를 탔다. 조너선이 내가 좋아할 줄 알고 로튼 거리 구경을 제안하기에 우리는 승마 도로인 로튼 거리에 들러 벤치에 앉았다. 하지만 사람이 거의 없어 여기저기 빈 의자만 가득한 거리를 보고 있자니 마음이 울적해졌다. 호킨스 씨가 떠나신 후 우리가 집에서 마주하게 될 빈자리를 미리 보는 듯한 기분이었다. 우리는 그런 기분을 떨치려고 번화한 피커딜리 쪽으로 걸어갔다. 조너선은 내 팔에 팔짱을 끼고 있었다. 내가 학교에서 일하기 전에 조너선이 곧잘 하던 행동이었다. 하지만 지금은 그게 매우 부적절한 행동처럼 느껴졌다. 여학생들에게 예절 교육을 하려면 본인의 행동에도 흠결이 없어야 하는 법이니까. 그래도 내 팔을 붙들고 있는 사람이 남편인 조너선이고, 이곳에는 우리를 아는 사람이 없을 것이며, 누군가가 우리를 알아본다 해도 상관없을 것 같다는 생각에 우리는 계속 팔짱을 끼고 걸었다. 줄리아노 보석상 앞에 서 있던 2인승 마차 안에 한 여자가 앉아 있었는데, 챙이 넓은 카트 휠 해트를 쓴 여자의 미모가 범상치 않아서 나는 그녀를 가만히 바라보았다. 그때 조너선이 내 팔을 거세게 움켜쥐며 나지막이 탄성을 질렀다. "맙소사!" 나는 조너선이 밖에서 발작이라도 했다가 또 의기소침해질까 봐 늘 촉각을 곤두세우고 있었다. 그래서 황급히 그를 돌아보며 무슨 일이냐고 물었다.

조너선은 하얗게 질린 얼굴로 튀어나올 것 같은 눈을 하고서 한 남자를 바라보았다. 조너선의 표정은 놀란 것 같기도 했고, 겁에 질린 것 같기도 했다. 그가 보고 있던 남자는 키가 크고 호리호리했으며, 매부리코에 검은 콧수염, 뾰족한 턱수염을 기르고 있었다. 그 남자 역시 마차 안의 어여쁜 여자를 유심히 지켜보고 있었다. 그는 여자를 지켜보는 데만 정신이 팔려서인지 나와 조너선의 존재를 알아차리지 못했다. 덕분에 나는 그 남자의 외관을 꼼꼼히 뜯어볼 수 있었다. 그다지 호감 가는 인상은 아니었다. 매정하고 냉혹해 보였으며, 한편으로 음탕해 보이기도 했다. 치아가 크고 하얬는데, 입술이 유독 붉어서 더 하얗게 보인 것 같다. 어쨌든 그 치아는 꼭 짐승 이빨처럼 뾰족했다. 조너선은 내가 말릴 때까지 그 남자를 가만히 바라보았다. 그 남자는 조너선이 자기를 빤히 쳐다보는 걸 너그럽게 이해해줄 사람 같지 않았다. 솔직히 행실이 좋지 않은 막된 인간에 가까워 보였다. 나는 조너선에게 왜 이러느냐고 물었다. 그러자 조너선은 무언가를 알기라도 한다는 듯 말했다. "저 사람 알아보겠어?"

"아니, 난 저 남자 몰라. 누군데?" 내 물음에 조너선이 대답했는데, 그의 말을 듣자마자 갑자기 온몸에 소름이 돋았다. 그의 말이 혼잣말처럼 들렸기 때문이다. 그는 지금 나, 그러니까 미나와 대화를 하고 있다는 사실을 깡그리 잊은 듯했다.

"그가 맞잖아!"

조너선은 뭔가를 두려워하고 있었다. 그냥 두려워하는 게 아니라 완전히 겁에 질려 있었다. 내가 부축해주지 않았더라면 조너선은 그 자리에서 쓰러졌을 것이다. 조너선은 그 남자에게서 눈을 떼지 않았다. 상점에서 작은 상자를 들고 나온 남자는 그걸 마차에 타고 있던 여자에게 건넸다. 여자가 타고 있던 마차는 곧장 자리를 떴다. 그 남자는 여자의 뒤통수를 가만히 바라보다가 손을 들어 이륜마차를 잡아탔다. 그 남자가 탄 마차도 여자가 탄 마차처럼 피커딜리 북쪽으로 향했다. 그 광경을 가만히 지켜보던 조너선이 여전히 혼잣말하듯 중얼거렸다.

"백작이 분명한데 예전보다 더 젊어졌어. 말도 안 돼. 정말 그런 거면 어떡하지? 말도 안 돼! 아, 맙소사! 왜 그걸 몰랐지! 그건 알아챘어야지!" 조너선은 누가 봐도 알아챌 만큼 고통스러워했다. 나는 괜한 질문을 던졌다가 그가 계속 괴로워할까 봐 아무 말 없이 가만히 있었다. 내가 조너선을 다른 곳으로 이끌자, 내 팔을 붙들고 있던 그는 자연스럽게 나를 따라 이동했다. 우리는 좀 더 걷다가 그린 파크로 들어가 자리를 잡고 앉았다. 가을치고는 더운 날이었는데, 그 자리는 그늘이어서 편하고 시원했다. 몇 분 정도 멍하니 있던 조너선이 내 어깨에 머리를 기대고 눈을 감더니 스르륵 잠에 빠졌다. 한숨 자는 게 조너선의 상태에 큰 도움이 될 것 같아서 그를 깨우지 않고 가만히 두었다. 조너선은 20분쯤 자다가 깼다. 그리고 밝은 목소리로 말했다.

"미나, 나도 모르게 잠들어버렸네! 혼자 둬서 미안해. 일어나자. 어디 가서 차라도 한잔 마시는 게 좋겠어." 조너선은 그 음울한 남자에 대해 모두 잊은 것 같았다. 병원에 있을 때처럼 이번에 기억해낸 것들도 모조리 잊은 듯했다. 이런 식의 기억상실을 지나칠 수 없다. 이런 일이 반복됐다간 뇌에 장애가 생길지도 모른다. 그렇다고 조너선에게 직접 전후 사정을 물어볼 순 없다. 그랬다가 조너선의 상태가 악화될까 두렵다. 일단 그가 출장 가서 무슨 일을 겪었는지 알아야 한다. 확신할 순 없지만, 지금이 바로 수첩의 포장을 뜯어 내용을 확인해야 할 때인 것 같다. 아, 조너선, 내가 실수하는 거라도 당신이라면 이해해주리라 믿어. 이게 다 당신을 위해서야.

같은 날 이후에 씀. — 집에 돌아왔다. 오늘은 뭐 하나 괴롭지 않은 일이 없다. 집에 오니 호킨스 씨의 빈자리가 너무 크게 느껴진다. 조너선은 병이 살짝 도진 것처럼 창백한 얼굴로 어지럼증을 호소한다. 조금 전에는 반 헬싱인지 뭔지

하는 사람에게서 전보도 받았다.

비보를 전합니다. 웨스튼라 부인이 닷새 전 작고하셨으며, 루시 양은 그제 숨을 거두었습니다. 상기 두 분의 시신을 금일 안장했습니다.

하, 이 짧은 글에 이루 헤아릴 수 없을 정도의 슬픔이 담겨 있다! 웨스튼라 부인도, 루시도 세상을 뜨다니! 이제는 돌아올 수 없는 곳으로, 먼 곳으로 가버리다니! 아, 아서가 가엾어서 어쩌나! 그토록 사랑하던 여인을 잃었는데! 주님, 우리 모두 각자의 시련을 견디도록 도와주소서.

수어드 박사의 일기

9월 22일. — 다 끝났다. 아서는 퀸시 모리스를 데리고 링으로 돌아갔다. 퀸시는 알면 알수록 정말 괜찮은 친구다! 퀸시도 루시의 죽음에 우리 못지않게 힘들었으리라. 하지만 그는 바이킹처럼 굳센 기상으로 시련을 견뎌냈다. 미국이란 나라가 계속 그런 국민을 키워낸다면 엄청난 강국으로 성장할 게 분명하다. 반 헬싱 교수님은 장거리를 이동하는 데 대비해 휴식을 취하려고 좀 누우셨다. 오늘 밤 암스테르담으로 출발할 예정이지만, 내일 밤엔 돌아오겠노라고 말씀하셨다. 개인적으로만 할 수 있는 준비 때문에 어쩔 수 없이 암스테르담에 가는 거라고도 하셨다. 교수님은 런던에서 할 일이 있는데, 시간이 좀 걸리는 일이라서 짬이 나면 내게 들르겠다고 덧붙이셨다. 연세도 있는 분이 이게 무슨 고생인지 모르겠다. 지난 몇 주 사이에 몸이 상하진 않았을까 걱정이다. 아무리 교수님이 강철 체력이라고 해도 그동안 정말 무리하셨으니까. 교수님은 시신 매장 중 내내 감정을 억누르려고 이를 악무셨다. 매장이 모두 끝났을 때 우리는 아서 옆에 서 있었다. 그래서 루시에게 피를 내준 소회를 털어놓는 아서의 얘기를 들어야 했다. 아서의 고백이 진행될수록 교수님의 얼굴은 점점 붉으락푸르락했다. 아서는 수혈한 이후 두 사람의 유대감이 남달라졌다며, 그녀가 주님이 정해준 아내라는 생각이 들었고, 수혈을 통해 두 사람이 부부가 된 듯한 느낌을 받았다고 말했다. 우리 중 그 누구도 다른 세 번의 수혈을 입에 담지 않았고, 앞으로도 그럴 일은 없을 것이다. 아서와 퀸시는 기차를 타러 역으로 갔고, 반 헬싱 교수님과 나는 힐링엄으로 돌아가려고 마차에 올랐다. 마차에 우리 둘만 남자 교수님은 전형적인 히스테리 환자처럼 발작 증세를 보였다. 교수님은 그게 히스테리 발작이 아니라 극단적인 상황에서 방어적으로 튀어나오는 익살스러운 행동이라고 변명하셨다. 교수님은 한참을 깔깔대며 웃다가 갑자기 울음을 터뜨리셨다. 나는 행인들이 우리를 보고 이상하게 생각하지 않도록 마차 창문에 달린 블라인드를 내렸다. 한참 눈물을 쏟으시던 교수님은 또다시 낄낄대기 시작했다. 그러다 히스테리 발작을 하는 여성 환자처럼 우는 동시에 웃으셨다. 나는 그런 증상을 보이는 여성 환자를 대할 때처럼 심각한 표정으로 그만하라는 듯 교수님을 바라보았다. 하지만 그런 대응은 교수님에게 아무 소용이 없었다. 신경증 징후는 성별에 따라 천지 차이인 것 같다. 교수님이 진지한 표정을 되찾자 나는 방금 왜 웃음을 터뜨리셨냐고 여쭈었다. 그러자 교수님은 누가 뭐래도 반헬싱답게, 논리적이면서도 강렬하고 신비로운 대답을 내놓으셨다.

"저런, 존, 자네는 이해를 못하는군. 내가 웃는다고 해서 슬프지 않다고 생각하지 말게. 자네도 봤겠지만, 나는 숨넘어가게 웃는 중에도 서럽게 울고 있었어. 그렇다고 해서 울고 있을 때도 내내 슬퍼했던 건 아니야. 반대의 경우와 마찬가지로 울면서 속으론 웃기도 했거든. 이걸 부디 명심해 두게. 마음의 문을 두드리며 '들어가도 되나?'라고 묻는 웃음은 진정한 웃음이 아니야. 아무렴! 진정한 웃음은 왕처럼 원할 때 벌컥 문을 열고 들어온다네. 진정한 웃음은 허락을 구하지 않지. 상황을 따지지도 않아. 그냥 '내가 왔노라!' 하고 선언할 뿐이야. 자, 보게나. 자네가 이해하기 쉽도록 예를 들어보겠네. 나는 웨스튼라 양의 죽음에 가슴이 미어지네. 늙었고 지쳤음에도 나는 그녀에게 내 피를 바쳤고, 내 시간과 지식을 바쳤으며, 내가 누릴 수 있었던 잠과 휴식도 모두 바쳤어. 다른 환자들에게 나눠줘야 할 것까지 모두 그녀에게 쏟아부었지. 그랬는데도 그녀의 무덤 앞에서 웃음이 터지지 뭔가. 성당 묘지기가 삽으로 푼 흙이 관 위에 떨어질 때, '툭! 툭!' 하는 그 소리가 내 마음의 문을 벌컥 열고 들어와서 웃음이 터졌어. 그리고 입가에서 심장까지 내려갔던 그 웃음이 심장에서 빠져나와 다시 입가로 돌아왔을 때 웃음이 멈추었지. 그뿐인가? 아서 때문에 가슴이 미어지기도 해. 내 아들이 살아 있었다면 그 또래일 테지. 아마 머리칼도, 눈동자도, 아서와 참 많이 닮았을 거야. 내가 왜 아서를 아끼는지 이제 알겠는가? 아서가 이런저런 고백을 할 때, 내가 남편으로서 느꼈던 감정이, 아버지로서 느꼈던 감정이 물밀 듯이 밀려왔네. 다른 이들이 일깨워주지 못했던 감정을 아서가 제대로 일깨워준 걸세. 자네를 보면서도 느낀 적 없던 감정이었어. 존, 자네와 나는 부자지간이라기보다는 수많은 경험을 공유한 벗이니까 말이야. 어쨌든 바로 그 순간에도 왕과 다름없는 웃음이 찾아와 내 귓가에 대고 쩌렁쩌렁 소리를 지르더군. '내가 왔노라! 내가 왔노라!' 피가 거꾸로 치솟으면서 얼굴이 화끈화끈해지지 뭔가. 존, 이 세상은 오묘하면서도 서글픈 곳이야. 절망과 근심, 시련이 가득한 곳이기도 하지. 그래도 웃음은 언제든 찾아와 우리의 몸을 들쑤셔놓는다네. 미어지는 가슴도, 성당 묘지에서 썩어가는 해골도, 떨어지는 순간 타 들어가는 눈물도, 왕과 같은 웃음이 만들어내는 곡조에 맞춰 춤을 추게 돼. 존, 이걸 알아두게. 이러니저러니 해도 웃음은 고맙고 다정한 것이라네. 우리 인간들은 팽팽히 당겨진 밧줄처럼 각자의 이유에 따라 잔뜩 당겨져 있어. 그때 빗방울이 밧줄을 적시듯, 눈물이 우리를 적신다네. 그 덕에 우리는 다시 한번 기운을 내게 돼. 그래 봐야 당기는 힘이 점점 더 세지면 끊어지고 말겠지. 그럴 때 웃음은 햇살과도 같아. 밧줄이 햇살에 늘어나게 해서 당기는 힘을 줄여주거든. 그렇게 우리는 무슨 일을 겪더라도 계속 살아나갈 힘을 얻는 거야."

나는 어리둥절한 내 표정을 보고 교수님이 낙담하시길 바라지 않았다. 하지만 아무리 생각해봐도 교수님이 웃으셨던 이유를 이해할 수 없었기에 하는 수 없이 다시 여쭈었다. 교수님은 아까와 완전히 다른 어조로 대답하셨다. 교수님의 표정은 점점 더 굳어갔다.

"그 모든 게 암울할 정도로 모순적이었기 때문이지. 어여쁜 아가씨가 꽃 장식에 파묻혀 있었어. 살아 있는 것처럼 눈부시게 아름다워서 보는 사람마다 그녀가 죽었다는 사실을 믿기 어려워했지. 그 시신은 쓸쓸한 성당 묘지로 옮겨졌네. 하지만 그녀의 시신을 안치할 지하 묘지는 대리석으로 된 훌륭한 건물에 있어. 그녀의 시신 옆에는 그녀가 사랑했고, 그녀를 사랑했던 모친을 비롯해 수많은 일가친척이 있을 테고 말이야. '뎅! 뎅! 뎅!' 서글프게만 들리는 조종소리가 느릿느릿 울려 퍼졌지. 신의 사자처럼 흰옷을 걸친 성직자들은 책을 읽는 척했지만, 그들의 시선은 책이 아닌 다른 곳을 향했어. 그들이 그러든 말든 다른 모든 사람은 고개를 푹 숙이고 있었다네. 이 모든 것의 이유가 뭘까? 루시 양이 죽었다는 거지. 암, 그렇고말고! 그렇지 않나?"

"교수님, 저 나름대로 열심히 노력하고 있는데도 교수님이 말씀하신 상황에서 웃어야 할 까닭을 모르겠습니다. 교수님 말씀을 들을수록 점점 더 난해해지네요. 시신 안치 과정에서 웃으신 것도 이해는 안 되지만, 일단 넘어갈 수 있습니다. 그런데 아서가 심정을 고백할 때도 교수님은 웃음을 참으셨잖아요. 아서는 비통해하고 있었단 말입니다."

"아, 그래 웃음을 참았지. 아서가 그때 한 말이, 수혈한 후 루시 양이 진정한 아내로 느껴지더라는 것 아니었던가?"

"네, 그랬습니다. 그렇게 생각하면서 위안을 얻었겠지요."

"그랬겠지. 하지만 그래서 난감한 웃음이 터지는 걸세. 그 생각에 따르자면 루시 양에게 피를 준 다른 사람들은 어찌 되는 건가? 허허! 일처다부의 현장이로군. 게다가 내 아내는 나한테 죽은 사람이나 다름없지만, 그래도 신성한 교회법에 따르자면 그녀는 살아 있는 한 엄연히 내 아내지. 그러니 채혈 한 번으로 나는 난데없이 중혼자가 되어버린 거야."

"왜 그게 웃기다고 하시는지 이해가 안 가네요!" 교수님의 말씀이 유난히 불편하게 느껴졌다. 교수님은 내 팔에 손을 얹으며 말씀하셨다.

"존, 나 때문에 불쾌했다면 미안하네. 원래 난 다른 이가 불쾌해할 감정은 드러내지 않으려고 하는데, 자네 앞이라서 속내를 편히 드러냈어. 자네는 내가 유일하게 전적으로 신뢰하는 사람이니까. 내가 웃음을 터뜨리는 찰나 자네가 내 심정을 들여다볼 수만 있다면, 바로 그 순간의 심정을 자네가 알아준다면, 그래서 웃음이 왕관을 집어 들고 작별을 고하며 오랫동안 다시 볼 일 없으리라 말하는 지금 이 순간 자네가 내 심정을 이해한다면, 자네는 이 세상에서 가장 가엾은 이가 나라고 생각할 걸세."

교수님의 감정적인 호소에 내 가슴도 먹먹해졌다. 나는 마지막 말씀을 한 이유를 여쭈었다.

"난 무언가를 알고 있거든."

이제 우리는 뿔뿔이 흩어졌다. 한동안은 쓸쓸함이 우리 각자의 지붕 위에 날개를 걸쳐두리라. 루시는 북적이는 런던에서 멀리 떨어진 한적한 성당 묘지에 가족과 함께 잠들어 있다. 그 성당 묘지는 햄프스테드 언덕 사이에서 솟는 해를 볼 수 있는 곳으로, 야생화가 만발한 공기 맑은 지역이다.

이렇게 이 일기를 마친다. 다시 이에 대한 기록을 남기게 될지는 주님만 아실 것이다. 이 기록과 이어지는 기록을 남기게 되거나 다시 이 기록을 확인하는 날이 온다면, 그때 문제가 되는 일은 다른 사람들에 대한 다른 사건일 테지. 그러니 내가 사랑했던 여인에 관련된 이 기록은 여기서 마무리한다. 일상적인 작업용 기록으로 돌아가기 전에, 모든 희망을 잃은 마음으로 서글프게 선언한다.

'기록 종결.'

9월 25일 자 〈웨스트민스터 가제트〉 지면 일부

햄프스테드의 괴변

최근 햄프스테드 일대가 일련의 사건으로 떠들썩하다. 지역신문들도 '켄싱턴 괴담', '사람을 찌르는 여인', '검은 옷을 입은 여인' 같은 제목으로 관련 사건을 연일 보도하고 있다.

지난 2~3일간 햄프스테드 히스에서 놀던 아동들이 집에 들어가지 않거나, 귀갓길에 다른 곳에 들르는 일이 여러 번 있었다. 해당 아동들이 당시 상황을 적절하게 설명하기에는 연령이 너무 낮기는 했지만, 그래도 모든 아동의 진술에서 공통으로 확인할 수 있는 요소가 있다. '암다운 누나'•와 함께 있었다는 것이다. 모든 아동은 저녁 무렵 실종되었고, 두 건의 사례에서는 그렇게 실종되었다가 다음 날 새벽이 되어서야 발견되었다. 인근 주민들은 대개 첫 번째로 실종되었던 아동이 '암다운 누나'가 오라고 해서 따라갔다고 변명했기에 다른 아이들도 첫 번째 아이를 따라서 같은 핑계를 댄다고 생각했다. 속임수를 써서 상대방을 유인해내는 게 요즘 아이들 사이에서 유행하는 놀이라는 점을 고려하면 이와 같은 주민들의 견해는 일견 타당한 듯하다. 현지 취재를 나가 있는 한 기자는 몇몇 아이들이 '암다운 누나' 흉내를 내는 모습이 매우 흥미롭다고 전한다. 그는 본지 소속 만평가들이 그 모습을 보았다면 사실과 허구의 차이를 드러내는 기괴한 풍자 기법을 배울 수 있었으리라고 덧붙인다. 요즘 아이들에게 가장 인기가 많고, 아이들이 흉내 내길 좋아하는 역할이 '암다운 누나'라는 사실에서 대단한 의미를 찾

• 원문에는 'bloofer'라고 표기되어 있다. 이는 실제 있는 단어가 아니라 어린이의 'beautiful' 발음을 들리는 대로 적은 것이다. '아름다운'의 어린이 발음을 묘사하기 위해 '암다운'을 사용했다.

을 필요는 없다. 이는 인간의 본성에 따른 평범한 유행일 뿐이다. 그러나 현지 취재 기자는 순진하게도 이 상황에 대해 다음과 같이 기술했다. 엘런 테리•가 온대도 땟국물이 줄줄 흐르는 이 아이들처럼 매력적으로 연기할 수 없을 것이며, 이 아이들이 상상하는 모습을 흉내 낼 수도 없을 것이다.

한편 일련의 사건을 가벼이 여길 수만은 없다. 실종 아동 일부가, 그것도 밤까지 실종 상태였던 아동이 모두 목덜미에 베거나 찔리는 작은 상처를 입었기 때문이다. 상처의 크기나 형태로 볼 때 쥐나 소형견에게 공격당한 것으로 추정된다. 이러한 상처는 개별적으로 놓고 보면 그다지 중요한 것 같지 않지만, 실제로 아이들을 공격한 동물이 뭐든 간에 그 나름의 공격 방법과 체계를 갖추었다는 점을 주목할 필요가 있다. 경찰 고위 관계자는 해당 지역 경찰에게 귀가하지 않고 집 밖으로 나도는 아이들을 철저히 감시하라는 지침을 내렸다. 특히 햄프스테드 히스 구역과 그 인근에 사는 저연령 아동을 밀착 관리하라는 지시도 있었다. 더불어 길 잃은 들개가 없는지 철저히 확인하라는 명령도 떨어졌다.

• 19세기 말과 20세기 초에 유명했던 연극배우.

9월 25일 자 〈웨스트민스터 가제트〉 지면 일부

부록으로 추가된 기사

긴장감이 감도는 햄프스테드

– 또 다른 아동 부상, '암다운 누나'의 정체는?

방금 들어온 소식에 따르면, 지난밤 실종됐던 아동이 오늘 오전 햄프스테드 히스의 슈터스 언덕 가시금작화 덤불 아래에서 발견되었다고 한다. 슈터스 언덕은 햄프스테드 히스에서 인적이 비교적 드문 곳이다. 이번 사건 아동의 목덜미에도 작은 상처가 나 있었다. 발견 당시 아동은 탈진한 상태였으며, 한눈에 보기에도 매우 초췌했다. 이 아동 역시 어느 정도 기운을 차리자 '암다운 누나'를 따라갔다가 그렇게 됐다고 진술했다.

14장

미나 하커의 일기

9월 23일. — 조너선의 상태가 밤에는 안 좋았지만, 아침이 되면서 좀 나아졌다. 조너선에게 할 일이 많아서 다행이다. 일하느라 바쁘면 괴로운 생각은 하지 않을 테니까. 참, 조너선이 이제는 새로운 직책을 부담스러워하지 않는다. 그가 책임감에 짓눌리지 않아서 기쁘다. 그가 이렇게 본모습을 되찾을 줄 알았다. 내가 사랑하는 남자가 출세해서 새로운 일에 적응해나가는 모습을 보니 정말로 뿌듯하다. 조너선이 오늘은 집에서 점심을 먹을 수 없다고 했다. 그 말은 저녁 늦게까지 그가 집을 비운다는 뜻이다. 마침 집안일도 다 했으니 나는 방 안에 틀어박혀서 조너선의 여행기나 읽어야겠다.

9월 24일. — 어젯밤엔 일기를 쓸 기분이 아니었다. 조너선의 일기 내용이 너무 참담해서 아무것도 하고 싶지 않았다. 조너선이 너무 안쓰럽다. 그 내용이 사실이든, 아니면 그의 착각이든, 그가 엄청난 고통에 시달린 것만은 분명하다. 일기장에 적힌 것 중 사실이라고 할 만한 게 있을까? 조너선이 뇌염에 걸린 후 그런 끔찍한 글을 쓴 걸까, 아니면 정말로 무슨 일을 겪어서 그런 글을 쓴 걸까? 그 답은 아마 죽을 때까지 알 수 없겠지. 조너선에게 이 얘기를 꺼낼 용기가 없으니…. 그나저나 어제 우리가 본 그 남자! 조너선은 그 남자의 정체를 안다고 굳게 믿는 것 같았다. 안타까울 따름이다. 내가 보기에는 조너선이 장례식 과정에서 과거를 추억하다 일기에 쓴 내용까지 떠올리게 된 것 같다. 조너선은 그 일기 내용이 모두 사실이라고 믿고 있으니까. 나는 조너선이 결혼식 날 한 말을 기억하고 있다. "반드시 과거를 알아야 하는 순간이 온다면, 여기에 적힌 그 끔찍한 순간으로, 꿈인지 생시인지 모르고 제정신인지 미친 건지 몰랐던 그 순간으로 기꺼이 돌아갈게." 생각해보면 그의 추론에 논리적인 하자는 없다. 그 무시무시한 백작이 런던에 올 수도 있지. 만약 그게 정말이라면, 그 백작이란 작자가 수많은 사람이 사는 이 런던에 도착했다면…. 그러면 지금이 조너선이 말한 대로 과거를 알아야 하는 순간일 수 있다. 정말 우리가 무언가를 해야 하는 상황이라면, 피하려고만 해서는 안 된다. 나는 준비를 해두어야 한다. 당장 타자기를 구해 속기로 된 조너선의 기록을 평문으로 옮겨야겠다. 그래야 필요할 때 그 기록을 다른 이에게 보여줄 수 있다. 그 기록을 공개해야 할 때 내가 준비된 상태라면 조너선도 기꺼이 내 뜻에 따라줄 것이다. 내가 조너선 대신 설명할 수 있으니 그가 곤경에 처할 일도, 염려할 필요도 없으리라. 그럴 일이 있을까 싶지만, 혹시라도 조너선이 불안감을 완전히 떨치고 내게 모든 사정을 허심탄회하게 털어놓을지 또 누가 알겠나. 그렇게만 된다면, 나도 궁금한 걸 모두 물어보고 답을 얻은 뒤 조너선에게 진정한 위로를 건넬 수 있을 텐데….

반 헬싱이 하커 부인에게 보내는 서신

9월 24일.

(부인 혼자 계실 때 읽으시길 부탁드립니다)

하커 부인께.

일전에 제가 웨스튼라 양이 사망했다는 비보를 전했기에 이 편지를 받은 부인 심정이 편치 않을 줄 압니다. 양해 부탁드립니다. 저는 고달밍 경의 허락 아래 웨스튼라 양의 서신과 개인 문서를 검토했습니다. 현재 제가 깊이 관여하고 있는 문제가 있는데, 그 문제가 무척 심각하기 때문입니다. 어쨌든 그 과정에서 저는 부인의 서신을 발견했습니다. 서신을 보니 두 분이 얼마나 친밀했는지, 부인께서 웨스트라 양을 얼마나 아꼈는지 충분히 짐작할 수 있었습니다. 아, 하커 부인, 웨스트라 양에 대한 애정으로라도 저를 도와주십시오. 이렇게 간청합니다. 저 자신이 아닌, 다른 이를 돕기 위함입니다. 커다란 잘못을 바로잡고, 어떻게든 난관을 타개해보기 위해서지요. 이 문제는 부인의 생각보다 훨씬 더 심각할 겁니다. 제가 부인을 찾아뵈어도 되겠습니까? 저는 부인이 믿으셔도 되는 사람입니다. 저는 존 수어드 박사와 고달밍 경(웨스트라 양의 약혼자였던 아서 말입니다)의 친구입니다. 당분간은 제가 부인께 연락드린 사실을 비밀로 해야 합니다. 부인께서 방문을 허락하신다면 때와 장소를 알려주십시오. 곧장 부인을 뵈러 엑서터로 가겠습니다. 다시 한번 이렇게 부탁드립니다. 부인이 웨스트라 양에게 보내신 편지를 읽었기에 부인이 얼마나 훌륭한 분인지, 부군께서 얼마나 큰 고초를 겪으셨는지 잘 알고 있습니다. 그래서 드리는 말씀인데, 부군의 건강에 해가 될 수 있으니 가능하면 이 일은 부군께도 알리지 않는 게 나을 것 같습니다. 본의 아니게 여러모로 폐를 끼치는군요. 용서하십시오.

반 헬싱 드림.

하커 부인이 반 헬싱에게 보내는 전보

9월 25일. 가능하다면 오늘 10시 15분 기차로 와주십시오. 그 기차로 오신다면 언제 방문하셔도 괜찮습니다.

윌헬미나 하커 드림.

미나 하커의 일기

9월 25일. — 반 헬싱 박사님이 오기로 한 시간이 가까워지니 조바심이 나다 못해 현기증이 이는 것 같다. 왠지 몰라도 박사님을 만나면 조너선이 겪었던 애처로운 사정의 진위가 조금이나마 밝혀질 듯한 느낌이다. 게다가 그분은 루시가 생사의 고비를 넘나드는 걸 지켜보았으니 루시에 대해서도 들려줄 얘기가 있으리라. 하긴, 박사님이 방문하는 목적이 그것이지. 루시에 대해, 루시의 몽유병에 대해 물어보려고 오는 것일 뿐, 조너선 얘기를 나누려고 오는 게 아니야. 그럼 그분을 만난대도 일기의 진위는 확인할 수가 없잖아! 난 어쩜 이렇게 바보 같지. 섬뜩한 그 일기 내용 때문에 내 생각이 온통 그쪽으로만 쏠린다. 당연히 박사님은 루시 때문에 오는 거다. 하, 결국 그 몽유병 때문에 사달이 났구나. 루시가 한밤중에 성당 묘지까지 걸어간 날, 그 애가 큰 병을 얻은 거야. 그동안 내 일로 정신이 없어 루시의 상태가 호전됐는지 악화됐는지 궁금해하지도 않았다. 몽유병으로 성당 묘지까지 갔던 걸 루시가 박사님에게 말했나 보다. 그래서 박사님이 나라면 모든 걸 알 것이라고 생각하나 봐. 당시 루시가 겪은 일에 대해 자세히 모르면 그 죽음을 납득할 수 없는 걸지도 몰라. 웨스트라 부인께 그 일을 비밀로 한 게 실수가 아니었어야 할 텐데…. 뭐가 됐든 나 때문에 곤란한 일이 생겼거나, 루시의 상태가 나빠진 거라면, 죽을 때까지 나 자신을 용서할 수 없을 거야. 반 헬싱 박사님이 날 책망하려는 게 아니면 좋겠다. 그렇지 않아도 요즘에는 심적으로 너무 괴롭고 힘들어서 책망까지 듣는다면 견딜 수 있을까 싶다.

비가 내린 후 공기가 맑아지듯, 좀 울고 나면 나을 것도 같은데…. 그 일기를 읽은 게 바로 어제여서 아직 마음이 이렇게 어수선한 걸까. 더구나 오늘 아침에 나간 조너선은 내일이 되어서야 돌아올 테니…. 결혼한 이후로 밤을 따로 보내는 건 이번이 처음이다. 조너선이 마음을 잘 추스르기를, 조너선의 마음을 어지럽히는 일이 일어나지 않기를 간절히 바랄 따름이다. 아, 2시다. 박사님이 올 시간이다. 그분이 묻지 않는 한 조너선의 일기는 입에 담지 말아야지. 속기로 적었던 내 일기도 타자를 쳐서 평문으로 옮겨놨는데, 잘한 일인 것 같다. 박사님이 루시에 대해 물어보면 읽어보라고 건네주면 될 테니까. 그러면 박사님이 질문할 내용도 그만큼 줄어들겠지.

몇 시간 후. — 박사님이 다녀가셨다. 아, 정말 기묘한 만남이었다. 머리가 빙빙 도는 것처럼 어지럽다! 꿈을 꾼 것만 같다. 그 모든 일이 정말 사실일 수도 있을까? 아니, 조금이라도 사실일 수 있을까? 조너선의 일기를 먼저 읽어두지 않았다면 나는 그의 환상이 사실일 수 있으리라는 일말의 가능성조차 부인했을지 모른다. 아, 조너선! 생각할수록 가엾은 내 남편! 그동안 얼마나 괴로웠을까. 주님, 부디 조너선이 이 일로 또 다른 고통에 시달리지 않도록 도와주소서. 나는 조너선이 고통스러워하지 않도록 도와줘야 한다. 하지만 그러기 위해서는 먼저 조너선이 환시와 환청과 망상 없는 온전한 정신으로 그 모든 것이 진실이라는 걸 확인해야 할지 모른다. 그 과정은 그에게 고역일 테고, 한동안 힘들어할 수도 있지만, 궁극적으로는 진정한 위안을 얻고 예전 모습을 되찾을 수 있지 않을까. 의심이 그의 정신을 좀먹고 있을지 또 누가 알겠나. 만약 그렇다면 의심을 걷어내야 그 모든 게 꿈이었든 현실이었든, 진실을 밝힐 수 있는 거다. 그렇게만 된다면 그도 안정을 얻고 과거의 충격을 이겨낼 힘을 얻겠지. 반 헬싱 박사님은 자기가 아서와 수어드 박사의 친구라고 하셨다. 그들이 루시를 치료하기 위해 네덜란드에 있던 박사님을 부른 거라고 하셨다. 그게 정말이라면 박사님은 정말로 똑똑하고 인품이 훌륭한 분일 거다. 직접 뵙고 나니 나 역시 박사님이 선량하고 자상하시며 성품이 고결한 분이라는 느낌을 받았다. 내일 박사님이 다시 오시면 조너선에 대한 걸 여쭈어야겠다. 하, 그러면 이 근심과 걱정도 내려놓을 수 있겠지. 예전부터 나는 취재 연습을 하고 싶다고 자주 생각했다. 〈엑서터 뉴스〉에서 일하는 조너선의 친구가 말하길, 취재에서 제일 중요한 건 기억력이라고 했다. 그리고 취재 중 듣는 말을 가능한 한 모두 기록할 수 있어야 한다고도 했다. 나중에 일부를 다듬게 되더라도 그건 나중 일이라면서. 그래서 나도 그걸 고려하면서 서툴게나마 반 헬싱 박사님과의 만남을 기록해봤다. 이제부터 기억을 더듬으며 실제로 하신 말씀에 가깝게 글을 다듬어보겠다.

2시 반에 현관문 두드리는 소리가 났다. 나는 조너선의 몫까지 두 사람분의 용기를 내 가만히 기다렸다. 잠시 후 현관으로 가서 문을 연 메리가 돌아와서 알려주었다. "반 헬싱 박사님이 오셨습니다."

나는 일어서서 허리를 숙이고 예를 갖췄다. 박사님이 내게 다가오셨다. 박사님은 보통 체격에 몸이 다부진 분이었다. 어깨가 떡 벌어진 데다 상체도 두툼하고 목덜미도 튼튼해 머리까지 이어지는 신체의 윤곽이 매우 보기 좋았다. 균형감 있는 두상은 보는 순간 그의 지적 수준과 뛰어난 능력을 짐작하게 했다. 적당한 크기에 넓고 큼직한 뒤통수만 봐도 그분이 얼마나 대단한 사람인지 가늠할 수 있었다. 깨끗이 면도한 얼굴에서도 그분의 본질이 선명히 드러났다. 각진 턱에서는 성실함이, 크고 유연해 보이는 입에서는 단호함이, 적당한 크기에 날렵하게 쭉 뻗은 코와 콧구멍에서는 예민함이 엿보였다. 그러고 보니 숱이 많은 눈썹이 아래로 처진 데다 입도 앙다물고 계셔서 콧구멍이 아주 커 보였다. 이마는 넓고 훤했다. 불툭 튀어나온 이마는 두툼한 눈썹 위에서 양옆으로 넓게 퍼지는 듯한 느낌이었다. 불그스름한 머리칼이 가릴 수 없는 모양이랄까. 그래서인지 머리칼이 뒤쪽과 양쪽으로 자연스럽게 흘러내렸다. 미간은 넓고 눈이 크며 눈동자는 검푸른색이다. 그 눈동자는 원하는 것을 재빨리 찾아내는 것처럼 빠르고 정확하게 움직였는데, 그게 부드러워 보이면서도 왠지 남자답고 엄격하게 느껴졌다. 박사님이 내게 말을 거셨다.

“하커 부인, 맞으시오?” 나는 그렇다는 뜻으로 고개를 숙였다.

“미나 머리 양이셨던 하커 부인?” 나는 한 번 더 고개를 숙였다.

“내가 찾아뵙고자 했던 분은 루시 웨스튼라 양의 친구였던 미나 머리 양이어서 확인차 물었소이다. 하커 부인, 고인의 일로 이렇게 찾아오게 되었소.”

“박사님의 방문에 다른 이유는 필요 없습니다. 박사님은 루시 웨스튼라의 친구이자 조력자였으니까요. 그거면 충분합니다.” 나는 손을 내밀었다. 그러자 박사님이 내 손을 잡으며 다정하게 말씀하셨다.

“이런, 하커 부인. 고인이 된 웨스튼라 양이 순수했기에 그 친구인 부인도 좋은 분이리라 짐작은 했소만, 이토록 너그러운 분일 줄은 미처 몰랐소.” 박사님은 말을 마치며 허리를 숙여 인사하셨다. 내게 뭘 물어보고자 이렇게 찾아오셨냐고 하자 박사님이 기다렸다는 듯 이야기를 시작하셨다.

“부인이 루시 양에게 보낸 서신을 읽었소. 결례인 줄 알지만, 어디 가서 뭘 알아보고자 해도 물어볼 상대가 없는데 어쩌겠소. 용서하시오. 부인이 휘트비에서 루시 양과 함께 지낸 걸 아오. 아, 놀라실 건 없소. 루시 양이 가끔 일기를 썼더구려. 부인이 떠난 후 부인을 따라서 일기를 써본다고 적혀 있었소. 그녀는 자신의 몽유병에 대해 기억을 더듬다가 부인이 자신을 구해줬다는 얘기를 썼소. 전혀 모르고 있던 일이어서 그에 대해 묻고자 이렇게 부인을 찾아오게 됐소. 부디 기억하는 모든 것을 소상히 알려주길 부탁드리오."

"그 일이라면 제가 모두 알려드릴 수 있을 것 같습니다."

"아, 그럼 사소한 부분까지 정확히 기억한단 말이오? 젊은 숙녀분 중에는 사소한 부분을 건성으로 보고 넘기는 분들이 왕왕 있던데, 대단하시오."

"아뇨, 그때 일을 당시에 곧바로 기록해두었기 때문에 드린 말씀입니다. 원하신다면 그 글을 보여드리겠습니다."

"세상에, 하커 부인. 그래 주면 정말로 고맙겠소. 큰 신세를 지는구려." 하필 그때 박사님이 난감해하는 모습을 보고 싶다는 생각이 들었는데, 나는 도무지 그 유혹을 이길 수 없었다. 어쩌면 에덴동산의 사과 맛이 아직도 우리 혀끝에 감돌고 있는 게 아닐까? 나는 박사님께 속기로 적은 일기를 내밀었다. 박사님은 허리를 푹 숙이며 감사 인사를 하고는 일기장을 받으셨다.

"내가 직접 읽어봐도 되겠소?"

"원하신다면 그러시죠." 나는 최대한 침착하게 점잔을 빼며 대답했다. 일기장을 펼치는 순간 박사님의 얼굴에 당혹감이 스쳤다. 박사님은 자리에서 일어서며 다시 허리를 숙이셨다.

"부인은 실로 현명한 분이오! 조너선 씨가 복 받은 사람이라는 생각은 진작부터 하고 있었소. 하지만 이렇게 모든 걸 갖춘 분을 부인으로 두다니 복 받은 정도가 아니라 행운아라 해야겠소. 청컨대 아량을 베풀어 내가 이 글을 읽을 수 있게 도와주시겠소? 부끄럽지만 나는 속기를 읽을 줄 모르오." 박사님이 이렇게까지 말씀하시는데 계속 짓궂게 굴 수는 없었다. 사실 그때 나는 박사님께 죄송스러워서 몸 둘 바를 몰랐다. 나는 반짇고리에 넣어둔 사본을 꺼내 박사님께 드렸다.

"죄송합니다. 저도 모르게 장난을 치고 말았네요. 그렇지 않아도 박사님께서 루시에 대해 물으실 줄 알고 있었습니다. 쓸데없는 것으로 시간을 낭비하고 싶지 않아서 미리 평문으로 옮겨두었습니다. 아, 저 좋자고 그런 것이 아니라, 박사님의 귀한 시간을 뺏을 수 없다는 생각에서였습니다."

박사님은 눈을 반짝이며 일기 사본을 받아 들었다. "정말 대단하오. 그럼 이제 읽어도 되겠소? 읽고 나면 몇 가지 묻고 싶은 게 있을 것 같아서 말이오."

"물론입니다. 읽으시는 동안 점심을 준비시키겠습니다. 질문은 저와 식사하실 때 하시면 되겠네요." 박사님은 예를 갖춘 후 빛을 등지고 앉아 글 읽기에 몰두하셨다. 나는 박사님께 방해가 되지 않도록 자리를 비킨 후 점심 식사 준비가 잘되고 있는지 확인하러 갔다. 조금 있다가 돌아오니 박사님이 잔뜩 상기된 얼굴로 성큼성큼 걸어 다니셨다. 박사님은 나를 발견하고 곧장 달려와 내 두 손을 잡으셨다.

"하커 부인, 부인의 은혜를 어찌 갚으면 좋겠소? 이 글은 한 줄기 햇살과도 같소. 내 앞에 굳게 닫혀 있던 문이 이 글 덕에 활짝 열린 셈이오. 쏟아지는 빛에 눈이 부시다 못해 황홀하오. 환한 빛 뒤로 시시각각 구름이 몰려들고 있지만, 그래도 이 순간만큼은 행복하다오. 부인은 내 말을 이해하지 못하겠구려. 아니, 이해할 수 없겠지. 어쨌든 진심으로 감사하오. 부인은 참으로 훌륭한 사람이오." 박사님의 말투가 갑자기 진지해졌다. "부인, 이 아브라함 반 헬싱이 부인과 부군을 위해 할 수 있는 게 있다면 뭐든 알려주시오. 벗으로서 부인을 도울 수 있다면 나는 기쁘고 행복할 거요. 아니, 벗의 일이 아니라 내 일처럼 다루겠소. 부인과 부군을 위해서라면 내가 아는 모든 것을 이용해, 내가 할 수 있는 일은 뭐든 해드리겠소. 어둠 가득한 삶이 있다면 빛으로 가득한 삶도 있는 법이지. 부인은 누가 뭐래도 빛으로 가득한 삶을 사는 사람이오. 앞으로도 부인의 삶에는 미덕과 행복이 가득할 것이며, 부군 역시 부인 덕에 복을 누리실 것이오."

"박사님, 저를 너무 칭찬해주시는군요. 저에 대해 잘 모르시지 않습니까."

“부인에 대해 모르는 것 같소? 나는 평생 인간을 연구해 온 사람이오. 인간의 뇌와 신체, 행동에 대해서라면 나를 따라올 자가 없소! 나는 부인이 나를 배려해 평문으로 옮겨준 일기를 읽었소. 그리고 그 일기의 모든 문장에서 진실의 숨결을 느꼈소. 그뿐인가. 나는 부인이 루시 양에게 보낸 편지도 읽었소. 그래서 부인의 결혼에 관한 사연도 알고, 믿음에 관한 부인의 생각도 아오. 하커 부인, 선한 여성은 사소한 행동으로도 그 삶을 고스란히 드러낼 수 있는 법이오. 천사들은 선한 이들이 매일, 매시간, 매분 행한 그 사소하고도 선한 행동을 모조리 읽어낼 수 있을 거요. 뭐든 알고자 하는 우리 남자들은 그런 천사의 눈과 비슷한 능력을 갖췄다고 보면 되오. 부군은 천성이 고귀한 사람이며, 부인도 마찬가지요. 두 사람이 서로를 믿기 때문이오. 비열한 본성으로 믿음을 키울 수는 없거든. 부군에 대해서도 말해주오. 부군은 이제 완전히 회복되셨소? 뇌염을 완전히 이겨내고 본래의 성정과 건강을 되찾으셨소?” 나는 드디어 조너선에 대한 얘기를 꺼낼 때가 되었다는 생각이 들어서 입을 열었다.

“많이 회복했습니다만, 호킨스 씨의 작고로 크게 상심했습니다.” 이렇게 말하는 도중에 박사님이 갑자기 끼어드셨다.

“아, 그래, 기억나오. 기억나. 부인이 루시 양에게 보낸 마지막 두 편지에서 읽었소." 나는 다시 말을 이었다.

"상심이 컸던 게 원인이라고 생각하긴 합니다만, 어쨌든 지난 목요일 런던에 갔을 때 남편이 발작이라 할 만큼 크게 흥분한 적이 있습니다."

"발작이라니…. 뇌염이 완치된 지 얼마 되지도 않았거늘! 좋지 않은 현상이구려. 어떤 식으로 발작했다는 거요?"

"어떤 사람을 보고는 아는 사람이라고 생각하더군요. 그 일로 끔찍한 기억을, 뇌염을 앓게 된 끔찍했던 일을 떠올렸고요." 여기까지 말했을 때 갑자기 모든 것이 한꺼번에 목구멍까지 차올랐다. 조너선에 대한 연민, 그가 느꼈을 공포, 그의 일기장에 적힌 이해할 수 없는 일들, 그간 내가 품고 있던 두려움까지, 그 모든 게 머릿속을 혼란스럽게 만들었다. 아마 그 순간 나는 제정신이 아니었으리라. 나는 무릎 꿇고 박사님을 붙들며 남편이 원래대로 돌아오게 해달라고 애원했다. 제정신이었으면 그랬을 리가 없지. 박사님은 내 손을 붙들고 일으킨 후 소파에 앉히셨다. 그리고 옆에 나란히 앉아 내 손을 잡고 한없이 다정한 목소리로 말씀하셨다.

"내 삶은 황량하고 고독하오. 늘 할 일이 많아 우정을 쌓을 시간도 없다오. 존 수어드가 불러서 이곳에 온 이후 나는 좋은 사람을 많이 만났고, 그들의 고결한 모습도 보았소. 나이가 들면서 외롭다고 생각하는 일이 조금씩 잦아지고 있었지만, 이런 상황이 되니 그 어느 때보다 내 삶이 고독하게 느껴지더구려. 내 말은, 이렇게 외롭게 사는 걸 보면 알겠지만, 내가 입에 발린 말을 내뱉으며 친분만 유지하는 관계는 맺지 않는다는 거요. 나는 진심으로 부인이 훌륭하다고 생각하기에 이곳에 왔소. 부인은 내게 희망도 주었소. 아니, 내가 당면한 문제에서 희망을 주었다는 게 아니라, 삶을 행복하게 만들 훌륭한 여성이 남아 있다는 사실로 희망을 주었다는 거요. 그런 여성이 이 세상에 살아간다는 것, 그런 여성이 앞으로 태어날 아이들에게 훌륭한 가르침을 주리라는 것, 그런 희망 말이오. 내가 부인에게 어떤 식으로든 쓸모 있는 사람이 될 수 있다니 기쁘고 또 기쁘오. 내가 듣기로 부군의 문제는 내 연구와 경험과 관련이 있소. 부군을 위해 기꺼이 뭐든 해드리리다. 그가 건강을 되찾고 부인을 행복하게 만들게 하리다. 약속하겠소. 일단 부인은 식사를 좀 해야겠소. 걱정이 과해서 기력이 떨어진 것 같구려. 부인이 이렇게 창백해진 모습을 부군이 보면 어찌하오. 부군이 부인의 괴로운 마음을 알고서 상태가 더 나빠지면 안 되잖소. 그러니 남편을 위해서라도 식사도 하고 많이 웃어야 하오. 루시 양에 대해서는 충분히 알았소. 그러니 괜히 괴로움을 곱씹지 않게 그 얘기는 더 하지 않는 게 좋겠소. 오늘은 엑서터에 머물 예정이오. 알게 된 일들에 대한 생각을 좀 정리해서 궁금한 게 생기면 곧바로 부인께 묻기 위해서요. 그러니 부인도 부군의 문제에 대해 허심탄회하게 말하구려. 지금 당장은 아니 되오. 지금은 식사가 먼저요. 식사를 한 후에 모든 사정을 들려주시오."

식사를 마친 후 우리는 다시 응접실에 자리를 잡았다.

"자, 그럼 부군에 대해 말해보시오." 하지만 정작 말을 하려고 보니 박사님의 식견이 너무 높아 그분이 나를 어리석고 심약한 사람으로 보진 않을까, 조너선을 미쳤다고 생각하진 않을까 하는 걱정이 앞섰다. 그도 그럴 것이, 조너선의 일기에 적힌 내용이 너무 괴이했기 때문이다. 나는 선불리 이야기를 시작하지 못하고 머뭇거렸다. 하지만 박사님이 이제껏 보여주신 모습은 참으로 다정하고 친절했다. 게다가 도와주겠노라고 약속도 하셨다. 무엇보다 믿음이 갔다. 나는 간신히 입을 열었다.

"반 헬싱 박사님, 이제부터 해드릴 이야기가 너무도 괴이해서 박사님이 저나 제 남편을 비웃으실까 염려됩니다. 저는 어제부터 여러모로 머리가 복잡합니다. 그러니 제가 말도 안 되는 것들을 믿는 것처럼 보인다고 해서 저를 바보라고 생각하지 마십시오. 부디 지금처럼 너그럽게 이해해주세요." 박사님은 신뢰감 있는 태도로 이렇게 대답하며 나를 안심시키셨다.

"이런, 내가 얼마나 허무맹랑하게 여겨지는 문제로 이곳까지 왔는지 안다면 외려 부인이 나를 비웃을까 두렵구려. 나는 아무리 얼토당토않은 소리라도, 누군가가 진심으로 믿어서 하는 얘기라면 결코 가벼이 여겨서는 안 된다고 배웠소. 그래서 말도 안 되는 일은 없다고 생각하려고 늘 애쓰며 살아왔소. 무시하면 그만인 평범한 일이 아니라, 미친 건지 제정신인지 의심하게 만드는 특이하고도 별난 일일수록 더욱 그러했소."

"감사합니다. 감사하고, 또 감사합니다! 박사님의 말씀을 들으니 마음이 한결 가벼워집니다. 괜찮으시다면 이번에도 문서로 이야기를 대신할까 합니다. 긴 이야기인데 이것도 평문으로 옮겨놓았습니다. 읽어보면 제 머릿속이 왜 복잡한지, 조너선이 왜 그토록 힘겨워하는지 이해하실 수 있을 겁니다. 드리려는 문서는 조너선이 해외에 나갔을 때 겪은 일을 기록한 일기입니다. 그에 대해서는 이 말 저 말 하지 않겠습니다. 박사님께서 직접 읽어보고 판단해주십시오. 다시 뵐 때 박사님의 의견을 알려주시면 감사하겠습니다."

"약속하겠소." 나는 박사님께 조너선 일기의 사본을 건넸다. "오전에 다시 오겠소. 가능한 한 일찍 와서 부인과 부군을 모두 만나 뵙겠소."

"조너선은 11시 반에 도착할 예정입니다. 그러니 오셔서 함께 식사하고 조너선을 만나보시면 될 것 같습니다. 이후에 3시 34분 기차를 타면 8시 전에는 패딩턴에 도착하실 수 있을 겁니다." 박사님은 내가 열차 시간을 꿰고 있는 데 놀라는 눈치셨다. 조너선에게 급한 일이 생길 때를 대비해 엑서터를 오가는 기차 시간표를 모두 외워두고 있다는 걸 모르셨으니 당연하다.

박사님은 내가 드린 사본을 챙기고 자리를 뜨셨다. 나는 가만히 앉아 생각에 잠겨 있다. 뭔가를…, 생각하고는 있는데, 그게 뭔지는 모르겠다.

반 헬싱이 하커 부인에게 보내는 서신

(호텔 심부름꾼이 전달함)

9월 25일 저녁 6시.

친애하는 하커 부인께.

부군이 쓰신 놀라운 일기를 다 읽었소. 불안해하지 말고 편히 잠자리에 들어도 될 것 같소. 실로 괴이하고 엄청난 이야기였소만, 그 모든 것은 사실이오! 내 모든 것을 걸고 장담하오. 다른 이들은 앞으로 벌어질 일을 걱정해야 할지 모르나, 부군과 부인은 두려워할 필요 없소. 부군은 실로 대단한 분이오. 남자를 알기에 드리는 말씀이오. 성벽을 기어 내려가 그 방에 들어갈 수 있는 사람이 충격으로 완전히 다른 사람이 된다는 건 말도 안 되오. 아니, 부군은 두 번이나 그랬잖소. 부군의 뇌와 정신은 지극히 정상이오. 아직 그분을 직접 만나지는 못했으나, 그것만큼은 분명히 말할 수 있소. 부군께 여쭙고 싶은 게 많소. 오늘 부인을 찾아간 건 내게 실로 큰 행운이었소. 단 하루 만에 많은 것을 알게 되어 황홀하오. 숨 막히게 황홀하오. 지금은 생각을 좀 정리해야겠소.

믿음직한 벗,

아브라함 반 헬싱 드림.

하커 부인이 반 헬싱에게 보내는 서신

9월 25일, 저녁 6시 30분.

친애하는 반 헬싱 박사님께.

곧바로 이렇게 편지를 보내주시다니 진심으로 감사합니다. 덕분에 마음이 한결 가벼워졌습니다. 하지만 그 일기 내용이 사실이라면 이 세상에 그토록 끔찍한 존재가, 인간인지 괴물인지 모를 무시무시한 존재가 있다는 것 아닙니까? 심지어 지금은 그 존재가 런던에 와 있다는 뜻이지 않습니까! 생각만 해도 두렵습니다. 박사님께 편지를 쓰고 있는 지금, 조너선이 보낸 전보를 받았습니다. 오늘 저녁 6시 25분에 론서스턴에서 출발해 10시 18분에 도착할 예정이라는군요. 남편이 돌아오니 오늘 밤엔 불안해하지 않아도 되겠습니다. 그래서 드리는 말씀인데, 점심때 오시는 대신, 오전 8시에 오셔서 저희와 함께 아침 식사를 하시는 건 어떤가요? 너무 이른 시각이 아니라면 그때 초대하고 싶습니다. 급히 돌아가야 한다면 10시 30분 기차를 타시면 됩니다. 그럼 2시 35분에 패딩턴에 도착하실 수 있을 겁니다. 굳이 답신을 주실 필요는 없습니다. 답신이 없으면 아침에 오시는 줄로 알겠습니다.

박사님을 신뢰하고, 박사님께 감사해하는 벗,

미나 하커 드림.

조너선 하커의 일기

9월 26일. — 다시 일기를 쓸 날이 오리라고 생각하지 못했다. 하지만 이렇게 그날이 왔다. 어젯밤에 돌아오니 미나가 밤참을 준비해두고 있었다. 미나는 식사 도중 반 헬싱이란 사람이 찾아왔다는 얘기를 꺼냈다. 그녀는 내 일기와 자신의 일기 사본을 그 사람에게 건네줬다며, 그동안 나를 얼마나 걱정해왔는지 털어놓았다. 미나는 반 헬싱 박사의 서신도 보여주었다. 박사는 편지에서 내가 쓴 일기가 모두 사실이라고 말했다. 그 글을 읽고 다시 태어난 듯한 기분이다. 나를 무너지게 만든 건, 그 모든 게 실제로 일어난 일이 아닐 수도 있다는 의심이었다. 나는 무기력감을 느꼈다. 짙은 어둠 속에 있는 기분이었고, 그 무엇도 믿을 수 없었다. 그러나 이제는 안다. 그 무엇도 두렵지 않다. 백작조차 두렵지 않다. 백작이 결국 런던으로 이주하겠다는 목표를 달성한 모양이다. 내가 본 자는 백작이 분명하다. 백작은 예전보다 더 젊어진 모습이었다. 어떻게 그럴 수 있지? 미나가 한 말로 추론해보자면, 반 헬싱 박사는 백작의 정체를 밝히고 그를 추적하는 사람이다. 미나와 나는 늦은 시각까지 모든 문제를 논의했다. 지금 미나는 옷을 갈아입는 중이다. 나는 이제 호텔로 가서 박사를 데려오려 한다.

박사는 나를 보고 놀라는 눈치였다. 호텔 방에 들어가서 내가 누구인지 설명하자 박사는 내 어깨를 붙들고 얼굴에 빛이 닿도록 몸을 돌려세웠다. 그리고 내 얼굴을 한참 동안 찬찬히 뜯어본 후 입을 열었다.

"하커 부인 말로는 부군이 충격을 받아서 상태가 좋지 않다고 했소." 다부지게 생긴 노인이 내 아내를 두고 이토록 다정한 말투로 '하커 부인'이라 칭하는 걸 보니 어쩐지 우스웠다. 나는 미소를 지으며 대답했다.

"상태가 좋지 않았습니다. 충격을 받았던 것도 사실입니다. 하지만 박사님 덕에 싹 나았습니다."

"어떻게 말이오?"

"간밤에 미나에게 보내주신 서신 덕입니다. 저는 의심에 사로잡혀 있었습니다. 모든 것이 비현실적으로 느껴졌고, 뭘 믿어야 할지 몰랐습니다. 제가 직접 보고, 듣고, 느낀 것마저 의심해야 할 지경이었지요. 뭘 믿어야 할지 모르니 뭘 해야 할지도 몰랐습니다. 그래서 늘 해오던 일에만 매달리는 수밖에 없었습니다. 모든 것을 의심한다는 것, 자기 자신까지도 믿지 못하게 되는 것, 그런 걸 박사님은 이해하지 못하실 겁니다. 박사님은 그 기분을 모르실 거예요. 그런 눈썹을 한 분이 이해하실 리 없지요." 박사는 재미있다는 듯 웃으며 대꾸했다.

"하하! 관상가 같은 말씀이군요. 어쨌든 나는 이곳에서 무척 많은 것을 얻고 있소. 댁에서 함께 식사할 수 있어 매우 기쁘오. 참, 늙은이가 주책맞은 소리를 하는 것 같지만, 이 말은 꼭 해야겠소. 아주 훌륭한 부인을 두셨더구려." 나는 미나 칭찬이라면 온종일 들어도 좋았기에 박사의 말에 아무 대꾸도 하지 않고 그냥 고개만 끄덕였다.

"그녀는 신이 우리를 위해 보내주신 사람 중 하나요. 언젠가 우리도 이를 수 있는 천국이 있다는 사실을, 이 땅에 천상의 빛이 닿을 수 있다는 사실을 신이 몸소 보여주기 위해 부인 같은 사람을 보내신 거요. 그녀는 진실하고, 다정하며, 고결하오. 이기심이라고는 찾아볼 수 없는 존재요. 내 분명히 말하지만, 불신과 이기심이 판치는 이 시대에 그런 미덕은 실로 대단한 것이라오. 아, 그리고 당신에 대해서도 할 애기가 있소. 나는 하커 부인이 루시 양에게 보낸 편지를 모두 읽어보았소. 몇 통의 편지에는 당신 애기가 적혀 있었소. 그래서 며칠 전부터 다른 사람들을 통해 당신에 대해 좀 알아보았소. 하지만 어젯밤이 되어서야 나는 당신의 진정한 모습을 보았소. 나를 도와주겠소? 나는 당신의 벗이 되고 싶소."

우리는 손을 맞잡고 악수를 했다. 박사의 따뜻한 진심이 느껴져서 목이 메었다.

"어디 보자, 내가 다른 부탁을 좀 더 해도 되겠소? 아주 중요한 일을 해야 하는데, 그 일의 시작이 바로 정보 수집이오. 이 부분에서 당신의 도움이 필요하오. 트란실바니아로 가기 전 상황을 구체적으로 설명해주겠소? 나중에 또 다른 것들에 대해 물을 수도 있지만, 일단은 이게 우선이오."

"그 말씀은 박사님이 하시는 일이 백작과 관련 있다는 뜻입니까?"

"그렇소." 박사는 엄숙하게 대답했다.

"그렇다면 제 영혼을 불살라서라도 박사님을 돕겠습니다. 드리고 싶은 자료가 있는데, 10시 30분 기차를 타신다니 여기서 읽을 여유는 없겠군요. 챙겨드릴 테니 나중에 기차에서 읽어보십시오."

아침 식사 후 나는 박사를 역까지 배웅했다. 헤어지기 전에 박사가 말했다.

"런던에 오셔야 할 수도 있소. 보고 연락 드리리다. 오시게 되면 하커 부인도 동행하면 좋겠구려."

"연락 주시면 함께 가겠습니다."

나는 박사에게 조간신문과 어제 자 런던 석간신문을 건넸다. 기차가 출발할 때까지 우리는 열차 창문을 사이에 두고 이야기를 나누었다. 열차에 탄 박사는 나와 대화를 나누면서도 신문을 뒤적거렸다. 갑자기 그의 시선이 한 신문 기사에 고정됐다. 〈웨스트민스터 가제트〉였다. 컬러 판본은 그것뿐이니 분명했다. 박사의 얼굴이 하얗게 질렸다. 그는 그 기사를 정신없이 읽더니 신음하듯 혼잣말을 했다. "이럴 수가! 맙소사! 이렇게나 빨리! 벌써 이렇게 되다니!" 그 순간 박사는 내 존재를 잊은 것 같았다. 바로 그때 기적 소리가 울리며 기차가 움직이기 시작했다. 그제야 박사는 정신을 차리고 창밖으로 몸을 내밀었다. 그는 손을 흔들며 외쳤다. "하커 부인께 안부 전해주시오! 최대한 이른 시일 내에 연락하겠소."

수어드 박사의 일기

9월 26일. — 진정한 종결이란 사실 존재하지 않는 것 같다. 내가 '기록 종결'이라고 말한 지 일주일도 채 지나지 않았는데 또 이렇게 녹음을 시작하는 걸 보면 말이다. 아니, 녹음을 시작한다기보다 이전 녹음을 이어서 계속한다는 게 옳겠다. 오늘 오후까지만 해도 나는 무슨 문제가 있다고 생각할 이유가 없었다. 렌필드는 사실상 완전히 예전 상태로 돌아왔다. 그는 벌써 파리도 상당수 모았고, 거미 잡기도 막 시작했다. 즉 렌필드는 나에게 아무런 문제가 되지 않았다. 그러고 보니 아서의 편지를 받았다. 일요일에 쓴 것인데, 내용을 보니 슬픔을 잘 이겨내고 있는 듯하다. 퀸시 모리스가 그의 집에 머물고 있다고 한다. 퀸시는 좋은 기운을 뿜어내는 사람이니 아서에게 큰 도움이 될 것이다. 아, 그 편지에 퀸시도 몇 자 보탰다. 퀸시의 말에 따르면 아서가 낙천적인 성격을 되찾아가는 중이라고 한다. 그러니 그 두 사람에 대해서는 마음을 놓아도 되겠지. 나는 예전에 늘 그랬던 것처럼 일에 열중하고 있다. 루시가 남긴 마음의 상처는 벌써 아물었다고 말할 수 있을 정도다. 그런데 모든 게 다시 시작됐다. 이 이야기의 결말은 신만이 아시리라. 반 헬싱 교수님은 그 결말을 어느 정도 짐작하는 것 같지만, 알고 계신 걸 모두 털어놓을 생각은 없는 게 분명하다. 내가 관심을 유지하도록 자잘한 것들만 알려주시겠지. 교수님은 어제 엑서터로 갔고, 거기에서 묵으셨다. 오늘 돌아오셨는데, 5시 반쯤에 헐레벌떡 내 방으로 들어오더니 내 손에 어제 자 〈웨스트민스터 가제트〉를 쥐여주셨다.

"자네는 그걸 어떻게 생각하나?" 교수님은 내 뒤에 팔짱을 끼고 서셨다.

나는 영문을 알 수 없어 전체 기사를 훑어보았다. 그러자 교수님이 다시 신문을 낚아채더니 햄프스테드의 아동 실종 사건을 다룬 기사를 손가락으로 짚으셨다. 그렇지만 나는 곧바로 교수님의 뜻을 이해할 수 없었다. 가만히 그 기사를 읽던 중 이윽고 내 눈이 실종 아동들의 목에 난 구멍 같은 작은 상처를 묘사하는 단락에 이르렀다. 묘하다는 생각이 들어서 나는 고개를 들었다. "어떤가?" 박사님이 물으셨다.

"루시의 상처와 비슷한 것 같네요."

"그 유사성에 대한 자네의 의견은?"

"간단합니다. 상처의 원인이 같은 것이겠지요. 루시가 다친 원인과 그 아이들이 다친 원인이 같은 것 아닐까요?" 교수님은 내 말에 이렇게 대답하셨는데, 나는 그 말도 전혀 이해하지 못했다.

"크게 보자면 옳은 말이네만, 정확하게 따지자면 오답이야."

"무슨 말씀인지 모르겠네요." 교수님은 그게 심각한 문제라는 듯 말씀하셨지만, 나는 어쩐지 그걸 가벼이 여기고 싶었다. 지독한 불안감에서 벗어나 나흘간 편히 쉬었더니 좀 살 만하다 싶었달까. 하지만 교수님의 표정을 보니 정신이 번쩍 들었다. 교수님은 루시 때문에 큰 절망에 빠졌을 때보다도 더 험악한 표정을 짓고 계셨다.

"그냥 알려주십시오! 아무것도 모르는데 대뜸 의견을 제시할 순 없지 않습니까. 어떤 생각을 해야 하는지도 모르겠습니다. 추측이라도 해보려면 최소한 자료라도 있어야죠."

"존, 그러니까 지금 자네는 루시 양의 사망 원인에 대해 생각해본 적이 없다고 말하는 건가? 수많은 일이 있었고, 수많은 암시가 있었으며, 심지어 나 역시 자네에게 넌지시 얘기한 적이 있는데?"

"과다 출혈, 혹은 과다한 혈액 손실로 인한 신경성 탈진이 사망 원인 아닙니까?"

"그럼 과다 출혈, 혹은 과다한 혈액 손실의 원인은 뭐지?" 나는 고개를 가로저었다. 교수님은 앞으로 걸어 나와 내 옆에 앉으셨다.

"존, 자네는 영리한 친구야. 합리적인 데다 기지도 뛰어나지. 단점이 있다면 선입견을 버릴 줄 모른다는 거야. 눈을 떠서 보려고 하질 않고, 귀를 세워서 들을 생각을 하지 않아. 상식적이지 않다 싶으면 당최 관심을 두지 않는다고. 자네가 이해하지 못하는 것들이 존재한다는 생각은 해본 적이 없나? 사람들이 보지 못하는 걸 보는 사람이 있다는 생각은 안 해봤어? 세상에는 평범한 인간의 눈으로 볼 수 없는 것들이 존재한다네. 오래된 것도 있고 생긴 지 얼마 안 되는 것도 있지. 사람들이 이런 걸 볼 수 없는 이유는, 볼 수 없다고 알고 있기 때문이야. 적어도 그렇게 생각하기 때문이지. 볼 수 없다고 배웠으니까. 아, 나는 그 탓을 과학에 돌리고 싶네. 과학은 뭐든 설명하려 드니까. 과학은 설명할 수 없다 싶으면 그냥 부정해버려. 하지만 주위를 둘러보게. 하루가 멀다 하고 새로운 믿음이 생겨나. 사람들은 그걸 새롭다고 생각하지. 실은 새로운 척하는 구닥다리인 것을. 오페라를 보러 오는 귀부인들과 다를 바가 없어. 어디 보자, 자네는 한 육신에 머물던 영혼이 다른 육신으로 옮겨 가는 빙의 현상을 안 믿지? 그래. 그럼 허공에 갑자기 유령이 나타나는 건? 그것도 안 믿어? 그럼 유체 이탈은? 그것도 안 믿는다…. 독심술은? 그것도? 그럼 최면술은…."

"그건 믿습니다. 샤르코•가 충분히 입증했으니까요." 교수님은 씩 웃더니 다시 말씀을 이어가셨다. "그럼 최면술의 효력도 인정하겠군. 그렇지? 샤르코 그 양반은 더 오래 사셨어야 했는데! 그러면 자네는 최면술의 원리도 충분히 이해하고 있겠군. 환자의 심리에 직접적인 영향을 미치는 위대한 샤르코의 생각을 모두 이해할 테고. 그렇지? 뭐야, 그건 아니라고? 존, 그러니까 자네 말은, 최면 이론이 어떤 전제로 시작되었으며, 어떤 논거를 통해 합리적인 결론을 도출해냈는지 전혀 모르는데 그냥 그걸 믿게 됐다는 건가? 아니야? 그럼 날 학생이라 생각하고 설명해보게. 어떻게 해서 자네가 최면술의 전제와 논거는 무시하면서도 최면술을 인정할 수 있었는지 말이야. 이보게, 존. 오늘날 전기학이 이룩한 성과 중에는 과거 전기를 발견한 사람들조차 말이 안 된다고 생각할 만한 것들이 있어. 그들의 시대에서 불과 몇십 년 전만 해도 그건 마법을 부린다며 화형당할 일이었으니까. 세상에는 언제나 이해 못할 불가사의가 존재해. 므두셀라는 900년을 살았고, '올드 파'라 불리는 토머스 파는 169년간 살았는데, 네 남자의 피를 받은 루시는 어째서 하루를 넘기지 못했지? 루시 양이 하루만 더 살았다면 우

• 샤르코는 19세기 프랑스의 신경 병리학자로, 프로이트의 스승으로 유명하다.

리는 그녀를 살릴 수 있었다고. 자네는 생사의 비밀을 아는가? 그래, 비교 해부학•은 잘 알 테니 이걸 묻지. 어떤 사람은 짐승과 구조가 유사하지만, 어떤 사람은 그렇지 않아. 그 이유는 뭔가? 이 질문은 또 어떨까? 옛 스페인 성당의 첨탑을 오르내리며 교회 등불의 기름을 들이켰다는 거미가 있어. 그 거미는 수백 년간 살면서 점점 몸집을 키웠다고 하지. 거미 대부분은 크기가 작고 수명이 짧은데 그 첨탑의 거미는 어째서 그럴 수 있었지? 팜파스의 박쥐, 아니, 다른 곳의 박쥐도 마찬가지야. 박쥐들이 밤에 나와서 소와 말의 피를 빨아 먹는 이유는 뭐야? 그뿐인가? 서해의 몇몇 섬에 사는 박쥐는 커다란 견과나 콩이 든 꼬투리처럼 몸을 감싸고 온종일 나무에 매달려 있다고 해. 그런데 그곳에 정박한 선원들이 더위에 지쳐 갑판에서 잠을 청하면 그렇게 매달려 있던 박쥐들이 쓱 내려와서 선원들 몸에 앉았다가 날아간다지. 그리고 아침이 돼서 보면 그 선원들이 루시 양처럼 창백한 얼굴로 죽어 있다고 하네. 그건 또 어떻게 설명하겠나?"

"맙소사, 교수님!" 나는 기겁해서 소리쳤다. "루시가 그런 박쥐한테 물렸다고 말씀하시려는 겁니까? 19세기 런던에

• 여러 동물의 모양과 구조를 서로 비교하는 방법으로 연구하는 학문이다.

그런 게 존재한다고 말씀하시고 싶은 거예요?" 교수님은 조용히 하라는 듯 손을 저으며 말씀을 이어가셨다.

"왜 어떤 거북이는 대대로 이어지는 가문보다 수명이 길까? 왜 어떤 코끼리는 한 왕조가 바뀌는 동안에도 살아남을 수 있을까? 왜 어떤 앵무새는 개나 고양이가 물어도, 다른 상처가 생겨도 죽지 않는 거지? 불멸의 삶을 사는 극소수의 사람이 있다는 믿음은 동서고금을 막론하고 존재하는데, 그 이유는 뭐지? 죽으려야 죽을 수 없는 사람들이 있다고들 하잖아! 바위틈에 갇혀서 수천 년을 산 두꺼비는 또 어떻고? 그 두꺼비는 태곳적부터 작은 구멍에서 살았다지 않나. 과학적으로 입증된 바도 있으니 그걸 모르지는 않겠지. 인도의 수도승 얘기는 들어봤나? 그는 스스로 자기 숨을 거두고 땅속에 들어가 묻혔다고 하지. 사람들은 그가 묻힌 땅을 다진 후 그 위에 씨를 뿌렸다더군. 곡식이 자라면 수확하고, 다시 씨를 뿌려서 곡식이 자라면 또 수확했어. 그 뒤에 사람들이 가서 단단히 다져진 땅을 팠다지. 그랬더니 죽었던 인도 수도승이 멀쩡히 살아서 벌떡 일어나 예전처럼 사람들 사이를 걸어 다녔다지 뭔가. 그건 어떻게 설명할 수 있을까?" 나는 교수님의 말씀을 잘랐다. 점점 혼란스러워지고 있었다. 교수님은 자연의 불가해한 현상과 불가능한 것들의 가능성을 늘어놓고 계셨다. 덕분에 내 머릿속은 터질 것 같았다. 문득 오래전 교수님이 암스테르담에서 연구할 때 내게 뭔가를 알려주려고 훈계를 하시던 게 희미하게 생각났다. 그래도 그땐 내가 뭘 어떻게 생각해야 하는지 분명히 일러주셨다. 이번에는 분명한 지침이 없었다. 그럼에도 나는 교수님의 뜻을 이해하고 싶었다.

"교수님, 다시 저를 제자로 받아주십시오. 논지를 명확하게 알려주시면 교수님이 말씀을 이어나가는 동안 그 논지에 맞게 교수님의 가르침을 이해하겠습니다. 지금은 교수님이 새로운 소재를 제시하실 때마다 미친 사람처럼 아무 목적 없이 그 소재에 대해 허황한 생각만 하고 있습니다. 제 정신이 아닌 것 같아요. 한 학문의 초심자처럼 안개에 갇혀 느릿느릿 수렁을 건너는 것 같은 기분입니다. 어디로 가는지도 모른 채 맹목적으로 이쪽 수풀에서 저쪽 수풀로 뛰어다니는 것 같단 말입니다."

"좋은 비유로군. 그래, 말해주겠네. 내 논지는 이걸세. 나는 자네가 믿기를 바라네."

"뭘 믿으란 말씀입니까?"

"자네가 믿을 수 없는 것들을 믿으란 말이야. 이해하기 쉽게 설명해주지. 한 미국인이 믿음을 이렇게 정의하더군. '믿음이란 우리가 사실이 아니라고 생각하는 것들을 믿게 만드는 능력이다.' 이 말에 내포된 한 가지 때문에 나는 이 말에 동의하네. 이 말은 우리가 마음을 열어야 한다는 뜻이거든. 선로에 놓인 작은 돌이 짐차를 막으면 곤란한 것처럼, 작은 진실이 몰아치는 거대한 진실을 막으면 안 되지. 당장은 작은 진실에 집중해도 돼. 암, 그래도 되고말고! 그 진실을 간직하면서 소중히 여기는 거야. 하지만 그와 동시에 우리는 그 작은 진실이 온 우주의 진실이라고 믿지 않아야 해."

"그러니까 교수님 말씀은 뭔가 이해할 수 없는 일을 접했을 때 선입견에 갇힌 채 섣불리 판단하지 말라는 뜻이군요. 제가 제대로 이해했습니까?"

"아, 역시 자네는 내 애제자야. 자네는 가르치는 맛이 있는 학생이라니까. 이제 자네가 이해하기로 마음먹었으니 내 말을 이해하기 위한 첫발은 내디딘 셈이야. 아까 자네는 실종 아동들의 목에 난 작은 구멍이 루시 양의 목에 있던 구멍과 같은 이유로 생겼다고 했지?"

"그렇게 생각합니다." 교수님은 자리에서 일어서더니 사뭇 진지하게 말씀하셨다.

"그럼 자네 생각은 틀렸어. 아, 자네 말이 옳았다면 얼마나 좋겠나! 하지만 안타깝게도 아니야! 암. 그보다 훨씬, 훨씬 더 나빠."

"교수님, 대체 무슨 말씀을 하시는 겁니까?"

교수님은 한스럽다는 듯 의자에 주저앉으셨다. 그리고 탁자에 팔꿈치를 걸치더니 두 손으로 얼굴을 감싸며 말씀하셨다.

"아이들의 상처는 루시 양이 낸 걸세!"

15장

수어드 박사의 일기(이어서 계속)

일순간 나는 분노에 사로잡혔다. 교수님이 살아 있는 루시의 얼굴에 주먹을 날리시는 것 같았다. 나는 탁자를 거칠게 내리치며 벌떡 일어섰다.

"반 헬싱 교수님! 지금 제정신이 아니군요!" 교수님은 고개를 들어 나를 올려다보셨다. 교수님의 인자한 표정을 보니 갑자기 화가 가라앉았다. "나도 차라리 그랬으면 좋겠네! 이런 진실을 마주하는 것보다야 미치는 게 낫지. 이보게, 존. 내가 뭐 하러 그 쓸데없는 얘기를 한참 동안 늘어놓았겠는가. 기껏해야 말 한마디면 될 것을, 왜 그토록 뜸을 들였겠어? 설마 자네가 미워서 그랬겠나? 이제껏 내가 쭉 자네를 미워했을까 봐? 자네를 괴롭히려고? 끔찍하게 죽었을 수도 있는 나를 자네가 살려내서, 그 복수를 하려고 그랬을까? 말도 안 되는 소리지!"

"용서하십시오." 나의 말에 교수님이 다시 말을 이으셨다.

"존, 자네가 그 어여쁜 아가씨를 사랑했단 걸 알기에 자네가 받을 충격을 조금이라도 덜어주고 싶었어. 자네가 내 말을 믿으리라 생각하지는 않네. 사람은 예상하지 못했던 것이라면 추상적인 관념조차 곧바로 인정하지 못하고 그를 부정할 근거만 찾게 되지 않나. 루시 양에 대한 이 진실처럼 서글픈 일은 더 받아들이기 어렵지. 오늘 밤 내가 내린 결론이 사실인지 확인할 생각이야. 자네도 같이 갈 텐가?"

교수님의 말에 나는 멈칫했다. 그런 걸 확인하고 싶은 사람이 누가 있겠는가. 물론 질투에 사로잡힌 바이런은 예외로 해야겠다.

그가 가장 혐오했던 그 진실을 확인하리니.•

교수님은 내가 주저하는 걸 알아채고 말씀하셨다.

"고민할 필요가 뭐 있나. 이건 정신 나간 짓이 아니야. 멋모르고 이쪽 수풀에서 저쪽 수풀로 뛰는, 그런 무모한 짓이 아니라니까. 내 생각이 틀렸다는 게 확인되면 안심하면 그만이네. 우리가 손해 볼 게 없어. 만약 내 생각이 옳다면! 아, 그러면 자네는 큰 충격을 받겠지. 하지만 그렇게 충격을

• 영국 시인 바이런의 '돈 후안'의 구절을 일부 변형해서 인용한 것이다. 작가가 자신의 아내와 불륜 관계였던 돈 알폰소에게 복수하기 위해 쓴 것이라고 알려져 있다.

받은 덕에 자네는 내 계획을 돕게 될 걸세. 내가 계획하는 일은 믿음이 꽤 중요하거든. 자, 어떻게 하려는 건지 말해주겠네. 일단 지금 바로 나가서 입원해 있다는 아이를 만나러 갈 거야. 기사를 보면 피해 아동이 북부 병원에 있다고 하는데, 그 병원에서 근무하는 빈센트 박사를 잘 알지. 자네도 암스테르담에서 그와 함께 수학했으니 알 텐데…. 빈센트 박사는 친분을 앞세운 부탁은 거절할지 몰라도, 의학자 두 사람이 사례 검토를 요청하는 건 거절하지 못해. 그에게는 다른 말은 하지 않고, 환자 상태를 직접 보고 싶어서 왔다고만 할 걸세. 그러고 나서…."

"그러고 나서는요?" 교수님은 주머니에서 열쇠를 하나 꺼내 드셨다. "그런 다음엔 자네와 나, 우리 둘이 루시 양이 안장된 묘지에서 밤을 새우는 거지. 이건 납골당 열쇠라네. 아서에게 주겠다고 하고 장의사한테 받아 왔어." 무시무시한 시련이 닥쳐오리란 예감이 들면서 가슴이 철렁 내려앉았다. 그래도 나는 쥐어짜낸 용기로 서두르는 게 좋겠다고 말했다. 벌써 해가 기울고 있었다.

우리가 갔을 때 피해 아동은 깨어 있었다. 음식도 좀 먹이고, 잠도 잘 재웠는지, 아이의 상태는 양호했다. 빈센트 박사는 아이의 목에 두른 붕대를 떼어내고 우리에게 구멍

난 상처를 보여주었다. 그 상처는 루시의 목에 있던 것과 매우 흡사했다. 구멍 크기가 더 작고, 갓 생긴 상처라는 점만 달랐다. 빈센트에게 그 상처의 원인을 무엇으로 추측하느냐고 물어보자, 그는 쥐 같은 동물이 문 게 틀림없다고 답했다. 그는 런던 북부 고지대에 박쥐가 다량 서식하기에, 개인적으로는 박쥐가 물었을 것으로 추측된다고 덧붙였다. "민가에 피해를 주지 않는 게 대부분인데, 남반구 야생종 중에는 훨씬 사나운 게 있다고들 하더군요. 선원들이 기념 삼아 잡아 온 것 중 탈출한 게 있을지도 모르지요. 아니면 동물원에 있던 새끼 하나가 밖으로 나왔을 수도 있겠네요. 동물원에 있는 흡혈박쥐가 새끼를 낳았을지 누가 알겠습니까. 아시다시피, 다 가능한 얘기입니다. 열흘 전만 해도 늑대가 탈출한 사건이 있었잖아요. 제 생각엔 그 늑대도 이쪽으로 왔던 것 같습니다. 그 사건이 있고서 일주일 동안은 애들이 햄프스테드 히스와 동네 골목골목에서 빨간 망토 흉내만 내고 놀았거든요. 그 이후로는 '암다운 누나' 타령이고요. 애들만 아주 그냥 신났죠. 이 녀석도 오늘 일어나자마자 간호사에게 나가 놀아도 되느냐고 물어봤다니까요. 간호사가 왜 나가려 하느냐고 물었더니 '암다운 누나'랑 놀고 싶다지 뭡니까."

반 헬싱 교수님이 입을 여셨다. "아이를 퇴원시킬 때, 아이한테서 눈을 떼지 말라고 그 부모에게 단단히 일러주게. 자꾸 집 밖으로 나도는 건 아이들에게 아주 위험하지 않은가. 게다가 또 한 번 실종됐다간 이번엔 진짜 큰일이 날지도 모르고…. 어쨌든 며칠간은 입원시킬 생각이지?"

"뭐, 그렇겠지요. 적어도 일주일은 여기에 둬야죠. 상처가 아물지 않으면 그보다 더 오래 둘 수도 있고요."

병원에 예상보다 오래 있었던 탓에 밖으로 나왔을 땐 이미 해가 져서 깜깜했다. 반 헬싱 교수님은 시간을 가늠하고는 말씀하셨다.

"서두를 필요 없어. 생각했던 것보다는 좀 늦어졌군. 가만 보자, 어디 가서 배를 좀 채우고 가자고."

우리는 '잭 스트로의 성'이라는 주점에서 떠들썩한 손님들과 어울리며 저녁을 먹었다. 자전거를 타고 온 사람들도 있었고 아닌 사람들도 있었는데, 다들 유쾌했다. 우리는 10시쯤 주점에서 나왔다. 주위는 매우 어두웠다. 띄엄띄엄 놓인 가로등 때문에 불빛 밖으로 나오는 순간 주위가 더 컴컴하게 느껴졌다. 그렇게 어두운데도 교수님은 머뭇거리지 않으셨다. 길을 정확히 알아보시는 모양이었다. 반면 나는 방향감각을 완전히 잃었다. 멀리 갈수록 인적은 점점 더 뜸해졌다. 나중에는 길에 우리뿐이어서 교외를 순찰하는 기마경찰을 만났을 때 움찔하기도 했다. 우리는 성당 묘지에 도착해 담을 넘었다. 너무 어두워 주위가 온통 낯설게만 느껴졌지만, 어찌어찌해서 웨스트라 가족묘에 도착했다. 교수님은 열쇠를 돌려 문을 여셨다. 삐걱대는 소리와 함께 문이 느릿느릿 열렸다. 교수님은 무의식적으로 내가 먼저 들어갈 수 있도록 비켜서며 양보해주셨다. 그런 섬뜩한 상황에서 양보의 미덕을 경험하다니, 실로 감동적인 역설이 아닐 수 없었다. 교수님은 내 뒤에 붙어 곧바로 안으로 들어오셨다. 그리고 자물쇠가 용수철식이 아닌 빗장식이라는 걸 확인한 후 조심스레 문을 닫으셨다. 용수철식이었다면 무척 곤란했을 것이다. 교수님은 가방을 뒤적이더니 성냥과 양초 두 개를 꺼내 불을 붙이셨다. 한낮에 들어와 꽃으로 장식된 모습을 봤을 때도 납골당은 충분히 음산하고 소름 끼쳤다. 하지만 며칠이 지난 지금 들어가니 납골당은 생각했던 것보다 더 끔찍하고 참담했다. 꽃은 다 시들어서 하얀 꽃잎은 거무죽죽하게, 푸른 잎과 줄기는 갈색으로 변해 있었다. 거미와 딱정벌레가 제집 돌아다니듯 납골당 안을 누볐다. 세월의 흔적으로 변색된 석벽과 먼지가 눌어붙은 회벽 선반, 눅눅한 녹이 들러붙은 쇠와 얼룩진 놋쇠, 광택을 잃은 은 접시가 희미한 촛불 아래 모습을 드러냈다. 그런 걸 보고 있자니 생기를 잃고 스러져가는 것은 사람이나 동물만이 아니라는 생각이 절로 들었다.

반 헬싱 교수님은 차근차근 계획을 실행에 옮기셨다. 교수님은 관 뚜껑에 달린 명판에 초를 가져다 대고 관 주인의 이름을 확인하셨다. 초를 기울이는 바람에 촛농이 떨어져 금속으로 된 명판에 하얀 촛농 자국이 남았다. 교수님은 루시의 관을 찾아낸 후 가방을 한 번 더 뒤적여 드라이버를 꺼내셨다.

"그걸로 뭘 하시려고요?"

"관을 열어야지. 그래야 자네가 의심을 거둘 것 아닌가." 교수님은 곧장 나사를 풀고 관 뚜껑까지 들어 올리셨다. 그러자 납으로 된 내관이 나왔다. 차마 눈 뜨고 못 볼 광경이었다. 그 일이 잠든 여인의 옷을 함부로 벗기는 것과 다를 바 없는, 고인에 대한 모욕처럼 느껴졌다. 교수님의 손을 붙들고 말려도 보았다. 하지만 교수님은 그런 내게 딱 한마디만 하셨다. "기다려보게." 교수님은 가방에서 작은 실톱을 꺼내셨다. 실톱을 쓰기 전에 먼저 납으로 된 내관에 드라이버를 내리찍으셨다. 순간 나는 깜짝 놀라 몸을 움츠렸다. 드라이버가 뚫은 구멍은 작았지만, 실톱을 쓰기엔 충분한 크기였다. 일주일 가까이 된 시체라서 가스를 잔뜩 내뿜었을 터라 내관에 구멍을 내면 그리로 가스가 새어 나올 줄 알았다. 우리 의사들은 의료계에 몸담은 동안 맞닥뜨릴 만한 위험에 대해 미리 배워야 하므로 이런 건 상식이나 마찬가지다. 나는 이런 상식에 따라 문 쪽으로 물러섰다. 하지만 교수님은 멈칫하는 일 한번 없이 일을 계속하셨다. 교수님은 톱으로 내관 한쪽 모서리를 따라 60센티미터 정도 자르셨다. 그다음엔 방금 자른 선에 수직으로 톱질을 했고, 톱을 다시 수직으로 꺾어 아까 자른 선에 평행하게 그만큼을 자르셨다. 교수님은 ㄷ 자로 잘린 내관 윗면의 한쪽 끝을 들어 올리면서 관 아래쪽으로 꺾으셨다. 그러고는 초를 관 안쪽으로 들이밀며 와서 보라고 손짓하셨다.

나는 가까이 가서 안을 들여다보았다. 관은 비어 있었다.

예상치 못한 광경이어서 나는 큰 충격을 받았지만, 교수님은 그렇지 않은 것 같았다. 이제 본인의 생각을 완전히 확신하며, 그 생각을 밀고 나가기 위해 목소리를 높이셨다.

"존, 이제 내 말 믿겠나?"

교수님의 물음에 잠들어 있던 내 반항심과 집요한 본능이 깨어났다.

"루시의 시체가 관 안에 없다는 건 확인했습니다. 하지만 그 사실이 알려주는 건 단 하나뿐입니다."

"뭘 알려주나?"

"관에 시체가 없다는 거죠."

"뭐, 그만하면 합리적인 추론이라 할 만하군. 그럼 시체가 없는 이유는 뭐지? 그 이유를 설명할 수 있겠나?"

"시체 도둑이 훔쳤나 보죠. 장의사가 부리던 일꾼 중에서 시체 도둑이 있었는지 또 누가 알겠습니까?" 이게 억지 주장이란 걸 모르지 않았지만, 내가 떠올릴 수 있는 이유 중 그나마 말이 되는 건 이것뿐이었다. 교수님이 한숨을 내쉬셨다. "아, 그렇단 말이지! 그럼 증거가 더 필요하겠군. 따라오게."

교수님은 관 뚜껑을 제자리에 올려둔 후 꺼냈던 물건을 모두 가방에 집어넣으셨다. 촛불도 꺼서 양초를 가방에 넣으셨다. 우리는 문을 열고 밖으로 나갔다. 교수님은 문을 닫고 잠그셨다. 그리고 내게 열쇠를 내미셨다. "자네가 가지고 있겠나? 그래야 의심의 여지가 없지." 나는 웃음을 터뜨리며 열쇠를 사양했다. 분명히 말하건대, 정말로 웃겨서 웃은 건 아니었다. "열쇠를 챙긴다고 무슨 의미가 있겠습니까? 사본이 있을 수도 있잖아요. 무엇보다 이런 종류의 자물쇠는 따기가 그리 어렵지도 않고요." 교수님은 내 말에 별다른 반박 없이 열쇠를 주머니에 넣으셨다. 그런 뒤 교수님은 성당 묘지의 다른 쪽을 살펴볼 테니 나는 이쪽을 살펴보라고 말씀하셨다. 나는 주목 뒤에 자리를 잡고 섰다. 그늘진 교수님의 뒷모습이 묘비와 나무 사이로 사라졌다.

홀로 불침번을 서자니 어쩐지 쓸쓸했다. 자리를 잡은 직후에 멀리서 12시를 알리는 종소리를 들었는데, 성당 묘지를 지키면서 1시 종소리와 2시 종소리까지 들었다. 한기가 느껴졌고 마음이 싱숭생숭했다. 이런 곳까지 나를 데려와 이런 일을 시키시는 교수님한테도 화가 났다. 주위를 철저하게 살피기에는 춥고 졸렸지만, 그렇다고 신뢰를 저버리고 잠들 정도로 졸리지는 않았다. 실로 따분하고 우울한 시간이었다.

고개를 돌리며 주위를 둘러보는데, 갑자기 멀리 있는 무덤 양쪽에 서 있는 주목 사이로 하얀 무언가가 쓱 지나가는 게 보였다. 바로 그때 시커먼 게 교수님이 계시던 쪽에서 하얀 형체가 있는 쪽으로 움직였다. 나도 그쪽으로 가려고 몸을 움직였지만, 묘비와 무덤을 피하려면 빙 둘러서 가야 했다. 휘청거리다가 무덤 위에 엎어지기도 했다. 밤하늘엔 구름이 잔뜩 끼어 있었고, 저 멀리 어딘가에서 이른 시각에 울어젖히는 수탉 소리가 널리 울려 퍼졌다. 내가 있던 자리에서 멀지 않은 곳에 성당으로 향하는 길이 있었는데, 그 길의 가로수 역할을 하는 노간주나무들 뒤로 하얗게 보이는 흐릿한 형체가 웨스튼라 가족묘 쪽으로 움직이는 게 보였다. 웨스튼라 가족묘는 나무에 가려서 보이지 않았기에 그 형체가 어디로 가는지는 확인하지 못했다. 곧이어 처음 흰 형체를 본 곳에서 무언가가 움직이는 듯 바스락 소리가 들렸다. 그 소리는 조금씩 내게 다가오고 있었다. 소리의 정체는 교수님이었다. 웬 꼬마 아이를 안고 있던 교수님은 나를 보곤 아이를 앞으로 내밀며 말씀하셨다.

"이제는 내 말 믿겠나?"

"아뇨." 나는 노골적으로 반감을 드러냈다.

"이 아이가 안 보여?"

"보입니다. 하지만 아이를 유인한 자는 못 봤습니다. 그 아이도 부상을 당했나요?"

"자, 확인해보세나." 교수님은 잠든 아이를 안고 성당 묘지를 벗어나셨다. 나도 교수님의 뒤를 따랐다.

우리는 묘지에서 얼마간 걸어 나와서 근처 숲으로 들어갔다. 그리고 성냥을 켜서 아이의 목을 살폈다. 긁힌 자국이나 상처는 하나도 없었다.

"그것 보세요." 나는 의기양양하게 말했다.

"우리가 제때 와서 이 아이가 화를 면한 거지." 교수님은 다행스럽다는 듯 대꾸하셨다.

이제 그 아이를 어떻게 해야 할지 결정해야 했기에 그에 대해 상의했다. 만약 아이를 경찰서로 데려간다면 우리가 밤중에 거기서 뭘 하고 있었는지 설명해야 했다. 모두는 아니더라도, 적어도 우리가 어떻게 해서 아이를 발견했는지 설명해야 했다. 우리는 결국 아이를 햄프스테드 히스에 데려가, 경찰이 오는 소리가 들리면 지나가다 볼 수 있는 곳에 아이를 두고 곧바로 돌아오기로 했다. 모든 것이 계획대로 됐다. 햄프스테드 히스 외곽에서 기마경찰의 묵직한 말발굽 소리를 들었다. 우리는 아이를 길에 두고 숨어서 상황을 지켜보았다. 등불을 들고 주위를 살피던 경찰은 이윽고 아이를 발견했다. 경찰이 놀라서 고함치는 걸 듣자마자 우리는 조용히 그곳을 빠져나왔다. '스페인 혈통'이라는 술집 근처에서 운 좋게 마차를 잡아탈 수 있었다. 그렇게 해서 우리는 곧장 시내로 돌아왔다.

잠이 오지 않아 이렇게 새로운 기록을 시작했다. 하지만 교수님이 정오에 오시기로 했으므로 몇 시간이라도 자둬야 한다. 다른 것도 확인하러 가자고 고집을 피우셔서 어쩔 수 없다.

9월 27일. — 2시가 되어서야 납골당에 몰래 들어갈 기회가 생겼다. 정오에 장례식이 있어 끝날 때까지 기다리느라 시간이 늦어졌다. 우리는 오리나무 숲에 숨어 마지막 조문객들이 느릿느릿 걸어 나가는 걸 지켜보았다. 그 후 묘지기가 나가면서 성당 묘지의 문을 잠갔다. 다음 날 아침까지는 누군가가 그곳에 올 리 없었지만, 아무래도 상관없었다. 교수님은 길어야 한 시간이면 볼일이 끝난다고 말씀하셨다. 다시 한번 현실을 자각하면서 모든 게 망상 같다는 생각이

들었다. 도리에 어긋나는 짓을 하려고 불법까지 감수한다는 사실도 실감했다. 무엇보다 나는 이 모든 게 무슨 소용인가 싶었다. 죽은 지 일주일 가까이 된 여성의 시신을 확인하겠다고 관 뚜껑을 연 것도 별난 짓이지만, 관이 텅 빈 것을 두 눈으로 똑똑히 확인했는데도 납골당에 또다시 들어가는 게 터무니없는 짓 같았다. 하지만 반 헬싱 교수님은 누가 뭐래도 생각한 바를 행동으로 옮기는 분이었기에 나는 어깨를 한 번 으쓱하고는 아무 말 없이 교수님의 뜻에 따랐다. 교수님은 열쇠로 납골당 문을 연 뒤 이번에도 내가 먼저 들어갈 수 있도록 비켜서며 길을 양보하셨다. 납골당은 어젯밤에 본 것보다는 덜 음울했지만, 안으로 새어든 한낮의 햇살에 적나라하게 드러난 모습은 말로 표현하지 못할 정도로 구질구질했다. 교수님이 루시의 관이 있는 쪽으로 걸어가셨고, 나는 그 뒤를 따랐다. 이번에도 교수님은 몸을 숙이고, 납으로 된 내관의 잘린 가장자리를 들어서 젖히셨다. 순간 나는 충격에 사로잡혔다. 깜짝 놀라면서도 당혹스러웠다.

루시의 시신이 관 속에 고이 눕혀 있었다. 장례식 전날 보았던 것과 똑같은 모습이었다. 말도 안 되는 소리 같지만, 루시는 심지어 그때보다 더 아름다워진 것 같았다. 나는 루시가 죽었다는 걸 도저히 믿을 수 없었다. 그녀의 입술은 선홍빛이었다. 아니, 그냥 선홍빛이 아니라 전보다 더 붉었다. 뺨에도 혈색이 돌았다.

"요술이라도 부리신 겁니까?"

"이제는 내 말 믿겠나?" 교수님은 이렇게 물으면서 손을 뻗어 이가 보이도록 시신의 입술을 들어 올리셨다. 온몸의 털이 곤두서는 것 같았다.

"보게. 예전보다 훨씬 날카로워졌지. 이것과 이것." 교수님은 송곳니 하나와 그 아랫니를 건드리셨다. "그 어린아이들이 여기에 물렸을 거야. 존, 이제 내 말을 믿을 수 있겠나?" 또다시 순순히 수긍할 수 없다는 반항심이 치밀었다. 나는 도저히 교수님의 황당한 생각을 받아들일 수 없었다. 그래서 민망함을 느끼면서도 꿋꿋이 교수님에게 반박했다.

"우리가 떠나고 난 후 누군가가 시신을 제자리에 가져다 뒀을 수도 있습니다."

"그래? 그렇다면 누가 그랬을까?"

"그건 저도 모르죠. 어쨌든 누군가가 그랬을 겁니다."

"그럼 일주일이나 지난 시신의 상태가 이런 건 어찌 설명할 텐가? 이 정도 시간이 지나면 보통 시신은 이렇지 않잖아." 나는 뭐라고 할 말이 없어서 입을 꾹 다물었다. 반 헬싱 교수님은 내가 대답하지 않았다는 걸 알아차리시지도 못한 것 같았다. 아니, 애초에 그 어떤 유감이나 득의양양함조차 드러내지 않으셨다. 교수님은 그저 루시의 시신을 뚫어져라 살펴볼 뿐이었다. 가끔은 눈썹을 들어 올려 눈동자를 확인하기도 했고, 다시 입술을 들어 올려 이를 확인하기도 하셨다. 그러다 나를 돌아보더니 입을 여셨다.

"내 말 한번 들어보게. 이 사람은 보통 사람과 다른 게 하나 있어. 이중생활이라고 해야 할까, 우리가 모르는 면모를 지녔다는 거야. 흔치 않은 일이지. 루시 양은 몽유병 상태에서, 그러니까 가수면 상태에서 흡혈귀에게 물렸다네. 이런, 어지간히도 놀랐군. 존, 지금은 내 말이 이상하게 들리겠지만, 나중엔 자네도 다 이해하게 될 걸세. 루시 양이 가수면 상태여서 흡혈귀가 피를 빨기에는 최적의 대상이었겠지. 루시 양은 가수면 상태에서 숨을 거두었기에 그 상태로 죽지 않는 존재가 되었어. 그게 여느 죽지 않는 존재들과 다른 점이야. 보통 죽지 않는 존재들은 집에서 잠들어 있을 때…." 교수님은 '집'이라는 단어를 말하면서 흡혈귀의 '집'이란 게 무엇인지 명확히 하려는 듯 관 위에 올려둔 팔을 옆으로 쓱 휘두르셨다. "그 얼굴에 사악함을 고스란히 드러낸다네. 하지만 루시 양의 시신은 아름답기만 하지. 가수면 상태에서 숨을 거두어서, 잠이 들면 평범한 시신 상태로 돌아가는 거야. 사악함이라곤 찾아볼 수 없어. 그래서 이렇게 잠들어 있는 상태로는 끝장내기가 어려워." 교수님의 마지막 말에 피가 얼어붙는 듯한 기분이었다. 어쨌든 나는 반 헬싱 교수님의 주장에 조금씩 수긍하고 있었다. 하지만 정말로 루시가 죽었다면, 이미 숨은 거둔 사람을 끝장내기 위해 얼마나 끔찍한 짓을 해야 한단 말인가? 교수님은 나를 올려다보셨다. 그러고는 내 표정이 달라진 걸 봤는지 꽤 들뜬 사람처럼 말씀하셨다.

"이제 내 말 믿는가?"

"한 번에 너무 많은 걸 바라지는 마세요. 일단 어느 정도는 믿을 수 있을 것 같습니다. 그럼 어떻게 끝장을 내실 건가요?"

"머리를 자르고 입에 마늘을 집어넣어야 해. 몸에는 말뚝을 박아야 하지." 사랑했던 여인의 몸을 난도질해야 한다고 생각하자 몸서리가 쳐졌다. 하지만 생각보다 거부감이 크지는 않았다. 벌써 반 헬싱 교수님이 말씀하신 그 죽지 않는 존재에 대한 반발심이 커지고 있었던 모양이다. 사랑이 개인의 감정에 불과한 허상인지, 아니면 실재하는 가치인지 그 누가 단언할 수 있을까?

나는 반 헬싱 교수님이 말씀하신 작업을 시작하길 기다렸다. 하지만 한참을 기다려도 교수님은 생각에 잠긴 채 가만히 서 계시기만 했다. 갑자기 교수님이 가방의 걸쇠를 채우며 말씀하셨다.

"생각을 좀 해봤네. 무엇이 최선일지 고심한 끝에 마음을 정했어. 물론 당장이라도 일을 끝내버리고 싶기는 해. 그게 도리에 맞지. 하지만 우리가 해야 할 일은 이게 끝이 아니야. 앞으로 우리는 이보다 훨씬 더 큰 어려움에 직면할지 몰라. 루시 양의 시신을 처리하는 건 간단한 일일세. 루시 양은 아직 누군가의 생명을 빼앗은 적이 없어. 뭐, 시간문제이긴 하지만…. 지금 당장 처리한다면 혹시 모를 사고를 막을 수도 있겠지. 문제는 만약 앞으로 아서의 도움이 필요하게 되면 그에게 이 상황을 어떻게 설명하는가야. 자네는 루시 양의 목에 난 상처를 보았고, 병원에 있던 아이의 목에 난 상처가 그것과 비슷하다는 것도 확인했어. 간밤에 관이 빈 걸 봤는데, 오늘 다시 시신이 제자리에 있는 것도 보았지. 죽은 지 일주일이 된 시신이 부패되기는커녕 더 화사하고 아름다워진 것도 봤고. 자네는 어젯밤 하얀 형체가 묘지로 아이를 끌고 오는 것도 봤지 않은가. 그런데도 자네는 직접 보고 경험한 것조차 제대로 믿지 못했어. 그런데 아무것도 모르는 아서에게 내가 뭘 기대할 수 있을까? 어떻게 이런 걸 믿어달라고 해? 죽어가는 연인에게 입 맞추려는 걸 막았을 때도 날 의심했는걸. 뭐, 그가 작별 인사를 못하게 한 것과 관련해서는 오해가 있었다고 생각하고 나를 용서해준 걸 알아. 그러나 믿어달라며 이런저런 설명을 늘어놓는 중에 오해가 커지면 아서는 루시 양이 생매장됐다고 생각할지도 몰라. 최악의 경우엔 우리가 루시 양을 죽였다고 생각할지도 모른다고. 그럼 아서는 실수로 사람을 묻은 것으로 모자라, 그 사람을 죽이기까지 했느냐며 되레 우리를 비난하겠지. 그렇게 우리를 오해하면서 평생 괴로운 마음을 안고 살아갈 테고…. 그 와중에도 자기 생각이 옳다는 확신은 들지 않겠지. 그게 가장 괴로울 거야. 그래서 가끔은 사랑하는 여인이 생매장돼 죽었다는 생각에 그녀가 고통에 몸부림치는 악몽을 꿀 것이고, 가끔은 우리가 옳았다는 생각에 사랑했던 연인이 괴물이 되는 악몽을 꾸겠지. 안 될 일이야! 아서에게 살짝 언질을 준 적이 있는데, 그 덕에 깨달은 게 있네. 내 생각이 모두 사실이라는 걸 안 이상 주저할 이유가 없어. 아서도 현실의 쓰디쓴 강을 건너 진실을 맛보아야 해. 그 아름다운 얼굴에 먹구름이 드리우더라도, 그가 진실을 깨우치게 해야 해. 그래야 우리가 선량한 사람들을 구할 수 있고, 그가 진정한 안식을 찾도록 도와줄 수 있어. 나는 마음을 정했어. 가세나. 오늘 밤에 자네는 병원으로 돌아가 문제가 없는지 확인하고 좀 쉬게. 나는 여기 성당 묘지에서 할 일을 좀 해야겠어. 내일 밤 10시에 버클리 호텔로 날 데리러 오면 돼. 아서도 데리고 와. 아, 그때 채혈했던 미국인 친구도 같이 오면 좋겠군. 나중에 도움이 될 것 같아. 지금은 피커딜리까지 같이 가서 함께 저녁 식사를 하는 게 좋겠어. 해가 지기 전에 이곳으로 돌아와야 하거든."

우리는 납골당 문을 잠그고 나와 성당 묘지 담을 넘었다. 이제는 담 넘는 게 그다지 어렵지도 않았다. 우리는 마차를 잡아타고 피커딜리로 향했다.

버클리 호텔에 둔 반 헬싱의 대형 여행 가방에 들어 있던 쪽지. 겉봉에 존 수어드 박사에게 전달하라고 적혀 있음. (발송되지 않았음)

9월 27일.

친애하는 존에게.

무슨 일이 생길 때를 대비해 이 글을 쓰네. 혼자 성당 묘지를 감시하러 가네. 죽지 않는 존재가 된 루시 양이 오늘 밤엔 밖으로 나가지 못할 테니 그나마 마음이 놓여. 오늘 못 나가면 내일 더 흥분하게 될 거라서, 그것도 마음에 들어. 오늘 루시 양이 못 나가는 건 내가 그 부류가 싫어하는 것으로 납골당 입구를 봉해둘 생각이기 때문이지. 마늘꽃과 십자가 말일세. 루시 양은 죽지 않는 존재가 된 지 얼마 되지 않아서 그 정도로도 충분히 제지할 수 있어. 더구나 이런 것으로는 그 문으로 나가는 걸 막을 수 있을 뿐, 들어오는 걸 막지는 못해. 죽지 않는 존재도 절박한 상황이 닥치면 싫어하는 것이 있어도 어느 정도 참고 견디거든. 그러니 만약 나간다고 해도, 들어오지 못할까 봐 걱정할 필요가 없다는 뜻이야. 나는 일몰부터 일출까지 근처에서 상황을 지켜볼 생각이네. 그래야 무슨 일이 생겨도 곧바로 상황을 파악하고 정보를 얻을 수 있지. 루시 양은 두렵지 않아. 하지만 루시 양을 죽지 않는 존재로 만든 장본인은 좀 두려워. 그자는 루시 양의 묘를 찾아낼 능력도 있고, 그 부류에게 적절한 은신처를 구할 능력도 있으니까. 조너선 씨를 통해 알게 된 바에 의하면 그자는 아주 교활해. 우리도 직접 겪었지 않은가. 그자는 루시 양의 목숨을 놓고 우리를 조롱하며 가지고 놀았어. 결국 우리는 그자에게 패했고 말이야. 두루 살펴보면 죽지 않는 존재의 능력은 상당해. 그자는 장정 스무 명의 힘을 발휘해. 루시 양에게 준 피 때문에, 그자는 우리 네 사람의 힘도 가진 셈이지. 게다가 그자는 늑대를 부릴 줄 안다네. 그 외에 또 어떤 걸 부릴 수 있는지는 모르겠어. 이는 곧 오늘 밤 그자가 이곳에 온다면 당연히 날 찾아내리란 뜻이야. 그렇게 되면 다른 누군가가 날 발견했을 때 이미 손쓸 수 없을 만큼 늦은 뒤겠지. 그래도 너무 불안해할 필요는 없어. 그자가 이곳에 관심을 가질 리 없거든. 그럴 이유가 없다니까. 늙은이 하나가 죽지 않은 여인 하나를 지키는 이 성당 묘지보다, 그자의 사냥터에 먹잇감이 훨씬 더 많은걸.

그러니까 이 글은 정말로 만에 하나 무슨 일이 생길 때를 대비하는 것이라네. 내게 무슨 일이 생기면 이 쪽지와 함께 있던 물건을 챙기게. 하커 씨의 일기도 있고 다른 서류와 책도 있어. 그것들을 모두 읽어보고, 그 대단하다는 죽지 않는 존재를 찾아내게. 찾아내서 머리를 자르고, 심장에 말뚝을 박거나 심장을 불에 태워. 그러면 세상 사람들이 위협적인 그자를 더는 두려워하지 않아도 될 걸세.

이 글을 자네가 읽게 된다면, 이것으로 작별 인사를 대신하네.

반 헬싱 씀.

수어드 박사의 일기

9월 28일. — 잠만 잘 자도 사람이 이렇게나 달라지다니 놀라울 따름이다. 어제는 하마터면 반 헬싱 교수님의 해괴한 주장에 설득될 뻔했다. 다행히 이제는 그 주장이 얼마나 끔찍한 것인 줄 안다. 그건 제정신으로는 상상조차 하지 못할 잔악무도한 짓이다. 교수님은 그런 짓이 도움이 될 거라고 철석같이 믿고 계신다. 교수님한테 혹시 심리적인 문제가 있는 건 아닌지 걱정된다. 일단, 이 괴이한 상황을 합리적으로 설명할 수 있어야 한다. 이 모든 게 교수님이 벌이신 일일 수도 있지 않나? 교수님은 비상한 천재니 만약 정신에 문제가 생겼다 하더라도 자기 생각이 옳다는 걸 증명하기 위해 절묘한 계책을 찾아내실 거다. 뭐, 이런 건 생각조차 하기 싫다. 사실 반 헬싱이라는 사람이 미친다는 건 말도 안 되는 소리다. 어쨌든 교수님을 유심히 지켜봐야겠다. 그러다 보면 이 문제의 실마리를 얻을 수도 있겠지.

9월 29일 오전. — 어젯밤 10시가 되기 조금 전에 아서와 퀸시를 데리고 반 헬싱 교수님의 방을 찾아갔다. 교수님은 우리에게 부탁하는 바를 말씀하셨다. 말씀 중 교수님은 유독 아서만 바라보셨는데, 아서 하나만 설득하면 우리 모두를 설득할 수 있다고 생각하시는 듯했다. 교수님은 우리 세 사람이 자기를 따라와줬으면 좋겠다고 하면서 말씀을 시작하셨다. "거기에서 해야만 하는 중요한 일이 있기 때문일세. 내 서신을 받고 놀랐나?" 이 질문은 고달밍에게 하신 것이었다.

"네, 놀랐습니다. 약간 불편하기도 했지요. 아시다시피 제 신변뿐 아니라 집안에도 우환이 생긴지라 마음에 여유가 없었으니까요. 그러면서도 교수님 말씀이 무슨 뜻인지 한편으로 궁금하더군요. 그에 대해 퀸시와 한참 이야기를 나누기도 했습니다. 하지만 이야기를 하면 할수록 점점 더 오리무중이었고, 그렇게 지금에 이르렀습니다. 솔직히 지금도 교수님의 뜻을 파악하지 못해 궁지에 몰렸습니다."

"저도 그랬어요." 퀸시 모리스도 짧게 덧붙였다.

"그런가? 그럼 자네들 두 사람은 출발선에 선 걸세. 존보다 낫군. 여기 있는 이 친구는 엉뚱한 곳으로 가버려서 출발선에 다시 서려면 한참을 되돌아와야 하거든."

교수님은 내가 아무 말도 하지 않는 걸 보고, 내가 다시 예전처럼 의심을 품었다는 걸 알아채신 모양이었다. 교수님은 두 사람을 바라보며 아주 진지하게 말씀하셨다.

"나는 오늘 밤 선한 의도로 어떤 일을 하려고 하네. 그 일을 하기 전 자네들의 허락을 먼저 구하고자 해. 과한 부탁인 줄은 아네. 자네들도 내 제안을 이해하게 되면 내가 얼마나 엄청난 부탁을 했는지 깨달을 걸세. 그래서 이렇게 부탁하네. 아무것도 모르는 채, 앞으로 해야 할 일을 미리 허락해주게. 거짓말은 하지 않겠네. 이따가 자네들은 내게 화를 낼지도 몰라. 그래도 자네들이 후회하지 않게 하려면 내겐 이 방법뿐이야."

"뭐가 됐든 솔직하게 느껴지네요." 퀸시가 대뜸 입을 열었다. "내가 교수님 보증을 설게. 교수님 말씀의 취지는 모르겠지만, 교수님이 솔직히 이야기하고 있다는 것 하나는 장담할 수 있어. 나는 그 정도면 충분해."

"고맙군." 반 헬싱 교수님이 뿌듯해하며 말씀하셨다. "자네 같은 사람을 알게 돼서 영광이야. 나를 위해 보증까지 서주다니 고마울 따름이고." 교수님이 손을 내미시자, 퀸시가 그 손을 잡았다.

이번엔 아서가 입을 열었다.

"반 헬싱 교수님, 스코틀랜드에 이런 표현이 있습니다. '자루에 든 돼지 사기'. 저는 그렇게 무작정 행동하는 걸 좋아하지 않습니다. 더군다나 신사로서 명예나 교인으로서 믿음이 걸리는 문제일지도 모르는 이상 그런 약속은 할 수 없습니다. 이 일이 저의 명예와 믿음에 해를 끼치지 않는다는 걸 분명히 해주신다면 곧바로 교수님의 제안을 받아들이겠습니다. 여전히 교수님의 생각은 털끝만큼도 짐작하지 못하겠지만 말입니다."

"자네의 조건을 받아들이겠네. 다만 이걸 유념해주게. 만약 내 행동에 비난의 소지가 있다고 느낀다면, 나를 비난하기에 앞서 내 행동이 자네가 방금 말한 그 두 가지 조건에 어긋나는지 신중히 살펴주길 바라네."

"좋습니다! 그래야 공평하겠지요. 이 정도면 사전 논의는 끝난 것 같은데, 이제 우리가 하려는 일이 무엇인지 여쭤봐도 되겠습니까?"

"나는 자네들이 나를 따라서 킹스테드에 있는 성당 묘지에 잠입해주길 바라네."

아서가 화들짝 놀라더니 인상을 찌푸리며 물었다.

"루시의 시신을 안장한 곳 말입니까?" 교수님이 고개를 끄덕이셨다. "거기에 가서 뭘 어쩌시려고요?"

"납골당에 들어갈 걸세!" 아서가 벌떡 일어섰다.

"교수님, 진심으로 하시는 말씀입니까? 아니면 그걸 농담이라고 하시는 겁니까? 아, 실례했습니다. 진심이었군요." 아서가 다시 자리에 앉았다. 내 눈에는 그가 짐짓 예의를 지키는 것처럼 보이려고 유난히 꼿꼿한 자세로 앉은 게 훤히 보였다. 다들 한동안 침묵을 지켰다. 그러다 아서가 다시 입을 열었다.

"납골당에 들어가서는 뭘 하실 겁니까?"

"관을 열 걸세."

"정말 너무하시는군요!" 아서가 화를 내며 다시 일어섰다. "사리에 맞는 일이라면 얼마든지 참겠습니다. 하지만 이건…. 그 묘에서 안식에 든 고인들에 대한 모독입니다. 이건 루시에 대한…." 아서는 끝내 화를 이기지 못했고, 말을 끝내지도 못했다. 교수님은 그런 아서를 안타깝다는 듯 바라보셨다.

"자네의 괴로움을 덜어줄 수만 있다면, 내 기꺼이 그리할 걸세. 그러나 오늘 밤 우리는 가시밭길을 걸어야 하네. 그러지 않으면 조만간, 그리고 영원히, 자네가 사랑했던 여인은 지옥 불 위를 걸을 걸세."

아서의 얼굴에서 핏기가 가셨다.

"말조심하십시오! 이것 보십시오! 말조심하시라고요!"

"내 얘기를 마저 듣지 않겠나? 그러면 적어도 내가 목적하는 바는 알게 될 걸세. 어때. 얘기를 계속할까?"

"그래, 말씀은 끝까지 들어봐야지." 모리스가 끼어들었다.

교수님은 고심 끝에 다시 입을 여셨다.

"루시 양은 죽었네. 그렇지 않은가? 아무렴! 정말로 그렇다면 아무 문제가 없겠지. 하지만 루시 양이 죽지 않았다면…."

아서가 펄쩍 뛰었다.

"맙소사! 그게 무슨 말씀입니까? 무슨 착오라도 있었습니까? 혹시 생매장되기라도 한 겁니까?" 버럭버럭 소리를 지르던 아서가 괴로움을 이기지 못하고 신음했다. 루시가 살아 있을지도 모른다는 희망조차 그녀가 생매장됐을지 모른다는 불안감을 달래지 못하는 모양이었다.

"루시 양이 살아 있다고는 하지 않았네. 살아 있다고 생각한 적이 없는걸. 이 말만 하겠네. 루시 양은 죽지 않는 존재일지 모르네."

"죽지 않는 존재라니요! 살아 있는 것도 아니라면서요! 대체 무슨 소리를 하시는 겁니까? 지금 제가 악몽을 꾸고 있는 겁니까? 그게 아니라면 이게 무슨 상황이죠?"

"세상에는 불가사의한 일이 많아. 우리 인간들은 그저 짐작만 할 따름이지. 세월이 흐르면서 그 비밀이 드러나기도 하지만, 그런 건 극히 일부일 뿐이라네. 지금 우리 눈앞에 있는 것도 그런 불가사의 중 하나일세. 이 문제를 해결하기 위해 해야 할 일이 있어. 내가 루시 양 시신의 목을 베어도 되겠나?"

"그런 말도 안 되는 소리를! 당연히 안 됩니다!" 아서가 격분해서 고함쳤다. "이 세상을 다 준대도 그런 짓은 허락할 수 없습니다. 루시의 시신을 훼손한다는데 제가 어찌 동의할 수 있겠습니까! 반 헬싱 교수님, 이건 선을 넘는 겁니다. 제가 교수님께 무슨 잘못을 했길래 저를 이토록 괴롭히십니까? 가엾은 루시가 교수님께 무슨 잘못을 했길래 그녀의 무덤을 욕보이려 하십니까? 그런 말씀을 하시는 교수님이 미친 겁니까, 아니면 그런 소리를 듣고 있는 제가 미친 겁니까? 이 이상의 모욕은 용납하지 않겠습니다. 저는 교수님이 하시고자 하는 그 어떤 일에도 동의할 수 없습니다. 제게는 루시의 시신이 온전히 안식에 들도록 지킬 의무가 있습니다. 주님께 맹세코 저는 제 의무를 다할 겁니다!"

교수님이 내내 앉아 있던 자리에서 일어서며, 진지하고도 단호하게 말씀하셨다.

"고달밍 경, 내게도 의무가 있소. 다른 이들을 지켜야 할 의무, 경을 지킬 의무, 고인과의 약속을 지킬 의무 말이오. 그리고 나 역시 맹세컨대 그 의무를 다할 것이오! 내가 경에게 바라는 건 다른 게 아니오. 나와 함께 가서 직접 보고 들어보란 말이오. 그때 가서 내가 다시 아까와 같은 허락을 구했을 때, 경의 의지가 나보다 굳건하지 않다면 나는 상대가 어떤 모습을 하고 있건 상관없이 내 의무를 다할 거요. 내 일을 마치고 나면 경의 뜻에 따라, 언제 어디서든 원하는 설명을 해드리겠소." 이렇게 말씀하시는 교수님의 목소리가 갈라졌다. 교수님은 다시금 연민 가득한 목소리로 말을 이으셨다.

"그럼에도 이렇게 간청하네. 부디 화를 좀 다스리고 나와 함께 가세나. 긴 세월 살아오면서 유쾌하지 않은 일을 해야 할 때도 많았지. 가끔은 가슴이 미어질 때도 있었어. 하지만 이 일처럼 힘겨운 일은 처음이야. 날 한 번만 믿어줄 순 없겠나? 때가 되면 나에 대한 생각이 바뀔 거야. 그렇게 되면 서글프기 그지없는 이 순간도 말끔히 잊을 테고. 내가 하려는 일이 바로 자네를 슬픔에서 구하려는 것이니까. 생각해보게. 내가 뭐 하러 이 서러운 상황과 그 수고로움을 자처하겠나? 나는 옳은 일을 하고자 고향을 떠나서 여기에 왔어. 처음엔 존의 부탁이기에 응했고, 다음엔 멋진 처자를 돕고자 이 일에 몰두했지. 그러면서 나도 그 처자를 아끼게 되었어. 이런 얘기까지 할 생각은 아니었지만, 자네의 이해를 돕고자 말하겠네. 나 역시 자네처럼 루시 양에게 내 피를 내주었어. 물론 자네와 똑같지는 않았지. 나는 연인으로서가 아니라 의사로서, 그리고 벗으로서 한 일이니까. 루시 양을 위해 밤낮으로 뛰기도 했어. 그녀가 죽기 전에도, 죽은 후에도 말이야. 이 순간에도 그녀가 죽지 않는 존재로 사는 삶을 끝내게 만들 수만 있다면 기꺼이 내 목숨을 바칠 걸세." 당당하면서도 매우 신중한 교수님의 말씀에 아서의 마음이 움직였다. 아서는 교수님의 손을 잡고 쉰 목소리로 말했다.

"무슨 말씀인지 하나도 모르겠습니다. 전혀 이해가 안 돼요. 그래도 일단은 말씀하신 대로 교수님을 따라가겠습니다. 가서 때를 기다리겠습니다."

16장

수어드 박사의 일기(이어서 계속)

우리가 성당 묘지의 낮은 담을 넘은 것은 정확히 12시 15분 전이었다. 하늘을 질주하는 두꺼운 구름 사이로 이따금 달빛이 비치기는 했지만, 대개 주위는 매우 깜깜했다. 반 헬싱 교수님이 앞장섰고 우리는 서로 다닥다닥 붙어서 걸어갔다. 납골당 근처까지 갔을 때 나는 아서의 상태를 살폈다. 슬픈 기억을 떠올리게 하는 곳에 다가가는 게 혹여 괴롭지는 않을까 염려스러웠다. 다행히 아서는 잘 버티고 있었다. 이제 곧 엄청난 비밀을 풀게 될지 모른다는 생각이 슬픔을 어떤 식으로든 억누른 게 아닌가 싶다. 교수님은 문을 연 후 우리를 돌아보셨다. 각자 여러 이유가 있었겠지만, 어쨌든 우리는 본능적으로 망설였다. 교수님은 선뜻 먼저 들어가 난감한 상황을 간단히 해결하셨다. 우리가 뒤따라 안으로 들어서자 교수님은 문을 닫으셨다. 그런 뒤 빛가림 막이 달린 등불을 켜고 관을 가리키셨다. 아서가 머뭇거리다

앞으로 나섰다. 교수님이 내게 말씀하셨다.

"어제 자네는 나와 함께 이곳에 왔지. 그때 루시 양의 시신이 저 관에 들어 있었나?"

"네." 교수님은 다른 두 사람을 돌아보며 말씀하셨다.

"존의 대답을 다들 들었겠지. 그리고 설마 내가 무슨 짓을 벌였다고 의심하는 이는 없으리라 믿네." 교수님은 드라이버로 나사를 푼 후 관 뚜껑을 들어 올리셨다. 창백한 얼굴로 말없이 지켜보던 아서가 뚜껑이 열리자마자 관으로 다가섰다. 납으로 된 내관 윗면을 보자 아서의 얼굴이 벌겋게 달아올랐다. 아마도 내관이 있다는 걸 몰랐거나 그 생각을 미처 못했던 것이겠지. 어쨌든 상기된 얼굴은 금세 다시 창백해졌다. 그 사이 아서는 한 번도 입을 열지 않았다. 반 헬싱 교수님이 잘린 내관 윗면을 획 젖히셨다. 안을 들여다본 순간 우리 모두 몸을 움츠렸다.

관이 비어 있었다!

몇 분간 아무도 입을 떼지 못했다. 끝날 것 같지 않던 침묵을 깬 건 퀸시 모리스였다.

"교수님, 저는 교수님 보증을 서겠다고 했습니다. 하지만 이건 좀 설명이 필요하겠습니다. 웬만하면 이러지 않으려고 했어요. 의심 섞인 말투로 교수님을 곤란하게 만들고 싶지 않았다고요. 하지만 이건 곤란한지, 곤란하지 않은지 따질

문제가 아니네요. 교수님이 이러셨어요?"

"내가 신성하게 여기는 모든 것을 걸고 맹세할 수 있네. 난 시신을 옮기지도, 시신에 손을 대지도 않았어. 지난 일을 설명하겠네. 이틀 전 밤에 나는 수어드와 이곳에 왔어. 다시 말하지만, 불순한 의도는 결코 없었네. 나는 관을 열었지. 그때는 봉해져 있었어. 하지만 내관까지 열어보니 지금처럼 비어 있더군. 우리는 밖으로 나가서 묘지를 감시했네. 그러다 웬 하얀 형체가 나무 사이로 지나가는 걸 봤지. 다음 날 낮에 우리는 다시 납골당에 와서 관을 확인했어. 루시 양이 저 안에 누워 있더군. 그렇지 않은가, 존?"

"그렇습니다."

"우리가 때를 잘 맞췄지. 실종된 어린아이가 있었는데, 우리가 밤에 묘지를 감시할 때 여기에서 그 아이를 찾았지 뭔가. 다행히 아이는 다친 데 없이 무사했어. 어제 일몰 전에 나는 다시 이곳을 찾았어. 해가 지고 나면 죽지 않는 존재가 움직일 수 있거든. 나는 해가 뜰 때까지 밤새 이곳을 지켰네. 특별한 건 없었어. 아마 내가 납골당 곳곳의 문 죔쇠에 마늘꽃을 얹어두었기 때문일 거야. 죽지 않는 존재는 마늘꽃 냄새라면 질색하거든. 그들이 피하는 다른 것도 함께 올려놔서 효과가 있었겠지. 어젯밤에 나가지 못했으니 오늘은 안달이 났겠다 싶어서 일몰 전에 마늘꽃과 다른 것들을 모두 치웠어. 그래야 자네들도 관이 빈 걸 확인할 게 아닌가. 이게 끝이 아니야. 더 괴이한 것이 남았어. 나와 함께 밖으로 가세나. 소리를 죽이고 눈에 띄지 않게 움직여야 해. 정말로 희한한 걸 보게 될 걸세. 자….” 교수님은 등불의 빛 가림 막을 내리셨다. “이제 나가보자고.” 교수님이 문을 여셨고, 우리는 줄지어 밖으로 나왔다. 마지막으로 나온 교수님이 문을 다시 잠그셨다.

아! 섬뜩한 납골당에 있다가 나와서인지 밤공기가 어찌나 맑고 상쾌하게 느껴지던지! 흘러가는 구름과 오가는 구름을 따라 나타났다가 사라지길 반복하는 달빛도 아름답기 그지없었다. 마치 희로애락이 스치는 인간사 같았달까. 죽음과 부패의 악취가 없는 상쾌한 공기를 들이켜는 게 놀랍도록 행복했다. 도시의 불빛으로 붉게 물든 언덕 너머 하늘을 바라보고, 멀리서 들려오는 도시의 소음에 귀 기울이자니, 내가 아직 이 세상에 속해 있다는 게 실감 났다. 다른 이들도 저마다의 생각과 감상에 사로잡혀 있었다. 아서는 곰곰이 생각에 잠겨 있었는데, 이 괴이한 상황이 벌어지게 된 진짜 이유와 그 의미를 밝히려고 애쓰는 게 분명했다. 나는 전날과 달리 이런 상황을 어느 정도 용인할 수 있었다. 의심을 접어두고 교수님의 주장을 받아들이는 쪽으로 마음이 꽤 많이 기울었다. 퀸시 모리스는 모든 것을 받아들이기로 한 사람처럼 침착했다. 마지못해 선택한 것 같은 느낌이 아니었다. 그는 그 어떤 위험도 기꺼이 감수하겠다는 듯 담대했다. 담배를 피울 상황이 아니었기에 그는 씹는 담배를 적당한 크기로 잘라서 질겅거렸다. 한편 반 헬싱 교수님은 계획한 바를 차근차근히 수행해나가시는 중이었다. 교수님은 먼저 가방에서 하얀 냅킨 꾸러미를 꺼내셨다. 꼼꼼하게 돌돌 말린 꾸러미에는 성체처럼 얇은 비스킷이 들어 있었다. 다음으로 교수님은 양손으로 밀가루 반죽인지 접착제인지 모를 하얀 덩어리를 꺼내셨다. 그런 다음 비스킷을 잘게 부순 후 손에 들고 있던 하얀 덩어리에 비스킷 조각을 넣고 주무르셨다. 이번에는 그 덩어리를 손바닥으로 굴려 길고 가느다란 끈처럼 만들더니, 그걸로 납골당 입구의 문틈을 막으셨다. 나는 의아해하며 교수님에게 다가가, 뭘 하고 계시는 거냐고 여쭸다. 아서와 퀸시도 궁금했는지 가까이 다가왔다.

"납골당을 틀어막고 있어. 그래야 죽지 않는 존재가 들어가지 못할 것 아닌가."

"그걸로 입구를 틀어막을 수 있어요? 세상에나! 혹시 장난치시는 거예요?" 퀸시의 말이었다.

"물론, 틀어막을 수 있지."

"사용하시는 게 뭡니까?" 이번에는 아서가 물었다. 교수님은 경건한 태도로 모자를 들어 올려 예를 갖추며 대답하셨다.

"성체 성사 때 쓰는 성체일세. 암스테르담에서 가져왔지. 특별 허가를 받았거든." 우리 중 신앙심이 가장 적다고 할 만한 분이 그런 말씀을 하시니 간담이 서늘해졌다. 어쨌든 그 덕에 우리는 교수님의 계획이 무엇이건, 성물을 이용할 정도로 의도가 선하며 순수하다고 느꼈다. 교수님의 주장과는 무관하게, 그 의도를 의심하기란 불가능했다. 교수님은 납골당 주변에 우리를 한 명씩 배치하셨다. 우리는 누가 다가와도 우리 존재를 알아채지 못하도록 각자 몸을 숨겼다. 나는 다른 두 친구가 걱정됐다. 특히 아서가 걱정이었다. 묘지를 감시하는 게 얼마나 두렵고 힘든지 경험한 바 있으니 이런 걱정을 하는 것은 당연했다. 뭐, 이전에 경험해봤던 나라고 다르진 않았다. 한 시간 전만 해도 빤히 보이는 증거조차 인정하지 못했는데, 정작 그렇게 납골당을 지키려니 남아 있던 자신감마저 모조리 사라진 것 같은 기분이었다. 무덤이 그토록 새하얗게 보이긴 처음이었다. 사이프러스, 주목, 노간주나무가 장례식에 왜 그렇게 잘 어울리는지도 이제야 알았다. 나무와 풀이 흔들리면서 바스락거리는 게 얼마나 불길하게 느껴지는지 전에는 몰랐다. 굵은 나뭇가지에서 그렇게 괴기스러운 소리가 나는지도 몰랐다. 한밤중에 먼 곳에서 들려오는 개 짖는 소리가 사람을 얼마나 불안에 떨게 하는지도 이전엔 미처 몰랐다.

한참 동안 주위가 고요해졌다. 꽤 넓은 곳이 갑자기 텅 비기라도 한 것처럼 적막했다. 그때 교수님이 조심스럽게 소리를 내셨다. "쉿!" 그러면서 손가락으로 어딘가를 가리키셨다. 저 멀리 주목이 늘어선 길에서 하얀 형체가 우리 쪽으로 오고 있었다. 잘 보이지는 않았지만, 그 흰 형체가 가슴팍에 무언가 거무스름한 것을 안고 있는 것은 알아볼 수 있었다. 그 형체가 갑자기 멈춰 섰는데, 마침맞게 커다란 구름이 지나가며 달빛이 쏟아졌다. 덕분에 검은 머리칼에 수의를 입은 여인의 모습이 선명하게 드러났다. 그 여인은 품에 안은 금발 머리 아이를 내려다보고 있어서 얼굴은 잘 보이지 않았다. 여인이 멈춰 선 사이 작지만 날카로운 비명이 들렸다. 아이가 잠결에 내는 소리 같기도 했고, 벽난로 앞에서 잠든 개의 잠꼬대 같기도 했다. 우리는 걸음을 내디뎠다. 하지만 주목 뒤에 서 있던 교수님이 손을 번쩍 들더니 우리에게 뒤로 물러나라고 손짓하셨다. 여인은 다시 우리 쪽을 향해 걷기 시작했다. 여인이 가까이 다가올수록 얼굴이 점점 더 명확히 보였다. 구름이 달을 가리지 않아서 잘못 볼 수 없었다. 심장이 얼어붙는 것 같은 기분이었다. 아서가 헉 소리를 내는 것도 들었다. 그 여인은 분명 루시 웨스튼라였다.

생김새는 분명히 루시가 맞는데, 분위기는 예전과 딴판이었다. 다정한 표정은 온데간데없고, 얼굴에는 비정함과 잔인함, 냉정함만이 가득했다. 순수함도 찾아볼 수 없고, 온몸에서 색기가 넘쳐흘렀다. 교수님이 앞으로 걸어가시기에 우리도 뒤를 따라 앞으로 나아갔다. 네 사람은 납골당 문 앞에 나란히 섰다. 교수님이 등불을 들어 올리더니 등불의 빛 가림 막을 여셨다. 쭉 뻗어나간 불빛이 루시의 얼굴을 비췄다. 그녀의 입술은 신선한 피에 젖어 진홍색으로 물들었고, 입술을 적신 그 피가 턱을 따라 흘러 새하얀 수의를 빨갛게 물들였다.

우리는 겁에 질려 바들바들 떨었다. 등불의 불빛이 흔들리는 걸 보니 강철처럼 강할 것 같은 교수님도 떨리시는 모양이었다. 아서는 내 옆에 서 있었는데, 내가 그의 팔을 붙들고 부축하지 않았다면 아서는 그대로 쓰러졌을 것이다.

루시가…. 그것의 외양이 루시였으므로 앞으로도 그걸 루시라고 부르겠다. 루시가 우리를 보더니 뒤로 물러섰다. 이를 드러내며 앙칼진 소리를 내기도 했다. 그건 신호를 주지 않고 고양이를 번쩍 들었을 때 고양이가 내는 소리와 비슷했다. 그녀는 우리를 쭉 훑어보았다. 눈동자의 형태나 색깔은 우리가 알던 루시의 것이었다. 하지만 순수함과 다정함이 어려 있던 그 눈동자에는 부정한 지옥의 불빛이 이글거렸다. 남아 있던 연모의 감정이 한순간에 증오와 역겨움으로 변했다. 그녀를 죽여야 한다면 기쁜 마음으로 잔인하게 칼을 휘두를 수도 있을 것 같았다. 그녀는 위태로운 눈빛으로 얼굴 가득 관능적인 미소를 띤 채 우리를 마주했다. 하, 그 모습을 보고 있으려니 몸이 어찌나 떨리던지…. 그녀는 이제껏 고이 품고 있던 아이를 악마처럼 매정하게 땅바닥에 패대기쳤다. 그러고는 뼈다귀를 지키려는 개처럼, 그 아이를 뺏길 수 없다는 듯 우리를 향해 으르렁댔다. 아이는 날 선 비명을 지르고는 쓰러진 채 신음했다. 인정머리 없는 그녀의 행동에 아서가 끙끙댔다. 그녀는 아서를 향해 걸음을 내디디며 팔을 뻗었다. 슬며시 떠오르는 그녀의 미소는 매우 음탕했다. 아서는 두 손에 얼굴을 묻으며 뒷걸음질 쳤다.

루시는 아랑곳하지 않았다. 그녀는 나른하면서도 관능적인 말투로 우아하게 말했다.

"아서, 이리 와요. 저들은 내버려두고 내게로 와요. 내 품에 안겨요. 어서요. 나와 함께 편히 쉬면 돼요. 나는 당신의 아내예요. 나에게 와요. 어서…. 어서!"

그녀의 음색은 유혹적이면서도 어딘지 모르게 섬뜩했다. 유리잔이 맞부딪치는 소리 같달까. 우리에게 하는 말이 아닌데도, 옆에서 듣는 우리가 몸을 움츠리게 되는 느낌이었다. 아서는 홀린 것처럼 얼굴을 가렸던 손을 내리더니 두 팔을 벌렸다. 루시는 냉큼 아서의 품으로 달려들었다. 그때 반 헬싱 교수님이 펄쩍 뛰어 둘 사이에 끼어들며 루시를 향해 작은 금 십자가를 들이미셨다. 루시는 십자가를 보고 화들짝 놀라 뒤로 물러섰다. 그녀의 얼굴이 분노로 일그러졌다. 그녀는 느닷없이 앞으로 내달렸다. 그리고 납골당에 들어가려는 것처럼 교수님 앞을 지나쳤다.

하지만 그녀는 문 앞 50센티미터 정도쯤에서 멈춰 섰다. 거역할 수 없는 어떤 힘에 제압당한 것 같았다. 그녀가 다시 우리를 향해 돌아섰다. 달빛과 등불에 그녀의 표정이 선명히 드러났다. 등불이 떨리지 않는 걸 보니 반 헬싱 교수님은 다시 냉정을 찾으신 모양이었다. 루시는 악에 받친 표정이었는데, 살면서 그런 얼굴은 처음 보았다. 앞으로도 또 볼 일이 있을까 싶다. 환하던 얼굴이 흙빛이 되었고, 눈에선 불꽃이 튀었다. 눈썹은 똬리 튼 메두사의 뱀처럼 꿈틀거렸으며, 피로 물든 입은 역동적인 얼굴을 표현한 그리스 가면이나 일본 가면처럼 네모지게 벌어졌다. 죽음에 얼굴이 있다면, 보는 것만으로 죽게 되는 얼굴이 있다면, 그 순간 우리가 마주한 게 그 얼굴이 아니었을까 싶다.

루시는 교수님이 내미신 십자가와 성체 반죽으로 봉인한 납골당 입구 사이에서 오도 가도 못하고 가만히 서 있었다.

30초 정도 되는 짧은 시간이었지만, 내게는 그 시간이 영원처럼 느껴졌다. 반 헬싱 교수님이 침묵을 깨며 아서에게 물으셨다.

"이보게, 아서! 이제 답을 주게! 말했던 대로 해도 되겠나?"

아서가 풀썩 무릎을 꿇으며 양손으로 얼굴을 감쌌다.

"하십시오. 뜻대로 하세요. 이보다 더 끔찍한 건 없을 테니까요." 아서는 탄식했다. 퀸시와 나는 동시에 걸음을 뗐다. 그리고 아서에게 다가가 그를 부축했다. 찰칵하는 소리가 들려 고개를 드니, 교수님이 빛가림 막을 덮은 후 등불을 내리고 계셨다. 교수님은 납골당 입구로 가 문틈에 메워둔 성체 반죽을 끄집어내셨다. 우리 세 사람은 당혹감을 숨기지 못한 채 그 모습을 지켜보았다. 교수님이 비켜서시자 루시가 문 쪽으로 다가갔다. 그리고 칼날이 간신히 들어갈 정도로 얇은 문틈으로 빨려 들어가듯 사라졌다. 그녀는 분명 우리와 다를 바 없는 육신을 지닌 존재였기에, 귀신이 곡할 노릇이었다. 교수님은 다시금 성체 반죽으로 문틈을 채우셨다. 우리는 그걸 본 후에야 마음을 놓았다.

교수님은 일을 마친 후 아이를 들어 올리며 말씀하셨다.

"그만 가세. 이만하면 오늘 할 일은 다 한 셈이야. 내일 정오에 이곳에서 장례식이 열릴 예정이니, 장례식이 끝날 때쯤 모두 여기 모이도록 하세. 조문객들은 2시 안에 다들 돌아갈 테고, 묘지기가 입구를 잠그면 우리만 남게 돼. 그때 남은 일을 하세. 오늘 밤과는 완전히 다를 테니 마음의 준비를 하게. 이 아이는 크게 다치지 않았군. 내일 밤 정도 되면 말끔히 나을 거야. 저번처럼 경찰이 발견할 수 있는 곳에 아이를 두고 돌아가는 게 좋겠어." 교수님은 아서에게 다가서며 덧붙이셨다.

"아서, 자네는 방금 큰 시험을 치른 걸세. 먼 훗날 지금을 회상하는 날이 오면, 자네도 이 시험이 불가피했다는 걸 깨닫게 될 거야. 지금은 쓰디쓴 현실을 깨닫는 중이라고 생각하게. 내일 이맘때면 지금의 고통도 다 잊고 달콤한 진실을 맛보게 될 테니 너무 슬퍼하지 말게. 나도 그때까진 용서를 구하지 않겠네."

나는 아서와 퀸시를 데리고 집으로 돌아왔다. 집으로 오면서 우리는 서로의 기운을 북돋으려 애썼다. 아이는 무사히 경찰에게 발견되었다. 집으로 돌아온 우리는 기진맥진해서 그대로 곯아떨어졌다.

9월 29일 밤. — 정오가 되기 조금 전에 아서와 퀸시 모리스, 나, 이렇게 세 사람은 교수님 숙소로 갔다. 우리는 약속이라도 한 것처럼 하나같이 검은색 옷을 입고 나왔다. 아서야 상중이니 그럴 수 있다고 하더라도, 별생각 없이 본능적으로 옷을 고른 퀸시와 나마저 그런 차림을 한 것은 묘한 일이었다. 우리는 1시 반에 성당 묘지에 도착했다. 그리고 사람들의 눈에 띄지 않게 멀지 않은 곳에서 서성댔다. 산역꾼들이 일을 마치자 묘지기가 모두 나갔다고 생각하고 묘지 출입구를 잠갔다. 이제 묘지에는 우리만 남았다. 반 헬싱 교수님은 늘 들고 다니던 자그마한 검은색 가방 대신 크리켓 가방 같은 긴 가죽 가방을 들고 오셨다. 딱 봐도 무게가 꽤 나갈 듯했다.

묘지에서 마지막으로 나간 묘지기의 발소리가 점점 멀어지면서 잦아드는 것까지 확인한 후, 우리는 미리 명령을 받기라도 한 것처럼 조용히 교수님을 따라 납골당으로 들어갔다. 교수님이 문을 여시자 우리는 안으로 들어갔고, 뒤따라 들어온 교수님이 문을 닫으셨다. 이어서 교수님은 가방에서 등불을 꺼내 불을 붙이셨다. 그리고 양초 두 개도 꺼내 불을 붙이고는, 아래쪽을 녹여 다른 관 위에 고정하셨다. 덕분에 납골당 내부가 밝아졌다. 교수님이 관 뚜껑을 여시자 아서가 사시나무 떨 듯 몸을 떨었다. 관 안에는 아름답기 그지없는 루시의 시신이 잠들어 있었다. 그 아름다운 얼굴을 마주했는데도 애정은커녕 치미는 혐오감만 느꼈다. 부정한 존재가 영혼 없는 루시의 육신을 가로챘다는 생각 때문이었다. 아서의 얼굴도 차츰 냉담하게 굳어가고 있었다. 아서가 교수님께 여쭈었다.

"이게 진짜 루시입니까? 아니면 악마가 루시의 시신을 거죽 삼아 걸친 겁니까?"

"루시 양이기도 하고, 아니기도 하지. 잠시만 기다리게. 곧 그녀의 본모습을 보게 될 걸세."

잠들어 있는 시신을 찬찬히 살펴보고 있자니 그 모든 게 악몽처럼 느껴졌다. 뾰족한 이와 피로 얼룩진 도톰한 입술은 슬쩍 보기만 해도 소름이 끼쳤다. 온몸에서 색기가 넘쳐흘렀지만, 우리에게 익숙한 그녀의 영혼은 흔적조차 없었다. 아무리 봐도 그건 악마가 루시의 순수함을 조롱하는 것으로밖에 여겨지지 않았다. 반 헬싱 교수님은 평소처럼 가방에서 사용할 물건을 차근차근 꺼내 나란히 늘어놓으셨다. 처음 꺼낸 건 납땜용 인두와 땜납, 그리고 작은 기름등이었다. 교수님은 납골당 한쪽 구석에서 기름등에 불을 붙이셨다. 불길이 세차게 일면서 파란 불꽃이 일렁였다. 다음으로 교수님은 칼을 집어 드셨다. 그리고 다른 손에는 길이는 90센티미터 정도, 지름은 10센티미터 정도 되는 둥근 막대기를 드셨다. 교수님은 그 막대기의 한쪽 끝을 불꽃에 집어넣어 태우며 뾰족하게 다듬으셨다. 그러고 보니 막대기를 꺼낼 때 교수님은 망치도 꺼냈는데, 가정집에서 석탄 덩어리를 잘게 부술 때 쓰는 것이었다. 이렇게 만반의 준비를 하시는 걸 보니 나는 용기가 나서 각오를 다졌다. 그러나 아서와 퀸시는 달랐다. 굳이 따지자면 아연실색하는 쪽에 가까웠다. 그래도 그들 역시 마음을 다잡으며 말없이 자리를 지켰다.

모든 준비를 마친 후 교수님이 입을 여셨다.

"시작하기 전에 이 말을 먼저 해야겠군. 먼 옛날, 죽지 않는 존재의 능력에 대해 연구하던 사람들이 있었고, 그에 관련된 민담도 많아. 하지만 지금 나는 그런 걸 얘기하는 게 아니야. 죽지 않는 존재가 되면 불사의 능력이 받는 저주도 받게 돼. 죽지 않는 대신, 영생을 살아가며 희생자를 늘려 세상에 악을 퍼뜨려야 하는 걸세. 죽지 않는 존재의 먹잇감이 되어 죽은 자는, 그 역시 죽지 않는 존재가 되어 또 다른 먹잇감을 찾는 식이야. 물에 돌멩이 하나를 떨어뜨리면 잔물결이 끝없이 퍼져나가듯, 죽지 않는 존재들의 세계가 넓어지는 셈이지. 아서, 루시 양이 죽기 직전에 자네가 그녀에게 입맞춤했다면, 어젯밤 내가 끼어들기 전에 자네가 그녀를 품에 안았다면 자네 역시 죽어서 노스페라투가 되었을 걸세. 노스페라투는 동유럽에서 죽지 않는 존재를 일컫는 말이라네. 자네마저 그리 됐다면, 그 사이에 죽지 않는 존재가 늘어나 이 세상은 공포에 휩싸이고 말았겠지. 루시 양은 죽지 않는 존재가 된 지 얼마 되지 않았어. 그녀에게 피가 빨린 아이들도 아직은 상태가 나쁘지 않아. 하지만 그녀를 이대로 내버려둔다면 아이들의 피가 바싹 말라갈 테고, 그 과정에서 아이들에게 미치는 힘을 키운 그녀가 아이들을 조종해서 자신에게 불러들일 거야. 그리고 저 무시무시한 입으로 아이들의 피를 모조리 마시겠지. 그녀가 진정한 죽음을 맞는다면 상황은 달라져. 모든 것이 멈추지. 아이들의 목에 난 작은 상처도 사라질 것이고, 아이들은 무슨 일이 있었는지 말끔히 잊은 채 신나게 뛰어놀 거야. 가장 좋은 건, 우리가 사랑했던 여인의 영혼이 다시금 자유로워진다는 것일세. 밤에는 사악한 짓을 저지르고 낮에는 사악한 존재에게 점점 더 동화되는 굴레에서 벗어나, 그녀가 천국에 이를 수 있어. 즉 이 여인을 끝장내는 것이야말로 자유롭게 해주는 일이라 할 수 있지. 힘든 일이지만, 난 기꺼이 그 역할을 맡을 수 있네. 다만, 이 역할에 내가 적임자라는 생각에는 의구심이 들어. 어느 잠 못 이루는 밤, 이 일을 떠올리며 기쁨을 누리는 게 나여도 될까? '내가 직접 그녀를 천국으로 보냈다. 그녀를 진심으로 사랑한 사람은 나였다. 그녀 역시 다른 누구도 아닌 내가 자신을 구원해주길 바랐을 것이다.' 내가 이런 생각을 해도 될까? 여보게, 자네들은 누가 적임자라고 생각하나?"

우리 모두 아서를 바라보았다. 우리는 루시를 부정한 존재로 기억하고 싶지 않았다. 한없이 선하고 아름다운 여인으로 기억하고 싶었다. 우리의 기억을 제자리로 돌려줄 사람이 있다면, 그건 아서였다. 아서 역시 우리 마음을 읽었다. 우리가 순수한 호의에서 그를 지목한다는 걸 알았다. 그는 눈처럼 새하얗게 질린 얼굴로 손을 떨고 있었지만, 용감하게 한 걸음 앞으로 걸어 나와 당당하게 말했다.

"다들 고맙네. 비통한 마음을 금할 수 없지만, 그럼에도 자네들에게 고마워. 감사합니다, 교수님. 제가 해야 할 일을 알려주십시오. 더는 주저하지 않겠습니다!" 교수님은 아서의 어깨에 손을 얹으셨다.

"잘 생각했네! 눈 딱 감고 한 번만 용기를 내면 모든 게 끝날 걸세. 이 말뚝으로 그녀의 몸을 꿰뚫으면 되네. 크나큰 시련처럼 느껴질 거야. 하지만 거짓에 흔들리지 말게. 잠깐이면 모든 게 끝나. 일을 끝내고 나면, 고통이 컸던 만큼 더 큰 기쁨이 찾아들 걸세. 이 음울한 납골당에서 벗어나 바깥 공기를 쐬는 듯한 기분일 거라고. 하지만 작정하고 시작한 이상 주저해서는 안 되네. 이것만 기억하게. 자네의 진정한 친구들이 바로 옆에서 자네를 위해 기도하고 있다는 사실을."

"알겠습니다. 제가 뭘 어떻게 해야 하는지 알려주십시

오." 아서의 목소리가 갈라졌다.

"왼손으로 이 말뚝을 잡고 시신의 심장 위에 뾰족한 부분을 가져다 대게. 오른손으로는 망치를 들어. 기도서를 가지고 왔네. 이제부터 읽을 테니 자네들도 나를 따라 하게. 아서, 자네는 우리가 고인을 위해 기도를 시작하면 힘껏 망치를 내리쳐 말뚝을 박아. 그러면 죽지 않는 존재는 사라지고, 우리가 사랑했던 루시 양은 안식에 들 걸세."

아서는 말뚝과 망치를 손에 쥐었다. 마음을 단단히 먹었는지, 도구를 손에 쥔 이후로 그는 손을 떨지 않았고, 심지어 손가락도 움직이지 않았다. 반 헬싱 교수님이 기도서를 펴고 기도문을 읽기 시작하셨다. 나와 퀸시도 교수님 말씀을 놓치지 않고 따라 읽으려 노력했다. 아서는 말뚝의 뾰족한 부분을 시신의 심장에 가져다 댔다. 뾰족한 말뚝에 눌려 시신의 하얀 살갗이 깊게 파였다. 이윽고 아서가 있는 힘껏 망치를 내리쳤다.

관 안에 있던 그것이 온몸을 비틀어댔다. 시뻘건 입술이 확 벌어지면서 피를 얼어붙게 만드는 끔찍한 비명이 튀어나왔다. 그것은 발악하듯 몸을 흔들고 뒤틀었다. 날카로운 치아가 입술을 깨물었는데, 그 바람에 입술에 상처가 나면서 입 주변으로 시뻘건 거품이 흘러내렸다. 하지만 아서는 망치질을 멈추지 않았다. 그는 단호하게 팔을 들어 올렸다가 내리치는 토르 같았다. 말뚝이 심장에 점점 더 깊이 파고들면서 구멍 뚫린 심장에서 피가 분수처럼 솟구쳤다. 그의 표정은 한결같았다. 그에게 지워진 고결한 의무를 그 표정에서 엿볼 수 있었다. 그 모습을 보고 있자니 용기가 솟았다. 우리는 납골당이 쩌렁쩌렁 울리도록 큰 소리로 기도서를 읽었다.

몸부림이 조금씩 잦아들었다. 입술을 꽉 깨물고 있던 이도 이제 그냥 서로 딱딱 부딪치기만 했다. 얼굴에 가벼운 경련이 일었다. 그리고 그 모든 것이 멈췄다. 참혹한 임무도 끝났다.

아서가 손에 들고 있던 망치를 떨어뜨렸다. 그리고 제자리에 선 채 중심을 잃고 휘청거렸다. 우리가 곧바로 붙들지 않았다면 그는 그 자리에서 쓰러졌을 것이다. 그의 이마에는 땀방울이 가득 맺혔다. 숨소리도 거칠었다. 솔직히 그에게는 가혹할 정도로 부담스러운 일이었다. 인류애 같은 동기로 그 일을 맡았다면 그도 끝까지 버티지 못했으리라. 퀸시와 나는 아서를 부축하느라 잠깐 관을 살피지 못했다. 그러다 관으로 시신을 돌린 순간, 퀸시와 나의 입에서 잇따라 알아듣기 힘든 감탄사가 터져나왔다. 우리는 눈을 반짝이며 아서를 돌아보았다. 바닥에 주저앉아 있던 아서가 일어서서 관으로 다가갔다. 관을 들여다볼 때 그의 얼굴에서 짙은 두려움이 깨끗이 사라졌다. 대신 그의 얼굴이 낯선 빛으로, 기쁨의 빛으로 환히 빛났다.

관 안에 누운 존재는 이제 사악한 괴물이 아니었다. 우리가 두려워하면서 증오심을 키우던 대상이 아니었다. 달려들어서 죽이면 영예를 얻게 되는 상대가 아니었다. 그냥 우리가 알던 루시였다. 비할 데 없이 아름답고 순수한 루시, 바로 그녀였다. 물론 그녀의 시신에는 생전에 겪은 고통의 흔적이 고스란히 남아 있었다. 그녀는 예전에 힘겹게 목숨을 부지하고 있을 때와 별반 다르지 않은 모습이었다. 그러나 우리 눈에는 그런 모습마저 아름답고 소중했다. 그것이 우리가 알던 진짜 루시였기 때문이다. 우리는 그 피폐한 얼굴에 햇살처럼 내려앉은 천상의 평온함이야말로, 그녀가 영원한 안식에 들었다는 증거이자 상징이라고 느꼈다.

교수님이 아서의 어깨를 짚으며 말씀하셨다.

"이보게, 아서. 아직도 날 용서하지 못하겠나?"

아서는 긴장감을 다 떨치지 못한 듯 격렬하게 교수님의 손을 잡고 그 손에 입을 맞췄다.

"그럴 리가요! 당연히 용서합니다! 교수님은 제가 사랑하던 여인의 영혼을 제자리로 돌려놔주었고, 제게 평안을 선사하셨습니다. 교수님께 주님의 은총이 가득하길 바랄 따름입니다." 아서는 교수님 어깨에 두 팔을 올리고 그의 가슴에 머리를 묻은 채 한동안 소리 죽여 울었다. 퀸시와 나는 가만히 서서 그 광경을 지켜보았다. 아서가 고개를 들자 교수님이 말씀하셨다.

"아서, 이제 루시 양에게 입 맞춰도 되네. 원한다면 루시 양의 시신에 입 맞추게. 그녀도 자네가 그래 주길 원할 거야. 이제 루시 양은 웃음을 흘리는 악마가 아닐세. 더는 영생을 살아가는 사악한 존재가 아니지. 죽지 않는 존재가 아니란 말이야. 그녀는 신의 뜻대로 진정한 죽음을 맞았고, 그녀의 영혼은 주님의 품에 안겼네!"

아서는 몸을 숙여 루시에게 입 맞췄다. 그러고 나서 교수님과 나는 아서와 퀸시를 납골당 밖으로 내보냈다. 납골당에 남은 교수님과 나는 일단 시신의 몸 밖으로 튀어나온 말뚝을 톱으로 잘라냈다. 몸에 박힌 부분은 그대로 두었다. 그런 뒤 시신의 머리를 자르고, 입에 마늘을 가득 채웠다. 납으로 된 내관을 납땜하고, 관 뚜껑을 닫은 뒤 나사까지 잠갔다. 우리는 그 모든 일을 마치고 나서 가져온 물건을 모두 챙겨 밖으로 나갔다. 교수님은 납골당 문을 잠그고는 열쇠를 아서에게 건네셨다.

바깥 공기는 달콤했다. 햇살이 가득해 화창한 하늘에서 새들이 흥겹게 지저귀고 있었다. 자연이 빚어내는 화음이 아까와는 완전히 딴판이었다. 온 누리에 행복과 평화와 웃음이 가득했다. 우리가 한자리에 모여 기쁨을 나누고 있었기 때문이리라. 비록 힘겹게 빚어낸 기쁨이라 할지라도 우리는 진정으로 기뻤다.

묘지를 떠나기 전에 교수님이 말씀하셨다.

"우리는 이제 한 걸음을 내디뎠네. 우리한테는 그 무엇보다 힘겨운 걸음이었어. 그러나 더 큰 일이 남아 있네. 이 모든 불행을 초래한 장본인을 찾아 제거하는 것이지. 그를 추적할 만한 단서는 찾아두었네. 다만, 이건 긴 시간을 들여야 하는 고역이고, 위험하고도 고통스러운 일이야. 나를 도와 이 일을 함께 하겠나? 이제 우리는 모두 그 괴이한 존재를 믿게 되었잖나. 그렇지 않은가? 그 존재를 믿는다면 응당 조처를 해야 하지 않겠어? 아무렴, 그래야지! 어때, 끝까지 가보겠다고 맹세하겠나?"

우리는 맹세의 의미로 차례대로 교수님과 악수했다. 묘지를 떠나면서 교수님이 덧붙이셨다.

"이틀 후 저녁 7시에 존의 집에 모여 저녁을 먹도록 하세. 우리 말고도 두 사람 더 올 걸세. 자네들은 아직 모르는 사람들이지. 그 자리에서 내가 아는 모든 것을 밝히고 계획을 설명하겠네. 존, 자네는 나와 함께 숙소로 가세나. 상의할 게 많은데 자네가 좀 도와줘야겠어. 나는 오늘 밤 암스테르담에 갔다가 내일 밤에 돌아올 예정이야. 그때부터 우리의 위대한 여정이 시작되는 셈이겠군. 하지만 진짜 여정을 시작하기 전에 내 설명부터 들어야 한다네. 그래야 뭘 어떻게 해야 하는지, 뭘 주의해야 하는지 알 것 아닌가. 맹세는 그때 가서 다시 하세나. 우리가 앞으로 해나가야 할 일들은 그 자체로도 끔찍한 일이지만, 한번 발을 들인 이상 결코 물러설 수 없는 일이기도 하거든."

17장

수어드 박사의 일기(이어서 계속)

버클리 호텔에 도착했더니, 반 헬싱 교수님 앞으로 전보가 하나 와 있었다.

> 런던행 기차 탑승 예정. 조너선은 휘트비 방문. 중요한 소식 있음. －미나 하커

전보를 본 교수님이 크게 기뻐하셨다. "아, 하커 부인이로군! 흙 속의 진주 같은 훌륭한 여인이지! 부인이 곧 도착할 텐데 나는 곧 떠나야 하니 이것 참 곤란하군. 존, 하커 부인을 자네 집으로 모시게. 역에 마중도 나가도록 해. 경유 역에 먼저 전보를 치는 게 좋겠군. 그래야 하커 부인도 자네가 마중 나온단 걸 알 거 아닌가."

교수님은 전보를 보낸 후 차를 준비하셨다. 그리고 차를 홀짝이며 조너선 하커라는 사람이 출장 갔을 때 적은 일

기 이야기를 들려주셨다. 교수님은 그 일기의 사본과 하커 부인이 휘트비에 있을 때 적었다는 일기의 사본을 넘겨주셨다. "이걸 가져가서 꼼꼼히 읽어보게. 내가 돌아올 때쯤이면 자네도 사실관계를 모두 파악할 수 있을 걸세. 그래야 참고인 조사도 수월하게 시작할 수 있지. 이 사본은 잘 보관해야 해. 이 안에는 귀한 정보가 가득하거든. 비록 자네가 오늘 큰일을 겪기는 했지만, 여기 적힌 걸 읽다 보면 또 의심이 치솟을 수 있네. 그럴수록 마음을 다잡아야 해. 여기에 적힌 건…." 교수님은 문서 꾸러미를 지그시 누르셨다. "자네와 나, 그리고 다른 수많은 이들에게 종말의 시작을 알려주는 것일 수 있어. 반대로, 죽지 않는 존재의 몰락을 알리는 것일지도 모르지. 지금은 그놈들이 흙을 밟고 돌아다닌다고는 하나, 그 끝이 멀지 않았을지 누가 알겠나. 내 이렇게 부탁하네. 부디 마음을 열고 이 글을 처음부터 끝까지 다 읽어보게. 자네가 여기에 빠진 내용을 채워 넣을 수 있다면 그렇게 하는 것도 좋겠군. 자네의 기록도 매우 중요하거든. 자네 역시 이번 일에 대해 기록해두지 않았나? 그렇지? 다행이야! 그럼 다시 만났을 때 모든 것을 논의하세." 교수님은 채비를 한 후 곧바로 리버풀가로 출발하셨다. 나도 패딩턴으로 출발했다. 나는 열차 도착 15분 전에 패딩턴 역에 다다랐다.

여느 때와 마찬가지로 열차가 도착한 직후 플랫폼은 무척 붐볐다. 잠시 후 플랫폼이 한산해지자 나는 기다리던 손님을 놓쳤을까 봐 불안했다. 그때 곱상하게 생긴 젊은 여성이 다가오더니 나를 쓱 훑어보고 입을 열었다. "수어드 박사님?"

"아, 하커 부인이시군요!" 내가 냉큼 대꾸하자 그녀가 손을 내밀었다.

"루시가 박사님의 인상착의를 설명한 적이 있어서 알아보았습니다. 그때 박사님이…." 그녀는 느닷없이 입을 다물었다. 그녀의 얼굴이 순식간에 빨갛게 달아올랐다.

순간 내 얼굴도 벌겋게 달아올랐다. 그게 무언의 대답이 되어서였을까, 그걸 계기로 어색함이 사라졌다. 나는 하커 부인의 짐을 받아 들었다. 짐 중에는 타자기도 있었다. 나는 가정부에게 하커 부인이 쓸 침실과 응접실을 준비해두라고 전보를 보냈다. 그러고 나서 지하철•을 타고 펜처치가로 향했다.

얼마 후 우리는 병원 앞에 도착했다. 하커 부인은 내 거처가 정신 병원이라는 걸 알고 있었다. 그런데도 안으로 들어설 때 그녀는 자기도 모르게 몸을 떨었다.

• 런던 지하철은 1863년에 개통됐다. 물론 초기에는 전동차가 아닌 증기기관차였다.

하커 부인은 내게 하고 싶은 말이 많다며, 서재에서 이야기를 나눌 수 있느냐고 물었다. 그래서 부인을 기다리는 김에 이렇게 일기를 녹음하고 있다. 반 헬싱 교수님이 주신 자료는 살펴볼 여유가 없었다. 지금 내 앞에 꺼내두고 이런 말을 하는 것도 좀 그렇긴 하다. 이걸 읽으려면 부인의 관심을 돌려야 한다. 그녀는 시간이 얼마나 소중한지, 우리가 당장 어떤 일을 다루어야 하는지 전혀 모르고 있다. 괜히 겁을 주지 않도록 조심해야겠다. 아, 부인이 왔나 보다!

미나 하커의 일기

9월 29일. — 옷을 갈아입은 후 수어드 박사의 서재로 내려갔다. 문 앞에 섰을 때 박사가 누군가와 이야기를 나누는 것 같아서 잠시 기다렸다. 하지만 박사가 빨리 와달라고 한 터라, 나는 고민하다가 문을 두드렸다. "들어오세요!" 그가 이렇게 외치길래 안으로 들어갔다.

서재에 박사 말고 다른 사람이 없어서 깜짝 놀랐다. 박사 앞에 있던 책상 위에는 책에서 본 축음기라는 것이 놓여 있었다. 직접 본 적은 없었기에 매우 흥미로웠다.

"기다리시게 해서 죄송합니다. 문가에서 박사님 목소리가 들리기에 대화를 나누는 중인 줄 알고 무작정 기다렸습니다."

내 말에 박사가 빙긋 웃으며 대답했다. "아, 일기를 녹음하는 중이었습니다."

"일기라뇨?" 나는 놀라서 물었다.

"네, 저는 일기를 여기에 녹음하거든요." 박사는 축음기에 손을 가져다 대며 말했다. 축음기에 정신이 팔려 나도 모르게 입을 열었다.

"와, 이게 속기보다 낫겠군요! 뭐라도 좋으니 좀 들어봐도 될까요?"

"그럼요." 박사는 내 부탁에 바로 답하고 축음기를 재생시키기 위해 일어섰다. 그러다 순간 멈칫했다. 곤란해하는 표정이었다.

"실은…." 박사는 앞뒤가 맞지 않는 얘기를 늘어놓았다. "이게 그냥 일기라서요…. 순전히…. 그러니까 순전히…. 진료 기록에 지나지 않거든요. 그래서 이게 좀 곤란할 수도…. 그러니까 제 말은…." 박사가 말을 멈추기에, 나는 그의 당혹감을 덜어주려고 입을 열었다.

"박사님은 루시가 숨을 거둘 때까지 곁을 지키며 그녀를 돌보셨습니다. 루시가 어떻게 죽었는지, 그걸 기록한 부분만 들려주십시오. 저는 루시 얘기만 들으면 됩니다. 허락해주시면 정말 감사하겠습니다. 루시는 제게 정말로 소중한 친구였습니다."

하지만 박사는 내 말을 듣고 외려 겁에 질린 것 같았다. 그가 그런 반응을 보이리라곤 전혀 예상치 못했다.

"루시가 어떻게 죽었는지 듣고 싶다고요? 그것만큼은 죽어도 안 됩니다!"

"왜 안 됩니까?" 불안감이 엄습했다. 내 질문에 박사가 다시 입을 다물었다. 핑계를 찾고 있는 게 훤히 보였다. 그가 간신히 입을 떼더니 더듬거리며 대답했다.

"그게 말이죠, 제가 일기의 특정 부분만 재생하는 방법을 모릅니다." 박사는 말을 하다가 이 핑계가 그럴싸하다는 걸 깨달은 모양이다. 본인은 알아채지 못했겠지만, 박사의 말투가 어느 순간 갑자기 명료해졌다. 그는 아까와는 완전히 다른 목소리로 천진난만한 아이처럼 말했다. "네, 그렇습니다. 제 이름을 걸고 맹세할 수 있습니다. 정확히 그 이유 때문입니다!" 나는 참지 못하고 싱긋 웃고 말았는데, 그걸 보고 박사가 인상을 찌푸렸다. "아까는 그 생각을 못했습니다! 지난 몇 달간 일기를 녹음했지만, 특정한 부분만 다시 들어봐야 할 일이 생기리라곤 생각해본 적이 없어요. 부인도 그 점을 알아주셔야 합니다!" 이쯤 되니 루시를 간호한 박사의 일기에도 그 무시무시한 존재에 대한 중요한 정보가 있으리라는 확신이 들었다. 그에 대한 다른 이의 정보라면 나도 반드시 들어야 했다. 나는 승부수를 던졌다.

“수어드 박사님, 나중에 특정한 기록만 찾아봐야 할 경우에 대비해 제가 녹취록을 작성해두는 건 어떨까요?” 박사의 얼굴이 곧 쓰러질 사람처럼 하얗게 질렸다.

“아니! 아뇨! 안 돼요! 부인이 그런 끔찍한 이야기를 들으시면 안 되죠!”

끔찍한 이야기라고 했다. 역시 내 직감이 옳았다! 나는 머리를 굴리면서 본능적으로 도움이 될 만한 것을 찾기 위해 방 안을 살폈다. 그때 탁자 위에 놓인 서류 뭉치가 눈에 들어왔다. 내 표정을 살피던 박사도 별생각 없이 내 시선이 닿은 곳을 바라보았다. 그리고 서류 뭉치를 발견하자마자 내 의도를 알아차렸다.

“박사님은 저에 대해 아무것도 모르십니다. 저 서류를 읽었다면 저에 대해 좀 더 아셨겠지만요. 저건 저와 제 남편의 일기입니다. 제가 평문으로 옮긴 사본이죠. 저는 이 사안에 대해서라면 제 사적인 생각을 공개하는 것도 망설이지 않았습니다. 하지만 박사님은 아직 저를 모르시니까 무작정 믿어달라고 부탁하진 않겠습니다.”

박사는 확실히 괜찮은 사람이었다. 루시의 판단은 틀리지 않았다. 그는 일어서서 커다란 서랍을 열었다. 그 안에는 짙은 색 밀랍이 발린 납관이 빼곡히 쌓여 있었다.

"부인 말씀이 구구절절 옳군요. 저는 부인에 대해 잘 몰랐기에 부인을 믿지 못했습니다. 하지만 이제는 부인을 좀 알 것 같습니다. 오래전부터 부인을 알았다면 좋았을 텐데 말입니다. 루시가 부인께 제 얘기를 했다고 하셨지요? 저 역시 루시에게서 부인 얘기를 들었습니다. 부인께 진 빚을 이걸로 갚아도 될는지요? 이 납관을 가져가서 한번 들어보십시오. 처음 여섯 개는 제 개인적인 이야기라 그다지 끔찍하지 않을 겁니다. 그걸 들으면 부인께서도 저에 대해 좀 더 잘 아시게 되겠죠. 다 듣고 나면 저녁을 드실 수 있도록 준비해두겠습니다. 저도 그 사이에 서류를 좀 확인하겠습니다. 그래야 부인과 대화를 나눌 때 좀 더 이해하기 쉬울 테니까요." 박사는 직접 응접실에 축음기를 가져다 놓고, 바로 재생할 수 있도록 조정해주었다. 이제부터 꽤 재미난 이야기를 듣게 될 것 같다. 이미 알고 있던 연애담의 상대방이 자기 입장을 풀어놓는 걸 듣게 될 테니까.

수어드 박사의 일기

9월 29일. — 조너선 하커와 그의 부인이 쓴 엄청난 일기에 푹 빠져 시간 가는 줄 몰랐다. 하녀가 와서 저녁 식사가 준비되었다고 알려주었지만, 하커 부인은 서재로 내려올 기미가 없었다. "부인이 피곤하신가 보군. 식사 시간을 한 시간 후로 미루게." 나는 하녀에게 이렇게 지시하고 다시 글 읽기에 몰두했다. 일기를 다 읽고 덮으려는데 부인이 서재로 들어왔다. 그 어여쁜 얼굴에는 슬픔이 가득했다. 얼마나 울었는지 눈도 빨갰다. 그런 부인의 모습을 보니 왠지 모르게 울컥했다. 주님은 아시리라! 나 역시 요사이 일어난 일로 울고 싶었지만, 차오르는 눈물을 꾹꾹 눌러 담고 있던 터였다. 그런데 그 어여쁜 눈망울에 눈물 자국이 반짝이는 걸 보니 덩달아 마음이 약해질 수밖에. 나는 애써 마음을 가라앉히며 부드럽게 말했다.

"제 일기가 부인께 슬픔을 더했나 봅니다."

"아뇨, 그렇지 않습니다. 박사님의 절절한 슬픔에 말 그대로 공감했을 뿐입니다. 축음기란 놀라운 기계입니다. 동시에 잔인할 정도로 생생하군요. 박사님의 목소리를 통해 그 비통함이 고스란히 전해지더라고요. 마치 박사님이 전지전능한 주님을 향해 절규하는 것 같았습니다. 다른 이들이 저 이야기를 직접 듣는 일은 없어야 합니다! 제가 도움을 드릴 수 있겠네요. 다른 이들이 저처럼 박사님의 애절한 고백을 힘겹게 듣지 않도록, 제가 타자기를 이용해 그 내용을 문서로 옮기겠습니다."

"다른 이들이 알 필요 없는 내용입니다. 알아서도 안 되고요." 나는 기어 들어가는 목소리로 말했다. 그러자 부인이 내 손 위에 손을 얹으며 다부지게 말했다.

"아뇨, 다른 분들도 반드시 알아야 하는 내용입니다!"

"반드시 알아야 한다니요! 어째서죠?"

"박사님의 일기는 이 모든 끔찍한 상황 일부를 다루고 있기 때문입니다. 가엾은 루시의 죽음은 물론이고, 루시가 죽음에 이르는 모든 과정이 기록돼 있어요. 우리는 무시무시한 괴물과의 힘겨운 싸움을 앞두고 있습니다. 그 괴물을 없애려면 구할 수 있는 정보를 모두 구해야 하고, 얻을 수 있는 도움의 손길을 모두 받아들여야 합니다. 제가 박사님의 납관에 담긴 의미와 의도를 모두 파악했다고는 생각하지 않습니다. 그러나 저는 베일에 싸인 이 비밀을 풀어낼 많은 단서가 그 기록에 들어 있다고 확신합니다. 제가 돕는 걸 허락해주십시오. 저도 특정 시점까지의 일은 알고 있습니다. 박사님의 일기를 9월 7일 것까지밖에 듣지 못했지만, 루시가 얼마나 힘들어했는지, 그 아이의 죽음을 초래한 사건이 언제, 어떤 식으로 벌어졌는지 하는 것들은 진작부터 알고 있었어요. 반 헬싱 교수님이 다녀가신 후로 조너선과 저는 밤낮으로 이 일에 몰두했습니다. 조너선은 좀 더 확인할 것이 있어 휘트비에 갔습니다. 우리와 합류하기 위해 내일 이곳으로 올 겁니다. 우리 사이에 비밀이 있어서는 안 됩니다. 서로의 절대적인 신뢰와 협력이 중요하죠. 누군 많이 알고, 누군 조금 아는 것보다는, 모두 정보를 공유하는 게 우리를 훨씬 더 강하게 만들 겁니다." 부인은 간절한 표정으로 나를 바라보았다. 그 표정에는 간절함뿐 아니라 용기와 단호함도 뚜렷하게 드러났다. 나는 두 손 두 발 다 들었다. "그 문제에서는 부인이 원하는 대로 하십시오. 그나저나 제 판단이 틀리지 않아야 할 텐데요! 아직 부인이 들으셔야 할 얘기가 남았거든요. 오랫동안 힘겨운 일을 겪어왔고, 루시의 죽음까지 맞닥뜨렸으니, 제가 그냥 모르는 채로 사시라고 해도 수긍하지 못할 것 아닙니까. 아니, 어쩌면 부인께 결말을 알려드리는 것이, 진정한 죽음에 대해 설명해드리는 것이 부인이 마음의 평화를 얻는 데 도움이 될지도 모르겠군요. 일단 식사부터 하시지요. 말씀하신 것처럼 우리에겐 끔찍하고도 가혹한 임무가 주어졌습니다. 그 임무를 완수하기 위해서는 우리 모두 체력을 비축하고 강해져야 합니다. 식사를 마친 후 남은 이야기를 들으십시오. 현장을 확인한 저희와 달리, 제 이야기만 들으셔야 하니 이해하기 어려울 수도 있습니다. 다 듣고 나서 궁금한 부분이 있다면 가감 없이 말씀해주십시오."

미나 하커의 일기

9월 29일. — 저녁 식사를 마친 후 나는 수어드 박사와 함께 그의 서재로 갔다. 박사는 내 방으로 옮겨둔 축음기를 다시 서재로 챙겨 왔고, 나도 타자기를 서재로 옮겼다. 박사는 나를 안락의자에 앉힌 후, 몸을 일으키지 않아도 축음기를 켜고 끌 수 있게 축음기 위치를 조절해주었다. 그리고 필요한 경우 재생을 멈추는 방법도 알려주었다. 이렇게 모든 준비를 마친 뒤, 그는 사려 깊게도 내가 편하게 있을 수 있도록 등을 돌린 채 의자에 앉아 글을 읽었다. 나는 양쪽으로 갈라져 양 귀에 대고 소리를 들을 수 있는 금속 기계로 박사의 일기를 들었다.

루시의 죽음과 그 후에 있었던 엄청난 이야기를 모두 들은 후 나는 기운이 빠져 등받이에 몸을 기댔다. 다행히 나는 충격을 받는다고 기절하는 사람은 아니다. 수어드 박사는 뒤돌아봤다가 내가 쓰러진 줄 알고 펄쩍 뛰며 소리를 질렀다. 그는 황급히 벽장에서 각진 휴대용 술병을 꺼내 내게 브랜디를 따라주었다. 그걸 마셨더니 잠시 후 기운이 좀 났다. 녹음을 다 들은 직후에는 머릿속이 뒤죽박죽이었다. 그 무시무시한 이야기 중 유일한 위안은 소중한 나의 벗 루시가 안식에 들었다는 것이었다. 수어드 박사를 놀라게 하며 수선을 떨었지만, 그렇게라도 하지 않았으면 그 모든 얘기를 감당하지 못했을 것이다. 너무도 황당하고 얼토당토않은, 괴이한 이야기였다. 조너선이 트란실바니아에서 겪은 일을 몰랐다면 내가 그 얘기를 믿었을까 싶다. 아니, 솔직히 말하자면, 모든 이야기를 믿을 수는 없었다. 그래서 일단 다른 것에 집중하기로 했다. 나는 타자기 덮개를 열고 수어드 박사에게 말했다.

"곧바로 이 기록을 문서로 옮기겠습니다. 반 헬싱 교수님이 오셨을 때 준비가 되어 있어야 할 테니까요. 휘트비에 있는 조너선에게는 런던에 도착하면 곧바로 이곳으로 오라고 전보를 넣었습니다. 이 사안에서 사건이 일어난 시기와 순서는 매우 중요합니다. 그래서 말인데, 모든 자료가 문서 형태로 준비되면 그걸 시간순으로 정리하는 게 어떨까 합니다. 그게 여러모로 도움이 될 것 같습니다. 참, 고달밍 경과 모리스 씨도 오신다고 하셨죠? 그분들께 설명할 준비도 해야겠군요." 박사는 내 말에 축음기의 재생 속도를 느리게 조절했다. 나는 일곱 번째 납관부터 문서로 옮겼다. 다른 사본을 만들 때와 마찬가지로, 이번에도 얇은 종이 세 장 사이에 먹지 두 장이 들어간 전사지를 이용해 한 번에 사본 세 부를 만들 수 있도록 작업했다. 늦은 시각이었는데도 수어드 박사는 회진을 하러 나갔다. 그는 회진을 마치고 서재로 돌아와 다시 내 근처에 자리를 잡고 글을 읽었다. 덕분에 사본 작업을 하는 동안 그리 외롭지 않았다. 어쩜 그리 생각도 깊고 선량한지. 이 세상엔 괴물도 있지만 좋은 사람도 참 많은 것 같다. 침실로 돌아가려는데, 문득 조너선의 일기 내용이 떠올랐다. 엑서터 역에서 교수님이 석간신문에 난 어떤 기사를 읽으며 동요하셨다고 하지 않았던가. 수어드 박사가 신문을 철해놓은 것을 보고, 나는 〈웨스트민스터 가제트〉와 〈팰맬 가제트〉의 신문철을 빌려 방으로 돌아왔다. 〈데일리그래프〉와 〈휘트비 가제트〉의 신문 기사를 잘라둔 게 드라큘라 백작이 상륙할 당시 휘트비에서 벌어진 참사를 이해하는 데 큰 도움이 됐던 기억이 난다. 이번에도 박사님이 다녀가신 날 이후의 석간신문 기사를 쭉 살펴보면 새로운 단서를 발견할지 모른다. 당장은 잠이 올 것 같지 않으니 기사를 읽으면서 마음을 가라앉혀야겠다.

수어드 박사의 일기

9월 30일. — 하커 씨는 오전 9시 정각에 도착했다. 그는 휘트비에서 출발하기 직전 부인의 전보를 받았다고 했다. 겉보기에 그는 범상치 않을 정도로 똑똑한 사람 같다. 열의도 엄청나다. 그의 일기에 적힌 내용이 모두 사실이라면, 그는 대단히 담대한 사람이기도 하다. 솔직히 나 역시 믿기 힘든 놀라운 일을 여러 번 겪었기에 그의 이야기가 사실이라고 감히 단언할 수 있다. 그 성의 지하 묘지에 두 번이나 내려가다니, 정말 보통 배짱이 아니다. 그의 글을 읽었기에 나는 하커 씨가 전형적으로 남자답다고 말할 만한 사람일 줄 알았다. 하지만 오늘 실제로 보니 그는 말수가 적지도, 딱딱하지도 않았다.

같은 날. — 점심 식사를 마친 후 하커 씨와 그의 부인은 방으로 돌아갔다. 아까 그들이 묵는 방 앞을 지나갈 때 안에서 타자 치는 소리가 나는 걸 들었다. 두 사람 다 정말 열심이다. 하커 부인은 모아둔 자료를 모두 시간순으로 정리하겠다고 했다. 하커 씨는 휘트비에서 문제의 화물을 인수한 사람이 런던 내 화물 운송을 맡은 업체와 주고받은 서신을 입수했다. 그는 지금 부인이 옮긴 내 일기의 녹취록을 읽고 있다. 그들이 일기에서 어떤 정보를 발견해낼지 궁금하다. 이제 곧 알게 되겠지.

백작의 은신처가 병원 담 너머에 있는 빈집이리라고는 생각도 하지 못했다! 왜 그 생각을 못했을까! 하지만 렌필드의 이상 행동이 그런 추론을 이끌어내는 단서였다는 걸 누가 알 수 있었으랴! 정리된 문서 사이에는 그 빈집의 매입을 논의하는 서신도 한 뭉치나 들어 있었다. 아, 우리가 그 서신을 조금만 더 빨리 입수했더라면 루시를 살릴 수 있었을지도 모른다! 아니, 그 길은 광기가 존재하는 길이거늘•, 렌필드가 또 무슨 거짓말을 했을지 모르지! 하커 씨는 자기 방으로 돌아갔다. 가서 남은 자료를 계속 정리할 것이다. 그는 저녁 식사 때가 되면 순서대로 쭉 연결된 이야기를 확인할 수 있을 거라고 말했다. 하커 씨는 내가 그 사이 렌필드를 만나보아야 한다고 생각한다. 환자를 통해 백작이 그 집에 드나드는 시기를 확인할 수 있기 때문이라는데, 그간 그가 이상 행동을 보인 시기와 백작이 그 집에 들어온 시기가 얼추 비슷하다는 게 근거였다. 아직 사실 확인은 해보지 못했지만, 그건 문서의 날짜만 따져보면 될 일이다. 하커 부인이 내 납관 기록을 문서로 옮겨주어서 얼마나 다행인지…. 하마터면 날짜 확인은커녕 이런 정보도 얻지 못했을 것 아닌가.

내가 찾아갔을 때 렌필드는 병실에서 두 손을 포갠 채 차분하게 앉아 있었다. 그는 인자한 미소도 지었다. 그 순간만큼은 그가 완전히 제정신인 것처럼 보였다. 나는 자리를

• 《리어왕》에 나오는 '아, 저 길에는 광기가 존재하나니! 내가 저 길만큼은 피하게 해다오'라는 구절. 원문의 'madness lies'가 중의적으로 해석될 여지가 있어, 부연 설명을 덧붙여 의역했다.

잡고 앉아 그와 이런저런 이야기를 나누었다. 그는 내가 어떤 것을 화제로 삼아도 능청스럽게 대꾸했다. 그러다가 그가 먼저 퇴원 얘기를 꺼냈다. 내가 알기로 그는 입원한 이후 한 번도 퇴원 얘기를 꺼낸 적이 없었다. 정확히 말하자면, 그 얘기를 할 때 환자는 자기가 곧바로 퇴원할 수 있을 거라고 자신했다. 그를 만나기 전에 하커 씨와 얘기를 나누지 않았더라면, 병실에 가기 전에 그가 발작을 일으킨 날짜와 서신에 적힌 날짜를 비교해보지 않았더라면, 나는 짧은 면담 후 바로 퇴원 서류를 준비했을 것이다. 다행히 그때는 그가 백작과 관련이 있다는 심증을 굳힌 뒤였다. 무슨 이유에서인지 그가 발작할 때마다 백작이 근처에 있었다. 그럼 환자가 이토록 만족스러워한다는 건 무슨 뜻일까? 혹시 결국 흡혈귀가 승리하리란 걸 본능적으로 깨달은 게 아닐까? 잠깐, 렌필드는 육식 강박증이다. 빈집 예배당 문 앞에서 미쳐 날뛸 때 그는 계속 '주인님'이라는 말을 했다. 이 모든 사실이 우리의 가설에 부합한다. 그에게서 쓸 만한 정보를 얻고 싶었지만, 나는 조금 더 있다가 병실에서 나왔다. 당장은 환자의 상태가 너무 멀쩡해서, 괜한 의심을 사지 않으려면 깊이 캐묻지 않는 게 좋을 듯했다. 만약 그가 의심을 품기라도 한다면, 그땐…. 뭐, 이런 걱정 때문에 일보 후퇴한 셈이다. 나는 렌필드가 보여주는 차분한 모습을 믿지 않는다. 그래서 간병인들에게 환자를 주의 깊게 살피라는 신호를 보냈고, 혹시 모를 상황에 대비해 구속복을 준비해두라고도 했다.

조너선 하커의 일기

9월 29일 런던행 기차. — 권한을 넘어서는 부탁만 아니라면 어떤 정보든 제공하겠다는 빌링턴 씨의 정중한 서신을 받았을 때, 나는 당장 휘트비로 가서 직접 발로 뛰며 알고 싶은 바를 조사하는 게 최선이라고 생각했다. 내 목표는 백작이 발송한 화물의 운송 경로를 추적해, 그게 운송된 런던의 주소를 알아내는 것이었다. 언젠가 그곳에 가야 할 날이 올지도 모르니까. 역에 나를 마중 나온 사람은 빌링턴 씨의 아들이었는데, 괜찮은 청년이었다. 그는 나를 부친 댁으로 데려갔고, 그 가족은 내가 그곳에 묵기를 한사코 권했다. 요크셔 사람들은 손님에게 무엇이든 내주며 손님이 원하는 걸 마음껏 하도록 내버려둔다는 얘기를 들었는데, 요크셔식 환대를 제대로 느꼈다고 해도 좋을 만큼 그들은 친절했다. 그들은 내가 바빠서 얼마 머물지 못한다는 걸 알고 있었다. 그래서 빌링턴 씨는 그런 나를 위해 백작에게 의뢰받은 상자 탁송 관련 서류 전부를 사무실에 미리 준비해두었다. 그중에는 내가 이 모든 사악한 계획을 깨닫기 전에 본 서신도 있었다. 백작의 탁자 위에 놓여 있던 편지 중 하나였다. 백작은 모든 것을 용의주도하게 계획했으며, 체계적으로 꼼꼼히 처리했다. 계획을 실행에 옮기는 과정에서 우연히 생길 수 있는 장애 요인까지 모두 고려해 대책을 마련해둔 듯했다. 미국식 표현을 빌리자면 '요행수를 바라지' 않은 것이다. 모든 것이 치밀한 그의 계획대로 이루어진 것은 실로 당연한 결과였다. 운송장이 보이기에 나는 거기 적힌 것을 쪽지에 옮겨 적었다. '실험용 통상 흙 50상자.' 카터-패터슨 상회에 보낸 서신의 사본과 상회 측의 답신도 있었다. 나는 그것들의 사본도 입수했다. 빌링턴 씨가 줄 수 있는 정보는 이게 전부였다. 그래서 나는 다음으로 항구에 내려가 해안 경비대원, 세관원, 항만 관리소장을 차례로 만나보았다. 그들 모두 그 배의 기이한 입항에 대해 할 말이 많은 것 같았다. 그 배에 대한 이야기가 어느새 그 지역의 전설이 되어 있었달까. 하지만 '통상 흙 50상자'라는 간단한 표기에 설명을 덧붙일 수 있는 사람은 없었다. 다음엔 역장도 만나보았다. 역장은 친절하게도 직접 상자를 나른 인부들을 불렀다. 인부들이 기억하는 상자의 개수는 송장에 적힌 수량과 일치했다. 그들은 그 상자들이 "크고 더럽게 무거웠다"라며 그걸 나르느라 목이 탔다고 설명했지만, 그 외에는 별다른 것이 없었다고 했다. 그중 한 사람은 성의 표시로 목을 축일 술 한잔 내놓는 '나리 같은 분'이 없어 여간 고되지 않았다고 투덜댔고, 또 한 사람은 거기에 덧붙여 그때 생긴 갈증이 아직도 완전히 가시지 않았다며 건들거렸다. 이런 것까지 적을 필요는 없겠지만, 나는 그들이 이 일로 또 쑥덕대는 일이 없도록 떠나기 전에 적당히 사례를 했다.

9월 30일. — 휘트비 역장이 나를 배려해 친분이 있는 킹스 크로스 역장에게 연통을 넣어준 덕에, 나는 아침에 킹스 크로스에 도착한 후 역장을 만나 백작의 상자를 내리던 당시 상황에 대해 문의할 수 있었다. 킹스 크로스 역장 역시 곧바로 해당 업무를 처리했던 담당 직원들을 불러주었다. 그들의 인수 기록 역시 기존 운송장의 정보와 일치했다. 휘트비 역의 인부들이 아직도 채우지 못했다는 그 말도 안 되는 갈증을 킹스 크로스 역의 직원들이 알고 있을 리 만무한데도, 이곳 직원들 역시 그 갈증을 호소했다. 이번에도 나는 어쩔 수 없이 그들이 호소하는 과거의 갈증을 소급해서 해소해줘야 했다.

나는 역에서 곧장 카터-패터슨 상회 본사로 갔다. 상회 사람들은 나를 깍듯이 맞이했다. 그들은 장부와 서신 발송 대장을 살피며 상자 운송 건에 관련된 업무 처리 내역을 검토했고, 바로 킹스 크로스 역 지사에 전화를 걸어 세부 사항까지 확인했다. 운 좋게도 당시 운송을 맡았던 인부들이 또 다른 작업을 위해 모여 있던 터라, 지사 측은 그 인부들을 본사로 보내주었다. 지사 측 담당자는 인부 중 한 사람의 손에 화물 운송장을 비롯해 카팍스로 운송한 화물 운송 관련 서류 일체를 들려 보냈다. 이번에도 수량은 정확히 일치했다. 인부들은 서류에 누락된 내용을 구두로 보충해주었다. 요약하면, 작업 환경에 분진이 너무 많았다는 것과 그 결과 작업 도중 내내 갈증에 시달렸다는 것이었다. 나는 인부들에게 그들의 설명이 도움이 된다면 협조해주는 대가로 금전을 제공하겠노라 말했고, 이 제안에 넘어간 인부 하나가 대화를 마칠 때쯤 이렇게 덧붙였다.

"말도 마십쇼, 나리. 그렇게 괴상망측한 집은 처음 들어가봤습니다요. 아이고야! 사람이 안 산 지 백 년은 됐겠던데요. 먼지가 어찌나 두껍게 쌓였던지 바닥에 누워도 푹신하게 잘 수 있겠더라니까요. 오랫동안 버려둔 집이라서 그런지 냄새는 또 얼마나 심한지. 그 옛날 예루살렘 냄새를 맡는 것 같은 기분이었지요. 하지만 그건 오래된 예배당에 비하면 아무것도 아니었어요. 들어가면 큰일 날 것 같았지요. 진짜입니다요! 저뿐 아니라 같이 일하던 놈 하나도 그렇게 말했어요. 짐을 다 나르고 나가기 전에 무슨 일이 날 것 같다고요. 해가 진 후에는 돈을 더 준다고 해도 거기에 1초도 못 있겠다 싶었습지요."

나 역시 카팍스의 저택을 직접 본 적이 있으므로 인부의 말이 사실이라고 생각했다. 하지만 인부가 내 생각을 알아챘다간 값을 더 쳐달라고 요구할 것 같았기에 내색은 하지 않았다.

이것으로 한 가지는 확실해졌다. 바르나에서 데메테르호에 선적한 상자들은 휘트비를 거쳐 카팍스의 옛 예배당 건물로 손실분 없이 배달되었다. 그 말은 이후에 따로 옮긴 적이 없다면 그 안에는 상자 50개가 있어야 한다는 뜻이다. 다만, 수어드 박사의 자료에 상자 반출이 의심되는 사건이 있다는 게 마음에 걸린다.

카팍스에서 상자를 반출하다가 렌필드라는 환자에게 공격을 받았다는 인부들을 찾아봐야겠다. 이 실마리를 따라가다 보면 도움이 될 만한 정보가 나올 것 같다.

나중에 이어서 씀. — 미나와 함께 온종일 작업해서 모든 자료를 시간순으로 정리했다.

미나 하커의 일기

9월 30일. — 너무 기뻐 감정을 숨길 수 없다. 그간 내가 마음 졸이고 있었기에 이러는 것 같다. 이 모든 게 워낙 끔찍한 일인 데다, 이 일로 간신히 아물었다 싶은 조너선의 상처가 다시 벌어져서, 혹시라도 그의 상태가 악화될까 봐 불안에 떨었던 게 사실이다. 그래서 조너선이 휘트비로 떠날 때, 나는 애써 밝은 얼굴로 배웅하면서도 속으로는 그가 걱정돼서 끙끙 앓았다. 그러나 이 일에 관여하기로 한 결정은 오히려 그에게 도움이 되었다. 조너선이 요즘처럼 단호하고 강인하며 열의 넘치게 행동하는 걸 본 적이 없다. 반 헬싱 교수님은 조너선이 투지 넘치는 사람이라 해결해야 할 문제가 생기면 유약한 본성을 이겨내고 더 나은 모습을 보일 거라고 하셨다. 교수님이 정확히 보셨다. 조너선은 활기 넘치는 모습으로 희망을 가득 품고 결의를 다지며 런던으로 돌아왔다. 우리는 오늘 밤을 위해 모든 자료를 정리했다. 나도 피가 끓는 듯한 느낌이다. 드라큘라 백작 같은 존재를 사냥할 때 연민은 금물이다. 백작은 연민의 대상이 아니다. 그건 인간도 아니고, 심지어 짐승도 아니다. 수어드 박사가 루시의 죽음에 대해 기술한 것을 읽다 보면 샘솟듯 한결같이 넘치던 연민이 순식간에 메마르는 걸 느낀다.

같은 날. — 고달밍 경과 모리스 씨는 예상보다 일찍 도착했다. 수어드 박사가 업무차 외출하면서 조너선까지 데리고 나갔기에 나는 혼자서 그들을 맞이해야 했다. 그들을 마주하자마자 몇 달 전 루시에게 들은 그들에 대한 이야기가 모두 떠올랐다. 자연히 나로서는 그들과 이야기를 나누는 게 곤욕스러웠다. 그들도 루시에게 들어서 나를 알고 있었다. 반 헬싱 교수님에게 들은 얘기도 있는 것 같았다. 미국인인 모리스 씨의 표현을 빌리자면, 교수님이 나를 '어지간히도 띄워'주었다고 한다. 나는 두 사람 다 루시에게 구혼했다는 걸 알고 있지만, 그들은 내가 그 사실을 안다는 걸 모른다. 그들은 애초에 내가 뭘 얼마큼 알고 있는지 몰랐기에, 내게 무슨 말을 해야 할지, 어떻게 행동해야 할지 난감해했다. 그래서 그들은 소소한 사담을 억지로 이어갔다. 이 상황을 가만히 지켜보던 나는 긴 고민 끝에 그들에게도 최근 정보를 알려주는 게 낫겠다고 결론 내렸다. 수어드 박사의 일기를 통해 나는 루시의 죽음, 그러니까 루시의 진정한 죽음을 그들 역시 직접 봤다는 걸 알고 있었다. 즉 사전에 기밀을 누설한다는 걱정은 할 필요가 없는 셈이었다. 나는 이 사안에 관련된 모든 문서와 일기를 읽었으며, 그걸 여러 부의 사본으로 만들었고, 남편과 함께 그 자료를 시간순으로 정리했다고 말했다. 그리고 이 얘기를 할 때, 나는 최대한 정확하게 설명하려 애썼다. 나는 그들이 서재에서 읽을 수 있도록 사본을 한 부씩 건넸다. 자료가 많아 사본 한 부의 두께가 상당했다. 고달밍 경은 받아 든 사본을 쓱 훑어보고는 이렇게 말했다.

"이 많은 걸 부인이 직접 옮겨 적으셨습니까?"

내가 고개를 끄덕이자 그가 말을 이었다.

"이렇게까지 하시는 이유는 모르겠습니다만, 부인과 부군이 매우 훌륭하고 선하며, 마음을 다해 열정적으로 이 일에 임하신다는 건 알겠습니다. 저로서는 두 눈 꾹 감고 두 분의 뜻에 따라 도움이 되어드리는 수밖에 없을 것 같군요. 그렇지 않아도 저는 최근에 한 가지 교훈을 얻었습니다. 사람은 목숨이 붙어 있는 한, 사실을 있는 그대로 받아들이고 인정할 줄 알아야 한다는 것이었지요. 게다가 부인은 제가 사랑했던 루시를 많이 아끼셨으니…." 고달밍 경은 여기까지 말하고 돌아서더니 두 손에 얼굴을 파묻었다. 간간이 흐느끼는 소리가 들려왔다. 모리스 씨는 배려가 몸에 밴 사람처럼 고달밍 경의 어깨에 잠깐 손을 얹었다가 조용히 방에서 나갔다. 어쩌면 여자들은 남자를 무장해제시키는 기질을 타고나는지도 모르겠다. 여자 앞에만 서면 남자들은 여리고 감성적인 면모를 거침없이 드러내 자신의 감정을 겉으로 표현하면서도, 그게 남자답지 못하다고는 생각하지 않는다. 이런 생각까지 하게 된 이유는 고달밍 경이 나와 단둘이 남았다는 걸 안 후 소파에 앉더니 체면 따위는 아랑곳없이 내게 속내를 다 드러냈기 때문이다. 나는 고달밍 경의 곁에 앉아 그의 손을 잡았다. 고달밍 경이 내가 너무 스스럼없이 군다고 생각하지 않았길 바란다. 시간이 지나서 그가 그때를 돌이켜 보더라도 그런 생각은 하지 않기를 바랄 뿐이다. 그가 만약 그런 생각을 한다면 내가 그를 잘못 본 것이겠지만, 지체 높은 귀족이자 진정한 신사인 고달밍 경이 그럴 리 없다. 그가 하도 슬퍼해서 나는 그를 위로하고자 입을 열었다.

"저는 루시를 진심으로 아꼈습니다. 경께 루시가 어떤 존재였는지, 경이 루시에게 어떤 존재였는지도 잘 압니다. 루시와 저는 자매나 마찬가지였으니까요. 이제 루시가 우리 곁에 없으니 가족으로서 처제가 형부를 위로하듯 제가 경을 위로하고 싶습니다. 경이 느끼는 슬픔의 깊이는 차마 헤아릴 수 없으나, 저도 그 슬픔이 무엇인지는 압니다. 연민과 공감으로 경의 괴로움을 덜 수 있다면, 루시를 위해서라도 제가 경을 돕도록 허락해주시겠어요?"

내 말이 끝나자마자 고달밍 경은 차오르는 슬픔을 감당하지 못하고 그 감정에 휘말려버렸다. 그간 억누르던 슬픔이 한 번에 모두 터져나오는 것 같았다. 그는 점점 히스테리 환자처럼 변해갔다. 양손을 번쩍 들었다가 괴로워 죽겠다는 듯 손뼉을 치기도 했다. 앉았다가 일어서길 반복했고, 끝없이 눈물을 흘렸다. 그런 모습이 이루 말할 수 없이 가엾어서 나도 모르게 두 팔을 활짝 벌렸다. 그는 내 어깨에 이마를 기대고 울다 지친 아이처럼 훌쩍였다. 그럴 때마다 그의 몸이 들썩였다.

여자들은 누구나 엄마로서의 보호 본능 같은 것을 타고 나기에, 모성애가 자극되면 사소한 문제는 무시해버린다. 나는 내 어깨에 기대 흐느끼는 사내가 언젠가 내 품에 안길 아기처럼 느껴졌다. 그래서 내 아이를 달래듯 건장한 사내의 머리칼을 쓰다듬었다. 그 당시에는 그게 이상해 보일 수 있다는 생각을 전혀 하지 못했다.

잠시 후 그가 울음을 멈추고 몸을 일으키며 용서를 구했다. 그러는 중에도 감정을 숨기지 않았다. 그는 슬픔을 털어내야 하는데, 지난 며칠간 잠을 이루지 못한 데다 낮에도 일이 많아 누군가와 대화할 기회가 없었다고 말했다. 게다가 주위에는 그런 감정을 알아주고 함께 슬퍼해줄 여성도 없었고, 평범한 상황이 아니다 보니 섣불리 아무나 붙잡고 얘기할 수도 없었다고 했다. 그는 눈물을 닦으며 이렇게 말했다. "이제야 제가 얼마나 괴로웠는지 알 것 같습니다. 하지만 오늘 부인께서 제 마음을 얼마나 이해해주셨는지는 아직 잘 모르겠습니다. 그걸 누가 알겠나 싶지만, 저도 지금보다는 더 많이 알게 되겠지요. 이건 진심으로 드리는 말씀입니다. 지금도 부인께 감사하지만, 부인을 더 많이 이해할수록 저는 부인께 더 감사하게 될 것 같습니다. 그러니 부인께서도 앞으로 저를 형부처럼, 오빠처럼, 그렇게 가족으로 여겨주십시오. 제 부탁을 들어주시겠습니까? 루시를 봐서라도 그렇게 해주시길 간청드립니다."

"루시를 위해 그렇게 하겠습니다." 우리는 손을 맞잡았다. "아, 부인을 위해서라고도 덧붙이고 싶습니다. 한 남자가 품는 존경심과 감사하는 마음의 가치가 어느 정도인 줄은 모르겠지만, 오늘 부인은 제게서 부인을 향한 존경심과 감사의 마음을 끌어내셨습니다. 부인에게 도움이 필요하다면 언제라도 달려갈 겁니다. 물론 햇살처럼 따사로운 부인의 삶에 도움이 필요한 문제가 생길 리 없겠지만, 만에 하나라도 그런 일이 생기면 부디 제게 연락해주십시오. 그렇게 하겠다고 약속해주십시오." 고달밍 경의 태도는 몹시 진지했고, 슬픔이란 감정을 표출한 지 얼마 되지 않아 말투도 절절했다. 내가 부탁을 받아들여야만 그가 위안을 얻을 것 같은 분위기였다. 그래서 하는 수 없이 이렇게 대답했다.

"약속하겠습니다."

밖으로 나와 복도를 걷다가 모리스 씨를 만났다. 그는 창밖을 내다보고 있었다. 그는 내 발소리를 듣고 돌아섰다. "아트는 어떤가요?" 그는 울어서 빨개진 내 눈을 보고 말을 이었다. "아, 이제껏 아트를 위로하셨나 보네요. 하, 불쌍한 친구지요! 녀석한테는 위로가 필요했을 거예요. 상심한 남자를 위로할 수 있는 건 여인뿐인데, 아트 주변에는 그를 위로할 여인이 없거든요."

그도 괴로울 텐데, 그렇게 덤덤하게 말하는 걸 보고 있자니 가슴이 미어졌다. 그의 손에는 내가 건네준 사본이 들려 있었다. 그가 그 글을 읽었다면 내가 어디까지 아는지 헤아렸으리란 생각에 용기를 내서 말했다.

"상심한 분들을 제가 모두 위로할 수 있다면 좋겠습니다. 저를 친구로 생각하고, 위로가 필요할 때 제게 기대시겠어요? 글을 다 읽으면 제가 왜 이런 얘기를 하는지 이해하실 겁니다." 그는 내 진심을 알아채고 몸을 숙여 내 손을 잡았다. 그리고 내 손을 자기 입술로 가져가 손등에 입 맞췄다. 그토록 당차고 이타심 가득한 이에게 너무나도 소소한 위로를 건넸다는 생각에, 나는 충동적으로 허리를 숙여 그의 뒤통수에 입을 맞췄다. 그의 눈에 눈물이 차올랐다. 그는 일순간 목이 메는 듯했다. 잠시 후 그가 차분한 목소리로 말했다.

"어여쁜 소녀여, 당신이 방금 내게 건넨 따뜻한 배려를 평생 후회하는 일이 없도록 하겠습니다!"

'어여쁜 소녀'라니…. 그건 모리스 씨가 루시를 부를 때 쓰던 말인데…. 그렇구나, 날 친구로 생각하겠다는 뜻이로구나!

18장

수어드 박사의 일기

9월 30일. — 5시에 집에 도착했다. 고달밍과 모리스는 벌써 와서 하커 씨와 그의 부인이 쓰고 정리한 일기와 서신 사본을 다 읽은 후였다. 하커 씨는 헤네시 박사가 내게 보낸 서신에서 언급한 운송업자들을 만나러 가서 아직 돌아오지 않았다. 하커 부인은 우리 모두에게 차를 내주었다. 솔직히 말하자면, 내가 이 고택에 들어온 이후 처음으로 이곳이 진짜 집처럼 느껴졌다. 차를 마시고 나니 하커 부인이 말문을 열었다.

"수어드 박사님, 부탁 하나만 드려도 되겠습니까? 박사님의 환자인 렌필드 씨를 만나보고 싶습니다. 부디 면담을 허락해주십시오. 박사님이 일기에서 그 환자에 대해 하신 말씀이 너무 흥미로웠습니다!" 부인이 그 아름다운 얼굴로 그토록 간절하게 말하는데 어떻게 거절할 수 있을까. 솔직히 거절할 만한 이유도 없었다. 나는 부인을 데리고 병동으로 갔다. 병실에 먼저 들어간 나는 렌필드에게 숙녀분이 그를 만나고 싶어 한다고 말했다. 그의 대꾸는 간단했다. "왜죠?"

"병원을 둘러보는 중인데, 환자들도 모두 만나보고 싶다고 하셔서 말입니다." 내 말에 그가 대답했다. "아, 그렇다면 들어오시라고 하십시오. 잠깐, 그 전에 방을 좀 정리해야겠습니다." 그의 정리법은 남달랐다. 그는 내가 말릴 새도 없이 상자에 모아둔 파리와 거미를 그냥 삼켜버렸는데, 그걸 정리라고 생각하는 모양이었다. 일단 그가 그것들을 뺏기거나 뺏길지 모르는 상황을 염려하고 있다는 건 분명했다. 그는 역겨워 보이는 정리를 마무리하고 시원시원하게 말했다. "숙녀분더러 들어오시라고 하세요." 그는 침대 가장자리에 앉아 고개를 숙이면서도 부인이 들어오는 모습을 보려고 눈을 치켜떴다. 순간, 그가 살의나 그 비슷한 의도를 품었을지 모른다는 생각이 들었다. 지난번 서재에서 나를 공격했을 때도 그 전까지는 상태가 매우 양호했지 않나. 나는 환자가 부인에게 달려들면 곧바로 제지할 수 있는 자리를 찾았다. 하커 부인은 어느 정신병 환자라도 그녀를 보자마자 꼬리를 내리고 예를 갖출 만큼 차분하고 우아한 태도로 병실에 들어섰다. 정신병 환자들이 유독 대하기 어려워하는 상대가 있다면, 바로 차분한 사람이기 때문이다. 하커 부인은 환히 웃으며 렌필드에게 다가가 손을 내밀었다.

"안녕하십니까, 렌필드 씨. 수어드 박사님께 환자분 성함을 들었습니다." 하커 부인이 이렇게 말하는데도 렌필드는 곧바로 대답하는 대신 인상을 쓴 채 눈알을 굴리며 부인의 모습을 훑어보았다. 그의 얼굴에 의아함이 떠올랐고, 의아함은 이내 의문으로 바뀌었다. 마침내 그가 입을 열었는데, 그 말에 나는 깜짝 놀랐다.

"그쪽은 박사님이 결혼 상대로 생각하셨던 여자분이 아니군요. 뭐, 그럴 리 없겠지요. 그분은 이미 죽었으니까요." 하커 부인은 환한 미소를 지은 채 대답했다.

"물론입니다. 저는 이미 결혼한 몸이거든요. 수어드 박사님을 뵙기 전에 유부녀가 됐답니다. 하커 부인이라고 불러 주세요."

"그럼 여기서 뭘 하시는 겁니까?"

"남편과 함께 이곳을 방문해 수어드 박사님 댁에 머물고 있습니다."

"그럼 더 머물지 말고 돌아가십시오."

"왜 그러시죠?" 부인은 이렇게 물었지만, 나한테도 불편한 대화가 그녀라고 즐거울 리 없었다. 나는 두 사람의 대화에 끼어들었다.

"내가 마음에 둔 여성이 있다는 걸 어떻게 알았습니까?" 하커 부인을 바라보고 있던 그는 나를 슬쩍 보고는 다시 하커 부인 쪽으로 시선을 돌리며, 나 따위는 중요하지 않다는 듯 가볍게 대꾸했다.

"무슨 그런 엉터리 질문이 다 있답니까!"

"렌필드 씨, 제가 듣기에는 엉터리 질문 같지 않습니다만." 하커 부인이 곧바로 내 편을 들어주었다. 그는 방금 나를 무시하던 태도와 사뭇 다르게 깍듯한 말투로 부인에게 대답했다.

"하커 부인, 부인이라면 이해하실 겁니다. 우리 원장님처럼 많은 이들의 사랑과 존경을 한 몸에 받는 분에게 병원 사람들의 이목이 쏠리는 건 당연한 일 아니겠습니까. 식솔과 벗들만 수어드 선생을 아끼는 게 아닙니다. 환자들도 선생을 아끼고 사랑하지요. 심지어 인과관계를 왜곡해서 해석하는 통에 합리적인 사고를 할 수 없는 환자들조차 그런다니까요. 제가 정신 병원에 입원한 이후로 알아챈 건 이겁니다. 궤변을 펼치는 환자들조차 동기의 부재에 따른 오류와 논점 일탈의 오류에 기대려 한다는 겁니다." 나는 이 새로운 상황에 눈이 번쩍 뜨였다. 지금껏 내가 맡은 환자 중 가장 중증 질환자인 렌필드가, 파리든 거미든 산 채로 잡아먹을 생각만 하는 광인이, 교양 넘치는 신사처럼 기초 철학을 논하다니…. 하커 부인의 모습에 환자의 기억이 자극된 걸까? 이러한 환자의 상태 변화가 순리에 따른 것이든, 하커 부인의 성향 때문이든, 그녀에게는 흔치 않은 재능이랄까, 어떤 능력이 있는 게 분명하다.

우리는 한동안 이야기를 나누었다. 하커 부인의 눈에는 렌필드가 꽤 합리적으로 보였는지, 그녀는 미심쩍다는 표정으로 나를 바라보고는 조심스럽게 환자가 선호하는 이야기로 화제를 돌렸다. 나는 또다시 놀랄 수밖에 없었다. 렌필드가 아주 이성적인 태도로 부인의 질문에 답했기 때문이다. 심지어 그는 특정 요소를 언급하면서 자기 자신을 예로 들기까지 했다.

“저 역시 유별난 믿음을 가졌던 사람 중 하나입니다. 제 지인들이 놀라서 저를 정신 병원에 입원시키려 한 것도 어찌 보면 당연합니다. 한때 저는 생명이라는 게 그 자체로 영속성을 지닌 실체라고 믿었습니다. 그 믿음에 따르면, 주체가 대상을 섭취함으로써 대상이 지닌 생명력을 흡수할 수 있으며, 대상이 하등동물이라도 주체가 다량의 개체를 섭취할 수 있다면 생명을 무한히 연장할 수 있지요. 과거 저는 그 믿음에 심취해 사람마저 섭취하려 했습니다. 바로 여기 계시는 선생이 증인입니다. 저는 선생의 피를 마심으로써 선생의 생명력을 흡수하려 했습니다. 제 수명을 늘리려고 선생을 죽이려 한 겁니다. 피를 마시면 된다고 생각한 근거는 당연히 성경 구절이었습니다. 성경에 ‘피는 생명인즉’이라고 나와 있잖습니까. 하지만 돌팔이 약장수들이 천박하게 떠들어대는 바람에 그 엄연한 진리가 조롱의 대상이 된 건 저도 인정합니다. 그렇지 않습니까, 선생?" 나는 너무 놀란 나머지 생각할 틈도 없이, 아무 말도 못하고 고개만 끄덕였다. 그가 5분 전만 해도 거미와 파리를 주워 먹던 남자라니, 믿을 수 없었다. 시계를 보니 반 헬싱 교수님을 모시러 역에 가야 할 시간이었다. 나는 하커 부인에게 그만 나가야겠다고 말했다. 부인은 내 말에 곧바로 일어서며 밝은 표정으로 렌필드에게 말했다. "이만 가보겠습니다. 렌필드 씨가 기꺼이 응해주실 때의 얘기지만, 앞으로도 자주 뵈었으면 합니다." 그러자 렌필드가 대답했는데, 그 말에 나는 또 한 번 놀랐다.

"안녕히 가십시오, 부인. 저로서는 아름다운 부인의 얼굴을 다시 볼 일이 없기를 바라야겠지요. 부군과 부인의 안녕을 빌겠습니다!"

나는 친구들을 집에 남겨둔 채 교수님을 마중하러 역으로 갔다. 나가기 전에 보니, 아트는 루시가 앓아누운 이후로 내가 본 것 중 가장 밝은 얼굴을 하고 있었고, 퀸시도 오랜만에 활기찬 본래 모습을 되찾은 것 같았다.

교수님은 열차가 멈추자 어린아이처럼 재빨리 내리셨다. 그리고 나를 발견하자마자 곧바로 달려오셨다.

"아, 존! 별일 없었나? 그래? 잘됐군! 나는 한동안 여기에 머물러야 할 것 같아서 암스테르담에서 할 일을 모조리 처리하느라 바빴지. 필요한 준비는 다 끝났네. 자네들에게 해줄 말이 많아. 하커 부인은 자네 집으로 모셨나? 그렇군. 하커 부인의 부군도? 그럼 아서와 퀸시도 불렀어? 잘했군!"

나는 마차를 타고 집으로 가는 길에 그간 있었던 일을 교수님께 말씀드렸다. 그리고 하커 부인의 제안에 따라 내 일기를 공개한 게 어느 정도 도움이 되었다는 얘기도 했다. 여기까지 말했을 때 교수님이 내 말을 끊고 입을 여셨다.

"아, 하커 부인은 참으로 대단해! 남성의 두뇌와 여성의 마음을 겸비했지 않은가! 그 두뇌도 평범한 남성이 아닌, 엄청난 재능을 타고난 남성에 비견될 정도란 말이지. 주님께서 한 사람에게 그렇게 훌륭한 요소를 몰아주신 데는 나름의 뜻이 있을 거야. 존, 지금까지 그 여인이 우리를 도운 것은 숙명이었어. 하지만 오늘 밤 이후로 우리는 그녀를 이 끔찍한 문제에서 배제해야 하네. 그녀가 위험천만한 일에 뛰어들게 놔두어서는 안 돼. 우리는 그 괴물을 끝장내겠노라고 맹세했어. 아, 맹세는 미뤘던가? 어쨌든 내 말은, 여인에게 그토록 위험한 일을 맡길 수는 없단 뜻이야. 그녀가 위험에 처하지 않더라도, 수많은 난관과 참상 앞에서 그녀가 크게 상심하면 어쩐단 말인가. 그랬다간 불안해서 삶도 제대로 영위하지 못하고, 악몽에 시달리느라 잠으로 위안을 얻지도 못하겠지. 어떤 식으로든 괴로움에 시달릴 게 분명해. 그뿐인가? 그녀는 신혼을 즐기는 젊은 새색시야. 지금은 아니더라도 앞으로 신경 써야 할 것이 많은 몸이라고. 하커 부인이 사본을 작성했다고 하니 오늘 밤 회의에는 참석하도록 해야겠지. 하지만 내일부터는 손을 떼게 해야 해. 이 일은 우리 남자들만 맡는 걸세." 나는 교수님의 말씀에 전적으로 동의했다. 이후 나는 교수님이 자리를 비운 동안 우리가 알아낸 정보를 말씀드렸다. 드라큘라가 사들인 저택이 병원 옆 빈집이었다는 것 말이다. 교수님은 깜짝 놀라더니 바로 시름에 잠기셨다. "아, 진작에 그 사실을 알았더라면 제때 그자에게 접근해 루시를 살릴 수도 있었을 텐데…. 하지만 자네 말마따나 '엎지른 우유는 주워 담을 수 없는 법'이지. 지난 일을 곱씹는 대신 끝까지 우리 앞에 놓인 길을 가는 수밖에 없어." 이후 교수님은 병원 정문에 다다를 때까지 입을 열지 않으셨다. 저녁 식사를 하러 가기 전, 교수님이 하커 부인에게 말씀하셨다.

"하커 부인, 부인과 부군이 모든 기록을 시간순으로 정리하셨다고 존에게 들었소."

"지금까지 나온 모든 기록은 아닙니다. 오늘 오전 기록까지만 정리했어요." 부인이 고민 없이 대답했다.

"왜 오늘 오전 기록까지만 정리하셨소? 사소한 정보가 큰 단서로 작용하는 경우를 이제껏 많이 봐왔잖소. 게다가 우리 중 비밀을 털어놓은 사람이 그 일로 피해를 받은 적도 없소."

하커 부인이 얼굴을 붉히며 주머니에서 쪽지를 꺼냈다.

"교수님, 이걸 읽어보시고, 이런 것까지 첨부해야 할지 판단해주십시오. 오늘 제가 쓴 기록입니다. 저 역시 아무리 사소한 것이라도 빠짐없이 기록으로 남겨야 한다는 생각에는 동의합니다. 하지만 이건 지극히 사적인 글이라서요. 이것까지 첨부하는 게 좋을까요?" 교수님은 쪽지 내용을 진지하게 검토한 후 부인에게 돌려주셨다.

"부인이 내키지 않는다면 포함하지 않아도 좋소. 하지만 기왕이면 넣는 게 좋을 것 같소. 그 내용을 읽고 나면 부군이 부인을 더 사랑하게 될 것이고, 우리 역시 부인을 더 존경하며 아끼게 될 것이라고 생각하오." 부인은 새빨갛게 달아오른 얼굴로 쪽지를 받아 들며 미소를 지었다.

이렇게 해서 모든 기록이 순서대로 빠짐없이 정리되었다. 교수님은 저녁 식사 후 9시로 정한 회의 때까지 그 사본을 검토하겠다며 서재로 가셨다. 나머지 사람들은 각자 사본을 검토한 뒤였다. 이렇게 모두가 이 사안을 제대로 파악했으니 잠시 후 회의가 열리면 다 같이 괴이하고도 악독한 적과의 싸움을 차근차근 준비할 수 있을 것이다.

미나 하커의 일기

9월 30일. — 저녁 식사 시간은 6시였다. 식사를 마치고 두 시간 후 우리는 수어드 박사의 서재에 모였다. 의도한 건 아니었지만, 어쩌다 보니 회의는 공식적으로 소집된 회담 형태가 되었다. 수어드 박사는 서재로 들어오신 교수님을 상석으로 안내했다. 교수님은 내게 우측 자리를 권하며, 회의 내용을 기록해달라고 부탁하셨다. 조너선은 내 옆자리에 앉았다. 우리 맞은편에는 나머지 사람들이 앉았다. 교수님 왼쪽부터 고달밍 경, 수어드 박사, 모리스 씨 순이었다. 교수님이 먼저 이야기를 시작하셨다.

"다들 이 문건에 기록된 사실을 검토한 줄 아오." 우리는 모두 고개를 끄덕였다.

"그럼 이제부터는 우리가 상대해야 할 적의 유형에 대해 설명하겠소. 그다음에 내가 알아내고 확인한 그자의 이력을 알려드리리다. 내가 설명을 끝낸 후 대응책과 그에 관련된 구체적인 내용을 다 같이 논의해봅시다.

이 세상에는 흡혈귀라는 존재가 있소. 우리 중에도 그 존재를 직접 확인한 사람이 있지. 그 불쾌한 경험이 아니더라도, 이성적인 사람들이 남긴 민담이나 과거의 기록이 적지 않소. 처음에는 나도 회의적이었다오. 마음을 열고 세상만사의 이치에 귀를 기울이려고 그토록 긴 시간 수행해왔건만, 이런 나조차 부인할 수 없는 사실을 맞닥뜨리기 전까지는 도저히 믿을 수 없었소. 하지만 그 엄연한 사실이 우레 같은 소리를 내며 내 귓등을 때리더구려. '이것 좀 봐! 눈을 뜨고 보라고! 증거잖아! 이게 증거라고!' 아, 지금 알고 있는 걸 처음부터 깨달았더라면 얼마나 좋았겠소. 아니, 처음부터 흡혈귀 때문에 벌어진 일이라는 것만 알았더라도 우리가 아끼던 루시 양의 목숨을 살릴 수 있었을 것을…. 하지만 그건 다 지난 일이오. 아직 우리가 살릴 수 있는 사람들이 많소. 그 사람들을 구하기 위해서라도 할 수 있는 일을 해야 하오. 노스페라투는 침을 한 번 쏘고 죽어버리는 벌과 달리 제 능력을 쓰면서 사람을 공격해도 죽지 않소. 오히려 더 강해지지. 더 강해져서 악독한 짓을 벌일 힘을 키우는 거요. 이곳에 와 있는 흡혈귀는 장정 스물과 맞먹는 힘을 가지고 있소. 오래 산 만큼 아는 것도 많아서 인간과는 비교도 안 될 정도로 교활하오. 그자는 주술로 혼령을 불러낼 줄도 안다오. 흡혈귀라는 말의 어원이 암시하듯, 혼령에게서 예언을 듣는 거요. 그뿐 아니라 그자는 근처에 있는 시체를 노예처럼 부릴 수도 있소. 그자는 난폭하기 그지없으며 악마처럼 냉담하오. 인정머리라곤 없지. 그자는 일정 범위 내라면 언제 어디서든 원하는 형태로 모습을 드러낼 수 있소. 자기 주변의 날씨를 자유자재로 바꿀 수도 있소. 폭풍우를 몰아치게 한다거나, 안개가 끼게 한다거나, 천둥이 치게 하는 것, 모두 가능하오. 그자는 보통 사람들이 꺼리는 쥐, 부엉이, 박쥐, 나방, 여우, 늑대 같은 동물도 부릴 수 있소. 몸집을 키우거나 줄일 수도 있고, 순식간에 사라졌다가 남몰래 상대에게 접근할 수도 있소. 자, 이런 상대를 끝장내려면 어떤 식으로 공격해야겠소? 그가 있는 위치는 어떻게 찾을 것이며, 어찌어찌 찾았다 해도 우리가 무슨 수로 그자를 끝장낼 수 있겠소? 내 말을 잘 들으시오. 보다시피 이건 만만한 일이 아니오. 우리는 힘겨운 싸움을 해나가야 하는데, 모 아니면 도의 싸움이라 결국 그 누구도 감당하지 못할 결과를 맞을 수도 있소. 우리가 이 싸움에서 진다면, 이는 곧 그자가 이긴다는 뜻일 테니까 말이오. 그자가 이긴다면 우리는 어찌 되겠소? 목숨 따위는 중요하지 않소. 애초에 목숨을 아낄 생각은 하지도 않았소. 우리의 싸움은 생사를 가르는 게 아니오. 이 싸움에서 패하면 우리는 그자 같은 존재가 되는 거요. 그자처럼 어둠의 존재가 되어 사랑도 양심도 모두 잊고, 아끼던 사람들의 혼과 육신을 탐하게 되는 거요. 천국의 문이 열리는 건 영원히 볼 일이 없겠지. 우리를 위해 그 문을 열어줄 이가 없을 테니 말이오. 우리는 영원토록 모든 이에게 혐오의 대상이 될 것이고, 찬란한 신의 얼굴에 먹칠을 하는 오점이 될 것이며, 인류를 위해 목숨 바치신 예수님의 옆구리를 찌른 창이 될 것이오. 그러나 우리에겐 소임이 있소. 혹시 모를 일에 겁먹고 물러서서야 되겠소? 나는 아니라고 당당히 말할 수 있소. 하나, 이건 살 만큼 산 나의 대답일 뿐이오. 눈부신 햇살과 아름다운 자연, 정겨운 새들의 노랫소리와 듣기 좋은 음악 같은 삶에 대한 찬미는 나와 무관하오. 그대들은 젊소. 힘든 일을 겪은 이도 있으나, 그 슬픔은 언젠가 걷히오. 그대들에겐 좋은 날이 많이 남았소. 그래서 이렇게 그대들의 뜻을 묻소. 그대들의 답은 무엇이오?"

교수님의 말씀을 듣던 중 조너선이 내 손을 잡았다. 그가 손을 뻗은 순간 덜컥 겁이 났다. 교수님이 예로 드신, 간담을 서늘케 하는 위태로운 미래에 그가 압도된 줄 알았기 때문이다. 하지만 그의 손이 내 손에 닿은 순간 안도감을 느꼈다. 조너선의 손길에는 강인함과 투지, 단호함이 가득 담겨 있었다. 결의에 찬 남자는 손끝에도 결의가 맺힌다. 그걸 알아줄 여인이 없어도 달라지는 건 없다.

교수님의 질문에 조너선이 내 눈을 바라보았다. 나 역시 그의 눈을 바라보았다. 우리 사이에 다른 말은 필요 없었다.

“미나와 저는 끝까지 싸우겠습니다.” 조너선이 말했다.

“저도요, 교수님.” 퀸시 모리스 씨도 평소처럼 짤막하게 의사를 표명했다.

“저도 함께합니다. 루시를 위해서라도 당연히 그래야죠.” 고달밍 경도 차분히 답했다.

수어드 박사는 고개만 끄덕였다. 교수님이 일어서더니 금십자가를 탁자 위에 내려놓고는 양쪽으로 손을 내미셨다. 나는 교수님의 오른손을 잡았고, 고달밍 경은 교수님의 왼손을 잡았다. 조너선은 왼손으로 내 오른손을 잡고 다른 손은 모리스 씨를 향해 뻗었다. 이렇게 우리는 서로의 손을 잡음으로써 엄숙하게 결의했다. 심장이 얼어붙는 듯한 기분이었지만, 물러설 생각은 추호도 없었다. 모두가 다시 자리에 앉자 교수님이 아까보다는 밝은 어조로 말씀을 이어가셨다. 드디어 중대한 임무가 시작되었다는 신호였다. 모두가 주의 깊게 들어야 할 이야기였다. 우리는 거래를 체결할 때처럼 업무를 원활하게 처리하기 위해 모든 것을 꼼꼼히 살피고 따져야 했다.

“그럼 얘기를 이어가겠소. 조금 전까지는 우리가 맞서 싸워야 하는 상대에 대해 설명했소. 그런데 우리한테도 힘이 없는 건 아니라오. 우리에게는 뜻을 같이하는 동료와 그를 향한 동료애가 있소. 흡혈귀 족속에겐 찾아볼 수 없는 것이지. 우리는 과학적, 의학적 지식도 갖췄소. 우리는 언제 어디서든 자유롭게 행동하고 사고할 수 있으며, 밤낮을 가리지도 않소. 아닌 게 아니라 우리의 힘은 무한하오. 의지만 있다면 우리는 얼마든지 강해질 수 있소. 우리는 대의를 위해 헌신하며, 이루려는 목표도 이기적이지 않소. 이 모든 게 우리의 힘이라오.

자, 이제부터는 적들의 능력이 어떤 경우에 제한되는지, 그리고 드라큘라는 어떤 경우 힘을 쓰지 못하는지 설명하겠소. 간단히 말해, 일반적인 흡혈귀의 한계와 우리가 상대해야 할 흡혈귀의 한계를 각각 살펴보겠다는 거요.

우리가 참고해야 할 것은 민담과 미신이오. 생사가 달린 문제를 다루는데, 아니, 어쩌면 살고 죽는 것보다 더 중요한 문제를 다루는데, 민담과 미신이 무슨 소용인가 싶을 수도 있소. 하지만 민담과 미신은 반드시 살펴보아야 할 이유가 있소. 첫 번째 이유는 우리에게 달리 참고할 게 없다는 거요. 두 번째 이유는 그렇기에 우리가 참고할 게 민담과 미신뿐이라는 거요. 어차피 흡혈귀를 믿는 사람들도 민담과 미신으로 흡혈귀를 알게 돼서 믿는 거 아니겠소? 뭐, 우리는 아니라고 해도 말이오! 솔직히 일 년 전만 해도 우리가 흡혈귀 같은 걸 믿었겠소? 과학이 보편화되어 신을 부정하는 풍조가 판치고, 눈에 보이는 것만 믿으려 하는 이 19세기에 그런 믿음이 가당키나 하오? 우리는 눈으로 직접 보고 확인한 사실마저 선불리 믿지 못했잖소. 그러니 일단은 흡혈귀에게도 약점이 있고 그를 물리칠 방법도 있다는 믿음이 흡혈귀에 대한 민담과 미신에서 비롯되었다고 생각해보시오. 흡혈귀 전설은 사람 사는 곳이라면 어디에든 있소. 고대 그리스와 고대 로마는 물론이고, 독일 전역과 프랑스, 인도, 심지어 황금반도•에도 있소. 우리와는 모든 면에서 다른 중국에도 흡혈귀 전설은 존재하며, 심지어 그곳 사람들은 이 시대에도 흡혈귀를 두려워한다오. 흡혈귀는 아이슬란드의 전사, 악마의 씨앗과도 같은 훈족, 슬라브족, 색슨족, 마자르족의 경로를 따라 이동했소. 이 정도면 기본 설명은 됐겠군. 덧붙이자면, 우리는 이러한 민담과 미신이 말하는 흡혈귀의 특징 중 다수를 두 눈으로 직접 확인했소. 다들 그 안타까운 경험을 떠올려보시오. 흡혈귀는 시간이 아무리 많이 흘러도 죽지 않소. 그리고 산 사람의 피로 배를 채우면 힘을 얻소. 심지어 여기 있는 사람 중 한 명이 보았듯 흡혈귀는 회춘도 가능하오. 겉보기에만 젊어지는 게 아니라 신체 능력도 좋아지오. 피를 충분히 마시면 건강을 회복하는 것 같소. 그러나 흡혈귀는 피를 마시지 못하면 힘을

• 원문에 사용한 'Chersonese'는 그리스어로 반도라는 뜻이며, 본문에서는 황금반도라고 불리던 말레이반도를 지칭한다.

쓰지 못하오. 평범한 음식은 먹지도 않소. 흡혈귀와 몇 주간 생활한 조너선도 그자가 음식을 먹는 걸 본 적이 없다고 했소. 단 한 번도 본 적이 없다니! 그자는 그림자를 드리우지 않고, 거울에 비치지도 않소. 모두 조너선이 직접 목격한 사실이오. 조너선의 기록에 따르면 그자는 직접 손대지 않고도 많은 일을 할 수 있소. 늑대들이 앞에 있을 때 문을 닫은 것도 그렇지만, 성에 사람이 없는데도 조너선의 침구 정리부터 식사 준비까지 다 한 걸 보면 그리 생각할 수밖에 없소. 배가 휘트비에 상륙한 후 개가 물어뜯긴 걸 보면 그자는 늑대로 변신할 수 있고, 하커 부인이 휘트비 숙소의 창가에서 본 것이나, 존이 병원 옆집에서 본 것, 퀸시가 루시 양 방의 창문에서 본 것을 고려하면 박쥐로도 변신할 수 있는 것 같소. 데메테르호 선장이 남긴 기록으로 알 수 있는 것도 있소. 그자는 안개를 만들어 그 속에 몸을 숨길 줄 아오. 다만, 우리에게 주어진 정보로 추정해볼 때, 그자가 만들어낼 수 있는 안개의 범위는 본인 주위로만 한정되는 듯하오. 그자는 티끌 형태로 달빛을 타고 이동할 수도 있소. 조너선이 드라큘라 성에서 세 여인과 대치할 때 벌어진 상황을 떠올려보시오. 그자는 몸을 아주 작게 만들 수도 있소. 루시 양이 안식에 들기 전 납골당의 그 얇은 문틈으로 들어가는 걸 다들 봤으니 알 거요. 그자는 한번 가본 곳이라면 어떤 식으로든 드나들 수 있소. 아무리 잠그고 틈을 메워도 소용없소. 그는 어둠 속에서도 앞을 볼 수 있소. 하루 중 절반이 깜깜한 밤이란 걸 생각하면 이것도 결코 보잘것없는 능력이 아니오. 이런, 다들 답답하겠지만 끝까지 들어보시오. 그자는 이 모든 능력을 지녔지만, 자유롭지 못하오. 아무렴, 그자는 갤리선에서 노를 젓던 노예보다도, 병실에 갇힌 정신병 환자보다도 자유가 없는, 갇힌 몸이라오. 원한다고 어디든 갈 수 있는 게 아니거든. 자연법칙에서 어긋난 존재지만 어떤 자연법칙은 거부할 수 없는 모양이지. 이유는 모르겠소. 그자는 어떤 곳이든 그곳에 사는 사람에게서 초대를 받아야만 안으로 들어갈 수 있소. 물론 처음에만 그럴 뿐, 한번 들어간 이후엔 원하는 대로 드나들 수 있소. 또 모든 사악한 것들이 그러하듯 날이 밝으면 그자의 힘은 사라지오. 완전히 사라지는 것은 아니고, 특정한 시간대에만 제한된 자유를 누리는 거요. 그자는 어떤 장소에 얽매이는데, 그곳이 아닌 다른 곳에서는 정오, 그리고 해가 뜨고 지는 순간에만 변신할 수 있소. 방금 설명한 것들은 민담과 우리의 경험담이 적힌 이 기록에 근거한 추론이오. 모두 들었다시피 그자는 뭐든 할 수 있지만, 그 자유에는 제약이 있소. 그 제약이란 바로 이거요. 그자는 고향의 흙이 있는 곳, 휴식을 취할 관이 있는 곳, 지옥처럼 어둡고 부정한 곳에서만 자유로이 활동할 수 있소. 휘트비에서 벌어진 일을 생각해보시오. 스스로 목숨을 끊은 자의 무덤에 나타났잖소. 그 외의 곳이라면 아까 말한 때가 되어야만 변신할 수 있소. 아, 이런 민담도 있었소. 그리고 그자는 간조와 만조 때만 흐르는 물을 건널 수 있다는 거였소. 그자를 괴롭게 만들어 힘을 못 쓰게 하는 것들도 있었소. 마늘은 다들 알 거요. 신성한 물건도 마찬가지요. 예컨대 십자가 같은 상징 말이오. 여기 있는 내 금 십자가만 들이대도 그자는 저만치 물러나 고분고분하게 굴 거요. 나중에 필요할지 모르니 다른 것들도 이번 기회에 다 얘기하겠소. 들장미 가지를 관 위에 올려두면 그자가 관에서 나오지 못한다고 하오. 그렇게 그자를 관에 가둬두고 성수에 담갔던 탄환을 쏘면 그자에게 진정한 죽음을 선사할 수 있소. 말뚝을 박는 것의 효과는 다들 봤으니 알리라 생각하오. 목을 베는 것도 방법이오. 그 역시 우리가 직접 경험했지.

이렇게 우리가 알아낸 지식을 이용하면, 그자의 서식지를 찾아냈을 때 우리 힘으로도 그자를 관에 가둬 처치할 수 있소. 하지만 그자는 똑똑하오. 나는 부다페스트 대학교에 있는 아르미니위스란 친구에게 그자의 기록을 찾아달라고 부탁했소. 아르미니위스는 온갖 문헌을 뒤져서 그자의 이력을 정리해주었소. 그자는 드라큘라 제후임이 틀림없소.

드라큘라 제후는 다뉴브강을 건너 터키 땅까지 쳐들어가서 적과 맞선 것으로 유명하오. 이게 사실이라면 그자는 실로 무시무시한 상대요. 드라큘라 제후가 활약하던 때로부터 벌써 4세기가 지났는데, 아직도 그 사람은 그 누구보다 똑똑하고 지략이 출중한 사람으로 꼽히오. '숲 너머 땅'•의 위인 중 하나지. 그 육신에 고스란히 남은 비상한 두뇌와 강철 같은 심지가 이제는 우리를 상대할 준비를 하고 있소. 아르미니위스가 말하길, 드라큘라 가문은 유서 깊고 지체가 높다고 했소. 후대로 가면서 간간이 동시대 사람들에게 악마와 거래한다는 추문이 돌았던 후손들이 나오기도 했지만 말이오. 한 번에 열 명의 학생만 받아서 악마가 수업한다는 숄로만츠라고 들어봤소? 숄로만츠는 헤르만슈타트 호수를 둘러싼 산속에 있다는데, 드라큘라 가문의 후손들이 거기에서 흑마법을 배웠다는 추문이 돌았다지 뭐요. 기록에는 마녀라는 뜻의 '스트리고이카', 각각 악마와 지옥이라는 뜻의 '우루둑'과 '포콜레' 같은 단어가 적혀 있었소. 그 유명한 드라큘라 제후가 '왐피르'■란 이름으로 불렸다고 적은 문헌도 있었소. 왐피르, 밤피르, 뱀파이어…. 어쩐지 이해되지 않소? 뭐, 행실이 어떠했든 그들 역시 선한 여인들에게

• 트란실바니아를 말한다. 트란실바니아는 라틴어로 '숲 너머'라는 뜻이다.
■ 브램 스토커의 초고에서는 드라큘라의 이름이 왐피르였다.

서 태어난 훌륭한 사내들의 자손이었소. 그래서 그들이 지닌 사악한 힘은 선하고 위대한 선조들이 묻힌 신성한 땅에만 깃들 수 있소. 악한 것은 두려워하는 것이 많은 만큼, 선에 깊이 뿌리내리는 법이오. 악은 신성한 기억이 없는 땅에서 둥지를 틀지 못한다오."

교수님이 말씀하시는 사이 모리스 씨는 한참 동안 창문을 바라보았다. 그는 갑자기 조심스레 자리에서 일어서더니 서재를 나갔다. 잠시 설명을 중단했던 교수님은 모리스 씨가 나간 뒤 말씀을 이으셨다.

"자, 이제 우리가 어떤 일을 어떤 순서로 할지 정해야 하오. 자료는 충분하니, 지금부터 작전을 짜자는 거요. 조너선이 탐문한 덕에 우리는 드라큘라 성에서 휘트비로 옮겨 간 50개의 흙 상자가 카팍스로 배달되었다는 걸 알았소. 그중 몇 상자가 카팍스 외부로 반출되었다는 것까지 알아냈지. 내 생각은 이렇소. 우리는 제일 먼저 저기 담 너머 집에 나머지 상자가 그대로 있는지 확인해야 하오. 예상보다 더 많은 상자가 반출된 건 아닌지 알아보아야 한다고 생각하거든. 만약 더 많은 상자가 반출됐다면, 그게 어디로 옮겨 갔는지…."

바로 그때 대화가 끊겼다. 집 밖에서 총소리가 난 것이다. 창유리를 뚫은 총알이 창틀에 튕겨 창문 맞은편 벽에 박혔다. 창유리는 산산조각이 났다. 나는 비명을 질렀는데, 왠지 겁쟁이가 된 것 같아 어쩐지 속상했다. 남자들은 모두 자리에서 벌떡 일어섰다. 고달밍 경이 창문으로 달려가 창틀을 들어 올렸다. 그와 동시에 창밖에서 모리스 씨의 목소리가 들렸다.

"미안해! 놀랐지? 들어가서 설명할게." 잠시 후 모리스 씨가 서재로 돌아왔다.

"멍청한 짓을 했어. 하커 부인, 정말로 미안합니다. 저 때문에 엄청 놀랐겠어요. 교수님이 말씀하시는데, 커다란 박쥐가 창문턱에 와서 앉지 뭐예요. 최근에 겪은 이런저런 일들 때문에 그 빌어먹을 짐승들이라면 치가 떨리거든요. 그래서 총알맛을 보여주려고 나간 거예요. 요즘 들어서는 밤에 박쥐가 보인다 싶으면 늘 이랬어요. 아트, 너도 그래서 몇 번이나 비웃었잖아."

"그래서 맞히기는 했소?" 반 헬싱 교수님이 물으셨다.

"모르겠어요. 숲으로 날아간 걸 보면 못 맞힌 것 같아요." 모리스 씨는 이렇게만 대답하고 자리에 앉았다. 교수님은 다시 하던 얘기로 돌아갔다.

"우리는 반출된 상자의 행방을 추적해야 하오. 추적이 끝나면 그 괴물의 은신처에서 놈을 가두든 죽이든 하는 거요. 아, 갑자기 생각난 건데, 그 흙을 소독해서 놈이 의지할 대상을 없앨 수도 있겠소. 그러면 정오부터 일몰 사이에 변신하지 못해서 인간의 형상을 한 그놈을 찾을 수 있지 않겠소? 적이 가장 쇠약할 때 상대할 수 있으니 그것도 괜찮은 생각인 것 같소.

그나저나 하커 부인, 부인은 오늘 밤을 끝으로 이 사태가 진정될 때까지 물러나 있으시오. 부인처럼 소중한 분을 위험에 처하게 할 수는 없소. 오늘 해산하면, 이후로는 이 일에 대해 묻지 마시오. 임무를 완수하고 나면 다 알려드리리다. 우리는 사내인 데다 끔찍한 일도 견딜 수 있소. 부인은 이런 우리에게 나아갈 길을 알려주는 별이자 희망이 되어야 하오. 부인이 안전한 상태여야 우리도 더 편하게 행동할 수 있소. 바로 지금처럼 말이오."

모두가 안도하는 얼굴이었다. 조너선도 마찬가지였다. 하지만 내 처지에서는 만족할 수 없는 제안이었다. 큰 위험을 무릅써야 하는 것은 그들이라 하더라도, 그리고 어쩌면 나를 보호하느라 그들이 위험해질 가능성이 커진다고 하더라도, 내가 함께하지 못하는데 만족스러울 리 없었다. 물론 약한 사람을 배려하느라 모두가 위험해지면 안 된다는 걸 모르지는 않았다. 어쨌든 그들은 마음의 결정을 내렸다. 나는 아무 말도 할 수 없었다. 그저 쓴 약을 삼키는 것 같은 기분으로 나를 지키겠다는 그들의 기사도 정신을 받아들여야 했다.

모리스 씨가 회의를 다시 시작했다.

"이럴 시간이 없어요. 당장 그놈의 집을 살펴보러 가자고 제안합니다. 시간은 그놈 편이에요. 재빨리 대처해야 또 다른 희생자가 생기는 걸 막을 수 있어요."

계획을 행동으로 옮기는 시간이 다가왔다는 생각에 실망감이 커졌지만, 나는 이런 속내를 입 밖으로 내지 않았다. 그들이 내가 거추장스럽다고 느끼거나 방해가 된다고 느낀다면, 내가 회의에 참석하는 것마저 막을지 모른다는 생각에서였다. 그들은 문을 딸 연장을 챙겨 카팍스로 향했다.

그들은 나가면서 전형적인 남자들처럼 내게 침실로 가서 눈 좀 붙이라고 말했다. 여자는 소중한 사람들이 위험한 일을 벌이는데도 잠을 이룰 수 있다고 생각하는 걸까! 조너선이 돌아왔을 때 괜한 걱정을 하게 만들지 않으려면 일단 누워서 자는 척이라도 해야겠지.

수어드 박사의 일기

10월 1일 새벽 4시. — 병원을 나서려는데 간병인이 달려와 렌필드가 긴급한 일이라며 즉시 면담을 요청했다고 말했다. 아주 중대한 용건이라는 것이었다. 당장은 바빠서 곤란했기에 간병인에게 아침에 환자를 보러 가겠다고 말했다. 그러자 간병인이 덧붙였다.

"정말 중요한 일인 것 같습니다. 렌필드가 그렇게 절박해 보인 적이 없습니다. 잘은 모르겠지만, 원장님께서 지금 만나주시지 않으면 또 발작을 일으킬 수도 있을 것 같습니다." 간병인은 이유 없이 그런 말을 할 사람이 아니었다. "알겠습니다. 지금 가지요." 나는 동료들에게 '환자'를 보러 가야 하니 잠시만 기다려달라고 말했다.

교수님이 말씀하셨다. "존, 나도 같이 가세. 자네 일기 내용을 보니 아주 흥미로운 환자더군. 게다가 이래저래 우리 일과도 관련이 있고 말이야. 나도 한번 만나보고 싶어. 특히 환자 상태가 불안정할 때 보면 좋지."

"나도 가도 되겠나?" 고달밍도 물었다.

"나는?" 퀸시도 물었다. "저도 가고 싶은데 괜찮겠습니까?" 하커까지 물었다. 나는 고개를 끄덕였다. 우리는 다 같이 복도를 걸어 내려갔다.

렌필드는 꽤 흥분한 상태였지만, 말투나 태도는 그 어느 때보다 이성적이었다. 평소와 달리 환자는 상황을 객관적으로 인식하고 있었다. 정신병 환자 중 이런 경우는 본 적이 없었다. 그는 이성적으로 접근하면 분별 있는 사람도 설득할 수 있다고 믿는 게 분명했다. 우리는 병실 안으로 들어갔다. 다른 이들은 일단 아무 말도 하지 않았다. 환자는 당장 자신이 집으로 돌아갈 수 있도록 퇴원시켜달라고 말했다. 자신은 완전히 회복했으며, 정신도 멀쩡하다는 이유를 댔다. "선생과 함께 오신 분들께 증명해 보이겠습니다. 저분들이라면 흔쾌히 저의 정신 상태를 판단해주실 겁니다. 그러고 보니, 선생이 여러분께 저를 소개해주지 않았네요." 정신병원에서 환자를 누군가에게 소개할 생각은 해본 적이 없었기에 순간 뜨끔했다. 더구나 환자의 말투가 예법을 배운 신사 같았는데, 예전에는 늘 그런 말투를 썼다는 듯 익숙해서 놀라기도 했다. 나는 곧바로 양쪽을 소개했다. "이쪽부터 고달밍 경, 반 헬싱 교수님, 텍사스 출신의 퀸시 모리스 씨입니다. 여러분, 이쪽은 렌필드 씨입니다." 렌필드는 한 사람씩 차례로 악수하며 각자에게 말을 건넸다.

"고달밍 경, 저는 사교 클럽인 윈덤에서 부친을 후원하는 영광을 누렸습니다. 작위를 계승하신 걸 보니 부친께서 작고하신 모양입니다. 삼가 조의를 표합니다. 선대인은 만인의 존경과 사랑을 받는 분이었습니다. 더비 경마 연회의 인기 메뉴인 불타는 럼 펀치를 개발하신 분이 선대인이라는 얘기도 들었습니다. 젊은 시절 일화라던데요. 아, 모리스 씨. 텍사스주는 실로 대단한 곳이지요. 텍사스주가 연방에 가입한 것은 훗날 극지방과 열대지방이 성조기에 합류할 때 아주 좋은 본보기가 될 것입니다. 먼로주의가 정치적 우화에 불과하다는 진실이 제자리를 찾으면, 연방 가입 조약에 내재한 힘이 연방 확대의 원동력임을 증명하게 될 테니까요. 아니, 이게 누구십니까! 제가 반 헬싱을 다 만나 뵙게 되다니요. 이력이 워낙 화려해서 존함에 경칭을 생략해버렸군요. 하지만 이해해주시리라 믿습니다. 뇌 물질의 지속적인 진화 사실을 발견해내서 의학에 혁신을 불러일으킨 분을 특정 분야 종사자로 제한해버리는 흔한 경칭은 어울리지 않잖습니까. 다변하는 이 세상에서 민족적 혈통으로 보나, 귀족이라는 지위로 보나, 타고난 능력으로 보나, 존경받아 마땅한 본인의 입지를 공고히 한 반 헬싱이야말로 저를 판단해주시기에 적격이로군요. 제가 마음껏 자유를 누리는 대다수 사람보다 부족하지 않음을, 저의 정신 상태가 온전함을 판단해주십시오. 반 헬싱의 말씀이라면, 수어드 선생도 제가 예외적인 상황에 처했다는 걸 인정하는 것만이 도덕적으로 응당한 처사임을 이해할 겁니다. 수어드 선생 역시 의사인 동시에 법의학자이자 인도주의자니까요." 렌필드는 교수님의 판단이 자기에게 유리할 거라고 확신하면서도, 이처럼 지극히 정중한 말투로 주장을 마쳤다.

내가 보기엔 다들 놀란 것 같았다. 나로 말할 것 같으면 렌필드의 성격과 이력을 알고 있었는데도 그가 온전한 정신을 되찾았다고 믿을 정도였다. 솔직히 그의 정신 상태가 온전한 걸 인정할 수 있으니 내일 아침에 퇴원 절차를 밟겠다고 말할 생각까지 했다. 하지만 오랜 경험을 통해 그가 급작스러운 변화를 일으키기도 한다는 걸 알고 있었기에, 나는 결정을 내리기 전에 좀 더 지켜보기로 했다. 나는 환자의 상태가 급속도로 회복되고 있는 것 같으니 오전에 정식 면담을 한 후 환자의 요구를 들어줄지 판단하겠다는 평범한 대답을 했다. 그는 내 대답에 발끈해 호소하기 시작했다.

"수어드 선생, 제 요구를 이해하지 못하신 것 같습니다. 저는 지금 당장, 일분일초라도 지체하지 않고 곧바로 이곳에서 나가게 해달라고 말씀드리는 겁니다. 시간이 촉박합니다. 인간이라면 누구나 낫을 휘두르는 고대 신•과 묵시적으로 합의하지 않았습니까? 계약의 본질은 시간입니다. 제가 퇴원하는 시각은 아주 중요합니다. 훌륭한 의사인 수어드 선생이라면 간단하고도 중대한 저의 요구를 받아들여주시리라 믿습니다." 그는 말을 마치고 내 표정을 살폈다. 내 표정이 마뜩잖아 보이자 그는 다른 사람들의 표정도 세심히 살폈다. 그가 원하는 반응을 해주는 사람은 아무도 없었다. 그는 다시 입을 열었다.

• 그리스신화에서 제우스의 아버지인 크로노스 혹은 농경의 신 사투르누스를 말한다. 크로노스는 낫을 주로 사용했기에, 고대 로마인들은 그를 농경의 신 사투르누스와 동일시했다.

"제 생각이 틀렸습니까?"

"그렇습니다." 나는 솔직하게 대답했지만, 한편으로 환자에게 너무 가혹한 것 같아 마음이 불편했다. 그는 한동안 입을 다물었다가, 다시 입을 열고선 느릿하게 말했다.

"그럼 다른 식으로 접근해야겠군요. 원장님의 재량 허가라고 이름 붙여도 좋고, 저를 불쌍히 여겨 아량을 베푸는 거라고 말씀하셔도 좋습니다. 이번 한 번만 양보해주십시오. 제가 무릎 꿇고 빌기를 바라신다면, 얼마든지 그러겠습니다. 저 자신을 위해서 이러는 게 아닙니다. 다른 이들을 위해서 이러는 겁니다. 모든 사정을 말씀드릴 수는 없지만, 이건 분명히 말씀드릴 수 있습니다. 제 의도는 선하고 건전하며 이타적인 것입니다. 아주 높은 수준의 인류애적 의무감에서 비롯된 것이라고 할 수 있겠군요. 수어드 선생, 제 뜻을 이해하려고 한 번만 노력해보십시오. 그러면 제 진심을 아실 수 있을 겁니다. 아니, 그보다 더 나아가 저를 믿음직하고 참된 벗으로 여기실 겁니다." 그는 이번에도 말을 끝낸 뒤 우리 표정을 유심히 살폈다. 얘기를 들을수록 렌필드가 느닷없이 지적인 용어를 구사하며 논리를 펼친 것이 그의 정신 질환이 지닌 또 다른 면모이거나 해당 질환이 다른 단계로 접어들었다는 증거라는 확신이 점점 커졌다. 그래서 그의 이야기를 좀 더 들어보기로 했다. 다른 환자들 사례에서 숱하게 봐왔듯, 그 역시 이야기가 길어지다 보면 본색을 드러내리란 걸 잘 알고 있었다. 교수님은 환자를 관찰하는 데 몰두하셨다. 환자를 뚫어져라 바라보느라 어찌나 인상을 쓰셨는지, 텁수룩한 양쪽 눈썹이 서로 맞닿을 기세였다. 이윽고 교수님이 환자를 상대로 입을 여셨다. 그 말투는 비슷한 연령대에 비슷한 사회적 지위를 지닌 사람에게 쓸 만한 것이었다. 당시에는 그다지 놀라워하지 않았는데, 나중에 돌이켜 생각해보니 의아했다.

"퇴원이 꼭 오늘 밤이어야 하는 진짜 이유를 솔직하게 말해줄 수는 없습니까? 나는 객관적으로 판단할 수 있는 제삼자이며, 뭐든 이해해보려고 노력하는 사람입니다. 렌필드 씨가 이런 나를 이해시킨다면, 수어드 박사도 위험을 감수하고서라도 원장의 권한으로 퇴원 허가를 내줄 겁니다. 내가 직접 설득해서라도 그렇게 되도록 하겠습니다." 교수님의 말에 렌필드가 고개를 가로저었다. 환자의 얼굴에는 안타까움이 가득했다. 교수님이 말을 이으셨다.

"그러지 말고 용기를 내보십시오. 렌필드 씨는 본인이 정상이라고 주장하면서 우리가 그 주장에 동조해주길 요구합니다. 하지만 지금으로선 그 요구가 특별 대우를 요구하는 것과 다를 바 없습니다. 렌필드 씨는 아직 병원에서 치료를 받는 중이기에 다른 근거가 없는 한 렌필드 씨의 주장을 의심할 수밖에 없거든요. 정확한 사유를 설명하는 것이 우리를 설득할 가장 현명한 방법입니다. 이렇게까지 말씀드리는데도 렌필드 씨가 거부한다면, 우리로서는 원하는 대답을 해드릴 수 없습니다. 부디 현명한 선택을 하시기 바랍니다. 사유를 듣고 나면 렌필드 씨의 바람이 이뤄지도록 최선을 다하겠습니다." 그러나 렌필드는 또다시 고개를 저으며 대답했다.

"반 헬싱 박사님, 저는 드릴 말씀이 없습니다. 박사님의 말씀은 그 무엇 하나 틀리지 않습니다. 저도 말할 수만 있었다면 망설임 없이 털어놨을 겁니다. 하지만 이 문제에 대해서는 저에게 달리 선택권이 없습니다. 그저 믿어달라고 부탁드리는 수밖에 없지요. 제가 퇴원하지 못하게 돼서 무슨 일이 생겨도 그건 제 책임이 아닙니다." 상황이 우스울 정도로 심각해지고 있었다. 나는 그만 마무리 지어야겠다고 생각하고 문으로 걸어가며 가볍게 내뱉었다.

"할 일이 있으니 다들 그만 가시지요. 렌필드 씨, 나중에 봅시다."

바로 그때, 환자의 상태가 또 한 번 급변했다. 그가 재빨리 내게 달려든 것이다. 환자가 달려든 순간에는 또다시 나를 죽이려 든다고 생각했다. 하지만 이번에는 그런 게 아니었다. 그는 내 앞에 바싹 붙어 양손을 들고 애원했다. 정말로 필사적이었다. 그걸 지켜보는 우리의 생각은 당연히 환자의 정신 상태가 온전하지 않다는 쪽으로 기울었다. 그도 과잉된 감정 분출이 자기에게 불리하다는 걸 알았다. 그런데도 그는 오히려 더 절박하게 매달렸다. 나는 반 헬싱 교수님을 흘끗 보았다. 눈빛을 보니 교수님도 나와 같은 생각을 하는 듯했다. 나는 조금만 더 확실하게 의사를 밝힐 생각에, 태도를 달리하며 몸짓으로 그를 거부했다. 내가 타이르거나 언성을 높이지 않아도 그가 애원해봐야 소용없다는 걸 깨닫길 바랐다. 그의 감정이 고조되는 건 이전에도 본 적이 있었다. 고양이를 키우게 해달라고 요구했을 때처럼, 그는 심사숙고한 후 바라는 바를 입 밖에 냈을 때 이와 비슷한 모습을 자주 보였다. 나는 이번에도 그가 다른 때와 마찬가지로 그렇게 애원하다가 한순간 기력을 잃으며 결과에 승복하리라 생각했다. 그러나 내 예상은 빗나갔다. 그는 애원해도 소용없다는 걸 깨닫고 이성의 끈을 놓았다. 그는 무릎을 꿇으며 털썩 주저앉더니 양손을 번쩍 들었다. 그리고 애처롭게 흐느끼면서 두 손을 마구 비틀었다. 흐느끼는 와중에도 애원하는 말이 쉴 새 없이 쏟아졌고, 눈물은 계속해서 그의 뺨을 타고 흘렀다. 그 표정과 행동에는 절실함이 가득했다.

"이렇게 애원합니다, 수어드 선생. 제발 청컨대 당장 저를 퇴원시켜주십시오. 선생이 원하는 곳으로 보내셔도 좋습니다. 어떤 식으로든 괜찮습니다. 이곳에서 나가게만 해주십시오. 사람을 붙여서 제게 매질을 해도 좋습니다. 사슬로 꽁꽁 묶어도 됩니다. 구속복을 입혀도 되고, 수갑이나 족쇄를 채워 감옥에 보내셔도 괜찮아요. 부디 여기에서만 나가게 해주십시오. 절 여기에 가두는 게 어떤 결과를 초래할지 모르시잖습니까. 진심으로 드리는 말씀이에요. 제 영혼을 걸 수도 있습니다. 선생은 지금 누구한테 무슨 잘못을 저지르고 있는지도 모릅니다. 저는 알지만 입을 열 수 없습니다. 가혹한지고! 저는 말 못합니다. 선생의 종교적 신념에 기대서라도 올바른 판단을 하십시오. 선생이 소중히 여기는 것들을 위해서라도, 잃어버린 사랑과 남아 있는 희망을 위해서라도…. 제발! 제발 나를 이곳에서 내보내 죄악에 물든 내 영혼을 구해달란 말이다! 내 말 안 들려? 사람 말 못 알아들어? 이해가 안 돼? 내가 제정신으로 진심 어린 조언을 하고 있는데, 그걸 모르겠냐고! 난 안 미쳤어. 멀쩡해. 멀쩡한 정신으로 내 영혼을 구하려는 거야! 제발 내 말 좀 들어! 좀 들으라고! 내보내줘! 내보내줘! 내보내달란 말이야!"

가만히 내버려두면 그가 더 화를 내며 난동을 부리다가 끝내 발작할 것 같았다. 나는 그를 부축해 일으켜 세웠다.

"자, 이 얘기는 그만합시다. 대화는 이걸로 충분한 것 같습니다. 침대로 가요. 신중하게 행동하는 게 좋을 겁니다."
내 말투는 꾸짖는 것에 가까웠다.

렌필드가 갑자기 차분해지더니 몇 초간 나를 뚫어지게 바라보았다. 그러다 그는 아무 말 없이 일어서서 침대 가장자리로 가 앉았다. 드디어 예상했던 대로 환자가 내 결정에 승복했다.

다른 사람들을 먼저 내보내고 내가 마지막으로 병실을 나서는데 렌필드가 점잖은 말투로 나지막이 말했다.

"수어드 선생, 저는 오늘 밤 선생을 설득하기 위해 최선을 다했습니다. 언젠가 선생도 오늘 제가 한 말이 모두 옳았다는 걸 알게 되실 겁니다."

19장

조너선 하커의 일기

10월 1일 오전 5시. — 미나가 평소보다 기분이 훨씬 더 좋아 보여 편한 마음으로 일행과 빈집 수색에 나섰다. 미나가 이 일에서 빠지면서 남자들에게 모든 걸 맡기기로 해서 정말 다행이다. 나는 미나가 이런 무시무시한 일에 얽힌다는 게 두려웠다. 어쨌든 미나가 맡은 일은 다 끝났으니 그녀도 이제부터는 우리에게 맡기고 편한 마음으로 쉴 수 있겠지. 미나 덕에 각각의 이야기들이 한눈에 보기 쉽게 정리되지 않았나. 미나의 열정과 지성과 통찰력이 없었다면 불가능했을 일이다. 아, 렌필드 씨를 보고 나왔을 땐 다들 심기가 불편한 듯 보였다. 병실에서 나와 서재로 되돌아갈 때까지 아무도 입을 열지 않았다. 서재에 들어선 후 모리스 씨가 수어드 박사에게 말했다.

"잭, 무슨 수를 썼는지 모르겠지만, 그 환자는 아무리 봐도 정신병자 같지 않았어. 모르긴 몰라도 그자가 그러는 데는 중요한 이유가 있는 게 분명해. 정말로 중요한 일일지도 모르는데, 이렇게 아예 무시해버리는 건 과한 처사 같지 않아?" 고달밍 경과 내가 가만히 있는 사이 반 헬싱 교수가 끼어들었다.

"존, 정신 질환에 대해서라면 자네가 전문가지. 다행스러운 일이야. 내가 담당 의사였다면 환자가 막바지에 이르러 난동을 피우기 전에 퇴원 결정을 내렸을 것 같거든. 하지만 직접 경험해봐야 안다고, 나는 환자가 그렇게 난리를 피울 줄은 생각도 하지 못했네. 퀸시의 말도 일리가 있네만, 큰일을 앞두고 모험을 할 수는 없지. 자네의 결정이 최선의 선택이었다고 생각하네." 그러자 수어드 박사가 두 사람에게 두루뭉술하게 대답했다.

"잘은 모르겠지만, 일단 퀸시의 말도, 교수님 말씀도 이해합니다. 렌필드가 평범한 환자였다면 저도 기꺼이 그의 말을 믿어줬을 겁니다. 하지만 그는 드라큘라 백작이라는 자와 밀접한 연관이 있어 보입니다. 정보원이나 수하 같은 느낌이랄까요. 그래서 그의 변덕에 놀아났다가 일을 그르칠까봐 겁이 났지요. 그가 고양이를 키우게 해달라고 오늘처럼 애원하다가, 완전히 돌변해 제 목을 물어뜯으려 한 걸 잊을 수가 없어요. 그뿐인가요! 렌필드는 백작을 '주인님'이라고 불렀다고요. 그가 극악무도한 방법으로 백작을 돕기 위해 병원에서 나가려는지 누가 알겠어요? 그 백작이란 작자는 늑대나 쥐도 부릴 줄 안다면서요. 저는 백작이 그럴싸한 말을 늘어놓는 정신병자를 이용할 수도 있다고 생각했습니다. 물론 렌필드가 거짓말을 하는 것 같지는 않았어요. 제 판단이 옳았기를 바라는 수밖에요. 큰일을 앞뒀는데 이런 일까지 생기니 마음이 어지럽네요." 교수가 걸어 나오며 수어드 박사의 어깨에 손을 얹었다. 그러고는 진지하면서도 애정이 묻어나는 말투로 말했다.

"존, 염려 말게. 그는 여러모로 딱해 보이고 상태도 심각한 환자지. 우리는 의무를 다하고 있어. 최선으로 여겨지는 방안을 선택하는 게 우리가 할 수 있는 전부야. 주님께서 이런 우리의 마음을 알아주시길 바라야지." 그 사이 고달밍 경이 잠시 밖에 나갔다가 들어왔다. 그는 은으로 된 호루라기를 들고 있었다.

"오래된 저택이라 쥐가 많을 것 같아서 대비책을 마련했습니다." 우리는 카팍스 저택으로 갔다. 달빛이 워낙 밝아서, 담을 넘어 저택 건물로 향할 때 눈에 띄지 않도록 풀밭에 드리운 나무 그림자를 따라 이동했다. 현관에 다다르자 반 헬싱 교수가 가방에서 이런저런 도구를 꺼내 계단에 늘어놓았다. 교수는 그걸 네 더미로 나누었는데, 각자가 챙기라는 뜻인 것 같았다. 교수가 말했다.

"앞으로 무슨 일이 일어날지 모르네. 그러니 우리는 여러 종류의 무기를 준비해야 해. 적은 한낱 유령 같은 게 아니야. 그자에겐 장정 스물에 맞먹는 힘이 있다는 걸 명심하게. 우리는 평범한 사람이라 목이 부러지거나 뼈가 으스러질 수 있지. 반면 그자는 그런 식으로 피해를 입지 않아. 뭐, 그자보다 훨씬 덩치가 크고 힘이 센 사람이라면 때를 잘 맞추면 그자를 잡을 수 있을지도 몰라. 그렇다고 해도 그자에게 상처를 낼 수는 없을 걸세. 그러니 그자가 접근하지 못하게 방어 수단을 갖춰야 해. 이걸 심장 근처에 지니고 있게." 교수는 은으로 된 십자가상을 가장 가까이에 서 있던 내게 건넸다. "이 화환도 목에 걸게." 교수는 바짝 말린 마늘꽃 화환을 내밀었다. "백작이 아닌 평범한 적들을 상대할 땐 권총과 칼로도 충분할 걸세. 내부가 어두우니 등은 필수지. 이 작은 전기등은 가슴팍에 맬 수 있어. 마지막으로 이건 누구한테든 효과적이면서도 특히 최후의 순간에 도움이 될 무기니 함부로 쓰지 말게." 교수는 성체 조각을 봉투에 넣어 내게 건네주었다. 다른 이들도 그것들을 하나씩 챙겼다. "또 뭐가 있나…. 존, 곁쇠는 어디 뒀나? 곁쇠가 있으면 루시 양 집에서처럼 창문을 깰 필요 없이 문을 딸 수 있지 않은가."

수어드 박사는 챙겨 온 곁쇠 꾸러미로 문을 땄다. 수술 경험이 있어서인지 그의 손놀림이 예사롭지 않았다. 드디어 결쇠 하나가 열쇠 구멍에 들어맞았다. 박사가 열쇠를 살짝 밀었다가 빼기를 몇 번 반복하자 삐걱거리는 소리와 함께 잠금장치가 풀렸다. 문을 밀자 끼익 소리가 나면서 문이 천천히 열렸다. 순간 수어드 박사의 일기에서 본, 웨스튼라 양이 있던 납골당의 문이 열리는 장면이 떠올랐다. 다들 약속이라도 한 듯 몸을 움츠리며 뒤로 물러선 걸 보면, 다른 사람들도 같은 걸 떠올린 듯했다. 교수가 앞으로 나서며 안으로 들어섰다.

교수는 문지방을 넘을 때 성호를 그으며 이렇게 말했다. "주님, 당신 손에 맡기나이다!" 우리는 안으로 들어가 문을 닫았다. 이제 불을 켜야 했는데, 집 앞 도로의 행인이 불빛을 보고 관심을 가지면 곤란했기 때문이다. 교수는 급히 달아나야 할 때 문제가 생기지 않도록 문이 잠기진 않았는지 재차 확인했다. 우리는 각자 등을 켜고 수색에 나섰다.

각자가 든 작은 전기등의 불빛이 서로 엉키거나 우리 몸에 부딪히면서 여기저기에 기이한 형태의 커다란 그림자들이 어른거렸다. 나는 우리 사이에 다른 누군가가 있다는 느낌을 떨칠 수 없었다. 그 집의 음울한 분위기 탓에 트란실바니아에서 겪은 끔찍한 일들이 생생하게 떠올랐는데, 그래서 그런 느낌이 들었는지도 모르겠다. 다른 이들도 무슨 소리가 나거나 낯선 그림자가 어른거릴 때마다 나처럼 주위를 두리번거렸다. 다들 비슷한 기분이었겠지.

사방에 먼지가 두껍게 쌓여 있었다. 바닥에 쌓인 먼지는 두께가 손가락 몇 마디 정도 될 것 같았다. 드문드문 최근에 생긴 발자국이 있었다. 등불을 비춰 보니 구두 바닥의 쇠못 자국까지 선명히 보였다. 먼지가 눌어붙은 벽은 보송보송한 털을 뒤집어쓴 것 같았다. 구석마다 거미줄은 그 위에 쌓인 먼지의 무게를 이기지 못하고 찢어지거나 아래로 늘어져 너덜너덜한 누더기처럼 보였다. 현관의 탁자 위에는 열쇠 다발이 놓여 있었는데, 열쇠마다 누렇게 변색한 꼬리표가 달려 있었다. 교수가 꾸러미를 들어 올리니 뽀얗게 먼지가 내려앉은 탁자 위 여기저기에 열쇠 자국이 드러났다. 최근에 열쇠 다발이 여러 번 사용되었다는 걸 보여주는 흔적이었다. 교수가 나를 돌아보며 말했다.

"조너선, 당신은 이곳을 잘 알잖소. 설계도 사본을 만들었으니 우리보다는 당신이 잘 알 거요. 예배당은 어느 쪽이오?" 나는 과거 답사 중 예배당에 들어가지 못했지만, 그래도 그게 어느 쪽에 있는지는 알고 있었다. 나는 앞장서서 안내했다. 몇 번 길을 잘못 든 후에 이윽고 예배당으로 이어지는 문을 발견했다. 위쪽이 둥근 나지막한 참나무에 쇠테가 둘린 문이었다. "이곳이로군." 교수는 전기등으로 미리 챙겨 온 작은 지도를 비췄다. 내가 부동산 매입 과정에서 확보한 자료의 사본이었다. 열쇠 다발에서 그 문에 맞는 열쇠를 찾느라 애를 먹었지만, 우리는 끝내 문을 열었다. 문이 열리는 순간 벌어지는 문틈으로 악취가 희미하게 느껴져서 우리는 각자 마음의 준비를 했다. 하지만 예배당 내부의 악취가 그 정도로 심할 줄은 몰랐다. 다른 이들은 백작을 가까이에서 본 적이 없다. 나는 그를 가까이에서 봤지만, 당시 그에게서 이 정도의 악취를 느끼지는 않았다. 처음 만났을 땐 피를 마시기 전이어서 그랬던 듯하다. 그리고 배 터지게 먹은 것처럼 입가에 피를 묻히고 있는 걸 보았을 땐, 장소가 무너져가는 예배당이었던 만큼 바깥 공기가 들어온 모양이었다. 이 예배당은 크기도 조그만 데다 오랫동안 밀폐되었기에 기본적으로 묵은 공기에서 풍기는 악취가 심했다. 부패 과정에서 나오는 유독 가스 냄새와 비슷했는데, 거기에 흙냄새도 뒤섞여 있었다. 그 냄새를 대체 어떻게 설명해야 할까? 죽음에 잇따르는 냄새와 코를 찌르는 매캐한 피 냄새…. 아니, 썩은 것이 거듭 썩어가는 냄새라고 해야 할까? 후, 지금 생각해도 구역질이 난다. 그 괴물의 숨결이 곳곳에 들러붙어 있어서 더 역겨웠던 게 분명하다.

다른 때였다면 일을 그만두고 나가는 게 당연할 정도의 악취였다. 하지만 이건 특수한 상황이었다. 우리에게는 힘겨워도 반드시 이뤄내야 할 목적이 있었다. 한낱 냄새 때문에 물러설 순 없었다. 이런 생각으로 힘을 냈다. 문이 열리면서 훅 불어든 메스꺼운 냄새에 저절로 몸이 움츠러들었지만, 이내 우리는 그 욕지기 나는 곳이 장미 정원이라도 되는 것처럼 의연하게 조사에 착수했다.

우리가 예배당 안에서 면밀한 조사를 시작하려는 참에 교수가 당부했다.

"제일 먼저 살펴봐야 할 건 남은 상자의 개수일세. 얼마나 반출됐는지 확인한 후, 이곳의 온갖 구멍과 모서리, 벽 사이의 미세한 틈까지 뒤져서라도 단서를 찾아내 반출된 상자가 어디로 갔는지 확인해야 해." 상자가 몇 개 남았는지는 한 번만 훑어봐도 확인할 수 있었다. 흙이 든 상자가 워낙 큼지막해서 잘못 셀 수 없었다.

50개의 상자 중 남아 있는 건 29개뿐이었다. 단서를 찾던 중 깜짝 놀란 적이 있다. 별안간 고달밍 경이 돌아서더니 어두컴컴한 복도로 이어지는 아치형 통로 입구를 바라보는 게 아닌가. 아무 생각 없이 나도 그쪽으로 시선을 던졌다가 심장이 멎는 줄 알았다. 짙은 어둠 속에서 언뜻 백작의 얼굴이 보인 것 같았기 때문이다. 매부리코에 붉은 눈, 새빨간 입술과 창백한 피부까지, 찰나였지만 분명히 본 듯했다. "사람 얼굴인 줄 알았는데 그림자였군." 고달밍 경은 이렇게 말하고는 다시 조사를 시작했다. 나는 전기등으로 그곳을 비추어보다가 복도 안쪽으로 들어갔다. 복도는 꺾이는 구간이 없는 직선 형태였다. 복도에는 다른 곳으로 이어지는 문도 없었고, 뭔가가 들어갈 만한 틈도 없었다. 그저 단단한 벽뿐이었다. 누군가가 있었을 리 없었다. 백작이라고 해도 그런 곳에 몸을 숨길 순 없을 터였다. 나는 두려워서 헛것을 보았다고 생각하고 별다른 말을 하지 않았다.

몇 분쯤 지났을까, 구석을 살피던 모리스 씨가 주춤거리며 뒤로 물러섰다. 불안감이 커지는 걸 느끼며 그의 행동을 지켜보던 우리 눈에 별처럼 반짝이는 엄청난 수의 안광이 들어왔다. 다들 본능적으로 뒷걸음질 쳤다. 예배당을 뒤흔들며 쥐들이 몰려들고 있었다.

다들 충격을 받아 어찌할 줄 모르고 가만히 서 있는데, 이런 사태를 예상했다는 듯 고달밍 경이 날렵하게 움직였다. 그는 외부로 통하는 문을 향해 달음박질쳤다. 수어드 박사가 일기에서 언급한 쇠테 씌운 참나무 문 말이다. 나도 물론 바깥에서 본 적은 있다. 고달밍 경은 열쇠를 꽂아서 돌리고 커다란 빗장을 끄집어 내린 후 문을 활짝 열어젖혔다. 그러고는 주머니에서 은으로 된 호루라기를 꺼내 불었다. 음조가 낮으면서도 날카로운 소리가 울려 퍼졌다. 그러자 병원 후원에서 대답이라도 하듯 개 짖는 소리가 났다. 1분 정도 지났을 때 헐레벌떡 달려오던 테리어 세 마리가 저택 모퉁이에서 모습을 드러냈다. 우리는 무심결에 문 쪽으로 갔다. 나는 문으로 향하던 도중에 문 앞 먼지가 쓸린 걸 알아보았다. 상자를 그쪽으로 끌고 간 흔적이었다. 그 사이에도 쥐 떼는 기하급수적으로 늘어났다. 대번에 그곳을 가득 메울 기세였다. 전기등을 비추자 우르르 움직이는 시커먼 쥐들의 몸뚱이와 사납게 번뜩이는 놈들의 눈빛이 선명하게 보였다. 마치 반딧불이가 몰려든 둔덕을 보는 것 같았다. 미친 듯이 달려오던 개들은 현관 문턱 앞에서 갑자기 멈춰 서더니 으르렁댔다. 그러다 일제히 주둥이를 치켜들고는 서럽게 울부짖었다. 사방에 쥐가 우글대서 우리는 일단 밖으로 나갔다.

고달밍 경이 개 세 마리 중 한 마리를 들어서 문턱 안에 내려놓았다. 개는 발이 땅에 닿자마자 용기가 샘솟기라도 한 듯 쥐들을 향해 질주했다. 쥐 떼는 순식간에 뿔뿔이 흩어졌다. 쥐가 어찌나 재빨리 달아났던지, 첫 번째로 들인 개만 스무 마리 정도 잡았고, 그 후로 들인 개들은 몇 마리 잡지도 못했다.

쥐가 싹 사라지고 나서 개들이 어찌나 신나게 뛰어놀며 경쾌하게 짖어대는지, 예배당의 사악한 기운이 완전히 사라진 듯했다. 개들은 후다닥 달려가 바닥에 널브러진 사냥감을 차며 놀다가, 물어서 마구 흔들고는 공중에 던져버리기도 했다. 그걸 보고 있노라니 우리도 기운이 났다. 예배당 문이 열리면서 악취가 옅어졌기 때문일 수도 있고, 바깥 공기를 마시면서 안도감을 느꼈기 때문일 수도 있지만, 정확한 이유는 모르겠다. 어쨌든 헐렁한 로브가 벗어지듯, 우리를 에워싸고 있던 공포의 그림자가 벗어진 것만은 분명했다. 우리가 밖으로 나오던 순간, 그곳을 음울하게 만들던 주된 원인이 사라진 느낌이랄까. 그렇지만 긴장을 늦추지 않았다. 우리는 외부와 통하는 예배당 문을 닫고 잠근 뒤 빗장까지 걸었다. 그리고 개들과 함께 저택을 수색했다. 저택은 두껍게 쌓인 먼지와 내가 처음 그곳에 방문했을 때 남긴 발자국을 제외하면 딱히 살펴볼 게 없었다. 개들은 이후 전혀 불안해하지 않았다. 다시 예배당으로 돌아갔을 때도 녀석들은 한여름에 숲에서 토끼 사냥이라도 하듯 신나게 뛰어놀았다.

저택 정문으로 나오니 동쪽 하늘이 어슴푸레 밝아지고 있었다. 반 헬싱 교수는 열쇠 다발에서 현관 열쇠만 떼어내고 밖으로 나온 뒤 집주인이라도 되는 양 문을 잠갔다. 문을 잠근 후 교수는 열쇠를 주머니에 챙겼다.

교수가 말했다. "오늘 밤 수색은 완벽하다고 해도 좋을 만큼 성공적이었어. 누구 하나라도 다칠까 봐 걱정했는데

다들 무사하고, 반출된 상자 개수까지 확인했지 않은가. 행동을 개시한 오늘이 어쩌면 가장 힘겹고 위험했을지 모르는데, 소중한 하커 부인을 데려오지 않고도 첫 수색을 성공적으로 마쳤다는 게 더없이 기쁘군. 그녀가 이 광경을 보고 들었다면, 그리고 그 끔찍한 악취마저 맡았다면, 뇌리에서 지울 수 없는 그 기억 때문에 자나 깨나 괴로워했을 테니까 말이야. 새로 알게 된 사실이 있다는 것도 큰 수확이지. 특수한 상황에서 본 사실을 일반화해도 될까 싶네만, 백작이 부리는 쥐 떼가 아직 완전히 백작의 뜻대로 움직이지는 않는 듯했어. 놈들은 아기를 빼앗긴 어미가 절규할 때 백작이 성 꼭대기에서 불러들인 늑대들처럼 백작의 부름에 예배당으로 몰려들었잖아. 뭐, 늑대들은 부르지 않아도 그 근처에 얼쩡댔으니 완전히 같다고 할 수는 없겠군. 어쨌든 그렇게 몰려들어서도 놈들은 아서가 부른 작은 개들을 보자마자 걸음아 날 살려라 하며 달아났단 말일세. 자, 중요한 건 이게 아니야. 다른 문제를 따져보세나. 그자는 아까 쥐 떼를 단 한 번 부른 후 짐승의 힘을 빌리지 않았어. 그 말은 그자가 다른 곳으로 떠났다는 뜻이야. 고무적인 결과지! 체스를 예로 들자면, 인간의 영혼을 걸고 '장군'을 외칠 기회가 온 걸세. 이제 돌아가자고. 조금 있으면 동이 트겠어. 시간도 늦었거니와, 첫날 이 정도 했으면 다들 흡족해할 만해. 아직 우리한텐 위험천만한 날이 많이 남았네. 그래도 물러서지 말고 쉼 없이 나아가야 해."

우리가 돌아왔을 때, 멀리 떨어진 병동에서 들리는 환자의 비명과 렌필드의 병실에서 흘러나오는 나지막한 신음을 제외하면 병원은 적막했다. 렌필드는 흥분해서 일을 그르쳤다는 생각으로 자책하고 있는 게 틀림없었다.

까치발을 한 채 우리 방에 돌아와보니 미나는 곤히 잠들어 있었다. 그녀의 숨소리가 듣기 좋아서 귀를 가까이 가져다 댔다. 미나는 평소보다 창백해 보였다. 회의 때문에 미나가 마음 상한 건 아닌지 걱정이다. 미나가 앞으로 이 일에서 손을 떼고, 우리의 의사 결정 과정에도 관여하지 않기로 해서 얼마나 고마운지 모른다. 누구 말마따나 이건 여인의 몸으로 견뎌내기에는 너무 무서운 일이다. 처음엔 이런 생각을 하지 못했지만, 지금은 그 생각에 십분 공감한다. 어쨌든 결정이 나서 기쁘다. 간밤에는 미나가 들으면 놀랄 만한 일이 많았다. 미나는 우리 사이에 비밀이 없다고 생각하니, 아예 말을 하지 않는 것이 말하는 것보다 더 안 좋을지도 모른다. 그래도 이 모든 이야기는 지하에서 기어 나온 괴물이 이 세상에서 사라질 때까지 봉인해야 한다. 모든 게 다 끝나면 그때 가서는 또 모르겠다. 숨기는 것 없이 뭐든 솔직하게 털어놓던 우리 둘 사이에서 비밀을 지킨다는 건 실로 어려울 것이다. 마음을 단단히 먹어야 한다. 오늘 일에 대해서는 함구하며, 미나가 어떤 질문을 해도 답하지 않으리라. 미나가 깰지도 모르니 오늘은 소파에서 자야겠다.

10월 1일 자고 일어난 후. — 다들 늦잠을 잤다. 당연한 일이다. 낮에도 바빴는데 밤에는 한숨도 자지 못했으니…. 나는 해가 중천에 떴을 때 깼다. 미나는 그때까지 자고 있었다. 내가 두세 번 깨워도 금방 정신을 차리지 못한 걸 보면, 미나도 꽤 피곤했던 모양이다. 아닌 게 아니라 그녀는 깨고서 몇 초간 나를 알아보지 못했다. 악몽을 꾸다가 깬 사람처럼 겁에 질린 얼굴로 멍하니 있었을 뿐이다. 미나가 좀 피곤하다며 볼멘소리를 하기에 좀 더 쉬라고 말했다. 자, 우리는 상자가 21개 반출되었다는 사실을 확인했다. 그중 몇 개만 추적할 수 있다면 나머지의 행방도 모두 찾아낼 수 있을 것이다. 당연한 얘기지만, 그렇게만 되면 우리가 할 일은 상당 부분 줄어든다. 이 일은 빨리 처리할수록 좋다. 오늘 당장 토머스 스넬링을 만나봐야겠다.

수어드 박사의 일기

10월 1일. — 교수님이 방에 들어오셔서 깼다. 정오 무렵

이었다. 교수님은 평소보다 상당히 쾌활하고 신나 보였다. 어젯밤 일이 무사히 끝나서 마음의 짐을 덜었다는 걸 한눈에 알아차릴 수 있었다. 간밤의 일에 관해 한참 이야기하던 교수님이 느닷없이 화제를 바꾸셨다.

"자네 환자가 참으로 흥미롭더군. 오전 회진 때 내가 같이 가서 그 환자를 만나봐도 되겠나? 자네가 바쁘다면 나 혼자 가도 되네. 망상증 환자가 철학을 논하면서 논리적으로 말하는 경우는 처음 봤거든." 나는 급히 처리할 일이 있어 교수님께 괜찮다면 기다리지 말고 혼자 가보셔도 된다고 말씀드렸다. 나는 간병인을 불러 필요한 지시를 했다. 교수님이 나가시기 전에 나는 주의하십사 부탁드렸다. 혹시라도 렌필드 때문에 교수님이 불쾌해하실까 봐 걱정됐다. 그러자 교수님은 이렇게 대답하셨다. "하지만 난 그 환자의 얘기를 듣고 싶고, 산 채로 먹어야 한다는 그의 망상에 대해서도 알고 싶은걸. 어제 자 자네 일기를 보니, 그 환자가 하커 부인에게 그런 믿음을 가진 적이 있었노라고 고백하지 않았나. 어허, 그 미소는 무슨 뜻이지?"

"그 얘기가 궁금하다면 이걸 읽으시면 되죠." 나는 하커 부인이 옮겨 쓴 문서에 손을 얹었다. "학식 있고 정신이 온전하다는 환자가 어쩌다가 날것을 먹게 됐는지 설명할 때, 파리와 거미가 말 그대로 환자의 목구멍까지 차 있었거든요. 하커 부인이 병실로 들어가기 직전에 몽땅 삼켰으니까요." 반 헬싱 교수님이 환하게 웃으셨다. "그렇지! 자네 기록이 정확한데, 내가 그걸 깜빡했군. 하지만 이런 환자의 정상에서 벗어난 사고와 기억 왜곡이 있기에 정신 질환 연구가 한없이 매력적이기도 하지. 내가 렌필드의 터무니없는 이야기에서 현자의 가르침보다 더 많은 걸 얻게 될지 누가 알겠나?" 교수님이 나가신 후 나는 일에 몰두했고, 오래 지나지 않아 급한 일을 모두 끝냈다. 정말로 얼마 지나지 않은 것 같았는데, 교수님이 서재로 돌아오셨다. "아직도 많이 바쁜가?" 교수님은 문가에서 정중하게 물으셨다.

"아닙니다. 들어오세요. 일은 다 끝내서 이제 한가합니다. 교수님이 괜찮으시면 지금 같이 환자를 보러 갈까요?"

"그럴 필요 없네. 벌써 보고 왔거든!"

"벌써요?"

"안타깝게도 그 사람은 나한테 별 관심이 없는 것 같았어. 대화도 얼마 못했지. 병실에 들어갔더니 그가 방 한가운데에 등받이 없는 의자를 가져다 놓고 떡하니 앉아 있더군. 그는 시무룩한 표정으로 무릎에 팔꿈치를 댄 채 몸을 앞으로 숙이고 있었는데, 딱 봐도 불만이 가득한 것 같았어. 나는 분위기를 바꿔보려고 쾌활한 어조로 말을 걸었네. 지체 높은 신사를 대하듯 가능한 한 깍듯하게 행동하기도 했지.

그는 아무 반응도 보이지 않았어. '날 모릅니까?' 하는 물음에 그는 내가 전혀 바라지 않던 대답을 했어. '모를 리가 있나. 멍청한 노친네 반 헬싱이잖아. 당장 여기서 꺼져줬으면 좋겠군. 바보 같은 연구 놀음은 딴 데 가서나 해. 꼰대같이 우둔한 네덜란드 영감 같으니라고!' 그 사람은 이렇게 말하고 입을 꾹 닫았지. 그 방에 자기 혼자만 있는 것처럼 나를 무시하면서 못마땅한 표정만 짓고 있더라니까. 놀라울 정도로 영리한 정신 질환자에게서 많은 걸 알아낼 기회는 이렇게 사라졌군. 어쩔 수 없지. 나가서 하커 부인과 즐거운 대화를 나누며 이 서운함을 달래볼까 하네. 하커 부인이 이제 끔찍한 우리 일 때문에 괴로워하지도 않고, 마음 쓰지 않아도 돼서 얼마나 기쁜지 몰라. 우리가 부인의 도움을 받지 못하는 건 아쉽네만, 그래도 부인이 행복한 게 낫지 않겠나."

"교수님 말씀에 진심으로 공감합니다." 하커 부인을 이 일에서 배제하겠다는 교수님의 결심이 흔들리기라도 할까 봐 나는 목소리를 높였다. "하커 부인은 이 일에서 빠지는 게 낫지요. 우리는 어딜 가든 출중하다는 소리를 듣는 남자 중의 남자 아닙니까. 게다가 다들 살면서 큰일도 많이 겪었습니다. 그런 우리에게도 이 일은 힘든걸요. 이건 여인이 낄 일이 아닙니다. 부인이 이 문제에 계속 관여한다면 그녀의 삶은 언젠가 엉망이 될 게 틀림없어요."

반 헬싱 교수님은 하커 부부와 이야기를 나누러 가셨다. 퀸시와 아트는 흙이 담긴 상자에 관한 단서를 찾으러 외출했다. 오늘 밤에 다른 이들과 회의를 하려면 나도 나가서 회진을 마쳐야 한다.

미나 하커의 일기

10월 1일. — 오늘 같은 상황은 처음이라 이상하다. 간밤의 일에 대해 나는 조너선에게서 아무런 얘기도 듣지 못했다. 목숨이 걸린 중요한 문제인데도, 조너선은 그 일에 대해서라면 대화를 피하려는 기색이 역력하다. 그는 우리가 알아온 수년 동안 내게는 뭐든 허심탄회하게 얘기했는데…. 나는 오늘 늦잠을 잤다. 어제 무리했던 모양이다. 조너선도 늦게 일어났지만, 나는 그보다도 늦게 일어났다. 그는 나가기 전에 더없이 다정하게 나와 대화하면서도 전날 백작 집에서 있었던 일에 대해서는 한마디도 꺼내지 않았다. 내가 불안해한다는 걸 알아차린 게 분명하다. 어떡하면 좋지! 내가 느끼는 불안감은 사실 별것 아닌데, 이런 날 염려하느라 그가 더 힘들어하는 것 같다. 다들 내가 이 무서운 일에 말려들지 않는 게 최선이라는 데 동의했고, 나는 그 결정을 묵시적으로 받아들였다. 하지만 조너선마저 아무 얘기도 안 할 줄은 몰랐다! 이게 모두 남편의 사랑과 믿음직한 다른 이들의 배려라는 걸 모르지 않는다. 그래서 지금 나는 이렇게 바보처럼 울고만 있다.

좀 울었더니 기분이 나아졌다. 뭐, 때가 되면 조너선이 다 말해주겠지. 내가 조너선에게는 털끝만큼도 숨기는 게 없다는 걸 알려주기 위해서라도 일기는 계속 써야겠다. 그래야 혹시라도 조너선이 그를 향한 나의 신뢰를 의심한다면 내 진심을 낱낱이 적은 이 일기를 직접 읽어보라고 할 수 있을 테니까. 오늘은 어쩐지 묘하게 서럽고 기분이 안 좋다. 그동안 신경을 바짝 곤두세우고 있었는데, 갑자기 긴장이 풀려서 이러는 것 같다.

어젯밤엔 다른 이들이 나가자마자 곧바로 침실로 돌아와 침대에 누웠다. 잘 생각은 아니었지만, 다들 그러라고 했으니 그냥 시키는 대로 했을 뿐이다. 솔직히 졸리기는커녕 걱정이 태산이었다. 나는 조너선이 날 만나러 런던에 온 후 벌어진 모든 일을 몇 번이고 곱씹었다. 그 모든 게 잔인한 한 편의 비극 같았다. 비극에서는 운명이 주인공을 정해진 결말로 내몰지 않나. 나는 내가 했던 모든 행동과 선택이 옳고 그름과 무관하게 최악의 결과만 불렀다는 생각을 했다. 내가 휘트비에 가지 않았더라면 루시는 지금 우리 곁에 있을지도 모른다. 루시는 내가 그녀를 만나러 갈 때까지 성당 묘지에 발을 들인 적이 없었다. 그러니까 내가 낮에 성당 묘지에 데려가지 않았다면 루시가 잠결에 그곳까지 가지 않았을 것이다. 이는 곧 그날 밤 루시가 잠결에 그곳까지 가지 않았다면 그 괴물이 루시를 그 지경으로 만드는 일은 없었을 거라는 뜻이다. 아, 나는 왜 하필 휘트비에 가서…. 하, 또 울음보가 터졌다! 내가 왜 이러는지 모르겠다. 나는 내 문제로 울어본 적이 없는 사람이다. 조너선이 나를 울린 적도 없다. 그런데 오늘 일어나서 벌써 두 번째로 운다. 조너선이 알면 불안해할 테니 울었다는 건 숨겨야겠다. 눈물이 날 것 같아도 얼굴에 힘을 주고 짐짓 밝은 척하면 조너선도 눈치채지 못하겠지. 이런 것도 마음 여린 우리 여자들이 익혀둬야 할 기술인가.

어제는 어떻게 잠들었는지 모르겠다. 갑자기 개 짖는 소리가 났던 게 기억난다. 다른 희한한 소리도 들렸는데, 그땐 누가 요란스럽게 기도를 올리는 줄 알았다. 이 방 아래 어딘가에 렌필드 씨의 병실이 있는데, 거기에서 난 소리 같다. 그러다가 별안간 주위가 고요해졌다. 그 엄청난 정적에 경계심이 들어 자리에서 일어나 창밖을 살폈다. 사방이 어둠에 휩싸여 있었다. 달빛이 만들어낸 새까만 그림자가 온 누리에 드리워서, 그 속에서 무슨 일이 벌어지고 있는지 알 도리가 없었다. 작은 움직임조차 눈에 띄지 않았다. 모든 것이 죽음처럼 음울했고, 숙명처럼 단단했다. 그때 하얀 끈 같은 안개가 매우 느리게 풀밭을 가로질러 병원 쪽으로 다가오는 게 보였다. 세상이 멈춘 것 같았기에 상대적으로 그 안개는 살아서 꿈틀댄다는 생각마저 들었다. 그런 쓸데없는 생각에 마음이 편해졌는지, 침대로 돌아갔을 땐 온몸이 나른했다. 그렇게 한동안 누워 있었지만 잠이 오지 않아서 다시 일어나 창밖을 내다보았다. 그 사이 넓게 퍼진 안개가 손대면 닿을 것 같은 거리까지 접근해 있었다. 이윽고 두꺼운 안개가 벽에 닿았다. 아래층 병실 창을 넘을 기세였다. 한참 소란을 떨다 멈췄던 사람이 이번에는 전보다 더 크게 고함을 질러댔다. 그의 말은 한마디도 알아들을 수 없었지만, 뭔가를 간절하게 비는 어조였다. 얼마 후 툭탁거리는 소리가 나서 간병인들이 환자를 진정시킨다고 짐작했다. 어쩐지 무서워서 침대로 돌아가 이불을 머리끝까지 뒤집어썼다. 그리고 손가락으로 귀를 막았다. 그때까지도 나는 잠을 자지 않았다. 실제로 어땠는지는 모르겠지만, 그땐 내가 깨어 있다고 생각했다. 하지만 그렇게 잠들었던 모양이다. 그 이후론 조너선이 나를 깨울 때까지 꿈 말고 기억나는 게 하나도 없으니…. 조너선이 깨워서 눈을 떴을 땐 곧바로 정신을 차리지 못했다. 내가 어디에 있는지 깨닫고, 나를 굽어보는 조너선의 얼굴을 알아보는 데까지 시간이 좀 걸렸다. 그러고 보니 꿈이 참 특이했다. 잠들기 전에 한 생각이 그대로 녹아들었달까…. 아니, 깨어 있던 상황이 꿈으로 고스란히 이어진 것에 가깝다.

꿈속에서 나는 조너선이 돌아오길 기다리는 중이라고 믿었다. 조너선 걱정에 마음을 졸이면서도 몸을 일으킬 수 없었다. 사지부터 머리끝까지, 온몸이 한없이 무거워서 평소처럼 움직일 수 없는 듯했다. 그래서 온갖 걱정에 시달리면서도 잠자리에 그대로 누워 있었다. 그쯤부터였던 것 같은데, 침대 위 공기가 어쩐지 축축하고 서늘해지면서 무겁게 짓눌렀다. 머리끝까지 덮고 있던 이불을 젖혔을 때 나는 깜짝 놀랐다. 방 안이 온통 뿌옜다. 조너선이 돌아왔을 때 방이 어둡지 않도록 가스등을 켜두었는데, 방 안을 가득 메운 안개 사이로 그 불꽃이 작은 불씨로 줄어든 게 보였다. 짙어진 안개가 창을 통해 방으로 흘러든 모양이었다. 그 생각을 하자마자 침대에 눕기 전에 창문을 닫은 기억이 났다. 일어나서 확인해보고 싶었지만, 나른한 기분이 사지뿐 아니라 의지까지 붙드는 듯했다. 나는 가만히 누워서 버텼다. 그냥 그러고만 있었다. 눈을 감고 있었는데도 주위 풍경이 다 보였다(간편히 우리의 상상을 이용해 감각을 속인다는 점에서 꿈이란 정말로 신기하다). 안개는 시간이 지날수록 점점 더 짙어졌다. 가만 보니 안개는 창문이 아니라 문틈으로 새어들고 있었다. 안개의 움직임이 연기나 물을 끓일 때 나오는 증기처럼 선명했다. 계속 짙어지던 안개는 언젠가부터 방 한가운데로 몰려들어 기둥 형태를 이루었다. 그 기둥 맨 위로 잦아든 가스등 불꽃이 보였다. 그렇게 보니 가스등 불빛이 마치 빨간 눈 같았다. 안개 기둥이 갑자기 제자리에서 빙글빙글 돌기 시작하면서 내 머릿속도 혼란스러워졌다. 문득 '낮에는 구름 기둥, 밤에는 불기둥'이라는 성경 구절이 떠올랐다. 혹시 내가 잠결에 주님의 뜻을 전달받는 영적 체험을 한 걸까? 성경과 다른 점은 그 기둥에는 빨간 눈 같은 불꽃이 달려 밤의 인도자와 낮의 인도자라는 두 가지 속성이 모두 있었다는 것이다. 나는 이런 생각을 하며 빨간 불꽃에 매혹됐다. 그것도 잠시, 불꽃이 두 개로 나뉘면서 안개 기둥에는 새빨간 눈 두 개가 생겼는데, 그 광경을 본 순간 루시가 절벽에서 세인트 메리 성당 창문에 반사된 석양을 보고 정신을 놓으며 중얼거렸던 게 생각났다. 나는 순식간에 공포에 사로잡혔다. 달빛 속에서 소용돌이치던 티끌이 세 여인의 형상으로 바뀌는 걸 본 조너선의 기분이 그런 것이었겠지. 꿈속에서 나는 의식을 잃었던 것 같다. 그 뒤로는 아무 기억도 안 난다. 한참을 끙끙댄 끝에 다른 기억이 났다. 안개 속에서 격노한 표정을 짓고 있는 창백한 얼굴이 나를 내려다보는 장면. 그게 그 꿈의 마지막인 것 같다. 이런 꿈에 미혹되지 않도록 조심해야 한다. 이런 꿈에 사로잡히다 보면 이성을 잃는 법이다. 괜히 다른 사람들에게 걱정을 끼칠 수도 있으니, 반 헬싱 교수님이나 수어드 박사에게 수면제를 처방해달라고만 해야겠다. 한동안은 지금 느끼는 두려움마저 꿈 일부가 될지도 모른다. 일단 오늘은 그냥 자고, 영 안 되겠다 싶으면 내일 클로랄을 달라고 해야지. 한 번 먹는다고 문제가 되지는 않을 테니, 그걸 먹고 푹 자면 된다. 꿈자리가 뒤숭숭해서 밤을 새운 것보다 더 피곤하다.

10월 2일 밤 10시. — 어젯밤에는 꿈을 꾸지 않았다. 조너선이 방에 돌아온 것도 모르고 잔 걸 보면 깊이 잠들었나 보다. 하지만 그렇게 잤는데도 오늘 몸이 개운하기는커녕 기운이 없고 기분도 영 별로다. 어제는 읽을거리를 찾거나 누워서 졸며 시간을 보냈다. 오늘 오후에는 렌필드 씨가 면담을 요청했다. 렌필드 씨는 아주 정중했다. 내가 나올 땐 내 손에 입 맞추며 축복을 빌어주기도 했다. 그런 태도가 꽤 인상적이었는지 지금 그를 생각하자니 눈물이 난다. 전에 없이 심약해졌다. 주의해야겠다. 내가 운 걸 조너선이 알면 속상해할 거다. 조너선과 다른 사람들은 외출했다가 저녁때가 되자 녹초가 되어 돌아왔다. 나는 그들을 격려하려 애썼다. 그랬던 게 나 자신에게도 도움이 돼서 한동안은 피곤함도 잊었다. 저녁 식사를 마친 후 그들은 나보고 들어가서 자라고 말하고는 자리를 떴다. 그들은 내게 남자들끼리 담배를 피우려고 자리를 옮긴다고 했지만, 각자가 낮에 겪었던 일을 서로에게 알려주려고 그런다는 걸 나도 모르지 않았다. 조너선의 태도를 보니 뭔가 중요한 걸 알아낸 모양이었다. 나는 자야 했지만 졸리지 않았다. 그래서 그들이 나가기 전에 수어드 박사에게 전날 잠을 잘 자지 못했다며 진정제나 수면제 같은 걸 처방해달라고 부탁했다. 수어드 박사는 친절하게도 물약을 지어주었다. 박사는 약을 주면서 아주 순한 것이라 먹어도 아무 문제 없다고 말했다. 조금 전에 약을 먹고 졸리길 기다리는 중인데 아직까지는 말똥말똥하다. 아, 약을 괜히 먹었나 싶다. 그새 졸음이 밀려들기 시작했는데, 졸리니까 생각지도 못한 불안감이 엄습한다. 의식을 잃고 잠드는 무력한 상황을 자초한 게 실수처럼 느껴진다. 아니지, 어쩌면 내가 이런 걸 바랐는지도 모른다. 잠이 온다. 그만 자야겠다.

20장

조너선 하커의 일기

10월 1일 저녁. — 베스널 그린에 있는 토머스 스넬링의 자택을 방문해 그를 만났다. 불행히도 그는 무언가를 기억해낼 만한 상태가 아니었다. 미리 전갈을 받아 내가 올 줄 알고 있었던 그가, 나를 만나면 당연히 술을 마시게 될 줄 알고 일찍부터 술잔치를 벌였던 것이다. 그래도 그의 부인에게서 도움이 될 만한 정보를 얻었다. 토머스 스넬링의 부인은 형편이 여의치 않아도 예의범절을 아는 사람이었다. 그녀는 남편이 스몰릿이란 사람과 일을 하는데, 남편은 그의 조수일 뿐이라고 말했다. 그 말을 들은 나는 마차를 타고 스몰릿 씨가 사는 월워스로 향했다. 그는 마침 집에 있었다. 그는 편한 셔츠 차림으로 때늦은 티타임을 즐기는 중이었는데, 잔 받침을 사용하지 않는 게 하필 내 눈에 띄었다. 그래도 그는 점잖고 총명한 사람이었다. 믿고 맡길 만한 좋은 일꾼이었고, 스스로 생각할 줄도 알았다. 그는 상자를 운반할 당시의 상황을 빠짐없이 기억했다. 그는 뒷주머니에서 희한한 수첩을 꺼냈다. 수첩은 종이 모서리가 잔뜩 접혀 있었고, 알아보기 힘든 글이 빼곡했다. 몽당연필로 쓴 듯 굵은 글씨였는데, 언뜻 보기에는 상형문자 같았다. 그는 그걸 살펴보고는 상자를 어디로 운반했는지 알려주었다. 스몰릿은 카팍스에서 반출한 상자 중 여섯 개는 마일 엔드 뉴타운의 칙샌드가 197번지로 배달했고, 나머지 여섯 개는 버몬지의 자메이카로로 배달했다고 말했다. 백작이 런던 전역에 은신처를 마련할 속셈이라면 이곳들은 그가 각 상자를 곳곳에 배치하기 전에 임시로 보관할 기착지로 선택한 장소일 것이다. 선택된 장소의 배치를 살펴보면, 그가 활동 구역을 두 곳으로 한정할 리 없다는 생각이 든다. 백작은 이제 템스강을 기준으로 런던 동북부와 동남부, 남부에 은신처를 마련했다. 그자가 세운 간악한 계획에서 북쪽과 서쪽을 배제할 리 없다. 런던 그 자체라 할 수 있는 남서부와 런던 사교계의 중심지라 할 수 있는 서부를 내버려둘 리도 없다. 나는 스몰릿에게 카팍스에서 반출된 다른 상자들에 대해서는 아는 게 없느냐고 물었다.

그가 대답했다.

"있습죠. 나리께서 선심을 쓰셨으니 당연히 말씀드리겠습니다요." 이건 그가 내게 2크라운을 받아서 하는 말이었다. "나흘 전 핀처스 골목에 있는 '토끼와 사냥개'란 술집에서 들은 애깁니다요. 블록샘이라는 친구가 동료와 둘이서 퍼펙트인지 퍼플릿인지, 하여튼 거기 있는 고택에 일하러 갔다가 먼지 때문에 어지간히도 욕봤다고 하더라고요. 이 근방에선 그런 일이 흔치 않거든요. 샘 블록샘을 만나보시면 뭔가 들을 수 있지 않을깝쇼?" 나는 어디로 가야 그 사람을 만날 수 있는지 물었다. 주소를 알려준다면 2크라운을 더 주겠다고도 했다. 그러자 그가 남은 차를 단숨에 들이켜고 일어서서, 이곳저곳 들러서 좀 알아보고 오겠노라고 말했다. 그는 나가던 중 문가에서 걸음을 멈췄다.

"나리, 굳이 여기서 기다리실 필요는 없습니다요. 제가 샘을 찾는 데 얼마나 걸릴 줄 알고요. 그리고 제가 지금 당장 샘을 찾아낸다고 해도, 어차피 오늘 그놈한테서 쓸 만한 얘기를 듣기는 글렀어요. 술만 마셨다 하면 미친놈이 되는 친구거든요. 우표 붙인 봉투에 주소를 써주시면 샘이 사는 곳을 적어서 오늘 밤 안으로 보내드리겠습니다요. 아, 샘을 만나려면 아침 일찍 움직이셔야 합니다요. 샘은 전날 술을 얼마나 마셨건 아침이 되면 일찌감치 일하러 가니까요."

확실히 그러는 게 나을 것 같아서, 나는 그의 아이 중 한 녀석에게 1페니를 주고 심부름을 시켰다. 아이는 봉투와 종이 한 장을 사 오고 거스름돈을 챙겼다. 나는 아이에게 받은 봉투에 우표를 붙이고 주소를 적었다. 스몰릿은 블록샘의 주소를 알아내는 즉시 편지를 보내겠다고 재차 약속했고, 나는 곧장 병원으로 돌아왔다. 어쨌든 일이 진척을 보인다. 오늘은 너무 피곤해서 빨리 자고 싶다. 미나는 벌써 잠들었다. 어쩐지 미나의 얼굴이 평소보다 창백해 보인다. 울었는지 눈도 좀 부었다. 속상하다. 아무것도 모르니 초조해서 나와 다른 사람들을 더 걱정하게 된 모양이다. 하지만 지금은 이 상태가 최선이다. 지금처럼 서운해하고 걱정하는 게 충격을 받는 것보다 낫다. 의사들이 그녀를 이 지독한 일에서 손을 떼게 해야 한다고 주장했는데, 아무리 봐도 그들의 판단이 옳다. 나는 마음을 다잡아야 한다. 침묵이라는 이 마음의 짐도 당장은 힘겹지만 언젠가 내려놓을 날이 온다. 어떤 상황에서도 이 문제에 대해서라면 미나에게 입을 열지 않겠다. 사실 이러는 게 그다지 어렵게 느껴지지는 않는다. 미나에게 우리의 결정을 전했을 때부터 지금까지 그녀는 우리 일에 대해 묻지도 않았고, 백작이나 백작의 소행에 관한 얘기를 입에 올리지도 않았다.

10월 2일 저녁. — 길고도 고단하며 다사다난한 하루였다. 당일 첫 배달 편으로 스몰릿에게 맡겨둔 봉투를 받았다. 안에는 때 묻은 쪽지가 들어 있었고, 쪽지에는 목수들이 쓰는 연필로 휘갈긴 글이 적혀 있었다.

샘 블록샘 주소는 월워스 바텔가 포더스 코트 4번지 코크란스 공동주택입니다요. 괄린을 찾으십쇼.

침대에서 편지를 받은 나는 미나를 깨우지 않고 일어났다. 잠든 미나는 축 늘어지고 창백한 게 상태가 영 좋지 않아 보였다. 일단은 그녀가 더 자도록 내버려두되, 새로운 조사를 마치고 돌아와 그녀를 엑서터로 돌려보낼 준비를 해야겠다고 생각했다. 그녀도 우리 집에 있는 게 더 좋으리라. 여기에서 아무것도 모르는 채 우리와 함께 지내는 것보다 집에서 평소 하던 일을 하는 게 낫겠지. 나가기 전에 수어드 박사만 잠깐 보았다. 나는 박사에게 행선지를 설명하며, 뭐든 알아내는 즉시 돌아와 자세한 얘기를 해주겠노라고 했다. 나는 마차를 타고 월워스로 향했다. 그런데 해당 주소를 찾느라 애를 먹었다. 맞춤법이 틀려서 포터스 코트를 찾아야 하는데 포더스 코트를 찾고 다닌 탓이다. 하숙집 이름도 정확히는 코크란스가 아니라 코코란스였다. 하지만 포터스 코트까지 찾고 나니 코코란스 하숙집을 찾는 건 그다지 어렵지 않았다. 한 남자가 하숙집 문으로 나오길래, 나는 그에게 '괄린'이란 직업에 종사하는 사람이 있느냐고 물었다.

그러자 그가 고개를 절레절레 흔들며 대답했다. "누군지 모르겠는뎁쇼. 여기엔 그런 일 하는 사람 없어요. 살면서 생판 처음 듣는 말이에요. 여기 아니라 딴 데도 그런 직업이 있을 리 없어요." 가만히 스몰릿의 쪽지를 들여다보는데, 번뜩 그가 포더스 코트처럼 이번에도 맞춤법을 틀린 것일 수 있다는 생각이 들었다. 나는 마주 선 남자에게 물었다. "무슨 일을 하십니까?"

"전 여기 관리인입니다." 역시 내 예상이 맞았다. '괄린'은 들리는 대로 쓴 오자였다. 나는 관리인에게 하숙인 정보를 얻는 대가로 2실링 6펜스를 건넸다. 전날 밤 술에 취해 코코란스로 돌아온 블록섐 씨는 그대로 곯아떨어졌다가 오늘 아침 5시에 포플러로 일을 나갔다고 했다. 관리인은 블록섐의 일터가 정확히 어디쯤인지 몰랐지만, 어렴풋이 '신식 창고'와 비슷한 말을 들었다는 건 기억해냈다. 나는 그 빈약한 단서만 가지고 포플러로 출발했다. 그러나 아무리 찾아도 그 단서에 맞는 건물은 찾을 수 없었다. 다행히 정오가 되었을 때 한 커피숍에서 드디어 원하던 정보를 얻게 됐다. 하루 중 가장 푸짐한 식사를 하던 일꾼 중 하나가 크로스 에인절가에 새로운 '냉동 창고'가 들어선다는 얘기를 했다. '냉동 창고'라면 '신식 창고'로 잘못 기억할 수도 있겠다는 생각에 곧바로 크로스 에인절가로 마차를 몰았다. 공사 현장의 경비원은 무례했고, 현장 감독은 더 무례했지만, 돈을 쥐여주고 달래자 그들은 나를 현장으로 들여보내주었다. 나는 현장 감독에게, 블록샘에게 개인적인 질문 몇 가지를 할 수 있게 해주면 그의 일당을 기꺼이 지급하겠다고 제안했다. 현장 감독은 내 제안을 받아들이기로 하고 블록샘을 불렀다. 블록샘은 말과 행동이 거칠었지만 똑똑한 사람이었다. 나는 답변의 대가를 반드시 지급하겠다며 약조금을 건넸다. 그제야 블록샘은 카팍스에서 피커딜리의 저택까지 배달 의뢰가 두 건 있었으며, 두 건을 합쳐 '엄청나게 무거운' 대형 상자 아홉 개를 운반하느라 말과 수레까지 직접 빌렸다고 말했다. 나는 그에게 피커딜리 저택의 번지수를 기억하느냐고 물었다.

"글쎄요, 나리. 번지수는 잊어버렸는데요. 그래도 근처에 지은 지 얼마 안 된 성당이 있으니 찾기 어렵지는 않을걸요. 벽이 흰 큰 성당인데, 거기에서 몇 집 떨어진 곳이었어요. 그나저나 거기도 먼지투성이 고택이던데요. 뭐, 빌어먹을 그 상자들이 원래 있던 곳에 비하면 아무것도 아니었지만요."

"둘 다 빈집인데 어떻게 들어갔습니까?"

"퍼플릿의 저택에는 사람이 있었어요. 저한테 일을 맡긴 영감이었지요. 영감은 제가 그 상자들을 수레에 싣는 것도 도와줬어요. 염병할, 살다 살다 그렇게 힘센 사람은 처음 봤다니까요. 콧수염을 허옇게 기른 노인네였는데, 그림자도 안 생길 것처럼 비쩍 말라서는 어디서 그런 힘이 나왔는지 몰라요."

그림자도 생기지 않을 것 같다는 표현에 나는 전율했다.

"영감이 상자 한쪽 끝을 들고 제가 다른 한쪽을 들었는데, 저도 숨을 몰아쉬면서 간신히 드는 걸 그 영감은 몇 킬로그램 안 되는 찻잎 꾸러미 들듯 가뿐하게 들더라고요. 저는 그런 일에 초짜도 아니거든요."

"피커딜리 저택에는 어떻게 들어갔습니까?"

"거기에도 영감이 있었어요. 나가는 건 못 봤지만, 서둘러 출발해서 먼저 도착했나 보죠. 도착해서 종을 울렸더니 영감이 직접 나와서 문을 열어주더라고요. 집 안으로 상자를 나르는 것도 도와줬고요."

"아홉 개 전부를 그곳으로 옮겼습니까?"

"네. 처음엔 다섯 개 옮겼고, 두 번째에 네 개 옮겼어요. 하여튼 그걸 옮길 때마다 이상하게 갈증이 나더라고요. 일 마치고 갈증을 달래려고 술을 마셨는데 술이 어찌나 많이 들어가던지, 솔직히 집에 어떻게 갔는지 기억도 안 나요."

나는 그의 말을 가로막고 나섰다.

"상자는 현관에 뒀습니까?"

"네. 현관이 넓던데요. 다른 가구는 없었고요." 나는 좀 더 캐물어보기로 했다.

"그럼 열쇠는 받지 않았습니까?"

"열쇠고 뭐고 필요 없었어요. 그 영감이 문을 열어줬고, 내가 나간 후에도 영감이 직접 문을 닫았거든요. 피커딜리 저택에선 어땠는지 기억이 가물가물하네요. 맥주를 하도 퍼 마셔서요."

"번지수는 도저히 기억이 안 납니까?"

"전혀요. 근데 번지수를 몰라도 쉽게 찾을 거라니까요. 저택으로 올라가는 오르막 초입에 바위가 있는데, 그 위에 활을 얹은 것처럼 조각이 돼 있어요. 저택 현관문까지는 가파른 계단이 놓여 있고요. 그 계단이 정확히 기억나요. 푼돈 벌러 온 놈팡이 세 놈이랑 같이 상자를 날랐거든요. 영감이 그네들한테 몇 실링인가 줬는데, 그 정도면 후한데도 그네들은 더 달라고 억지를 썼지요. 그러자 영감이 그중 한 놈의 어깨를 확 밀쳤어요. 놈은 집어 던져지기라도 한 것처럼 계단 아래까지 나동그라지더라고요. 그랬더니만 다들 욕지거리를 내뱉으며 꽁무니를 뺐어요." 그 정도면 그 저택을 찾을 수 있을 것 같아서 블록샘에게 약속한 돈을 주고 곧바로 피커딜리로 출발했다. 이를 통해 씁쓸한 정보를 하나 얻었다. 백작은 흙이 담긴 상자를 직접 옮길 수 있다는 정보 말이다. 그게 사실이라면 한시가 급하다. 벌써 어느 정도 상자를 곳곳에 분배해두었으니, 백작은 이제 원하는 시간에 남들 눈에 띄지 않게 상자를 원하는 장소로 옮길 수 있다. 나는 피커딜리 광장에서 하차한 후 서쪽으로 걸어갔다. 나는 사교 클럽인 주니어 컨스티튜셔널 건물 뒤편에서 블록샘이 말한 집을 우연히 발견했다. 확실히 드라큘라가 두 번째 은신처로 고를 만한 집이었다. 그 저택은 오랫동안 버려져 있었던 것 같았다. 겉창은 모두 닫혔고, 그 위로 먼지가 잔뜩 끼어 있었다. 건물의 뼈대는 세월의 흐름을 보여주듯 모조리 새까맣게 변색됐고, 쇠에 입힌 칠은 거의 다 벗어졌다. 발코니 앞에는 부동산을 매도한다는 내용을 담은 대형 간판이 최근까지 설치돼 있었던 모양이다. 말뚝은 아직 그대로 박혀 있었지만, 간판은 떨어지고 없었다. 발코니 난간 뒤로 쪼개진 널빤지가 보였다. 쪼개진 지 얼마 안 된 듯 생목이 드러나서 가장자리가 하얬다. 돈이라면 얼마를 들여도 좋으니 쪼개진 그 간판에 적힌 글을 제대로 확인하고 싶었다. 그러면 그 저택의 소유주에 관한 정보를 얻을 수 있을지도 몰랐다. 나는 카팍스를 조사하고 매입한 과정에서 얻은 경험을 떠올렸다. 전 소유주를 찾으면 그 집에 들어갈 방법을 찾을 수도 있었다.

당장은 피커딜리 저택에서 알아낼 만한 정보가 없었고,

할 수 있는 것도 없었다. 나는 그 지역 사람들에게서 얻을 수 있는 정보가 있을까 싶어 저택 뒤편으로 돌아갔다. 좁은 마구간 골목은 사람들로 북적였다. 그 거리의 집에는 대부분 사람이 살았다. 나는 마부와 마구간지기 한두 사람을 불러세워 그 빈집에 대해 아는 게 없느냐고 물었다. 한 사람이 최근 주인이 바뀌었다는 얘기를 들었다고 했지만, 원래 주인이 누구였는지는 모른다고 했다. 하지만 그는 최근까지 세워져 있던 '집 팝니다' 간판에 '미첼 선즈 앤드 캔디'라는 부동산 중개 사무소의 이름이 적혀 있었던 게 기억난다면서, 거기라면 뭐라도 알지 않겠느냐고 말했다. 나는 무심하게 보이려 애썼다. 사람들이 내게서 뭔가를 알아내거나, 나를 통해 뭔가를 짐작하면 곤란하다고 생각했다. 그래서 고맙다며 그들에게 소소하게 사례하고 거리를 구경하러 나온 사람처럼 느긋하게 걸었다. 땅거미가 지고 있었다. 곧 밤이 될 터였기 때문에 시간이 별로 없었다. 나는 버클리 호텔에 비치된 인명부에서 미첼 선즈 앤드 캔디의 주소를 알아냈고, 얼마 후 색빌가에 있는 그들의 사무소에 도착했다.

사무소에 있던 사람은 남다르다 싶을 정도로 예의를 차렸지만, 부동산 거래에 대해 자세한 얘기는 하지 않으려 했다. 그는 대화 내내 피커딜리의 그 저택을 '대저택'이라고 불렸는데, 그 대저택은 이미 팔렸다고 말하는 것으로 충분한 대답을 내놓았다고 생각하는 것 같았다. 내가 그 저택을 누가 구입했느냐고 묻자, 그는 눈을 동그랗게 뜨며 잠시 멈칫하다가 대답했다.

"손님, 그건 이미 거래가 끝난 매물입니다."

"그건 압니다만, 구매자를 알아야 할 특별한 이유가 있어서 이렇게 부탁드립니다." 상대가 예의를 차리는 만큼 나도 정중하게 말했다.

이번에는 꽤 긴 침묵이 이어졌다. 그의 눈썹은 아까보다 훨씬 더 올라가 있었다. "거래가 끝난 매물입니다, 손님." 그는 또 한 번 짤막하게 대답했다.

"구매자 정도는 알려주셔도 될 것 같습니다만."

"아무래도 그건 곤란합니다. 우리 미첼 선즈 앤드 캔디는 고객의 정보를 누설하지 않습니다." 이 말은 그들의 고객이 최상류층 사람들이란 뜻이었다. 이런 상황에서 억지를 쓰는 건 소용없는 일이었다. 나는 그가 원하는 고객이 되어주는 게 최선의 방법이라 생각하고 이렇게 말했다.

"귀사의 고객분들은 이토록 믿음직한 대리인을 두셔서 만족도가 높겠군요. 저 역시 그런 분들을 대리하는 사람입니다." 나는 그에게 명함을 건넸다. "단순한 호기심으로 여쭈어본 것이 아닙니다. 저는 고달밍 경의 대리인입니다. 고달밍 경께서 해당 부동산에 대해 알아보시고자 하는 게 있는데, 최근에야 그곳이 매매되었다는 사실을 알았지 뭡니까." 이 말에 대화의 흐름이 바뀌었다. 그가 말했다.

"하커 씨, 저희가 가능한 선에서 도움을 드리고 싶습니다. 다른 분도 아니고 고달밍 경께서 원하신다는데 어찌 무턱대고 거절하겠습니까. 그분께서 작위를 물려받기 전 아서 홈우드란 이름으로 사회생활을 할 때, 회의실 임대와 관련된 소소한 업무를 저희에게 의뢰하신 적도 있습니다. 고달밍 경의 주소를 알려주시면 말씀하신 대저택에 대해 내부 상의를 거쳐 어떻게든 오늘 밤 안으로 관련 자료를 보내드리겠습니다. 저희의 원칙에 크게 어긋나지 않는 범위 내에서 고달밍 경이 원하시는 정보를 제공할 수 있으면 좋겠군요."

나는 한편이 되고 싶었다. 그와 척을 지고 싶지 않았다. 그래서 나는 감사를 표하며 수어드 박사의 병원 주소를 적어주고 그곳을 떠났다. 어느덧 완연한 밤이었다. 나는 지치고 허기졌다. 그래서 제과점인 에어레이티드 브레드 컴퍼니에 들러 차를 마신 후 다음 열차를 타고 퍼플릿으로 돌아왔다.

다른 이들은 모두 집에 있었다. 미나는 창백했고 피곤해 보였지만, 밝은 얼굴로 분위기를 띄우려고 무진 애를 썼다.

내가 아무 말도 하지 않은 탓에 그녀가 그토록 힘들어한다는 생각에 가슴이 미어졌다. 미나가 남자들끼리만 모이는 걸 지켜보는 건 오늘이 마지막이어야 한다. 우리가 이 일에 대한 것을 비밀로 하는 탓에 그녀가 괴로워하는 것도 이번이 마지막이어야 한다. 그녀를 이 혹독한 임무에서 배제한다는 결정을 번복하지 않으려고 몇 번이나 마음을 다잡았는지 모른다. 미나는 전보다 상황을 잘 받아들이고 있다. 어쩌면 이제 이 일에 진력이 났는지도 모르겠다. 정확한 계기는 모르겠지만, 우리 일을 떠올리게 하는 얘기만 나와도 말 그대로 몸서리를 치는 걸 보면 그런 생각이 든다. 벌써 이러니, 더 많은 걸 알게 됐다면 미나가 얼마나 괴로워했을까. 역시 제때 결단을 내려서 다행이다.

우리만 남게 되기 전에 오늘 알아낸 것을 입에 올릴 수는 없었다. 그래서 저녁 식사 후 나는 미나를 침실로 데려가 잠자리에 드는 것까지 확인하고 방에서 나왔다. 아, 식사 직후 남자들이 예의상 미나와 함께 잠깐 음악을 듣기는 했다. 미나는 전에 없이 내게 집착했다. 내가 방에서 나가려 할 땐 못 가게 하려는 듯 매달리기도 했다. 하지만 상의할 것이 많아서 미나를 두고 방을 빠져나왔다. 미나와 나 사이에 비밀이 생겼는데도 우리 둘의 관계에 문제가 없어서 정말 다행이다.

아래층으로 내려가 서재에 들어가자 다들 벽난로 앞에 모여 앉아 있었다. 열차 안에서 일기를 어느 정도 써둔 덕에, 그 글을 읽기만 하면 내가 알아낸 정보를 쉽게 공유할 수 있었다. 내가 글을 다 읽자 반 헬싱 교수가 입을 열었다.

"하커 씨, 아주 대단한 걸 알아 오셨소. 사라진 상자들을 추적할 실마리를 얻었구려. 그 상자들이 그 집에 그대로 있으면, 우리 일도 막바지에 접어드는 거요. 하지만 그중 또 사라진 게 있으면 그걸 다 찾을 때까지 수색을 계속해야 하오. 그래야 최종전을 펼치며 그 작자를 궁지로 몰아 진정한 죽음을 선사할 수 있소." 우리는 한동안 침묵을 지켰다. 침묵을 깬 건 모리스 씨였다.

"그런데 그 집엔 어떻게 들어가지?"

"카팍스 저택에도 들어갔잖나." 모리스 씨의 말이 끝나기 무섭게 고달밍 경이 대꾸했다.

"하지만 그 집은 다르잖아, 아트. 우리가 카팍스 저택에 들어가긴 했지만, 그땐 밤이었고, 담으로 둘러싸인 정원도 있어서 남들 눈에 띄지 않을 수 있었어. 피커딜리에서 남의 집 담을 넘는 건 완전히 다른 문제야. 밤이든 낮이든 힘들다고. 솔직히 말해서 그 부동산업자가 열쇠를 구해주거나 다른 방법을 찾아주지 않는 한, 그 집에 들어갈 방도가 없을 것 같아. 뭐, 아침에 그 업자한테서 편지를 받아보면 무슨 수가 생길지도 모르지." 고달밍 경은 미간을 찌푸린 채 자리에서 일어서더니 방 안을 서성댔다. 얼마 지나지 않아 고달밍 경이 걸음을 멈추더니 우리를 차례로 돌아보며 말했다.

"퀸시가 현재 상황을 냉철하게 파악했군요. 주거침입은 상황을 악화시킬 수 있습니다. 우리가 이미 한 번 성공했다고 하더라도, 이번에는 다릅니다. 성공 가능성이 희박해요. 백작의 열쇠 다발을 손에 넣지 않는 이상 이건 불가능합니다."

아침이 될 때까지 딱히 우리가 할 수 있는 게 없었다. 두 사람의 말처럼 고달밍 경이 미첼 사무소에서 연락을 받는 게 우선이었다. 우리는 아침 식사 때까지 결정을 미루기로 했다. 우리는 한동안 자리에 앉아 담배를 피우며 이 문제에 관련된 다양한 견해와 영향력을 논의했다. 그 틈에 짬이 생겨 일기를 마저 썼다. 눈이 감긴다. 자러 가야겠다.

간단하게 덧붙인다. 미나는 깊이 잠들었다. 숨소리가 고르다. 자면서 무슨 생각을 하는지 이마에 잔주름이 살짝 잡혔다. 아직도 창백하긴 하지만, 아침에 봤을 때만큼 초췌하진 않다. 내일은 반드시 이 문제를 해결해야 한다. 미나를 엑서터로 돌려보내겠다. 일단 지금은 너무 졸리니 자세한 건 내일 생각해야지.

수어드 박사의 일기

10월 1일. — 렌필드가 또 나를 당혹스럽게 만든다. 그의 상태는 너무 자주 급변하기 때문에 그 동태를 매번 가까이에서 관찰하기는 어렵다. 환자의 상태를 단순한 질환으로 치부할 수 없다. 그의 상태는 다른 대상에서 영향을 받는다. 이런 징후는 흥미로운 연구 대상의 범위를 뛰어넘는다. 그가 반 헬싱 교수님을 병실에서 내쫓고 얼마 지나지 않아 내가 찾아갔을 때, 그는 자신이 운명을 좌지우지하는 존재라도 되는 양 행동했다. 말 그대로 그는 세상사에 관심이 없는 것 같았다. 공상에 빠진 듯 구름을 탄 채 약점투성이 인간들이 사는 세상을 내려다보는 것 같았달까. 나는 이 기회에 나를 향한 환자의 반감을 덜 수만 있다면 뭔가 유용한 정보를 얻을 수도 있다고 생각했다. 나는 대화의 물꼬를 텄다.

"요즘 파리 사육은 어떻습니까?" 그는 우월한 존재가 상대를 깔보듯 나를 바라보며 히죽히죽 웃었다. 그 웃음은 말볼리오•의 미소 같았다.

"파리 말입니까. 파리란 놈한테는 아주 매력적인 특징이 있지요. 파리의 날개는 초자연적 능력으로 대기를 다루는

• 셰익스피어의 《십이야》에 등장하는 인물로, 거짓 편지에 속아 히죽히죽 웃다가 골방에 갇힌다.

대표적인 예입니다. 고대인들은 파리도 나비처럼 사람의 영혼을 담은 존재로 여겼다니까요!"

나는 그 비유를 논리의 극단까지 몰아붙일 요량으로 재빨리 물었다.

"아, 그럼 렌필드 씨가 원하는 게 영혼이로군요." 광기가 이성을 억눌렀는지, 그의 얼굴에 당혹감이 퍼졌고, 그는 고개를 가로저었다. 그렇게 딱 잘라 부정하는 건 그에게서 흔히 볼 수 없는 모습이었다.

"맙소사, 아닙니다. 아니에요! 영혼을 원하는 게 아닙니다. 저는 그저 생명을 바랄 따름입니다." 생명이란 말을 하면서 그의 얼굴이 다시금 밝아졌다. "현재로선 영혼에 전혀 관심이 없습니다. 저는 생명이면 충분합니다. 그리고 지금 저는 원하는 걸 다 가졌습니다. 선생이 육식 강박증을 연구하려 한다면 다른 환자를 찾으셔야 할 겁니다."

그 말이 잘 이해가 안 가서 그를 좀 더 자극하기로 했다.

"렌필드 씨가 생명을 관장한다는 말이로군요. 그럼 본인이 신이라는 뜻이네요?" 내 말에 그가 뭐라 형언할 수 없이 인자한 미소를 지었다. 우월한 자의 너그러움이 느껴지는 듯했다.

"저런, 그럴 리가요. 신의 자질이 있다고 생각할 정도로 제가 오만하진 않습니다. 신이 관장하시는 여러 분야 중 특히 영혼의 처분에 대해서는 관심조차 없는걸요. 오직 땅에서의 일만 놓고 보자면, 그간 쌓아온 저의 지식을 고려하건대 저는 대략 에녹•의 위치라고나 할까요. 에녹의 종교적 위상에 맞먹는다고 할 수 있지요!" 어려운 문제를 맞닥뜨린 듯한 기분이었다. 순간적으로 에녹이 어떤 사람인지도 헷갈렸다. 어쩔 수 없이 쉬운 질문을 던져야 했다. 그랬다간 환자 앞에서 위신이 떨어진다는 걸 알지만, 달리 묘수가 없었다.

"에녹을 예로 든 이유는 뭡니까?"

"에녹은 신과 동행했으니까요." 나는 그의 비유를 이해할 수 없었지만, 그렇다고 그 사실을 환자 앞에서 인정하고 싶지는 않았다. 나는 더 캐묻는 대신 그가 부정했던 이야기를 끄집어냈다.

"그럼 렌필드 씨는 지금 생명에도 관심이 없고 영혼을 원하지도 않는다는 말이네요. 어째서죠?" 그를 동요하게 만들기 위해 단호한 말투로 재빨리 질문했다. 내 계산이 맞아떨어졌다. 렌필드는 잠시나마 굽실대던 예전 모습을 되찾았다. 무의식적인 변화였다. 그는 허리를 숙인 채 애걸했다.

"영혼 같은 건 원하지 않습니다. 정말입니다. 믿어주세요!

• 구약성서 〈창세기〉에 나오는 인물로, 므두셀라의 아버지이며, 하느님과 동행하다가 승천했다고 한다.

영혼을 탐내지는 않아요. 어차피 얻는대도 쓸 데가 없어요. 영혼은 저한테 무용하다니까요. 영혼은 먹을 수도 없고, 마…." 그가 갑자기 말을 멈췄다. 바람이 수면을 스치며 파문이 일듯, 그의 얼굴에 교활함이 번졌다. "그나저나 선생은 그 생명이란 게 뭐라고 생각하십니까? 원하는 모든 것을 얻고, 더는 원할 것이 없다는 사실을 깨닫는 것, 그게 생명의 본질입니다. 저에게도 벗들이 있습니다. 수어드 선생의 친구분들처럼 좋은 친구들이지요." 그는 이렇게 말하면서 교활함의 극치를 보여주는 얼굴로 음흉한 시선을 던졌다. "분명한 건 이겁니다. 앞으로 저한테는 생명이 담긴 그릇이 차고 넘친다는 거죠!"

렌필드는 말이 끝나기 무섭게 입을 다물고 침묵에 빠졌다. 그와 같은 부류의 사람들은 하나같이 완강한 침묵을 최후의 피란처로 삼는다. 어쨌든 그런 태도를 보면 그가 음침한 광기를 통해 나한테서 적대감 같은 걸 느꼈던 모양이다. 나는 그에게 당장 말을 붙여봤자 소용이 없다는 걸 금세 깨달았다. 그의 부루퉁한 표정을 보고 나는 곧장 병실을 떠났다.

얼마 후 렌필드가 면담을 요청했다. 평소 같으면 특별한 사정이 없는 한 응하지 않았을 테지만, 지금은 그가 매우 흥미로웠기에 기꺼운 마음으로 면담에 나섰다. 게다가 무료하게 시간을 보내던 터라 할 일이 생긴 게 반갑기도 했다. 하커 씨는 단서를 찾으러 외출했고, 고달밍과 퀸시도 마찬가지였다. 반 헬싱 교수님은 서재에서 하커 부부가 정리한 기록을 검토하고 계셨다. 세부 사항을 꼼꼼히 살피면 다른 단서를 찾을 수 있다고 생각하시는 듯했다. 교수님은 이유 없이 방해받는 걸 싫어하신다. 함께 환자를 보러 가시겠느냐고 여쭤볼까도 생각했지만, 오전의 일로 그와 얼굴을 맞대는 게 불편하실 것 같았다. 교수님께 동행을 제안하지 않은 데엔 다른 이유도 있었다. 렌필드는 다른 사람이 함께 있을 때보다 나와 단둘이 면담할 때 더 솔직해진다.

병실에 갔더니 렌필드가 방 한가운데 등받이 없는 의자를 가져다 놓고 그 위에 앉아 있었다. 그가 평소 어떤 생각에 사로잡혔을 때 취하는 자세였다. 내가 안으로 들어가자 그가 기다렸다는 듯 물었다.

"영혼에 대해선 어떻게 생각하십니까?" 내 추측이 옳았다. 정신 질환자라 하더라도 나름대로 사고란 걸 하는 법이다. 나는 그 화제에 대한 대화를 매듭짓기로 했다. "렌필드 씨는 어떻게 생각합니까?" 그는 내 질문에 곧바로 대답하는 대신, 적절한 대답을 찾으려는 듯 한동안 주위는 물론이거니와 천장과 바닥까지 찬찬히 살폈다.

"저는 영혼 같은 건 원하지 않는다니까요." 그가 기어 들어가는 목소리로 겸연쩍다는 듯 대답했다. 영혼이라는 게 그의 마음에 걸리는 게 분명했다. 나는 그 점을 이용하기로 했다. '오직 친절을 베풀기 위해 잔인해진다'•라는 게 이런 것이리라.

"렌필드 씨는 생명을 좋아하고, 생명을 원한다고 했죠?"

"바로 그겁니다! 하지만 그것도 이젠 됐습니다. 그 점은 염려하지 않아도 됩니다!"

"하지만 영혼을 얻지 않으면서 어찌 생명을 얻는단 말입니까?" 그가 내 말을 이해하지 못하는 것 같아서 곧바로 설명을 덧붙였다.

"언젠가 렌필드 씨가 바깥에서 자유로이 거닐게 되면 실로 멋진 경험을 하게 될 겁니다. 수천 마리의 파리와 거미, 새와 고양이가 렌필드 씨 주변에서 윙윙대고 짹짹대며 야옹거릴 테니까요. 아시다시피 렌필드 씨는 그것들의 생명을 삼켰습니다. 그럼 그것들의 영혼도 함께 삼킨 셈이에요!" 무슨 광경을 떠올렸는지 모르겠지만 그는 손가락으로 귀를 틀어막더니, 세수하며 비누칠하는 어린아이처럼 눈을 질끈 감았다. 그 모습이 어쩐지 안쓰러웠다. 한편으로 나는 또 한 가지 사실을 깨달았다. 그는 실제로 어린아이나 마찬가지

• 《햄릿》 3막 4장에 나오는 구절.

지였다. 겉모습은 늙어서 추레하며, 까슬하게 자란 턱수염이 허옇게 셌지만, 그의 본질은 어린아이에 불과했다. 그에게 심리적 문제가 있는 게 분명했다. 그리고 과거 자신이 기분에 따라 이질적인 대상을 자의적으로 해석해왔다는 사실도 알고 있는 게 분명했다. 나는 그의 머릿속으로 들어가 그 생각을 직접 알아보고 싶었다. 그러기 위해서는 신뢰를 회복하는 것이 우선이었다. 나는 그가 귀를 막은 채로도 내 말을 들을 수 있도록 큰 소리로 물었다.

"렌필드 씨가 파리 미끼로 쓸 수 있게 설탕을 좀 준비할까요?" 이 말에 정신이 번쩍 들었는지 그가 고개를 절레절레 흔들었다. 그는 활짝 웃으며 대답했다.

"설탕은 지금 가진 양으로도 충분합니다! 어차피 파리는 미끼에 불과한걸요." 그는 잠시 말을 멈췄다가 덧붙였다. "하지만 그놈들의 영혼이 제 주위에서 웽웽거리는 건 좀 싫군요."

"거미는 어떻습니까?"

"거미라면 지긋지긋합니다! 솔직히 거미를 어디에 씁니까? 먹을 살점이 있나, 아니면 마…." 그는 금기라도 떠올린 것처럼 느닷없이 말을 멈췄다.

나는 속으로 생각했다. '이것 봐라! 마신다는 말을 내뱉기 전에 말을 끊은 게 벌써 두 번째네. 이게 무슨 뜻이지?'

렌필드는 자기 실수를 깨달았는지, 주의를 돌리려는 듯 황급히 말을 이었다.

"이제 잡아먹을 생각으로 뭘 키우지는 않으려고요. 셰익스피어가 '시궁쥐와 생쥐 같은 작고 하찮은 동물'•이라는 표현을 사용한 적이 있지요. 그런 놈들은 말 그대로 '저장고의 닭 모이'에 불과합니다. 이제 그런 의미 없는 짓은 안 할 겁니다. 저는 무엇이 절 기다리고 있는지 압니다. 그런데 보잘것없는 동물에게 관심을 가져보라고 하시는 건 젓가락으로 분자分子를 집어 먹으라고 하시는 것과 마찬가지입니다."

"아, 씹을 수 있는 큰 동물을 원한다는 말이로군요. 그럼 아침 식사로 코끼리를 먹는 건 어떻습니까?"

"무슨 그런 터무니없는 말씀을 하십니까! 웃기지도 않습니다!" 그가 화들짝 놀란 듯 눈을 휘둥그레 떴다. 나는 좀 더 몰아붙일 요량으로, 반사적으로 이렇게 대꾸했다. "코끼리의 영혼은 어떨지 궁금하군요!"

내가 원한 대로 그의 태도가 급변했다. 오만한 태도는 온데간데없었고 그는 또다시 아이가 되었다.

"코끼리의 영혼은 싫습니다. 뭐가 됐든 영혼은 싫어요!" 한동안 그는 풀이 죽은 채 앉아 있었다. 그러다 갑자기 눈

• 《리어왕》 3막 4장에 나오는 구절이다. '하지만 시궁쥐와 생쥐 같은 작고 하찮은 동물들이 7년간 톰에게는 식량이었다.'

을 부릅뜨더니 벌떡 일어섰다. 발작의 징조가 보였다. "영혼 타령 좀 집어치워! 지옥에나 떨어져라, 이 망할 자식아!" 그가 고래고래 고함쳤다. "영혼을 들먹이며 나를 괴롭히는 이유가 뭐야? 나는 영혼 같은 거 아니라도 신경 써야 할 게 엄청 많아! 걱정거리도 많고, 이만저만 괴로운 게 아니라고!" 그는 과도한 적개심을 내보이고 있었다. 나는 그가 나를 또 죽이려 들지 모른다는 생각에 호루라기를 불었다. 그 순간 그가 침착을 되찾고 변명을 늘어놓았다.

"죄송합니다, 선생. 제가 이성을 잃었습니다. 다른 사람을 부르실 필요는 없습니다. 이 욱하는 성질머리가 참 골칫거리네요. 제가 무슨 생각으로 어떤 문제에 직면하려 하는지 선생이 아신다면, 이런 저를 안쓰럽게 여기고 방금 저지른 제 실수도 너그러이 용서하실 텐데…. 부디 구속복은 입히지 말아주십시오. 생각을 좀 하고 싶은데, 몸이 묶이면 편히 생각하지 못합니다. 선생이라면 이해해주시리라 믿습니다!" 그에게는 자제력이 남아 있었다. 그래서 나는 간병인들에게 별일 아니라고 했고, 그들은 내 말에 원래 위치로 돌아갔다. 렌필드는 간병인들이 나가고 문이 닫히는 것까지 확인한 뒤, 꽤 품위 있는 말투로 부드럽게 말했다.

"수어드 선생, 저를 많이 배려해주신 것 압니다. 정말로, 정말로 감사하고 있습니다!" 나는 이렇게 원만한 분위기에서 면담을 마치는 게 좋다는 생각에 바로 병실을 떠났다.
렌필드의 발언은 곰곰이 따져볼 가치가 있다. 미국의 유명한 상담사가 '이야기'를 구성한다고 말하는 것처럼, 이 환자의 발언에도 이야기의 맥락을 짚어낼 몇 가지 지점이 있다. 제대로 골라내 적절히 맞춰봐야겠다. 내가 생각하는 특이점은 이거다.

'마신다'라는 말을 하지 않으려 한다.
'영혼'까지 부담해야 한다는 생각에 거부감을 느낀다. 그 무엇의 영혼이든 무관하다.
앞으로 '생명'을 얻으려고 애쓸 필요가 없다고 생각한다.
작고 하찮은 동물이라면 뭐든 경멸하면서도, 그것들의 영혼이 본인 주위를 맴돌까 봐 두려워한다.

논리적으로 따져보면 이 모든 건 한 가지를 가리킨다. 렌필드는 고등 생명이라 해야 하나, 뭐 그런 걸 얻게 될 것이라고 확신하고 있다. 반면 그 때문에 도출되는 결과로 영혼을 짐 지게 되는 건 두려워한다. 이는 곧 그가 얻으리라고 확신하는 것은 인간의 생명이란 뜻이다.
그렇다면 그는 무엇을 근거로 확신하는 거지?
맙소사! 그가 백작을 만났구나! 백작에게 또 다른 속셈이 있어!

몇 시간 후. — 회진을 마친 후 반 헬싱 교수님을 찾아가 내 생각을 말씀드렸다. 교수님의 표정이 점점 어두워졌다. 교수님은 한참 생각한 후 렌필드를 만나게 해달라고 하셨다. 나는 교수님을 모시고 렌필드의 병실로 갔다. 병실로 다가가는 사이 그의 흥겨운 노랫소리가 들렸다. 환자의 그런 행동은 예전에 흔했으나 근래엔 보이지 않았다. 병실로 들어서던 우리는 깜짝 놀랐다. 렌필드가 예전처럼 방 안에 설탕을 흩뿌리고 있었기 때문이다. 가을이 되면서 움직임이 둔해진 파리들이 웽웽대며 병실로 들어서고 있었다. 우리는 아까의 화제로 대화를 시도했지만, 그는 우리 말을 들은 척도 하지 않았다. 마치 병실에 자기 혼자 있기라도 한 것처럼 계속 노래만 흥얼거렸다. 그는 잘라둔 신문 기사를 수첩에 접어 넣기도 했다. 그는 우리가 나갈 때도 우리가 들어갔을 때처럼 눈길 한번 주지 않았다.

그의 상태가 확실히 묘하다. 오늘 밤에는 그를 지켜봐야겠다.

미첼 선즈 앤드 캔디에서 고달밍 경에게 보내는 서신

10월 1일[•].

고달밍 경, 이렇게 인사 올립니다.

경께 도움드릴 기회를 얻어 진심으로 영광입니다. 하커 씨를 통해 밝히신 경의 요구에 따라, 피커딜리 347번지 부동산 매매 건에 대한 정보를 알려드립니다. 기존 소유주는 아치볼드 윈터-서필드 씨로, 그의 유언집행자가 해당 부동산을 매도했습니다. 매입자는 드 빌 백작이라는 타국의 귀족입니다. 드 빌 백작은 소위 '뒷거래' 방식으로 비대면 거래를 했으며, 은행환을 이용해 대금을 지불했습니다. 이해를 돕기 위해 천박한 표현을 사용한 점 양해 부탁드립니다. 매입자에 대해서는 이 정도가 저희가 아는 전부입니다.

저희의 자료가 미약하게나마 경께 도움이 되었기를 바랍니다.

미첼 선즈 앤드 캔디사 일동 올림.

• 하커가 미첼 선즈 앤드 캔디 사무소를 찾아간 것이 10월 2일이므로, 이 부분은 작가의 오기다.

수어드 박사의 일기

10월 2일. — 어젯밤 복도에 사람을 세워두면서 렌필드의 병실에서 나는 소리를 빠짐없이 기록하고, 혹시 분위기가 심상치 않으면 곧바로 나를 부르라고 일렀다. 저녁 식사를 마친 후 하커 부인은 침실로 돌아가고 우리는 서재의 벽난로 앞에 앉았다. 우리는 각자 그날 한 일과 알아낸 것들에 대해 이야기를 나눴다. 소득이 있었던 사람은 하커 씨뿐이었다. 하커 씨가 알아낸 게 아주 중요한 단서일지 몰라 모두 큰 기대를 품고 있다.

자러 가기 전에 나는 렌필드의 병실에 들러 시찰구를 통해 병실 안을 살펴보았다. 그는 깊은 잠에 빠져 있었다. 가슴이 오르내리는 걸 보니 호흡도 일정한 것 같았다.

간밤에 복도를 지킨 직원이 아침에 와서 보고를 했다. 자정 직후 환자가 안절부절못하며 큰 소리로 기도를 올렸다고 했다. 그게 전부냐고 묻자, 직원은 들은 건 그것뿐이라고 대답했다. 직원의 태도가 아무래도 의심스러워서, 나는 그에게 혹시 복도를 지키다 잠든 건 아니었느냐고 물었다. 직원은 잠든 건 아니었다고 펄쩍 뛰면서도, 잠깐 졸았다는 건 인정했다. 직접 감시하지 않는 한 일을 맡긴 상대를 믿을 수 없다니 참으로 유감스럽다.

하커는 지금 단서를 추적하러 나갔다. 아트와 퀸시는 말을 구하러 나갔다. 원하던 정보를 찾으면 그때부터는 지체할 시간이 없으므로, 그 전에 언제든 타고 나갈 말을 준비해놓아야 한다는 게 고달밍의 생각이다. 우리는 일출부터 일몰까지 백작이 이 나라에 들인 흙을 소독해야 한다. 그래야 백작이 가장 취약한 상태일 때, 그리고 달아날 곳도 없을 때 그를 붙잡을 수 있다. 교수님은 고대 의술 분야의 권위자들을 만나보기 위해 대영박물관에 가셨다. 고대 의술에는 현대 의학이 받아들이지 못한 요소가 많다는 이유에서였다. 교수님은 혹시 모를 일에 대비하기 위해 마녀와 마귀 대처법도 찾고 계신다.

가끔은 우리 모두 미친 것 같다는 생각이 든다. 정신을 차려보면 다들 구속복을 입고 있는 게 아닐까.

몇 시간 후. — 모두 다시금 한자리에 모였다. 드디어 우리 일이 궤도에 오른 듯하다. 내일부터 모든 것이 본격적으로 시작된다. 내일 우리 일이 시작돼도 렌필드의 상태에 큰 이상이 없을지 궁금하다. 지금까지 지켜본 바로는 그의 상태가 백작의 움직임과 연관이 있었다. 어쩌면 그도 미묘하게나마 그 괴물이 곧 파멸할 것임을 느낄지 모른다. 그가 나와 대화를 나눈 후 파리 사냥을 시작할 때까지 어떤 의식의 흐름을 거쳤는지 알아낸다면 값진 정보를 얻을 수 있을 텐데…. 어쨌든 그 이후로 시간이 꽤 흘렀지만 렌필드는 잠잠하다. 아, 렌필드의 목소리인가? 비명이 들렸는데, 그의 병실에서 난 것 같다.

간병인이 내 방으로 뛰어 들어와 렌필드가 사고를 당했다고 했다. 비명을 듣고 가보니 렌필드가 바닥에 엎어져 있었고, 주위엔 피가 흥건했단다. 당장 가봐야겠다.

21장

수어드 박사의 일기

10월 3일. — 지난번에 기록했던 내용에 이어, 그 이후에 일어난 일을 가능한 한 있는 그대로 기록해둬야겠다. 기억하는 건 빠짐없이 서술해야 한다. 마음을 가라앉히고 차근차근 풀어가자.

렌필드의 병실에 갔더니 피바다가 된 바닥에 환자가 왼쪽을 바라보며 모로 누워 있었다. 나는 그를 침대로 옮기려고 가까이 다가섰다가 그가 얼마나 심각한 부상을 입었는지 단번에 알아차렸다. 사실 미치지 않은 이상 아무리 둔감한 사람이라도 한눈에 알아볼 수 있을 정도였다. 사지가 따로 놀고 있었다. 얼굴에도 아주 큰 상처가 났는데, 겉보기로는 머리를 바닥에 찧으면서 생긴 상처 같았다. 바닥에 고인 피는 바로 그 얼굴의 상처에서 흐른 거였다. 나는 무릎을 꿇은 채 환자를 살피던 간병인의 도움을 받아 그를 바로 눕혔다. 간병인이 말했다.

"원장님, 척추뼈 골절인 것 같습니다. 보시다시피 오른쪽 팔다리와 얼굴 전체에 마비 증상이 있습니다." 간병인은 어떻게 병실에서 이런 사고가 벌어졌는지 이해하지 못하겠다는 표정이었다. 그는 당혹스러워하면서도 미간을 찌푸리며 말했다.

"이해가 안 가는 건 두 가지입니다. 얼굴에 난 상처는 머리를 바닥에 찧어서 생긴 것 같습니다. 제가 에버스필드 정신 병원에 있을 때 젊은 여성이 그러는 걸 봤거든요. 말릴 새도 없었지요. 다음으로 경추 골절은 침대 낙상이 원인일 수 있습니다. 침대에서 몸을 뒤틀다가 바닥에 떨어졌다면 골절이 될 수 있죠. 문제는 어떻게 그 두 가지가 동시에 가능하냐는 것입니다. 골절이 먼저였다면 그는 머리를 찧을 수 없었을 겁니다. 얼굴을 찧은 다음에 침대에서 떨어졌다면, 다른 핏자국이 있어야 합니다." 그의 말에 내가 입을 열었다.

"반 헬싱 교수님께 가서, 지금 바로 봐주실 게 있다고 말씀드려. 이건 교수님이 보셔야 해. 한시가 급해." 간병인이 달려 나가고 몇 분 지나지 않아 교수님이 잠옷 바람에 슬리퍼를 신은 채 나타나셨다. 교수님은 바닥에 누운 렌필드를 찬찬히 살핀 후 나를 돌아보셨다. 교수님은 내 눈빛에서 속내까지 읽었는지 다른 간병인들까지 들으라는 듯 빠르고도 또렷하게 말씀하셨다.

"아, 안타까운 사고로군! 이 환자는 지속적으로 상태를 지켜보면서 주시해야 해. 나도 자네와 함께 환자 곁을 지켜야겠군. 하지만 먼저 옷을 좀 갈아입어야겠어. 자네가 환자를 보고 있게. 금방 돌아오겠네."

환자의 숨이 점점 거칠어졌다. 심각한 부상에 따른 고통 때문임을 쉽게 짐작할 수 있었다. 교수님은 예상보다 더 빨리 돌아오셨다. 수술 도구가 든 가방도 챙겨 오셨다. 교수님은 그 사이 생각한 바가 있는지 환자를 바라보며 내게 속삭이셨다.

"간병인을 내보내게. 수술이 끝난 뒤 환자가 의식을 되찾았을 때 우리 말고 다른 사람이 있어서는 안 돼." 교수님의 말씀에 나는 간병인을 돌아보며 말했다.

"시몬스, 수고했어. 지금 자네와 내가 할 수 있는 건 다 했어. 그만 가봐. 반 헬싱 교수님이 집도하실 거야. 병원 안팎에 다른 문제가 생기면 즉각 와서 알려주고."

간병인이 물러간 후 우리는 환자를 자세히 검사했다. 얼굴에 난 상처 자체는 심각하지 않았다. 문제는 두개골 함몰 골절이었다. 함몰부가 대뇌피질 운동령까지 뻗어 있었다. 교수님이 잠시 고민하다 말씀하셨다.

"뇌압을 가능한 한 정상 수치까지 낮춰야 해. 부종이 커지는 속도만 봐도 상태가 얼마나 심각한지 알겠지. 모든 운동 영역도 손상된 것 같아. 뇌내출혈이 너무 심하니, 늦기 전에 당장 관상 톱으로 수술을 해야겠어." 그때 누군가가 조심스레 병실 문을 두드렸다. 나는 문가로 가서 문을 열었다. 아서와 퀸시가 잠옷 바람에 슬리퍼를 신은 채 병실 앞 복도에 서 있었다. 아서가 입을 열었다.

"병원 직원이 반 헬싱 교수님께 사고 소식을 전하는 걸 들었네. 그래서 퀸시를 깨웠지. 아, 자고 있던 게 아니니 불렀다는 게 옳겠군. 요즘 상황이 예상치 못한 방향으로 급박하게 흘러가는 편이라 누구도 깊은 잠을 이루지 못하잖나. 난 방금까지 내일 밤이면 모든 것이 달라져 있으리라고 생각했어. 들어가도 되겠나?" 나는 고개를 끄덕이고, 그들이 들어올 때까지 문을 잡고 있다가 다 들어온 후 문을 닫았다. 퀸시가 환자의 자세와 상태를 살피다가 바닥에 고인 피를 발견하고 나지막이 말했다.

"이게 다 무슨 일이야! 이 사람은 무슨 사고를 당한 거야? 끔찍하기도 하지!" 나는 퀸시에게 상황을 간단히 설명한 후, 수술이 끝나면 환자가 잠시나마 의식을 회복할 수 있을 것 같다고 덧붙였다. 퀸시는 곧바로 침대 끝에 걸터앉았고, 고달밍도 그 옆에 자리를 잡았다. 우리는 인내심을 갖고 상황을 지켜보았다.

교수님이 말씀하셨다. "일단은 기다려야 하네. 우선 적절한 절개 부위를 확인해야 하거든. 절개 부위만 정해지면 신속히 혈종을 제거할 수 있어. 뇌내출혈량이 증가하고 있으니 기다려보세."

기다리는 동안 시간이 더디게도 갔다. 심장이 조여드는 듯했다. 교수님의 얼굴에는 앞으로 닥칠 일에 대한 두려움 혹은 불안감이 엿보였다. 나 역시 렌필드의 입에서 어떤 말이 나올지 두려웠다. 솔직히 두려워서 아무 생각도 하고 싶지 않았다. 그래도 렌필드가 숨을 거두기 전 자신의 과오를 뉘우칠지 여부는 내게 달려 있었다. 죽음의 전조라는 빗살수염벌레의 소리를 들은 사람들에 대한 글을 읽은 적이 있기에 내 역할은 충분히 이해했다. 어느새 렌필드의 호흡이 불규칙해졌다. 그는 언제라도 눈을 번쩍 뜨고 말을 할 것 같았다. 하지만 그는 거친 숨을 몰아쉬더니 다시 의식을 잃었다. 병자와 죽음에 단련된 나도 점점 더 불안해졌다. 나중엔 내 심장 소리마저 들릴 지경이었다. 관자놀이 근처에서 느껴지는 박동은 망치 소리 같았다. 무거운 침묵도 고통스러웠다. 나는 다른 사람들을 돌아가며 살펴보았다. 상기된 얼굴과 땀이 맺힌 이마로 보건대, 그들 역시 나처럼 괴로워하는 듯했다. 우리는 모두 숨 막힐 듯한 긴장감에 사로잡혀 있었다. 예상치 못한 순간 머리 위에서 종소리가 쩌렁쩌렁 울릴 것만 같았다.

이윽고 환자의 숨이 급격하게 잦아들었다. 바로 숨을 거둔대도 이상할 게 없었다. 나는 고개를 들어 교수님과 시선을 맞췄다. 교수님이 결의에 찬 표정을 지으셨다.

"이젠 정말로 시간이 없군. 렌필드의 진술이 많은 목숨을 구할 수 있을지도 몰라. 지금껏 내내 그 생각을 하고 있었지. 이 사람에게 우리 일의 성패가 달려 있을지 모른단 말일세. 당장 귀 윗부분을 절개하세."

교수님은 다른 말씀 없이 곧바로 수술을 하셨다. 수술을 시작한 후에도 렌필드는 한동안 힘겹게 숨을 쉬었다. 얼마나 지났을까, 그가 가슴이 부풀다 터질 것처럼 숨을 길게 들이마셨다. 그러더니 곧바로 눈을 번쩍 떴다. 하지만 그의 시선은 이내 갈 곳을 잃은 채 허공을 향했다. 그것도 잠시였다. 그의 눈빛이 밝아지더니 그가 안도의 한숨을 내쉬었다. 그가 몸을 꿈틀대고 이렇게 말했다.

"수어드 선생, 얌전히 있겠습니다. 저 사람들한테 이 구속복 좀 벗기라고 해주십시오. 끔찍한 꿈을 꿨는데, 그 때문에 기력을 다 잃어 어차피 움직이지도 못합니다. 제 얼굴이 왜 이렇죠? 부은 것 같은데 무척 욱신거립니다." 그는 고개를 돌리려 했지만, 그런 시도만으로 눈빛이 멍해지는 것 같아서 나는 그의 고개를 원래대로 돌려놓았다. 교수님이 차분하면서도 진지한 말투로 말씀하셨다.

"렌필드 씨, 당신이 꾼 꿈 얘기를 들려주십시오." 상태가 그 지경인데도, 그는 교수님의 목소리를 듣자 반색했다.

"반 헬싱 박사님이군요. 여기 와주시다니 정말로 기쁩니다. 입이 말라서 그러는데, 물을 좀 주시겠습니까? 다 말씀드리겠습니다. 제가 꾼 꿈은…." 그는 의식을 잃은 것 같았다. 나는 퀸시에게 속삭이듯 말했다. "내 서재에 브랜디가 있어. 어서 좀 갖다줘!" 퀸시는 달려 나갔다가 유리잔과 여행용 브랜디 병, 그리고 물병까지 가지고 돌아왔다. 우리가 메마른 그의 입을 적시자 환자가 곧바로 의식을 되찾았다. 그는 정신을 차리자마자 혼란스러워서 미칠 것 같다는 표정으로 나를 뚫어져라 바라보았다. 의식을 잃은 줄 알았건만, 그 사이에도 심각한 타격을 입은 그의 뇌는 나름대로 작동하고 있었던 모양이었다. 그때 나를 바라보던 렌필드의 표정은 결코 잊지 못할 것이다.

"저 자신을 속이면 안 되겠지요. 그건 꿈이 아니었습니다. 그 모든 게 암울한 현실이었습니다." 그는 눈을 굴리며 병실을 살폈다. 그러다 침대에 걸터앉은 두 사람을 확인하고 말을 이었다.

"제가 진작 확신을 갖지 못했다면, 저분들을 보고 확신을 가졌을 겁니다." 그는 잠깐이지만 눈을 감았다. 고통이나 졸음 때문이 아니었다. 남은 힘을 끌어모으기 위해서였다. 그는 눈을 뜨더니 아까보다 단호한 목소리로 황급히 말했다.

"선생, 서두릅시다. 서둘러주세요. 저는 죽어가고 있습니다. 얼마 남지 않았다는 걸 실감합니다. 몇 분 후면 저는 죽고 말겠지요. 죽는 것보다 나쁠 수도 있고요! 다시 브랜디로 입을 좀 적셔주십시오. 죽기 전에, 아니 죽지 않더라도 박살 난 제 머리가 작동을 멈추기 전에 꼭 해야 할 말이 있습니다. 아, 감사합니다! 제가 퇴원시켜달라고 애원하던 날을 기억하십니까? 여러분이 제 병실을 떠난 그날 밤 벌어진 일을 말씀드리지요. 당시엔 혀가 묶인 것 같아 이유를 설명하지 못했지만, 그때도 지금처럼 정신이 온전했던 것은 사실입니다. 이제는 혀가 묶이지 않았으니 모든 얘기를 할 수 있겠군요. 여러분이 병실을 떠난 후, 저는 한참 동안 절망에 빠져 있었습니다. 아마도 몇 시간은 그랬던 것 같습니다. 그러다 갑자기 마음에 평화가 찾아들었습니다. 다시 냉정을 되찾고 제 현실을 실감했지요. 그때 병원 후원에서 개 짖는 소리가 들렸습니다. 하지만 그자는 거기에 없었습니다!"

렌필드가 이야기를 계속하는 사이, 교수님은 눈 한번 깜빡이지 않으셨다. 대신 손을 내밀어 내 손을 억세게 움켜쥐셨다. 그러는 와중에도 교수님은 속내를 드러내진 않으셨다. 그저 고개를 끄덕이며 낮은 목소리로 이렇게 호응하실 뿐이었다.

"계속하십시오." 렌필드는 이야기를 이어갔다.

"그자는 안개 속에 몸을 숨긴 채 창문으로 다가왔습니다. 전에도 그러는 걸 몇 번이나 봤어요. 하지만 그땐 인간의 형체였습니다. 유령 같은 게 아니었습니다. 그자는 성난 사람처럼 아주 사나운 눈빛을 하고 있더군요. 그자는 시뻘건 입을 벌리며 활짝 웃었습니다. 쭉 늘어선 정원수 뒤편에서 개들이 짖고 있었는데, 그자가 그쪽을 돌아볼 때 날카롭고 하얀 이가 달빛에 반짝였습니다. 처음엔 그자를 안으로 들이고 싶지 않았습니다. 그자는 제가 초대해주길 원했거든요. 늘 그런 식이었지요. 그러다가 그자가 말이 아닌 행동으로 제게 이런저런 것들을 약속했습니다." 교수님이 그의 말을 끊으셨다.

"말이 아닌 행동이라니, 어떻게 말입니까?"

"제 눈앞에서 자신의 능력을 보여주는 식으로요. 그자는 밝을 땐 파리를 보내주는 식으로 자신의 능력을 과시했지요. 날개에 강철 비늘과 사파이어가 달린 크고 통통한 파리였습니다. 밤에는 등에 해골 문양과 뼈 두 개를 서로 교차한 문양이 그려진 거대 나방을 보내기도 했고요." 교수님이 고개를 끄덕이더니 내게 속삭이셨다.

"스핑크스가 세워진 곳에 서식한다는 아케론티아 아트

로포스•라는 나방이네. 여기서는 '박각시나방'이라고 부르던가?" 렌필드는 멈추지 않고 이야기를 계속했다.

"그자는 그러다가 이렇게 속삭였습니다. '쥐, 쥐! 쥐를 주겠노라! 수백, 수천, 수백만 마리를 주겠노라. 그 모든 생명을 주겠노라. 쥐를 먹는 개와 고양이도 주겠노라. 모두 살아 있노라! 그것들은 수년간의 삶이 담긴 선혈을 가졌노라. 나의 너그러움은 한낱 파리에 그치지 않노라!' 저는 그자가 무슨 짓까지 하는지 보고 싶어 면전에서 웃음을 터뜨렸습니다. 그때 그자의 저택에 있는 숲 너머에서 개가 울부짖었습니다. 그자는 손짓하며 저를 창가로 불렀습니다. 저는 일어서서 창밖을 보았습니다. 그자가 손을 들어 올리더군요. 말없이 뭔가를 불러내려는 것 같았습니다. 불길이 번지듯 새까만 어둠이 풀밭에 퍼져나갔습니다. 그자가 안개를 이리저리 움직이니 어둠의 실체가 드러났습니다. 어둠인 줄 알았던 것은 사실 수천 마리 쥐 떼였습니다. 그 쥐들의 눈도 그자의 눈처럼 시뻘겋더군요. 크기만 좀 작을 뿐이었습니다. 그자가 손을 머리 위로 들자 쥐들이 동작을 멈췄습니다. 그자는 이렇게 말하는 것 같았습니다. '이 생명들을 모두 그대에게 주겠노라. 더 많이 더 큰 것으로 주겠노라. 억

• 아케론은 그리스 신화에 나오는 저승의 강, 아트로포스는 인간의 죽음을 관장하는 운명의 여신 모이라이 세 자매 중 막내.

겁의 시간 동안 주겠노라. 그러니 조아려 나를 경배하라!' 곧이어 피처럼 붉은 안개가 제 눈으로 몰려왔습니다. 저도 모르게 창문을 열면서 그자에게 말했습니다. '들어오소서, 신이여! 저의 주인이시여!' 쥐들은 어느새 사라지고 없었습니다. 창문은 3센티미터 정도밖에 열려 있지 않았습니다. 하지만 그자는 그 틈으로 미끄러지듯 안으로 들어왔습니다. 마치 벽에 난 틈으로 새어 들어와 주위를 밝히며 몸집을 부풀리는 달빛을 보는 것 같은 기분이었습니다."

렌필드의 목소리가 가라앉길래 다시금 브랜디로 그의 입을 적셨다. 그는 이야기를 이어갔지만, 그 사이 그의 머릿속에서 중간 과정이 진행됐는지 이야기가 한참 건너뛴 듯한 느낌이었다. 나는 그에게 이야기를 이어나가야 할 지점을 알려주려 했으나, 교수님이 속삭이며 나를 말리셨다. "그냥 두게. 말을 끊지 마. 다시 기억을 헤집기도 힘들 테지만, 그러다 흐름이 끊기면 이야기를 아예 하지 못할 수도 있어." 렌필드는 계속 이야기를 풀어내고 있었다.

"저는 온종일 그자의 소식만 기다렸지만, 그자는 소식은 커녕 파리 한 마리도 보내주지 않았습니다. 그래서 달이 떴을 때 분통이 터질 지경이었어요. 그자가 나타났을 땐 더했죠. 창문이 닫혀 있는데도 그자는 유리창 한번 두드리지 않고 창틈을 통해 미끄러지듯 안으로 들어왔습니다. 그걸 보니 화가 걷잡을 수 없이 치밀더라고요. 그자는 저를 보고 비웃음을 흘리더니, 안개 속에서 시뻘건 눈과 창백한 얼굴을 내밀며 앞으로 걸어 나왔습니다. 그리고 온 세상이 자기 것인 듯, 저는 존재하지도 않는다는 듯, 저를 스치며 앞으로 나아갔습니다. 그자가 저를 스쳐 지나가는데 냄새도 예전 같지 않더군요. 저는 그자를 붙들 수 없었습니다. 왠지는 몰라도 문득 하커 부인이 절 찾아왔을 때가 생각났습니다."

침대에 걸터앉아 있던 두 사람이 일어서서 걸어 나오더니 환자 뒤쪽에 가서 섰다. 환자의 시야에서 벗어나면서도 그의 말이 잘 들리는 자리였다. 두 사람은 침착했으나, 교수님은 환자의 말에 놀라신 듯 몸을 떨었다. 하지만 교수님의 표정은 오히려 더 엄숙해졌다. 렌필드는 이런 변화를 알아차리지 못하고 이야기를 계속했다.

"그날 오후 하커 부인이 저를 보러 왔는데, 지난번과는 다르더라고요. 여러 번 우려낸 차 같았달까요." 그 말에 다들 움찔하면서도 입을 열지는 않았다.

"부인이 입을 열 때까지 저는 그분이 들어온 줄도 몰랐어요. 부인은 확실히 이전과 달랐습니다. 저는 창백한 사람한테 관심이 없어요. 피가 가득해 보이는 홍조 띤 사람들만 좋아하죠. 부인은 피가 다 말라버린 것 같았습니다. 부인과 얘기를 나눌 땐 그렇게까지 생각하지 않았어요. 하지만 부인이 나간 후 곰곰이 생각한 끝에 그자가 부인의 생명을 거둬가고 있다는 결론에 도달했습니다. 그런 결론에 이르자 정신을 차릴 수가 없더군요." 몸이 덜덜 떨렸다. 다른 이들도 마찬가지였다. 그래도 우리는 잠자코 있었다. "저는 그자에게 맞설 준비를 하고 기다렸습니다. 오늘 밤 그자가 찾아왔습니다. 안개가 창틈으로 새어들길래 그걸 꽉 움켜쥐었습니다. 미친 사람은 힘이 장사라고들 하잖아요. 저도 어쨌든 때때로 미친 사람이나 마찬가지였으니, 그 힘을 이용해보자 싶었던 겁니다. 아, 그자는 제 의도를 알아채고 저와 힘을 겨루기 위해 안개 속에서 모습을 드러냈습니다. 저는 움켜쥔 손에 힘을 주며 그자를 단단히 붙들었습니다. 그자를 막을 수 있겠다는 생각도 했어요. 제 목표는 그자가 부인의 생명을 취하지 못하게 하는 것뿐이었으니까요. 하지만 제가 그자의 눈을 보는 순간 모든 게 끝났어요. 그자의 눈빛이 저를 사로잡았고, 그와 동시에 밑 빠진 독처럼 힘이 스르르 빠지는 걸 느꼈습니다. 그자는 그렇게 제 손아귀에서 빠져나갔습니다. 저는 다시금 죽을힘을 다해 그자에게 매달렸어요. 그러자 그자가 저를 번쩍 들어 올리더니 바닥에 메다꽂더군요. 우레 같은 소리와 함께 제 눈앞에 붉은 연기가 드리웠습니다. 그 안개는 문틈으로 빠져나간 것 같습니다." 그의 목소리가 가늘어지는가 싶더니 숨소리가 거칠어졌다.

교수님이 몸을 일으키셨다.

“최악의 상황이로군. 그자가 여기에 와 있어. 우리는 그자의 목적을 알아. 너무 늦지 않았어야 할 텐데…. 당장 무장하세나. 저번처럼 준비하게. 한시가 급해. 여유 부릴 때가 아니야.” 두려움을 말로 옮길 필요는 없었다. 아니, 다짐조차 입에 담을 필요가 없었다. 다들 같은 것을 느끼고 있었다. 우리는 서둘러 각자의 방으로 가서 백작의 저택에 들어갔을 때 소지했던 장비를 챙겼다. 준비를 마친 뒤 복도에 모이자 교수님이 우리가 가진 무기를 가리키며 말씀하셨다.

“이것들을 내려놓아서는 안 되네. 이 끔찍한 일이 끝날 때까진 절대 안 돼. 다들 정신 똑바로 차리게. 우리가 상대하는 작자는 평범한 악당이 아니야. 아! 어째서 이런 일이! 어째서 그 훌륭한 하커 부인이 이런 일을 겪어야 한단 말인가!” 교수님은 갈라진 목소리로 한탄하다가 입을 다무셨다. 나는 분노와 두려움을 동시에 느꼈다. 어떤 감정이 더 크다고 할 수 없었다.

하커 부부가 묵는 방 문 앞에서 우리는 걸음을 멈추었다. 아트와 퀸시가 뒤로 물러섰다. 퀸시가 물었다.

“부인을 꼭 깨워야 하나요?”

“어쩔 수 없네. 문이 잠겨 있다면 부수고라도 들어가야 해.” 교수님이 단호하게 말씀하셨다.

"그랬다가 부인이 놀라기라도 하면 어떡해요? 숙녀가 있는 방에 함부로 들어가면 안 되잖아요!"

교수님이 진지하게 대답하셨다. "자네는 틀린 말을 하는 법이 없지. 하지만 이건 사람 목숨이 달린 문제네. 의사에게 모든 방은 똑같아. 설사 똑같지 않다고 해도, 오늘 밤만큼은 내게 모든 방이 똑같아. 존, 내가 손잡이를 돌렸는데 문이 열리지 않으면 자네가 어깨로 문을 들이받게. 자네들도 마찬가지야. 자, 열겠네!"

교수님은 말을 하는 것과 동시에 손잡이를 돌리셨다. 문은 열리지 않았다. 우리는 문을 향해 몸을 던졌다. 굉음과 함께 문이 활짝 열리면서 우리는 고꾸라지듯 방 안으로 들어섰다. 교수님은 진짜로 고꾸라지셨다. 나는 교수님이 무릎을 짚으며 일어서는 걸 보다가, 그 뒤에 보이는 광경으로 시선을 돌렸다. 순간 온몸에 소름이 돋았다. 목덜미의 털이 곤두서는 것 같은 느낌이었고, 심장이 멎는 듯했다.

달빛이 몹시도 밝아서 두꺼운 블라인드 사이로 새어든 정도로도 방 안이 훤했다. 침대 창가엔 조너선 하커가 누워 있었는데, 얼굴이 벌겋게 달아올라 있었고, 인사불성인 듯 호흡이 가빴다. 다른 쪽 침대 가장자리에는 하얀 형체가 무릎을 꿇은 채 앉아 있었다. 하커 부인이었다. 그녀 옆에는 검은 옷을 입은 남자가 서 있었다. 남자는 키가 크고 호리

호리했다. 그 남자는 우리를 향해 고개를 돌렸다. 그 순간 우리는 그 남자가 바로 백작임을 알아보았다. 우리는 그자의 이마에 난 흉터까지 포착했다. 그자는 왼손으로 하커 부인의 양손을 모두 움켜쥐고 바깥으로 쭉 밀면서, 그와 동시에 오른손으로는 부인의 뒷덜미를 잡고 그녀를 자기 가슴팍으로 끌어당기고 있었다. 부인의 하얀 잠옷은 피로 얼룩져 있었다. 그자의 상의는 살짝 찢겨서 벌어져 있었는데, 그 틈으로 보이는 맨살에 한 줄기 피가 흐르는 게 보였다. 두 사람의 모습은 마치 아이와 새끼 고양이 같았다. 아이가 새끼 고양이에게 우유가 든 접시를 내밀며, 억지로라도 마시게 하려고 고양이 머리를 누르는 모양새, 딱 그것이었다. 문을 부수고 방으로 들어갔을 때 고개를 돌리며 우리를 향한 백작의 끔찍한 얼굴은 다른 사람들이 묘사한 그대로였다. 눈은 분노한 악마처럼 시뻘겋게 이글댔다. 하얀 매부리코 끝으로 보이는 커다란 콧구멍은 활짝 열려 파르르 떨리고 있었다. 이는 새하얗고 날카로웠으며, 피로 물든 입술은 온통 새빨갰다. 입가에서는 피가 뚝뚝 흘렀는데, 쩝쩝대기까지 하니 말 그대로 짐승의 주둥이 같았다. 그자는 우리가 들어섰을 때 손을 비틀면서 먹잇감으로 삼은 하커 부인을 높은 곳에서 물건 던지듯 침대에 내동댕이쳤다. 그러고는 휙 돌아서더니 우리를 향해 몸을 던졌다. 그때쯤 일어선 교수님이 그자를 향해 성체가 든 봉투를 내미셨다. 루시가 납골당 문 앞에서 그랬듯, 백작도 제자리에 멈춰 서더니 몸을 움츠리며 뒤로 물러났다. 그자가 겁을 먹고 뒤로 물러나는 걸 보고, 우리는 각자가 챙긴 십자가를 들어 올리며 물러서는 그자의 걸음에 맞춰 앞으로 나아갔다. 먹구름에 가리기라도 한 듯 달빛이 갑자기 사라졌다. 퀸시는 곧바로 가스등에 불을 붙였다. 하지만 백작의 모습 대신 희미한 수증기만 보였다. 문은 강하게 열린 반동으로 다시 닫혀 있었는데, 수증기는 그 문 아래쪽 틈으로 빠져나갔다. 나는 교수님, 아트와 함께 하커 부인에게 다가갔다. 부인은 숨을 크게 들이쉬더니 그제야 정신을 차렸는지 미친 듯이 비명을 질러댔다. 귀청이 찢어질 것 같은 그 처절한 비명은 내가 죽는 날까지 귓가에 맴돌리라. 한동안 부인은 혼란스러워하며 힘없이 누워 있었다. 그녀의 모습은 섬뜩했다. 얼굴은 새하얗게 질렸는데, 그래서 입술과 입가, 그리고 턱에 남아 있던 핏자국이 유난히 도드라졌다. 목을 타고 흐르는 핏줄기도, 공포에 사로잡혀 초점을 잃은 눈빛도, 섬뜩한 분위기를 더했다. 부인은 두 손에 얼굴을 묻었다. 그 하얀 두 손에는 백작이 엄청난 악력으로 움켜쥔 흔적이 시뻘겋게 남아 있었다. 그녀는 얼굴을 가린 채 소리를 죽이며 서럽게 흐느꼈다. 조금 전의 비명으로는 그 한없는 슬픔을 조금도 달랠 수 없었던 것 같았다. 교수님이 앞으로 나서더니 침대보를 당겨 하커 부인의 몸을 덮어주셨다. 아트는 부인의 얼굴을 보고는 자포자기한 표정으로 방에서 나가버렸다. 교수님이 내게 속삭이셨다.

"조너선이 의식불명이야. 알다시피 흡혈귀가 저렇게 만든 거야. 당장은 하커 부인에게 우리가 해줄 수 있는 게 없어. 부인은 스스로 마음을 가다듬어야 해. 그러니 조너선을 깨우세!" 교수님은 수건 한쪽 끝을 찬물에 담갔다 꺼내 이리저리 휘두르며 하커 씨 얼굴에 물을 튀기셨다. 그러는 동안에도 하커 부인은 내내 얼굴을 가린 채 서럽게 흐느끼기만 했다. 나는 블라인드를 올리고 창밖을 내다보았다. 달빛에 주위가 환했다. 마침 퀸시가 풀밭을 가로지르며 내달려 커다란 주목의 그림자에 몸을 숨기는 게 보였다. 나는 그의 행동에 의아해했지만, 하커 씨가 의식을 찾으면서 짧은 신음을 내뱉기에 곧장 침대를 향해 돌아섰다. 당연하게도 하커 씨는 어리둥절한 표정이었다. 그는 몇 초간 멍하니 있다가 갑자기 모든 상황을 이해한 듯 화들짝 놀라며 몸을 일으켰다. 하커 부인은 남편의 움직임을 알아차리고 그를 향해 몸을 돌리며, 끌어안으려고 팔을 뻗었다. 그러나 곧바로 황급히 팔을 거두어들이더니, 기도하듯 양 팔꿈치를 붙인 채 두 손을 얼굴 앞에 모았다. 그러고는 침대가 흔들릴 정도로 덜덜 떨어댔다.

"아니, 대체 이게 다 무슨 일입니까?" 하커 씨가 큰 소리로 외쳤다. "수어드 박사님, 반 헬싱 교수님, 뭡니까? 무슨 일이 있었던 겁니까? 뭐가 잘못됐죠? 미나, 왜 그래? 그 피는 다 뭐야? 세상에, 맙소사! 그놈이 이랬구나!" 하커 씨는 무릎을 꿇고 엎드리더니 분을 이기지 못하겠다는 듯 침대를 마구 내리쳤다. "주여, 우리를 도우소서! 미나를 도와주소서! 제발 미나를 살려주소서!" 그는 침대에서 후다닥 내려가 옷을 걸쳤다. 즉시 뭔가를 해야 한다는 생각에 초인적인 힘을 끌어낸 것 같았다. "무슨 일이 있었냐고요! 제발 말 좀 해주십시오!" 그는 옷을 입으면서 이렇게 소리쳤다. "교수님이 미나를 얼마나 아끼시는지 압니다. 제발 미나를 위해 뭐라도 해주십시오. 아직 늦진 않았을 겁니다. 제가 그자를 찾아낼 때까지 미나를 지켜주십시오!" 하커 부인은 지독한 두려움과 괴로움에 시달리는 와중에도 남편이 위험을 자처하려 한다는 생각을 한 모양이었다. 그녀는 자신의 처지도 잊고 그를 붙들어 세우며 소리쳤다.

"안 돼! 가지 마! 조너선, 내 곁을 떠나면 안 돼. 이 정도만 해도 난 오늘 밤 충분히 괴로워. 당신이 위험해질지도 모른다는 생각에 불안해하고 싶지 않아. 제발 가지 마. 당신을 지켜주실 이분들과 함께 있어!" 하커 부인은 말을 이어

나갈수록 점점 더 흥분했다. 하커 씨는 부인의 뜻을 꺾을 수 없었다. 하커 부인은 남편을 잡아당겨 침대에 앉히더니 그를 꽉 끌어안았다.

반 헬싱 교수님과 나도 마음을 가라앉히려 애썼다. 교수님은 작은 금 십자가를 들어 올리며 놀라우리만큼 차분하게 말씀하셨다.

"부인, 걱정하지 마시오. 우리가 여기에 있잖소. 이 십자가를 가까이에 두는 한 사악한 존재는 부인에게 다가오지 못하오. 오늘 밤은 무사히 넘긴 셈이오. 그러니 다들 마음을 가라앉히고 이 문제에 대해 상의해야 하오." 부인은 아무 말 없이 몸을 떨며 남편의 품에 얼굴을 묻었다. 잠시 후 그녀가 고개를 들었는데, 하커 씨의 하얀 잠옷 위에 핏자국이 남았다. 그녀의 입술이 닿은 자리였다. 부인의 목에 난 작은 상처에서도 핏방울이 떨어졌다. 부인은 그걸 보자마자 나지막이 탄식하며 뒤로 물러났다. 울먹이며 중얼거리기도 했다.

"불결해, 불결해졌어! 난 이제 조너선에게 손을 내밀어도, 입을 맞춰서도 안 돼. 아, 조너선이 끔찍하게 여겨야 할 상대가 나라니…. 조너선이 두려워해야 할 사람이 나라니…." 그러자 하커 씨가 결의에 차서 말했다.

"미나, 이상한 소리 하지 마. 그런 말은 나를 욕보이는 거야. 당신한테서 그런 말 듣고 싶지 않아. 그런 말은 듣지 않을 거야. 주님은 내가 이 세상에서 행한 일로 나를 심판하실 거야. 그러니 이유가 뭐든 내가 흔들리거나 태도를 바꿔서 우리 관계가 지금과 달라진다면, 나는 훗날 지금 이 순간보다 더 고통스러운 벌을 받게 될 거야!" 하커 씨는 부인을 힘껏 끌어안았고, 부인은 남편 품에 안겨 한동안 흐느꼈다. 하커 씨는 고개 숙인 아내의 머리 너머로 우리를 바라보았다. 그의 눈은 촉촉이 젖었고 콧구멍이 파르르 떨렸지만, 그럼에도 그는 한 번도 흐느끼는 일 없이 입을 꾹 다물었다. 부인의 울음이 조금씩 잦아들자 하커 씨가 차분하면서도 경직된 말투로 내게 말을 걸었다. 그가 얼마나 애쓰는지 짐작할 수 있는 말투였다.

"수어드 박사님, 이제 전후 사정을 알려주십시오. 대강은 알고 있으니, 구체적인 사정을 모두 말해주세요." 나는 하커 씨에게 그 사이에 벌어진 일을 있는 그대로 설명했다. 그는 내 말을 듣는 동안 무심한 표정을 짓고 있었으나, 백작이 하커 부인을 흉측한 자세로 붙들어 자신의 가슴에 부인의 입을 가져다 대게 했다는 설명을 들을 땐 끝내 눈을 부라리며 콧구멍을 벌름댔다. 그나저나 하얗게 질려 흥분을 감추지 못하던 그 순간에도 그가 애정이 담뿍 담긴 부드러운 손길로 헝클어진 아내의 머리칼을 쓰다듬는 모습이 매우 인상적이었다. 내가 설명을 막 끝냈을 때 퀸시와 고달밍이 문을 두드렸다. 그들은 들어오라는 말을 듣고서야 문을 열었다. 교수님이 의사를 묻는 듯한 표정으로 나를 바라보셨다. 나는 교수님이 퀸시와 고달밍을 이용해 시름에 잠긴 하커 부부의 주의를 돌리고자 하시는 걸 알아차렸다. 나는 고개를 끄덕이고는 방금 들어온 두 사람에게 뭘 보거나 알아낸 게 없는지 물었다. 고달밍이 입을 열었다.

"복도와 우리 방에선 그자를 찾지 못했어. 서재에는 그자가 다녀간 흔적이 있었지만, 우리가 갔을 땐 이미 사라졌더군. 그나저나 그자가…." 아서는 침대 쪽을 바라보다 고개 숙인 부인을 발견하고는 갑자기 말을 멈췄다. 반 헬싱 교수님이 그런 아트를 꾸짖듯 말씀하셨다.

"아서, 얘기를 계속하게. 여기 있는 우리는 이제 서로에게 그 어떤 것도 숨겨서는 안 돼. 당장은 모두 파악하는 게 중요해. 빠짐없이 말해보게!" 그러자 아트가 이야기를 이어나갔다.

"그자는 사라지기 전에 서재에 들렀습니다. 제 생각으론 몇 초도 머물지 않았을 것 같습니다. 하지만 그 사이 서재를 난장판으로 만들었더군요. 사본은 모조리 탔습니다. 벽난로의 시퍼런 불꽃을 헤집으니 하얀 재뿐이더군요. 잭, 자네가 일기를 녹음해두는 납관도 벽난로 속에 있었네. 밀랍이 녹아서 불꽃이 치솟더군." 나는 그의 말을 잘랐다. "괜찮아! 다행히 금고 안에 챙겨둔 사본이 있어!" 아트의 얼굴이 잠시 밝아지나 싶었지만, 말을 이어가려고 입을 떼자마자 얼굴에 그늘이 졌다. "서재를 살펴본 뒤 아래층으로 내려갔지만, 그자의 흔적은 없었어. 나는 렌필드 씨의 병실로 갔지. 거기에도 없었어. 다만…." 그는 또다시 말을 멈추었다. "계속하십시오." 하커 씨가 쉰 목소리로 말했다. 아트는 고개를 숙이고 혀로 입에 침을 바르며 덧붙였다. "다만…, 렌필드 씨가 사망했더군요…." 하커 부인이 고개를 들더니 한 사람씩 차례로 바라보며 엄숙하게 말했다.

"주님의 뜻이 이루어지리니!" 아트는 뭔가 숨기는 게 있는 듯했다. 하지만 그럴 만한 이유가 있으리란 생각에 그 자리에서 캐묻지 않았다. 교수님이 퀸시를 돌아보며 물으셨다.

"퀸시, 자네는 해줄 얘기가 없나?"

"별것 없어요. 나중엔 이걸로 긴 얘기를 해야 할 것 같지만, 지금 당장은 딱히 할 말이 없네요. 백작이 병원을 떠나서 어디로 가는지 알아두면 좋을 것 같았어요. 백작을 보지는 못했지만, 렌필드 병실 창문에서 박쥐가 날아오르는 건 봤죠. 서쪽으로 날아가더군요. 카팍스로 돌아가나 싶어 지켜봤는데, 다른 은신처를 찾는 모양이었어요. 오늘 밤엔 돌아오지 않을 것 같아요. 벌써 동쪽 하늘이 붉게 물들고 있으니까요. 새벽이 다가오고 있어요. 내일은 그놈을 꼭 잡자고요!"

퀸시는 마지막 말을 하면서 이를 악물었다. 한동안 침묵이 흘렀다. 다른 이들의 심장박동이 들릴 것처럼 고요했다. 이윽고 교수님이 하커 부인의 머리에 부드럽게 손을 올리며 말씀하셨다.

"하커 부인, 많이 힘든 줄 아오. 잔인하게 들리겠지만, 당장은 부인을 좀 더 괴롭혀야겠소. 부인이 겪은 일을 정확히 알려주시오. 부인이 괴로워하지 않길 바라는 내 마음을 주님은 아실 거요. 하지만 우리는 부인의 얘기를 들어야만 하오. 이제부터 우리는 그 어느 때보다도 신속하고 예리한 자세로, 열과 성을 다해서 이 일에 임해야 하오. 모든 것을 마무리 지을 날이 코앞에 와 있소. 그러니 지금밖에는 시간이 없소. 우리가 부인의 이야기를 들을 기회는 이번이 마지막일지도 모르오."

하커 부인이 몸을 파르르 떨었다. 그녀는 잔뜩 긴장한 채 남편을 끌어안으며 그의 가슴에 머리를 파묻었다. 그러나 그녀는 이내 당당히 고개를 들고는 교수님께 손을 내밀었다. 교수님은 그녀의 손을 잡고 허리를 숙여 그 손에 경건히 입 맞춘 후 다시 꼭 쥐셨다. 그녀의 다른 손은 남편 손에 쥐여 있었다. 하커 씨는 한 손으로 아내의 손을 잡고, 다른 팔로는 그녀를 지키려는 듯 그녀의 어깨를 둘렀다. 하커 부인은 한동안 생각을 정리한 뒤 이야기를 시작했다.

"박사님이 지어주신 수면제를 먹었지만, 한참 동안 효과가 없었습니다. 오히려 정신이 점점 더 또렷해지는 것 같았어요. 죽음, 흡혈귀, 피, 고통, 역경 같은 것들에 대한 온갖 무시무시한 생각으로 머릿속이 어지러웠지요." 하커 씨가 자기도 모르게 신음을 내뱉었다. 그러자 그녀가 남편을 돌아보며 다정하게 말했다. "불안해하지 마. 용기를 내고 강해져야 해. 이 험난한 상황에서 나를 도와줘야지. 난 이 얘기를 꺼내는 것조차 너무 버거워. 그러니 내가 이 모든 일을 버텨내려면 반드시 당신 도움이 필요해. 이해할 수 있지? 저는 약효가 곧바로 느껴지지 않아도 어떻게든 약이 효과를 발휘하게 하려면 제 의지가 중요하다고 생각했습니다. 그래서 침대에 누워 잠을 청했습니다. 그 뒤로 생각나는 게 없는 걸 보면 얼마 지나지 않아 잠이 든 모양입니다. 저는 조너선이 돌아온 것도 모르고 계속 잤습니다. 정신을 차려보니 조너선이 옆에 누워 있었습니다. 그러고 보니 방 안에 이전에 본 것처럼 하얗고 얇은 안개가 떠돌더군요. 그 얘기를 아시는지 모르겠는데, 혹시 모르신다면 나중에 제 일기를 보여드릴 테니 한번 읽어보십시오. 저는 그때처럼 희미한 두려움을 느꼈습니다. 그때와 같이 정체 모를 존재의 기척도 느꼈지요. 저는 조너선을 깨워보려 했지만, 그는 깊이 잠들어 제가 깨우는 것도 모르더군요. 수면제를 먹은 게 제가 아니라 이 사람 같았다니까요. 아무리 흔들어도 조너선은 일어나지 않았습니다. 그제야 두려움이 밀려들었습니다. 저는 겁에 질려 주위를 살폈습니다. 순간, 심장이 멎는 줄 알았습니다. 침대 옆을 맴돌던 안개 속에서 그자가 걸어 나왔거든요. 아니, 안개가 그자의 모습으로 바뀌었다는 게 더 옳을 것 같습니다. 그자의 형체가 온전해지자 안개가 완전히 사라졌으니까요. 새까만 복장에 키가 크고 호리호리한 남자였습니다. 다른 분들의 기록을 읽었기에 저는 보자마자 그 사람의 정체를 알아차렸습니다. 밀랍처럼 창백한 얼굴, 높은 콧대에 흰빛이 어린 매부리코, 살짝 벌어진 새빨간 입술과 그 사이로 보이는 날카롭고도 하얀 치아까지…. 무엇보다 그 빨간 눈은 제가 해 질 무렵 휘트비의 세인트 메리 성당 창문을 통해 본 것 같은 눈이었습니다. 저는 조너선이 그자의 이마에 낸 상처도 알아보았습니다. 한순간이나마 정말로 심장이 멎었던 것 같습니다. 비명을 지르려고 했지만, 온몸이 마비되어 그 어떤 것도 제 뜻대로 할 수 없었습니다. 그때 그자가 서늘하고도 매서운 말투로 조너선을 가리키며 속삭였습니다.

'입 다물라! 무슨 소리라도 내면 그대 앞에서 이자의 머리를 박살 낼 테니.' 간담이 서늘해졌습니다. 너무도 당황스러워서 아무것도 할 수 없었고, 아무 말도 할 수 없었습니다. 그자는 저를 조롱하듯 미소를 지으며 한 손으로 제 어깨를 붙들고, 다른 손으로 제 옷깃을 풀어헤쳤습니다. 그러면서 이렇게 말했습니다. '우선 내 노고의 대가로 입가심을 좀 해볼까. 얌전히 있는 게 좋아. 그대의 피가 내 갈증을 달래주는 게 이번이 처음도, 두 번째도 아니니.' 그의 말에 저는 무척 당황했습니다. 하지만 더 이상한 건, 반항할 생각조차 들지 않았다는 겁니다. 그자의 손길이 먹잇감에 닿는 순간 피해자가 반항의 의지를 잃게 하는 게 그자의 끔찍한 능력 중 하나가 아닐까 싶습니다. 아, 맙소사! 주님, 저를 불쌍히 여기소서! 그자는 악취를 풍기는 입술을 제 목에 가져다 댔습니다!" 하커 씨가 다시금 신음했다. 하커 부인은 남편과 맞잡은 손에 힘을 주며, 그 일을 당한 사람이 남편이기라도 한 것처럼 그를 안쓰럽게 바라보았다.

"온몸에 힘이 빠지는 게 느껴졌습니다. 반쯤 의식을 잃었던 것 같기도 하고 황홀경에 빠졌던 것 같기도 합니다. 얼마나 오랫동안 그러고 있었는지는 모르겠습니다. 어쨌든 그자가 비웃음을 흘리며 그 끔찍한 입술을 제 몸에서 떼어낼 때까지 아주 오랜 시간이 흐른 듯한 기분이었습니다." 부인은 이 기억을 떠올리느라 남은 기력을 모조리 끌어내는 듯했다. 부인은 여기까지 말하고 고개를 푹 숙였는데, 하커 씨가 팔로 아내를 붙들고 있지 않았다면 그대로 쓰러졌을 것이다. 부인은 애써 기운을 차리고 이야기를 계속했다.

"그자는 절 희롱하듯 말했습니다. '그대는 다른 이들처럼 머리를 써서 내게 맞서려 했다. 여기 있는 자들을 도와 내 뒤를 밟으려 했고, 내 계획을 좌절시키려 들었지 않은가! 이제 그대는 내 앞길을 가로막은 대가가 무엇인지 아노라. 그들도 어느 정도는 짐작하고 있을 테고, 머지않아 다 깨닫게 되겠지. 그들은 거처를 지키는 데 힘을 쏟았어야 했다. 감히 내게 덤빌 생각을 하는 대신! 내가 어떤 존재인가! 여러 민족을 다스렸고, 백성을 위해 전략을 짰으며, 백성을 위해 싸웠던 사람이다! 그것도 이곳 애송이들이 태어나기 수백 년 전의 일이란 말이다. 나는 그대의 벗들이 내게 대항하기 위해 꾀를 짜내는 사이 그들의 계략을 역이용했다. 그자들이 가장 소중히 여겼던 그대는 이제 내 살 중의 살이며, 피 중의 피이고, 수족 중의 수족이니라. 당분간은 내 그대에게서 포도주를 넉넉히 취하리니, 훗날 그대는 나의 조력자로서 나와 나란히 나아가리라. 그때가 되면 그대는 차례로 그들에 대한 내 원한을 갚아주리라. 그들 하나하나의 죄를 벌하는 것이 아니라, 그대의 욕구에 따라 그 일을 행하리라. 그러나 당장은 그대의 과오에 대한 벌을 받아야 한다. 그대는 나를 방해하는 데 힘을 보탰으니 지금부터는 내 부름에 응해야 한다. 내가 '오라!'고 생각만 해도, 그대는 땅을 가로지르고 바다를 건너서라도 내 명에 따라야 한다. 그러기 위해 내 친히 이걸 하사하노라!' 그자는 이렇게 말하며 자신의 앞섶을 풀어헤치고는 길고도 날카로운 손톱으로 가슴팍의 핏줄에 상처를 냈습니다. 피가 뿜어져 나오자 그자는 한 손으로 제 양손을 결박하고, 다른 손으로 제 목덜미를 잡으며 제 입을 그 상처로 들이밀었습니다. 얼굴이 눌리면서 숨이 막혔습니다. 그 바람에 저는 그 일부를 삼켰…. 맙소사! 주님! 제가 무슨 짓을 한 겁니까? 늘 인내하며 옳은 길만 걸으려 애썼다고 생각했건만, 사실은 제가 그런 운명에 처할 만큼 큰 죄를 지었던 걸까요? 주님, 절 불쌍히 여기소서! 그 어떤 죄악보다 추악한 죄악의 구렁텅이로 끌려가는 이 어리석은 영혼을 굽어보소서! 그리고 이 가련한 영혼이 아끼는 이들에게 자비를 베푸소서!" 하커 부인은 더러운 것을 닦아내려는 듯 입술을 문질렀다.

그녀가 힘겨운 이야기를 들려주는 사이 동쪽 하늘이 밝아오며 세상이 선명해지기 시작했다. 하커 씨는 아무 말도 하지 않았다. 그러나 이 충격적인 이야기를 듣는 동안 밝아지는 세상과 달리 그의 안색은 점점 더 어두워졌다. 아침 첫 햇살이 방 안에 스미는 순간, 나는 깨닫지 못하는 사이 그의 머리칼이 하얗게 셌다는 걸 알아차렸다. 하얗게 센 머리칼에 대비되어서인지 그의 안색이 유독 어두워 보였다.

우리는 다음 행동을 취할 때까지 한 명씩 돌아가며 하커 부부를 지키기로 했다.

이것만큼은 확신한다. 저 태양이 오늘은 절망에 빠진 우리를 비췄으나, 앞으로 다시는 그런 기회를 얻지 못할 것이다!

22장

조너선 하커의 일기

10월 3일. — 뭐라도 하지 않으면 미칠 것 같아서 일기를 쓴다. 지금은 오전 6시다. 반 헬싱 교수와 수어드 박사는 우리가 배를 채우지 않으면 일을 제대로 해낼 수 없다고 말했다. 그래서 우리는 30분 후 서재에 모여 요기를 하기로 했다. 오늘 우리가 할 일이 계획의 성패를 가를 것이다. 고민할 시간조차 없는 만큼 오늘은 기회가 닿는 대로 틈틈이 일기를 써야겠다. 대단한 것이든 사소한 것이든, 일어나는 모든 일을 기록해야 한다. 사소하다고 생각한 일이 나중에 가장 중요한 문제가 될 수도 있는 법이다. 오늘 무슨 일이 일어나든 미나와 내가 지금보다 더 비참해질 수는 없다. 하지만 우리는 서로를 믿으며 희망을 품어야 한다. 방금 미나가 그 어여쁜 얼굴에 눈물방울을 주렁주렁 매달고, 고난과 시련으로 우리 믿음이 시험받는 것이라고 말했다. 그러니 우리는 계속 믿음을 지켜내야 하며, 주님께서 끝까지 도와주실 거란다. 끝까지…. 맙소사! 대체 끝이 무엇이란 말인가? … 일에 집중하자! 일에 집중해야 한다!

반 헬싱 교수와 수어드 박사가 렌필드의 상태를 확인하고 돌아온 후 우리는 앞으로 해야 할 일을 진지하게 논의했다. 수어드 박사는 먼저 병실에서 확인한 사실을 이야기했다. 박사와 교수가 병실에 내려갔을 때 렌필드의 시체는 몸을 웅크린 자세였다고 한다. 렌필드의 얼굴은 온통 멍이 들고 으스러졌으며, 목뼈도 산산조각이 나 있었다.

수어드 박사는 복도를 지키던 간병인에게 무슨 소리가 나지 않았느냐고 물었다. 간병인은 앉아서 살짝 졸았다는 걸 먼저 고백한 후, 렌필드의 병실에서 사람들이 떠드는 소리가 들렸다고 말했다. 잠시 후 렌필드는 큰 소리로 "주님!"을 연달아 외쳤고, 그 뒤에 뭔가가 떨어지는 소리가 났다. 간병인이 병실에 들어섰을 땐 박사와 교수가 본 것처럼 렌필드가 얼굴을 바닥에 댄 채 웅크리고 있었다. 반 헬싱 교수는 떠드는 소리가 '여러 사람의 소리'였는지, '한 사람의 소리'였는지 물으셨지만, 간병인은 확신하지 못했다. 처음에 들었을 땐 두 사람의 목소리 같았지만, 나중에 가서 본 것처럼 병실엔 렌필드뿐이었기 때문이다. 간병인은 중요한 증언인지는 모르겠지만, '주님'이라는 말을 한 건 렌필드가 분명하다고 덧붙였다. 수어드 박사는 모여서 그의 이야기를 듣는 우리에게 렌필드 문제는 이쯤에서 마무리 짓는 게 좋겠다고 말했다. 다만, 사인 규명을 위한 조사에는 대비해야 한다고 했다. 진실을 털어놔봐야 아무도 그 얘기를 믿지 않을 테니 어쩔 수 없었다. 박사는 간병인의 증언을 토대로 침대 낙상을 사인으로 사망진단서를 작성하고자 했다. 그러면 사인 규명 조사가 이뤄져도 검시관이 사망진단서를 보고 납득하리란 게 박사의 생각이었다.

다음으로 우리는 앞으로 해야 할 일을 논의했다. 우리가 내린 첫 번째 결정은 미나가 우리에게 그 어떤 것도 숨겨서는 안 된다는 것이었다. 털어놓기 힘겨운 것이라도, 그게 무엇이든 알려야 한다는 게 우리가 내린 결론이었다. 미나는 타당한 요구라는 듯 기꺼이 우리 결정을 받아들였다. 그녀는 깊은 절망에 빠져 근심에 젖은 상태에서도 그토록 용감했다. 그런 그녀를 보고 있자니 안쓰러울 따름이었다. 미나가 입을 열었다. "그 어떤 것도 숨기지 않겠습니다. 아! 우리는 이미 너무 많은 시련을 겪었으니까요. 무엇보다 제가 그간 겪어왔고, 지금도 겪고 있는 고통보다 더 큰 고통이 이 세상에 있을 리 없으니까요! 앞으로 무슨 일이 벌어질지 몰라도, 그 일로 제가 얻는 건 희망과 용기뿐일 겁니다!" 미나가 발언하는 동안 그녀를 묵묵히 지켜보던 반 헬싱 교수가 느닷없이 입을 열었다. 교수의 말투는 차분했다.

"하지만 부인, 두렵지 않소? 부인이 당한 일 자체는 둘째 치고, 부인 때문에 다른 이가 다칠 수도 있다는 생각이 들진 않소?" 미나의 얼굴에 주름이 졌지만, 그녀의 눈빛은 희생을 작정한 순교자처럼 반짝였다.

"그런 건 두렵지 않습니다! 저는 이미 마음을 정했습니다!"

"뭘 정했단 말이오?" 교수가 조심스레 물었다. 다들 그녀가 무슨 결심을 했는지 어렴풋이 짐작했기에 나머지는 입을 다물고 있었다. 미나는 곧바로 객관적인 사실을 설명하듯 명료하게 대꾸했다.

"저는 스스로를 냉정히 살필 겁니다. 그러다 만에 하나 제가 아끼는 누군가를 해할 것 같다 싶으면 곧바로 죽을 겁니다!"

"설마 스스로 목숨을 끊을 생각은 아니지요?" 교수의 목소리가 갈라졌다.

"그렇게라도 할 겁니다. 저의 절박한 심정을 이해해 고통에서 해방해주고자 할 만큼 저를 아껴주는 이가 없다면 그렇게라도 해야지요!" 미나는 이렇게 말하며 교수를 의미심장하게 바라보았다. 자리에 앉아 있던 교수는 일어나서 미나에게 다가갔다. 그리고 그녀의 머리에 손을 얹으며 근엄하게 말했다.

"그것밖에 방법이 없다면 어쩔 수 없겠지요. 정말로 그게 최선이라면, 신께 맹세코 제 손으로 직접 부인에게 안식을 선사하겠습니다. 아니, 그래야만 한다면 말입니다! 지금 당장이라도 그러겠습니다! 하지만 부인…." 교수가 목이 메는 듯 말을 멈췄다. 목에서 흐느끼는 소리가 새어 나왔지만, 그는 슬픔을 삼키며 말을 이었다.

"부인과 죽음 사이에는 여기 있는 우리가 버티고 있소. 부인은 죽어서는 안 되오. 우리 손에 죽어서도 안 되고, 무엇보다 스스로 죽어서는 결코 안 되오. 부인을 이렇게 만든 자가 진정한 죽음을 맞기 전까지는 절대 안 되오. 그자가 죽지 않는 이들과 여전히 함께 있다면, 부인이 죽어봐야 그자와 똑같아질 뿐이오. 그러니 살아야 하오! 죽음이 아무리 축복처럼 보인다 해도 어떻게든 버티며 살려고 애써야 하오. 괴로울 때건 행복할 때건, 밤이건 낮이건, 안전하건 위험하건 상관없이, 죽음이 찾아오면 부인은 맞서 싸워야 하오! 부인, 영혼을 걸고 죽지 않겠다고 맹세하시오. 아니, 이 거대한 악이 사라질 때까지 죽음에 대해서는 생각도 하지 마시오." 미나는 시체처럼 점점 창백해지더니 멍한 얼굴로 바들바들 떨었다. 밀려오는 파도에 쓸리고 무너져 내리는 모래 같았다. 우리는 침묵을 지켰다. 움직일 수조차 없었다. 얼마나 지났을까, 미나가 침착을 되찾더니 교수를 돌아보았다. 그러고는 그의 손을 잡으며 다정하면서도 서글픈 목소리로 말했다.

"맹세하겠습니다, 교수님. 주님께서 허락하신다면 살기 위해 애쓰겠습니다. 주님이 제 숨을 거두어 가실 때까지 살겠다고 생각하니 두려움이 말끔히 걷히는 것 같은 기분입니다." 그녀는 용감하고도 훌륭했다. 그 모습을 본 우리는 그녀를 위해 어떤 것이든 감내하고 이겨낼 힘을 얻었다. 우리는 본격적으로 논의를 시작했다. 나는 미나에게 나중에 사용할지 모르는 사본과 모든 원본 자료를 금고에 보관해야 하니, 그 일을 맡아달라고 했다. 그리고 예전처럼 사본을 작성해달라고 했다. 그녀는 뭐라도 할 일이 생겼다는 생각에 기뻐했다. 이토록 암울한 상황에서 '기쁘다'라는 말이 적절한지는 모르겠지만.

늘 그렇듯 반 헬싱 교수가 가장 먼저 생각을 정리했다. 우리가 해야 할 일의 순서를 정한 것이었다.

"카팍스 저택에 들어갔을 때 거기에 있던 흙 상자에 손을 대지 않은 건 잘한 일인 것 같네. 우리가 그걸 건드렸다면 백작이 우리 의도를 알아채고, 우리가 다른 것들은 건드리지 못하게 사람을 써서라도 조처를 했을 테니까. 하지만 지금 백작은 우리가 뭘 하려고 하는지 모르네. 아니, 그자는 우리가 그자의 은신처를 소독해서, 그자가 고향의 흙에서 나오는 힘을 사용하지 못하게 할 수 있다는 생각을 아예 못해. 우리는 다른 상자들이 있는 곳도 알아냈네. 피커딜리의 저택을 확인하면, 나머지 것들도 마저 추적할 수 있겠지. 그러니 우리는 오늘 사활을 걸어야 해. 슬픔에 잠겨 있던 순간 떠오른 저 태양이 오늘 우리를 지켜줄 걸세. 밤이 될 때까지 그 괴물은 해가 뜨던 순간의 형태를 유지해야 해. 육신이란 껍데기에 갇혀 있는 셈이지. 얇은 안개로 공기 중에 녹아들 수도 없고, 문틈이나 창문 틈, 작은 구멍을 통해 사라질 수도 없어. 밖으로 나가려 한다면 인간처럼 문을 열고 나가야 한다는 말이야. 그러니 오늘 우리는 그자의 은신처를 모조리 찾아내 소독해야 하네. 그러면 당장 그자를 잡거나 끝장내지 못해도, 때가 되면 반드시 잡아서 처치할 수 있는 궁지로 몰아넣을 수 있게 되는 거야." 나는 참지 못하고 벌떡 일어섰다. 일분일초가 급했다. 이렇게 의논하는 사이에도 미나의 목숨과 행복이 걸린 시간이 시시각각 줄어들고 있었다. 반 헬싱 교수가 나를 제지하듯 손을 들었다. "조너선, 진정하시오. 이 지역 속담에 급할수록 돌아가라는 말이 있잖소. 때가 되면 모두 정해진 바를 신속히 행동으로 옮길 것이오. 하지만 그 전에 피커딜리의 저택을 짚고 넘어가야 하오. 아마도 이 상황을 해결할 열쇠는 바로 그 저택일 거요. 백작은 집을 여러 채 구매했소. 그러면 부동산 매매 관련 서류나 집 열쇠, 나머지 자질구레한 물건들이 생기오. 그자는 계약서는 물론이고, 수표책도 가지고 있을 거요. 그럼 그러한 것들을 어딘가에 보관해야겠지. 피커딜리의 저택이야말로 최적의 장소 아니겠소? 런던 중심부에 있으며 한적해서 언제든 드나들 수 있고, 행인이 많으면 많은 대로 괜한 이목을 끌지 않을 수 있어서 좋잖소. 우리는 피커딜리로 가서 그 저택을 수색해야 하오. 저택 내부의 물품까지 확인하고 나면 드디어 때가 되는 거요. 아서가 여우 사냥 때 자주 쓴다는 말처럼 '굴을 메우고' 늙은 여우를 때려잡는 거지. 어떻소? 내 말에 일리가 있소?"

"그럼 당장 가죠! 지금도 소중한 시간을 낭비하고 있잖습니까!" 나는 언성을 높였다.

교수는 미동도 없이 짤막하게 대꾸했다.

"그럼 피커딜리의 저택에는 어떻게 들어갈 거요?"

"어떤 식으로든 들어가면 됩니다! 안 되면 담을 넘고 창문을 깨서라도 들어가면 되죠!"

"근처에 경찰도 있을 텐데, 그들이 가만 놔두겠소?"

나는 순간 멈칫했다. 뭐가 됐든 교수가 시간을 끌려고 하는 데엔 나름의 이유가 있다는 것도 알고 있었다. 나는 되도록 차분하게 말했다.

"필요 이상으로 시간을 낭비하진 마십시오. 제 심정이 어떤지 아시리라 믿습니다."

"아, 물론 알다마다. 당신에게 괴로움을 더할 생각은 추호도 없소. 하지만 생각해보시오. 세상 사람들이 하루를 시작하기 전에 우리가 뭘 할 수 있겠소? 길에 사람들이 나오기 시작할 때 우리도 움직이면 되오. 생각을 거듭해봤건만, 아무리 봐도 최선의 방법은 가장 간단한 방법이오. 우리는 지금 그 저택에 들어가려 하지만, 문제는 열쇠가 없다는 거요. 그렇지 않소?" 나는 고개를 끄덕였다.

"그럼 당신이 그 저택의 주인인데 집에 들어가지 못하고 있다고 가정해봅시다. 그러니까 남의 집에 몰래 침입하려는 의도가 없다고 생각해보라는 거요. 당신이 그런 입장이라면 뭘 어떻게 하겠소?"

"실력 좋은 열쇠공을 불러 문을 따달라고 할 겁니다."

"그럼 경찰이 오면 어떻게 할 거요? 경찰이 와서 뭘 하는 거냐고 물을 수도 있잖소."

"아, 그건 문제가 안 됩니다! 합법적인 의뢰라는 걸 알면 경찰도 신경 쓰지 않을 겁니다."

교수는 나를 뚫어지게 바라보았다. "그렇다면 중요한 건 열쇠공을 부른 사람의 의도란 말이구려. 경찰은 상대가 진실을 말하는지 거짓을 말하는지 정확히 판가름한다는 뜻이고…. 당신의 생각에 따르면 경찰들은 영리하면서도 열의가 넘쳐야 하겠소. 사람 마음마저 읽어내다니 실로 영리하지! 그런 문제엔 이골이 난 사람들이겠어! 아니, 실은 그렇지 않다오, 조너선. 런던뿐 아니라 이 세상 어느 도시에서도 당신은 수많은 빈집의 문을 따고 안으로 들어갈 수 있소. 당신이 적당한 때 그 일을 당당히 처리하기만 하면 그 누구도 상관하지 않을 거란 말이오. 나는 신문을 통해 한 신사의 사연을 접한 적이 있소. 런던에 멋진 저택을 소유한 사람이었는데, 그가 몇 달간 스위스로 여름휴가를 간 사이 잠겨 있는 집에 도둑이 창문을 깨고 침입했다고 하오. 도둑은 정문의 빗장을 열어두고 경찰이 보는 앞에서 버젓이 정문으로 그 저택에 드나들었소. 도둑은 저택의 물품을 경매에 내놓고 광고도 했으며, 집 앞에 커다란 간판도 내걸었소. 그리고 경매 날이 되자 도둑은 낙찰자에게 자기 것도 아닌 가재도구를 모조리 팔아넘겼소. 다음으로 도둑은 일정 기간 내에 허물겠다는 조건으로 그 집을 한 건설업자에게 팔아넘겼소. 경찰뿐 아니라 여러 부서의 공무원들도 그 일을 도왔소. 그래서 해당 저택의 원소유주가 휴가를 마치고 스위스에서 돌아왔을 땐, 저택이 있던 자리에 커다란 구덩이만 남았더라고 하오. 절차는 분명 합법적이었다오. 우리도 그렇게 해야 하오. 이른 시각에는 거리가 한산해서 경찰이 우리 행동을 수상하게 여길 수 있소. 하지만 우리가 10시 이후에 가서 그 일을 처리한다면, 거리가 붐벼서 경찰도 우리를 평범한 집주인이라 여기고 의심하지 않을 거요."

교수의 말이 옳았다. 시름에 잠겨 있던 미나의 얼굴이 한층 밝아졌다. 현명한 계획에 희망을 품은 것이다. 교수가 말을 이었다.

"저택에 들어가면 우리는 많은 단서를 찾게 될 거요. 우리 중 몇 사람이 그곳을 수색하는 사이, 나머지는 다른 곳을 맡아야 하오. 버몬지와 마일 엔드에도 흙 상자가 있으니 말이오."

고달밍 경이 일어섰다. "이번에는 제가 도움을 드릴 수 있겠군요. 하인들에게 전보를 보내 필요한 곳에 말과 마차를 준비시키겠습니다."

그러자 모리스 씨가 말했다. "여, 친구, 말을 타야 할 수도 있으니 말을 준비시키는 건 아주 좋은 생각 같아. 하지만 너희 마차는 장식도 화려하고 차체도 고급스럽다고. 그런 게 월워스나 마일 엔드의 샛길에 돌아다니면 우리 의도와 달리 사람들의 이목을 끌 것 같지 않아? 내 생각엔 남쪽이나 동쪽으로 간다면 전세 마차를 빌리는 게 나아. 필요하다면 근처에 대기시키면 되잖아."

교수가 맞장구쳤다. "퀸시의 말이 옳네! 척 하면 삼천리라고, 저 친구가 딱 그 짝이야. 우리가 하려는 일은 만만한 게 아니야. 가능하면 사람 눈을 피해야 해."

미나는 그 모든 상황에 점점 더 큰 관심을 보였다. 긴박하게 돌아가는 상황 덕에 그녀가 간밤의 끔찍한 경험을 잠시나마 잊는 것 같아 마음이 놓였다. 미나는 심각할 정도로 창백했다. 귀신이라고 해도 이상하지 않을 정도였다. 게다가 얇은 입술이 말려 올라가면서 이가 어쩐지 도드라져 보였다. 하지만 이런 생각은 입 밖으로 꺼내지 않았다. 이런 얘기를 하면 괜히 그녀만 괴로워질 터였다. 하지만 루시가 백작에게 피를 빨린 후 어떻게 됐는지 떠올릴 때마다 피가 얼어붙는 듯한 느낌을 받는 건 어쩔 수 없었다. 아직 미나의 이가 날카로워지는 기미는 보이지 않는다. 그래도 얼마 지나지 않아서 그럴 뿐, 시간이 지나면 어떨지 모른다.

일을 어떤 순서로 처리하고, 각자가 어떤 일을 맡을지 논의하면서 약간의 논쟁이 있었다. 결국 우리는 피커딜리로 출발하기 전에 가까이에 있는 백작의 은신처부터 처리하기로 했다. 카팍스 은신처를 훼손해 그자가 우리 의도를 예상보다 빨리 알아차린대도, 그렇게 해야만 기선을 잡을 수 있을 터였기 때문이다. 그리고 만약 그자가 카팍스에서 모습을 드러낸다고 해도, 그자는 변신할 수 없어 육신에 갇힌 몸이기에 취약한 상태에서 우리에게 새로운 단서를 던져줄 가능성이 있었다.

각자가 맡을 일에 대해서는 교수가 의견을 제시했다. 카팍스에 들렀다가 모두 함께 피커딜리로 간 후, 저택에 진입하게 되면 수어드 박사, 교수, 그리고 내가 그곳에 남고, 그 사이 고달밍 경과 모리스 씨가 월워스와 마일 엔드에 있는 백작의 은신처를 찾아 파괴하자는 것이었다. 교수는 가능성이 희박하긴 하지만 백작이 밝을 때 피커딜리 저택에서 모습을 드러낼 수 있는 만큼, 백작에게 맞설 인원이 저택에 남아야 한다고 주장했다. 교수는 적어도 세 명이 저택에 남아야 백작이 달아나도 그 뒤를 쫓을 수 있다고도 했다. 나는 그 의견에 강하게 반대했다. 남아서 미나를 지키겠다고 마음을 정했고, 그런 내 생각도 분명히 밝혔기 때문에, 다른 이들이 내가 멀리까지 나가게 할 거라곤 생각하지 못했다. 하지만 미나는 내 편을 들어주지 않았다. 그녀는 그곳에 내가 도와야 할 법률적 문제가 있을지 모른다고 말했다. 백작의 서류 중 트란실바니아에서 보고 들은 바가 있는 나만이 알아낼 단서가 있을지 모른다고도 했다. 무엇보다 엄청난 힘을 지닌 백작과 상대하려면 모두의 힘을 모아야 한다고 강조했다. 미나의 뜻이 확고해서 그대로 따르는 수밖에 없었다. 그녀는 우리가 똘똘 뭉치는 것만이 자신이 품을 수 있는 마지막 희망이라고 말했다. "저는 두렵지 않습니다. 상황은 나빠질 만큼 나빠졌어요. 앞으로 벌어질 일에는 희망이나 위안 삼을 요소가 분명히 있을 겁니다. 조너선, 다른 분들과 함께 가! 주님이 날 버리시지 않는 한, 혼자 있든 누군가와 함께 있든 큰일은 없을 거야." 미나의 말에 나는 벌떡 일어서며 외쳤다. "그럼 당장 출발하죠! 지금 이 순간에도 시간이 가고 있습니다. 백작이 예상보다 빨리 피커딜리에 도착할 수도 있습니다."

"그건 아닐 거요!" 반 헬싱 교수가 손을 들어 올리며 말했다.

"어째서요?"

나의 물음에 교수가 빙그레 미소를 지었다. 정말로 미소를 지었다. "잊었나 본데, 그자는 간밤에 포식했소. 배가 빵빵하니 늦게까지 잠을 자지 않겠소?"

잊었을 리가 있나! 내 평생 그 일을 잊을 수나 있을까! 우리 중 그 끔찍한 광경을 잊을 수 있는 사람이 있을까! 미나는 덤덤한 표정을 유지하려 안간힘을 썼다. 하지만 그녀는 끝내 차오르는 괴로움을 참지 못하고 두 손으로 얼굴을 가렸다. 그녀는 몸을 떨며 신음하기도 했다. 반 헬싱 교수는 미나의 끔찍한 기억을 상기시키려는 게 아니었다. 그저 자기 생각에만 몰두하는 바람에 미나의 입장을 배려하지 못했고, 그녀의 표정을 살피지 못했던 것뿐이다. 교수는 분위기를 알아차린 후에야 자신이 얼마나 무신경한 말을 내뱉었는지 깨달았다. 그는 당혹스러워하며 미나를 진정시키려 애썼다. "아, 하커 부인! 하커 부인…. 나는 그 누구보다 부인을 존경하는데, 그런 내가 그토록 어리석은 말을 꺼내다니…. 그래서는 안 되는 거였는데…. 늙어서 노망이 들었나…. 나는 부인에게 존경을 표할 자격조차 없소. 부디 내 실수를 잊어주시오. 그래 주겠소?" 교수는 이렇게 말하며 허리를 숙였다. 미나는 교수의 손을 잡더니, 눈물이 그렁그렁한 눈으로 그를 바라보았다. 그리고 갈라지는 목소리로 말했다.

"아뇨, 잊지 않겠습니다. 기억하는 게 나을 것 같습니다. 물론 이 일뿐 아니라 교수님의 다정한 모습도 모두 기억할 겁니다. 자, 다들 곧 떠나셔야 합니다. 아침 식사가 준비됐군요. 다들 힘을 내야 하니 식사를 하죠."

실로 기묘한 아침 식사였다. 우리는 서로에게 밝고도 패기 넘치는 모습을 보이려 애썼고, 그중에서도 미나가 가장 애를 썼다. 식사가 끝나자 반 헬싱 교수가 일어서서 말했다.

"자, 이제부터 우리의 모험이 시작되는군. 적의 은신처를 처음 방문했을 때처럼, 다들 적의 물리적 공격뿐 아니라 주술적 공격에도 단단히 대비했는가?" 우리는 모두 고개를 끄덕였다. "좋아. 하커 부인, 부인은 해가 질 때까지 여기에 있는 게 안전하오. 해가 지기 전에 돌아오겠소. 만약…. 아니,

어떻게 해서든 돌아오겠소! 그래도 떠나기 전에 부인의 안전을 확인하고 싶소. 부인의 방은 부인이 나온 뒤에 손을 써놨소. 우리가 알고 있는 방어책에 따라 이런저런 물건을 잘 배치해뒀으니, 그자가 그 방에 들어가진 못할 거요. 이제 부인의 몸에도 방어책을 마련하겠소. 부인의 이마에 이 성체를 대겠소. 성부와 성자와 성령의 이름으로…."

그 순간 끔찍한 비명이 울려 퍼졌다. 온몸을 얼어붙게 만드는 소리였다. 교수가 성체를 미나의 이마에 댄 순간, 성체가 그녀의 이마를 지졌다. 마치 하얗게 달궈진 쇳조각으로 살을 지지는 것 같았다. 미나는 고통을 느끼자마자 그 사실이 가리키는 바를 알아차렸다. 그 섬뜩한 비명은 육체의 고통과 정신의 고통, 두 가지 모두에서 비롯된 것이었다. 하지만 그녀에게는 정신적인 고통이 더 컸다. 허공을 울리는 비명의 메아리가 채 가시기도 전에 그녀는 자괴감에 사로잡혀 무릎을 꿇으며 바닥에 주저앉았다. 망토가 나병 환자의 얼굴을 가리듯, 아름다운 머리칼이 그녀의 얼굴을 가렸다. 그녀는 서럽게 통곡했다.

"불결해! 나는 불결해졌어! 주님조차 내 더러운 몸뚱이를 꺼리시잖아! 심판의 날이 되어 주님 앞에 서는 날까지 나는 이마에 난 이 수치의 표식을 감내해야만 해." 모두 미동도 없이 그녀를 바라보고만 있었다. 나는 절망에 빠진 미나 곁으로 달려가 그녀의 어깨를 꽉 끌어안았다. 우리가 끌어안고 서러움을 곱씹는 동안 다른 이들은 흐르는 눈물을 숨기기 위해 조용히 고개를 돌렸다. 반 헬싱 교수가 우리를 바라보며 근엄하게 말했다. 어찌나 근엄한지 그가 신의 뜻을 받들어 방언을 한다는 생각마저 들었다.

"부인의 말이 옳을지 모르오. 심판의 날이 되어 주님이 직접 판단하실 때까지 부인은 그 표식을 지녀야 할 수도 있소. 주님은 이 땅과 이 땅에 내려놓은 주님의 자식들이 만들어낸 그 모든 잘못을 바로잡고자 하시며, 궁극적으로 그리 하실 테니까…. 아, 하커 부인… 그 흉터는 주님이 이 일을 아신다는 증표요. 그러니 그 붉은 흉터는 때가 되면 사라질 거요. 부인의 이마는 부인을 진심으로 아끼는 우리가 지켜보는 앞에서 부인의 마음처럼 깨끗해질 거요. 나는 죽기 전에 그날이 올 거라고 확신하오. 주님께서 우리에게 지워진 짐을 더는 것이 옳다고 판단하시는 날, 그 흉터가 말끔히 사라질 거요. 그때까지 우리는 주님의 아드님이 주님의 뜻에 따르셨듯, 우리만의 십자가를 져야 하오. 어쩌면 우리는 주님의 기쁨을 위해 선택된 도구일지 모르오. 주님의 명에 따라 저 높은 곳에 오르기 위해서는 예수님처럼 채찍질과 수치를 견뎌야 하는 거요. 예수님처럼 눈물과 피를, 의심과 두려움을 이겨내고 앞으로 나아가야 하는 거요. 그게 바로 주님과 인간의 차이 아니겠소."

교수의 말에는 희망과 위안이 담겨 있었다. 하지만 그 말은 결국 체념을 유도하는 것이었다. 미나와 나, 둘 다 그렇게 느꼈다. 우리는 동시에 교수의 손을 한쪽씩 잡고 허리를 숙여 그 손에 입을 맞췄다. 뒤이어 모두 말없이 무릎을 꿇고 앉았다. 그렇게 우리는 손에 손을 잡고 서로에게 진실할 것을 맹세했다. 우리 남자들은 각자 나름의 방식대로 소중한 미나에게 드리운 슬픔을 걷어내겠다고 다짐했다. 그리고 주님께 우리에게 주어진 고난을 이겨낼 수 있도록 도움의 손길을 내밀고 우리를 인도해달라고 기도했다.

출발해야 할 시간이었다. 나는 미나에게 다녀오겠다고 말했다. 둘 다 작별의 순간을 죽을 때까지 잊지 못하리라. 마침내 우리는 병원을 나왔다.

나는 길을 나서면서 한 가지를 더 다짐했다. 만약 미나가 결국 흡혈귀가 되어야 한다면, 그녀 혼자 그 무시무시한 미지의 땅에 발을 내딛게 하지 않으리라는 다짐이었다. 문득 오래전 단 하나였을 흡혈귀의 수가 늘어난 이유가 어쩌면 나 같은 생각을 한 사람들 때문이었을 수도 있겠다는 생각이 들었다. 정말로 순수한 사랑이 그 괴물의 수하를 모집하는 징병관 노릇을 했을지 누가 알겠는가.

카팍스에 들어가는 데는 문제랄 게 없었다. 모든 게 처음 들어갔을 때와 똑같았다. 카팍스는 전형적인 폐가였다. 오랫동안 버려져 곳곳이 썩고 여기저기 먼지가 가득했다. 솔직히 두려움을 느낄 이유가 없었지만, 우리로서는 그 사실을 인정하기 어려웠다. 맹세도 했고, 끔찍한 기억에 자극을 받기도 했으니 망정이지, 그러지 않았다면 우리는 계획한 일을 제대로 진행하지 못했을 것이다. 저택에는 사람이 생활한 흔적도, 그 어떤 서류도 없었다. 낡은 예배당에는 커다란 상자가 지난번과 마찬가지로 고스란히 놓여 있었다. 상자 앞에 섰을 때 반 헬싱 교수가 말했다.

"자, 우리가 할 일은 이걸세. 이제부터 우리는 여기 담긴 흙을 소독해야 하네. 그자가 사악한 뜻을 품고 먼 곳에서 가져온 이 흙엔 신성한 기억이 담겨 있어. 신성한 기억으로 성스러운 힘을 품었기에 그자도 이 흙을 선택한 걸세. 우리는 그자의 무기로 공격할 걸세. 이 흙을 더 성스럽게 만들어 그자를 물리치는 거지. 그자의 뜻에 따라 성스러운 힘을 지니게 된 흙을 정화해 주님께 바치세." 교수는 가방에서 드라이버와 렌치를 꺼내 상자 뚜껑을 열었다. 퀴퀴하면서 텁텁한 흙냄새가 코를 찔렀다. 그러나 우리는 교수의 행동에 집중하느라 냄새 따윈 개의치 않았다. 교수는 가방에 들어 있던 상자에서 성체 조각을 꺼내 흙 위에 경건히 내려놓았다. 그리고 뚜껑을 닫고 원래처럼 잠갔다. 우리는 교수를 도왔다.

다른 상자도 같은 방식으로 소독했다. 뚜껑을 다 닫고 나자 겉으로 보기엔 이전과 다를 게 없었다. 하지만 각 상자에는 분명 성체가 한 조각씩 들어 있었다.

예배당 문을 닫고 나선 뒤 교수가 입을 열었다.

"벌써 많은 일을 했군. 다른 일도 방금처럼 깔끔하게 처리한다면, 석양이 하커 부인의 이마를 비출 때 그 이마가 상아처럼 희고 깨끗해지는 걸 볼 수도 있겠는걸!"

기차를 타러 역으로 가기 위해 풀밭을 가로질렀기에 병원 앞을 다시 지나게 되었다. 나는 우리 방 창문을 열심히 살피다 미나의 모습을 발견했다. 나는 그녀에게 손을 흔들며 우리 일을 잘 마쳤다고 알려주기 위해 고개를 끄덕였다. 미나도 내 뜻을 이해했다는 듯 고개를 끄덕여주었다. 그녀가 잘 다녀오라는 인사로 손을 흔드는 걸 보고 나는 고개를 돌렸다. 기차역으로 가는 내내 마음이 무거웠다. 플랫폼에 도착했을 땐 기차가 증기를 내뿜고 있었다. 우리는 곧바로 기차에 올라탔다.

이 글은 기차에서 마저 썼다.

12시 30분 피커딜리. — 펜처치가에 다다르기 전, 고달밍 경이 내게 말했다.

"퀸시와 나는 열쇠공을 찾아보겠소. 하커 씨는 곤란할 수도 있으니 우리끼리만 가는 게 좋을 것 같소. 우리 둘은 빈 집에 침입했다고 해서 딱히 입장이 곤란해지지는 않소. 하지만 하커 씨는 변호사이니만큼, 만일의 경우 법을 잘 아는 변호사가 법을 어겼다고 변호사 협회에서 비난받을 수도 있잖소." 나는 비난의 위험조차 함께 나누지 못하게 하면 어떻게 하느냐고 반박했다. 고달밍 경은 나를 진정시키며 말을 이었다. "게다가 적은 인원이 움직이는 게 이목을 덜 끈단 말이오. 내 작위를 들이대면, 열쇠공이든 경찰이든 설득할 수 있소. 하커 씨는 잭, 그리고 교수님과 함께 그린 파크에서 기다리는 게 낫소. 저택이 잘 보이는 곳에 계시오. 문이 열리고 열쇠공이 떠난 후 다 같이 오면 되오. 우리가 내다보고 있다가 문을 열겠소."

"좋은 생각일세!" 반 헬싱 교수의 말에 우리는 더 이상 왈가왈부하지 않았다. 고달밍 경과 모리스 씨는 곧장 마차를 잡아탔고, 우리는 도보로 그 뒤를 따랐다. 알링턴가 모퉁이에서 작업조와 대기조의 경로가 갈렸다. 우리는 천천히 걸어서 그린 파크로 갔다. 모두가 많은 기대를 거는 그 저택이 활기 있고 말끔한 집들 가운데에서 음침한 모습을 어렴풋이 드러냈을 때 가슴이 두근거리는 걸 느꼈다. 우리는 그 저택이 시야에 잘 들어오는 벤치에 앉아, 이목을 끌지 않도록 담배를 피웠다. 작업조가 나타날 때까지 시간은 더디게 갔다.

드디어 사륜마차가 모습을 드러냈다. 고달밍 경과 모리스 씨가 느긋한 태도로 마차에서 내렸고, 마부 옆자리에 앉아 있던 몸집 좋은 사내가 골풀을 엮어 만든 공구함을 들고 내렸다. 모리스 씨가 마차 삯을 지불하자 마부는 모자를 잡으며 인사하고는 자리를 떴다. 모리스 씨와 열쇠공이 계단을 올라갔고, 고달밍 경은 원하는 곳을 가리키며 일을 지시했다. 열쇠공은 느릿느릿 외투를 벗어 끝이 뾰족한 난간에 걸었다. 마침 그 근처를 어슬렁거리던 경찰이 있었는데, 열쇠공이 그에게 뭐라고 말을 걸었다. 경찰은 알았다는 듯 고개를 끄덕였고, 열쇠공은 공구함을 옆에 내려두고 무릎을 꿇었다. 열쇠공은 공구함을 뒤져 필요한 공구를 바닥에 가지런히 내려놓았다. 그런 뒤 다시 일어서서 열쇠 구멍을 들여다보더니 입으로 한 번 후 불고는 자신을 데려온 신사들을 돌아보며 뭐라고 말했다. 고달밍 경이 미소를 짓자, 열쇠공은 크기가 적당한 열쇠 다발을 집어 들었다. 그리고 그중 하나를 골라 열쇠 구멍에 밀어 넣고는 내부 자물쇠의 구조를 느낌으로 파악하듯 열쇠를 조금씩 움직였다. 열쇠공은 그렇게 한동안 꼼지락대다가 다른 열쇠로 바꾸고, 한 번 더 열쇠를 바꾸었다. 세 번째 열쇠를 꽂아 돌린 후 그가 살짝 밀자 문이 활짝 열렸다. 열쇠공과 다른 두 사람은 현관 안으로 들어갔다. 우리는 가만히 앉아 있었다. 내 담배는 빠르게 타 들어갔지만, 반 헬싱 교수의 담배는 완전히 꺼져 있었다. 우리는 인내심을 갖고 열쇠공이 밖으로 나와 공구함을 챙기는 것까지 지켜보았다. 그는 무릎을 기대서 문을 반쯤만 연 채로 자물쇠에 맞는 열쇠를 찾았다. 그가 그걸 고달밍 경에게 건네주자, 고달밍 경은 지갑을 꺼내 그에게 무언가를 건넸다. 열쇠공은 모자를 잡아 인사하고는, 외투를 걸치고 공구함을 챙겨 저택을 떠났다. 그 누구도 이 모든 과정에 전혀 관심을 두지 않았다.

열쇠공이 떠난 후, 우리 세 사람은 길을 건너가 저택 문을 두드렸다. 퀸시 모리스 씨가 바로 문을 열어주었다. 그 옆에 서 있던 고달밍 경은 담배에 불을 붙이고 있었다.

"여기도 악취가 심합니다." 우리가 안으로 들어서자 고달밍 경이 말했다. 정말로 저택에서는 카팍스 예배당처럼 고약한 냄새가 났다. 경험을 통해 우리는 그게 백작이 자주 이용하는 장소의 특징임을 알아차렸다. 우리는 혹시 모를 공격에 대비해 다 같이 이동하면서 저택을 수색했다. 우리가 상대해야 할 적이 얼마나 강하고 교활한지 잘 알고 있었기 때문이기도 했고, 백작이 저택에 있는지 확인하지 못했기 때문이기도 했다. 현관 맞은편에 있는 식당에서 흙 상자

여덟 개를 찾아냈다. 그곳에는 상자가 아홉 개가 아니라 여덟 개뿐이었다! 수색은 계속되었다. 나머지 상자를 찾을 때까지 수색을 중단할 수 없었다. 우리는 먼저 창문 하나의 겉창을 열었다. 창문 바깥에는 돌이 깔린 좁은 마당이 있었고, 마당 건너편엔 모형 집처럼 겉면에 색을 칠한 마구간이 있었다. 창문이 없었기에 누군가가 그곳에서 우리를 훔쳐볼 염려는 없었다. 우리는 지체하지 않고 상자를 확인했다. 챙겨 간 공구로 상자 뚜껑을 차례로 열었고, 카팍스 예배당에서 했던 것처럼 성체를 넣는 의식을 진행했다. 그쯤 되니 백작이 그 저택에 없다는 건 분명한 듯해 멈추지 않고 백작의 물건이 있는지 살펴보았다.

지하실부터 다락에 이르기까지 모든 방을 훑어본 후, 백작의 물건이 식당에 있다는 결론을 내리고 그곳을 꼼꼼하게 뒤졌다. 커다란 식탁 위에는 물건이 어지러이 놓여 있었는데, 그냥 둔 것은 아니고 나름의 기준에 따라 분류해둔 듯했다. 피커딜리 저택의 권리 증서가 한 묶음 있었고, 마일엔드와 버몬지의 주택 매입 증서, 편지지, 봉투, 펜과 잉크 같은 것들도 있었다. 먼지가 묻지 않도록 하려는 듯, 이것들은 얇은 포장지에 싸여 있었다. 옷솔과 솔, 빗, 물 주전자와 대야도 있었다. 대야에는 피를 씻은 것처럼 불그스름한 색을 띠는 더러운 물도 담겨 있었다. 마지막으로 형태와 크기가 다양한 열쇠를 꿰어놓은 작은 열쇠 다발도 있었다. 아마도 다른 주택들의 열쇠인 것 같았다. 이것까지 확인한 후, 고다밍 경과 퀸시 모리스 씨는 동부와 남부에 있는 주택들의 주소를 정확히 적은 다음 열쇠 다발을 챙겨 그곳에 있을 다른 상자들을 처리하기 위해 저택을 나섰다. 저택에 남은 세 사람은 인내심을 가지고 기다리는 수밖에 없었다. 그들이 돌아올지, 백작이 돌아올지는 알 수 없는 일이었다.

23장

수어드 박사의 일기

10월 3일. — 고달밍과 퀸시가 돌아오길 기다리는 시간은 끔찍이도 길게 느껴졌다. 교수님은 우리가 쓸데없는 생각을 하지 않도록 끊임없이 이야기하셨다. 교수님이 수시로 곁눈질하며 하커 씨의 표정을 살피는 것만 봐도 그런 이야기가 교수님의 배려에서 비롯되었음을 알 수 있었다. 하커 씨는 눈 뜨고 볼 수 없을 정도로 비탄에 젖어 있었다. 어젯밤까지만 해도 그는 짙은 갈색 머리의 혈기 왕성한 젊은이이자, 강인하고도 솔직하며 행복해 보이는 사내였다. 그러나 오늘 그는 머리가 허옇게 세서 간신히 몸을 지탱하는 초췌한 노인이나 다름없었다. 움푹 팬 눈에서 이글대는 눈동자와 슬픔이 새긴 짙은 주름이 백발과 참 잘 어울렸다. 다만, 그의 열정만큼은 건재했다. 아닌 게 아니라 그는 거칠게 타오르는 불꽃 같았다. 그나마 다행이라 할 만했다. 일이 잘 끝나고 나면 열정이라도 있어야 그가 절망의 시기를 이겨낼 수 있을 게 아닌가. 그리고 열정이 있어야 일상으로 돌아갈 수도 있을 테고…. 이제껏 나는 내 사정이 딱하다고만 생각했는데, 하커 씨를 보면 내 사정은 아무것도 아니다! 교수님도 그런 생각을 했는지 그의 열정을 지피려고 갖은 애를 쓰셨다. 당시 교수님이 하신 말씀이 꽤 흥미롭다. 기억나는 내용만 기록으로 남겨보겠다.

"이 괴물에 대한 자료를 손에 넣고 난 후부터 나는 연구를 거듭해왔소. 연구를 하면 할수록 그자를 처치해야 할 필요성이 점점 더 커지더구려. 그자의 능력뿐 아니라 지식 수준도 점차 발전해왔다는 증거가 자료 곳곳에 남아 있소. 부다페스트에 있는 내 친구 아르미니위스의 조사에 따르면 그자는 살아 있을 때 매우 뛰어난 인간이었소. 장군이자 통치자였고, 연금술사이기도 했지. 연금술사라는 게 그가 살았던 시기에는 가장 고차원적인 과학이었거든. 그는 말 그대로 천재였고, 그 누구도 넘볼 수 없는 학식을 갖추었으며, 두려움과 후회 따위는 모르는 냉철한 사람이었소. 그자는 심지어 숄로만츠의 학생이 되어 악마의 수업도 들었소. 그자가 관심을 가지지 않은 학문 분야가 없었다고나 할까. 흠, 그의 육신이 죽음에 이른 후에도 그자의 두뇌가 지닌 천재적인 능력은 살아남았던 모양이오. 다만, 예전 기억을 완전히 되찾지는 못한 것 같소. 감정이라고 해야 할까, 그자의 심리적인 기능 일부는 어린아이 수준에 불과하오. 아, 그러나 그 부분은 성장하고 있소. 처음에는 어린아이 수준이었으나 지금은 청년 수준이 된 셈이오. 그자는 이런저런 것들을 실험하고 있고, 그 실험은 원만히 이뤄지고 있소. 우리가 그자의 길을 가로막지 않았더라면 그자는 새로운 질서를 점점 더 확장해나갔을 거요. 세상 만물을 생이 아니라 죽음으로 이끌 새로운 질서 말이오. 우리가 끝내 실패한다면 그자는 그 뜻을 이루겠지."

하커 씨는 신음하며 말했다. "그러니까 그 모든 대단한 점이 사랑하는 제 아내에게는 불리한 점으로 작용하는 거잖습니까! 그나저나 그자는 어떤 식으로 실험을 한단 말입니까? 그 실험 내용을 알아내면 그자를 처치하는 데 도움이 되지 않을까요?"

"그자는 죽음에서 되살아난 이후 자신의 능력을 꾸준히 시험해왔소. 느리지만 확실한 방법으로 말이오. 아이로 거듭난 그 엄청난 두뇌가 제 역할을 하고 있는 거요. 우리에겐 다행스럽게도 그자의 두뇌는 아직 아이 수준에 불과하오. 그렇지 않았다면 벌써 오래전에 그자는 우리 방어책을 무너뜨릴 방법을 찾았을 테니까. 어쨌든 그자는 목표를 위해 차근차근 전진하고 있소. 수백 년간 살아온 자이니 기다리는 건 일도 아니겠지. 여유롭달까…. 급할수록 돌아가라는 게 그자의 좌우명일지 누가 알겠소."

교수님의 말씀에 하커 씨가 지친 듯이 대꾸했다. "무슨 말씀인지 모르겠습니다. 부디 쉽게 설명해주십시오! 슬픔과 고통 때문에 제 머리가 제대로 돌아가지 않는 모양입니다."

교수님은 하커 씨의 어깨에 다정히 손을 올리며 말씀하셨다.

"아, 그래…. 좀 더 쉽게 설명하겠소. 그 괴물이 최근 실험을 통해 알아낸 것을 모르오? 알다시피 흡혈귀는 한번 간 곳에 편하게 드나들 수 있어도, 처음엔 반드시 그 건물에 있는 사람의 초대를 받아야 안으로 들어갈 수 있소. 그자는 육식 강박증 환자를 이용해 존의 집에 들어갈 방법을 찾았소. 그것도 일종의 실험이었지. 하지만 이것도 그자에겐 중요한 게 아니었소. 저 커다란 상자를 옮기기 위해 그자가 다른 사람의 손을 빌렸던 걸 기억하오? 그땐 잘 몰랐기에 그렇게 할 수밖에 없었을 거요. 하지만 그러는 중에도 그자는 차근차근 배우고 있었지. 그자는 자신이 직접 상자를 옮길 수 있는지 확인하고자 했소. 그래서 상자를 나르는 인부를 도왔던 거요. 그자는 남과 함께 상자를 나르는 데 문제가 없다는 걸 확인한 후, 이번에는 혼자서만 상자를 날라보았소. 그런 식으로 그자는 차근차근 발전해서, 직접 모든 상자를 곳곳에 배치하려 했소. 상자의 위치를 자신만 알도록 말이오. 그자는 아마 상자를 땅속 깊숙이 묻어두려 했겠지. 그러면 남들이 찾아낼 수 없어서 안전하고, 밤이나 적당한 때 형체를 바꾸어 쉽게 안으로 들어갈 수 있잖소! 저런, 좌절할 필요는 없소. 그자가 그런 생각을 떠올렸을 때, 때는 이미 늦었소! 하나 빼고는 그자의 은신처가 모조리 손쓸 수 없게 되었잖소. 우리는 해가 지기 전에 남은 하나까지 처리해야 하오. 그러면 그자는 움직일 수도, 숨을 수도 없게 되오. 오늘 아침에 시간을 끈 것이 바로 이 때문이었소. 확실히 하고 싶었거든. 지금으로선 우리가 그자보다 더 많은 위험을 감수해야 하지 않소? 그러니 우리는 그자보다 더 신중히 움직여야 했소. 내 시계가 틀리지 않다면 이제 한 시간이 지났소. 시간이 벌써 이렇게 됐군. 일이 잘 풀렸다면 아서와 퀸시가 돌아오고 있겠구려. 오늘 하루는 우리의 날이오. 우리는 느리더라도 기회를 놓치지 말고 전세를 장악해야 하오. 보시오! 두 사람이 돌아오면 우리 편은 다섯이나 되오."

교수님이 이렇게 말씀하시는 중에 갑자기 현관문 두드리는 소리가 나서 깜짝 놀랐다. 우체부 대신 전보를 전하러 온 소년이었다. 우리는 동시에 같은 생각을 하고서 우르르 현관으로 갔다. 교수님이 손을 들어 우리에게 조용히 하라는 신호를 보내고는 앞으로 나서며 문을 여셨다. 소년은 속달 전보를 교수님께 건넸다. 교수님은 문을 닫은 후 소년이 떠나는 것까지 확인하고 봉투를 열어 그 내용을 큰 소리로 읽으셨다.

"D를 조심하십시오. 현재 시각 12시 45분에 그자가 카팍스를 떠나 황급히 남쪽으로 향했습니다. 주위를 둘러보려는 것 같은데, 그쪽으로 갈 수도 있을 것 같습니다. 미나."

한동안 이어지던 침묵을 깬 것은 조너선 하커 씨였다.

"잘됐군요! 이제 곧 그자를 만날 수 있겠어요!" 반 헬싱 교수님이 재빨리 하커 씨를 돌아보며 말씀하셨다.

"모든 일의 때와 방식은 신이 결정하시는 거요. 두려워해서도 안 되지만, 그렇다고 기뻐해서도 안 되오. 한순간에 우리 계획이 수포로 돌아갈 수도 있소."

하커 씨는 격렬한 반응을 보였다.

"저는 바라는 것 따위 없습니다! 그저 이 세상에서 그 짐승을 치워버리고 싶을 뿐입니다. 그럴 수만 있다면 제 영혼이라도 팔겠습니다!"

"저런, 진정하오. 진정해야 하오! 주님은 그런 이유로 영혼을 사지 않으시오. 악마라면 또 모르겠지만, 악마가 약속을 지키기는 하겠소? 주님은 자비롭고 공정하시오. 주님은 당신의 고통도, 하커 부인을 향한 당신의 헌신도, 모두 알고 계신단 말이오. 부인 생각도 좀 해보시오. 당신이 이토록 험한 말을 늘어놓는 걸 알면 부인이 얼마나 상심하겠소? 우리를 걱정하진 마시오. 우리 모두 이 일에 목숨을 걸었소. 오늘 우리는 반드시 끝을 볼 거요. 결전의 순간이 다가오고 있소. 오늘 이 흡혈귀는 인간의 육신에 갇혀 있고 해가 질 때까진 모습을 바꾸지 못하오. 그러니 그자가 여기에 오려면 시간이 꽤 걸리겠지. 어디 보자, 21분이 지났군. 카팍스에서 여기까지 오는 데는 시간이 그보다 더 많이 걸리오. 그자도 아주 빨리 오지는 못할 거요. 아서와 퀸시가 먼저 도착하길 바라야 하오."

우리가 하커 부인의 전보를 받고서 30분쯤 흘렀을 때, 누군가가 신중하면서도 단호한 느낌으로 현관문을 두드렸다. 수많은 신사가 문을 두드릴 때 일상적으로 내는 소리와 다를 바 없는 평범한 소리였지만, 교수님과 내 심장은 요란하게 박동 쳤다. 우리는 서로 시선을 교환한 뒤 함께 현관으로 나갔다. 다들 각자의 무기를 양손에 쥐고 있었다. 왼손에는 영적인 무기가, 오른손에는 물리적인 공격을 가할 수 있는 무기가 들려 있었다. 교수님은 걸쇠를 벗기고 문을 반쯤 연 후, 바로 뒤로 물러서며 공격을 준비하셨다. 문가의 계단에서 고달밍과 퀸시의 얼굴이 보이는 순간, 모두의 얼굴에 안도와 기쁨이 스쳤으리라. 두 사람은 재빨리 안으로 들어와 문을 닫았다. 문이 닫힌 후 고달밍이 걸음을 옮기며 말했다.

"모든 일을 무사히 마쳤습니다. 두 곳에 각각 여섯 개의 상자가 있었고, 총 열두 개의 상자를 망가뜨렸습니다!"

"망가뜨리다니?" 교수님이 물으셨다.

"그자를 망가뜨린 셈이니까요!" 한동안 침묵이 감돌았다. 퀸시가 입을 열었다.

"일단은 기다리는 수밖에 없네요. 하지만 그자가 5시까지 나타나지 않는다면, 우리는 이곳을 떠나야 해요. 해가 진 후 하커 부인을 홀로 둘 수는 없잖아요."

"그자는 곧 이곳에 나타날 걸세." 교수님이 수첩을 뒤적이며 말씀하셨다. "다들 잘 듣게. 부인의 전보에는 그자가 카팍스에서 나와 남쪽으로 갔다고 했네. 그 말은 그자가 강을 건널 생각이었단 뜻이지. 그자는 만조와 간조가 바뀌는 순간에만 흐르는 물을 건널 수 있는데, 아마 한 시간쯤 전이었을 거야. 그자가 남쪽으로 갔다는 건 큰 의미가 있네. 우리가 자신에 대해 얼마큼 파악했는지 모른다는 뜻 아닌가. 그래서 카팍스에서 나오자마자 발견될 가능성이 제일 희박한 은신처부터 확인하고자 했겠지. 자네들은 그자보다 한 발 앞서 버몬지에 도착했을 걸세. 그자가 아직까지 여기에 모습을 드러내지 않는 걸 보면, 버몬지를 확인한 후 마일 엔드에 들렀던 모양이야. 여기로 오려면 다시 강을 건너야 하는데, 이번에는 다른 수를 써야 할 테니 시간이 좀 걸리겠지. 그래도 오래 걸리진 않을 거야. 기회를 놓치지 않도록 진작 공격 계획을 좀 세워두는 건데…. 쉿! 이제는 시간이 없군. 무기를 들게! 다들 준비해!" 현관문 열쇠 구멍에 열쇠 꽂히는 소리가 났다. 교수님도 말씀하시다가 주의하라는 듯 손을 들었다.

평소 뛰어난 사람은 그런 순간에도 뛰어난 면모를 유감없이 발휘한다는 사실에 감탄하지 않을 수 없었다. 퀸시는 우리와 사냥을 할 때도, 지구 반대편에서 모험을 즐길 때도, 늘 앞장서서 계획을 세우는 사람이었다. 아서와 나는 군말 없이 퀸시의 뜻에 따르는 데 익숙해져 있을 정도였다. 이번에도 퀸시는 순간 본능적으로 계획을 세웠다. 그는 내부를 재빨리 훑어보고는 손짓만으로 우리 위치를 정해주며 곧바로 전략을 짰다. 교수님, 하커 씨, 그리고 나까지 세 사람은 문 바로 앞에 섰다. 문이 열리고 적이 안으로 들어오면 교수님이 상대를 막아서는 사이 하커 씨와 내가 문을 가로막아 퇴로를 차단하려는 생각이었다. 고달밍과 퀸시는 창문을 바로 막을 수 있는 자리에서 몸을 숨겼다. 퀸시가 앞에 서고, 그 뒤에 고달밍이 섰다. 악몽처럼 느리게 흘러가는 몇 초간의 시간 동안 우리는 잔뜩 긴장한 채 문이 열리기만 기다렸다. 이윽고 느리고 조심스러운 발소리가 현관에 울려 퍼졌다. 백작도 기습을 예상했던 게 분명했다. 예상까진 아니더라도 습격당할까 봐 두려워했던 건 확실하다.

그자가 갑자기 땅을 박차며 안으로 몸을 날리더니 손을 들어 막을 새도 없이 순식간에 우리를 지나쳤다. 그자의 움직임은 마치 한 마리의 흑표범 같았다. 그자의 출현에 다들 잠시 움츠러든 것도 같지만, 아무리 봐도 인간의 것이라 할 수 없는 그 움직임에 모두 정신을 차렸다. 제일 먼저 반응한 건 하커 씨였다. 그는 다른 방으로 통하는 문으로 몸을 날려 입구를 막았다. 백작은 우리를 바라보며 으르렁대듯 길고 날카로운 송곳니를 드러냈다. 그 사악한 미소도 잠시, 백작의 표정은 이내 한 마리의 사자가 하찮은 짐승을 내려다보듯 냉정하게 바뀌었다. 다 같이 그를 향해 다가가자, 그자의 표정은 또 한 번 바뀌었다. 당시 나는 우리가 뭘 어떻게 하려는 건지 잘 몰랐기에, 제대로 계획을 세우지 않은 걸 후회했다. 솔직히 나는 우리 무기가 실제로 도움이 될지 의문이었다. 하커 씨는 그 의문에 대한 답을 직접 구할 심산이었던 것 같다. 그는 커다란 단도인 쿠크리를 들고 예리한 기습 공격을 감행했다. 온 힘을 가득 실은 엄청난 일격이었다. 그러나 백작은 악마처럼 날렵하게 뒤로 껑충 뛰어 하커 씨의 공격을 피했다. 간발의 차였다. 백작이 미처 피하지 못했다면, 쿠크리는 백작의 심장을 꿰뚫었을 것이다. 표적을 찌르지는 못했지만, 쿠크리는 백작의 외투를 갈랐다. 그 바람에 옷이 넓게 찢어지며 한 뭉치의 은행환과 꽤 많은 양의 금화가 바닥에 우르르 쏟아졌다. 백작의 표정이 어찌나 무시무시하던지, 그자가 하커 씨에게 해코지할까 싶어 겁이 났다. 하지만 하커 씨는 그 와중에도 쿠크리를 높이 치켜들고 또 한 번 공격을 시도했다. 나는 하커 씨를 보호하기 위해 십자가와 성체를 왼손에 든 채 본능적으로 앞으로 나섰다. 손에 든 물건에서 흘러나온 성스러운 힘이 팔을 따라 흐르는 게 느껴졌다. 백작이 겁을 먹고 뒷걸음질 치는 게 놀랍지 않았다. 그자는 우리 한 사람, 한 사람이 걸음을 내디딜 때마다 계속 뒷걸음질 쳤다. 백작의 얼굴에 드리운 끔찍한 분노를 뭐라고 설명할 수 있을까? 증오와 끝 모를 악의, 아니 그런 걸로도 부족하다. 이글대는 눈 때문인지, 밀랍처럼 하얗기만 하던 그자의 피부가 푸르스름하면서도 누르스름해 보였다. 그자의 이마에 난 붉은 흉터는 창백한 피부 탓에 갓 생긴 상처처럼 보였다. 바로 그때, 백작이 몸을 틀면서 자세를 낮춰 하커 씨의 팔 아래쪽으로 파고들었다. 그리고 하커 씨가 쿠크리를 내리치기도 전에 그자는 바닥에 있던 금화를 한 움큼 쥐어서 건너편에 있던 창문으로 몸을 던졌다. 유리 파편이 반짝거리며 바닥으로 떨어졌다. 백작은 판석이 깔린 정원으로 굴러떨어졌다. 유리 조각이 떨어지는 소리와 함께 그가 흘린 금화가 '팅' 하고 땅에 떨어지는 소리가 들렸다.

우리는 창가로 달려갔다. 백작은 상처 하나 없이 자리에서 벌떡 일어섰다. 그자는 황급히 판석 정원을 가로질러 계단을 오르더니 마구간 문을 밀었다. 그러고는 우리를 돌아보며 말했다.

"내가 이런 것에 눈이라도 깜빡할 줄 알았더냐! 새하얗게 질려서 나란히 서 있는 너희 모습이 푸줏간 앞에 선 양과 다를 바 없구나! 너희는 모두 후회하게 될 것이다! 내 안식처를 빼앗았다고 생각하겠지! 하지만 내게 안식처는 얼마든지 있다. 복수는 이제부터 시작이다! 나는 수 세기에 걸쳐 이 일을 준비해왔다. 시간은 내 편이리니! 너희가 소중히 여기는 여자들은 이미 다 내 것이다. 그들을 통해 나는 너희와 다른 이들도 내 것으로 만들 것이다. 너희는 내 명을 받드는 종이 될 것이며, 내 뜻에 따라 먹이를 하사받는 자칼이 될 것이다. 하!" 그자는 조소를 지으며 재빨리 문 안으로 들어가 녹슨 빗장을 걸었다. 곧이어 또 다른 문이 열렸다가 닫히는 소리가 들렸다. 우리는 마구간을 통과해 그자를 쫓는 것은 현실적으로 불가능하다는 걸 깨닫고 다시 현관으로 돌아갔다. 걸어가면서 교수가 먼저 입을 열었다.

"이 일로 또 알게 된 게 있군. 아니, 한둘이 아니지! 백작이 말은 의기양양하게 했지만, 실제로는 우리를 두려워하고 있어. 저자는 시간에 쫓기고 있으며 궁지에 몰릴까 봐 두려워해! 그게 아니라면 왜 저리도 서둘렀겠나? 내가 잘못 들은 게 아니라면 그의 목소리에 속내가 드러났어. 돈은 왜 챙겼을까? 자네들은 얼른 가서 백작의 뒤를 쫓게. 자네들은 수렵에 능한 사냥꾼이니 방법을 찾을 수 있을 거야. 나는 그자가 돌아올 경우 여기에서 필요한 물건을 챙기지 못하도록 뒷정리를 해야겠어." 교수님은 이렇게 말씀하시며 바닥에 떨어진 돈을 챙겼다. 그리고 하커 씨가 읽다가 놔둔 부동산 관련 문서도 챙긴 후, 나머지 물건을 쓸어 담아 벽난로에 넣고 성냥으로 불을 붙이셨다.

고달밍과 모리스는 진작에 판석 깔린 마당으로 달려 나간 뒤였다. 하커 씨도 백작을 쫓으려고 창문을 넘고 있었다. 하지만 백작이 마구간에 빗장을 걸어둔 탓에 세 사람이 문을 부쉈을 땐 추적할 수 있는 흔적이 남아 있지 않았다. 교수님과 나는 저택 뒤쪽에 있는 마구간 골목으로 탐문을 나섰지만, 거리가 횅해서 백작을 보았다는 사람을 찾을 수 없었다.

그새 시간이 많이 지나 일몰까지 남은 시간이 별로 없었다. 우리는 오늘의 싸움이 끝났다는 걸 인정해야 했다. 마음이 무거웠지만, 다음과 같은 교수님의 말씀에 동의하는 수밖에 없었다.

"이만 하커 부인에게 돌아가세. 부인이 얼마나 속을 끓이고 있겠나. 우리가 당장 할 수 있는 건 다 했네. 이제는 가서 부인을 지키기라도 해야지. 좌절할 필요는 없네. 흙 상자는 이제 하나만 남았네. 그것만 찾아내면 아무 문제 없을 걸세." 교수님은 하커 씨를 위로하기 위해 애써 덤덤하게 말씀하셨다. 하커 씨는 낭패감에 젖어 있었다. 그는 이따금 더는 참지 못하겠다는 듯 나지막한 신음을 내뱉었는데, 아마도 그때마다 부인을 떠올렸던 것 같다.

우리는 처참한 기분으로 귀가했다. 하커 부인은 용감하고 이타적인 여인답게 환한 얼굴로 우리를 맞이했다. 부인은 우리 표정을 알아채고 시체처럼 하얗게 질렸다. 그러나 그것도 잠시, 그녀는 속으로 짧은 기도를 올리는 듯 잠깐 눈을 감았다가 뜨고는 다시금 밝은 목소리로 말했다.

"이렇게 무사히 돌아와주셔서 정말 감사합니다. 조너선, 고생했어!" 하커 부인은 하얗게 센 남편의 머리칼을 어루만지며, 그 머리칼에 입을 맞췄다. "나한테 기대. 다 괜찮아질 거야! 우리가 주님의 뜻을 거스르는 게 아니라면 주님께서 우리를 지켜주실 거라니까." 하커 씨는 다시금 신음했다. 그의 참담한 심경은 무슨 말로도 위로가 되지 않는 듯했다.

우리는 식사 자리에 모여 앉아 음식을 입에 대는 시늉만

했다. 그러면서도 모두 조금은 기운을 차린 것 같았다. 다들 아침 이후로 아무것도 먹지 못했는데, 그래서 허기진 배에 조금이나마 음식을 집어넣으면서 동물적인 기력을 회복했던 게 아닐까? 아니면 식사 자리에 모여 앉았다는 사실에서 위안을 얻었던 것일 수도 있다. 이유가 뭐든 간에, 우리는 귀가했을 때보다 비참함을 덜었고, 내일에 실낱같은 희망을 걸 수 있게 되었다. 우리는 맹세한 대로 하커 부인에게 있었던 일을 모두 들려주었다. 부인은 남편이 위험했겠다 싶은 순간마다 창백해졌고, 자신을 향한 남편의 헌신을 알게 될 때마다 얼굴을 붉혔지만, 어쨌든 차분하고도 용감하게 모든 이야기를 끝까지 들었다. 부인은 남편이 무모하게도 백작에게 덤벼든 대목에서 자신이 남편을 지켜낼 수 있다는 듯 남편의 팔을 꼭 붙들기도 했다. 어쨌든 부인은 이야기가 끝나고 모두가 악몽 같은 회상에서 현실로 되돌아올 때까지 한마디도 하지 않았다. 이윽고 부인이 남편의 손을 놓으며 자리에서 일어서서 입을 열었다. 아, 그 광경을 두고 무슨 말을 할 수 있을까! 그녀는 실로 온유하고도 훌륭한 여인이었다. 젊음과 생기가 가득한 그녀의 미모는 또 말해 무엇하랴! 다만 이마에 난 붉은 상처는…. 그녀도 매 순간 그 상처를 인지하고 있었다. 우리는 상처를 볼 때마다 그것이 누구 때문에 어떻게, 생겼는지 떠올리며 이를 갈아야 했다. 그녀는 너그러움으로 우리의 증오를 달랬다. 그녀는 자신의 믿음으로 우리의 두려움과 의심을 덮었다. 그러나 우리는 그 상처가 사라지지 않는 한 그토록 훌륭하고 순수하며 신실한 그녀가 주님에게서 버림받았다는 사실을 계속 상기해야 했다.

하커 부인의 입술에서 흘러나오는 말은 달콤하고도 아름다운 음악 같았다. "조너선, 그리고 제 모든 걸 드려도 아깝지 않을 저의 진정한 친구분들, 저는 여러분이 이 끔찍한 시간이 다 지나갈 때까지 이것만큼은 마음에 꼭 새기셨으면 합니다. 여러분은 싸움을 앞두고 계십니다. 여러분이 루시의 탈을 쓴 괴물을 처치함으로써 진정한 루시를 우리 가슴속에 되찾아주신 것처럼, 여러분은 또 다른 괴물을 처치하셔야만 합니다. 하지만 그 과정에서 증오에 사로잡혀서는 안 됩니다. 이 모든 절망을 몰고 온 그자야말로 실은 그 누구보다 가련한 영혼입니다. 여러분이 그자를 처치함으로써 그자의 악한 면이 사라지면 그자의 선한 면이 영면에 들 수 있게 되어 얼마나 기뻐할지 생각해보십시오. 비록 그자를 처치해야 한대도 여러분은 그자를 가엾게 여기셔야 합니다."

하커 씨의 얼굴이 점점 어두워지며 일그러졌다. 내면에 있던 열정이 응축되며 그의 육신을 열정의 핵으로 끌어당기는 것 같았다. 하커 씨는 자기도 모르게 아내의 손을 끌어당겨, 손가락 관절이 하얘질 정도로 세게 움켜쥐었다. 부인은 통증을 느끼면서도 손을 뿌리치기는커녕 더 간절한 표정으로 남편의 눈을 바라보았다. 하커 부인이 말을 멈추자 하커 씨가 부인의 손을 내던지듯 놓으며 벌떡 일어섰다.

"제가 주님께 바라는 건 단 한 가지입니다! 우리가 노리고 있는 그자! 제가 그자의 숨통을 끊어놓을 수 있을 만큼만 그자가 제 손아귀에 들어오길 바랍니다! 그렇게만 된다면 저는 기필코 그자의 영혼을 불타는 지옥으로 던져 영원히 돌아오지 못하도록 할 겁니다!"

"아, 그런 소리 하지 마! 그런 말 하면 안 돼! 주님의 이름으로 그런 말 하면 안 된다고! 조너선, 그런 식으로 말하지 마…. 내가 불안과 공포에 망가지는 걸 보려고 그래? 내 생각을 들어봐. 오늘 내내 생각한 거야. 정말로 종일 이 생각만 했어. 그러니까…. 어쩌면 나도…. 언젠가 그런 연민이 필요해질지 몰라. 그런데 지금 당신처럼 다른 사람이 분을 못 이겨 내게 연민을 허락하지 않으면 어떡해! 조너선, 당신은 내 남편이잖아! 당신은 내 남편이니까, 이런 식으로도 생각해줘야만 해. 주님께서 방금 당신의 험한 말을 귀담아듣지 않으셨기를 바라. 그저 주님의 사랑을 받아 마땅한 자녀가 고통에 시달리며 처절한 비명을 질렀다고 여겨주시길 바라.

아, 주님! 하얗게 센 이 머리칼을 증거 삼아 평생 올바른 길만 걸어온 이 사람이 크나큰 슬픔으로 헤아릴 수 없는 고통을 받았음을 알아주소서."

하커 부인의 말에 온통 눈물바다가 됐다. 우리는 차오르는 눈물을 참지 못하고 그대로 쏟아냈다. 부인은 모두가 자신의 진심 어린 조언에 공감한다는 걸 깨닫고 흐느꼈다. 하커 씨는 부인 옆에 무릎을 꿇고 주저앉아 그녀의 허리를 감싸 안으며 치맛자락에 얼굴을 묻었다. 교수님의 손짓에 따라 우리는 부부와 주님이 오붓한 시간을 나눌 수 있도록 슬그머니 밖으로 나갔다.

교수님은 하커 부부가 방으로 돌아오기 전에 흡혈귀가 얼씬할 수 없도록 다시 한번 방을 점검하셨다. 그런 뒤 하커 부인에게는 마음 편히 쉬어도 된다고 말씀하셨다. 부인은 정말로 괜찮다는 믿음을 가지려 애쓰며 안도하는 표정을 힘겹게 지어 보였다. 그 모습을 보고 그녀가 남편의 걱정을 덜어주기 위해 안간힘을 쓴다는 걸 알아채지 못할 사람이 있으랴. 실로 고결한 노력이다. 나는 그 노력에 보상이 주어지리라고 믿는다. 교수님은 위급한 경우 누구라도 쓸 수 있도록 침대 양쪽에 종을 놓아두셨다. 부부가 방으로 들어간 뒤 퀸시, 고달밍, 그리고 나는 불침번을 서기 위해 순서를 정했다. 시간을 나눠서 셋이 돌아가며 하커 부인을 지킬 작정이었다. 첫 번째 불침번은 퀸시가 서게 되었다. 고달밍과 나는 빨리 자둬야 했기에 곧바로 방으로 돌아왔다. 고달밍은 두 번째 불침번이어서인지 벌써 잠자리에 들었다. 나도 이제 기록을 끝냈으니 자러 가야겠다.

조너선 하커의 일기

10월 3~4일 자정 무렵. — 하루가 끝나지 않을 것만 같았다. 이제는 빨리 잠들었으면 하는 마음뿐이다. 잠에서 깨면 무언가가 달라져 있을지 누가 알겠는가. 우리 상황이 이보다 더 악화될 리 없으니, 무슨 변화라도 생기면 상황은 지금보다 나아지리라. 다들 모였을 때 우리는 다음 행보를 논의했지만, 결론에 이르지 못했다. 우리가 아는 건 흙 상자 하나가 남았고, 그 상자의 위치는 백작만이 안다는 것이다. 그자가 숨어 있기로 작정하면 우리는 앞으로 수년간 갈피를 못 잡고 헤맬 수도 있다. 그럼 그 사이에…. 아, 상상만 해도 끔찍해서 지금은 그에 대해 생각하고 싶지 않다. 그냥 이 생각만 하겠다. 이 세상에 완벽한 여성이 있다면 그녀가 바로 내 아내다. 미나는 이런 일을 겪어서는 안 되는 사람이다. 아까 미나의 온정 가득한 웅변을 듣고 나니 그녀를 향한 애정이 더 샘솟는다. 그녀가 보여준 온정에 그 괴물을 향한 내 증오가 비루하게 느껴졌다. 그러나 주님께선 그런 괴물을 하나 잃는다고 해서 이 세상을 지금보다 볼품없게 만들지는 않을 것이다. 이것이 내게는 희망이다. 우리는 지금 암초를 향해 떠밀리고 있다. 우리에겐 믿음만이 유일한 닻이다. 다행히 미나는 지금 꿈도 꾸지 않고 곤히 잠들어 있다. 나는 그녀가 꿈을 꿀까 봐 두렵다. 흉측한 기억을 바탕으로 악몽을 꾸게 될 수도 있으니…. 지켜본 바로는 미나가 해가 진 후부터 초조해하는 것 같았다. 하지만 해가 지는 순간에는 3월의 돌풍이 지난 후 찾아오는 봄날처럼 잔잔한 표정을 지었다. 당시엔 그녀의 얼굴에 비치는 석양의 따스함 때문이라고만 생각했는데, 지금 보니 다른 의미가 있을 것 같다. 졸리진 않지만, 정말로 죽을 만큼 피곤하다. 어쨌든 나는 자야 한다. 내일을 생각해야지. 여유 부릴 때가 아니다.

잠시 후. — 잠이 들었던 모양이다. 미나가 깨워서 눈을 떴다. 미나는 놀란 표정으로 침대 위에 앉아 있었다. 방에 가스등을 켜두어 미나의 표정을 쉽게 확인할 수 있었다. 그녀는 소리를 죽이라는 듯 내 입을 막으며 귓가에 속삭였다.

"쉿! 복도에 누가 있어!" 나는 조용히 일어나 방을 가로질렀고, 조심스레 문을 열었다.

눈을 말똥말똥하게 뜬 모리스 씨가 문 앞에 매트리스를 가져다 놓고 그 위에 누워 있었다. 그는 조용히 하라는 듯 손을 올리며 나지막이 말했다.

"쉿! 들어가 자요. 여긴 아무 일 없어요. 우리가 돌아가면서 밤새도록 자리를 지키기로 했어요. 틈을 보이면 안 되니까요!"

모리스 씨는 표정과 행동으로 대화를 이어갈 생각이 없음을 분명히 드러냈다. 나는 침대로 돌아와 미나에게 사정을 설명했다. 미나는 안도의 한숨을 쉬었다. 창백한 얼굴에 희미하게나마 미소가 드리웠다. 그녀는 여린 팔로 나를 감싸 안으며 조용히 말했다.

"다들 어쩜 이렇게 용감하고도 자상할까!" 그녀는 누우면서 한 번 더 한숨을 내쉬고는 다시 잠을 청했다. 나도 이어서 자야겠지만, 당장은 잠이 안 와서 일기를 썼다.

10월 4일 오전. — 밤중에 미나가 깨워서 한 번 더 눈을 떴다. 창문 틈새로 빛이 새어들어 창문에 얇은 직사각형 빛이 생긴 걸 보면 날이 밝는 중이었던 것 같다. 둘 다 오래도록 푹 잤던 모양이다. 가스등의 불꽃도 형체를 거의 잃어서 점 크기로 줄어들어 있었다. 미나가 재촉하는 투로 부탁했다.

"서둘러. 가서 교수님을 모셔와. 지금 당장 교수님을 뵈어야겠어."

"왜 그래?"

"좋은 생각이 났거든. 밤중에 떠오른 생각인 것 같은데, 어쩌다 보니 정리가 됐어. 날이 밝기 전에 교수님한테 최면을 걸어달라고 해야 해. 그래야 제대로 말할 수 있어. 빨리 가서 모셔 와, 조너선. 곧 해가 떠." 내가 문을 열자 매트리스 위에서 쉬고 있던 수어드 박사가 나를 보더니 벌떡 일어섰다.

"무슨 일이 생겼습니까?" 박사가 깜짝 놀라며 물었다.

"아닙니다. 미나가 지금 바로 반 헬싱 교수님을 뵙고 싶다고 해서요."

"내가 모셔 오지요." 수어드 박사는 이렇게 말하고 황급히 교수의 방으로 향했다.

2~3분 정도 지나서 반 헬싱 교수가 잠옷 차림으로 우리 방에 왔다. 모리스 씨와 고달밍 경도 달려와 문가에서 수어드 박사에게 질문을 퍼부었다. 걱정스러운 표정으로 방에 들어선 교수는 미나를 보자마자 미소를 지었다. 그 미소가 걱정을 몰아내는 것 같았다. 교수는 양손을 비비며 입을 열었다.

"하커 부인, 이건 좋은 변화로군요. 조너선, 당신도 보시오! 우리가 알던 옛날의 하커 부인이잖소! 암, 이래야 하커 부인이지!" 교수는 다시 미나를 바라보며 들뜬 목소리로 물었다. "그나저나 나를 찾은 이유가 뭔지 물어도 되겠소? 이른 시각에 이유도 없이 나를 찾았을 리는 없을 것 같소만."

"저한테 최면을 걸어주십시오! 해가 뜨기 전에 해주셔야 합니다. 그러고 나면 편하게 모든 걸 말씀드릴 수 있을 것 같습니다. 서둘러주세요. 시간이 별로 없습니다!" 교수는 군말 없이 미나에게 앉으라고 손짓했다.

교수는 미나를 주시하며 최면을 거는 동작을 취했다. 한 손으로 정수리 위에서 시작해 아래쪽으로 내려가는 동작이었는데, 그것이 끝나자 교수는 다른 손으로 같은 동작을 반복했다. 미나는 몇 분 동안 미동도 없이 교수만 바라보았다. 위기가 닥쳤다는 느낌 때문인지 내 심장은 스프링 해머처럼 요동쳤다. 그녀의 눈이 서서히 감겼다. 눈을 감았는데도 그녀는 움직이지도 않고 꼿꼿하게 앉아 있었다. 부드럽게 오르내리는 가슴만이 그녀가 여전히 살아 있다는 유일한 증거였다. 교수는 몇 가지 동작을 더 취한 뒤 최면 걸기를 멈췄다. 교수의 이마에 굵은 땀방울이 송골송골 맺혔다. 그때 미나가 눈을 번쩍 떴다. 그녀는 완전히 다른 사람 같았다. 그녀는 먼 곳을 응시했다. 최면에 걸린 그녀의 목소리는 낯설게 느껴질 정도로 서글프고도 몽환적이었다. 교수가 소리를 내지 말라는 듯 손을 들더니, 내게 다른 사람들을 불러오라고 손짓했다. 나머지 세 사람은 까치발을 하고 조심스럽게 방 안으로 들어와 문을 닫았다. 그들은 침대 발치에 서서 상황을 지켜보았다. 미나는 그들이 아닌 다른 무언가를 바라보고 있었다. 적막을 깬 건 교수였다. 반 헬싱 교수는 미나가 생각하는 흐름을 방해하지 않으려고 낮은 목소리로 조심스레 입을 열었다.

"지금 어디에 있습니까?" 교수의 질문에 대한 미나의 대답은 묘했다.

"모르겠습니다. 잠의 장소라는 건 없는 법이니까요." 몇 분간 침묵이 이어졌다. 미나는 계속 꼿꼿하게 앉은 상태였고, 교수는 그런 그녀에게서 시선을 떼지 않았다. 두 사람을 지켜보던 우리는 숨을 죽였다. 방이 점점 밝아지고 있었다. 반 헬싱 교수는 미나를 주시하면서 내게 블라인드를 올리라고 손짓했다. 블라인드를 올려보니 해가 뜨기 직전이었다. 붉은 빛줄기가 솟아오르며 장밋빛 햇살이 방 안에 퍼져 나갔다. 그 순간 교수가 다시 물었다.

"지금 어디에 있습니까?" 교수의 질문에 대답하는 미나의 목소리는 몽환적이었지만, 이번에는 의식이 분명하다는 게 느껴졌다. 미나는 무언가를 해석하려는 것 같았다. 나는 그녀가 속기를 읽을 때 그와 비슷하게 중얼거리는 걸 들은 적이 있다.

"잘 모르겠습니다. 모든 게 낯설어요!"

"뭐가 보입니까?"

"아무것도 보이지 않습니다. 주위가 깜깜합니다."

"무슨 소리가 들립니까?" 교수는 차분히 물었지만, 나는 그의 목소리에서 긴장을 감지했다.

"물이 철썩거리는 소리. 쏴 하는 소리도 나고, 살짝 파도가 치는 소리도…. 밖에서 그런 소리가 납니다."

"배에 있는 겁니까?" 우리는 서로의 생각을 확인하고자 시선을 교환했다. 사실 우리는 상상하기조차 두려웠다. 미나는 곧바로 대답했다.

"아, 그렇습니다!"

"또 다른 소리는 들리지 않습니까?"

"머리 위에서 여러 사람이 뛰어다니는 소리가 납니다. 사슬이 삐걱대는 소리도 들리고, 수직형 권동卷胴으로 당겨지는 닻이 여기저기 텅 하고 부딪치는 소리도 요란하게 나네요."

"지금 당신은 뭘 하고 있습니까?"

"가만히 있습니다. 아, 온몸이 굳었어요. 죽은 것 같아요!" 미나의 목소리가 점점 잦아드는가 싶더니 잠든 것처럼 깊은 숨을 내쉬었다. 그녀의 눈이 다시 감겼다.

그 사이 해가 떠서 방 안에 햇살이 가득 들어왔다. 반 헬싱 교수는 미나의 어깨에 손을 얹고 조심스레 그녀를 눕혀 베개를 받쳐주었다. 미나는 몇 초간 아이처럼 쌕쌕대더니 긴 숨을 내쉬며 깨어났다. 그녀는 궁금하다는 표정으로 우리를 하나씩 돌아보았다. "제가 의식을 잃었을 때 무슨 말을 했나요?" 미나는 이렇게만 물었을 뿐이다. 우리는 아무도 입을 열지 않았으나, 미나는 대답을 알아차린 듯했다. 그녀는 자신이 뭐라고 했는지 제발 알려달라는 듯한 표정을 지었다. 교수가 최면 상태에서 나눈 대화를 들려주자 그녀가 입을 열었다.

"그렇다면 허비할 시간이 없군요. 아직 늦지 않았을지도 모릅니다!" 모리스 씨와 고달밍 경이 곧바로 문가를 향해 걸음을 옮겼다. 그러자 교수가 침착한 목소리로 그들을 불러 세웠다.

"거기 서게. 그 배가 어디에 정박해 있든 간에, 하커 부인이 말할 당시 그 배에서는 닻이 올라가고 있었네. 그 시각에 넓은 런던항에서 닻을 올리고 있던 배들은 한두 척이 아닐 거야. 이런 상황에서 그 배를 어찌 찾으려고 그러나? 그렇지만 다행히 우리에겐 새로운 단서가 생겼어. 물론 이 단서가 우리를 어디로 이끌지는 모르지만 말이야. 우리가 이제껏 알아채지 못한 게 있어. 상대의 태도를 제대로 관찰하지 못했다는 뜻이야. 당시 뭘 봐야 하는지 알았다면, 제대로 관찰해서 앞일을 예측했을 수도 있었어! 뭐, 이제 와서 보면 그렇단 거지. 아, 내가 이야기를 뒤죽박죽으로 늘어놓는군. 그렇지? 이제 우리는 백작이 조너선의 검에 찔릴 위험을 감수하면서까지 돈을 챙겨야 했던 이유를 파악할 수 있어. 그자는 달아나려 했던 걸세. 내 말 들었나? 달아나려 했다니까! 그자는 여우를 쫓는 사냥개들처럼 한 무리의 사내들이 자신을 쫓고 있는 상황에서 흙 상자 하나로는 런던에서 버티기 어렵다는 걸 깨달은 거야. 그자는 마지막 흙 상자를 배에 싣고 이 땅을 떠나려 하고 있어. 잘 빠져나갔다고 생각하겠지만, 어림도 없지! 우리가 그자를 쫓을 테니까. 아서가 사냥용 옷을 입었다면 이런 소리를 냈겠구먼. 쉬쉬! 우리가 쫓는 이 늙은 여우는 아주 교활해. 암! 교활하다마다! 그래서 우리도 이놈의 뒤를 쫓으려면 머리를 써야 해. 나도 적잖이 교활한 편이니 괜찮아. 시간을 조금만 주면 그자의 계획을 짐작해보겠네. 그 사이 다들 마음을 가라앉히고 좀 쉬게나. 어차피 그자는 바다로 나갔어. 그자가 그 물을 건너 육지로 되돌아오려고 할 리도 없지만, 만약 그러려고 한대도 출항한 이상 그건 불가능하다고 봐야 해. 만조나 간조가 아니면 물을 건너지 못한단 말이지. 자, 방금 해가 떴어. 우리에겐 해 질 때까지 시간이 있어. 다들 씻고 옷을 갈아입은 후 식사를 하세나. 우리 꼴을 좀 보라고. 그자는 지금 우리와 같은 땅을 밟고 있지 않으니 식사도 마음 편히 할 수 있을 걸세." 그러자 미나가 간절한 표정으로 교수를 바라보며 물었다.

"그자가 이미 떠났다면 왜 계속 쫓아야 합니까?" 교수는 미나의 손을 잡고 토닥이며 대답했다.

"질문은 나중에 받겠소. 아침 식사 후에 대답해드리리다." 교수는 이렇게 말한 후 입을 걸어 잠갔다. 우리는 옷을 갈아입으러 제각기 흩어졌다.

아침 식사 후 미나는 같은 질문을 던졌다. 교수는 그녀를 물끄러미 바라보다 근심에 젖으며 말했다.

"하커 부인, 그자가 떠난 게 지금이기에 우리는 반드시 그자를 쫓아가 잡아야 하오. 지옥의 문턱까지 쫓아가서라도 그자를 잡아야 한단 말이오!" 미나의 얼굴이 창백해졌다. 그녀는 기어 들어가는 목소리로 물었다.

"왜지요?"

교수는 엄숙하게 대답했다. "그자는 수백 년을 살 수 있지만, 부인은 그렇지 않기 때문이오. 그자가 부인의 목에 그 자국을 낸 이상, 한시도 안심할 수 없소."

미나는 그 자리에서 의식을 잃고 쓰러졌고, 나는 곧바로 달려가 쓰러지는 그녀를 붙들었다.

24장

반 헬싱이 수어드 박사의 축음기로 녹음한 기록

조너선 하커에게 남기는 말임을 밝힌다.

하커 씨, 당신은 부인 곁을 지키시오. 우리는 나가서 조사를 좀 하겠소. 조사라는 표현이 적절하지 않을 수도 있겠구려. 뭘 알아내려는 것이 아니라 확인하려는 것이니 말이오. 어쨌든 당신은 오늘 우리와 동행하는 대신 부인을 돌보시오. 그게 최선의 방법이기도 하고 가장 어려운 일이기도 하다오. 어차피 여기에서는 그자를 잡을 수 없잖소. 다른 세 사람에게는 미리 말해두었는데, 당신도 알고 있어야 할 것 같아서 이렇게 기록을 남기오. 우리의 적은 떠났소. 그자는 트란실바니아에 있는 자신의 성으로 돌아가고 있소. 그 점은 확실하오. 불붙은 거대한 손이 벽을 지지며 써 내려간 글자만큼이나 명료하지. 그자는 만일에 대비해 마지막 흙 상자를 선적하기 쉬운 곳에 보관해뒀을 거요. 돈은 뱃삯을 위해 챙겼겠지. 해가 지기 전에 우리에게 붙잡히지 않으려고 서둘렀던 거고…. 그게 그자의 마지막 희망이었소. 아, 루시 양의 납골당에 숨어들 가능성도 있었기는 하오. 그자는 루시 양이 자기 같은 흡혈귀가 됐다고 생각하고 있으니, 그곳에 가면 루시 양이 자기를 받아줄 거라는 생각도 했을 거요. 다만 시간이 충분치 않았소. 그자는 루시 양의 납골당까지 가는 게 불가능하다는 걸 깨닫고 곧장 마지막 자원을 택했소. 여기서 자원이란 수단과 지략을 모두 포함하오. 이중적인 의미로 쓰일 수 있는 표현을 원했거든. 아, 그자는 영리하오. 실로 영리하오! 이곳에서의 싸움이 끝났다는 걸 정확히 파악하고 단호하게 고향으로 돌아가겠다고 결정하다니…. 그자는 자신이 왔던 경로를 통해 돌아가는 배를 찾아 탑승했을 거요. 우리는 이제부터 그 배와 그 배의 기항지, 목적지를 알아보려 하오. 알아내면 돌아와서 당신에게도 모두 말해주겠소. 그러면 당신과 하커 부인에게 새로운 희망을 안겨줄 수 있겠지. 당신도 잘 생각해보시오. 아직 우리에겐 희망이 있소. 모든 희망이 사라지진 않았소. 우리가 쫓는 이 괴물은 런던에 오기까지 수백 년이란 시간이 걸렸는데, 우리는 그자를 처치할 방법을 찾고서 단 하루 만에 그자를 몰아냈소. 그자는 엄청난 해악을 끼칠 만큼 강력하고, 우리와 같은 고통을 느끼지도 않소. 그러나 그자에게도 한계가 있소. 불굴의 상대가 아니란 말이오. 우리는 대의를 품었기에 강하오. 모두가 힘을 합치면 우리는 더욱 강해지오. 당신은 부인의 소중한 남편이오. 그러니 마음을 다잡으시오. 전투는 이제 막 시작되었소. 우리는 결국 승리할 것이오. 주님이 높은 곳에서 우리를 굽어보고 계시잖소. 우리가 돌아올 때까지 지금 내가 한 이야기를 위안 삼길 바라오.

지금까지 반 헬싱이었소.

조너선 하커의 일기

10월 4일. — 반 헬싱 교수가 녹음한 내용을 미나에게 들려줬는데, 그걸 들은 미나의 표정이 눈에 띄게 밝아졌다. 백작이 영국을 떠난 게 분명하다는 사실에 위안을 얻은 것 같다. 그러면서 미나는 기운을 차렸다. 솔직히 나는 그자 때문에 맞닥뜨린 무시무시한 위험에서 벗어난 지금, 그간의 일이 실제로 벌어졌다는 걸 믿기 어렵다. 드라큘라 성에서 겪은 끔찍한 경험도 아득한 꿈처럼 느껴진다. 지금 나는 이렇게 눈부신 햇살 속에서 선선한 가을 공기를 들이켜고 있지 않은가.

아, 이건 다 헛소리다! 내가 어찌 믿지 않을 수 있단 말인가! 어떤 생각을 하는 중에도 미나의 하얀 이마에 난 붉은 흙터에 눈길이 간단 말이다! 그 흙터가 존재하는 한 나는 그자의 존재를 믿지 않을 수 없다. 앞으로도 나는 저 흉터를 볼 때마다 이 모든 기억을 떠올려야 하겠지. 미나와 나는 여유를 즐길 수 없어 모든 기록을 몇 번이고 다시 읽었다. 이유는 모르겠지만, 읽을 때마다 과거의 기억은 점점 더 생생해지는 반면 고통과 두려움은 줄어든다. 모두의 기록에는 공통된 목표를 향한 의지가 담겨 있는데, 그게 고통과 두려움을 달래주는 것 같다. 미나는 우리가 어쩌면 궁극적인 선을 위한 도구일지도 모른다고 한다. 나도 미나처럼 생각할 수 있게 노력해야겠다. 미나와 나는 앞일에 대해서는 이야기하지 않았다. 교수와 다른 사람들이 조사를 마치고 돌아올 때까지 그런 얘기는 하지 않고 기다리는 게 나을 듯하다.

오늘은 시간이 그 어느 때보다 빠르게 흘러간다. 벌써 3시다.

미나 하커의 일기

10월 5일* 오후 5시. — 회의록을 작성하겠다. 회의 참여

* 10월 4일 자 조너선 하커의 일기와 10월 5일 자 수어드 박사의 일기를 참고하면 본문은 10월 4일의 오기로 보인다.

자는 다음과 같다. 반 헬싱 교수님, 고달밍 경, 수어드 박사님, 퀸시 모리스 씨, 조너선 하커, 미나 하커.

반 헬싱 교수님이 드라큘라 백작이 탈출하는 과정에서 이용한 배와 그 배의 목적지에 대해 알아낸 내용을 설명하셨다.

"나는 그자가 트란실바니아로 돌아가려 한다면 반드시 다뉴브강 어귀나 런던으로 오면서 지난 흑해 연안으로 향하리라 생각했소. 우리로서는 막막한 상황이었소. 모르는 사실은 대단해 보이는 법이라는 말도 있잖소. 우리는 무거운 마음을 안고 지난밤 흑해로 출항한 배를 알아보았소. 반드시 확인해야 했던 건 〈타임스〉에 실린 출항 선박 목록이었소. 우리는 고달밍 경의 제안에 따라 소형 선박을 포함한 모든 선박의 출항 기록을 관리하는 로이즈 해상 보험 조합을 찾아갔소. 정보를 제공하는 건 그쪽이니까. 조류를 타고 흑해로 출항한 선박은 딱 한 척뿐이었소. 여제 예카테리나 호였는데, 둘리틀 부두에서 출항해 바르나로 향했다고 하오. 그 선박은 바르나와 다른 몇 곳의 기항지를 거쳐 다뉴브강으로 진입할 예정이라고 했소. 나는 아서와 퀸시에게 말했소. '백작이 탄 배가 바로 이거로군.' 우리는 곧장 둘리틀 부두로 향했소. 그리고 부두 사무실로 쓰는 작은 목조 건물에서 관련 사무를 처리하는 사람을 찾았소. 건물이 어찌나 작은지 사람이 건물보다 커 보였소. 우리는 여제 예카테리나호의 출항 상황에 대해 문의했소. 담당자는 얼굴이 벌게서는 큰 소리로 욕을 늘어놓는 사람이었지만, 됨됨이는 괜찮은 편이었소. 퀸시는 주머니에서 지폐를 꺼내 돌돌 말았소. 그리고 안주머니 깊이 넣어둔 주머니를 꺼내, 거기에 지폐를 넣고 담당자에게 건넸소. 그러자 담당자는 이전보다 더 싹싹한 태도로 우리에게 뭐든 해줄 것처럼 굴었소. 담당자는 우리와 함께 부두를 돌아다니며 말투가 거칠고 성격이 불같은 사내들에게 그 배에 대해 물었소. 그자들은 술만 건네주면 더없이 나긋나긋해지더구려. 그들은 이야기하면서 빌어먹을, 망할, 뭐 그런 소리를 엄청나게 해댔는데, 비속어가 많아 다 알아들을 수 없었지만 그들의 이야기를 대강은 파악했소. 어쨌든 그들은 우리가 원하는 모든 정보를 알려주었소.

그들 중 몇 사람이 어제 오후 5시경 한 남자가 헐레벌떡 달려오는 걸 봤다고 알려주었소. 키가 크고 호리호리하며, 창백한 얼굴에 콧대가 높고 이는 새하얀 남자였는데, 두 눈이 불타는 것처럼 붉었다고 했소. 위아래로 시커먼 옷을 걸치고 있었는데, 그런 복장이나 계절과 어울리지 않는 밀짚모자를 쓴 게 특이했다더군. 그자는 흑해 쪽에서 무슨 항구로 가는 배를 찾으려고 돈을 뿌려댔소. 몇몇이 그자를 사무실로 데려다줬지. 그들은 잠시 후 그자를 찾고 있던 배로 데려다주기도 했는데, 그자는 정작 배 앞에 도착해서는 승선하지 않고 뱃전 출입구와 부두에 걸친 널빤지 끝에 올라선 채 걸음을 멈추었소. 그자는 선장을 불러달라고 했소. 선장은 내려와서 그자의 요구를 듣고 뱃삯을 꽤 높이 불렀소. 그자는 선장이 제시한 금액에 불평을 해대면서도 이내 조건에 동의했소. 그자는 선장과 합의한 후 다른 사람에게 물어 말과 수레를 빌릴 곳을 알아냈소. 잠시 부두에서 자리를 떴던 그자는 커다란 상자가 실린 수레를 직접 끌고 배 앞으로 돌아왔소. 그자는 상자를 혼자 수레에서 내렸소. 그런데 그걸 배에 실으려고 손수레로 옮길 땐 인부 여럿이 진땀을 쏟았다고 하오. 그자는 자기가 가져온 상자를 어디에 어떻게 놓을지를 두고 선장과 한참 동안 입씨름했소. 선장은 그런 상황이 불쾌했는지 그자에게 온갖 욕을 해대며 그럼 직접 배에 올라서 화물칸을 살펴보고 자리를 정하라고 말했소. 하지만 그자는 싫다고 대답했소. 할 일이 남아서 승선할 여유가 없다나. 그러자 선장은 그럼 당장 꺼져서 일이나 끝내라며, 망할 놈의 조류가 바뀌기 전에는 빌어먹을 이곳을 출발할 예정이니 서둘러야 할 거라고 말했소. 그자는 선장의 말에 싱긋 웃으며 때가 되면 어련히 알아서 한다고 대꾸했소. 외려 자신이 너무 빨리 사라져 선장이 놀랄 거라고 덧붙이기까지 했지. 선장은 다시 여러 나라 말로 욕을 해댔소. 그자는 고개를 숙이며 선장에게 고마움을 표한 뒤, 선장이 화물 발송자의 화물 확인까지 염려해주니 자신이 기꺼이 도움을 베풀겠노라고 말했소. 선장은 끝내 시뻘게진 얼굴로 욕이란 욕은 다 늘어놓으며, 염병할 프랑스인•은 뭔 지랄을 해도 자기 배에 태우지 않는다고 고래고래 소리를 질렀지. 뭐, 두 사람의 기 싸움은 그렇게 끝났다고 하오. 그자는 선적 서류를 작성할 가장 가까운 부두 사무소가 어딘지 확인한 뒤 자리를 떴소.

'그 인간이 어딜 가서 뭘 하고 자빠졌는지 우리가 알게 뭡니까?' 선착장 인부들은 이렇게 말했소. 날씨가 변하면서 여제 예카테리나호가 예정된 시각에 출발하는 게 사실상 불가능해져서 갑자기 망할 놈의 일이 많아졌다나. 강에서 옅은 안개가 스멀스멀 피어오르는가 싶더니, 안개가 점점 널리 퍼지고 짙어져 배 주위를 완전히 둘러쌌다더라고. 선장은 온갖 외국어로 욕을 해댔소. 선착장 인부들도 알아듣지 못할 정도였다는데, '망할', '빌어먹을' 소리는 알아들은 모양이더군. 하지만 선장이라고 안개 앞에서 뾰족한 수가 있나. 물이 점점 차오르면서 선장은 물때를 놓칠까 봐 초조

• '드 빌 백작'이라는 이름을 사용한 탓에 선장은 드라큘라를 프랑스인으로 오해한 듯하다.

해하기 시작했소. 만조가 됐을 때 선장은 폭발하기 직전이었소. 그때 그자가 현문 널빤지를 건너 승선하며 자기 상자를 어디에 보관해뒀는지 확인하고 싶다고 말했소. 선장은 젠장맞을 그자와 그자의 상자가 지옥에나 떨어졌으면 좋겠다고 대꾸했소. 그자는 선장의 말에 아랑곳없이 항해사와 함께 갑판 아래로 내려가 상자를 둔 위치를 확인했소. 그러고는 잠시 후 올라와 한동안 안개 가득한 갑판 위에 서 있었소. 그 이후로는 아무도 그자를 보지 못했고, 그래서 다들 그자가 배에서 내렸겠거니 생각했소. 솔직히 당시에는 그자에게 관심을 둔 사람이 없었소. 얼마 지나지 않아 안개가 걷히기 시작하더니 이내 시야가 깨끗해졌거든. 술과 욕을 입에 달고 사는 것 같던 인부들은 이런 얘기를 하다가 갑자기 여제 예카테리나호의 선장을 화제에 올리며 껄껄 웃었소. 선장이 평소에도 외국어로 욕을 하긴 했지만, 그때만큼 심하게 한 적이 없었다며, 정말 가관이었다고 말이오. 한편 안개가 짙게 끼었다는 시각에 템스강을 오르내렸던 한 배의 선원에게 안개에 대해 물으니, 자기 배 선원들은 둘리틀 부두 근처에서 말고는 안개를 못 봤다고 했소. 어쨌든 여제 예카테리나호는 썰물이 시작될 때 출항했소. 오전에는 강어귀에 이르렀겠지. 우리에게 이 이야기를 들려준 이들도 오전쯤이면 여제 예카테리나호가 바다로 나갔을 거라고 말했소.

하커 부인, 부인도 들었다시피 우리 적은 바다에 있고, 안개를 부리며 다뉴브강으로 향하고 있소. 우리는 이때를 틈타 잠시 숨을 돌려야 하오. 그 뱃길은 험해서 목적지에 도착하려면 시간이 적잖게 걸리오. 빠른 육로를 이용하면 우리는 그자를 따라잡을 수 있소. 제일 좋은 건 해가 떠 있을 때 상자에 들어 있는 그자를 포획하는 거요. 그래야 그자가 대응하지 못하는 사이에 우리 뜻대로 그자를 처치할 수 있으니까 말이오. 며칠 정도 시간이 있으니 만반의 준비를 해야 하오. 그자의 목적지는 알아왔소. 선주를 만나 화물 선적 및 운송 서류를 확인했거든. 그 상자는 바르나에서 하역되어 선주의 대리인에게 인수될 예정이오. 선주 대리인은 리스티치 성을 쓰는 사람인데, 그쪽 지방의 상인이라고 하오. 그에게 연락해두면 도움을 줄 거요. 그가 우리 부탁을 의아하게 여겨, 불법적인 일이냐고 전보로 문의할 수도 있소. 그런 전보가 오면 그렇지 않다고 답해야 하오. 경찰이나 세관이 이 문제에 개입하면 곤란하잖소. 이건 우리만의 방식으로 처리해야 할 일이오."

반 헬싱 교수님이 설명을 마치자, 나는 그자가 그 배에 탄 게 확실한지 여쭈었다. 교수님이 대답하셨다. "그 문제에 대해선 무엇보다 확실한 증거가 있잖소. 오늘 아침 부인이 최면에 걸려서 한 말이 그 증거요." 나는 이렇게까지 백작을 쫓아야 하느냐고 다시 한번 여쭈었다. 아! 조너선이 떠나는 게 두려워서였다. 다른 이들이 백작을 추격하기 위해 길을 나선다면 조너선이 남을 리 없으니. 교수님은 처음엔 차분히 대답하셨다. 하지만 시간이 갈수록 점점 더 울분에 찬 목소리로 격렬하게 말씀하셨다. 우리는 좌중을 압도하는 웅변에 감화되었다. 교수님이 오랫동안 최고의 스승으로 추앙받는 이유를 직접 확인한 듯한 느낌이었다.

"아무렴. 당연히 그래야 하오. 그래야만 하오. 반드시! 부인을 살리는 게 첫 번째 이유이며, 인류를 살리는 게 두 번째 이유요. 이 괴물은 활동 반경이 좁은 상황에서도 이 세상에 많은 해악을 끼쳤소. 자신의 능력을 제대로 파악하지 못해 암중모색하는 상황에서도 그자는 단기간에 수많은 일을 벌였단 말이오. 이 얘기는 다들 들어서 알고 있으니, 하커 부인은 존의 녹음이나 부군의 일기를 통해 확인하시구려. 간략히 얘기하자면 이렇소. 그자는 황량한 땅에 살았소. 인적이 드문 땅이었지. 그자가 그곳을 벗어나 사람들이 빽빽하게 들어찬 새로운 땅에 오기까지 수 세기가 걸렸소. 그자처럼 죽지 않는 존재가 또 있다면, 그래서 그자의 방법을 배워 행동으로 옮기려 든다면, 그땐 수 세기가 걸리지 않을 거요. 그자는 은밀하고도 강력하며 불가사의한 자연의 힘이 우리가 상상하지 못하는 방식으로 작용한 결과요. 그자가 생전에 살았고, 죽지 않는 존재가 되어 수 세기를 지낸 지역은 지리적으로도, 화학적으로도 특이한 점을 지닌 곳이오. 그곳에는 끝을 알 수 없는 깊은 동굴과 심연에 이를 것 같은 틈이 가득하오. 그곳에는 화산도 많은데, 그중 몇 곳은 지금까지도 성질이 특이한 증기나 가스를 내뿜고 있소. 그 증기나 가스는 생명을 죽이기도 하고 살리기도 한다오. 그뿐인가. 초자연적인 힘으로 그 지역의 자력과 전기력이 기이하게 결합됐다는 건 의심의 여지가 없소. 그 결과 생물이 영향을 받게 된 것은 말할 것도 없지. 그자는 이런 힘을 활용할 수 있는 자질을 갖춘 첫 번째 사람이었소. 전쟁이 끊이지 않던 힘겨운 시기에 그는 축복받은 능력을 갖추고 태어났소. 누구보다 정신력이 뛰어났고, 두뇌는 더 비상했으며, 담대함은 비할 데가 없었소. 이렇게 엄청났던 그자는 어떤 생명력을 통해 자신의 능력을 극한으로 끌어올리는 방법을 찾았소. 이에 따라 그의 신체는 더욱 강해졌고, 두뇌는 더더욱 비상해졌소. 그자가 악의 힘만 빌리지 않았다면 그 모든 건 훌륭함의 상징이 되어 널리 칭송받았을 것이오. 자, 이게 우리가 알고 있는 그자의 실체요. 그자는 부인을 오염시켰소. 이런, 이 표현을 쓸 수밖에 없소. 용서하시오, 부인. 그래도 부인 역시 적확한 문장으로 사실을 파악하는 편이 좋소. 말했다시피 그자는 부인을 오염시켰소. 그자가 더는 해를 끼치지 않는대도, 부인은 이제 예전과 같을 수 없소. 물론 사는 동안엔 예전처럼 선하게, 행복하게 지낼 수 있을 거요. 문제는 죽음이 찾아올 때요. 인간은 누구나 주님이 정하신 때 죽음을 맞이하게 되오. 그때가 되면 부인은 안식에 드는 대신 그자처럼 변할 거요. 그런 일이 일어나서는 안 되오! 우리는 결코 부인을 그렇게 내버려두지 않겠다고 맹세했소. 그 맹세를 통해 우리는 신의 사자가 되었소. 예수님이 살리고자 하셨던 이 세상 사람들을, 주님을 모욕하는 괴물들에게 내주어서야 되겠소! 우리는 이미 그자가 타락시킨 한 영혼을 구해냈소. 우리는 과거의 십자군처럼 당당히 나아가 더 많은 영혼을 구할 것이오. 십자군처럼 해가 뜨는 곳을 향해 나아갈 것이며, 십자군처럼 실패하더라도 선이란 대의 아래 쓰러질 것이오." 교수님이 말을 멈추시기에 내가 입을 열었다.

"하지만 백작이 현명하다면 이번 실패를 순순히 받아들이고 세상과 동떨어진 곳에서 홀로 숨죽여 살아가지 않겠습니까? 호랑이도 공격을 받았던 마을은 피해 가는 법입니다. 그자는 영국에서 쫓겨났습니다. 다시 영국에 발을 들일 엄두는 내지 못할 겁니다."

"아하! 부인의 비유가 좋구려. 내가 좀 빌리겠소. 영국 사람들도 인도 사람들을 따라서 호랑이를 사람 잡아먹는 짐승이라 부른다고 들었소. 그런데 그거 아시오? 한번 사람의 피 맛을 본 호랑이는 다른 사냥감은 거들떠보지도 않소. 오직 또 다른 사람을 사냥할 때까지 어슬렁거릴 뿐이오. 우리가 쫓는 상대도 호랑이와 같소. 사람 잡아먹는 짐승이지. 그자는 사냥을 멈추지 않을 거요. 암, 그자는 한번 후퇴했다고 포기하고 물러서는 성격이 아니오. 그는 생전에 터키 국경을 넘었고, 적을 자기 땅으로 불러들여 공격했소. 그자가 패퇴하고 포기했소? 아니라오! 그자는 거듭 공격을 감행했소. 그자가 얼마나 참을성이 많고 끈질긴지 모르겠소? 그자는 모든 걸 새로 익혀야 하는 두뇌를 가지고도 대도시로 갈 계획을 세우며 오랜 시간을 기다렸소. 그 사이 그자가 뭘 했소? 그자는 자신에게 가장 적당한 장소를 물색했소. 다음엔 자신의 어떤 점을 보완해야 그 계획을 실행에 옮길 수 있을지 파악했소. 그자는 자신의 힘이 어느 정도이며, 그 힘의 성질이 어떠한지, 인내심을 가지고 차근차근 확인해나갔소. 그자는 새로운 언어도 배웠소. 자신이 가고자 하는 곳의 문화와 전통, 정치, 법, 경제, 과학은 물론이고, 관습까지 익혔소. 물론 입맛을 돋우기 위해, 혹은 식욕을 충족하기 위해 가끔 딴 데 눈을 돌리긴 했소. 아니, 어쩌면 그것도 더 많은 걸 더 빨리 배우기 위해서였을 거요. 그자가 추측했던 자신의 능력을 확인할 기회가 사냥이었을 테니 말이오. 그자는 홀로 이 모든 걸 해냈소. 잊힌 땅의 폐허에서 다른 누구의 도움도 받지 않고 그 모든 걸 해낸 거요. 한 번 드넓은 세상을 꿈꾼 이상, 그자는 거칠 것이 없소. 그자는 죽음 앞에서도 여유만만한 미소를 지을 수 있소. 그자는 온 세상 사람들을 죽어나가게 만드는 질병 속에서도 젊음과 건강을 유지할 수 있소. 아! 그런 자가 악마가 아닌 신의 뜻에 의해 만들어진 존재라면 이 세상에 선이란 존재하지 않는 거요. 그러나 우리는 이 세상을 자유롭게 만들겠노라 맹세했소. 우리는 침묵 속에서 분투해야 하며 그 노력은 비밀에 부쳐야 하오. 이 세상이 눈으로 본 것조차 믿지 못하는 게 일상일 만큼 발전된 사회이기 때문이오. 현명한 인간의 의심은 오히려 그자를 돕는 꼴이오. 사람들의 의심은 그자의 칼을 지키는 칼집이 되고, 그자를 지키는 갑옷이 되며, 우리를 파멸로 몰아갈 무기가 될 거요. 우리는 사랑하는 이와 인류를 지키기 위해서 주님의 영예와 영광을 위해서, 영혼까지 걸고 기꺼이 위험에 발을 들였건만, 사람들의 의심은 그자의 칼끝이 되어 우리를 향할 거란 말이오."

평소와 비슷한 논의 끝에 오늘 밤엔 결론을 짓지 않는 것에 모두 합의했다. 아침에 일어날 때까지 각자 고심해본 후 적절한 결론을 도출하는 게 나을 것 같아서였다. 우리는 내일 아침 식사 때 다시 모여 서로 의견을 나눈 후 대처 방법을 확정 짓기로 했다.

오늘 밤엔 마음이 평화롭다. 마음을 어지럽히던 존재가 사라진 듯한 기분이다. 어쩌면….

'어쩌면'으로 시작한 문장을 차마 완성할 수가 없다. 방금 거울을 통해 이마에 남은 붉은 흉터를 보았기 때문이다. 나는 여전히 불결하다.

수어드 박사의 일기

10월 5일. — 모두 일찌감치 일어났다. 다들 한숨 푹 잔 덕에 개인의 사기와 모임의 사기가 올라간 것 같았다. 일찍 마련한 아침 식사는 예전의 평범한 식사처럼 화기애애한 분위기였다. 그 누구도 우리가 이런 분위기를 다시 느낄 수 있을 거라 예상하지 못했다.

인간의 본성에 내재된 자가 회복력은 실로 놀랍다. 삶에 어떤 장애가 생기더라도, 어떤 식으로든, 심지어 죽음으로라도 그 요인이 제거되면 인간은 원래 상태를 회복해 희망을 품고 기쁨을 느낀다. 우리가 식탁에 둘러앉아 있는 동안 나는 지난날의 일들이 꿈이 아니었나 싶어 몇 번이나 눈을 끔뻑거렸다. 나는 하커 부인의 이마에 난 붉은 상처를 본 후에야 현실로 되돌아왔다. 사실 이 문제를 숙고하는 지금 이 순간에도 이 모든 사태의 원인이 여전히 존재한다는 걸 믿기 어렵다. 하커 부인 역시 그간 자신이 겪은 일을 말끔히 잊은 듯하다. 이따금 뭔가를 떠올릴 때만 그 끔찍한 흉터가 있다는 사실을 상기하는 것 같달까. 우리는 30분 후에 여기, 내 서재에 모여 계획을 세우기로 했다. 이 부분에서 한 가지 난관에 봉착한 것 같다. 합리적인 추론에 의한 가설이라기보다는 본능적인 불안감이다. 우리는 모든 걸 허심탄회하게 얘기하기로 했다. 하지만 하커 부인은 어쩐지 본인의 의지와 달리 입을 열지 못하리란 생각이 든다. 물론 부인을 믿지 못하는 건 아니다. 그녀는 본인의 의사에 따라 스스로 결정하고 있으며, 이제껏 부인이 내린 결정은 매번 옳았고 탁월했다. 다만 이번엔 부인이 그 결정을 입 밖으로 내지 않을 것 같다는 거다. 아니, 입 밖으로 내지 못하는 것일지도 모르겠다. 나는 반 헬싱 교수님께 이런 생각을 말씀드렸다. 우리는 둘만 따로 있을 때 얘기를 마저 하기로 했다. 나는 그녀의 피에 흡수된 지독한 독성 물질이 작용하기 시작했다고 의심한다. 교수님은 백작이 자신의 피를 하커 부인에게 먹인 것을 두고 '흡혈귀들 간의 피의 세례'라고 일컬은 적이 있다. 백작이 소위 피의 세례를 한 데는 나름의 의도가 있을 것이다. 흠, 순수한 물질에서 추출 가능한 독이 있을지도 모르지. 유독성 분해물인 프토마인의 비밀조차 풀지 못하는 시대니 뭐가 있다 해도 놀랍지 않을 것이다! 어쨌든 한 가지는 확실하다. 하커 부인이 입을 봉하리라는 내 예감이 맞아떨어진다면 이는 우리 계획에 정체 모를 위험이 도사리고 있다는 뜻이 된다. 부인을 침묵하게 만든 그 힘이 부인에게 특정한 말을 하도록 강요할 수도 있으니…. 더 깊이 생각하진 말아야겠다. 괜한 생각으로 훌륭한 여인을 폄하하는 것 같은 기분이다!

반 헬싱 교수님이 약속 시간이 되기 전에 서재에 오셨다. 교수님과 이 문제에 대해 상의해봐야겠다.

잠시 후. — 교수님이 오셔서 이런저런 얘기를 꺼내셨다. 그 얘기를 가만히 듣고 있자니 교수님이 하시고 싶은 말씀이 있는데 선뜻 꺼내지 못한다는 느낌이 들었다. 한동안 말을 빙빙 돌린다 싶었는데 교수님이 느닷없이 이런 얘기를 하셨다.

"존, 이 얘기는 일단 우리 둘만 알고 있어야 하네. 다른 사람들에겐 나중에 말해도 괜찮을 것 같아." 교수님은 잠시 말을 멈추었다가 다시 입을 여셨다.

"하커 부인 말일세. 그 훌륭한 하커 부인이…, 그녀가 변하고 있어." 내가 가장 두려워했던 생각이 교수님 입에서 흘러나왔다. 등골이 서늘해졌다.

"루시 양의 침통한 죽음을 통해 배운 바 있네. 이번에는 상황이 더 악화되기 전에 경각심을 가져야 해. 우리가 앞으로 해야 할 일은 지금까지와는 비교도 안 되게 힘겨울 거야. 더구나 부인이 이런 상태이니 시간마저 촉박하지. 나는 부인의 얼굴에 흡혈귀의 특징이 조금씩 나타나는 걸 확인했어. 아직은 미미하지만, 감정을 배제하고 살펴보면 알아챌 수 있는 정도더군. 치아가 예전보다 날카로워졌고 눈빛도 훨씬 차가워. 이게 다가 아니야. 부인은 요즘 들어 말없이 가만히 있는 경우가 많아. 루시 양도 그랬지. 도통 말을 안 했잖나. 알려주고 싶은 게 있어서 글을 쓰면서도, 정작 입은 열지 않았단 말이야. 내가 염려하는 건 이걸세. 부인이 정말로 흡혈귀로 변하고 있다면 그녀가 최면 상태에서 하는 말은 신뢰할 수 없는 정보야. 그녀는 최면 상태에서 백작이 보고 듣는 걸 전하잖아. 그런데 백작이 먼저 그녀에게 최면을 걸었다면 그녀가 그 상태에서 보고 듣는 게 진실할까? 게다가 그자는 부인의 피를 마셨고, 부인에게 자신의 피를 마시게 했어. 그러니 부인의 생각을 조종할 수 있을지도 몰라. 분명 그렇겠지. 그럼 혹시라도 그자가 그런 식으로 부인이 알고 있는 사실을 털어놓게 만들면 어떡하나?" 나는 교수님의 말씀에 수긍한다는 뜻으로 고개를 끄덕였다.

"우리는 그런 상황이 벌어지지 않도록 미리 대처해야 해. 그러기 위해서는 앞으로 부인에게 우리 의도를 숨겨야 하지. 그래야 부인이 그자에게 계획을 발설하지 못할 것 아닌가. 고통스러운 일이야! 아, 생각만 해도 가슴이 미어질 것 같군! 그래도 어쩔 수 없어. 잠시 후에 다들 모이면 내가 부인에게 설명함세. 회의에 참석하면 안 되는 이유를 설명하진 않으려고 하네. 그냥 우리가 부인을 보호하려면 이 방법뿐이라고만 할 걸세." 교수님은 이마에 송골송골 맺힌 땀방울을 훔쳐내셨다. 그렇지 않아도 고통에 시달리는 하커 부인에게 더 큰 고통을 주어야 한다는 생각에 힘겨우셨던 모양이다. 나는 교수님께 나 역시 같은 생각을 했다고 말씀드릴까 고민했다. 그 얘기를 들으시면 교수님이 좀 위안을 얻지 않을까 싶었다. 어찌 됐든 자신의 판단을 의심하며 괴로워할 필요는 없을 테니…. 나는 교수님께 그렇게 말씀드렸다. 효과는 생각했던 대로였다.

모이기로 한 시각이 거의 다 됐다. 교수님은 힘겨운 말을 꺼내기 전에 마음을 진정시키고 회의를 준비하겠다며 자리를 뜨셨다. 실은 홀로 기도하러 나가신 게 틀림없다.

회의를 마친 후. — 회의를 위해 모였을 때 교수님과 나는 크게 안도했다. 하커 부인이 남편을 통해 이번 회의에는 참석하지 않겠다는 의사를 전해왔기 때문이다. 부인은 자신 때문에 우리가 회의에 집중하기 어려울 수 있으니, 앞으로의 행보에 대해 편히 논의하려면 자신이 없는 게 나을 것이라고 했다. 그 말을 듣자마자 교수님과 나는 눈빛을 교환했다. 서로가 안심하는 걸 확인했달까. 나는 하커 부인이 스스로 위험을 인지했다면 극심한 고통과 위험도 피해 갈 수 있으리라고 생각했다. 회의 전에 얘기한 바가 있어서 교수님과 나는 손가락을 입술에 올린 채 눈빛으로 서로의 의사를 확인하며 다시 우리 둘만 남을 때까지 우리 가설은 비밀에 부치기로 했다. 우리는 곧장 작전을 세웠다. 교수님은 먼저 현재 상황을 개략적으로 설명하셨다.

"여제 예카테리나호는 어제 아침 템스강을 빠져나갔소. 최고 속력으로 질주한대도 그 배가 바르나에 도착하려면 적어도 3주가 걸리오. 하지만 육로를 이용하면 사흘 안에 바르나에 당도할 수 있소. 다들 알다시피 백작은 날씨를 조종할 수 있으니 이틀 정도는 단축될 수 있소. 우리 역시 이동 중 하루 정도 지체될 수 있다는 점을 고려해야 하오. 그러면 우리에게 주어진 시간은 2주 정도요. 만전을 기하려면 늦어도 17일에는 여기에서 출발해야 하오. 그 안에만 출발하면 중도에 무슨 일이 생겨도 배가 입항하기 하루 전에는 바르나에 도착해 필요한 준비를 할 수 있소. 당연한 얘기지만 우리는 완전무장을 해야 하오. 사악한 적에 맞서기 위해 영적인 무기와 물리적인 무기를 모두 갖춰야 한다는 뜻이오." 그때 퀸시가 끼어들었다.

"백작은 늑대의 나라 출신이라고 알고 있어요. 게다가 그 자가 우리보다 먼저 도착할 가능성이 없는 것도 아니에요. 그래서 말인데, 우리 무기에 윈체스터 라이플을 더했으면 해요. 저는 윈체스터 라이플만 있으면 걱정할 일이 없다는 믿음 비슷한 걸 가지고 있거든요. 아트, 우리가 토볼스크에서 짐을 잃어버렸을 때 기억해? 그때 손에 연발총 한 자루씩 들려 있었다면 우리가 포기할 일도 없었을걸!"

퀸시의 말에 교수님이 다시 입을 여셨다. "좋아! 윈체스터 라이플도 챙기도록 하세. 퀸시의 냉철한 판단력이야 늘 믿음직하지만, 사냥에 대해서는 특히 그러하잖나. 다만 불필요한 맹신은 접어두게. 비과학적인 믿음은 인간에게 늑대보다 위험하다네. 그나저나 어차피 이곳에서는 우리가 할 수 있는 일이 없잖소. 우리 가운데 바르나에 가본 사람도 없으니, 일찌감치 출발하는 건 어떻소? 여기에서 기다리나 거기에서 기다리나 마찬가지 아니오. 오늘내일 중으로 다들 준비를 마치고, 준비가 다 됐다 싶으면 넷이 출발하는 거요."

"넷이라니요?" 하커 씨가 황당하다는 표정으로 우리를 차례로 둘러보며 물었다.

교수님은 주저하지 않고 곧바로 대답하셨다. "당연하잖소! 하커 씨는 이곳에 남아 부인을 돌보아야 하오!" 하커 씨는 한동안 침묵을 지키다가 힘없는 목소리로 대꾸했다.

"나중에 마저 얘기했으면 합니다. 일단 미나와 상의해보고 싶습니다." 나는 그때가 하커 씨에게 부인이 우리 계획을 알면 안 된다는 사실을 경고할 때라고 생각했다. 그런 생각으로 반 헬싱 교수님을 돌아보았지만, 교수님은 나를 바라보지도 않으셨다. 나는 교수님께 내 뜻을 알리기 위해 헛기침을 했다. 그러나 교수님은 입술에 손가락을 대며 돌아서실 뿐이었다.

조너선 하커의 일기

10월 5일 오후. — 오늘 아침 회의가 끝난 후 한동안 아무 생각도 할 수 없었다. 사태가 새로운 국면으로 접어들면서 나는 계속 충격에 빠져 있는 상태라 적극적으로 방책을 도모할 여유가 없었던 것이다. 미나가 회의에 아예 참석하지 않겠다고 한 뒤부터 혼란스러웠다. 그 문제에 대해 미나에게 이유를 캐묻지는 않았다. 그저 짐작만 했을 따름이다.

현재로선 이 상황에 어떻게 대처해야 할지 짐작도 하지 못하겠다. 다른 이들이 미나의 결정을 받아들이는 방식도 당혹스러웠다. 우리는 지난번 이 문제를 두고 서로 비밀을 만들지 않기로 합의했는데 말이다. 미나는 지금 어린아이처럼 새근새근 자고 있다. 그녀의 얼굴에는 희미한 미소와 행복이 어려 있다. 아직 미나가 이런 기분을 만끽할 수 있다니 매우 다행스럽다.

잠시 후. — 정말로 모든 게 이상하다. 나는 곤히 자는 미나를 지켜보며 이 정도면 행복하다고 생각했다. 그리고 이 행복이 오래도록 지속될 거라고 믿었다. 해가 저물면서 바닥에 긴 그림자가 드리웠다. 저녁이 되면서 방의 고요한 분위기가 조금씩 엄숙함을 자아냈다. 그때 미나가 눈을 번쩍 뜨더니 나를 다정하게 바라보며 말했다.

"조너선, 조너선 하커라는 이름을 걸고 내게 약속해줘야 할 게 있어. 약속 상대는 나라고 해도 전능한 주님께서 듣고 계시니까, 앞으로 내가 무릎을 꿇고 사정한대도, 눈물을 쏟으며 애원한대도, 당신은 그 약속을 반드시 지켜야 해. 어서, 지금 당장 약속해줘."

"미나, 그런 약속이라면 섣불리 하지 못하겠어. 우리가 맡은 일은 나 혼자 정하는 게 아닌걸."

"조너선…." 미나의 두 눈이 북극성처럼 환히 빛났다. 나는 그녀의 의지를 느낄 수 있었다. "다른 누구도 아닌 내가 직접 말하잖아. 내 안위를 위해서 하는 부탁이 아니야. 내 말이 틀린 것 같다면 반 헬싱 교수님과 상의해도 좋아. 교수님이 그러지 말라고 하신다면 그땐 당신 마음대로 해. 아니, 그것보다는 조건이 좀 더 까다로워야겠어. 우리 모임의 모든 사람이 그 약속을 깨는 데 동의한다면, 우리 둘의 약속은 무시해도 돼."

"알았어, 약속할게!" 내가 이렇게 대답하는 순간, 미나는 더없이 행복해 보였다. 그러나 그녀의 이마에 난 붉은 흉터는 그 행복마저 허락하지 않는 것 같았다. 그녀가 다시 입을 열었다.

"내가 당신한테 바라는 바는 이거야. 앞으로 백작을 상대하기 위한 작전이나 계획은 그 어떤 것도 내게 알리지 말라는 거. 그에 대해서라면 한마디도 해서는 안 되고, 추론이나 암시가 가능한 정보도 주어서는 안 돼. 이게 남아 있는 한은 절대로 안 돼!" 미나는 심각한 표정으로 흉터를 가리켰다. 나는 미나가 진심으로 그러길 바란다는 걸 깨닫고 진지하게 대답했다.

"약속할게!" 이렇게 대답하는 순간 우리 사이에 닫혀 있던 문이 활짝 열리는 것 같았다.

같은 날 자정. — 미나는 저녁 내내 밝고 쾌활했다. 나머지 사람들도 미나가 자아내는 유쾌함에 물들어 용기를 내는 듯했다. 심지어 나마저도 우리를 짓누르던 우울감이 가벼워진 걸 느낄 정도였다. 우리는 일찌감치 해산해서 각자의 방으로 돌아갔다. 미나는 지금 아이처럼 색색거리며 자고 있다. 미나가 힘겨운 시련을 겪는 와중에 이렇게 잘 수 있다는 게 놀랍다. 주님의 가호 덕분이겠지. 그 덕에 그녀가 잠시나마 걱정을 잊을 수 있는 것 아니겠나. 오늘 밤 내가 그녀의 유쾌함에 영향을 받았듯, 이번에도 그녀 옆에서 단잠을 이룰 수 있을지 모른다. 자려고 해봐야겠다. 아! 제발 꿈꾸지 않고 푹 잤으면!

10월 6일 오전. — 사건이랄 만한 것이 또 있었다. 미나는 어제와 비슷하게 이른 시각에 깨서 반 헬싱 교수를 불러달라고 했다. 나는 이번에도 최면을 걸어달라고 그러나 싶어 아무것도 묻지 않고 교수의 방으로 향했다. 교수는 내가 올 줄 알고 있었는지 옷을 갈아입은 채 기다리고 있었다. 그는 방문을 살짝 열어두고 있었기에 문이 열리는 소리를 들었을 것이다. 교수는 곧장 나를 따라 나왔다. 그는 방에 들어서면서 미나에게 다른 사람들도 부르길 원하는지 물었다.

미나는 차분하면서도 명료하게 대답했다. "아뇨, 그럴 필요는 없습니다. 교수님께서 잘 말씀해주시면 됩니다. 이번 교수님의 여행에 저도 동행해야 할 것 같습니다."

교수는 나만큼 놀랐다. 잠시 할 말을 잊고 있던 그가 물었다.

"이유가 무엇이오?"

"교수님은 저를 데려가셔야 합니다. 저는 교수님과 함께 있어야 안전하고, 교수님도 저와 함께 계셔야 안전합니다."

"하커 부인, 그러니까 그 이유가 무엇이냐는 말이오. 부인도 우리가 부인을 지키겠노라고 맹세한 걸 알잖소. 우리는 이제 위험이 가득한 길로 들어서려 하오. 부인이 우리와 동행한다면 이제까지 있었던 일과 현 상황을 고려할 때 가장 위험해지는 건 부인이오." 교수는 무슨 말을 더 해야 할지 모르겠다는 듯 말을 멈췄다.

미나는 손가락으로 이마를 가리키며 대답했다.

"압니다. 그래서 저도 가야 한다는 겁니다. 해가 뜨고 있는 지금은 이렇게 부탁이라도 드릴 수 있습니다만, 이런 말을 다시 할 기회가 없을 수도 있습니다. 저는 백작이 부르면 그자가 있는 곳으로 가야만 합니다. 그자가 남들 모르게 오라고 한다면, 저는 그 어떤 속임수를 써서라도, 심지어 조너선을 속이고서라도 그자의 명에 따라야 합니다." 미나가 이렇게 말하며 나를 돌아볼 때 지은 표정을 주님도 보셨으리

라. 만약 인간의 공과를 기록하는 천사가 정말로 있다면 그 표정을 영원히 지워지지 않을 선행으로 기록했으리라. 내가 할 수 있는 건 그녀의 손을 잡는 것뿐이었다. 그 어떤 말도 할 수 없었다. 가슴이 벅차 감격의 눈물조차 흘릴 수 없었다. 미나는 말을 이었다.

"이 일에 발 벗고 나선 모두는 용감하고 강인합니다. 그렇게 강인할 수 있는 건 혼자가 아닌 모두가 함께이기 때문입니다. 홀로 스스로를 지켜야 하는 사람이라면 인내심을 잃고 무너지기 마련이지만, 여러분은 함께이기에 그 어떤 일도 버텨낼 수 있습니다. 거기에 저도 힘을 보태겠습니다. 게다가 제가 동행한다면 여러분은 제게 최면을 걸어, 제가 모르던 사실도 알아내실 수 있습니다." 교수는 어느 때보다 진지하게 대답했다.

"하커 부인, 부인은 언제나 그렇듯 지극히 현명하오. 우리와 함께 갑시다. 함께 일을 도모해 원하는 바를 이뤄냅시다." 교수가 말을 마쳤지만 미나는 아무 대답도 하지 않았다. 나는 그녀를 돌아보았다. 그녀는 베개에 머리를 묻고 잠들어 있었다. 내가 블라인드를 올려 방에 햇빛이 쏟아지게 했는데도 그녀는 깨지 않았다. 교수가 따라오라는 듯 내게 손짓했다. 우리는 교수의 방으로 향했다. 곧이어 고달밍 경과 수어드 박사, 모리스 씨까지 우리가 있는 방으로 들어왔다. 교수는 그들에게 미나가 한 말을 들려주고는 이렇게 말했다.

"바르나로 출발하는 것은 오전이어야 하오. 앞으로 또 다른 변수도 고려해야 하거든. 하커 부인 말이오. 아, 부인의 말은 진심이었소. 그런 말을 꺼내는 게 그녀로서는 쉽지 않은 일이었을 거요. 하지만 부인의 말이 옳소. 우리는 제때 적절한 조언을 받은 거요. 기회를 놓쳐서는 안 되오. 배가 바르나에 도착했을 때 우리는 곧바로 일에 착수할 준비가 되어 있어야 하오."

"정확히 우리가 뭘 해야 한다는 거죠?" 모리스 씨가 짤막하게 물었다. 교수는 잠시 고민하다 입을 열었다.

"우리는 그 배에 제일 먼저 승선해야 하오. 상자를 찾으면 그 위에 들장미를 올려두어야 하고. 우리는 그걸 상자에 고정해야 하오. 그래야 그자가 상자에서 나오지 못하오. 미신이라고는 해도 일단은 그게 최선이오. 그리고 미신이든 뭐든 우리는 그 행위에 효과가 있다는 믿음을 가져야 하오. 미신도 한때는 믿음의 대상이었소. 그 뿌리는 지금까지도 굳건하오. 자, 그렇게 한 뒤에 기회를 엿보는 거요. 근처에 아무도 없다 싶으면 상자를 열 거요. 그러면…, 모든 것이 끝나오."

그러자 모리스 씨가 입을 열었다. "저는 기회를 엿볼 생각이 없어요. 상자를 찾으면 그 자리에서 바로 열어 괴물을 처치할 거라고요. 수천 명이 보고 있어도 상관없어요. 그놈을 처치하자마자 내 목숨이 끊어진대도 그렇게 할 거예요!" 나는 나도 모르게 모리스 씨의 손을 움켜쥐었다. 모리스 씨의 손은 강철보다 단단했다. 그도 내 표정을 이해했을 것이다. 그랬으리라 믿는다.

"역시 대단해." 교수가 말했다. "참으로 담대하지. 퀸시 자네는 영락없는 사내야. 주님도 이 친구를 보시며 든든해하실 거요! 퀸시, 이것만큼은 분명히 말할 수 있네. 우리 중에서 뒤처지거나 두려움에 멈춰 설 사람은 없어. 나는 그저 우리가 할 일, 해야 할 일을 설명했을 뿐이네. 실제로 우리가 어떻게 일을 처리하게 될지 누가 단언할 수 있겠는가. 예상하지 못한 일이 수두룩하게 벌어질 수 있어. 상황이 계획과 다르게 흘러갈 수도 있고, 벌어진 일이 생각지도 못한 결과를 불러올 수도 있다고. 그러니 그때까지 그 무엇도 단언할 수 없어. 우리가 할 수 있는 건 모든 상황에 주의를 기울이고 대비하는 것뿐일세. 끝에 다다르면 우리 노력은 결실을 볼 걸세. 자, 다들 가서 각자의 사무를 정리하는 게 좋겠소. 각자 소중한 사람들이나 가족에게 전할 것을 정리해두시오. 이 일이 언제 어떻게 끝날지 아무도 모르잖소. 나는 개인적인 일을 미리 다 처리해두었으니 딱히 할 일이 없구려. 가서 짐이나 싸야겠소. 표는 내가 미리 구해두겠소."

더는 할 말이 없었기에 우리는 뿔뿔이 흩어졌다. 나도 이제부터 나름의 사무를 처리하며 혹시 모를 일에 대비해야겠다.

잠시 후. — 준비를 끝냈다. 유언장도 깔끔하게 작성해두었다. 미나가 살아남는다면 그녀가 내 유일한 상속인이 될 것이다. 그녀도 살아남지 못한다면 우리에게 많은 도움을 주었던 이들이 유산을 받게 될 것이다.

해가 저물고 있다. 미나가 눈에 띄게 초조해한다. 정확히 일몰 때마다 그녀를 사로잡는 생각이 있는 게 분명하다. 이런 일이 반복되니 모두가 적잖게 괴로워한다. 주님의 뜻에 따라 이 모든 게 순리대로 끝맺게 되리란 걸 알지만, 그렇다고는 해도 해가 뜨고 질 때마다 새로운 불안과 고통을 감내하는 것이 힘겹기만 하다. 지금은 미나가 이런 얘기를 들어서는 안 되기에, 이런 상황과 심경을 일기에 쓴다. 언젠가 그녀가 원래 모습을 되찾고 이 일기를 볼 날이 오겠지. 그러니 이 일기는 그녀를 위한 것이다.

미나가 부른다.

25장

수어드 박사의 일기

10월 11일 저녁. — 조너선 하커의 부탁으로 기록한다. 하커 씨는 자신이 이 일을 기록하는 게 적절치 않다며 내게 부탁했다. 그는 기록이 정확하길 원한다.

해가 질 무렵 하커 부인을 보러 가는 건 이제 모두에게 익숙한 일인 것 같다. 우리는 해가 뜰 때와 질 때 부인이 그 어떤 구속도 느끼지 않는다는 걸 뒤늦게 깨달았다. 그때만큼은 부인이 자신을 통제하거나 선동하는 힘을 느끼지 않고, 불안해하는 일 없이 본래 모습을 드러낼 수 있다. 이런 상태는 일출과 일몰 30분 전쯤부터 시작되며, 해가 높이 뜨거나 해가 진 후 지평선의 붉은 기운이 사라지면 끝난다. 부인은 이런 상태가 시작되는 시점에는 일종의 반작용이랄까, 마치 헐거워진 매듭처럼 느슨해진다. 그리고 얼마 지나지 않아 우리가 알던 예전의 모습을 되찾는다. 그러다 갑자기 말이 없어진다 싶으면 얼마 지나지 않아 그 상태가 끝난다. 그녀는 병이 재발한 것처럼 원래 상태로 되돌아간다.

오늘 해가 졌을 때 부인을 보러 갔더니 그녀는 자신을 통제하려는 힘을 이겨내기 위해 애를 쓰는 듯 부자연스러울 정도로 경직돼 있었다. 지금 생각해보면 부인이 최대한 짧은 시간 내에 구속을 벗어 던지고 본래 모습을 되찾으려고 그토록 안간힘을 쓴 것 같다. 몇 분 지나지 않아 부인은 자기통제력을 완전히 회복했다. 소파에 반쯤 기대앉아 있던 부인은 남편에게 자기 옆에 와서 앉으라는 듯 손짓한 후 우리에게도 의자를 당겨 가까이 오라고 했다. 그녀는 남편의 손을 잡은 후 입을 열었다.

"우리는 본인의 의사로 이 자리에 모였습니다. 어쩌면 이런 일은 이번이 마지막일 수도 있겠군요! 알아, 조너선. 당신은 목숨이 다하는 날까지 내 곁을 지켜줄 거잖아." 하커 씨는 부인의 손을 세게 쥐었다. "우리는 내일 아침 출발합니다. 우리에게 무슨 일이 닥칠지는 주님만이 아시겠지요. 여러분과 동행하겠다는 제 뜻을 너그럽게 이해해주셔서 감사합니다. 여러분 모두가 진정한 남자라 할 수 있는 용감한 분들이기에 영혼을 잃은 가련한 여인을 도와야 한다고 생각하셨을 줄 압니다. 아, 아직 영혼을 잃은 건 아니지만, 전 언제라도 그리 될 수 있는 상태니까요. 하지만 여러분, 이건 분명히 명심하셔야 합니다. 전 여러분과 다릅니다. 제 피와 영혼에는 독이 퍼지고 있습니다. 그 때문에 저는 끝내 파멸에 이를지도 모릅니다. 아니, 우리 노력이 어떤 결실도 얻지 못한다면 저는 반드시 파멸에 이를 겁니다. 여러분도 제 영혼이 위태롭다는 걸 잘 아실 겁니다. 이 상황을 해결할 방법은 하나뿐이지만, 여러분과 저는 그 방법을 선택해서는 안 됩니다!" 부인은 간절한 표정으로 우리 하나하나를 바라보았다. 그녀의 시선은 남편을 시작으로 모두를 스친 뒤 다시 남편에게 돌아갔다.

"그 방법이 무엇이오?" 교수님이 갈라진 목소리로 물으셨다. "그 방법이 무엇이기에 우리가 택하면 안 된다는 거요?"

"더 거대한 악이 제 몸을 지배하기 전에 제가 스스로, 혹은 다른 이의 손을 빌려 죽음을 맞이하는 겁니다. 제가 죽고 나면 여러분은 루시에게 그랬던 것처럼 저에게도 안식을 선사해주실 수 있습니다. 저도, 그리고 여러분도, 우리 모두 이를 알고 있습니다. 죽음이나 죽음에 대한 두려움만이 우리가 나아갈 길의 유일한 장애물이었다면, 저는 저를 아끼는 벗들이 있는 지금 이 순간 기꺼이 죽음을 택했을 겁니다. 하지만 이 일은 제가 죽는다고 해도 끝나지 않습니다. 우리에겐 완수해야 할 힘겨운 임무와 희망이 주어졌습니다. 이런 상황에서 제가 죽음을 택하는 게 주님의 뜻이라곤 생각하지 않습니다. 그래서 저는 이제 영면에 드는 것을 포기하고 이 세상 것인지 지옥 것인지 알 수 없는 짙은 어둠 속으로 들어가려 합니다!" 우리는 본능적으로 이 말이 서두에 불과하다는 걸 알아채고 침묵을 지켰다. 다른 이들의 표정은 굳었고, 하커 씨의 얼굴은 잿빛이 되어갔다. 하커 씨는 이어질 말을 예상했던 게 아닐까. 하커 부인이 말을 이었다.

"재산 병합•을 위해 제가 내놓고자 하는 게 바로 이겁니다." 부인은 흔히 듣기 어려운 법률 용어를 이런 상황에서 진지하게 사용했다. 내게는 그것이 아주 인상적이었다. "여러분은 무엇을 내놓으시겠습니까? 목숨인가요?" 부인은 재빨리 말을 이었다. "용감한 분들에게는 목숨을 내놓는 게 어렵지 않은 선택이겠지요. 하지만 여러분의 목숨은 주님 것입니다. 여러분이 내놓았던 목숨은 언젠가 주님의 손으로 돌아갑니다. 그러니 다시 생각해보십시오. 여러분은 저를 위해 무엇을 내놓으시겠습니까?" 부인은 모두의 의견을 묻듯 다시 한번 우리를 찬찬히 둘러보았다. 다만 이번에는 남편의 얼굴을 피했다. 퀸시는 부인의 뜻을 이해하고 고개를 끄덕였다. 부인의 표정이 환해졌다. "이 대화에 의혹의 여지가 남아서는 안 되니, 제가 원하는 바를 명확히 밝히겠습니다. 저는 여러분 모두의 약속을 원합니다. 사랑하는 남

• 영국법에서 공동상속인의 균분상속을 위해 피상속인의 재산 총액을 계산하는 절차.

편 조너선, 당신의 약속도 필요해. 다들 약속해주십시오. 때가 되면 저를 죽여주시겠노라고."

"어떤 때를 말씀하시는 거죠?" 분명 퀸시의 목소리였지만, 평소와 달리 나지막하고 경직돼 있었다.

"여러분이 보시기에 제가 완전히 변해 목숨을 부지하는 것보다 죽는 게 낫다고 판단하실 때를 말합니다. 제가 그렇게 걸어 다니는 시체가 된다면, 여러분은 즉시 제 몸에 말뚝을 박고 머리를 잘라주십시오. 아니, 제가 안식에 들 수 있도록 무슨 짓이든 해주십시오!"

긴 침묵 끝에 퀸시가 먼저 일어섰다. 그는 하커 부인 앞에 무릎을 꿇고 그녀의 손을 잡으며 엄숙하게 말했다.

"전 사실 신사의 덕목 같은 건 모르고 살아온 사람이에요. 아마 남자로서 딱히 특별할 것도 없겠죠. 그렇지만 제가 신성하게 여기는 모든 것을 걸고 맹세합니다. 부인이 말하는 그때가 되면 단 한순간도 머뭇거리지 않고 부인의 뜻에 따라 행동하겠습니다. 다시 한번 확실히 말씀드리지요. 그때 가서 마음이 흔들려도, 때가 온 이상 이 맹세를 지키겠습니다!"

"모리스 씨는 저의 진정한 벗입니다!" 하커 부인은 이렇게 말하고는 눈물을 쏟으며 허리 숙여 퀸시의 손에 입을 맞췄다.

"나 역시 맹세하겠소, 하커 부인!" 반 헬싱 교수님이 거들었다.

"저도 마찬가지입니다!" 고달밍도 소리쳤다. 모두 번갈아 가며 하커 부인 앞에 무릎을 꿇고 맹세했다. 나도 그 대열에 합류했다. 이제 남은 것은 하커 씨뿐이었다. 그는 파리한 얼굴에 기력을 잃은 표정으로 아내를 돌아보았다. 눈처럼 새하얗게 센 머리칼 때문에 창백한 안색이 도드라지지는 않았다. 그는 아내에게 물었다.

"미나, 나도…. 그러니까 나도 맹세를 하라는 거야?"

"그래 줬으면 좋겠어, 조너선." 하커 부인은 그 누구도 차마 거부할 수 없을 만큼 애절한 눈빛과 목소리로 이렇게 말했다. "회피하려 들지 마. 당신은 내가 이 세상에서 가장 소중히 여기는, 내게 가장 가까운 사람이야. 우리 영혼은 한 타래로 엮여 있어. 평생토록, 그리고 우리가 죽어서도 그 사실은 변하지 않을 거야. 조너선, 옛날 용감한 장수들은 아내를 비롯한 집안 여자들이 적의 손아귀에 들어가지 않도록 직접 그들을 죽였잖아. 그 사람들은 사랑하는 가족이 죽여달라고 애원할 때 주저하지 않았어. 고난이 가득했던 그 시기에는 그게 사랑하는 가족을 책임지는 방법이었을 거야. 조너선, 내가 누군가의 손에 죽어야 한다면, 내가 가장 사랑하는 이의 손에 죽고 싶어. 반 헬싱 교수님, 루시 문제를 처리할 때 교수님께서 보여주신 배려를 기억하고 있습니다. 교수님은 루시를 사랑하는 이에게….” 하커 부인은 얼굴을 붉히며 말을 잠시 멈췄다가, 단어를 바꾸어 마무리했다. “루시에게 안식을 선사하는 일을, 가장 온당한 권리를 가진 이에게 맡기셨잖습니까. 또다시 그런 상황이 벌어진다면 저는 그때도 교수님이 같은 배려를 해주시리라 믿습니다. 부디 저에게 씌워진 어둠의 굴레를 벗기는 일을 사랑하는 제 남편에게 맡겨주십시오. 그래야 제 남편도 그 순간의 기억을 위안으로 여기지 않겠습니까.”

“그 역시 맹세하겠소!” 교수님의 대답이 길게 메아리쳤다. 하커 부인은 밝게 미소 지은 후 안도의 한숨을 내쉬며 소파에 등을 기댔다. 그녀가 다시 입을 열었다.

“한 가지 당부드릴 것이 있습니다. 이건 결코 잊어서는 안 됩니다. 저는 예상치 못한 순간에 여러분이 대응할 틈도 없이 변할 수 있습니다. 그럴 경우 이것저것 재지 말고 곧바로 결행하십시오. 때를 놓쳐서는 안 됩니다. 변해버리고 나면 저는 아마도…. 아니, 그렇게 되면 저는 틀림없이 적과 함께 여러분을 공격하려 들 테니까요.”

하커 부인이 낮은 목소리로 말을 이었다. “부탁드릴 것이 하나 더 있습니다. 이건 목숨이 걸린 일도 아니고 꼭 필요한 것도 아닙니다. 그저 제가 원하는 바일 뿐입니다. 괜찮으시다면 부탁드리고자 합니다." 하커 부인의 말에 누구도 대답하지 않았지만, 사실 대답은 정해져 있었다. 굳이 말로 할 필요가 없었을 뿐이다.

"지금 이 자리에서 장례용 기도문을 읽어주셨으면 합니다." 이 말에 하커 씨가 힘겹게 신음했다. 하커 부인은 잡고 있던 남편의 손을 가슴으로 끌어당기며 말을 이었다. "어차피 언젠가는 저에게 읽어주실 것 아닙니까. 다들 여태껏 힘든 얘기를 들으셨으니, 그 기도문이 누군가에게는 위로가 될 겁니다. 조너선, 나는 당신이 읽으면 좋겠어. 그러면 앞으로 나한테 무슨 일이 생기더라도 당신 목소리로 낭독된 기도문을 영원히 기억할 수 있을 것 같아!"

"미나, 하지만 당신은 아직 죽지 않았잖아." 하커 씨는 애원했다.

"아니." 하커 부인은 남편의 애원을 멈추려는 듯 손을 들었다. "지금 이 순간 나는 땅속에 묻힌 시체보다 죽음에 더 가까워!"

"미나, 정말로 내가 그걸 읽기를 바란다는 거지?" 하커 씨가 다시 한번 물었다.

"당신 목소리로 들으면 마음이 놓일 것 같아!" 부인은 이렇게 말하며 일반 기도서를 꺼냈다. 하커 씨는 장례용 기도문을 읽기 시작했다.

그 기묘한 장면을 누가 묘사할 수 있을까? 엄숙하고도 침울하며, 서글프고도 무시무시하지만, 그와 동시에 온정이 가득한 그 순간을 어떻게 말로 표현할 수 있을까? 성스러운 대상이나 감정적인 상황을 놓고 씁쓸한 진실이라 할 만한 것만 찾으려 드는 회의론자도, 그 장면을 보았다면 차갑게 얼어붙은 심장이 녹아내리는 듯했을 것이다. 고통에 시달리는 숙녀 주위로 헌신을 맹세한 벗들이 무릎을 꿇고 앉아 있었다. 그녀는 슬픔에 잠겨 갈라진 남편의 목소리에 귀를 기울였다. 그녀의 남편은 슬픔을 이겨내지 못해 이따금 낭독을 멈추면서도 간결하고 아름다운 장례용 기도문을 애써 읽어나가고 있었다. 나는…. 아, 안 되겠다…. 목이 멘다!

이번에도 하커 부인의 직감은 옳았다. 참으로 신기한 일이었다. 기도문을 듣고 기분이 달라질 거라고는 조금도 기대하지 않았지만, 우리는 그 자리에서 기도문의 힘을 체감했다. 하커 씨가 낭독하는 기도문을 들으며 우리는 큰 위안을 얻었다. 하커 부인은 다시 침묵에 빠져들었다. 부인의 영혼이 다시 사악한 힘에 속박된다는 뜻이었다. 하지만 위안을 얻어서인지 우리는 두려워했던 부인의 상태를 지켜보면서도 생각보다 절망하지 않았다.

조너선 하커의 일기

10월 15일 바르나. — 12일 오전 채링 크로스를 출발해 당일 밤 파리에 도착했고, 곧바로 예약해둔 오리엔트 특급에 탑승했다. 기차가 밤낮 가리지 않고 달린 끝에 오늘 5시경 바르나에 도착했다. 고달밍 경은 자신에게 온 전보가 있는지 확인하러 곧장 영사관으로 향했고, 그를 제외한 나머지 사람들은 이곳 오데서스 호텔로 왔다. 여행 중 각자에게 이런저런 일이 많았겠지만, 지금 나는 그런 데 신경 쓰고 싶지 않다. 여제 예카테리나호가 입항할 때까지 내가 세상만사 그 어떤 것에 관심을 둘 수 있을까. 다행히 미나의 상태는 좋다. 그녀는 점점 건강해지는 듯하고, 혈색도 많이 회복됐다. 수면량은 좀 심각한 수준이다. 여행 내내 그녀는 거의 잠만 잤다. 그래도 일출과 일몰 땐 늘 깨어 있고, 아주 기민하다. 그 시각이 되면 반 헬싱 교수가 미나에게 최면을 거는 게 일상이 되었다. 교수가 처음 최면을 걸 땐 여러 동작을 취하며 많은 공을 들여야 했으나, 이제는 미나가 습관이 된 듯 교수가 몇 동작 취하지 않아도 곧바로 최면에 걸린다. 교수는 최면에 걸린 상대를 간단히 통제하는 요령을 아는 것 같고, 미나는 최면 상태에서 교수의 말에 순순히 따른다. 교수가 미나에게 늘 하는 질문은 무엇이 보이며 무슨 소리가 들리느냐는 것이다. 미나가 맨 처음 하는 대답도 대개 비슷하다.

"아무것도 보이지 않습니다. 이곳은 어둠뿐이에요." 그다음에는 이런 말이 이어진다.

"파도가 배에 부딪히는 소리가 들립니다. 배가 아주 빠르게 나아가고 있습니다. 돛과 밧줄이 팽팽하게 당겨졌고, 돛대와 활대가 삐걱댑니다. 바람이 거세군요. 깜깜한 이곳에서도 뱃머리가 물거품을 가르는 소리가 들립니다." 이 설명을 들으면 여제 예카테리나호가 아직 바다에 있으며 바르나를 향해 전속력으로 질주하는 중인 것을 알 수 있다. 방금 고달밍 경이 호텔에 도착했다. 그는 전보 네 통을 받았다고 한다. 우리가 출발한 후부터 매일 전보가 도착한 거다. 내용은 모두 같았다. 로이즈 조합은 여제 예카테리나호의 소식을 받지 못했다는 것. 고달밍 경은 런던을 떠나기 전 대리인에게 지시해 해당 선박의 소식이 들어왔는지 여부를 매일 전보로 알리도록 해두었다. 그는 소식이 없다 하더라도 대리인이 매일 전보를 치게 함으로써 그쪽 동태도 파악하려 했다.

우리는 저녁 식사를 한 뒤 잠을 자두기 위해 일찌감치 해산했다. 내일은 부영사를 만나기로 했다. 가능하다면 배가 도착하는 즉시 우리가 승선할 수 있도록 손을 써달라고 부탁할 생각이다. 교수는 해가 떠 있는 동안 승선할 기회가 생길 거라고 한다. 백작이 박쥐로 변신한대도 자의로 흐르는 물을 건너지 못하는 건 마찬가지기에 어차피 배를 떠나지는 못할 것이다. 백작은 의심을 피하고자 하므로 괜히 이목을 끌지 않으려면 변신하지 않고 상자에 남아 있을 게 분명하다. 즉 우리가 일출 후 승선하면 그자는 우리의 자비를 기대하는 수밖에 없다. 가엾은 루시의 경우와 마찬가지로, 승선 시 백작이 깨기 전에 상자를 열어 그자가 있는지 확인할 수 있기 때문이다. 우리가 그자에게 어떤 자비를 베풀건, 그자가 원하는 바는 아니리라. 아, 관리나 선원과 큰 마찰을 빚을 것 같지는 않다. 참으로 다행이지! 이곳에서는 뇌물만 내밀면 못할 게 없다. 그리고 우리는 주머니가 넉넉하다. 이제 그 배가 우리 눈을 피해 밤에 입항하지 않도록 확실히 손써두기만 하면 문제될 게 없다. 판사에게도 뇌물을 쓸 예정이니, 그 문제는 판사가 처리해주겠지.

10월 16일. — 미나가 최면 상태에서 보고 듣는 내용은 여전하다. 철썩이는 파도와 빠른 속력, 어둠과 순풍…. 시간은 충분하다. 여제 예카테리나호의 소식만 들어오면 바로 일에 착수할 수 있다. 배가 바르나에 도착하려면 다르다넬스해협을 지나야 하므로 조만간 소식이 있을 거다.

10월 17일. — 이만하면 여행을 마치고 돌아오는 백작을 맞이할 만반의 준비가 끝난 것 같다. 고달밍 경은 해운사 담당자와 접촉해, 친구가 도난당한 물품이 해당 상자에 담겨 해외로 반출된 것 같다고 주장했고, 직접 상자를 열어보겠다고 제안한 끝에 문제가 생기면 고달밍 경이 책임진다는 조건으로 해운사 측의 승낙을 반쯤 얻어냈다. 한편 선주는 고달밍 경이 승선하면 선장을 통해 모든 편의를 제공하겠다는 허가증을 보내주었다. 선주는 바르나에 있는 자신의 대리인에게도 비슷한 내용의 허가증을 보냈다. 우리는 선주의 대리인도 만나보았다. 그는 고달밍 경의 정중한 태도가 인상적이었는지 큰 호감을 보이며 우리 일에 기꺼이 협조했다. 우리는 상자를 연 후 어떻게 대응할지도 미리 정해두었다. 백작이 상자 안에 들어 있다면 반 헬싱 교수와 수어드 박사가 머리를 자르고 심장에 말뚝을 박는 일을 각자 하나씩 맡아 동시에 처리하기로 했다. 그 사이 나는 모리스 씨, 고달밍 경과 함께 우리 일이 방해받지 않도록 방비를 철저히 하기로 했다. 필요하다면 미리 준비해둔 무기를 써서라도 방해 요인을 차단할 것이다. 교수는 우리가 그 일을 성공적으로 마치면 얼마 지나지 않아 백작의 육신이 먼지가 되어버릴 것이라고 한다. 정말로 그렇게 된다면 살인 혐의를 받더라도 우리에게 불리한 증거는 남지 않을 것이다. 백작의 육신이 먼지로 변하지 않는대도 상관은 없다. 무죄가 되면 좋고, 유죄가 되면 벌을 받으면 그만이다. 어쩌면 이 글이 우리를 교수대로 보낼 증거가 될지도 모르겠다. 어쨌든 나는 내 미래가 어찌 되든 백작을 처치할 기회가 있다는 것만으로 감사하다. 우리는 목적을 달성하기 위해 가능한 한 모든 수단을 동원할 작정이다. 여제 예카테리나호가 접근하는 걸 확인할 관리들도 미리 매수해뒀다. 그들은 그 배가 보이는 즉시 연락을 주기로 했다.

10월 24일. — 일주일이 지났다. 고달밍 경 앞으로 매일 도착하는 전보의 내용은 변함이 없다. '아직 소식 없음.' 미나가 아침저녁으로 최면 상태에서 하는 말도 매번 거기서 거기다. 파도 소리, 빠른 속력, 삐걱대는 돛대….

런던 로이즈 조합의 루퍼스 스미스가 고달밍 경에게 보내는 전보 (주바르나 영국 부영사가 받아서 전달함)

10월 24일. 금일 오전 여제 예카테리나호가 다르다넬스 해협에 있다는 전보 수령.

수어드 박사의 일기

10월 24일. — 내 축음기가 있다면 얼마나 좋을까! 펜으로 일기를 쓰는 것은 여간 번거로운 게 아니다. 그래도 교수님이 시키셨으니 쓰긴 써야 한다. 어제는 로이즈 조합이 고달밍 경 앞으로 보낸 전보가 도착했는데, 그 때문에 다들 흥분해서 제정신이 아니었다. 전장에서 전투 개시 명령을 들었을 때 병사들이 어떤 기분일지 알 듯하다. 우리 중에서 그 어떤 감정도 내보이지 않은 사람은 하커 부인뿐이었다. 뭐, 이상하다고 할 수는 없다. 우리는 부인이 이 새로운 소식을 알아채지 못하도록 특별히 신경 썼고, 그녀 앞에서는 차분함을 유지하려 애썼기 때문이다. 솔직히 예전 같았으면 아무리 숨겨봤자 부인은 심상치 않은 분위기를 눈치챘을 것이다. 하지만 부인은 지난 3주간 완전히 다른 사람이 되었다. 겉보기엔 아무 이상도 없고 건강한 것 같다. 혈색도 꽤 많이 좋아졌다. 하지만 부인은 수시로 잠들거나 멍하니 늘어져 있다. 교수님과 나는 부인의 상태가 심상치 않다고 느낀다. 우리 두 사람은 가끔 부인의 상태에 대해 상의하지만, 다른 이들에겐 그런 얘기를 한마디도 꺼내지 않았다. 특히 하커 씨는 우리가 부인의 변화를 의심하고 있다는 사실만으로 크게 상심할 게 분명했다. 어쩌면 상심하는 것을 넘어 아예 이성을 잃을지도 모른다. 교수님은 부인에게 최면을 걸 때마다 그녀의 치아 상태를 유심히 관찰한다고 하셨다. 치아가 날카로워지지 않는다면 큰 변화가 일어날 위험은 없다는 게 교수님의 설명이었다. 아, 부인에게 변화가 생기면 조치를 취해야 하는데…. 교수님과 나는 굳이 말로 하지 않아도 우리가 어떤 조치를 취해야 하는지 잘 알고 있다. 결정을 내리기 전에 심사숙고해야겠지만, 한번 결정을 내리고 나면 머뭇거려서는 안 된다. '안락사'라는 말은 당사자들에게 위안을 주는, 참으로 훌륭한 단어다. 누가 만든 말인지는 몰라도, 이 말을 만든 사람에게 감사할 따름이다.

여제 예카테리나호가 런던에서 출발해 다르다넬스해협에 이를 때까지 걸린 시간을 고려했을 때, 배가 다르다넬스해협을 출발한 이후에도 이전과 같은 속력을 낼 수 있다면 그곳에서 바르나까지는 불과 24시간밖에 걸리지 않는다. 그러니 여제 예카테리나호는 내일 오전 중 입항한다고 봐도 무방하다. 그 전에 도착할 리는 없어서 일찌감치 잠자리에 들기로 했다. 미리 준비하기 위해 새벽 1시에 일어나 모일 예정이다.

10월 25일 정오. — 아직도 배가 도착했다는 소식이 없다. 오늘 아침 하커 부인이 최면 상태에서 보고 들은 내용도 평소와 다를 바 없다. 일단 항해 중이란 뜻이니 조만간 소식이 오겠지. 다들 당장이라도 뛰어나갈 기세인데, 하커 씨는 우리와 달리 차분하다. 얼음장처럼 냉정하달까. 한 시간 전에 봤을 때 그는 늘 갖고 다니던 구르카족 칼의 날을 갈고 있었다. 냉정한 하커 씨의 손에 들린 그 쿠크리가 백작의 목에 닿기라도 한다면 백작은 참담한 결말을 맞을 것이다.

반 헬싱 교수님과 나는 오늘 하커 부인의 상태 때문에 약간 신경을 곤두세웠다. 정오가 다 되어갈 때쯤 부인은 보기 걱정스러울 정도로 멍했다. 다른 이들에게는 아무 말도 하지 않았지만, 우리 둘 다 부인의 상태를 염려했다. 부인은 오전 내내 잠을 이루지 못하고 멍하게만 있었기에 그녀가 잠들었다는 얘기를 들었을 땐 차라리 다행이라고 생각했다. 그래도 부인의 상태를 제대로 확인하는 게 좋을 것 같아서, 하커 씨가 아무 문제 없다는 듯 아내가 깊이 잠들어서 깨울 수 없었다고 말하는 걸 듣자마자 우리는 곧장 부인을 보러 갔다. 부인의 호흡은 정상이었고 겉보기에도 문제가 없었다. 부인의 평안한 표정을 본 뒤 우리는 그녀가 자는 게 낫다고 결론지었다. 하커 부인이 참으로 안쓰럽다. 잊고 싶은 것이 얼마나 많겠는가. 잠을 이룬 후 부인의 상태가 좋아진대도 놀랍지 않을 것 같다. 그 모든 걸 망각할 수만 있다면야….

몇 시간 뒤. — 우리 판단이 옳았다. 하커 부인은 몇 시간 푹 자고 난 뒤 지난 며칠보다 상태가 훨씬 더 좋아졌고 표정도 밝아졌다. 해 질 무렵 교수님은 일과처럼 부인에게 최면을 걸었고, 부인은 이번에도 같은 묘사만 늘어놓았다. 백작이 흑해 어디쯤 있는지는 모르겠지만, 목적지를 향해 질주하고 있는 건 분명하다. 나는 백작의 목적지가 파멸이라고 믿는다!

10월 26일. — 하루가 지났지만, 여제 예카테리나호의 소식은 없다. 아무리 늦어도 지금은 도착했어야 한다. 아침에 하커 부인이 최면 상태에서 보고 들은 바에 따르면 그 배는 어딘가에서 여전히 항해 중이다. 안개 때문에 항해 중간중간 정박했을 가능성도 있다. 어젯밤 입항한 증기선 몇 척이 바르나항 북부와 남부에 안개가 끼었다고 보고했다. 현재로선 여제 예카테리나호가 언제 포착될지 모르니 일단은 계속 지켜보는 수밖에 없다.

10월 27일 정오. — 아무래도 이상하다. 우리가 기다리는 배에 대해서는 아무 소식이 없다. 어젯밤과 오늘 오전에도 하커 부인은 비슷한 얘기만 했다. "파도 소리가 들립니다. 빠르게 나아가는 중입니다." 평소와 다른 설명을 하나 덧붙이기는 했다. "파도가 아주 잔잔합니다." 런던에서 보내온 전보도 매번 토씨 하나 다르지 않다. '그 이후로는 소식 없음.' 반 헬싱 교수님은 눈에 띄게 불안해하신다. 방금 교수님이 백작이 달아났을까 봐 걱정된다고 하셨다. 교수님은 의미심장하게 이런 말을 덧붙이셨다.

"하커 부인이 자꾸만 멍한 상태로 있는 게 아무래도 신경 쓰이네. 최면에 걸린 상태에서는 영혼과 기억에 이상이 생길 수 있거든." 나는 교수님의 말씀을 더 듣고 싶었으나, 그때 하커 씨가 들어오는 바람에 교수님이 손바닥을 내밀며 대화를 중단하셨다. 오늘 저녁 하커 부인이 최면에 걸리면 그녀에게 더 많은 이야기를 시켜봐야겠다.

런던 로이즈 조합의 루퍼스 스미스가 고달밍 경에게 보내는 전보 (주바르나 영국 부영사가 받아서 전달함)

10월 28일. 금일 1시, 여제 예카테리나호가 갈라티에 입항 준비 중이라는 전보 수령.

수어드 박사의 일기

10월 28일. — 그 배가 갈라티로 갔다는 전보를 받았을 때 딱히 큰 충격을 받은 사람은 없었던 것 같다. 때와 장소, 수단을 정확히 몰랐을 뿐, 다들 예상과 다른 날벼락이 떨어질 거라고 어느 정도 짐작하고 있었던 게 아닐까. 바르나 입항이 예정보다 늦어지는 걸 보면서 우리는 계획이 틀어지리란 예감을 묵묵히 받아들였다. 그저 계획과 달라지는 부분이 무엇인지 확인하기 위해 기다렸을 뿐이다. 그렇다고는 해도 큰 충격을 받지 않았을 뿐, 놀라지 않은 것은 아니다. 우리는 상황이 어떻게 흘러갈지 예측하는 대신, 우리 스스로를 속이면서까지 상황이 생각대로 돌아갈 수밖에 없다고 믿었다. 이런 낙관적인 태도는 인간의 본성이 아닐까 싶다. 초월주의는 비록 인간에게 도깨비불과 같은 환상에 불과할지라도 천사들에게는 선명한 봉화 아니겠는가. 우리는 이 묘한 경험을 제각기 다르게 받아들였다. 교수님은 신에게 항의하듯 머리 위로 손을 번쩍 들었지만, 호소나 한탄도 하지 않고 팔을 내리며 그냥 굳은 얼굴로 자리에서 일어서시는 게 다였다. 고달밍은 하얗게 질려서 숨을 거칠게 몰아쉬었다. 나는 얼이 빠진 채 다른 사람들을 하나씩 바라보았다. 퀸시는 재빨리 벨트 끈을 졸라맸다. 함께 여행하던 시절에 자주 본 모습이어서 내게는 익숙했다. 그건 '행동 개시'란 뜻이었다. 하커 부인의 얼굴에선 핏기가 사라졌다. 상대적으로 이마의 흉터는 타 들어가는 것처럼 보였다. 그러나 부인은 자신의 모습은 아랑곳없이 양손을 맞잡고 위를 바라보며 기도에 몰두했다. 하커 씨는 미소를 짓고 있었다. 그건 의심의 여지없이 미소였다. 다만, 희망이 느껴지지 않는 쓴웃음에 가까웠다. 그런 표정과 달리 하커 씨는 무의식적으로 쿠크리 칼자루를 움켜쥐었다. 교수님이 물으셨다. "갈라티로 가는 다음 기차가 언제 있는지 아시오?"

"내일 오전 6시 30분에 있습니다!" 하커 부인의 대답에 우리는 모두 깜짝 놀랐다.

"아니, 그걸 대체 어떻게 알고 계십니까?" 아트가 물었다.

"잊으셨나 봅니다. 아니, 모르실 수도 있겠군요. 저는 기차광입니다. 조너선과 반 헬싱 교수님은 아시지요. 엑서터에 있을 때도 저는 남편에게 도움이 될지 모른다는 생각에 기차 시간표를 만들어두곤 했습니다. 실제로 유용한 경우가 꽤 있길래, 이제는 버릇처럼 어딜 가나 기차 시간을 확인하고 시간표를 만듭니다. 저는 우리가 드라큘라 성에 갈 일이 생긴다면 갈라티나 부쿠레슈티를 지나야 한다고 알고 있었습니다. 그래서 기차 시간을 정확히 알아두었지요. 안타깝게도 알아두어야 할 정보는 많지 않았습니다. 방금 말씀드린 기차가 내일 갈라티로 가는 유일한 기차입니다."

"역시 대단한 분이야!" 교수님이 중얼거리셨다.

"전세 기차를 알아보는 건 어떻습니까?" 고달밍이 물었다. 교수님은 고개를 가로저으셨다. "소용없을 걸세. 이곳은 자네 나라나 내 나라와 영 딴판이거든. 전세 기차를 빌린대도 정기선보다 일찍 도착한다는 보장이 없어. 더욱이 우리는 준비할 것도 많지 않은가. 생각을 정리해야 해. 일단 눈앞의 일이 있으니 그것부터 각자 처리하세나. 아서, 자네는 기차역으로 가서 표를 사고, 내일 아침 출발하는 데 문제가 없도록 역장이나 담당자를 만나 얘기를 좀 해두게. 조너선, 당신은 선주 대리인에게 가서 선주의 서신과 선박 수색 허가증을 갈라티에 있는 선주 대리인에게 보내라고 하시오. 퀸시, 자네는 부영사를 만나보게. 부영사한테 갈라티에 있는 인맥을 동원해 우리 일을 도와달라고 해. 다뉴브강을 건넌 후에는 허비할 시간이 없어. 존, 나, 그리고 하커 부인은 여기에 남아서 상의를 하고 있겠소. 나와 존이라도 남아 있어야 바깥일이 늦어져도 일몰 때 하커 부인을 통해 백작의 동태를 확인할 기회를 놓치지 않을 것 아니오."

하커 부인이 본래 모습을 완전히 회복한 것처럼 쾌활하게 말했다. "그럼 저는 어떤 식으로든 도움이 될 수 있도록 애써보겠습니다. 예전처럼 여러분들을 위해 머리도 쓰고 글도 쓰겠어요. 묘하지만 어쩐지 들뜨는 기분입니다. 이렇게 자유로운 느낌은 오랜만이에요!" 다른 세 사람은 부인의 말에 어떤 의미가 담겨 있는지 깨닫자마자 행복해하는 표정을 지었다. 하지만 교수님과 나는 서로를 돌아보며 걱정스러운 눈길을 주고받아야 했다. 그래도 우리는 다른 사람들에게 속내를 드러내지 않았다.

세 사람이 각자 맡은 일을 처리하러 나가고 난 뒤 교수님은 하커 부인에게 일기 사본을 뒤져 하커 씨가 드라큘라 성에서 쓴 부분을 찾아달라고 부탁했다. 부인이 나가고 문이 닫히자마자 교수님이 내게 말씀하셨다.

"자네도 나와 같은 생각을 하고 있군! 어서 얘기해봐!"

"뭔가가 달라졌습니다. 긍정적인 변화처럼 보여서 더 괴롭습니다. 우리를 방심하게 만들기 위해서일 수도 있으니까요."

"내 말이 그 말이야. 내가 부인에게 사본을 찾아달라고 부탁한 이유가 뭔 줄 아나?"

"잘 모르겠습니다. 저와 단둘이 얘기하려고 그러신 것 아닌가요?"

"아, 물론 그것도 이유이긴 하지. 하지만 정말 중요한 이유는 따로 있어. 자네에게 이 얘기를 해주고 싶었거든. 존, 나는 엄청난 위험을 무릅쓰고자 하네. 위험하긴 해도 이게 옳다고 생각해. 아까 우리 둘이 시선을 주고받게 만든 하커 부인의 말 있잖나. 그 말을 들었을 때 나한테 불현듯 어떤 생각이 떠올랐어. 사흘 전 우리가 부인에게 최면을 걸었을 때 백작이 부인의 마음을 읽어내기 위해 부인의 머릿속으로 들어갔다는 생각 말일세. 아니, 부인을 불렀다는 게 옳겠군. 일몰 때와 일출 때 배가 빠른 속력으로 질주하고 있으며, 자신은 그저 상자 속에 있을 뿐이란 걸 보여줄 의도도 있었을 테니까. 그자는 그때 우리가 이곳 바르나에 있다는 걸 알게 됐을 거야. 부인은 상자에 갇혀 있는 게 아니어서 보고 들을 수 있는 게 훨씬 많지 않은가. 그 이후 그자는 어떻게 해서든 우리와 거리를 벌리려 하고 있어. 당분간은 부인과 얽히기 싫겠지.

그자는 그 대단한 지식을 바탕으로 자신이 부르면 부인이 그 명에 복종하리라고 확신해. 그런데도 부인과의 연결을 끊어버렸지. 할 수 있는 선에서 부인을 자신의 영향권 밖으로 밀어냈다니까. 부인이 자신을 염탐하지 못하도록! 내가 희망을 품은 게 이 지점이야. 우리 인간은 오랫동안 주님의 은총을 받아왔으며 그 은총을 여전히 잃지 않았어. 수 세기 동안 무덤에만 갇혀 있던 그자의 덜 자란 두뇌와 주님의 은총을 받은 우리의 두뇌가 비교나 되겠는가? 자신만 알고 성숙함이라곤 모르는 그자의 두뇌는 우리 두뇌를 아직 못 따라온다네. 하커 부인이 곧 오겠군. 최면 얘기는 절대 꺼내지 말게! 부인은 아무것도 몰라. 괜한 소리를 했다가 부인이 절망에 사로잡히기라도 하면 우리가 부인에게 모든 걸 걸어야 할 때, 부인이 용기를 그러모아야 할 때, 우리가 협조를 얻지 못할 수도 있어. 우리가 부인의 지혜를 구해야 할 때는 또 어떻고! 부인은 실로 대단한 사람이야. 남자처럼 사고할 줄 알면서도 여자의 성품을 잃지 않았지. 게다가 백작에게서 얻은 능력도 있지 않은가. 그자는 그 모든 걸 빼앗을 수 없어. 그자는 그렇게 생각하지 않겠지만 말이야. 쉿! 내 말을 마저 듣고 반드시 명심하게. 존, 우리는 배수진을 쳤어. 나는 이 정도로 두려워한 적이 있나 싶을 정도로 두려워. 이제는 주님을 믿는 수밖에 없어. 자, 얘기는 이 정도만 하지. 부인이 왔어!"

나는 교수님이 루시가 죽었을 때처럼 이야기하다가 발작하듯 히스테리를 부리실 줄 알았다. 하지만 교수님은 엄청난 자제력을 발휘했고, 그 덕에 하커 부인이 돌아왔을 땐 무슨 일이 있었냐는 듯 침착해지셨다. 하커 부인은 괴로움을 모두 잊은 듯 밝은 표정으로 교수님이 부탁하신 사본을 챙겨 방 안으로 걸어 들어왔다. 부인은 교수님께 두툼한 종이 뭉치를 건넸다. 심각한 표정으로 사본을 훑어보시던 교수님의 표정이 별안간 환해졌다. 교수님은 보고 있던 종이를 엄지와 검지로 집으며 말씀하셨다.

"존, 자네는 오늘 많은 사실을 알게 되었지. 하커 부인, 부인은 오늘 새로 안 사실이 그다지 많지는 않겠구려. 어쨌든 두 사람 모두 또 한 가지 교훈을 얻을 기회가 생겼소. 생각하기를 두려워하지 말라는 것 말이오. 방금까지 내 머릿속에 맴돌던 반쪽짜리 생각이 있었는데, 나는 어쩐지 두려워서 그 생각을 발전시키지 못했소. 하지만 이걸 보오. 자료를 놓고 반쪽짜리 생각이 생겨난 근원을 확인하니 그게 반쪽짜리 생각이 아니었다는 게 밝혀졌소. 제대로 된 가설이었던 거요. 비록 가설에 불과하고, 이용 가능한 정보가 되기 위해서는 더 많은 근거가 필요하지만, 그래도 이건 괜찮은 가설이오. 아니지, 한스 안데르센의 《미운 오리 새끼》처럼 그 생각은 한낱 오리가 아니라 우아하게 날아오를 커다란 백조요. 때가 되면 채택해볼 법한 훌륭한 가설이지. 조너선의 일기 중에서 내가 방금 보고 있던 부분을 읽어보겠소.

'훗날 드라큘라 가문의 한 사람이 병력을 이끌고 다뉴브 강을 건너 터키 땅으로 몇 번이고 쳐들어갔거든. 그는 패퇴했으나, 다시 출격했고, 또 출격했으며, 거듭 출격했소. 피비린내 나는 전투에서 병사들을 모두 잃고도 그는 홀로 살아 돌아왔소. 진정한 승리를 거둘 사람은 자신뿐임을 알고 있었기 때문이오!'

이 내용이 우리에게 무엇을 알려주는 것 같소? 별것 없는 것 같다고? 그럴 리가! 백작은 아이처럼 사고하기에 이 이야기의 숨은 뜻을 보지 못하오. 그래서 말도 거침없이 했지. 여러분과 나 역시 이 이야기의 숨은 뜻을 보지 못했소. 방금까지는 말이오. 아무렴! 이런 게 있을 줄은 몰랐다니까! 본디 아무 생각 없이 내뱉는 말에는 숨겨진 뜻이 들어 있는 법이오. 내뱉는 본인은 그게 무엇인지 짐작도 하지 못하지. 구름 속에는 폭풍우가 숨어 있소. 구름은 폭풍우를 끌어안은 채 이리저리 흘러 다니오. 그러다 어느 순간 번쩍! 번개가 치면서 하늘이 열리듯 주변이 환해졌다가 다시 새까매지면 무언가가 죽고 다치며 망가지오. 하지만 그 번개는 한순간이나마 수십 킬로미터를 훤히 밝힌다오. 무슨 말인지 모르겠소? 그렇다면 이렇게 설명해보리다. 어디 보자, 두 사람은 범죄 원리를 배운 적이 있소? '네' 또는 '아니요'로 대답해보오. 존, 자네는…. 그래, 배웠군. 정신 질환을 공부할 때 배웠겠지. 하커 부인, 부인은…. 흠, 배우지 않았구려. 하긴, 범죄라 할 만한 일은 이번 말고 경험한 적이 없을 테니 그럴 수 있겠소. 자, 여러분은 정신 상태가 건강하니 개별적인 것이 보편적인 것이라고 주장하지 않소. 그런데 범죄자들의 특징이 바로 이거요. 이 특징은 지역과 시대를 불문하고 나타나오. 범죄 원리 같은 것에 무지한 경찰도 범죄자들의 이런 특징을 경험적으로 깨닫소. 요약하자면 이거요. 범죄자들은 개인의 경험을 보편적인 원칙으로 인식하오. 전형적인 경험주의자인 셈이오. 범죄자들은 늘 같은 방식의 범죄를 저지르오. 같은 범죄만 저지르는 자야말로 누구의 사주도 받지 않고 오직 본인의 생각과 경험에만 기대는, 소위 타고난 범죄자라 할 수 있소. 그런 범죄자들은 사고의 폭이 좁소. 영리할 수도 있고 교활할 수도 있으며 지략이 뛰어날 수도 있지만, 사고의 폭만큼은 평범한 사람 수준도 안 된다오. 아이 수준의 사고 능력이랄까…. 백작 역시 타고난 범죄자요. 그자가 지금까지 해온 일을 보오. 딱 아이 수준의 사고에서 벗어나지 못하오. 잘 보면 작은 새나 물고기, 동물은 원칙을 익히지 않고 경험만 쌓소. 그래서 경험을 어느 정도 쌓았다 싶으면 그 경험을 토대로 다른 경험을 시도하지. 아르키메데스의 명언을 예로 들어보겠소. 그는 이렇게 말했소. '지렛목만 주면 지구라도 들어 보이겠다!' 한 번의 경험이 바로 지렛목이오. 그렇게 한 번의 경험을 시작으로 계속 경험을 쌓아가는 거요. 더 큰 목적이 생기기 전까지는 그렇게 같은 행동을 반복하며 같은 경험만 계속해서 쌓아나가지! 아하! 부인의 눈이 뜨인 것을 알겠소. 부인도 번개가 치면서 순식간에 온 세상이 밝아지는 느낌을 받았구려." 하커 부인이 눈을 반짝이며 손뼉을 쳤다. 교수님은 말씀을 이으셨다.

"어디, 부인이 한번 말해보시오. 합리만 따지고 드는 우리 두 사람에게 부인의 밝은 식견을 알려주시오." 교수님은 부인의 손을 잡았고, 부인이 얘기하는 동안 그 손을 놓지 않으셨다. 가만히 보니 교수님은 엄지와 검지로 부인의 맥을 짚고 있었는데, 무의식이자 본능적인 행동 같았다.

"백작은 범죄자이자 범죄자의 전형입니다. 노르다우•와 롬브로소■도 이런 분류에 동의할 겁니다. 그들이 이 자리에 있었다면 백작의 정신적인 결함을 두고 범죄자 특유의 성질이라고 판단할 게 분명해요. 여기서 정신적인 결함이란 난관을 맞닥뜨렸을 때 대응하는 방식이 습관적이라는 겁니다. 이는 그의 행적에서 파악할 수 있습니다. 방금 교수님이 읽으신 내용도 같은 맥락이지요. 백작은 자기 입으로 실패담을 늘어놓았습니다. 모리스 씨였다면 '수렁'에 빠졌다고 표현할 상황입니다. 그 상황에서 백작은 침략하려던 땅에서 물러나 자신의 나라로 후퇴했습니다. 명백한 패퇴였는데도 그자는 포기하기는커녕 다시 공격을 감행하기 위해 재정비를 했습니다. 결국 백작은 원하던 땅에 다시 쳐들어

• 헝가리의 소설가이자 의사인 막스 노르다우. 1880년까지 파리에서 의사로 활동하며 문필 활동을 병행했다.

■ 이탈리아의 의학자 체사레 롬브로소. 범죄자의 인류학적 특징을 연구했다.

가 승리를 거머쥐었습니다. 끝내 승리했기에 백작은 런던이라는 새로운 땅으로 눈을 돌린 겁니다. 그자는 영국에서 공격당했고 성공 가능성을 잃었으며 본인의 안위조차 장담할 수 없는 상황에 이르렀습니다. 그러자 이전에 터키 땅에서 다뉴브강을 건너 후퇴했던 것처럼, 이번에도 바다를 건너 고향으로 달아났습니다."

"잘하고 있소, 아주 좋소! 역시 부인은 총명하오!" 반 헬싱 교수님은 열띤 목소리로 감탄하고는 부인의 손에 입 맞추셨다. 잠시 후 교수님은 회진할 때 의사들끼리 환자 상태를 논의하는 것처럼 내게 나지막이 속삭이셨다.

"웅변하는 와중에도 맥박수가 72회야. 희망이 보이는군." 교수님은 다시 부인을 바라보며 기대에 찬 목소리로 말씀하셨다.

"계속하시오. 부인의 얘기를 계속 들려주시오! 아직 들려줄 얘기가 남았잖소. 염려할 필요 없소. 존과 나는 다 이해한다오. 아, 존은 몰라도 나는 부인을 이해하오. 부인의 생각이 옳다고 생각되면 내 뜻을 분명히 밝히리다. 그러니 걱정하지 말고 말씀하시오!"

"네, 해보겠습니다. 너무 자기중심적인 의견 같더라도 양해 부탁드립니다."

"그런 걱정은 접어두시오! 부인은 자기중심적이어야 하

오. 우리도 부인 생각만 하고 있잖소."

"그리 말씀하신다면야…. 백작은 타고난 범죄자이기에 자기 생각밖에 할 줄 모릅니다. 사고의 폭이 좁고 이기적이어서 한 가지 목표에만 집중할 수 있는 겁니다. 그 목표를 위해서라면 그자는 한없이 무자비해지지요. 그자는 후퇴하며 다뉴브강을 건널 때 뒤를 따르는 자신의 병사들이 적군에게 도륙을 당하는데도 저 하나 살겠다는 생각으로 모두를 버렸습니다. 이번에도 그자는 자신의 안위만 걱정하는 이기심 때문에 저를 버렸습니다. 그 덕에 저는 그자가 다녀갔던 날 밤 이후 저를 통제하던 끔찍한 힘에서 해방되었습니다. 저는 해방의 순간을 분명히 느꼈습니다! 정말로 느꼈습니다! 자비로우신 주님 덕분입니다! 그 일이 있고 나서 이렇게 자유로웠던 적이 없습니다. 이제 두려운 것은 하나뿐입니다. 제가 최면에 걸리거나 잠들었을 때 그자에게 이용당할 것이 두렵습니다. 제가 알고 있는 것을 그자도 알게 될까 봐 두렵습니다." 교수님이 자리에서 일어서셨다.

"그렇소. 그자는 부인을 이용해 우리가 이곳 바르나에서 떠나지 못하도록 해놓고, 그 사이 자신이 타고 있는 배에 안개를 둘러 재빨리 갈라티로 향했소. 갈라티에서 우리를 따돌리기 위한 준비도 미리 해뒀을 거요. 하지만 그자의 생각은 거기까지밖에 미치지 못하오. 본인의 안위만 바라는 이

기적인 행동이 궁극적으로 본인에게 가장 치명적인 해악이 될 수 있음을 이해할 리가 없잖소. 그게 신의 섭리이거늘…. 위대한 다윗 왕이 말하길, 사냥꾼은 제가 판 덫에 걸리는 법이라 했소. 그자는 지금 우리를 따돌렸다고 생각하고, 우리보다 한참 앞서 있다고 생각하오. 그렇게 자만하기에 이제는 편히 잠들어도 된다는 유혹에 흔들릴지도 모르지. 게다가 그자는 부인을 통해 우리 쪽 동향을 파악하는 일을 중단했소. 자신이 연결을 끊은 이상 우리가 자신의 상황을 파악할 방법이 없다고 생각하는 거요. 이것이 바로 그자의 패착이오! 피의 세례는 실로 끔찍했으나, 그 덕에 부인은 그자의 머릿속에 들어갈 수 있는 능력을 얻었소. 실제로 부인은 일출과 일몰 때처럼 그자의 지배에서 자유로운 시간에 그자의 머릿속을 들여다보았잖소. 그자의 부름에 부인이 어쩔 수 없이 응답한 것이 아니라, 내가 건 최면을 통해 부인이 자발적으로 그자의 머릿속에 들어갔단 말이오. 그건 부인이 그자로 인한 고통을 감내하면서 획득한 능력이오. 그리고 그 능력은 부인과 우리 모두에게 참으로 유용하다오. 지금은 그자가 제 몸 지키기에 급급해 우리 위치를 알아보는 위험을 감수하려 들지 않는 지금, 그 능력은 더더욱 소중하오. 우리는 이기적인 존재가 아니오. 우리는 암흑 속에 떨어진 것처럼 힘겨운 시기를 보내고 있는 동안에도 주님이 함께하신다고 믿는 사람들이오. 우리는 머뭇거리지 않고 그자를 계속 쫓아야 하오. 그자 같은 괴물이 될지 모른다 해도 포기해서는 안 되오. 존, 이 대화로 큰 소득을 얻었네. 오늘 대화가 우리 계획에 큰 도움이 될 걸세. 자네가 방금 대화를 기록해주게. 그러면 다른 사람들이 일을 처리하고 돌아와서 읽고 이 내용을 파악할 수 있지 않은가."

나는 다른 이들이 돌아오길 기다리며 이 글을 썼다. 하커 부인은 우리에게 나머지 사본을 가져다준 뒤, 이 글도 사본으로 만들기 위해 타자하는 중이다.

26장

수어드 박사의 일기

10월 29일. — 바르나에서 갈라티로 가는 기차에서 쓴다. 어제 해가 지기 조금 전에 우리는 한데 모였다. 우리가 할 수 있는 바는 다 끝냈다고 자신할 수 있었다. 생각이 미치는 한도 내에서, 힘닿는 한도 내에서, 얻을 수 있는 기회 안에서, 우리는 여행 중 생길 만한 문제를 방지했고, 갈라티에 도착한 후 곧바로 계획을 실행에 옮길 수 있도록 준비했다. 일몰 때가 되자 하커 부인은 늘 하던 대로 최면에 걸릴 준비를 했다. 이번에는 하커 부인에게 최면을 걸기 위해 교수님이 평소보다 오랫동안 힘겹게 애쓰셔야 했다. 이윽고 하커 부인이 최면에 걸렸다. 대개 부인은 최면에 걸렸을 때 그곳 상황을 넌지시 알려주는 느낌으로 특정한 사실 일부만 얘기했다. 그래서 이번에는 부인이 입을 열기 전에 교수님이 알고 싶은 것을 명확히 밝히며 단호하게 질문하셨다. 부인이 입을 열었다.

"아무것도 보이지 않습니다. 배가 달리고 있지 않아요. 파도가 뱃전을 때리는 소리는 나지 않습니다. 대신 굵은 밧줄이 한자리에서 뱅글뱅글 도는 물살을 가르는 소리가 나는군요. 사람들의 목소리가 들립니다. 가까운 곳에서도 들리고 먼 곳에서도 들립니다. 노 걸이에 걸린 노가 삐걱대면서 흔들리는 소리도 들립니다. 어딘가에서 총소리가 났습니다. 소리가 먼 곳까지 울려 퍼지네요. 머리 위에서 사람들 발소리가 들립니다. 밧줄과 사슬이 끌리는 소리도 함께 납니다. 이게 뭘까요? 아, 언뜻 빛이 보였습니다. 제 위로 바람이 부는 게 느껴집니다."

부인이 갑자기 말을 멈췄다. 소파에 몸을 기대고 있던 그녀가 뭔가를 들어 올리듯 양 손바닥이 하늘을 향하게 하며 팔을 들더니 등을 들썩였다. 교수님과 나는 그 동작의 뜻을 알아채고 서로를 바라보았다. 퀸시는 눈썹을 살짝 치켜세우며 그녀의 행동을 주시했고, 하커 씨는 본능적으로 쿠크리 자루에 손을 가져다 댔다. 긴 침묵이 흘렀다. 부인이 백작을 엿볼 수 있는 시간이 지났다는 걸 다들 알고 있었지만, 나서서 그 얘기를 꺼내고 싶어 하는 사람은 아무도 없었다. 갑자기 부인이 몸을 일으켜 세우며 바로 앉았다. 그녀는 눈을 뜨자마자 곧바로 입을 열었다.

"차 드시겠습니까? 다들 피곤하실 텐데요!" 우리는 부인의 기분을 거스르지 않기 위해 그러겠노라고 대답했다. 부인이 차를 가지러 황급히 자리를 비우자 교수님이 입을 여셨다.

"다들 상황을 이해했소? 그자는 육지를 코앞에 두고 있소. 흙 상자에서도 나왔고 말이오. 하지만 아직 육지에 내리지는 못했소. 누가 옮겨주거나 배를 아예 뭍으로 올리지 않는 한, 밤이 돼도 어딘가에 몸을 숨기면 숨겼지, 하선하지는 못할 거요. 물론 배가 뭍에 올랐다면 그자가 휘트비에서 그랬듯 밤이 되었을 때 다른 무언가로 변신해서 뛰어내리거나 날아갈 수 있소. 어쨌든 그자가 뭍에 내리기 전에 날이 밝으면 그자는 다른 이의 손에 실려 나가지 않는 한 그곳을 떠나지 못하오. 사실 날이 밝은 후에는 다른 사람의 손을 빌리는 것도 불가능하오. 세관원들이 상자를 열어볼 수도 있잖소. 결론을 말하자면, 그자는 오늘 밤 배에서 빠져나오지 못하니 하루를 완전히 버려야 하오. 그렇게만 된다면 우리도 시간을 맞출 수 있소. 그자가 밤에 달아나지 못하게 손을 써서 낮에 잡으면 되잖소. 그자는 남들 눈에 띄지 않으려고 하니 인간 모습을 하고 당당히 걸어 다닐 리 없소. 즉 상자 속에 숨어 있는 그자를 포획해서 간단히 처치할 수 있소."

더 논의할 것이 없었기에 인내심을 갖고 새벽까지 기다

리기로 했다. 그때가 되면 하커 부인을 통해 적의 동향을 파악할 수 있으리란 생각에서였다.

오늘 일출 시각, 우리는 초조한 마음에 숨죽인 채 하커 부인이 입을 열기만 기다렸다. 부인에게 최면을 거는 데 저번보다 더 많은 시간이 걸렸다. 해가 거의 다 떠오를 때까지 최면이 걸리지 않아서 우리는 절망했다. 교수님은 부인에게 최면을 걸기 위해 온 힘을 다하셨다. 그러다 끝내 교수님의 의지가 결실을 보았다. 하커 부인은 입을 열었다.

"주위가 깜깜합니다. 누워 있는 저와 같은 높이에서 물이 찰랑대는 소리가 들립니다. 널빤지끼리 서로 닿으면서 삐걱대는 소리도 들립니다." 부인이 말을 멈추는 순간 붉은 해가 완전히 떠올랐다. 우리는 또 밤이 될 때까지 기다려야 한다.

우리는 이렇게 불안과 기대가 뒤섞인 심정으로 갈라티를 향해 나아가고 있다. 도착 예정 시각은 새벽 2시에서 3시 사이였으나, 이미 기차가 부쿠레슈티에서 세 시간 지연되었기에 해가 뜨고서도 한참 지나야 갈라티에 도착할 듯하다. 그렇게 되면 기차에서 하커 부인을 통해 백작의 동태를 파악할 기회는 두 번 남은 셈이다. 그 두 번의 기회로, 아니, 둘 중 한 번이라도 좋으니 상황을 제대로 파악할 수 있는 단서가 나왔으면 좋겠다.

같은 날 저녁. — 해가 졌다. 다행히 우리는 그 시각에 다른 이의 방해를 받지 않았다. 역에 정차했다면 조용히 우리만의 시간을 가지기 힘들었을 것이다. 하커 부인의 최면 거부반응이 오늘 아침보다 심해졌다. 백작을 엿보는 부인의 능력이 우리에게 가장 필요한 순간 사라질까 봐 겁이 난다. 부인은 최면에 걸린 상태에서 보고 듣는 것에 주관적인 해석을 덧붙였다. 지금까지는 보고 들리는 대로 객관적인 사실만 진술했는데, 진술 방식이 눈에 띄게 달라졌다. 이런 변화 때문에 우리가 상황을 잘못 파악해서 엉뚱한 길로 빠지지는 않을지 걱정이다. 내가 부인에 대한 백작의 지배력이 약해지는 만큼 부인의 능력도 줄어든다고 생각할 수 있다면 좋을 텐데, 안타깝게도 그렇게 생각하기가 힘들다. 최면에 걸린 상태에서 부인이 한 말은 수수께끼 같았다.

"뭔가가 나가고 있습니다. 찬 바람이 스치는 걸 느낄 수 있습니다. 멀리서 이런저런 소리가 들립니다. 사람들이 귀에 익지 않은 언어로 말하는 소리도 들리는 것 같고, 물이 거세게 떨어지는 소리도 나는 것 같습니다. 아, 늑대가 울부짖는 소리도 들리는 것 같네요." 부인이 말을 멈추고 몸을 부르르 떨었다. 몇 초간 점점 심하게 떠는가 싶더니, 마지막엔 경련하듯 몸을 마구 흔들어대기까지 했다. 부인은 그 뒤로 입을 다물었다. 교수님이 다그치듯 물어도 그녀는 입을 열지 않았다. 부인은 최면에서 깨어난 후 거의 탈진하다시피 했다. 한기가 드는지 몸도 떨었다. 그래도 그녀의 정신은 또렷했다. 부인은 아무것도 기억나지 않는다며, 자신이 무슨 말을 했는지 물었다. 부인은 우리가 전해준 얘기를 들은 뒤 한동안 말없이 생각에 잠겼다.

10월 30일 오전 7시. — 갈라티에 거의 다 와간다. 나중에는 짬이 나지 않을 것 같아서 이렇게 글을 써둔다. 다들 아침이 되기만을 기다렸다. 최면을 거는 게 점점 어려워지고 있었기에, 교수님은 평소보다 일찍 최면을 거셨다. 하지만 평소 유지되던 최면 시간이 거의 다 지날 때까지 최면은 걸리지 않았고, 간신히 성공했을 때 남은 시간은 1분뿐이었다. 교수님은 재빨리 질문하셨고, 부인도 곧바로 대답했다.

"주위가 깜깜합니다. 귀 높이에서 물이 회오리치는 소리가 들립니다. 널빤지끼리 부딪치며 삐걱대는 소리가 납니다. 멀리서 소가 우네요. 아, 다른 소리도 들립니다. 특이한 소리인데, 마치…." 부인이 말을 멈췄다. 그녀의 얼굴이 점점 창백해지기 시작했다.

"계속하시오! 어서! 말하라고! 명령이오!" 교수님이 절박하게 외치셨다. 그 순간 해가 뜨면서 창백하던 하커 부인의 얼굴이 햇빛으로 붉게 물들었다. 교수님의 눈빛에 절망이 깃들었다. 부인이 눈을 번쩍 떴다. 그런데 그녀가 곧바로 입을 여는 바람에 깜짝 놀랐다. 부인의 말투는 부드러우면서도 무심했다.

"교수님, 어째서 불가능한 줄 알면서 그걸 제게 요구하시는 겁니까? 저는 아무것도 기억하지 못합니다." 부인은 놀란 우리 표정을 보고 난감하다는 듯한 표정을 지으며 차례로 모두와 시선을 맞추었다.

"제가 무슨 말을 했습니까? 제가 무슨 짓을 했지요? 저는 아무것도 모릅니다. 반쯤 잠들어서 저기에 누워 있었을 뿐입니다. 그러다 교수님의 목소리가 들렸습니다. '계속하시오! 어서! 말하라고! 명령이오!' 그걸 들으면서 저는 교수님이 제가 잘못을 저지른 아이처럼 다그치시는 게 이상하다고 생각했습니다."

하커 부인의 말에 교수님은 서러움이 가득한 목소리로 말씀하셨다. "아, 하커 부인…. 부인이 그걸 이상하게 생각했다는 건 내가 부인을 진심으로 아끼고 존경한다는 증거이기도 하오. 그런 감정에 증거가 필요하진 않겠지만 말이오. 평소 부인에게 순종할 수 있음에 뿌듯해하는 내가 다짜고짜 부인에게 명령을 했으니 이상하다고 생각할 만도 하겠구려. 나는 그저 부인을 위해서 그 어느 때보다 절박하게 외쳤을 뿐이라오!"

호루라기 소리가 들린다. 갈라티에 도착한 모양이다. 다들 불안해하면서도 열의에 가득 차서 엉덩이를 들썩였다.

미나 하커의 일기

10월 30일. — 모리스 씨와 나는 전보를 통해 예약해둔 호텔에 왔다. 모리스 씨는 외국어를 할 줄 몰라 일을 분담할 수 없었다. 다른 이들은 바르나에서 자신이 맡은 일을 처리하러 흩어졌다. 모리스 씨의 일이었던 부영사와의 면담은 고달밍 경이 맡기로 했다. 현재 우리는 화급을 다투고 있으므로, 부영사 같은 관리의 신임을 조금이라도 빨리 얻기 위해서는 고달밍 경의 작위가 필요하다는 생각에서였다. 조너선과 반 헬싱 교수님, 수어드 박사는 여제 예카테리나호의 입항 정보를 확인하기 위해 선주 대리인을 만나기로 했다.

같은 날 몇 시간 후. — 고달밍 경이 돌아왔다. 영사는 부재중이고 부영사는 병가를 내서, 일반 업무를 영사관 직원이 처리하는 중이었다고 한다. 영사관 직원은 매우 친절했으며, 자기 권한 안에서 할 수 있는 건 뭐든 도와주겠다고 말했단다.

조너선 하커의 일기

10월 30일. — 나는 반 헬싱 교수, 수어드 박사와 함께 움직였다. 우리는 9시에 런던 햅굿사의 업무를 대리하는 매켄지 앤드 스타인코프 사무소를 찾아갔다. 고달밍 경이 햅굿사에 전보를 보내 협조를 요청해놓은 덕에 그들은 권한 내에서 모든 편의를 제공하라는 햅굿사의 지시를 받은 상태였다. 그들은 더없이 친절하고도 예의 바른 태도로 우리를 곧장 여제 예카테리나호로 안내했다. 여제 예카테리나호는 다뉴브강 부두에 정박해 있었다. 우리는 그곳에서 선박의 선장 도널슨을 만났다. 도널슨 선장은 우리에게 이번 항해에 대한 이야기를 들려주었다. 그는 맞바람 한번 맞은 일 없이 순풍만 타고 항해한 것은 이번이 처음이라고 말했다.

"끝내줬습죠! 근데 무섭기도 하더라고요. 오는 게 있으면 가는 것도 있어야 한다고, 순풍의 대가로 아주 재수 없는 일을 겪게 되진 않을까 싶었거든요. 사실 런던부터 흑해까지 내내 순풍만 탄다는 건 말도 안 돼요. 악마가 뭔 속셈을 가지고 등을 떠민다면 또 모르겠지만요. 아니나 다를까, 눈앞이 깜깜해지는 일이 생겼지요. 저희가 다른 배나 항구, 곶에 좀 가까워진다 싶으면 배 주위에 안개가 끼더란 말입니다요. 한참을 그러고 있다가 안개가 가셨다 싶어서 주위를 둘러보면 다 지나쳐서 아무것도 없고요. 악마의 농간이라고밖에는 생각할 수 없었지요. 어쨌든 상황이 그렇다 보니 지브롤터를 지날 때도 신호를 보낼 수 없었고, 다르다넬스 해협에서 통행 허가를 기다릴 때도 그쪽 신호를 받을 수 없었습니다요. 처음엔 안개가 걷힐 때까지 돛을 느슨하게 해서 침로를 바꿔볼까도 생각했습죠. 하지만 가만히 생각해 보니 이 악마는 저희를 빨리 흑해로 들여보낼 심산인 것 같은데, 저희가 뭔 발악을 한들 결과가 달라질까 싶더라고요. 게다가 빨리 간다고 문제될 건 없잖아요? 선주 나리들한테 의심을 살 것도 아니고, 다른 배에 폐를 끼치는 것도 아니니까요. 악마도 자기 일을 방해하지 않는다고 저희한테 은근히 고마워할 수 있고요." 반 헬싱 교수는 선장의 무지함과 잇속을 챙기려는 계산적인 태도를 더는 가만히 지켜볼 수 없다는 듯 입을 열었다.

"이보시오, 악마는 사람들이 생각하는 것보다 훨씬 영리하오. 적을 상대할 땐 더욱 그러하오!" 선장은 교수가 악마를 치켜세우든 말든 상관없다는 듯 이야기를 계속했다.

"보스포루스해협을 막 지났을 때부터 선원들이 투덜거렸습니다요. 선원 중 루마니아 출신 몇 놈은 저한테 와서, 런던에서 출발하기 직전에 이상한 차림을 한 노인네가 배에 실은 커다란 상자를 바다에 던져버려야 한다고 난리를 피우기도 했고요. 저는 루마니아 놈들이 부정 탔다 싶은 걸 볼 때마다 액운을 쫓는답시고 손가락 두 개를 내미는 걸 본 적이 있거든요. 말도 마십시오! 딴 나라에는 웃기지도 않는 이상한 미신이 얼마나 많은뎁쇼! 저는 일이나 하라며 그놈들을 당장 원래 자리로 돌려보냈습니다요. 하지만 막상 안개에 갇히고 나니까 그놈들 말처럼 좀 찜찜하긴 하더라고요. 뭐, 그 커다란 상자가 문제라고 생각하진 않았지만요. 어쨌든 저희는 항해를 계속했습니다요. 그때쯤엔 닷새 동안 안개가 걷히질 않았습죠. 에라 모르겠다, 바람이 이끄는 대로 가보자 싶더군요. 그 악마가 가고 싶은 곳이 있다면, 뭐, 거기까진 저희를 알아서 잘 데려가주지 않겠습니까? 그러든가 말든가, 저희도 나름의 경계를 늦추지는 않았고요. 방향을 확인했는데 문제가 없었고, 수심도 깊어서 걱정할 게 없었거든요. 그러다 이틀 전, 안개가 열어지면서 아침 해가 떠오르는 게 보이더군요. 주위를 살펴보니 갈라티 부두 반대편이더라고요. 강에 진입했는지도 몰랐는데 말이에요. 별안간 루마니아 놈들이 길길이 날뛰면서, 옳건 그르건 상관없으니 그 상자를 당장 강에 던져버리라고 악을 쓰지 뭡니까. 어찌나 난리인지 제가 쇠 지렛대까지 들고 엄포를 놓아야 했어요. 부정을 탔든 안 탔든 그런 건 내 알 바 아니다, 나는 내가 맡은 화물과 선주 나리들의 신뢰를 다뉴브강에 내다 버릴 수 없다, 하고 말하니까 설득이 좀 되더군요. 그놈들은 다들 머리를 쥐어뜯으며 갑판 아래로 내려갔지요. 아, 제가 아까 말씀드렸나 모르겠는데, 루마니아 놈들이 난동을 부리기 전에 상자를 바로 내다 버리려고 갑판 위에 가져다 놓았거든요. 그래서 저도 바로 상자를 살펴볼 수 있었어요. 보니까 겉면에 바르나를 거쳐 갈라티로 보낼 예정이라고 표시돼 있었어요. 저는 항구에 정박할 때까지 거기에 놔뒀다가 나중에 다른 짐과 함께 싹 처리하면 되겠다고 생각했지요. 그날은 짐을 거의 못 내려서 닻을 내린 채 배에서 밤을 지새워야 했습니다요. 어디 보자…. 공기가 선선하고 주위가 밝았던 걸 보면 해가 뜨기 한 시간 전쯤이었던 것 같네요. 그 이른 시각에 웬 남자가 위임장을 들고 저희 배로 올라오더군요. 영국에서 보낸 위임장이었는데, 수신인이 드라큘라 백작으로 돼 있는 상자의 인수 작업을 위임한다는 내용이었습니다요. 그 남자는 상자를 나를 준비도 다 하고 왔더라고요. 필요한 서류도 챙겨 왔으니 고민할 게 없었지요. 솔직히 그 상자 때문에 초조해지기 시작했던 터라, 그 짜증 나는 물건을 눈앞에서 치워버릴 수 있게 되어 속이 다 시원했어요. 만약 그 장난질을 한 악마가 저희 배에 짐까지 실었다면 그건 다름 아닌 그 상자였을 겁니다요!"

"인수자 이름이 어떻게 되오?" 반 헬싱 교수가 초조함을 간신히 숨기며 물었다.

"아, 잠깐만 기다리십쇼!" 선장은 선장실로 내려가서 '이마누엘 힐데스하임'이라는 서명이 적힌 영수증을 가져왔다. 뷔르겐가 16번지가 그의 주소였다. 선장이 아는 것은 그게 다였기에 우리는 사례를 한 뒤 자리를 떴다.

힐데스하임은 해당 주소지의 본인 사무실에 있었다. 그는 아델피 극장의 히브리인 전담 배우처럼 생겼는데, 코는 양의 코 같았고, 터키 모자인 페즈를 쓰고 있었다. 그가 대놓고 사례금을 요구하기에 우리는 적당한 사례금을 쥐여주었다. 약간의 흥정 끝에 그는 알고 있는 것을 털어놓았다. 그의 이야기는 길지 않았지만 실속 있는 정보였다. 그는 런던의 드 빌 백작에게서 서신을 받았다고 했다. 서신에는 상자 하나가 여제 예카테리나호에 실려서 갈라티항으로 운송될 예정이며, 세관원들의 눈을 피했으면 하니 되도록 일출 전에 그 상자를 인수하라는 내용이 적혀 있었다. 인수한 상자는 페트로프 스킨스키에게 넘기게 되어 있었다. 나룻배로 강을 오가며 항구에 물건을 내다 파는 슬로바키아인들이 있는데, 페트로프 스킨스키는 그들을 상대하는 사람이라고 했다. 힐데스하임은 영국의 은행환으로 보수를 받았으며, 다뉴브 국제 은행에서 금화로 환전했다. 스킨스키가 힐데스하임을 찾아왔기에, 힐데스하임은 운임을 아끼기 위해 그를 배로 데려가 상자를 바로 건네줬다. 힐데스하임이 아는 것은 이게 다였다.

우리는 스킨스키를 찾아 나섰지만, 끝내 그를 만나지 못했다. 스킨스키의 이웃 중 하나가 그런 자에게는 전혀 관심이 없다는 투로 이틀 전에 나간 이후 그를 본 적이 없고, 어디로 갔는지 아는 사람은 없다고 말해주었다. 스킨스키가 살고 있던 곳의 집주인도 같은 얘기를 했다. 집주인은 스킨스키가 다른 사람을 통해 열쇠를 반납했으며 영국 돈으로 방값을 냈다고 말했다. 집주인이 열쇠와 방세를 받은 게 어젯밤 10시에서 11시 사이였다. 우리는 또 제자리걸음을 하는 신세가 됐다.

주변 사람들을 탐문하는 사이 어떤 사람이 숨을 헐떡이며 달려와 세인트 피터 성당 묘지 안쪽에서 스킨스키의 시체가 발견되었다고 알려주었다. 야생동물에게 공격당했는지 시체의 목이 물어뜯겨 있었다고도 했다. 우리와 이야기를 나누던 사람은 시체를 구경하러 달려갔고, 시체를 보고 달려온 사람은 이렇게 소리를 질렀다. "슬로바키아 놈들이 한 짓이야!" 우리는 괜한 일에 말려들었다가 발이 묶일까 염려되어 서둘러 자리를 떴다.

우리는 확실한 정보를 얻지 못한 채 발길을 돌렸다. 나룻배를 이용해 그 상자를 어딘가로 운반하는 건 분명했다. 하지만 목적지는 더 알아봐야 했다. 우리는 무거운 마음으로 미나가 있는 호텔로 향했다.

다들 모였을 때 우리가 제일 먼저 상의한 것은 미나에게 모든 사실을 공개해도 되는지 여부였다. 상황이 점점 더 절박해졌으므로 위험을 감수하고서라도 가능성이 있는 기회라면 뭐든 붙들어야 했다. 미나와의 정보 공유는 일종의 사전 작업이었다. 덕분에 나는 그녀 앞에서 입을 걸어 잠그겠다던 맹세에서 풀려났다.

미나 하커의 일기

10월 30일 저녁. — 다들 지쳐서 제정신이 아니었다. 쉬지 않으면 아무것도 하지 못할 상황이었다. 나는 기록을 정리해야 하니, 그 사이 30분 정도라도 다들 누워서 좀 쉬라고 말했다. 여행용 타자기를 만든 사람이 누군지는 몰라도, 지금 이 순간 그 사람에게 진심으로 고맙다. 물론 이 여행용 타자기를 구해준 모리스 씨에게도 감사하다. 이걸 다 펜으로 직접 써야 했을지도 모른다고 생각하니 끔찍하다.

정리를 끝냈다. 아, 조너선이 너무나 가엾다. 그동안 얼마나 힘들었을까. 지금은 또 얼마나 힘들까. 조너선은 지금 소파에 누워 있다. 숨도 안 쉬는 것 같다. 보기 안쓰러울 정도로 피폐하다. 미간을 찌푸리고 있고, 얼마나 힘들었는지 얼굴도 메말랐다. 속상하다. 무슨 생각을 하는 걸까. 주름진 얼굴을 보니 뭔가 고민을 하는 듯하다. 아! 내가 조너선을 도울 수 있으면 좋겠는데…. 그를 돕는 일이라면 난 뭐든 할 수 있다.

교수님께 부탁드려서 그간 보지 못했던 기록을 받았다. 다들 쉬는 동안 기록을 살펴봐야겠다. 그러면 내 나름의 결론을 낼 수 있을지 모른다. 교수님이 말씀하신 대로 편견 없이 사실만 객관적으로 파악해야 한다.

뭔가를 알아낸 것 같다. 이것도 주님의 뜻이다! 지도를 찾아서 확인해봐야겠다.

내 생각이 맞았다. 생각이 정리됐으니 다들 불러놓고 읽어줘야겠다. 내 생각이 옳은지는 그들이 판단해주겠지. 우리에겐 일분일초가 소중하니 다시 한번 내가 정확하게 정리했는지 확인해야 한다.

미나 하커가 쓴 쪽지 (일기에 꽂혀 있었음)

전제—드라큘라 백작은 성으로 돌아가려 한다.

(a) 백작은 다른 사람의 손을 빌려야만 성으로 돌아갈 수 있다. 이 점은 분명하다. 만약 그자가 스스로 돌아갈 수 있었다면 인간이나 늑대, 박쥐, 그 외의 모습으로 벌써 돌아가고도 남았다. 그자는 해가 떠 있는 동안 상자에 갇혀 있는데, 그때 다른 사람의 눈에 띄지 않으려 하고, 방해받지 않으려 한다.

(b) 어떤 수단을 이용할 것인가?—이 부분은 가능성이 낮은 것부터 제외해나가는 방식으로 추론하는 것이 낫다. 도로를 이용하느냐, 철로를 이용하느냐, 수로를 이용하느냐.

1. 도로 이용—난관이 많다. 특히 도시를 벗어나기가 어렵다.

(x) 도로를 이용하는 사람들이 많다. 사람들은 호기심을 가지기 마련이고, 호기심을 가지면 묻는다. 암시, 추측, 의심. 이는 상자에 들어가 있는 그자가 반드시 피해야 하는 것들이다.

(y) 도시 진입로에 세관원이 있을 가능성이 있다.

(z) 추적하기 쉽다. 아마 그자로서는 가장 두려운 게 이 부분이리라. 그자는 추적을 따돌리기 위해 지배력을 행사

할 수 있는 나조차 버리지 않았던가!

2. 철로 이용-기차를 이용하면 상자를 지키는 사람을 두지 못한다. 지체될 가능성도 있다. 적들이 추격하는 상황에서 지체된다면 치명적이다. 물론 밤이라면 달아날 수 있다. 하지만 은신처도 없는 낯선 곳에서 어디로 달아난단 말인가? 그자가 원하는 바는 이런 것이 아니다. 그자가 이런 위험을 감수할 리 없다.

3. 수로 이용-그나마 가장 안전한 수단이다. 한편으로는 가장 위험하기도 하다. 물 위에서 그자는 밤이 아닌 이상 무력하다. 물론 안개와 비바람, 눈, 늑대 같은 것을 이용할 수는 있다. 하지만 물에 빠지기라도 하면 손쓸 도리가 없다. 완전히 무력하다. 그렇게 되면 아예 방도가 없다. 본인이 직접 배를 몰 수는 있다. 그러나 그렇게 당도한 곳이 힘을 쓰지 못하는 낯선 곳이라면 그의 입지는 매우 좁아진다.

다른 이들의 기록을 살펴보면 백작은 현재 물 위에 있다. 이제 우리가 해야 할 일은 그자가 어떤 물 위에 있는지 알아내는 것이다.

그러기 위해서는 우선 백작의 행적을 정확히 살펴야 한다. 그러고 나면 다음 행보도 짐작할 수 있으리라.

우선 그자가 런던을 떠나기로 했을 때 시간에 쫓겨 평소 습관에 따라 다급히 세운 계획과 상자를 실은 후 우리를 따돌리기 위해 세운 계획, 이 두 가지를 구별해야 한다.

또 현재 우리가 알고 있는 사실을 종합해, 그자가 이곳에서 벌인 일을 가능한 한 정확히 추측해야 한다.

첫 번째 사항을 먼저 살펴보면, 백작이 갈라티로 가려고 마음먹었던 건 분명하다. 송장에 화물 수령지를 바르나로 기재한 것은 우리를 속이기 위함이었다. 당시 그자의 유일한 목적은 달아나는 것이었으므로 바르나에 들를 계획을 세웠을 리 없다. 그 증거는 이마누엘 힐데스하임에게 보낸 서신이다. 백작은 서신을 통해 힐데스하임에게 일출 전 상자를 인수하라고 지시했다. 페트로프 스킨스키에게 내린 지시도 마찬가지다. 이 부분은 짐작에 불과하다. 하지만 스킨스키가 힐데스하임을 찾아간 걸 보면 스킨스키가 백작에게 서신이나 전보를 받은 것이 틀림없다.

우리가 아는 바에 따르면 지금까지는 모든 것이 백작의 계획대로다. 여제 예카테리나호는 항해 기간을 크게 단축했다. 도널슨 선장이 의구심을 품을 정도였다. 하지만 도널슨 선장은 미신을 어느 정도 신뢰하는 사람인 데다 이해타산적이었다. 선장의 두 가지 성향이 복합적으로 작용한 결과 그는 백작의 의도대로 놀아났다. 안개로 앞이 보이지 않는 상황에서도 순풍을 타고 쾌속 순항했고, 그렇게 갈라티에 도착했다. 백작이 갈라티에서의 일정을 꼼꼼히 계획해두었다는 건 이미 입증되었다. 힐데스하임은 상자를 인수해서 하역한 후 스킨스키에게 넘겼다. 스킨스키는 상자를 건네받았다. 우리는 이 지점에서 꼬리를 놓쳤다. 현재 우리가 파악한 정보는 그 상자가 수로로 이동 중이라는 것뿐이다. 세관원들이 어디에 얼마나 배치되었는지는 모르겠지만, 일단 백작은 세관원들의 눈을 모두 피했다.

이제 백작이 갈라티에 도착한 후 벌인 일, 다시 말해 갈라티에 상륙한 후 백작의 행적을 확인하겠다.

스킨스키는 일출 전에 상자를 넘겨받았다. 일출 시 백작이 본모습을 드러냈을 가능성도 있다. 여기서 우리는 스킨스키를 조력자로 선택한 이유를 살펴보아야 한다. 조너선의 일기를 보면 스킨스키는 항구에 물건을 내다 파는 슬로바키아 사람들을 상대한다고 되어 있다. 시체를 보고 달려온 사람은 살인범이 슬로바키아인이라고 했다. 슬로바키아인에 대한 이 지역의 인식을 드러내는 말이다. 백작은 이 지역에서 고립된 상대를 원했다.

내 추측은 이러하다. 런던을 떠날 때 백작은 수로를 통해 성으로 돌아가기로 결정했다. 그게 가장 안전하고도 은밀한 방법이었기 때문이다. 백작은 성에서 나올 때 스거니족의 손을 빌렸다. 스거니족은 슬로바키아인들에게 화물을 넘겼을 것이다. 상자들을 런던행 선박에 선적하려면 먼저 바르나까지 운반해야 하는데, 스거니족이 그 일을 슬로바키아인들에게 맡긴 게 분명하다. 백작은 그때 슬로바키아인들이 이런 업무에 적당하다는 사실을 파악했다. 상자가 하역된 뒤, 일출 전이든 일몰 후든 간에 백작은 상자에서 나와 스킨스키를 만났다. 그리고 어떤 강을 거슬러 상자를 운반하도록 스킨스키에게 지시했다. 이렇게 모든 준비를 끝낸 뒤 백작은 많은 정보를 알고 있는 사람을 살려두면 우리가 추적하기 쉬워지리라 생각하고, 자신의 흔적을 없애고자 스킨스키를 죽였다.

지도를 살펴보니 슬로바키아인들이 거슬러 올라가기에 가장 적당한 물길은 프루트강과 시레트강이었다. 우리 기록의 사본에는 내가 최면 상태에서 소 우는 소리를 들었고, 귀 높이에서 물이 회오리치는 소리와 널빤지끼리 부딪치며 삐걱대는 소리를 들었다고 돼 있다. 이는 당시 백작이 들어 있던 상자가 노나 삿대로 움직이는 작은 나룻배에 실려 있다는 의미다. 강둑 가까이에서 물살을 거스르며 나아가려면 큰 배일 리 없다. 역류하는 게 아닌 이상 회오리치는 물소리가 날 리도 없다.

물론 프루트강과 시레트강, 둘 다 아닐 수도 있다. 하지만 이 둘은 좀 더 조사해볼 가치가 있다. 한편 두 강을 놓고 보자면, 프루트강은 배를 조종하기가 상대적으로 쉬운 반면,

시레트강은 푼두에서 비스트리츠강과 연결되므로 보르고 고개를 넘지 않고도 옆으로 둘러 갈 수 있다. 고갯길을 끼고 돌기 때문에 드라큘라 성으로 향하는 수로 중에서는 가장 짧은 길이라 할 만하다.

미나 하커의 일기(이어서 계속)

쪽지를 다 낭독하자 조너선이 나를 끌어안으며 입을 맞췄다. 다른 이들은 두 손으로 내 손을 잡고 흔들었다. 반 헬싱 교수님이 말씀하셨다.

"하커 부인이 우리에게 또 한 번 가르침을 주었구려. 부인은 우리가 생각지도 못했던 것들을 정확히 보았소. 다시 추적을 시작할 수 있겠소. 이번에는 성공할 수 있겠지. 우리의 적은 그 어느 때보다 무력한 상태요. 해가 떠 있을 때, 그리고 그자가 아직 물 위에 있을 때 추격할 수만 있다면 우리 일은 끝나오. 백작이 먼저 출발했다고는 하나 속력을 내기는 힘드오. 상자를 운반하는 자들의 의심을 사지 않으려고 상자에서 나오지 않으려 할 테니까. 상자를 운반하는 자들은 꺼림칙한 낌새를 느끼는 순간 상자를 강물에 던져버릴 텐데, 그러면 그자는 살 방도가 없잖소. 그자도 이런 생각을 하고 조심하려 들 거요. 자, 우리 남자들은 이제 작전

회의를 합시다. 지금 당장 여기에서 말이오. 우리는 각자의 일과 함께 할 일을 정해야 하오."

"저는 증기선 한 척을 구해 꼬리를 잡겠습니다." 고달밍 경이 말했다.

"그자가 뭍에 내릴 수도 있으니까, 나는 좋은 말을 구해서 강둑을 따라 이동할게." 모리스 씨도 뒤를 이었다.

그러자 교수님이 입을 여셨다. "좋아! 둘 다 좋은 생각이야. 하지만 두 사람 다 홀로 움직여서는 안 돼. 상황이 어찌 될지 모르기에 엄호할 사람이 필요해. 슬로바키아인들은 강하고 거칠지. 그뿐인가? 그들은 늘 칼을 차고 다닌다네." 교수님의 말씀에 남자들이 하나같이 히죽댔다. 무기고라도 차릴 사람들처럼 무기를 챙겨 왔으니 그럴 만도 했다. 모리스 씨가 말했다.

"윈체스터 라이플을 몇 정 챙겨 왔잖아요. 상대가 여럿이라면 윈체스터 라이플이 제격이죠. 이 지역엔 늑대도 많으니까 더 도움이 될 수도 있겠네요. 기억하시겠지만, 백작은 대비책을 이것저것 만들어뒀어요. 하커 부인이 엿듣지 못하게 하면서 사람도 여럿 부렸다고요. 그러니까 우리는 만반의 준비를 해야 해요." 모리스 씨의 말이 끝나자마자 수어드 박사가 입을 열었다.

"저는 퀸시와 동행하는 게 나을 것 같습니다. 함께 사냥

하러 다닌 적이 많아서 이런 데 익숙하기도 하고, 둘 다 무기를 잘 다루니 무슨 일이 벌어져도 걱정이 없지요. 아트, 자네도 혼자 가면 안 돼. 슬로바키아인들이랑 싸움이 벌어질 수도 있는데, 그자들에게 총은 없을 테니 일어나봐야 칼부림이겠지만, 어쨌든 그러다가 계획이 틀어지면 어떡하나. 그때 기회를 놓치면 더는 기회가 없을 수도 있어. 백작의 머리통을 잘라낼 때까지 안심해서는 안 돼. 그자가 되살아나지 못한다는 게 확실해질 때까지 방심하면 안 된다고." 수어드 박사는 이렇게 말하다가 조너선을 바라보았다. 조너선은 내게 시선을 돌렸다. 조너선의 괴로운 심정이 고스란히 느껴졌다. 조너선은 내 곁을 지키고 싶었겠지. 하지만 배로 이동하는 사람들이 그걸 처치할 가능성이 가장 크니까…. (그거라니…. 흡혈귀란 단어를 적는 게 불편하다. 왜지?) 조너선은 한동안 말이 없었다. 그때 교수님이 입을 여셨다.

"조너선, 이 일은 두 가지 이유에서 당신이 적격이오. 첫째로 당신은 젊고 용맹하며 싸울 줄 알지. 우리의 모든 화력은 마지막 순간에 집중해야 하오. 둘째로 당신에게는 그자를 처치할 권리가 있소. 당신과 당신의 아내가 그자 때문에 겪어야 했던 고통을 생각하면 당신이 나서는 게 마땅하오. 조너선, 하커 부인은 염려하지 마시오. 그녀는 내가 돌보겠소. 나는 늙었소. 예전처럼 빨리 달릴 수도 없고, 오랫동안 말을 타거나 말을 타고 빠르게 추격하는 것도 힘드오. 흉기를 휘두르며 싸우는 것도 쉽지 않소. 대신 나는 다른 방식으로 힘을 보탤 수 있소. 다른 방식으로 싸울 수 있다는 뜻이오. 그뿐만 아니라 필요하다면 젊은 그대들 대신 목숨을 내놓을 수도 있소. 자, 나는 이러면 좋겠소. 고달밍 경과 조너선이 소형 증기선으로 강을 거슬러 올라가며 그자의 뒤를 밟는 사이, 존과 퀸시는 그자가 뭍에 내려올 경우에 대비해 강을 따라 강둑으로 이동하오. 그때를 틈타 나는 하커 부인과 함께 적진의 심장부로 돌진하겠소. 흐르는 물 위에 있을 때 그자는 뭍으로 달아나지 못하니, 그 늙은 여우는 슬로바키아인들이 물에 던질까 봐 눈치를 보느라 상자 뚜껑을 내릴 생각도 못하고 꼼짝없이 그 안에 스스로를 가두고 있을 거요. 그 사이 하커 부인과 나는 조너선의 행로를 따라 비스트리츠부터 보르고 고갯길을 지나 드라큘라 성으로 향하겠소. 하커 부인의 능력에 기대면 길을 찾을 수 있으리라 생각하오. 현재로선 아무것도 몰라 막막하기만 하지만, 나는 그 일대에서 첫 일출을 맞고 나면 그 숙명의 장소를 감지할 수 있을 것이라고 믿소. 거기에서도 할 일은 많소. 독사들의 둥지를 없애려면 정화해야 할 곳들이 적지 않단 말이오." 그때 조너선이 격분하며 교수님의 말을 잘랐다.

"교수님, 설마 지금 미나를 악의 구렁텅이로 데려가겠다고 말씀하시는 겁니까? 끔찍한 일을 겪어서 악에 물들어가고 있는 미나를 그자가 파놓은 죽음의 수렁으로 끌고 가시겠다고요? 절대로 안 됩니다! 뭐가 됐든 절대로 안 돼요!" 조너선은 차마 말을 이을 수 없다는 듯 한동안 침묵했지만, 다시 입을 열었다.

"그곳이 어떤 곳인 줄이나 아십니까? 교수님은 그 무시무시한 악마의 거처를 직접 보지 못하셨잖습니까! 그 성은 소름 끼치는 달빛 속에도, 바람 따라 부유하는 티끌 속에도, 게걸스러운 괴물의 씨앗이 담겨 있는 곳이라고요! 흡혈귀의 입술이 목에 닿는 느낌을 아십니까?" 조너선은 몸을 돌려 내 이마를 바라보고는 팔을 번쩍 들며 절규했다. "아아, 주님! 우리가 무슨 잘못을 했길래 이런 시련을 주시나이까!" 조너선은 절망하며 소파에 주저앉았다. 교수님이 입을 여셨다. 그 목소리는 공명하듯 낭랑하고도 따스하게 울려 퍼졌고, 모두가 그 소리에 차분해졌다.

"이 사람아…. 하커 부인을 구하기 위해 그 끔찍한 곳에 가겠다는 것이오. 물론 주님께서도 내가 부인을 성안까지 데려가는 것은 허락하지 않으시오. 하지만 성안에는 누구든 반드시 처리해야 할 일이 있소. 부인의 눈으로도 볼 수 없는 고역이 남았잖소. 조너선, 당신을 제외한 우리 네 남자는 그 장소를 정화하기 전에 무슨 짓을 해야 하는지 두 눈으로 똑똑히 확인했소. 우리가 절박한 상황에 처했다는 것을 명심하시오. 백작이 이번에 우리 손아귀에서 빠져나가면 백 년 동안 숨죽여 지낼지도 모르오. 그자는 강인하고 영리하며 교활하오. 그렇게 시간이 지나고 그자가 다시 모습을 드러내는 날…." 교수님은 내 손을 잡으셨다. "그자 옆에는 우리가 누구보다 소중히 여기는 이가 서 있을 수도 있소. 하커 부인이 조너선, 당신이 보았던 그 여인들과 다를 바 없는 모습이 될 수 있다는 소리요. 당신은 그 여인들이 입맛을 다시듯 입술을 핥는 모습을 보았소. 그들이 백작이 던져준 자루를 낚아채며 흘리던 요사스러운 웃음소리도 직접 들었소. 저런, 몸이 떨리는가 보구려. 그럴 만도 하오. 괴로운 기억을 떠올리게 해서 미안하오. 당신을 설득하려면 달리 방도가 없었소. 조너선, 아직도 내가 그곳에 가지 않는 게 나을 것 같소? 나는 내 목숨을 걸지 않은 것 같소? 누군가가 드라큘라 성에 들어가야 한다면, 들어가서 그자들의 하수인이 되어야 한다면, 그건 다른 누구도 아닌 나여야만 하오."

"교수님 생각대로 하십시오." 조너선이 온몸을 들썩이며 흐느꼈다. "어차피 우리 운명은 주님의 뜻에 달렸잖습니까!"

몇 시간 후. — 용감한 남자들이 일을 처리하는 과정을 지켜보며 많은 것을 배웠다. 사랑하는 남자들이 이토록 열성적이고도 진지하게, 그리고 용감하게 일할 때 여성으로서 도울 방법은 무엇일까? 아, 돈의 힘이 얼마나 대단한지도 깨달았다! 떳떳하게 돈을 내밀었을 때 할 수 없는 일과 은밀히 돈을 내밀었을 때 할 수 있는 일의 차이를 배웠달까. 고달밍 경의 재력에 새삼 고마움을 느낀다. 아, 모리스 씨도 마찬가지다. 부유하다고는 하나, 그렇게 기꺼이 자기 돈을 내놓는 마음 씀씀이가 참으로 고맙다. 두 사람이 아니었다면 이 모험은 시작하지도 못했을 것이다. 이번에도 그들이 아니었다면 이토록 신속하게 준비를 마치지 못했겠지. 준비는 잘 끝나서 이제 한 시간 내로 출발할 예정이다. 각자 할 일을 정한 후로 아직 세 시간도 지나지 않았건만…. 고달밍 경과 조너선은 증기선을 구해 언제든 곧바로 출발할 수 있게 시동을 걸어두었다. 수어드 박사와 모리스 씨는 튼실한 말 여섯 마리를 구해 마구를 채워두었다. 우리는 지도를 비롯해 구할 수 있는 장비는 모두 마련했다. 교수님과 나는 오늘 밤 11시 40분 기차로 출발해 베레스티로 갈 것이고, 거기에서 마차를 구해 보르고 고개로 향할 예정이다. 말과 마차를 사야 하므로 돈을 넉넉하게 챙겼다. 믿을 만한 마부를 구할 수 없을 게 분명해서 어쩔 수 없다. 우리는 마차도 직접 몰아야 한다. 교수님은 여러 외국어에 능하시니 말과 마차를 구하는 건 걱정 없다. 우리는 무기도 챙겼다. 나도 대구경 리볼버를 챙겼다. 조너선은 내가 다른 사람들처럼 더 확실히 무장하길 바란다. 하지만 안타깝게도 나는 이마에 난 흉터 때문에 영적인 무기를 소지할 수 없다. 교수님은 늑대밖에 없을 거라며 그 정도면 충분하다고 위로해주신다. 날씨가 시시각각 싸늘해지는 중이다. 다가올 일을 주의하라는 듯 잊을 만하면 진눈깨비가 흩날린다.

잠시 후 이어서 씀. — 사랑하는 조너선에게 작별 인사를 건네기 위해 남은 용기를 모두 짜내야 했다. 이게 우리의 마지막일 수도 있겠지. 용기를 내자, 미나! 교수님이 날 뚫어져라 바라보시잖아. 교수님의 표정을 보며 마음을 다잡아야 해. 지금은 눈물을 흘릴 때가 아니야. 주님께서 그들에게 안식을 허하실 때까지 눈물을 보여서는 안 돼.

조너선 하커의 일기

10월 30일 밤. — 증기선 화로에서 새어 나오는 불빛에 의지해 이 글을 쓴다. 고달밍 경이 증기선을 출발시켰다. 그는 템스강에서 수년간 본인 소유의 증기선을 몰았고, 노퍽

브로즈에서도 증기선을 몰아본 적이 있어서 이 정도 작은 배는 손쉽게 다룬다. 추격 계획에 관해 우리는 미나의 추측이 옳다고 판단했다. 백작이 수로를 이용해 성으로 돌아가고자 했다면 시레트강을 거슬러 올라가다가 분기점에서 비스트리츠강으로 꺾을 게 분명했다. 비스트리츠강과 카르파티아산맥 사이의 지역을 가로지른다고 했을 때 우리는 백작이 북위 47도쯤 되는 지점에서 뭍에 오르리라고 예상했다. 깜깜한 밤이었지만 속력을 내며 거침없이 물살을 갈랐다. 강의 폭이 넓고 수위가 높아서 어두워도 운전하기 어렵지 않았다. 고달밍 경은 아직 둘이서 망을 볼 필요까지는 없으니 나더러 잠시 자두라고 했다. 하지만 나는 잠을 이룰 수 없다. 사랑하는 미나가 위험을 목전에 둔 채 그 끔찍한 곳을 향해 나아가고 있는데 어찌 잠을 이룬단 말인가. 모든 것이 주님 뜻에 달렸다는 것만이 지금 내게는 유일한 위안이다. 그 믿음 하나만 있으면 목숨을 내던지며 이 모든 시련에서 벗어나는 것도 수월할 것이다. 모리스 씨와 수어드 박사는 우리보다 먼저 출발했다. 그들은 우리의 우측 강둑을 따라 이동하기로 했다. 다만 강이 뻗은 방향을 확인하면서도 자잘한 굽잇길을 피하고자 우리와 적당히 떨어진 강둑 높은 곳에서 이동 중이다. 그들은 일단 사람 두 명을 구해 여분의 말 네 마리를 몰게 했다. 사람을 태우지 않은 말

네 마리를 몰고 가는 게 아무래도 이목을 끌 것 같다는 생각에서였다. 인적이 드물어지면 고용한 사람들은 돌려보낼 예정이다. 그렇게 되면 두 사람이 나머지 말 네 마리도 직접 몰아야 한다. 우리가 함께 이동해야 할 때를 대비해야 하므로 어쩔 수 없다. 마구 하나는 안장 머리를 움직일 수 있는 것으로 구해놓았다. 혹시 미나가 말을 타게 되면, 그녀에게 맞게 조정하기 위해서다.

우리는 실로 위험천만한 모험을 하고 있다. 어둠을 헤치고 나아가는 동안 강에서는 냉기가 솟아올라 우리를 덮치고, 밤이 만들어내는 오묘한 소리는 우리를 에워싼다. 사방에 어둠과 냉기와 소음이 가득하다. 짙은 어둠 속, 끔찍한 것들로 가득한 미지의 세계로 무작정 떠내려가는 것 같다. 고달밍 경이 화로의 문을 닫았다.

10월 31일. — 계속 전속력으로 나아가는 중이다. 날이 밝아서 고달밍 경은 눈을 붙였다. 주위 경계는 내가 하고 있다. 아침 공기가 몹시 차다. 두툼한 모피 코트를 걸치고 있지만, 화로의 열기가 새삼 고맙다. 아직 우리가 앞지른 나룻배는 몇 척뿐이다. 그중에서 우리가 찾는 크기의 상자나 짐을 실은 배는 없었다. 나룻배를 타고 있는 사람들은 우리가 전기등을 켜서 비출 때마다 지레 겁먹고는 무릎을 꿇으며 기도를 올렸다.

11월 1일 저녁. — 오늘도 내내 소득이 없다. 아직까지 의심 가는 배 한 척 찾지 못했다. 이제 비스트리츠강으로 진입한다. 잘못 추측한 것이라면 기회는 날아간다. 눈에 보이는 배가 있으면 크든 작든 일단 따라붙었다. 이른 아침에는 한 뱃사람이 우리 배를 관선으로 착각하고 굽실대기도 했다. 가만 보니 관선 행세를 하면 다른 배를 수색할 때도 문제가 없을 듯해, 비스트리츠강이 시레트강과 합류하는 푼두에서 루마니아 깃발을 구했다. 지금 우리 배에는 루마니아 국기가 휘날리고 있다. 그 후 배를 따라잡을 때마다 관선의 관리처럼 굴었고, 수색 시 이 수법은 매우 유용했다. 모두가 예를 갖추며 싹싹하게 굴었으며, 우리에게 어떤 요구를 받아도 반발하지 않았다. 한편 슬로바키아인 몇 명은 커다란 배에 추월당한 적이 있다는 정보를 주었다. 갑판에 나와 있는 선원도 평소의 두 배였고, 속력도 평소의 두 배여서 눈에 띄었다나. 하지만 그건 푼두에 도착하기 전의 일이라서, 그들은 그 커다란 배가 비스트리츠강으로 진입했는지, 아니면 시레트강을 따라 계속 올라갔는지 알지 못했다. 푼두에 도착했을 때도 우리는 그 배를 보았다는 사람을 찾지 못했다. 그 배는 밤에 푼두를 통과했던 모양이다. 그나저나 너무 졸리다. 추운 날씨에 체온이 떨어져서 그러나 보다. 사실 좀 쉬어야 할 때도 됐다. 고달밍 경은 늘 자기가 먼저 불침번을 서겠다고 나선다. 그가 미나와 나를 얼마나 배려해주는지 잘 안다. 고달밍 경에게 주님의 은총이 가득하길 바란다.

11월 2일 오전. — 벌써 날이 훤하다. 고달밍 경은 나를 깨우지 않고 계속 자게 내버려두었다. 내가 곤히 자면서 시름을 잊는데 차마 깨울 수 없었다고 한다. 고달밍 경 혼자 밤을 새우게 하고 나는 밤새 편히 자다니, 사람이 이렇게 이기적일 수 있나 싶기도 하다. 하지만 고달밍 경의 판단이 옳았던 건 분명하다. 다시 태어난 것 같은 기분이다. 이렇게 앉아서 고달밍 경이 자는 걸 지켜보는 동시에 화로를 점검하고 배를 조종하며 주위를 살피는 게 가능해졌다. 기력을 완전히 회복한 듯하다. 미나와 반 헬싱 교수가 어디쯤 있을지 궁금하다. 그들은 수요일 정오쯤 베레스티에 도착했을 것이다. 마차와 말을 구하는 데 시간이 걸렸다고 하더라도 꾸준히 달렸다면 지금쯤 보르고 고개에 이르렀으리라. 주님, 그들을 인도하소서! 두 사람에게 무슨 일이 생기기라도 했을까 봐 불안하다. 속력을 더 낼 수 있다면 좋으련만! 안타깝게도 이게 최고 속력이다. 지금도 원동기는 극한의 속도로 돌아가고 있다. 수어드 박사와 모리스 씨는 어떤지도 궁금하다. 온갖 산줄기에서 내려온 무수한 개울이 이 강으로 흘러들고 있지만, 말 그대로 작은 개울일 뿐이라서 아직까지는 말을 모는 그들에게 큰 어려움은 없었으리라 생각한다. 물론 겨울이 되어서 물이 얼고 눈이 쌓이거나, 봄이 돼서 눈이 녹으면 얘기가 또 다르겠지만…. 어쨌든 스트라스바에 닿기 전에 두 사람의 모습이 보이면 좋겠다. 그때까지도 백작을 따라잡지 못했다면 그들과 다음 행보를 상의해야 할지도 모르니….

수어드 박사의 일기

11월 2일. — 사흘째 말만 몰고 있다. 특별한 일도 없었고, 글을 쓸 시간도 없었다. 아니, 있었다 하더라도 멈춰 있는 시간이 아까워서 그럴 수 없었다. 우리는 말이 쉬어야 할 때만 멈췄다. 그래도 우리 둘은 놀라울 정도로 잘 버티고 있다. 둘이서 여기저기 쏘다닌 것이 이렇게 도움이 되는구나. 지금은 무리해서라도 계속 가야 한다. 증기선이 시야에 다시 들어올 때까지 마음을 놓을 수 없다.

11월 3일. — 푼두에서 증기선이 비스트리츠강으로 진입했다는 얘기를 들었다. 아, 날씨가 너무 춥지 않으면 좋겠다. 눈이 올 것 같은데, 함박눈이라도 쏟아지면 발목이 잡힌다. 뭐, 진짜 그렇게 되면 러시아식으로 썰매라도 구해서 계속 가야겠지.

11월 4일. — 증기선이 급류를 거스르려다가 사고를 당해 발이 묶였다는 소식을 오늘 들었다. 슬로바키아인들은 급류를 거스르는 요령을 알아서 밧줄을 이용해 무사히 통과하는 구역이라고 한다. 몇 시간 전에도 슬로바키아인들이 모는 나룻배 몇 척은 급류 지역을 가뿐히 통과했다. 고달밍은 기술자 못지않은 정비 실력을 자랑하니 증기선이 고장났다고 하더라도 그럭저럭 고쳤을 거다. 실제로 그들은 현지 사람들의 도움을 받아 급류를 빠져나간 뒤 곧바로 다시 출발했다고 한다. 하지만 사고 때문에 증기선의 성능이 예전만 못한 게 아닌지 걱정스럽다. 한 농부의 말에 따르면 증기선이 출발한 이후에도 잘 가나 싶다가 멈춰 서길 몇 번이나 반복했다고 한다. 박차를 가해 더 빠르게 나아가야 한다. 조만간 그들에게 우리 도움이 필요할지 모른다.

미나 하커의 일기

10월 31일. — 정오에 베레스티에 도착했다. 교수님은 오늘 아침에 내게 어렵사리 최면을 걸었다고 하셨다. 내가 한 말은 이게 다였다. "어둡고 조용합니다." 교수님은 지금 마차와 말을 구하고 계신다. 당장은 필요한 마차와 말만 구하되, 나중에 여분의 말을 몇 필 더 구하겠다고 하셨다. 그래야 말들이 번갈아가며 마차를 끌게 할 수 있다고. 우리는 앞으로 110킬로미터 이상 더 가야 한다. 그나저나 이 지방은 참으로 신기하고 아름답다. 이런 상황이 아니었다면 이 풍경을 보면서 얼마나 기뻤을까. 조너선과 단둘이 이곳을 여행했다면 정말로 행복했을 것 같다. 우리는 틈틈이 멈춰서 사람들을 구경하고 그들의 생활 방식을 알아보면서, 태곳적 풍경을 품은 이 아름다운 지방과 특이한 사람들을 마음과 기억에 담았겠지. 그렇게 우리 마음과 기억을 다채로운 환상으로 가득 채울 수 있었겠지! 하지만….

잠시 후. — 교수님이 돌아오셨다. 말과 마차는 구했다고 하셨다. 우리는 간단히 식사하고 한 시간 내로 출발할 예정이다. 식당 주인이 엄청나게 커다란 음식 바구니를 들이밀었다. 한 중대의 군인들이 모두 먹고도 남을 양이다. 교수님은 음식을 좀 더 가져와서 넣어보라며 주인을 부추기셨다. 방금 내게는 우리가 일주일간 음식을 구할 방법이 없을지 모른다고 속삭이셨다. 교수님은 이런저런 물건도 사셨다. 모피 코트와 담요를 비롯해 추위를 막을 수 있는 물건은 다 쓸어 모으신 것 같다. 이제는 추위를 느끼려 해도 그럴 기회가 없을 듯하다.

이제 곧 떠난다. 앞으로 무슨 일이 벌어질지 예상하기조차 두렵다. 이제 우리 운명은 정말 주님의 뜻에 달렸다. 우리 미래는 주님만이 아신다. 내 비루한 영혼과 서글픈 육신에 남은 모든 힘을 그러모아 주님께 기도 드린다. 부디 사랑스러운 남편 조너선을 지켜주시길…. 나한테 무슨 일이 생기더라도, 나는 이루 말할 수 없이 조너선을 사랑하며 아낀다는 걸 그가 알아주기를…. 내 생명이 다하는 날까지 유일한 사랑은 조너선뿐임을 그가 알아주기를….

27장

미나 하커의 일기

11월 1일. — 온종일 이동했다. 속력도 빠른 편이다. 말들도 우리가 자기들을 배려하고 있다는 걸 아는지 기꺼이 전속력으로 달려준다. 교수님과 나는 벌써 마차 모는 일을 몇 번이나 교대했는데, 속력도 여전하고 딱히 문제가 없었다. 남은 여정도 수월할 것 같아 힘이 난다. 교수님은 필요할 때를 제외하곤 입을 열지 않으신다. 농가를 지날 때면 교수님은 농부들에게 비스트리츠로 급히 가야 한다고 설명하며 웃돈을 얹어주고 말을 바꾸신다. 그 김에 따뜻한 수프나 커피, 혹은 차로 몸을 데우고 다시 출발하는 식이다. 이 지역은 참으로 멋지다. 상상할 수 있는 모든 아름다운 것들을 다 모아둔 곳 같다. 사람들은 담대하고 강인하며 소박하다. 여러모로 좋은 자질이 많은 듯하다. 다만 이들은 미신에 과도하게 의지한다. 처음 들른 농가에 있던 여성은 우리를 대접하면서 내 이마의 상처를 보고는 성호를 그으며 손가락 두 개로 나를 가리켰다. 사악한 기운을 쫓으려는 거라나. 나는 특히 마늘 때문에 난감했다. 그들도 우리 음식을 만들면서 평소보다 많은 마늘을 잔뜩 썰어 넣느라 고생깨나 했을 것이다. 어쨌든 괜한 의심을 피하려고 나는 그 이후로 모자나 베일을 벗지 않았다. 빠르게 이동 중이고, 이야기를 떠들어댈 마부도 없기에, 우리에 대한 추문이 발 빠르게 퍼질 리는 없다. 다만 내가 부정한 존재일지 모른다는 그들의 두려움이 끈질기게 달라붙을 것만은 분명하다. 교수님은 지칠 줄 모르는 사람처럼 한시도 쉬질 않으신다. 나더러는 푹 자라고 말씀하시면서…. 해 질 무렵 교수님은 내게 최면을 거셨다. 나는 평소처럼 대답했다고 한다. "어둡습니다. 물이 찰랑댑니다. 나무가 삐걱댑니다." 우리의 적이 여전히 강에 있다는 뜻이다. 조너선 생각을 하기 두렵다. 하지만 한편으로는 어쩐지 조너선이나 내가 걱정되지 않는다. 우리는 조금 전 농가에서 말을 바꾸었고, 지금은 농부들이 말을 데리고 나와 마구를 채울 때까지 기다리는 중이다. 그 김에 이 글을 쓴다. 교수님은 이때를 틈타 잠을 청하셨다. 안쓰럽게도 교수님의 희끗희끗한 눈썹과 주름진 얼굴에 피로가 가득한 듯 보인다. 그래도 정복자처럼 앙다문 입은 여전히 다부지다. 주무시는 와중에도 그 결의만큼은 건재한 듯하다. 다시 출발하면 내가 마차를 모는 사이 교수님이 좀 주무시게 해야겠다. 앞으로 며칠은 더 가야 하니 몸을 돌보셔야 한다고 말씀드릴 생각이다. 아, 말이 다 준비되었다. 이제 곧 떠나야 한다.

11월 2일 오전. — 교수님을 잘 설득해서 밤에도 교대로 마차를 몰았다. 이제 날이 밝았다. 환하지만 날은 매우 차다. 묘하게 공기가 무겁다. 무겁다는 것보다 나은 표현이 있으면 좋겠다. 뭐랄까 우리 두 사람 다 무언가에 짓눌리는 것 같은 기분이다. 너무 추운 날씨여서 모피가 없었다면 어떻게 견뎠을까 싶다. 새벽에 반 헬싱 교수님이 내게 최면을 거셨다. "어둡습니다. 나무가 삐걱댑니다. 물살이 아주 셉니다." 백작을 태운 배가 다른 강으로 접어든 모양이다. 나로서는 조너선이 필요 이상으로 위험한 일을 겪지 않길 바랄 뿐이다. 어차피 우리 운명은 주님의 뜻에 달렸다.

11월 2일 밤. — 오늘도 종일 이동했다. 풍경이 점점 험해지고 있다. 카르파티아산맥은 멀리 떨어진 베레스티에서 봤을 때 능선이 완만하고 지평선에 가까웠는데, 가까이 갈수록 봉우리가 점점 우리 주위로 모여들며 눈앞에 우뚝 서는 것 같다. 우리 두 사람 다 기분은 괜찮은 편이다. 우리는 서로를 유쾌하게 해주려 애쓰는데, 그러면서 각자의 기분도 자연히 좋아진달까. 반 헬싱 교수님은 오전 중에 보르고 고개에 도착할 거라고 하신다. 이 근방에는 민가가 거의 없다. 교수님도 앞으로는 말을 못 바꾸고 이대로 쭉 가야 할 거라고 하셨다. 마지막으로 말을 바꿀 때 교수님은 말 두 필을 추가로 구입하셨다. 그래서 지금 우리에겐 튼실한 말 네 마리가 있다. 이 녀석들은 지구력도 강하고 순해서 지금껏 말썽 한번 없었다. 한편 다른 이들과 마주칠 걱정이 없어서 내가 마차를 몰 때도 우려할 게 없다. 밝을 때 보르고 고개에 도착해야 한다. 어두울 때 도착하고 싶지는 않다. 그래서 우리는 여유롭게 달리며 번갈아 푹 쉬기로 했다. 아, 내일은 무슨 일이 생길까? 우리는 조너선이 백작 일당에게 끔찍하게 시달렸던 곳을 제 발로 찾아 나섰다. 부디 주님께서 우리를 옳은 길로 인도하시길, 조너선과 소중한 다른 이들이 위험에 빠지지 않도록 두루 살펴주시길 바랄 뿐이다. 나는 괜찮다. 나는 주님의 가호를 받을 자격이 없는 사람이다. 아! 주님께 나는 불결한 존재일 뿐이다. 주님의 분노를 일으키지 않는 사람이 되는 것을 주님께서 허락할 때까지 나는 계속 불결할 것이다.

아브라함 반 헬싱의 쪽지

11월 4일. — 런던 퍼플릿의 존 수어드 의학박사, 내 오랜 벗이자 진정한 친우였던 그를 다시 못 볼 경우에 대비해 이 글을 남긴다. 이 글로 자네가 이곳 상황을 짐작할 수 있으면 좋겠군. 지금은 아침이라네. 밤새 피워둔 모닥불 옆에서 이 글을 쓰고 있어. 하커 부인은 여러모로 날 잘 도와주었지. 날이 춥군. 몹시 추워. 하늘은 곧 눈이 쏟아질 것처럼 흐리군. 날이 너무 추워서 지금 눈이 내리면 겨우내 녹지 않고 꽁꽁 얼어붙을 게 분명해. 하커 부인은 이런 날씨에 영향을 받는 것 같아. 부인답지 않게 온종일 고개를 푹 숙이고 있질 않나…. 자고, 또 자고, 계속 잠만 자기까지! 평소엔 늘 주위 상황에 촉각을 세우며 경계하던 부인이 어제는 말 그대로 아무것도 하지 않았다니까. 심지어 입맛도 없는지 뭘 먹으려 들지도 않더군. 그녀는 짬이 날 때마다 일기도 열심히 썼는데, 어제는 일기장을 펼칠 생각도 하지 않았어. 아무래도 무슨 문제가 있는 것 같아. 그래도 그녀는 저녁이 되자 다시 기운을 차렸어. 낮에 내내 자고 난 후 기력을 회복한 걸까. 저녁에는 평소처럼 밝고 쾌활했지. 해 질 무렵 나는 그녀에게 최면을 걸려고 했네. 아아! 이번에는 끝내 실패했어. 그 능력이 하루가 다르게 사그라들더니 이제는 아예 사라진 걸까. 하, 이것도 주님의 뜻이겠지. 주님의 뜻이라면 그것이 무엇이든, 그 끝에 무엇이 있든 옳지 않겠나!

하커 부인이 속기로 기록을 남기지 않으니, 좀 번거롭긴 하지만 나라도 이렇게 옛날 방식으로 글을 남겨야겠어. 하루의 기록이라도 누락시켜서는 안 되니까 말이야. 그럼 이제부터 시간순으로 얘기해보겠네.

우리는 어제 해가 뜬 직후 보르고 고개에 도착했네. 나는 주위가 어슴푸레 밝아지는 걸 보고 최면을 걸 준비를 했어. 방해 요인을 없애기 위해 마차를 세운 후 마차에서 내리기까지 했지. 나는 모피를 깔아 부인에게 자리를 만들어줬어. 하커 부인은 그 위에 누워 평소처럼 최면에 걸릴 마음의 준비를 했어. 하지만 최면에 걸리기까지 오랜 시간이 걸렸고, 최면 상태는 아주 짧은 시간 동안만 지속됐어. 하커 부인은 평소처럼 이렇게 대답했네. "깜깜합니다. 물이 소용돌이치는 소리가 들립니다." 부인은 이 말만 하고 정신을 차렸다네. 그때만 해도 부인은 아주 초롱초롱했지. 우리는 곧바로 다시 출발했고, 금세 고갯길에 들어섰네. 고갯길에 들어섰을 때쯤 부인은 유독 열의를 보였어. 길을 인도하는 어떤 힘을 느끼기라도 하는 것처럼 한쪽 길을 가리키며 이렇게 말하기도 하더군.

"이 길입니다."

"부인이 그걸 어떻게 아시오?"

"당연히 알지요." 부인은 잠시 말을 멈췄다가 덧붙였네. "조너선이 이 길을 지난 다음에 기록으로 남기지 않았습니까?"

그 말을 들었을 때 어쩐지 찜찜한 기분이었는데, 가만 보니 샛길은 딱 하나뿐이더군. 거의 사용하지 않는 길 같았어. 마차가 다닐 법한 길이 아니었지. 부코비나에서 비스트리츠로 넘어오는 길과도 완전히 달랐어. 부코비나에서 비스트리츠로 오는 길은 훨씬 넓고 잘 다져진 데다 사람들의 왕래가 잦다는 느낌이 물씬 났거든.

어쨌든 우리는 그렇게 샛길로 접어들었네. 가끔 갈림길을 맞닥뜨리기도 했지만, 그때마다 말들이 길을 아는 듯 알아서 나아가더군. 솔직히 우리로서는 어떤 게 길인지조차 알아보기 힘들었어. 인적이 드문 길인 데다 눈도 살짝 쌓여 있어서 말이야. 나는 고삐를 거의 놓다시피 했지. 그래도 말들은 꾸준히 우리를 이끌어주더군. 얼마 지나지 않아 조너선이 일기장에 꼼꼼히 기록해둔 풍경을 마주했어. 그러고도 한참을 더 갔다네. 처음에는 내가 하커 부인에게 좀 자라고 한 게 맞아. 부인은 잠을 청했고, 이내 잠이 들었어. 그랬는데 깨지 않고 계속 잠을 자더라고. 뭔가 미심쩍었기에 나는 부인을 깨웠어. 아무 소용이 없더군. 아무리 깨워도 정신

못 차리고 자더라니까. 부인이 얼마나 힘든 줄 알기도 하거니와 잠을 잘 자고 나면 기운을 되찾는 걸 여러 번 본 터라, 억지로 깨우면서까지 부인을 괴롭히기 싫기도 했지. 그러다 깜빡 졸았던 모양이야. 무슨 짓을 벌이기라도 한 것처럼 별안간 죄책감이 들더라고. 하지만 자세가 흐트러지지 않았고, 내 손아귀에는 고삐도 그대로 놓여 있었지. 말들도 아무 문제 없이 길을 따라 잘 달리고 있었어. 내려다보니 하커 부인은 계속 자고 있더군. 해가 서산으로 뉘엿뉘엿 넘어가고 있었어. 조금씩 익어가는 태양은 눈으로 뒤덮인 봉우리를 노랗게 물들이며 사방이 노란 파도로 넘실대게 했다네. 가파른 산줄기에는 우리 그림자가 길고도 거대하게 드리웠어. 우리는 계속해서 오르막길을 오르고 있었거든. 아! 험준한 바위산으로 둘러싸인 그곳은 세상의 끝이라 해도 이상하지 않았어.

그쯤 하커 부인을 다시 깨웠어. 이번에 그녀는 금세 정신을 차렸어. 나는 그녀에게 최면을 걸었지. 하지만 부인은 내게 마음을 열 수 없다는 듯 최면에 걸리지 않았어. 어떻게든 최면을 걸어보려고 계속 시도했네. 정신을 차려보니 주위가 깜깜했어. 해가 벌써 다 졌더라고. 느닷없이 하커 부인이 웃음을 터뜨리기에 그녀를 돌아보았어. 최면은커녕 아주 쌩쌩하더라고. 쌩쌩하기만 한 게 아니라 완전히 회복한 것 같았어. 우리가 백작의 카팍스 저택에 처음 발을 들이던 날 저녁에 보았던 모습과 같았지. 나는 깜짝 놀랐을 뿐 아니라 불안감마저 느꼈네. 그러나 부인의 밝고도 다정하며 사려 깊은 모습에 얼마 안 가 두려움이 눈 녹듯 사라지더군. 나는 마차에 싣고 온 장작으로 모닥불을 피웠고, 말들에게 채운 마구를 끄른 후 녀석들을 안전한 곳에 묶어두고 여물을 주었어. 그 사이 부인은 식사를 준비했지. 내 일을 마치자마자 부인을 도우러 갔는데, 그녀가 미소를 지으며 배가 고파 기다릴 수 없기에 자신은 먼저 요기를 했다나. 아무래도 이상했어. 부인의 말을 믿을 수가 없더라고. 뭐, 그렇다고 엄포를 놓을 수도 없었기에 나는 그냥 입을 다물었네. 부인은 내 음식을 준비해주었고, 나는 홀로 식사했어. 내가 식사를 마친 뒤 우리는 모피로 몸을 감싸고 불가에 누웠어. 나는 내가 불침번을 서는 동안 부인에게 좀 자두라고 말했어. 아뿔싸, 실컷 부인에게 그렇게 말해놓고 불침번은 까맣게 잊었지. 정신이 번쩍 들어서 부인을 보니 누운 채로 눈을 동그랗게 뜨고 나를 바라보고 있더군. 한 번, 두 번, 아니 그런 일이 몇 번이나 있었다네. 아침이 될 때까지 나는 아주 잘 잤어. 아침에 정신을 차린 뒤 부인에게 다시 최면을 걸려고 해 봤지. 역시! 이번에도 부인은 순순히 눈을 감았으나 최면에 걸리지 않았어. 해가 슬금슬금 기어오르더니 불쑥 솟았는데, 부인이 그제야 의식을 잃더군. 하지만 최면에 걸린 게 아니라 깊이 잠든 거였고, 깨워도 일어나질 않았어. 나는 말들에게 마구를 채우고 준비를 마친 뒤 부인을 안아 마차로 옮겼어. 그러는 사이에도 부인은 깨지 않았지. 잠들어 있는 모습이 유난히 혈색 좋고 건강해 보였어. 아, 이상해. 불안하고, 또 불안해! 모든 게 두렵고, 생각하기조차 두려워. 그럼에도 나는 다시 길을 가야 해. 이 일에는 우리 목숨이 걸려 있어. 아니 그보다 더한 게 걸려 있지. 그러니 겁먹고 물러서서는 안 돼.

11월 5일 오전. — 모든 것을 있는 그대로 정확하게 기술하겠네. 자네와 내가 별 희한한 일을 다 겪었다고는 하지만, 이 글을 읽고 나면 자네는 제일 먼저 나, 반 헬싱이 미친 게 아닐까 하는 생각을 하겠지. 자네라면 내가 끔찍한 일을 너무 많이, 너무 오래 겪으면서 정신이 이상해진 게 아닐까 의심부터 할 거야. 그러니까 내가 처음 한 말을 반드시 기억해 주게.

어제도 우리는 쉬지 않고 이동했네. 계속해서 깊은 산속으로 들어갔고, 그럴수록 풍경은 점점 험준하고 황량해져 갔지. 촘촘한 바위들로 이루어진 거대한 절벽과 폭포도 많았어. 그런 풍경을 마주하면 자연이 벌이는 축제를 감상하는 기분이 들더군. 하커 부인은 계속 잠만 잤네. 너무 허기져서 안 되겠길래 식사하자고 깨우기도 했는데 부인은 일어나지 않았어. 그쯤 되니 두려움이 또 스멀스멀 커졌지. 흡혈귀의 세례를 받은 부인이 사악한 장소에 다가갈수록 영향을 받는 건가 싶어서 말이야. 나는 혼잣말을 했네. "그래, 부인이 낮 동안 내내 자면 또 어때. 내가 밤에 안 자면 그만이야." 우리가 가는 곳은 길이 아주 험했어. 오래전에 조성된 후 그대로 방치돼서 엉망이었거든. 그런 길을 달리고 있는데도 나는 고개를 숙이고 잠들었지. 얼마가 지났을까, 이번에도 서늘한 죄책감을 느끼며 정신을 차렸다네. 돌아보니 하커 부인은 여전히 잠들어 있고, 해는 서쪽으로 많이 기울었더군. 주위를 둘러봤는데 이게 웬걸. 풍경이 완전히 달라져 있지 뭔가. 험준한 산이 이전보다 먼 듯 느껴졌어. 가파른 산 정상에 거의 다 오른 것 같았지. 그 꼭대기에 조너선이 일기에 썼던 성이 우뚝 솟아 있었어. 나는 환희와 공포를 동시에 느꼈다네. 뭐, 결과가 좋든 나쁘든 이제 끝이 가까워졌으니….

나는 하커 부인을 깨워서 최면을 유도했네. 아! 아무 소득 없이 시간만 버렸어. 그렇게 거대한 어둠이 드리우고 있었어. 해가 다 지고 나서도 한동안은 하얀 눈 위에 석양이 비쳐 온 세상이 붉디붉었네. 나는 적당한 자리로 말을 데려가 여물을 줬어. 그런 뒤엔 모닥불을 피웠지. 나는 모닥불 옆에 하커 부인을 앉히고 담요를 둘러주었어. 그때쯤엔 하커 부인도 깨어 있었는데, 그녀는 어느 때보다 아름답더군. 나는 식사 준비도 했어. 부인은 입도 안 댔지. 배가 고프지 않다고 짤막하게 대답했을 뿐이야. 어차피 내가 뭐라고 한들 아무 소용도 없다는 걸 알았기에 나는 부인에게 먹으라고 강요하지 않았네. 나라도 기운을 내야 했기에 식사를 했어. 문득 무슨 일이 벌어질지 모른다는 두려움이 나를 덮치더군. 나는 하커 부인이 앉은 자리 주위로 커다랗게 원을 그리고, 그 선 위에 성체 조각을 잘게 부숴서 뿌렸어. 그 정도면 부인도 안전할 것 같았지. 부인은 내내 가만히 앉아만 있었어. 죽은 사람처럼 느껴질 정도로 꼼짝도 하지 않았다네. 한편 부인은 점점 창백해져서 눈만큼 하얗게 질렸어. 그런데도 그녀는 아무 말도 하지 않았어. 하지만 내가 가까이 다가가자 부인은 그제야 나를 붙들며 매달렸어. 그녀는 가엾게도 머리끝부터 발끝까지 느껴지는 통증으로 바들바들 떨고 있더군. 떨림이 좀 잦아든다 싶을 때 내가 조심스레 입을 열었네.

"불가로 좀 더 가까이 가는 게 어떻소?" 나는 부인이 무엇을 할 수 있는지 시험해보고 싶었기에 이렇게 물었어. 부인은 순순히 자리에서 일어났지. 하지만 한 걸음 내딛고는 그대로 굳어버렸네.

"왜 더 가지 않소?" 나의 물음에 부인이 고개를 절레절레 저었어. 그녀는 원래 자리로 돌아와 앉았지. 그러고는 막 잠에서 깬 사람처럼 내 눈을 바라보며 한마디 했어.

"못 갑니다!" 부인은 이렇게만 대답하고 입을 다물었어. 나는 부인이 할 수 없는 것을 알아내서 차라리 다행이라고 생각했네. 부인이 그 선을 넘을 수 없다는 건, 우리가 두려워하는 적들도 그 선을 넘을 수 없다는 뜻이니까. 부인의 육신은 여전히 위험에 노출되어 있으나, 그 선 안에서라면 부인의 영혼은 안전할 것 아닌가!

얼마 후 말들이 괴성을 내지르기 시작하더니 밧줄을 끊으려고 난동을 피우더구먼. 나는 곧장 말들을 매어둔 곳으로 가서 녀석들을 진정시켰네. 내가 쓰다듬자 녀석들은 안심하듯 나지막이 신음하며 한동안 내 손을 할짝댔지. 그날 밤 몇 번이나 그런 식으로 달려가서 녀석들을 진정시켰어. 내가 가면 녀석들이 이내 잠잠해지더라고. 밤이 깊었을 무렵 매서운 추위가 몰아닥쳤네. 서늘한 안개가 끼면서 눈발이 흩날렸어. 모닥불의 불꽃이 잦아들기에 나는 불에 장작을 넣으러 일어섰네. 그때 짙은 어둠 속에서 빛이라고 해야 할까, 하얀 눈 위에 어슴푸레한 기운이 느껴지더군. 가만히 보고 있자니 고리 모양으로 형성된 안개 위에 눈송이가 떨어지는 모습이 마치 여인들의 치마가 나부끼는 것처럼 보이더라고. 쥐 죽은 듯 고요했어. 음울한 적막을 깨는 건 겁에 질린 말들의 울음소리뿐이었지. 녀석들은 감당할 수 없는 공포에 사로잡힌 듯 처절하게 울어젖혔어. 나도 슬슬 두려움을 느끼기 시작했네. 아니, 끔찍이도 두려웠어. 그것도 잠시, 나는 내가 원 안에 서 있다는 걸 깨닫고 금세 안도했어. 곰곰이 생각해보니 내가 그동안 온갖 걱정에 시달리며 강행군을 계속한 탓에 마음이 허해졌나 싶더라고. 음울한 밤이 되면서 내가 이상한 상상을 하는 것도 같고. 조너선이 겪었던 그 무시무시한 일 때문에 헛것을 보고 있다는 생각도 했어. 마침 눈송이와 안개가 빙글빙글 돌면서 조너선에게 입 맞추려 했다는 그 여인들의 형상을 갖추기 시작했거든. 말들은 겁을 먹고 몸을 낮추며 인간처럼 끙끙댔어. 녀석들은 인간처럼 광기에 사로잡히는 존재도 아니어서 줄을 끊고 달아나면 그만인데도 그러더란 말이야. 그 괴이한 형상들이 원 주위로 천천히 다가오기에 나는 하커 부인이 걱정되었지. 나는 부인을 돌아보았어. 부인은 침착하게 나를 보며 미소 짓더군. 내가 모닥불에 장작을 넣으려고 몸을 움직이자 부인이 나를 붙들며 멈춰 세웠어. 그러고는 몽환적인 목소리로 나지막이 속삭였어.

"안 됩니다! 움직이시면 안 됩니다! 원 밖으로 나가지 마십시오. 여기 계셔야 안전합니다!" 나는 부인을 향해 돌아서서 그녀의 눈을 들여다보며 말했어.

"내가 가만히 있으면 부인은 어찌하오? 내가 염려하는 것은 부인의 안위요!" 내 말에 부인은 웃음을 터뜨렸어. 나직하면서도 비현실적으로 느껴지는 웃음이었지. 부인은 이렇게 대답했어.

"제 안위를 염려하신다고 하셨습니까? 어째서 제 안위를 염려하십니까? 저들을 피하기에 지금 이곳만큼 안전한 곳이 없습니다." 내가 부인의 말뜻을 이해하려고 잠시 머뭇대는 사이 한 줄기 바람이 몰아치면서 일순간 불꽃이 커졌네. 그때 부인 이마에 난 붉은 흉터가 눈에 들어왔어. 아, 나는 그제야 이해했어. 빙글빙글 돌고 있는 눈발과 안개는 점점 우리에게 다가오면서도 신성한 원에는 접근하지 못했어. 왜 나는 그걸 진작 알아보지 못했을까! 그때 내가 한순간 미쳤던 게 아닌 한 모든 것을 이 두 눈으로 똑똑히 봤어. 빙글빙글 돌던 눈발과 안개가 점점 선명한 형체를 띠더니 눈앞에 진짜 육신이 있는 여인 세 명이 나타난 거야. 조너선이 본 그 여인들, 조너선의 목에 입 맞추려 했던 그 여인들 말이야. 하늘거리는 그 여인들의 움직임, 반짝이지만 냉정한 눈동자, 하얀 이와 붉고 관능적인 입술. 그런 것들로 나는 그들이 조너선이 말했던 여인들임을 알아보았어. 그들은 하커 부인을 향해 미소를 지었어. 그러고는 서로 팔짱을 낀 채 부인을 가리키며 웃음을 터뜨렸어. 그 웃음소리가 밤하늘의 적막을 갈랐지. 조너선이 일기에도 썼지만, 그들의 웃음소리는 정말로 유리잔 연주처럼 청아하면서도 섬뜩하더군.

"자매여, 우리에게 오렴. 우리에게 와. 어서! 우리와 함께 하자!" 나는 두려운 마음으로 하커 부인을 돌아보았네. 부인의 얼굴을 보자마자 기쁨이 불꽃처럼 화르르 타올랐다네. 아름다운 부인의 두 눈동자에 충격과 공포, 두려움이 가득했는데, 그건 부인에게 여전히 희망이 있다는 증거였거든. 다행히 부인은 아직 그 무리의 일원이 아니었던 거야. 나는 옆에 있던 장작을 몇 조각 집어 들고, 성체 조각을 든 다른 손을 그들을 향해 내밀며 모닥불로 걸어갔어. 그들은 뒷걸음질 치는 와중에도 그 섬뜩한 웃음을 흘렸지. 나는 겁내지 않고 모닥불에 장작을 집어넣었네. 신성한 원 안에서는 안전하다는 걸 알았으니까. 그들은 내가 성체를 들고 있는 이상 접근할 수 없었어. 하커 부인이 원 안에 있는 이상 그녀에게 접근할 수도 없었지. 그들이 원 안으로 들어갈 수 없는 것처럼 부인도 원 밖으로 나갈 수 없었고 말이야. 말들은 신음 소리를 내지 않았지만, 여전히 바닥에 납작 엎드려 있었어. 보슬보슬 내리는 눈이 녀석들 등을 하얗게 덮었어. 나는 녀석들이 더는 두려워하지 않는다는 걸 알아챘네.

우리는 눈발이 흩날리는 짙은 어둠 사이로 붉은 여명이 밝아오는 게 보일 때까지 그 자리를 지켰어. 나는 비참했으며 불안했고, 온갖 걱정과 끔찍한 생각에 시달렸어. 그러나 아름다운 태양이 솟아오르며 모습을 드러내자 다시 살아나는 듯한 기분을 느꼈지. 태양이 빼꼼히 고개를 내밀며 아침 첫 햇살이 세상에 스미자마자 그 무시무시한 형체들은 휘몰아치는 안개와 눈발 사이로 녹아들었고, 이내 투명한 고리 형태를 이루며 성으로 물러나더니 모습을 감췄어.

나는 본능적으로 해가 다 뜨기 전에 최면을 걸려고 하커 부인을 향해 돌아섰지. 부인은 어느새 깊이 잠들어 있더군. 역시 깨워도 일어나지 않았다네. 나는 잠든 부인에게 최면을 걸어보려고도 했지만, 부인은 아무런 응답도 하지 않았어. 그렇게 날이 밝았지. 지금도 나는 움직이기가 두려워. 조금 전 불을 피우고 말의 상태를 확인했는데, 다 죽어 있더라고. 오늘 난 여기에서 많은 일을 해야 해. 일단은 해가 높이 뜰 때까지 기다리는 중이야. 저 성안에 눈과 안개가 가득하다 해도, 해가 높이 뜨면 어딘가에 햇빛이 드는 곳이 있을 테고, 그러면 나는 안전을 확보할 수 있을 테니까.

뭘 좀 먹어서 기운을 차린 뒤 끔찍한 일을 처리하러 갈 걸세. 하커 부인은 여전히 자고 있어. 주여, 감사하나이다! 부인이 꿈속에서는 평온을 찾은 것 같아.

조너선 하커의 일기

11월 4일 저녁. — 증기선 사고 때문에 난감한 상황에 봉착했다. 그 사고만 아니었다면 백작의 배를 한참 전에 따라잡았으리라. 그랬다면 미나도 지금쯤 속박에서 풀려났을 텐데…. 미나 생각을 하기가 두렵다. 나와 멀리 떨어진 고원에서 그 무시무시한 장소를 향해 오르고 또 오를 테지. 우리는 말을 구해서 추격을 이어나가기로 했다. 나는 고달밍 경이 준비하는 사이 이 글을 쓰고 있다. 우리는 무기도 잘 챙겼다. 스거니족이 우리와 싸울 생각이라면 마음을 단단히 먹어야 할 거다. 아, 모리스 씨와 수어드 박사가 함께 있었다면 얼마나 좋았을까! 이제 우리 두 사람에게 마지막 희망이 걸려 있는지 모른다! 앞으로 글을 쓰지 못할 수도 있으니 이걸로 작별 인사를 대신해야겠다. 미나! 당신에게 주님의 은총과 가호가 늘 함께한다는 걸 기억해.

수어드 박사의 일기

11월 5일. — 새벽녘에 스거니족이 건초 수레를 끌고 강가에서 황급히 떠나는 모습을 포착했다. 그들은 수레 주위를 둘러싼 채 적에게 포위당한 병사들처럼 허둥대며 이동했다. 눈송이가 가볍게 흩날리고 있는데, 공기의 흐름은 이상하게도 분주하다. 기분 탓일 수도 있지만, 저기압인 건 분명해서 뭔가 묘하다. 멀리서 늑대 울음소리가 들린다. 눈 때문에 산 중턱까지 내려온 모양인데 그 결과 사방에서 우리 주위로 위험이 몰려드는 셈이 됐다. 마구를 거의 다 채워가니 곧 출발할 수 있다. 우리는 누군가의 죽음을 향해 달려간다. 누가 어디서 무엇을 언제 어떻게…. 그 답은 주님만이 아시리라.

반 헬싱 박사의 쪽지

11월 5일 오후. — 나는 아직까지 미치지 않고 제정신을 유지하고 있다네. 실로 험난한 일이었건만, 그 일을 겪고도 제정신이라니 주님의 자비에 감사드릴 따름이지. 하커 부인이 신성한 원 안에서 잠들어 있는 사이, 나는 그녀를 그대로 내버려두고 성으로 향했네. 베레스티에서 구한 이후 마차에 싣고 다녔던 대장장이의 망치는 참으로 유용했다네. 문은 활짝 열려 있었지만, 사악한 의도와 기회로 문이 닫힐지 모르는 일 아닌가. 나는 만일에 대비해 성안에 갇히는 일이 없도록 녹슨 문의 경첩을 망치로 다 떼어냈네. 그 성에서는 조너선의 쓰라린 경험이 내 든든한 조력자였지. 나는 그의 일기 내용을 떠올리며 옛날식 예배당으로 가는 길을 찾았어. 내가 해야 할 일은 그곳에 있지 않은가. 갈수록 숨쉬기가 어려워졌는데, 어쩐지 유황 냄새가 나는 듯도 하더군. 정확히 무슨 냄새라고 할 수는 없었으나 그 때문에 몇 번이나 어지럼증을 느꼈어. 언제쯤이었을까, 늑대 울음소리를 들었어. 귓가에서 들린 듯도 하고, 멀리서 들렸던 것 같기도 해. 그제야 하커 부인이 생각나더군. 진퇴양난이었어. 백작의 나팔수에게 겁을 먹고 부인에게 달려갈 수도, 달려가지 않을 수도 없는 궁지에 몰린 셈이니까.

하커 부인을 성으로 데려갈 순 없었네. 다른 흡혈귀들이 그녀에게 어떤 해코지를 할지 모르니, 그녀는 신성한 원 안에 남겨두는 게 안전했지. 하지만 늑대까지 있을 줄 누가 알았겠나! 나는 이미 들어온 이상, 성에서의 일을 처리하기로 마음먹었네. 늑대들은 어쩔 수 없지. 그게 신의 뜻이라면야…. 뭐 그렇게 생각했달까. 결국은 죽느냐, 죽은 후에 안식을 얻느냐의 선택인 셈이잖나. 나는 부인을 위한 선택을 했어. 차라리 나를 위한 선택이었다면 쉬웠을 걸세. 흡혈귀의 무덤에 사는 것보다야 늑대 배 속에 들어가 안식에 드는 게 낫지 않나! 어쨌든 나는 그렇게 결심하고 눈앞의 일에 집중했지.

내가 찾아야 할 무덤은 적어도 세 개였어. 그 여인들이 휴식을 취하는 관 말일세. 나는 내부를 뒤지고 또 뒤져서 관 하나를 찾아냈네. 한 여인이 흡혈귀의 잠에 빠져 있더군. 잠든 그 여인의 모습이 관능적이면서도 생기가 넘쳐흘러서 내가 해야 하는 일이 살인이라도 되는 것처럼 몸서리를 쳤어. 아, 나는 과거에도 수많은 이들이 나와 같은 시도를 했으리라고 믿어 의심치 않네. 그들도 나와 같은 목적을 품고 들어와 이 여인들을 처치하려 했겠지. 하지만 주저하다가 끝내 뜻을 이루지 못한 게 틀림없어. 계속 주저하고, 머뭇거리고, 기다리다가 죽지 않는 존재들의 미모와 매력에 홀렸을 테고, 홀려서 멍하니 있는 사이 어느새 해가 지면서 흡혈귀들이 일어날 시간이 됐겠지. 어여쁜 여인은 눈을 뜨고 상대를 사랑스럽게 바라봐. 그리고 탐스러운 입술로 사내에게 입을 맞춰. 홀려서 나약해진 사내는 아무 저항도 하지 않지. 그렇게 흡혈귀의 먹잇감이 되어 생을 마감한 자는 죽지 않는 존재들의 소름 끼치는 병사로 전락해. 그렇게 그들의 병사들이 늘어나는 거야.

확실히 그들에겐 사람을 끄는 매력이 있어. 그 여인이 수 세기를 지나며 이제는 먼지 쌓이고 낡아빠진 관 속에 누운 걸 내 두 눈으로 똑똑히 보고 있는데도 마음이 흔들리더란 말일세. 글쎄 백작의 은신처에 가득하던 그 역겨운 악취가 나는데도 그렇더라니까. 그래, 나는 흔들렸네. 그들을 향한 적개심과 대의를 품은 나조차 흔들렸어. 그 여인을 처치하는 일은 나중으로 미루고 싶었지. 그 욕망이 내 몸을 마비시켰고, 영혼의 눈을 가렸네. 그냥 수면 부족이었던 것인지도 몰라. 그 질식할 것 같던 공기 때문일 수도 있어. 어쨌든 그 순간 내가 모든 의욕을 잃고 홀리기 시작했던 것만은 분명하네. 두 눈을 멀쩡히 뜨고도 흡혈귀에게 홀려서 상대의 달콤한 매력에 굴복했어. 그때 길고 긴 비명이 눈 내리며 고요해진 하늘을 갈랐어. 그리고 그 가련하고도 처절한 비명이 낭랑한 우리 편 나팔 소리처럼 나를 깨웠네. 그 비명은 하커 부인의 목소리였거든.

그 소리를 듣고 임무를 기억해냈어. 나는 정신을 가다듬고 다음 관도 찾아내 뚜껑을 뜯었지. 살빛이 어두운 두 여인 중 나머지 하나더군. 나는 또 홀리게 될까 봐 이번에는 그 여인을 제대로 바라보지도 않았고, 머뭇거리지도 않았네. 그리고 남은 관 하나도 계속 찾았지. 이윽고 다른 여인들이 들어 있던 관보다 훨씬 크고 높은 관을 발견했어. 그들보다 귀하게 다루고자 한 듯했지. 안개 속에서 모습을 드러냈을 때 조너선과 내가 보았던 그 어여쁜 여인의 관이었네. 그녀는 너무나 아름다웠고, 너무나 눈부셨으며, 너무나 우아하면서도 요염하더군. 내 안에 남아 있던 사내의 본능이 꿈틀댔어. 그 본능이 그녀를 사랑하라고, 그녀를 지키라고 말하고 있었어. 처음 느끼는 감정에 혼란스러울 지경이었어. 하지만 다행히도 하커 부인의 비명이 여전히 귓가에 맴돌았다네. 나는 흡혈귀의 주술이 마수를 뻗치기 전에 얼른 마음을 다잡았지. 그때쯤 나는 예배당에 있던 모든 관을 살펴본 상태였어. 뭐, 내가 아는 한에서는 그랬다는 말이야. 어쨌든 한밤중에 우리 앞에 모습을 드러낸 유령은 셋뿐이었으니까 그 성에 죽지 않는 존재가 더는 없다고 결론 내려도 될 것 같았네. 그러고 보니 다른 어떤 것들보다도 거대한 관이 하나 눈에 띄더군. 말 그대로 거대했고, 아주 고풍스러웠지. 그 관에는 단 하나의 단어가 쓰여 있었네.

드라큘라

그게 바로 수많은 이들을 흡혈귀로 만든 흡혈귀 왕의 관이었네. 죽지 않는 그자의 고향 같은 곳이었지. 관은 텅 비어 있었는데, 그것만으로도 내 짐작이 맞았다는 걸 확신할 수 있었네. 나는 흉측한 작업을 통해 그 여인들이 진작 받아들여야 했던 죽음을 선사해야 했지만, 그 전에 먼저 드라큘라의 관에 성체 조각을 넣음으로써 그자가 자기 관에 영원히 얼씬도 하지 못하게 만들었어.

그런 다음에야 역겨운 일을 시작했지. 꺼림칙하더군. 하나였으면 차라리 쉬웠을 거야. 하지만 셋이나 처치해야 되잖나! 겁에 질린 채 하나를 처리하고서도 그런 일을 두 번이나 더 해야 한다니…. 루시 양에게 그런 짓을 하는 것도 힘겹기 그지없었는데, 난생처음 보는 여인들에게 그런 짓을 하는 게 어찌 쉽겠는가. 게다가 그 여인들은 수 세기를 살아오며 신묘한 능력을 갖춘 자들 아닌가. 물론 그들은 할 수만 있었다면 부정하게 얻은 목숨을 부지하고자 무슨 짓이라도 했겠지.

아, 존…. 그건 정말 도축과 다를 바 없었어. 그들 때문에 죽은 이들과 두려움에 사로잡힌 산 사람들을 끊임없이 떠올리지 않았다면 나라고 해도 그 짓을 계속할 수 없었을 거야. 나는 그 일을 하는 내내 바들바들 떨었고, 모든 일을 끝낸 후에도 그 떨림은 멈추지 않았어. 맙소사, 미치지 않은 게 다행이라니까. 첫 번째 여인이 죽음을 맞이하는 찰나 그녀의 얼굴에 기쁨이 스치는 걸 보지 못했더라면, 먼지가 되어 흩어지기 전에 그녀의 영혼이 안식에 들었다는 걸 확인하지 못했더라면, 나는 그 백정 짓을 계속할 수 없었을 걸세. 말뚝을 찌르는 순간 튀어나오는 섬뜩한 비명도, 사지를 뒤틀며 꿈틀대는 모습도, 그들이 꾸역꾸역 토해내는 피거품도, 다 참아내기 힘들었을 거라고. 솔직히 겁먹어서 임무고 뭐고 다 때려치운 채 뛰어나왔어도 이상하지 않았어. 하지만 그 일은 무사히 끝냈네! 이제 나는 그 가엾은 영혼들을 떠올리며 애도하고 눈물 흘릴 수 있어. 그들이 각각 사라지기 전에 영면에 들면서 평온을 되찾는 걸 봤으니까. 존, 내 칼이 그들의 목을 간신히 베어내는 순간, 그로 인해 그들이 바스러지며 먼지가 되어 공기 중으로 녹아들기 직전에, 나는 수 세기 전에 왔어야 했던 죽음이 이제야 나타나 당당하게 외치는 걸 본 것만 같아. "내가 여기 왔노라!"라고.

성을 떠나기 전에 나는 백작이 죽지 않는 세계로 돌아가지 못하도록 입구를 봉인했네.

돌아갔더니 하커 부인은 잠들어 있더군. 내가 원 안으로 들어가자 부인이 정신을 차렸어. 그녀는 나를 보더니 내가 간신히 참고 있던 고통을 함께 느끼며 절규했어.

"얼른 떠나요! 우리, 이 끔찍한 곳에서 빨리 벗어나요! 조너선이 우리가 있는 곳으로 오고 있는 게 느껴져요. 어서 그를 만나러 가요." 부인은 창백했고, 수척하면서도 쇠약해 보였어. 하지만 맑은 눈동자는 열정으로 반짝였지. 부인의 얼굴이 창백하고 초췌해서 어쩐지 마음이 놓이더군. 흡혈귀들이 잠들어 있을 때 얼마나 생기 넘치는지 방금까지 두 눈으로 똑똑히 보고 왔으니 말이야.

이렇게 해서 우리는 벗들을 맞이하러 동쪽으로 이동하기로 했네. 하커 부인은 조너선이 오는 게 느껴진다고 했으니,

적어도 조너선은 만날 수 있겠지. 두려움은 여전하지만, 그래도 우리는 믿음과 희망을 가득 품은 채 출발하네.

미나 하커의 일기

11월 6일. — 교수님과 나는 오후 늦게 동쪽으로 출발했다. 내가 느끼는 바로는 그쪽이 조너선이 오는 방향이었다. 가파른 내리막길이었지만 우리는 속력을 내지 않았다. 두툼하고 무거운 깔개와 담요를 지고 있어서였다. 이런 것들 없이 추위와 눈을 감당할 엄두가 나지 않아서 짐을 덜 수 없었다. 게다가 식량도 어느 정도 챙겨야 했다. 고립무원 상태였던 데다, 폭설 속에서 살필 수 있는 범위 내에 민가의 흔적이 없었기 때문이다. 1.5킬로미터 정도 걸었을까, 무거운 짐을 진 채 눈길을 걷는 데 지친 나는 잠시 쉬어 가려고 주저앉았다. 돌아보니 드라큘라 성의 윤곽이 하늘에 선명하게 새겨져 있었다. 드라큘라 성 아래쪽 계곡 깊숙한 곳까지 들어갔는데도 여전히 우리가 있던 곳은 카르파티아산맥이 저 아래 내려다보일 만큼 높았기에 드라큘라 성을 그렇게 올려다볼 수 있었던 것 같다. 300미터 이상 되는 깎아지른 절벽 위에 웅장하게 서 있는 드라큘라 성은 사방으로 인접한 그 어떤 봉우리와도 완만하게 이어지지 않았다. 다른 산과 성 사이에 깊숙한 낭떠러지가 있는 것 같달까. 그래서인지 그곳은 세상과 동떨어진 듯 묘한 분위기를 자아냈다. 멀리서 늑대 울음소리가 들렸다. 먼 곳에서 들리는 소리였고, 폭설 때문에 소리가 더 묻히는 감이 있었지만, 그 소리에 공포가 가득 실려 있음은 분명했다. 반 헬싱 교수님은 무언가를 찾고 계셨는데, 나는 교수님이 살피는 곳을 보고 뭘 찾고 계시는지 짐작했다. 우리가 자칫하다 공격을 받을 경우에 대비해 몸을 숨길 수 있으면서도 공격에 대응할 전략적 장소를 찾으시려는 거였다. 우리가 가야 할 길은 여전히 내리막이었고, 여전히 험했다. 우리는 눈이 흘러내리는 방향을 보고 길을 가늠했다.

잠시 후 교수님이 신호를 주시기에 나는 일어서서 교수님이 계신 곳으로 갔다. 교수님은 아주 훌륭한 장소를 찾아내셨다. 커다란 바위에 자연적으로 생긴 구멍이었는데, 입구에 또 다른 바위 두 개가 양쪽으로 놓여 있어 전체가 마치 현관처럼 보였다. 교수님은 내 손을 잡고 나를 안으로 끌어당기셨다. "보시오! 부인은 여기에서 몸을 피하면 되오. 늑대가 나타나도 내가 한 놈씩 처리할 수 있소." 교수님은 모피로 그 안을 아늑하게 만들어준 후 챙겨 온 음식을 꺼내 권하셨다. 나는 그 음식을 먹을 수 없었다. 교수님을 안심시키기 위해서라도 어떻게든 먹어보고 싶었지만, 그걸 먹는다는 생각만 해도 역해서 음식에 손도 댈 수 없었다. 교수님은 크게 상심했지만, 그 일로 나를 나무라시진 않았다. 곧이어 교수님은 가방에서 소형 망원경을 꺼내더니 바위 위로 올라가 지평선을 살피셨다. 그러던 중 갑자기 교수님이 나를 부르셨다.

"저기 좀 보시오! 하커 부인, 어서! 어서 보란 말이오!" 나는 벌떡 일어나 바위 위로 올라가 교수님 옆에 섰다. 교수님이 망원경을 건네주며 멀리 있는 한 지점을 가리키셨다. 함박눈이 쏟아지고 있었는데, 강풍이 불면서 눈보라가 요동쳤다. 그래도 눈보라는 이따금 잦아들었기에 그 틈을 타서 먼 곳을 살폈다. 우리가 있는 위치가 고지대인 덕에 아주 먼 곳까지 내다볼 수 있었다. 멀리 펼쳐진 설원 위로 검은 끈처럼 구불구불 이어지는 강이 보였다. 그리고 그 앞으로, 그러니까 강보다는 우리와 가까운 곳에서 말을 탄 남자들이 빠르게 이동하는 모습이 보였다. 사실 생각보다 훨씬 가까워서 망원경으로 보기 전에 알아채지 못한 게 이상할 정도였다. 그 무리 한가운데에는 기다란 건초 수레가 있었다. 건초 대신 짐이 실려 있는 그 수레는 울퉁불퉁한 길을 달리면서 개 꼬리 흔들리듯 좌우로 쉴 새 없이 비틀댔다. 하얀 눈 덕분에 나는 그 사람들의 윤곽을 선명하게 확인했는데, 그 옷차림은 농부나 집시의 복장이었다.

수레에는 커다랗고 네모난 궤짝이 실려 있었다. 그걸 보자마자 가슴이 두근거렸다. 나는 드디어 끝이 다가왔음을 실감했다. 해는 서산으로 기울고 있었다. 해가 지고 나면 상자에 갇혔던 그것이 밖으로 나와 마음껏 활보하며, 형체를 바꾸어 추적을 따돌릴 수 있다는 걸 잘 알고 있었다. 나는 두려운 마음에 교수님을 돌아보았다. 하지만 당황스럽게도 교수님의 모습은 보이지 않았다. 잠시 후 바위 아래쪽에서 교수님이 나타나셨다. 교수님은 바위 주변에 전날 밤 우리를 지켜줬던 원을 그리고 계셨다. 교수님은 일을 마친 후 다시 내 곁에 와서 말씀하셨다.

“이 안에서라면 부인도 백작에게서 안전하오!” 교수님은 내게서 망원경을 가져가더니 눈보라가 잠잠해진 틈을 타 아래쪽을 넓게 훑어보셨다. “이런, 저들은 빠른 속력으로 다가오고 있소. 말에게 박차를 가하는 건 물론이고 채찍질도 서슴없이 하는구려.” 교수님은 잠시 말씀을 멈추었다가 기운 빠진 목소리로 덧붙이셨다.

“저들도 곧 해가 지는 걸 알고 저렇게 서두르는 거요. 어쩌면 너무 늦은 건지도 모르겠소. 이제부턴 정말로 모든 게 주님의 뜻에 달렸소!” 또 한 번 눈보라가 몰아치는 바람에 시야가 완전히 흐려졌다. 그래도 눈보라는 금세 잦아들었다. 교수님은 다시금 망원경으로 설원을 살피셨다. 그때 교수님이 느닷없이 소리를 지르셨다.

"보시오! 저기! 저길 좀 보시오! 저기 말을 탄 사람 두 명이 남쪽에서 이쪽으로 질주하는 게 보이지 않소? 퀸시와 존일 거요. 자, 이 망원경으로 보시오. 눈보라가 시야를 가리기 전에 어서!" 나는 망원경을 받아서 말씀하신 곳을 보았다. 확실히 수어드 박사와 모리스 씨 같았다. 어쨌든 두 사람 다 조너선이 아닌 것만은 분명했다. 그럼에도 나는 조너선이 멀지 않은 곳에 있다고 느꼈다. 나는 다른 곳도 둘러보았다. 수레를 끄는 무리의 북쪽에서 또 다른 두 남자가 정신없이 말을 몰고 있었다. 그중 하나는 조너선이었고, 다른 하나는 당연히 고달밍 경이었다. 그들 역시 수레를 끄는 무리를 쫓고 있었다. 교수님은 내 말을 듣자 소년처럼 환호하며 눈보라로 시야가 가릴 때까지 망원경을 열심히 들여다보셨다. 눈보라가 다시 몰아치자 교수님은 윈체스터 라이플을 장전한 후 입구 쪽 바위에 세워두셨다. "다들 이쪽으로 모여들고 있소. 때가 되면 사방에서 집시들이 달려들 거요." 교수님이 말씀하시는 사이 늑대들이 우리 가까이 접근한 듯 울음소리가 점점 커졌다. 나는 리볼버를 손에 들었다. 눈보라가 잠잠해지기에 우리는 다시 바깥 상황을 살폈다. 우리 쪽에는 함박눈이 쏟아지고 있는데, 저 멀리에서는 기울어가는 태양이 환하게 빛나는 게 참으로 묘했다. 나는 망원경으로 주위를 둘러보았다. 이곳저곳에서 두세 개씩 점이 움직이는 게 보였다. 먹잇감을 노리는 늑대들이 몰려들고 있었다.

기다리는 내내 찰나가 영겁처럼 느껴졌다. 바람은 이제 폭풍 수준이었다. 눈보라는 회오리바람처럼 주위를 휘감으며 사납게 몰아쳤다. 한 치 앞도 보이지 않는 때가 많았다. 그래도 가끔 휭 하며 속이 빈 소리를 내는 바람이 불면 시야가 깨끗해지며 먼 곳까지 훤히 보였다. 우리는 근래 일출과 일몰을 지켜보는 게 일상이었으므로 해가 기운 정도만 봐도 얼마나 있어야 해가 완전히 지고 뜰지 정확히 예상할 수 있었다. 그래서 머지않아 해가 지리란 것도 알았다. 솔직히 우리가 바위 굴에서 기다린 지 한 시간도 안 되어서 이 많은 사람이 주위에 몰려들었다는 게 믿기지 않았다. 어느 순간부터였을까, 바람은 북쪽에서만 불어왔다. 그리고 그 바람은 점점 사납고 거칠어졌다. 눈이 내리다 멈추기를 반복해서 그 바람이 눈구름을 몰아내는 것 같기도 했다. 쫓고 쫓기는 각각의 무리가 선명히 보이기 시작했다. 이상하게도 쫓기는 이들은 쫓긴다는 걸 인식하지 못하는 것처럼 보였다. 아니, 쫓기는 걸 상관하지 않은 걸 수도 있다. 그들은 그냥 해가 기울수록 속력을 높이려고만 하는 것 같았다.

그들은 점점 우리 가까이 다가왔다. 교수님과 나는 무기를 든 채 바위 뒤에 웅크리고 앉았다. 나는 교수님이 그들을 그냥 보내주지 않기로 결심하셨다는 걸 눈치챘다. 우리가 무슨 계획을 꾸몄건, 우리 쪽으로 다가오는 이들은 적이고 우리 편이고 할 것 없이 모두 우리 존재를 몰랐다.

두 사람의 목소리가 동시에 울려 퍼졌다. "멈춰라!" 하나는 조너선의 격앙된 목소리였다. 다른 하나는 단호하고도 차분하게 명령하는 모리스 씨의 목소리였다. 집시들이 그 말을 알아들었는지는 모르겠지만, 그 어조는 이해했을 것이다. 그런 말의 분위기는 어느 나라 말로 하든 비슷할 테니까. 그들은 본능적으로 고삐를 당기며 말을 멈춰 세웠다. 그 순간 고달밍 경과 조너선이 한쪽으로 달려들었고, 다른 쪽에선 수어드 박사와 모리스 씨가 튀어나왔다. 켄타우로스처럼 당당하게 말을 타던 집시들의 우두머리는 뒤쪽에 있는 사람들에게 손을 흔들며 사나운 목소리로 계속 이동하라는 듯 소리쳤다. 그들은 다시 출발하기 위해 채찍을 휘둘렀으나, 네 명의 남자들은 윈체스터 라이플을 들이밀며 그들에게 멈추라고 명령했다. 역시 알아듣지 못할 리 없는 어조였다. 바로 그때 교수님과 나도 바위 뒤에서 무기를 그들에게 겨누며 자리에서 일어섰다. 그들은 우리에게 포위된 것을 알아채고 고삐를 말아 쥐며 말을 멈췄다. 우두머리가 무리를 돌아보며 뭐라고 말하자, 집시들은 모두 칼이든 권총이든 각자가 가지고 있던 무기를 꺼내 들었다. 이렇게 그 모든 사정과 사건이 순식간에 하나로 축약되었다.

우두머리가 재빨리 고삐를 흔들며 선두로 나서더니, 저무는 해를 가리켰다가 성을 가리킨 후 알아들을 수 없는 말을 했다. 그에 응답하듯 우리 넷이 동시에 말에서 내리며 짐수레를 향해 달려들었다. 조너선이 위험을 무릅쓰고 나서는 걸 보면서 두려워했어야 할 것도 같지만, 당시 나는 그들과 마찬가지로 싸우고자 하는 열망에 가득 차 있었다. 두렵기는커녕 나도 나서서 뭐라도 하고 싶은 거친 욕망만 느꼈다. 집시 우두머리는 우리 편의 재빠른 움직임을 보고 부하들에게 지시를 내렸다. 부하들은 곧장 수레 주위로 몰려들었지만, 그들은 열의만 가득할 뿐 그런 일에 익숙하지 않아 서로 어깨를 부딪치며 어떻게든 지시에 따르려고 천방지축으로 날뛸 뿐이었다.

그 난장판 속에서 조너선이 짐수레를 둘러싼 인파를 뚫고 들어가는 게 보였다. 퀸시도 다른 한쪽에서 짐수레를 향해 길을 내고 있었다. 그들은 해가 지기 전에 임무를 완수하겠다는 뜻이 확고했다. 그 무엇도 그들을 멈추거나 가로막을 수 없을 듯했다. 그들을 겨눈 총도, 집시들이 그들 얼굴에 들이민 칼도, 등 뒤에서 들려오는 늑대들의 울음소리도, 그 어떤 것도 그들의 관심을 돌릴 수 없었다. 특히 단 하나의 생각으로 달려드는 조너선의 맹렬한 태도는 그를 마주한 집시들의 기세를 누그러뜨리기에 충분했다. 집시들은 조너선의 열의에 저도 모르게 주춤하며 그에게 길을 내주었다. 조너선은 순식간에 짐수레 위로 뛰어 올라갔다. 그리고 믿기 힘든 괴력을 발휘해 거대한 상자를 들어 올리더니, 그걸 땅바닥에 던져버렸다. 그 사이 모리스 씨는 길을 가로막는 스거니족을 뚫기 위해 무기를 휘둘렀다. 나는 숨을 죽인 채 조너선을 지켜보고 있었기에, 모리스 씨가 앞으로 나아가기 위해 필사적으로 길을 뚫는 모습을 얼핏 보았을 뿐이다. 하지만 그가 마침내 인파를 헤치고 수레에 도착하는 순간, 집시들의 칼이 모리스 씨의 몸을 스치는 것을 분명히 보았다. 모리스 씨는 커다란 보위 나이프•로 집시들의 칼을 걷어냈다. 그래서 나는 그가 무사히 수레까지 도착했다고만 생각했다. 하지만 수레 위로 올라간 모리스 씨가 조너선 옆으로 뛰어내렸을 때, 옆구리를 움켜쥔 그의 왼쪽 손가락 사이에서 피가 솟구쳤다. 모리스 씨는 상처를 입었음에도 주저하지 않았다. 조너선은 거대한 쿠크리를 지렛대 삼아 죽을힘을 다해 상자 뚜껑을 들어 올리려 하고 있었고, 모리스 씨 역시 정신없이 보위 나이프를 상자 틈으로 집어넣어

• 미국의 개척자 제임스 부이의 커스텀 나이프로, 거대한 크기의 외날 사냥 칼이다.

조너선을 거들었다. 두 사람의 필사적인 노력 끝에 드디어 상자 뚜껑이 열리기 시작했다. 끼익 소리와 함께 못이 빠지면서 상자 뚜껑이 뒤로 젖혀졌다.

집시들은 윈체스터 라이플 몇 자루가 자신들을 겨눈 것을 보고는 자신들의 목숨이 고달밍 경과 수어드 박사에게 달려 있음을 깨달았다. 그들은 그 이상 저항하지 않고 백기를 들었다. 태양은 산봉우리에 거의 닿을 정도로 기울었다. 온 세상을 뒤덮은 눈 위로 모든 이들의 그림자가 길게 늘어졌다. 상자 속 흙 위에 누운 백작의 모습이 보였다. 상자가 수레에서 떨어지면서 몇 바퀴 구른 탓에 백작의 몸은 흙투성이였다. 그는 밀랍 인형처럼 창백한 얼굴로 붉은 안광을 번득였다. 원한에 찬 그 표정은 이제 너무나도 익숙했다.

백작의 시선이 서산에 걸린 태양을 향했다. 증오가 서려 있던 그의 얼굴에 득의양양함이 퍼져나갔다.

바로 그 순간 조너선의 거대한 칼이 번쩍이며 허공을 갈랐다. 나는 비명을 질렀다. 조너선의 칼은 단번에 백작의 목을 베었다. 그와 동시에 모리스 씨의 보위 나이프는 백작의 심장을 찔렀다.

기적과도 같은 장면이었다. 숨 한번 들이마시는 사이에 우리의 눈앞에서 백작의 몸뚱이가 먼지가 되어 무너져 내렸다.

백작은 소멸하는 찰나 평안을 얻은 듯한 표정이었다. 그가 그런 표정을 지으리라고는 상상조차 해본 적이 없었다. 그 표정을 확인했으니 내 남은 삶은 행복하리라.

붉게 물든 하늘 위로 우뚝 솟은 드라큘라 성이 보였다. 저물어가는 해를 등진 탓에 부서진 성벽이 하나의 거대한 바위 같았다.

집시들은 우리가 주술이라도 써서 시체를 눈앞에서 사라지게 했다고 생각했는지, 아무 말 없이 말을 돌려 죽기 살기로 달아났다. 말을 타지 못한 집시들은 건초 수레에 뛰어올라 앞서가는 동료들을 향해 자신을 버리지 말라고 소리쳤다. 우리와 안전거리를 유지하기 위해 물러났던 늑대들은 우리를 내버려둔 채 집시들을 따라갔다.

땅바닥에 쓰러진 모리스 씨는 팔꿈치로 몸을 받친 채 다른 손으로 옆구리를 누르고 있었다. 그의 손가락 사이로 계속 피가 흘러나왔다. 이제는 신성한 원이 내 발을 붙들지 않았기에 곧장 모리스 씨에게 달려갔다. 다른 두 의사도 마찬가지였다. 조너선이 모리스 씨 뒤에서 무릎을 꿇자 모리스 씨는 그의 어깨에 머리를 기댔다. 그는 한숨을 내쉬고는 피가 묻지 않은 손을 간신히 들어 내 손을 잡았다. 그는 표정을 보고 내가 얼마나 괴로워하는지 알아챘다. 그래서 나를 보고 미소 지으며 이렇게 말했다.

“내가 어떤 식으로든 도움이 되었기에 지금 나는 황홀할 따름이에요! 맙소사!” 모리스 씨가 별안간 안간힘을 써서 몸을 일으켜 앉더니 나를 가리켰다. “이걸 위해서라면 죽어도 여한이 없죠! 봐요! 다들 보라고요!”

태양은 산봉우리에 걸려 있었다. 붉은 햇빛이 얼굴을 비추고 있어서 나는 장밋빛으로 세수하는 것 같은 기분이었다. 모리스 씨의 손가락이 가리키는 곳을 바라본 나머지 사람들이 저마다 감격에 젖어 “아멘”을 외치며 무릎을 꿇었다. 모리스 씨는 죽어가면서 말했다.

“이 모든 게 헛된 일이 아니었어요! 주님의 은총이에요! 봐요! 하커 부인의 이마가 눈보다 더 깨끗하잖아요! 이제 저주가 풀렸어요!”

용맹한 신사였던 모리스 씨는 애통해하는 우리 앞에서 미소를 지으며 조용히 숨을 거두었다.

후기

7년 전 우리는 격동기를 헤쳐나왔다. 그 이후 우리 중 몇 사람은 행복을 맛보았고, 이 정도면 그 고통을 감내할 만했다고 생각한다. 미나와 나, 우리 두 사람의 아들이 퀸시 모리스의 기일에 태어난 것도 우리에겐 기쁨이었다. 나는 미나가 남몰래 품고 있는 믿음을 안다. 그녀는 용감한 벗의 영혼이 우리 아들에게 깃들었다고 믿는다. 아들의 길고 긴 이름에는 생사고락을 함께했던 모두의 이름이 조금씩 들어가 있지만, 우리는 녀석을 간단히 퀸시라 부른다.

올해 여름 우리는 트란실바니아로 여행을 갔다. 그리고 우리에게 여전히 생생하고도 끔찍한 기억으로 남은 과거의 현장을 둘러보았다. 우리가 눈으로 보고 귀로 들었던 그 모든 것들이 실재했던 사실이라고 믿기란 불가능에 가까웠다. 그 모든 흔적이 사라지고 없었으니. 오직 그 성만이 예전 모습 그대로 황량한 폐허에 우뚝 서 있을 뿐이었다.

여행을 마치고 돌아온 후 우리는 옛 시절 얘기를 나누었다. 고달밍과 수어드 역시 행복한 결혼 생활을 누리고 있기에 우리는 고통 없이 과거를 돌아볼 수 있다. 나는 7년 전 영국으로 돌아와 금고에 보관해두었던 자료를 꺼냈다. 우리는 일일이 정리했던 그 엄청난 양의 기록이 진본임을 입증할 수 없는 한낱 타자 원고에 불과하다는 사실에 충격을 받았다. 미나와 수어드, 그리고 내가 막바지에 남긴 기록과 반 헬싱 교수의 쪽지를 제외하면 모든 것이 사본이어서 진위를 가리는 것은 불가능했다. 다른 이들에게 이 일을 알리고 싶은 마음이야 굴뚝같았지만, 터무니없는 이야기를 믿어달라고 하면서 그런 걸 증거랍시고 내놓을 수는 없었다. 반 헬싱 교수는 우리 아들을 무릎에 앉힌 채 이 문제를 간단히 정리했다.

"우리에게 증거는 필요 없어. 믿어달라는 말을 하지 않을 거니까! 언젠가 이 아이가 알아줄 테지. 자신의 어머니가 얼마나 용감하고 씩씩한 여인이었는지 말이야. 이 아이는 이미 제 어머니가 자신을 얼마나 아끼고 사랑하는지 잘 알아. 나중에 크면 제 어머니를 진심으로 아꼈던 남자들이 그녀를 위해 얼마나 대단한 일을 해냈는지도 알게 될 거야."

조너선 하커

브램 스토커
Bram Stoker

1847년

11월 8일 더블린에서 태어났다. 원인 불명의 병으로 어린 시절 대부분은 누워 지낸다. 이 시기 어머니에게 아일랜드의 역사와 전설 등을 들었고, 이는 이후 작품 세계에 많은 영향을 끼친다.

1864년 17세

더블린 트리니티 칼리지에 입학한다. 건강해진 몸으로 학교에서 여러 스포츠 종목 선수로 참여한다. 이때 연극에 관심을 갖게 된다.

1870년 23세

대학을 졸업한다. 이후 낮에는 공무원으로 일하고, 밤에는 신문 〈더블린 이브닝 메일〉에서 무보수로 연극 리뷰를 쓴다.

1872년 25세

〈런던 소사이어티〉에 단편 〈크리스털 컵The Crystal Cup〉을 발표한다. 왕에게 예술 작품을 만들라고 강요받은 젊은 예술가의 이야기.

1873년 26세

신문 〈하프페니 프레스〉에서 무보수로 일한다

1875년 28세

첫 소설《달맞이꽃 길 The Primrose path》을 완성한다. 정직한 더블린의 극장 목수가 성공을 위해 런던으로 왔으나 술에 빠지고, 아내의 외도를 의심해 죽이게 된다는 내용.

1876년 29세

배우 헨리 어빙의 〈햄릿〉 리뷰를 기고했고, 이를 계기로 어빙과 절친한 사이가 된다.

1878년 31세

플로런스 발콤브와 결혼한다. 런던으로 이주해 어빙의 개인 비서로 일하게 된다. 또 그가 소유한 극장의 경영을 맡는데, 이후 어빙이 죽을 때까지 이 일을 계속한다.

1879년 32세

아들이 태어난다.

1882년 35세

단편소설집《석양 아래 Under the Sunset》를 출간한다.

1883년 36세

어빙의 미국 순회 공연을 함께 한다.

1886년 39세

강연 내용을 모은《미국 경험 A Glimpse of America》을 출간한다.

1890년 43세

영국의 동북부 항구 도시 휘트비를 방문. 이 경험은《드라큘라》에 영감을 준다.

소설《뱀의 길 The Snake's Pass》을 출간한다. 많은 재산을 물려받은 영국인 아서 세번이 아일랜드를 여행하는 도중 겪는 모험과 로맨스를 담은 작품.

1891년 44세

《세븐 골든 버튼스 Seven golden buttons》를 마무리한다. 인덱스 카드에 쓴 작품으로, 많은 부분《미스 베티》에 다시 쓰였다. 2015년에 정식 출간됐다.

1895년 48세

《드라큘라》 집필을 시작한다.

《물의 입 The Watter's Mou'》을 출간한다. 자신의 아버지와 같은 가난한 어부들의 밀수를 그만두게 하는 일을 하는 남자와 사랑에 빠진 여성의 이야기.

《샤스타 산의 어깨 The Shoulder of Shasta》를 마무리한다. 캘리포니아 북부 산맥을 여행하다가 만난 산악인과 사랑에 빠지는 젊은 여성을 그린 로맨스 소설.

1897년 50세

《드라큘라》를 완성한다.

1898년 51세

《미스 베티 Miss Betty》를 출간한다. 18세기 영국을 배경으로 부유한 베티와 가난한 레이프의 사랑과 전쟁을 담은 작품.

1902년 55세

《바다의 미스터리 The Mystery of the Sea》를 완성한다. 바닷가에서 죽은 자들의 영혼을 본 아치에게 신비로운 노파가 오래된 바다의 미스터리를 풀어달라며 나타난다는 내용.

1903년 56세

《일곱 개 별의 보석The Jewel of Seven Stars》을 출간한다. 고대 이집트의 여왕 테라의 미라를 되살리기 위한 계획에 동참한 젊은 변호사 맬컴의 이야기를 그린 호러 소설.

1905년 58세

어빙이 죽는다.

《더 맨 The Man》을 완성한다. '스티븐'이라는 남자 이름으로 아빠와 함께 살던 여자와 어릴 때부터 함께 지낸 남자 해럴드의 드라마틱한 이야기. 《The Gates of Life》라는 제목으로 출간되기도 했다.

1906년 59세

어빙의 전기 《헨리 어빙에 관한 개인적 추억 Personal Reminiscences of Henry Irving》을 출간한다.

1908년 61세

《레이디 애슬린 Lady Athlyne》을 완성한다. 귀족 애슬린의 부인인 것처럼 행세하는 조이와 감옥에서 석방된 후 진상을 밝히려는 애슬린의 러브 스토리.

1909년 62세

《수의 입은 여인 The Lady of the Shroud》을 출간한다. 삼촌의 막대한 재산을 상속받기 위해 일 년 동안 삼촌의 성에서 지내게 된 루퍼트가 성에서 만난 기묘한 여인에게 빠져들면서 벌어지는 이야기.

1911년 64세

《하얀 벌레가 사는 집 The Lair of the White Worm》을 완성한다. 삼촌의 저택에 끔찍한 생명체가 살고 있음을 느낀 애덤을 주인공으로 고대 전설을 풀어낸 호러 소설.

1912년 65세

4월 20일 뇌졸중으로 고생하다 런던에서 사망한다.

옮긴이 김하나

이화여자대학교 법학과를 졸업하고 현재 말글 에이전시 소속 출판 번역가로 활동 중이다. 《프랑켄슈타인》, 《최후의 인간》, 《셜록 홈즈의 귀환》, 《세상 끝의 우물 2》 등을 번역했다.

허밍버드 클래식M 06

드라큘라 Dracula

2021년 5월 20일 초판 01쇄 발행
2023년 2월 20일 초판 02쇄 발행

지은이 브램 스토커　옮긴이 김하나

발행인 이규상　편집인 임현숙
편집팀 김은영 문지연 이은영 강정민 정윤정 고은솔　교정교열 이정현
디자인팀 최희민 권지혜 두형주　마케팅팀 이성수 김별 강소희 이채영 김희진
경영관리팀 강현덕 김하나 이순복

펴낸곳 (주)백도씨
출판등록 제2012-000170호(2007년 6월 22일)
주소 03044 서울시 종로구 효자로7길 23, 3층(통의동 7-33)
전화 02 3443 0311(편집) 02 3012 0117(마케팅)　팩스 02 3012 3010
이메일 book@100doci.com(편집·원고 투고)　valva@100doci.com(유통·사업 제휴)
블로그 blog.naver.com/h_bird　인스타그램 @100doci

ISBN 978-89-6833-314-9 04840
978-89-6833-235-7 (세트)

허밍버드는 ㈜백도씨의 출판 브랜드입니다.